卡拉馬助夫兄弟們

下

杜思妥也夫斯基◎著
臧仲倫◎譯

聯經經典

Братья Карамазовы

Ф. М. Достоевский

作者簡介

● 杜思妥也夫斯基

一八二一年生於莫斯科，一八八一年卒於聖彼得堡。一八四五年完稿的第一部作品《窮人》即以市井小民為描寫對象，一八四七年曾參與平民知識分子的進步組織，並表達對俄國專制農奴制度的抨擊。一八四九年被捕入獄、被判死刑，臨刑前才獲沙皇寬宥改判苦役，流放西伯利亞，刑滿後就地充軍。在刑場上面臨死亡的經歷讓他受到極大的震撼，而流放西伯利亞期間，他不僅直接遭到沙皇政權殘酷的迫害，更目擊下層百姓的悲慘遭遇，對被侮辱與被損害者產生強烈的共鳴。一八六〇年以後主要的作品有《罪與罰》、《被侮辱與被損害的人》、《白痴》以及《卡拉馬助夫兄弟們》等。

譯者簡介

● 臧仲倫

北京大學俄羅斯語言文學系教授，長期從事俄羅斯語言和翻譯理論教學與研究的學者。翻譯作品包括《死屋手記》、《被侮辱與被損害的人》、《罪與罰》、《白痴》等，並應巴金之邀校定其所譯赫爾岑的《往事與隨想》。

目次

下冊

第三部

第四部

第十二卷 法庭錯判・941

第三部

第七卷　阿廖沙

一、腐臭

苦行修士司祭佐西馬神父已經圓寂，他的遺體已穿戴好，準備按規定的儀規下葬。大家知道，修士和苦行修士死後是不許洗滌的。《聖禮大全》上說：「修士中如果有人去見主，執事（即被指定幹這事的修士）應用溫水擦拭其遺體，先用海綿（指天然海綿）在死者的前額、前胸、手足和膝蓋處畫十字，此外一仍其舊。」上述規定均由派西神父親自為死者一一照辦。擦身後又給他穿上修士服，蓋上法衣；為此，又按規定把法衣剪開少許，以便疊成十字狀。又給他戴上了斗式修士帽，帽上綴有一枚八角十字架①。修士帽是虛戴的，死者的臉上蓋了一層薄薄的黑紗。他的兩手抱著一幀救主聖像。就把他以這種形狀在天明前入殮了（棺材是過去早就預備好的）。靈柩打算就停放在修道室裡（即長老生前接見僧俗人等的外面的大屋），停放一整天。因為死者的教職是苦行修士司祭，所以修士司祭和修士助祭應為他念誦的不是詩篇，而是福音書。祭禱儀式一結束，約瑟神父就開始誦

① 指四端綴有尖形花飾的十字架。

讀福音書；派西神父則自告奮勇，隨後由他接著誦經，念誦一整天和一整夜，而現在他跟隱修區方丈一起都很忙，而且他心事重重，因爲修道院的修士以及成群結隊從修道院客堂和從城裡趕來的俗家信徒中突然出現了某種不尋常的現象，出現了某種聞所未聞、甚至「不應有」的騷動和急切的期待，而且，這一現象愈演愈烈。隱修區方丈和派西神父作出種種努力，盡量使忙亂騷動的人群安靜下來。天色大亮時，從城裡又絡繹不絕地趕來一些人，這些人甚至帶著自己的病人，尤其是有病的孩子一齊趕來——彷彿特意趕來等候這一時刻，分明指望長老會立刻顯靈，出現包治百病的現象，而且根據他們的信仰，這種顯靈將會立刻出現①。由此可見，敝縣已經有口皆碑，還在長老生前，就已經認定他是一位無庸置疑的大聖徒了。而且紛至沓來的人群遠非只是老百姓。信徒們的這種強烈期待表現得那麼迫切、那麼露骨，甚至迫不及待，近乎強求，在派西神父看來，這無疑是一種誘惑，雖然這情況早在他的意料之中，但實際上卻超出了他的意料。當派西神父遇見那些神情激動的修士時，甚至申斥他們：「如此急切地盼望顯靈，乃是一種輕浮之舉，只有世俗之人才會出現這種情緒，吾等實不相宜。」但是他的話大家聽不進去，派西神父也不安地看出了這點，甚至連他自己（如果實話實說的話），雖然他也對那種過於迫不及待的企盼感到憤慨，認爲這樣想、這樣做未免失之輕率，有違出家人的虛靜之道，但是他在私心深處期待的幾乎與那些騷動的人群一樣，這是他自己也不能不承認的。然而，他遇到有些人時，心裡仍舊特別不愉快，而且根據某種預感，這些人的出現還激起他心中的很大懷疑。他不無反感地（他立刻責備自己不應該這樣）發現，在擁擠的死者修道室裡的人群中，比如說有兩個人，一個是拉基京，一個是從奧勃多爾斯克來的那個遠方修士，這人

① 據聖徒傳稱，聖徒圓寂後將會顯靈，包治百病。

至今仍住在修道院裡。派西神父不知道為什麼突然認為他倆形跡可疑——雖然形跡可疑的並不只他倆。在所有騷動的人中要算那個奧勃多爾斯克修士最忙了，事事處處，都可以看到他的身影：他在到處問長問短，到處側耳傾聽，到處鬼鬼祟祟地與人竊竊私語。他的面部表情是那麼迫不及待，好像對於巴望出現的事過了這麼久尚未出現感到惱火似的。至於那個拉基京，後來才弄清楚，他之所以這麼早出現在隱修區，乃是受了霍赫拉科娃太太之託。這位心腸雖好，但遇事沒有主見的女人，因為自己不可能獲准進入隱修區，因此剛一醒來，一聽說長老已經圓寂，忽然產生了一種強烈的好奇心，就立刻打發拉基京替她到隱修區去，拜託他留神觀察一切，並立刻用書面向她報告，大約每隔半小時向她報告一次那裡**所發生的一切**。她認為拉基京是個非常虔誠的信奉上帝的年輕人——此人頗善交際，只要他看到某人對他有一點好處，就會曲意奉迎，毛遂自薦，出現在此公面前。這天風和日麗，天氣晴朗，前來朝聖的人群中有許多人三五成群地聚集在隱修區的墳墓旁。這些墳墓遍布整個隱修區，但密集度最高的則在教堂四周①。派西神父巡視隱修區時忽然想起了阿廖沙，他幾乎從頭天夜裡起就沒看見他。剛一想起他，他就立刻在隱修區院牆旁一個最為偏僻的地方發現了他，他坐在一名去世已久、以自己的功德著稱的修士的墓碑上。他的坐姿是背對隱修區，面對院牆，彷彿躲在墓碑後面似的。派西神父走上前去，看到他用兩手捂著臉在哭，雖然是啜泣，但是，狀極痛苦，哭得全身都在抽搐。派西神父在他身旁站了片刻。

「得了，親愛的孩子，得了，朋友，」他終於動情地說，「你怎麼啦？要高興，不要哭哭啼啼。難道你不知道今天是**他**畢生中大歡喜的日子嗎？此時此刻他在哪裡，你只要想想這點就可以了！」

① 俄俗：死者除了安葬在公墓外，常葬於教堂或修道院的院子裡。沙皇和皇族的棺槨甚至安放在教堂大廳內。

阿廖沙的臉像小孩一樣哭腫了，他鬆開手，抬起頭來看了看他，但是一句話也沒說，就立刻扭轉身子，伸出手來重新捂住了臉。

「也許，這樣也無不可，」派西神父若有所思地說，「想哭就哭吧，是基督把這些眼淚賜給你的。『你的感人至深的眼淚可以使心靈得到休息，使你那可愛的心得到愉悅』，」他又自言自語地加了一句，便離開了阿廖沙，邊走邊慈愛地想著他。不過他是快步走開的，因為看到阿廖沙的模樣，他感到自己說不定也會哭出來的。然而時間在一點點過去，修道院的禮拜和對死者的祭禱正在有條不紊地進行。派西神父又替換下了靈柩旁的約瑟神父，又接替他開始誦讀福音書。但是還沒過下午三點，就發生了我還在上一卷終了時就已提到的那事。這事太出乎我們大家意料了，這事與普遍的企盼太背道而馳了，我再說一遍，關於這事的詳情細節和令人內心紛亂的傳說，時至今日，在敝縣城鄉還記憶猶新，津津樂道。說到這裡，我個人還要再補充一句：想到這件令人內心紛擾和迷惑不解的事，我就有點噁心，其實這事十分無聊，也十分自然，本來大可不必在我講的這個故事裡提到它，要不是這事十分強烈而且在一定程度上影響了我的這部小說的主人翁，**儘管還是未來的**主人翁阿廖沙的心靈的話。這事在他心靈上形成了一種近乎轉折和劇變，震撼了他的理智，也徹底鞏固了他的理智，從此終生不渝，奔向既定的目標。

現在言歸正傳。還在天亮前，長老的遺體就穿戴好了，而且已經入殮，抬到了過去做接待室用的外面的大房間，就在這時，在靈柩旁守靈的人中便油然產生了一個問題：要不要把屋裡的窗戶打開？但是對這個問題（是一個人捎帶著偶爾提出來的）無人理會，也幾乎未予注意——即使在一旁守靈的人中有人注意到了，那也只是暗中誹謗，這樣一位圓寂的高僧大德，屍體會腐爛並發出腐臭，簡直太荒唐了，對於提出這一問題的人的信仰不堅和魯莽輕率，甚至值得憐憫（如果不是報以嘲笑的話）。因爲大家企盼出現的情況與此完全相反。可是正午後不久，就開始出現某種情況，起初進進出出的人只是默默無語地在心裡打鼓，甚至每個人都分明害怕把自己剛剛產生的想法說出來，告訴旁人，但是快到下午三點的時候，這情況已經十分明顯和確鑿無疑了，因而這消息便不脛而走，立刻傳遍了整個隱修區和所有的朝聖者——晉謁隱修區的全體訪客，而且又立刻傳進修道院，使修道院的全體修士不勝驚訝，最後，事隔不久，又傳到城裡，使城裡的所有人無論信教與否全都騷動起來。不信教的人歡喜雀躍，至於信教的人中，甚至也不乏比不信教的人本身還要高興的人，因爲「有人就喜歡高僧大德身敗名裂」，正如已故長老在他的一篇開示錄中所說的那樣。問題在於棺材裡逐漸發出一股腐臭，而且這腐臭越來越惹人注目，快到下午三點的時候，簡直暴露無遺，已經太明顯了，而且逐漸濃烈。這事發生以後，甚至修士中也立即出現了一種放肆而又無禮的騷擾，換了另一種情況，這甚至是不可能的，在敝縣修道院的整個歷史中，就我們記憶所及，已經許久都沒有遇到過這類情形了。即使在後來，甚至在過了許多年之後，我們某些明理的修士在回想起這一天的來龍去脈時，對於這場騷擾在那天居然會達到這樣的程度，也不勝驚訝，甚至感到害怕。因爲這情形過去也屢見不鮮：也常有一些身體力行、潛心修煉、有目共睹的高僧大德，一貫敬畏上帝的長老圓寂，當時從他們簡陋的棺木裡，自然也像所有的死人一樣發出過腐臭，但這情形出現後並沒有引起騷擾，甚至沒有產生過一絲一毫的不安。當然，敝縣也有一些古時圓寂的高僧大德（修道院至今猶生動地保存著對於他們的回憶），據傳，他們的遺骸並未出現腐爛，這對修道院的眾修士產生了一種感慨萬千和神秘的影響，並作爲某種美麗奇妙的傳說保存在大家的記憶裡，也作爲一種預兆，只要有上帝的旨意，時間一到，他們的陵寢定將獲得更大的榮耀。這類圓寂的長老中，令人印象特別深刻的是活到一百零五歲的約伯長老。他是一位著名的苦行者，嚴守戒律、持齋修行、決不妄語。他在很久以前，還在本世紀初就圓寂了。所有初次前來朝聖的人都懷著特別的、異常的敬意前往瞻仰他的墳墓（也就是今天早晨派西神父遇見阿廖沙坐在他的墓碑上的那座墓），瞻仰時，總有人神秘地提到某種偉大的希望。除了這位很久以前圓寂的長老以外，人們記憶猶新的還有一位較近圓寂的大神父、苦行修士司祭瓦爾索諾菲長老——也就是佐西馬神父接替他擔任長老職位的那位長老，他生前，所有到修道院來朝聖的人都認爲他簡直是一個瘋修士。據傳，這兩位長老躺在自己的棺材裡簡直跟活人一樣，而且下葬時一點沒有腐爛，甚至有人說在棺材裡他們的臉似乎容光煥發，變得更清澈明亮了。有人甚至堅持說，從他倆的遺體上可以明顯地聞到一股清香。儘管這些回憶令人印象殊深，但畢竟很難解釋佐西馬長老的棺材旁何以會產生如此輕率莽撞，如此荒唐而又充滿惡意的現象的直接原因。至於鄙人，鄙人認爲這裡同時還有許多其他原因，還有多種不同的同時發生影響的原因。比如說，這類原因中就有對長老制根深蒂固的敵視態度，認爲這是一種有害的花樣翻新。這想法在修道院的許多修士的頭腦裡還深深隱藏著。其次，當然，也是最主要的，乃是對於死者始終保持聖潔的一種嫉妒，死者的神聖地位還在他身前就已牢固樹立了，要提出異議似屬不許。因爲雖然已故長老吸引了眾多信徒，但他之所以有吸引力，與其說用奇蹟，不如說用愛，因此在他周圍形成了一個很大的愛戴他的圈子，然而正由於此，甚至正因爲如此，也就產生了不少對他心懷嫉妒的人，隨之而來的則是，不僅在修道院裡，甚至在世俗的在家人中，也產生了一些或明或暗死命反對他的人。比如說，他沒有對任何人做過壞事，可是有人卻在想：「大家憑什麼認爲他是聖徒？」僅僅這一個問題，由於日復一日地重複出現，終於產生了一連串難以化解的敵意。我也想，正因爲有許多人嗅到了他的屍體發出的腐臭，而且還這麼快（因爲他去世還不到一天），所以許多人才歡天喜地，興高采烈；同樣，在忠於長老而且至今十分愛戴他的人中，也立刻出現了一些人幾乎感到他們本人受到了這事的愚弄，因而很生氣。下面就是發生這事的來龍去脈。

腐爛現象剛一露頭，從走進死者修道室的修士們的臉上就看得出來，他們到這裡來究竟要幹什麼。有人走進來，稍站片刻，便趕緊出去向三五成群守候在外面的人證實傳聞非虛。守候在外面的人中，有些人悲哀地點點頭，但是另一些人甚至都不想掩飾他們狠毒的目光裡明顯流露出來的那股高興勁兒。居然誰也不再譴責他們，誰也不起來仗義執言，這情形簡直令人費解，因爲矢忠於已故長老的人在修道院裡畢竟是多數；但是主這一次顯然讓少數人暫時佔了上風。很快，一些俗家的信徒，多半是有知識的訪客，也探頭探腦地開始走進修道室。平民百姓進來的很少，雖然他們當中的許多人都擠在隱修區的大門口。無疑，正是在三點以後，俗家的來訪者之所以紛至沓來，正是由於那個引起騷擾的消息甚囂塵上的緣故。這一天，有些人也許根本不會來，也沒打算要來，現在卻特意趕了來，其中有幾位還是身居要津的大人物。不過，大家在表面上還算循規蹈矩，至於派西神父，他板著臉，仍舊堅定而又逐字逐句地大聲念誦著福音書，好像根本就沒發現正在發生的事情似的，其實他早就發覺情況有異。但是連他也開始聽到一些竊竊私語，起先聲音極低，但是漸漸變得堅定和放肆起來。「這表明上帝的論斷與人間的論斷南轅而北轍！」派西神父突然聽見有人說道。最先說這話的是一名俗家人，本城的一名官吏，此人已經上了點年紀，素以虔信著稱，其實他大聲說出來的不過是重複修士們竊竊私語時反覆叨咕的一句話罷了。他們早就說出了這句大失所望的話，最糟糕的是他們在說這話的時候，顯露出某種額手稱慶的情緒，而且這種情緒幾乎每時每刻都在增長。然而很快連最起碼的禮貌也不講了，倒好像所有的人都感到他們有不遵守禮貌的權利似的。「爲什麼會發生**這種事**呢？」有些修士說道，起初還似乎不無惋惜之意，「遺體不大而枯瘦，皮包著骨頭，這氣味是從哪來的呢？」「這說明上帝故意要有所啓示，」另一些人急忙補充道，而且他們的意見立刻被人無可爭議地接受了，因爲他們的話別有所指，如果說有臭味是自然的，就像任何一個去世的凡夫俗子一樣，那也畢竟應當發生得晚一些，起碼得過一晝夜，不應當這麼明顯，這麼匆忙，而「這位竟搶到自然前面去了」，可見這事無他，肯定是上帝別有所指的啓示，想藉此指點迷津。這一論斷令人吃驚，也難予反駁。死者生前最喜歡的掌管藏經樓的修士司祭，忠實厚道的約瑟神父，開始駁斥那些惡語中傷者，說什麼「並不是到處都是這樣的」，高僧大德的遺體不腐爛並不是正教的什麼教條，而只是一種看法，即使在最信奉東正教的地方，比如聖山，對於出現腐臭也決不會大驚失色，在那裡，肉體的不腐爛並不認爲是主賜榮耀予得道高僧的主要標誌，而要看他們的骨頭顏色，即當他們的遺骸已在地下埋葬多年，甚至在地下已經腐爛，「如果發現骨頭發黃，像蠟一樣，這才是主賜榮耀於已故高僧的主要標誌；如果不是發黃，而是發黑，那就說明主並未賜予他這樣的榮耀——這便是聖山的情況，而聖山乃是自古以來東正教保存得完美無損和最光輝聖潔的偉大聖地。」約瑟神父最後說道。但是這位處處忍讓的神父的這席話猶如耳旁風，並未能起開導作用，甚至還引起某些人的反唇相譏：「這全是賣弄學問和標新立異，不必聽他信口雌黃。」修士們暗自認定。「我們這裡還是老規矩，現在出的新花樣還少嗎，全去模仿？」另一些人補充道。「我們這裡得道的神父並不比他們那兒少。他們受土耳其人統治，把一切都忘了①。他們那裡連東正教也早已變得渾濁，變得不純了，他們連鐘也沒有了。」最愛嘲弄人的人在一旁打邊鼓。約瑟神父傷心地走開了，況且他自己表達這一意見時也不太堅決，好像他自己也將信將疑似的。但是他又驚慌地看到某種非常不成體統的情況逐漸露出了苗頭，甚至公然違抗的情形也逐漸抬頭。緊隨約瑟神父之後，一些深明事理的人

① 聖山位於希臘北部。中世紀時，希臘正教曾受拜占庭帝國控制，教權從屬於皇權。

也慢慢地啞口無言了。也不知怎麼都湊到了一塊，所有過去深愛已故長老而且心悅誠服地贊同建立長老制的人，也突然變得非常害怕什麼似的，彼此相遇時，只敢膽怯地偷覷一下對方的臉。而那些把長老制認爲是花樣翻新而加以反對的人，則高傲地昂起了頭。「已故的瓦爾索諾菲長老不僅沒有臭味，甚至還散發出一股清香，」他們幸災樂禍地提醒道，「但是他之所以能得到這份殊榮，並不是靠長老制，而是靠他本人規行矩步、爲人師表。」緊接這些閒言碎語之後，有人乾脆把髒水潑到剛剛圓寂的長老頭上，有的妄加非議，有的公然譴責：「他的開示是沒有道理的；說什麼生命是極大的快樂，而不是含淚的逆來順受。」最沒腦子的人中有一個人這樣說道。「他的信仰是趕時髦，不承認地獄裡有真的火。」另一些更沒腦子的人附和道。「持齋也不嚴格，愛吃甜食，喝茶還加櫻桃醬，他可喜歡喝茶啦，全是太太們給送來的。一個苦修士能夠慢條斯理地品茶嗎？」有些嫉妒心重的人說道。「神氣活現地坐著，」一些最幸災樂禍的人惡狠狠提醒大家，「自以爲是聖徒，大家向他下拜，他竟受之無愧。」「還濫行懺悔禮。」反對長老制最激烈的人惡意地悄聲補充道，而且說這話的竟是一些資格最老、禮拜上帝最古板的修士。他們都是一些真正的持齋者和決不妄語者，在死者生前始終緘默不語，但是現在卻忽然大放厥詞，這是十分可怕的，因爲他們的話對修煉尚未定型的年輕修士產生了很大影響。那個奧勃多爾斯克來客，從聖西爾韋斯特爾修道院來掛單的小修士聽這話時最用心，他長吁短嘆，頻頻點頭。「可不是嗎，看來費拉蓬特神父昨天講的話還是有道理的。」他暗自想道，就在這時費拉蓬特神父不期而至；他的出現更加劇了人心的浮動。

我已經在前面提到，他很少從位於養蜂場的，供他修道的木頭小屋裡出來，甚至連教堂也很久沒進去了，大家都把他看成瘋修士，對他聽之任之，並沒有用人人都應遵守的教規來約束他。但是說實在的，大家聽任他爲所欲爲，也有一些不得已的苦衷。因爲對這樣一位日夜祈禱上帝（連睡著了也跪著）、嚴格持齋、決不妄語的苦修士，如果他本人不願服從，硬要用人人都應遵守的教規來給他添麻煩，也有點不近人情。「他的道行比我們所有的人都高，他實行的又是最艱苦的修行，較之教規所定更艱苦卓絕，」若如此，修士們一定會這麼說，「至於說他不常去教堂，那也無非是因爲他自已知道該什麼時候去，他自有他自己的一定之規。」正因爲有可能引起這一類怨言和不滿，所以大家才沒去驚動費拉蓬特神父。費拉蓬特神父非常不喜歡佐西馬長老，這已經是人所共知的了，有人說：「這表明上帝的論斷與人間的論斷南轅而北轍，他都搶到自然的前面去了。」——這話現在也突然傳到了小修道室他的耳朵裡。不言而喻，首先跑去向他報告這一消息的肯定是那個從奧勃多爾斯克來此掛單的客人，也就是昨天曾去拜訪過他，後來又膽戰心驚地離開他的那個人。我也提到派西神父堅定而又不爲外界所動地站在靈柩旁念經，雖然修道室外發生的事他聽不見，也看不見，但是他心裡還是正確無誤地料到了一切主要的情況，因爲他對周圍的人了解得很透。他倒沒有惶恐不安，他在等著瞧，看還可能發生什麼事，他並不害怕，他用銳利的目光注視著這場騷動到底會鬧出什麼結果，他心裡對這結局已洞若觀火。這時過道屋裡突然發生了一陣非同尋常的明顯有違院規的喧譁聲，他聽到這聲音後吃了一驚。房門忽然洞開，門口出現了費拉蓬特神父。在他身後，甚至從修道室裡也看得清清楚楚，台階下面，擁擠著許多隨他前來的修士，其中還有不少是俗家弟子。然而隨同他前來的人並沒有進屋，也沒有登上台階，但是，他們駐足不前，等著瞧費拉蓬特接下去會說什麼和做什麼，因爲他們預感到，甚至不無恐懼地預感到（儘管他們已經夠無禮和夠放肆的了）來者不善。費拉蓬特神父站在門口，舉起雙手，從他的右臂下可以看到那個由奧勃多爾斯克來掛單的客人的犀利而又好奇的小眼睛。他太好奇了，因此唯有他情不自禁地跟在費拉蓬特神父之後跑上了台階。除他以外，其他人一聽到房門砰然打開，猛地嚇了一跳，反而推推搡搡地往後倒退了幾步。費拉蓬特神父高舉起雙手，忽地喝道：

「統統滾蛋，一掃而光！」說罷便立刻依次向修道室的四面八方——四面牆和四個角落，用手畫起了十字。隨同費拉蓬特神父前來的人立刻明白了他這樣做究竟要幹什麼；因爲他們知道費拉蓬特神父無論走到什麼地方，從來都這樣，不把妖魔鬼怪統統趕走，他決不坐下，也決不說一句話。

「撒旦，滾出去，撒旦，滾出去！」他每畫一個十字就重複一遍。「統統滾蛋，一掃而光！」他又大喝道。他穿著自己的粗布法衣，腰間繫了根草繩。他那裸露的胸脯上長滿白毛，從粗麻布襯衫下不時露出來。他的雙腳完全赤裸著。每當他揮動兩手，他在法衣下戴著的沉重鐐銬便開始顫動和鏗鏘作響。派西神父中斷了誦經，邁步向前，站到他面前，看他究竟要幹什麼。

「你因何而來，好神父？因何不守院規？因何妄語惑眾？」他終於說道，正顏厲色地看著他。

「你問我到這裡來幹啥？你問這話是什麼意思？你的信仰堅定嗎？」費拉蓬特神父裝瘋賣傻地叫道。「我來驅趕你們的客人，驅趕不信基督的魔鬼。我看，我不在這裡，已經惡鬼成群，我要用樺樹掃把把他們掃出去。」

「你要驅趕妖魔鬼怪，說不定，你正在爲虎作倀，」派西神父無所畏懼地繼續道，「誰能說自己：『我是聖潔的』？你敢說嗎，神父？」

「我壞，我並不聖潔。我決不會正襟危坐，也決不會讓人當偶像崇拜！」費拉蓬特神父又雷鳴般吼道。「眼下，人們正在糟踐神聖的信仰。這位死者，你們的聖徒，」他轉過身來，面向人群，用手指著棺材，「他否認有魔鬼，他把魔鬼給的瀉藥給人吃。所以你們這裡鬼魅成群，就像牆角裡的蜘蛛。可眼下他自己也發臭了。我們由此可以看到主對我們的偉大啓示。」

佐西馬神父在世時，有一回，也的確發生過這種事。有名修士開始不斷夢見魔鬼，到後來，他醒著的時候，魔鬼也常常出現在他眼前。他怕極了，就把這事告訴了長老，長老便勸他不斷向上帝禱告和嚴格持齋。但是當他這樣做也不見效時，長老便勸他一面不要放棄齋戒和祈禱，一面又讓他服一種藥。當時許多人都迷惑不解，彼此竊竊私語，頻頻搖頭——其中最激烈的則是費拉蓬特神父——某些惡意中傷者當時便立刻跑去把長老在這種特殊情況下所採取的「非常」措施告訴了費拉蓬特。

「你出去，神父！」派西神父命令道，「人不應該說三道四，應由上帝作出論斷。也許，我們在這裡看到的啓示，無論你我也無論任何人都理解不了。你出去，神父，不要妄語惑眾！」他又執拗地重複道。

「他不肯照苦行戒律持齋，因此就出現了主給我們的啓示。這很明顯，隱瞞是罪過！」這個難以理喻的狂信者一發起蠻來就不肯善罷甘休。「看見糖果就饞得要命，都是太太們裝在口袋裡送給他的，喝茶還要加糖和果醬，寧可犧牲肚皮，把肚皮裡塞滿甜食，腦子裡則裝滿傲慢的想法……因此才遭到這種恥辱……」

「神父，你的話太過分了！」派西神父也提高了嗓門，「我讚嘆你的持齋和苦修，但是你的話說得太過分了，倒像是俗家的浮浪子弟由於年少氣盛說的話。你出去，神父，我命令你。」最後派西神父厲聲喝道。

「我會出去的！」費拉蓬特神父說，似乎有點尷尬，但仍凶相畢露，「你們是有學問的人！你們因為見多識廣看不起我的渺小卑微。我到這裡來的時候就識字不多，可是在這裡連知道的也忘光了，我雖然是小人物，可是有主親自保護，不讓我受到你們這些大學問家的蠱惑……」

派西神父站在他身旁，堅決要他出去。費拉蓬特神父沉默少頃，突然舉起右手的手掌貼在臉頰上，兩眼望著已故長老的靈柩，拉長了聲音說道：

「明天一早，人們將在他身旁唱優雅的讚美詩《樂於助人和保護他人》，一旦我死了，就只會唱短小的頌歌《人生多麼甜蜜》①。」他含淚而又遺憾地說道。「高高在上，不可一世，這地方真沒意思！」他忽然像瘋子似的大叫，揮動了一下胳臂，很快轉過身子，急匆匆地跑下了門前的台階。守候在下面的人群開始動搖了；有的立刻隨他而去，但是有的則遲疑不決，因爲修道室的門依舊敞開著，而派西神父跟在費拉蓬特神父之後也走了出來，站在台階上面觀望。但是怒氣沖沖的老人還是不肯善罷甘休：他走了二十來步，突然轉過身子面向落日，高舉起雙手——好像有人打了他一悶棍似的——大叫一聲，便轟然倒地：

「我主勝利啦！基督戰勝了落日！」他趴在地上，向太陽舉起雙手，發狂般大叫，接著便像小孩一樣放聲大哭，渾身發抖，淚如雨下，叉開兩手，趴在地上。大家立刻向他奔過去，發出一片長吁短嘆，並與他同聲一哭……大家好像發了狂一樣。

「這下看清楚啦：誰是聖徒，誰是高僧！」傳出一片大呼小叫，已經無所顧忌，「誰應該當長老。」另一些人惡狠狠地補充道。

「他才不會當長老哩……他肯定堅辭不幹……他才不會給這個可詛咒的花樣翻新效勞呢……他才不會仿效他們幹的蠢事呢。」另一些人立刻接口道，很難想像這事到底會鬧出什麼結局，但這時鐘聲恰好響了，召喚大家去做祈禱。大家忽地畫起了十字。費拉蓬特神父也爬起來，畫了個十字把

① 修士和苦行修士的遺體從修道室抬進教堂，再在祭禱後由教堂移厝墓地時，唱頌歌「人生多甜蜜……」，如死者是修士司祭，則唱讚美詩「樂於助人和保護他人……」。——作者原注。

自己保護起來，然後頭也不回地向自己的修道室走去，仍在繼續大呼小叫，但已經完全聽不清他到底在叫什麼了。有人尾隨他走去，人數極少，大多數人則漸漸散開，趕去祈禱了。派西神父把誦經這事交給約瑟神父後，走下了台階。他是不會因為聽到狂信者的發狂般的呼喊而動搖的，但是他的心忽然悶悶不樂，為某件事特別煩惱，他自己也感覺到了這點。他停下腳步，驀地問自己：「我的這種悶悶不樂，甚至灰心喪氣，究竟因為什麼呢？」於是他立刻驚奇地發現，他之所以發生這種突如其來的悶悶不樂，大概是由於一個小而又小的特別的原因：問題在於，在方才擁擠在修道室門口的人群裡，在那一堆騷動的人群裡，他無意中發現了阿廖沙，而且他記得，他看到他後，便立刻在自己心裡似乎感到某種痛楚。「難道這個年輕人如今在我心裡佔有那麼大的分量嗎？」他忽然驚訝地問自己。這時，阿廖沙剛好從他身邊走過，似乎正在急匆匆地走到什麼地方去，但是又不是走向教堂方向。他倆的目光相遇了。阿廖沙急忙把眼睛移開，低下了頭，看著地面，派西神父僅從這個年輕人的外表就看出他心裡此刻正在發生怎樣激烈的變化。

「難道你也受到了誘惑？」派西神父突然感慨萬千地說，「難道你也跟那些信仰不堅的人一樣！」他又傷心地加了一句。

阿廖沙停下了腳步，似乎捉摸不定地瞅了派西神父一眼，但是又急速移開眼睛，又低下了頭，看著地面。他側身站著，並不轉過臉去看向他問話的人。派西神父注意地觀察著他。

「你急著要上哪？正在打鐘做禮拜呢。」他又問了一句，但是，阿廖沙又避而不答。

「難道你要離開隱修區嗎？怎麼不請假，不請求許可呢？」

阿廖沙忽地苦笑了一下，古裡古怪，非常古怪地抬起眼睛瞥了一眼正在向他問話的派西神父——派西神父是他過去的師父，他的心靈和理智的過去的主宰，他敬愛的長老臨終時把他託付給他的神父。他仍像方才那樣避而不答，揮了下手，甚至連禮貌也不講，便向大門口快步走去，逕自出了隱修區。

「你還會回來的！」派西神父用傷心而又驚異的目光目送著他，悄聲道。

二、乘虛而入

派西神父斷定他的「可愛的孩子」一定會再回來，當然沒有錯，甚至也許（雖然不是一清二楚，但畢竟洞察幽微）他已看清了阿廖沙內心的真相。儘管如此，我還是要坦白承認，現在要把我這部小說中我如此喜愛而又如此年輕的主人翁一生中的這一奇特而又難以捉摸的時刻的真正意義明白無誤地說出來，我自己也覺得十分爲難。對於派西神父向阿廖沙尖銳地提出的那個悲哀的問題「難道你也跟那些信仰不堅的人一樣嗎？」當然我可以替阿廖沙堅定地回答：「不，他跟那些信仰不堅的人不一樣。」非但如此，而且適得其反：他的內心騷亂正因爲他篤信上帝。但是他的內心騷亂畢竟有過，畢竟發生過，甚至還十分痛苦，直到後來，已經過了許多年之後，阿廖沙仍舊把這悲哀的一天認爲是自己一生中最艱難和最不幸的一天，如果有人直截了當地問我：「難道他內心的全部苦悶，他內心的驚恐，僅僅是因爲他的長老的遺體不但沒有能夠立刻顯靈，包治百病，反而過早地出現腐爛而產生的嗎？」對此，我倒可以毫不猶豫地回答：「是的，真是這樣。」不過我要請求讀者先別急於嘲笑我的這個年輕人的純潔的心。至於我自己，我不僅無意替他請求大家原諒，也無意用他年紀輕，或者因爲他好讀書不求甚解等等原因來原諒他的純樸信仰，替他辯護，甚至恰好相反，我要堅決申明，我對他的天性感到由衷的敬重。毫無疑問，換了別的年輕人，處事謹慎，萬事不動心，要愛也愛得不熱烈，像溫吞水一樣，這種人雖然聰明，萬無一失，但就年齡來說，卻過於少年老成（因此也顯得過分庸俗了），我要說，這樣的年輕人也許可以避免我的這個年輕人所發生的情況，但是話又說回來，在某些情況下，有的人雖然容易衝動，即使這衝動是非理性的，但是這衝動畢竟產生於愛（因爲愛之太甚），這比根本不會衝動的人，說真的，我倒覺得更可敬些。而青年時代尤其是這樣，因爲一個少年老成、萬事三思而行的人是靠不住的，這樣的人也就不値錢了——這便是拙見！「但是，」說到這裡，一些重理性的人也許會喊起來：「總不能讓每個年輕人都相信這種偏見吧，您那個年輕人對其他人不足爲訓。」我對此的回答依然是：「是的，我的這個年輕人信仰上帝，神聖而又不可動搖地信仰上帝，儘管如此，我還是無意替他請求大家原諒。」

要知道：我雖然作了上述申明（也許過於匆忙了），說什麼我無意替我的主人翁解釋、道歉和辯白，但是我又看到，爲了使大家進一步理解我在下面要講的故事，對某些事說明一下還是必要的。我要說明的是：這事與長老是否顯靈無關。並不是他迫不及待地、輕率地等待長老顯靈。當時阿廖沙之希望長老顯靈並不是爲了顯示某種信念的勝利（如作如是想，那就差矣），也不是爲了過去先入爲主的某種思想能夠盡快戰勝其他思想——噢不，完全不是的：這裡，在這一切之中，對他來說首當其衝和佔第一位的是形象，僅僅是形象——他敬愛的長老的形象，他無限崇敬的那位得道高僧的形象。問題就在這裡，當時和在過去的整整一年中藏匿在他年輕而又純潔的心靈中的對於「一切人和事」的整個的愛，有時候，起碼在他內心最衝動的時候，似乎主要集中到了（也許，這樣做甚至是不對的）一個人身上——他那現在業已圓寂的長老身上。不錯，此人在他心目中一直是個無可爭議的理想，以致他的全部青春活力以及這種青春活力的整個追求，已經不能不完全傾注到這一理想身上，而有時候甚至達到了忘懷「一切人和事」的地步。（後來他自己也回想起來，在這艱難的一天，他竟完全忘記了前一天他還如此關切和思念的他的大哥德米特里；也忘記了把那二百盧布拿去給伊柳舍奇卡的父親，也是在前一天他還曾十分熱心地打算去做這件事。）然而他需要的倒也不是長老顯靈，他需要的僅僅是「上帝的公道」，按照他的信念，這公道被破壞了，因而使他的心受到突如其來的殘酷的傷害。這一「公道」在阿廖沙的企盼中，自然而然地採取了他所崇敬的他過去的師父立刻顯靈的形式，這又有什麼可大驚小怪呢？但是，要知道，修道院裡所有的人，甚至阿廖沙對他們的智慧佩服得五體投地的那些人，譬如派西神父，也作如是想，他們也在這麼企盼，因此阿廖沙不曾有過半點懷疑便使自己的幻想披上了與大家一樣的外衣。再說，他在修道院裡生活了整整一年，他心中早已有了這樣的心態；他的心也早已養成作這樣企盼的習慣。但是他渴望的是公道，公道，而不僅僅是顯靈。誰曾想這個人按照他的期望理應受到至高無上的推崇，高於普天下所有的人，但是他非但沒有得到應有的榮耀，反而突然威信掃地，受盡侮辱！爲什麼？誰在評判是非功過？誰竟會作出這樣的裁決——正是這些問題立刻使他那顆涉世未深、像處女般純潔的心感到痛苦。他不能不感到深受侮辱，甚至懷著滿腔悲憤，眼看這位道行最高的高僧竟然受到那幫淺薄無知、遠比他站得低的僧俗人等的嘲笑和挖苦。就算根本沒有顯靈，就算毫無神奇的現象出現，人們希望出現的事並沒有立刻實現，但是幹麼要出現這種名譽掃地，幹麼要任人汙辱，幹麼會發生這種匆忙的、正如那些心懷惡意的修士所說「搶到自然前面去了」的腐爛呢？幹麼會出現這種剛才他們同費拉蓬特神父一起得意洋洋地引申出來的這個所謂「啓示」呢？而且他們憑什麼相信他們有權作出這樣的引申呢？神意何在？天理何在？「在最需要的時刻」，神爲何要隱匿自己的神意（阿廖沙想），彷彿他自己願意使自己聽命於盲目、啞默而又毫無憐憫之心的自然法則似的？

這就是阿廖沙的心在流血的原因。當然，正像我已經說過的那樣，這裡首當其衝的是形象，世界上他最敬愛的那個人的形象，這形象「横遭汙辱」，這形象「掃地以盡」！就算我們這個年輕人的上述怨言是淺薄的和冒失的，但是我還是要第三次重申（我要預先申明，我這樣做或許也是淺薄的）：我很高興我的這個年輕人在這時並不顯得十分有理智，因爲一個人只要不蠢，總會有理智的時刻，可是在這樣特殊的時刻，在這年輕人的心裡尚未出現愛，那這愛什麼時候才會降臨呢？不過話又說回來，在這種情況下，我並不想避而不談某個奇怪的現象，雖然出現這種現象僅有一剎那工夫，但這畢竟是在阿廖沙的一個不幸而又迷茫的時刻出現在他的腦海裡。這個新出現的、一掠而過的**某件事**，就是現在阿廖沙不斷縈迴腦際，由昨天同二哥伊萬談話而觸發的某種痛苦的印象。而且正是在此時此刻。噢，倒不是說他靈魂中那些基本、自發的信仰有什麼東西已經動搖。雖然他忽然埋怨起了上帝，但他是愛自己的上帝的，而且毫不動搖地信仰上帝。但是一想起他昨天同二哥伊萬的談話，某種模糊的，但是痛苦而又有害的印象現在又重新在他心中蠢蠢欲動，而且愈來愈強烈地向外湧現。當暮色漸濃的時候，拉基京穿過松樹林由隱修區向修道院走去，他忽然發現阿廖沙一動不動地趴在一棵大樹下，好像睡著了。他走過去，叫了他一聲。

「阿列克謝，你在這兒？難道你……」他驚奇地說，但是他的話沒說完又嚥了回去。他想說的是：「難道你也**心慌意亂到這種地步**了？」阿廖沙沒抬起頭來看他，但是拉基京從他的某個動作看得出來，他聽見了他的話，而且明白他要說的是什麼。

「你倒是怎麼啦？」他繼續大驚小怪地問道，但是這驚訝已開始被他臉上的微笑所代替，而這微笑卻越來越帶有一種嘲弄的表情。

「我說，我找你已經找了兩個多小時啦。你突然從那兒消失不見。你在這裡幹什麼呀？你一本正經地在發什麼傻？你倒是抬起頭來看看我呀……」

阿廖沙抬起了頭，背靠樹幹坐了起來。他沒有哭，但是他的面容充滿痛苦，而且目光中流露出憤怒。但是他並沒有看著拉基京，而是看著一旁。

「我說，你的臉色全變了。你過去那種無人不知的溫良敦厚一點也沒了。莫非你在生什麼人的氣？人家惹你不高興了？」

「別煩我了！」阿廖沙忽然說道，疲憊地揮了揮手，仍像先前那樣不看他。

「呵，我們都變成這樣了！完全跟那些凡夫俗子一樣又叫又嚷起來了。這難道是上帝的天使嗎！我說阿廖沙，你使我太驚奇了，你知道這個嗎，我是說真心話。我在這裡早就見怪不怪了。可是我一直認為你是個有教養的人……」

阿廖沙終於扭過頭來看了他一眼，但是有點心不在焉，好像聽不大懂他到底在說什麼。

「難道就因為你那老頭發臭了嗎？難道你當真相信他會顯靈嗎？」拉基京不勝感慨地說，他又變得似乎出自真心地大驚小怪起來。

「我過去相信，現在也相信，我願意相信，將來也相信，你還要什麼！」阿廖沙憤怒地叫道。

「我一無所求，親愛的。呸，真見鬼，這事現在連十三歲的小學生都不相信。不過話又說回來，活見鬼……那麼，你現在正對自己的上帝大生其氣，起來造反囉：因為沒有給你加官晉爵，過節沒有給你發勳章！唉，你們這幫人呀！」

阿廖沙微微眯起眼睛，久久地看著拉基京，他的眼睛裡有什麼東西突然一亮……但並不是因為對拉基京感到惱怒。

「我並沒有起來造我的上帝的反，我只是『不接受他創造的世界』。」阿廖沙突然發出一聲苦笑。

「什麼不接受他創造的世界？」拉基京對他的回答尋思片刻，「你胡說什麼呀？」

阿廖沙不答。

「好啦，別廢話啦，現在談正經事：你今天吃飯了嗎？」

「不記得了……好像吃過了。」

「看你那臉色，真該墊補點東西，塡塡飢了。瞧著你都叫人心疼。你一夜沒睡，我聽見你們在屋裡商量事了。後來又是這一堆麻煩和惱火的事……大概，你頂多啃過一小塊聖餅吧。我兜裡倒有根香腸，方才我從城裡到這裡來的時候，順手拿了根，以備不時之需，不過這香腸你是不會……」

「香腸也吃。」

「嘿！你還真有兩下！那麼說，徹底造反了，動真的了！我說老弟，這事可不能等閒視之。上我那兒去……現在我想喝口伏特加，真累壞了。喝伏特加恐怕你還沒這膽量吧……要不，你也來點？」

「伏特加也喝。」

「瞧！太妙啦，小老弟！」拉基京驚奇地看了看他。「豁出去啦，管它是伏特加還是香腸，反正這事幹得痛快，幹得好，機不可失，走！」

阿廖沙默默地從地上爬起來，跟著拉基京走了。

「要是這事給你二哥萬涅奇卡①看見了，準會大吃一驚！順便說說，今天上午你二哥伊萬・費奧多羅維奇坐車到莫斯科去了，你知道這事嗎？」

「知道。」阿廖沙無所謂地說道，這時他的腦海裡突然閃過他大哥德米特里的身影，但不過是倏忽一閃，雖然使他想起了什麼，想起了一件刻不容緩、應該立即去辦的要緊事，一件責無旁貸而

① 伊萬的小名。

又可怕的義務，但是連想到這些，也沒有對他產生任何影響，也沒有往他心裡去，這事立刻又從他的腦海裡飛走了，忘得一乾二淨。但是後來，過了很久，阿廖沙還一再想起此事。

「你二哥萬涅奇卡有一回提到我，說我是個『無才無德的自由主義大草包』。你有一次也忍不住說我這人『不走正道』……你們愛怎麼說就怎麼說吧！我現在倒要看看你倆的才能和你倆究竟規矩到什麼程度（拉基京說最後這句話時已經是在自言自語，聲音很小了。）啐，我說！」他又開始大聲道，「咱們繞過修道院，走小道直接進城……嗯。我倒想順道去看看霍赫拉科娃太太。你想想：我寫了封信給她描寫了這裡發生的一切，不曾想她剎那間就給回了信，用鉛筆寫的（這位太太最愛寫信了），信上說：『她萬萬沒有想到像佐西馬神父這樣一位可敬的長老**竟會做出這樣的舉動**！』要知道她就是這麼寫的：『舉動』！她也惱火了：唉，你們這些人呀！且慢！」他又突然叫道，猛地停住腳步，一把抓住阿廖沙的肩膀，讓他停下來。

「我說阿廖什卡，」他試探地盯著阿廖沙的眼睛，靈機一動，忽然有了一個新的想法，他覺得這想法妙不可言，雖然他表面在笑，但是又分明害怕把這新的突如其來的想法公開說出來，因爲他畢竟還信不過阿廖沙現在所處這種對他來說妙不可言，但又是他始料不及的情緒，「阿廖什卡，你知道我們現在最好上哪兒？」他終於膽怯而又諂媚地說出了口。

「上哪兒都行……隨便。」

「咱們去看格魯申卡怎麼樣？去不去？」拉基京終於既膽怯又滿懷期望地說道，甚至緊張得渾身發起抖來。

「好啊，就去看格魯申卡。」阿廖沙平靜地立刻回答道，簡直太出乎拉基京的意料了，阿廖沙居然會這麼痛快，這麼平靜地就同意了，他差點沒有驚訝得向後倒退。

「是——是嗎！……太好啦！」他驚訝得差點叫出來，但是他突然緊緊挽住阿廖沙的胳膊，急忙把他帶上小道，一邊走還一邊擔心，阿廖沙可別改變主意。他倆默默地走著，拉基京甚至怕開口。

「她一定會很開心，非常開心的……」他喃喃道，但欲言又止。他之所以拉阿廖沙去找格魯申卡，根本不是為了讓格魯申卡開心；他是一個辦事認真的人，對他沒有好處的事他是無論如何不做的。他現在的目的是雙重的，第一，報復，親眼看到「這個正人君子丟人現眼」，以及阿廖沙可能發生的「墮落」，「由聖徒墮落成罪人」，對個中樂趣他已預先感到了陶醉，第二，他這樣做還有某種對他非常有利的物質目的。對此我們將在下文詳述。

「可見，機會來啦，」他心中快樂而又惡狠狠地想道，「因此我們必須緊緊抓住這個機會，乘虛而入，因為出現這樣的機會，對我們是求之不得的。」

三、一顆蔥頭

格魯申卡住在城裡最繁華的鬧市，挨近大堂廣場，住在一位名叫莫羅佐娃的商人寡婦家裡，向她租下了院子裡的一座不大的木頭廂房。莫羅佐娃太太的房子很大，是座磚瓦房，兩層，年代久遠，其貌不揚，大屋裡孤零零地住著老闆娘，是個老婦人，身邊只有兩個侄女，都是老處女，而且都上了歲數。她並不需要把自家院子裡的廂房租出去，但是大家知道，她之所以讓格魯申卡作為房客住進來（還在大約四年前），完全是為了討好格魯申卡的公開保護人——她的親戚薩姆索諾夫。有人說，這老頭愛吃醋，他之所以讓自己的「相好」住進莫羅佐娃太太家，起先是想讓老太太盯著她點兒，讓她監視新房客的一舉一動。但是很快就發現並不需要盯著格魯申卡，以至後來莫羅佐娃甚至跟格魯申卡難得見面，最後就壓根兒不監視，不惹她討厭了。誠然，自從這老頭把這位十八歲的少女，這位羞怯、苗條、纖弱、愛沉思和鬱鬱寡歡的小妞從省城送進這座大宅以來，已經過去了四年，而且從那時起，斗轉星移，又過去了很長時間。然而，敝縣縣城對這位少女的身世仍知之甚少，而且眾說紛紜；直到最近，也不見得有人知道得更多，儘管現在已經有非常多的人開始對這位「大美人」感興趣——阿格拉費娜・亞歷山德羅芙娜在這四年中竟搖身一變，變成了一個「絕色美女」。不過有流言說，在她還是十七歲的少女時被人騙了，這人好像是個什麼軍官，接著就把她立刻拋棄了。據說，這軍官走後又在什麼地方結了婚，而格魯申卡則陷於恥辱和一貧如洗中。不過，有人說，雖然格魯申卡的確是被她那個老頭從貧困中收留的，但是她出身於一個規規矩矩的家庭，似乎是神職人員，是某個候補助祭或者諸如此類的人的女兒。誰曾想，四年之中，一個多情而又失足、可憐兮兮的孤女，竟搖身一變，變成一個豔若桃李、體態豐盈的俄羅斯美女，一個性格大膽、果斷、高傲而又無恥放肆的女人，精於理財，愛摟錢，既小氣又謹慎，有人說她已經想方設法用正當或不正當的手段積攢下了一筆小小的資本。不過有一點大家都深信不疑：想接近格魯申卡很難，除了那個老頭她的保護人以外，在這四年中，還沒一個人敢誇口得到了她的青睞。這是如鐵證般的事實，因爲，爲了博得她的青睞，已經爭先恐後地出現過不少獵豔者，尤其在最近兩年。但是一切嘗試都屬枉然，而有些尋花問柳者，由於遭到這個性格剛強的年輕尤物的嘲諷和反抗，不得不知難而退，甚至還落得了個可笑而又可恥的下場。人們還知道，這個年輕女人，尤其在最近一年，竟放手做起了所謂「不擇手段的買賣」，而在這方面她簡直成了行家，神通廣大，因此到後來許多人送了她一個雅號，管她叫地道的猶太佬。她倒不放債，但是大家知道，比如說，有段時間她倒確曾跟費奧多爾・帕夫洛維奇・卡拉馬助夫合夥用非常便宜的價錢收購過期票，每一盧布給十戈比，然後再拿其中的某些期票用原來的十戈比換回一盧布。薩姆索諾夫有病，最近一年來兩腿浮腫，已經不能走路，他是個鰥夫，對他的幾個業已成年的兒子專制得像個暴君，他腰纏萬貫，卻一毛不拔，毫不通融，然而到頭來卻落到他的被保護人要他怎樣就怎樣，而起先，正如當時一些愛嚼舌頭的人所說，他對她嚴加管束，百般虐待，既不讓她吃好的，也不讓她穿好的。但是格魯申卡非但自己解放了自己，而且還贏得了他的無限信任，使他相信她對他忠貞不貳。這老頭是個很會做生意的人（現在早已作古），還有一種惹人注目的性格，主要是愛錢如命和一毛不拔，盡管格魯申卡征服了他，他離開她沒法活（比如說，最近兩年就這樣），但是他仍舊捨不得分給她一筆數目較大的財產，即使她威脅要跟他一刀兩斷，他也不爲所動。但是話又說回來，他還是給了她一筆小小的財產，這事傳出去以後，大家吃驚不小。他在分給她約莫八千盧布的時候，這樣對她說：「你是個精明的女人，這錢就看你怎麼用了，但是我把醜話說在前頭：除了每年的生活費照付以外，直到我死，你休想從我手裡得到半文錢，我在遺囑裡也不會再給你任何東西。」他還真是說到做到：他死後的所有財產都留給了他的兒子和他們的妻兒（他生前一直對他的幾個兒子呼來喝去，視同奴僕），至於格魯申卡，他在遺囑裡壓根兒就沒提。這一切是大家以後才知道的。不過他對格魯申卡如何利用這筆「私房錢」卻幫了不少忙，出了不少主意，指點了她不少「門路」。費奧多爾・帕夫洛維奇・卡拉馬助夫起初由於做一件偶然、「不擇手段的買賣」，同格魯申卡聯絡上了，到後來連他自己也感到十分意外，竟神魂顛倒地愛上了她，甚至好像失去了理智，當時，行將就木的老頭薩姆索諾夫知道這事後都笑破了肚皮。有意思的是格魯申卡同她那個老頭相好以來一直對他似乎推心置腹，完全公開，她在世上能這樣對待的大概只有他一個人。直到最近出現了也突然向格魯申卡求愛的德米特里・費奧多羅維奇，老頭才停止了笑。有一天，他反倒一本正經地勸格魯申卡：「要是在父子二人中挑一個，你還是挑老頭好，不過有個條件，要讓這老混蛋一定娶你，而在這以前，必須先劃一筆財產給你。至於跟那個大尉，你就別跟他好啦，不會有好結果的。」這是那老色鬼對格魯申卡說的原話，這老東西當時就預感到自己死期已近，果然在說了這話後過了五個月就一命嗚呼了。我還要順便說一句，當時，在敝縣縣城，雖然已經有許多人知道卡拉馬助夫父子爲爭奪格魯申卡鬧的這齣爭風吃醋的荒唐醜劇，但是她對他們父子倆關係的真義，卻很少有人懂得。就連格魯申卡的兩名女僕（已在發生下文將要談到的慘案以後），後來也在法庭上供稱，阿格拉費娜・亞歷山德羅芙娜之所以接待德米特里・費奧多羅維奇，僅僅是出於害怕，因爲他似乎「曾經威脅說要殺死她」。她有兩名女僕，一名是很老的廚娘，還是她從老家帶來的，常常生病，幾乎是聾子；另一名是廚娘的孫女，是個年約二十歲、年輕而又十分伶俐的姑娘，她是格魯申卡的侍女。格魯申卡的日子過得很儉省，屋內的陳設也根本談不上豪華。她住的那座廂房，一共才三個房間，屋內的家具都是借女房東的，有一堂古老的紅木家具，款式也是二十年代的。當拉基京和阿廖沙走進她家的時候，天已經全黑了，可是室內還沒點燈。格魯申卡本人躺在客廳裡，躺在一張仿紅木靠背的又大又粗笨的長沙發上，上面蒙的皮子早就磨出了破洞。她頭下枕著兩個從她床上搬來的鴨絨枕頭。她一動不動地挺直了身子，兩手枕在腦後，仰面躺著。她已經打扮整齊，穿著黑色的綢衣綢裙，頭上扎著一根跟她十分般配的輕盈的花邊頭飾；肩膀上披著一塊帶花邊的三角頭巾，頭巾上別著一枚很大的金別針；似乎在等什麼人。她的確在等一個人，她躺著，似乎悶悶不樂而又迫不及待，臉色略顯蒼白，嘴唇和眼睛火紅火紅的，右腳尖在不耐煩地敲打著沙發的扶手。拉基京和阿廖沙剛一出現，就發生了一場小小的騷亂：從外屋就能聽見格魯申卡從長沙發上一骨碌爬起來，突然驚惶地叫道：「誰？」但是那名侍女迎了出來，立刻回答女主人道：

「不是他，是另外兩個人，不要緊的。」

「她倒是怎麼啦？」拉基京喃喃道，拉著阿廖沙的手走進了客廳。格魯申卡站在沙發旁，似乎仍處在恐懼之中。一綹濃密的深褐色髮辮從頭飾下散落下來，落到她的右肩上，但是她沒發覺，也未加整理，只顧眼睜睜地盯著來客，竭力辨認他倆到底是誰。

「啊，是你呀，拉基特卡？你差點把我嚇了一跳。你這是跟哪位呀？跟你同來的這位是誰呀？主啊，你竟把他領來了！」她看清阿廖沙後驚呼道。

「先叫下人拿幾支蠟燭來！」拉基京說，擺出一副熟不拘禮的隨便模樣，好像他是這家的親朋好友，甚至有權對下人發號施令似的。

「拿蠟燭……當然得拿蠟燭……費尼婭，給他拿支蠟燭來……唉，你偏在這時候把他領來了！」她用頭指了指阿廖沙，又一次驚呼道，接著又扭頭照了照鏡子，伸出兩手，開始迅速把散落的髮辮塞進頭飾。她似乎不滿意。

「難道我拍馬屁拍到馬腳上了？」拉基京霎時間幾乎沒好氣地問。

「拉基特卡，你嚇了我一跳，就因爲這事。」格魯申卡面帶微笑，扭頭對阿廖沙說。「你不要怕我，親愛的阿廖沙，見到你，我真高興極了，你是我請都請不來的貴客，我沒料到。至於你，拉基特卡，你把我嚇了一跳：我還以爲是米佳闖進來了呢。要知道，我方才騙了他，硬要他保證相信我的話，可是我卻扯了個彌天大謊。我告訴他，我要去找我那老頭庫茲馬·庫茲米奇，要去一晚上，跟他一起算賬，算到半夜。要知道，我每星期都要去他那兒算賬，一算就是一晚上。鎖上門：他打算盤，我記賬——他只信得過我一個人。米佳還真信了，以爲我在那兒，其實我把自己反鎖在家裡——在等一個消息。費尼婭怎麼會放你們進來的呢？費尼婭，費尼婭！快跑，到大門口去，開開門，看看周圍，大尉是不是躲在什麼地方？說不定，他躲起來了，正在暗中窺視，我害怕死了！」

「什麼人也沒有，阿格拉費娜·亞歷山德羅芙娜，剛才，我四周都看過了，還貼近門縫看了半天，我自己也嚇得直打哆嗦。」

「百葉窗關上了沒有，費尼婭？還是把窗簾放下來的好，這就對啦！」她親自動手把厚重的窗簾放了下來，「要不他看見燈光會衝進來的。阿廖沙，我今天怕的就是你大哥米佳。」格魯申卡大聲道，雖然很驚慌，但又彷彿幾乎很高興。

「你今天為什麼這麼怕米堅卡①呀？」拉基京問，「好像，你跟他在一起並不是畏畏縮縮的呀，他一向是聽你的笛聲跳舞的。」

「跟你說吧，我在等一個消息，一個非常寶貴的消息，因此現在根本不該讓米堅卡來。再說他也不會相信（這，我感覺得出來）我當真去找庫茲馬・庫茲米奇了。他現在想必躲在那兒，躲在費奧多爾・帕夫洛維奇家房後的花園裡，在守著我。他要是躲那兒，就不會上這兒來了，這樣就好啦！要知道，我還當真到庫茲馬・庫茲米奇那兒匆匆去了一趟。是米佳送我去的，我說我要在那裡待到半夜，我還請他無論如何半夜來一趟，送我回家。他乖乖地走了，我在老頭那兒坐了約莫十分鐘，又跑回家了，嚯，我怕呀——一路小跑，就怕碰上他。」

「那你打扮好了要上哪呢？瞧你戴著這頂包髮帽多有意思？」

「你自己才有意思呢，拉基京！跟你說吧，我正在等一個重要消息。這消息一來，我就跳起身來，遠走高飛，離開這裡，無影無蹤。我這身打扮就為這作準備的。」

「遠走高飛，上哪兒？」

「曉得多，老得快。」

「瞧，多稀罕。滿臉喜氣洋洋……我還從來沒見過你這樣。打扮得花枝招展，倒像是要去參加

---

① 米堅卡、米佳同為德米特里的小名。

舞會似的。」拉基京渾身上下打量著她。

「什麼舞會不舞會的，你懂什麼呀。」

「就你懂？」

「我見過舞會。前年，庫茲馬・庫茲米奇給兒子娶親，我一直在上面的敞廊上看熱鬧。拉基特卡，我怎麼淨顧著跟你聊天了呢，倒把這麼一位白馬王子晾在了一邊。真是貴客！阿廖沙，寶貝兒，我瞧著你都不敢相信；主啊，你怎麼會上我這裡來的呢！說實話，我連想都沒敢想呀，過去我從來就不敢相信你會上我這兒來。雖然如今已不是那年月了，看到你，我都高興死啦！坐到沙發上來，就坐這兒，對了，你是我的一彎新月。真的，我好像還沒回過神來似的……唉呀，你呀你呀，拉基特卡，你要是昨兒個或者前兒個把他帶來就好啦！……不過就這樣我也很高興。也許現在來，趕在這時候，而不是前兒個來，更好……」

她歡快地緊挨著阿廖沙坐到沙發上，歡天喜地地看著他。她真的很高興，她說這話並沒有撒謊。她兩眼發光，嘴在笑，但笑得很厚道、很快活。阿廖沙甚至沒料到她臉上會出現這樣善良的表情……直到昨天，他很少遇見她，一想到她就覺得害怕，而她昨天針對卡捷琳娜・伊萬諾芙娜的那種惡毒而又狡詐的乖戾行爲，更使他感到十分可怕和震驚，而現在忽然看到她完全出乎意料地變了另一個人，感到非常驚奇。儘管他自顧不暇，自己傷心都傷心不過來，他的眼睛還是不由自主地、注意地停在她身上。她的舉止和風度好像全變了，也是從昨天起，徹底變好了：在她說話的聲音裡幾乎完全沒有了昨天那種甜膩膩的味道，也沒有了那種溫柔甜蜜的矯揉造作之態……一切都很單純而淳樸，她的一舉一動也顯得十分輕快、爽朗，而又充滿信任，但這時她顯得很激動。

「主啊，今天這些事全趕到一塊了，全實現了，真的。」她又娓娓而談。「我見到你爲什麼這樣高興呢，阿廖沙，我自己也說不清。你問我，我也說不清。」

「你會不知道你爲什麼高興？」拉基京冷笑道。「過去，你心裡在打什麼鬼主意，老纏著我：把他領來，把他領來，你是有目的的。」

「過去我另有目的，現在那種想法過去了，不是那時候了。我想款待一下二位，真的。我現在的心變好了，拉基特卡。你也坐，拉基特卡，幹麼老站著？難道你已經坐下了？敢情，拉基圖什卡是不會忘掉自己的。阿廖沙，你瞧他那模樣，現在坐在我們對面，在生悶氣哩：爲什麼我不先請他坐，而是先請你坐。我的這位拉基特卡心眼兒小，心眼兒小極了！」格魯申卡笑道。「別生氣啦，拉基特卡，今天我心情好。阿廖舍奇卡①，你幹麼悶悶不樂地坐著呀，見了我害怕？」她帶著愉快的嘲笑望了一眼他的眼睛。

「他心裡不痛快。沒給他加官晉爵。」拉基京用低啞的嗓音說道。

「什麼加官晉爵？」

「他的長老臭啦。」

「怎麼臭啦？你胡說什麼呀，你想說什麼混賬話是不是！閉嘴，蠢貨。阿廖沙，讓我坐在你的大腿上好嗎，就這樣！」她突然一縱身，笑吟吟地坐上了他的大腿，就像一隻愛跟人親熱的小貓，她用右手溫柔地摟住他的脖子。「我一定要讓你快活起來，我的虔信上帝的孩子！哦，你當真讓我坐在你大腿上嗎？你不生氣嗎？你只要發話，我就跳下來。」

阿廖沙不言語。他坐著，動也不敢動，他聽見了她說的：「你只要發話，我就跳下來」，但是他

① 阿廖沙的暱稱。

沒回答，好像變得麻木了似的。但是他心裡想的並不像那個比如說在一旁色瞇瞇地冷眼旁觀的拉基京可能希望看到和可能想像的那樣。他內心的巨大傷痛吞沒了他心中可能產生的一切感覺，要是這一刻他神清氣爽，稍一考慮，他就會看到他現在正穿著最堅固的鎧甲，足以抵禦任何誘惑和勾引。話又說回來，儘管他現在處於這種意識模糊和無所想、無所思的狀態，儘管他心中的痛苦壓得他喘不過氣來，但他還是不由得對他心中產生的這一奇怪的新感覺感到驚奇：這個女人，這個「可怕」的女人，不僅現在並沒有像過去那樣使他感到害怕（如果說他過去也曾想過女人的話，那他一想到女人就會產生一種說不出來的恐懼），相反，這個他最怕的女人，這個坐在他大腿上、摟著他的女人，現在卻突然在他心中激起了一種完全不同、過去意想不到的異樣感覺，某種異乎尋常、異常強烈而又襟懷坦然的對這女人好奇的感覺，但對這一切他已毫無恐懼之感，已經沒有絲毫他過去感到的恐懼——這便是使他不由得感到驚奇的最主要原因。

「你們就別廢話了，」拉基京叫道，「最好拿點香檳酒來，你欠了債，你自己清楚！」

「還真欠了債。要知道，阿廖沙，我答應過他，如果他把你領來，我要先請他喝香檳酒。快拿香檳酒來，我也陪你們喝！費尼婭，費尼婭，快給我們拿香檳酒來，就是米佳留下的那瓶，快去。我雖然省吃儉用，可酒我還請得起，不是請你，拉基特卡，你是老蘑菇了，他可是白馬王子！雖然我現在的心事不在這上面，但是豁出去了，我要陪你們一醉方休，我要發酒瘋！」

「你剛才說時候不時候的到底是什麼意思？什麼『消息』？可以問問嗎？要不，是秘密？」拉基京好奇地插嘴道，極力裝出一副他根本沒注意人家一再給他碰的釘子。

「唉，倒也不是什麼秘密，不說你也知道，」格魯申卡突然心事重重地說道，把頭轉向拉基京，身子略微離開了點阿廖沙，雖然仍舊坐在他大腿上，一隻手摟著他的脖子，「那軍官來了，拉基京，我那軍官來了！」

「我也聽說他來了，難道離得很近了？」

「現在他在莫克羅耶，他從那兒會派人送信來，我方才就收到他的一封信，他自己這麼寫的。現在我就坐在這裡等他來信。」

「原來是這麼回事！為什麼在莫克羅耶呢？」

「說來話長，再說，你就別打破沙鍋問到底了。」

「現在拿米堅卡怎麼辦呢——唉呀，唉呀！他是不是知道這事呢？」

「什麼知道！壓根兒不知道！他要是知道了，非殺死我不可。現在我根本不怕他，現在我才不怕他那刀子呢。拉基特卡，你少說兩句行不行，別跟我提德米特里·費奧多羅維奇了，他把我整個的心都揉碎了。這時候，關於這個，我什麼也不願意想。現在我只能想阿廖舍奇卡，看著阿廖舍奇卡……你恥笑我吧，寶貝兒，你要快活起來，笑我這股歡天喜地的傻勁……瞧，他笑啦，笑啦！瞧他那樣兒多可愛呀。要知道，阿廖沙，我一直以為你因為前天的事，因為那位小姐在生我的氣哩……不過發生這樣的事兒，倒也好。這事呀，說好也好，說壞也壞。」格魯申卡突然若有所思地微微一笑，在她的訕笑中突然掠過一絲兒殘酷。「米佳告訴我，說她大喊大叫：『應該用鞭子抽她！』我前天的確把她氣得夠嗆。她叫我去，想旗開得勝，用巧克力堵住我的嘴……不，發生這樣的事也好嘛。」她又發出一聲冷笑。「我一直在提心吊膽，就怕你生氣……」

「還真是這樣，」拉基京突然大驚小怪地插嘴道，「阿廖沙，她還當真怕你，怕你這小雞兒。」

「拉基特卡，對你，他才是隻小雞兒，真的……因為你這人沒良心，沒錯！要知道，我是打心眼裡愛他，真的！阿廖沙，你相信我打心眼裡愛你嗎？」

「啊呀，真沒羞！阿列克謝，她在向你求愛哩！」

「那有什麼，我就愛他嘛！」

「那麼軍官呢？從莫克羅耶來的寶貴消息呢？」

「那是一回事，這是另一回事。」

「真是娘們見識！」

「你別惹我生氣，拉基特卡，」格魯申卡熱烈地接道，「那是一回事，這是另一回事。我愛阿廖沙愛得不一樣。沒錯，阿廖沙，以前我曾經打過你的壞主意。要知道，我這人生性下賤，性子又野，唔，可是換了個時候，阿廖沙，我常常看著你就像看著我的良心。老在想：『我這人這麼壞，他一定看不起我。』前天從那位小姐那兒跑回家的時候，就是這麼想的。我早就注意到你了，阿廖沙，米佳也知道，我告訴過他。這事米佳就懂。你信不信，有時候，真的，我瞧著你就覺得無地自容，爲我整個人感到羞恥……我是怎麼開始這麼想你的，從什麼時候開始的，我也不知道，不記得了……」

費尼婭進來了，把托盤放到桌上，托盤上有一只打開的酒瓶和三只倒滿了酒的酒杯。

「香檳酒拿來啦！」拉基京叫道，「阿格拉費娜•亞歷山德羅芙娜，你太興奮了，興奮得有點把持不住自己了。只要乾上一杯，你就會手舞足蹈地跳起舞來。唉呀，她們連這點事也做不好。」他加了一句，打量著香檳酒。「老太太在廚房裡就把酒給倒好了，而且沒塞塞子就把瓶子給拿來了，也沒加冰塊。得了，就這樣湊合著喝吧。」

他走到桌旁，拿起酒杯，一口氣乾了，又給自己倒上了第二杯。

「喝香檳酒可不是常常碰得到的，」他舔著嘴唇說道，「來，阿廖沙，端起酒杯，露一手給她看看。咱們爲什麼事乾杯呢？爲天堂的大門吧？格魯莎①，端起酒杯，你也來爲天堂的大門乾一杯。」

「什麼天堂的大門？」

她端起了酒杯。阿廖沙也端起自己的酒杯，啜了一小口，把酒杯又放了下來。

「不，還是不喝好！」他淡淡一笑。

「還吹哩！」拉基京叫道。

「既然這樣，我也不喝了，」格魯申卡接著道，「我也不想喝。拉基特卡，你把這瓶全喝了吧。阿廖沙喝，我就陪他喝。」

「親熱得也太肉麻了吧！」拉基京逗他們道。「自己都坐到人家大腿上了！就算他心裡不好受吧，你有什麼？他起來造他的上帝的反了，連香腸也打算吃啦……」

「怎麼回事？」

「今天他的長老，那個聖徒，佐西馬長老死啦。」

「那麼說，佐西馬長老死啦！」格魯申卡叫道。「主啊，我倒是怎麼啦，我現在怎麼能坐在他大腿上呢！」她突然害怕地責罵自己，霎時從大腿上跳了下來，坐到沙發上。阿廖沙長時間地、驚訝地望著她，他臉上彷彿有什麼東西在發光。

「拉基京，」他突然大聲而又堅定地說道，「你就別戲弄我了，說什麼我起來造上帝的反了。我不想生你的氣，因此你也應該和善些。我失去了你從來不曾有過的最敬愛的人，因此你現在沒有資格論斷我。最好你還是看看她吧！你看到她是怎麼體諒我？我到這裡來原以爲會遇到一顆邪惡的

① 阿格拉費娜的小名，格魯申卡是暱稱。

心——我自己也曾這樣嚮往，因爲我這人很卑鄙，很壞，可是我卻找到了一個真心待我的姐姐，一個我十分敬愛的人——一顆充滿了愛的心……她能立刻體諒我……阿格拉費娜・亞歷山德羅芙娜，我說你哩。你立刻使我的心康復了。」

阿廖沙的嘴唇開始發抖，呼吸也侷促起來。他說到這裡打住了。

「倒像她救了你似的！」拉基京惡意嘲笑地道，「其實她是想一口吃了你，你知道嗎？」

「且慢，拉基特卡！」格魯申卡驀地站了起來，「你倆都別說話。現在我要把一切全說出來：阿廖沙，你也別說話，因爲聽到你的這席話，我簡直無地自容，因爲我是個壞女人，並不善良——我真是這樣的。至於你，拉基特卡，我之所以不讓你說話，是因爲你滿嘴胡言。我是有過這種下流的想法，想把他一口吞下去，可現在你這是胡說，現在根本不是那回事……但願以後我再也聽不到你說這種話，拉基特卡！」格魯申卡說這話時顯得異常激動。

「我看你倆都瘋了！」拉基京低聲咕噥道。驚訝地打量著他倆，「活像兩個瘋子，倒像我進了瘋人院似的。雙方都變得軟綿綿的，馬上要哭出來了！」

「我真想哭，真想放聲大哭！」格魯申卡說。「他管我叫姐姐，我從今以後永遠忘不了他說的這話！不過，我說拉基特卡，我雖然是個壞女人，可是我終究還施捨過一顆蔥頭。」

「怎麼施捨過一顆蔥頭？啊呀，真見鬼，這兩人真瘋了！」

拉基京看到他倆這麼興高采烈感到很奇怪，同時又窩著一肚子氣，雖然他不難想像，這兩人在足以使他倆的心靈受到震撼的一切問題上都不謀而合，而生活中這情形是不常見的。但是，拉基京雖然對有關自己的一切都很敏感，一點就通，可是他在理解他人的情感上卻十分遲鈍——這部分是因爲他年輕，涉世未深，另一部分也由於他這人太自私了。

「你知道嗎，阿廖舍奇卡，」格魯申卡突然對他神經質地大笑道，「我這是對拉基特卡才自賣自誇地說什麼施捨過一顆蔥頭，可是對你我就不敢吹牛了。我所以要告訴你這事，是因爲我另有用意。這不過是一則寓言罷了，但這是一則很好的寓言，這則寓言還是我小時候從馬特廖娜，也就是現在給我當廚娘的那個馬特廖娜那裡聽來的。要知道，這故事是這樣的：『從前呀，有一個壞透了的女人，她死了。她生前沒做過一件好事。鬼把她抓了去，推進了火湖。可是她的保護天使卻站在那裡想：我總得想出一件她做過的好事告訴上帝才對。他終於想出來了，他告訴上帝道：她在菜園子裡拔出一棵蔥頭，施捨給了一個要飯的女人。於是上帝回答他道：那你就拿這顆蔥頭，伸進火湖，讓她抓住，拉她上來，如果你把她拉出了火湖，就讓她進天堂，如果蔥頭斷了，那就讓這女人還待在她現在待的地方吧。天使聽罷就跑去找這女人，把蔥頭伸給她，他說：給你，女人，你抓住了，我拉你上來，於是他就小心翼翼地拉她上來，已經差點把整個身子都拉上來了，可是火湖中的其他罪人，一看到有人拉她上去，就一齊過來拉住她，希望跟她一起也能把他們拉上岸。可是這女人壞透了，她就用兩腳踹他們：「拉的是我，不是你們，這是我的蔥頭，不是你們的。」她剛說完這話，蔥頭就斷了。女人掉進了火湖，直到今天還在燃燒。天使只好含淚走開了。』①這則寓言就是這樣。阿廖沙，這則寓言我背得滾瓜爛熟，因爲我就是這壞女人。我曾經對拉基特卡吹噓說我曾施捨過一顆蔥頭，可是對你我的說法就不一樣了：我一輩子總共才施捨了一顆蔥頭，我總共才做過這麼一件好事。因此你千萬別誇我，阿廖沙，認爲我是好人，我壞，壞透了，你一誇我，我就害臊得發慌。唉，我

---

① 參看作者一八七九年九月十六日寫給柳比莫夫的信。「……我特別請你仔細校閱《一顆蔥頭》的故事，這一寶貴資料是我從一名農婦口中記錄下來的……」

乾脆全說出來吧。聽我說，阿廖沙：我非常想把你引誘到我身邊來，因此我死乞活賴地纏住拉基特卡，如果他能把你領到我家來，我答應給他二十五盧布，等等，拉基特卡，你等一下！」她快步走到桌旁，拉開抽屜，拿出錢包，從錢包裡抽出一張二十五盧布的鈔票。

「別廢話了！扯什麼淡！」感到尷尬的拉基京叫道。

「拉基特卡，我欠你的，你收下，你自己提出來的，總不至於不要吧！」說罷便把鈔票甩給了他。

「還能不要，」拉基京用粗嗓門說道，顯然很尷尬，但又大模大樣地把滿面羞慚掩飾了過去，「這錢還正來得是時候，傻瓜之所以存在，就是爲了讓聰明人得到好處。」

「你現在別說話了，拉基特卡，現在我要說的話都不是說給你聽的。坐到這邊來，閉上嘴，儘管你不喜歡我們，但是請你免開尊口。」

「我幹麼要喜歡你們？」拉基京並不掩飾自己的敵意，反唇相譏道。他已經把那張二十五盧布的鈔票塞進了口袋，可是當著阿廖沙的面，他覺得很不好意思。他本來打算過後再拿這報酬的，這樣阿廖沙就不會知道，現在他倒有點惱羞成怒了。在此以前，儘管他碰了格魯申卡不少釘子，他還是認爲最好的策略是別跟她頂撞，因爲看得出來，她還是有點支配他的本領的。可是現在他也發怒了：

「愛一個人，總得有愛他的理由吧，可是你倆對我做了些什麼呢？」

「你應當像阿廖沙那樣，愛一個人，並不因爲什麼。」

「他憑什麼愛你呢？他對你有什麼了不得的地方，使你這麼著迷呢？」

格魯申卡站在房間中央，說得很熱烈，在她的聲音裡已經可以聽出開始發作歇斯底里的味道。

「你住口，拉基特卡，我們的事你懂個屁！以後不許你對我你呀你的說話，我不許你這麼放肆，你哪來的這大膽子，真是的！給我坐到一邊去，你，就跟我的傭人一樣，不許你開口。而現在，阿廖沙，我要把我心裡的話統統告訴你，就告訴你一個人，讓你看到我是怎樣一個畜生！這話我是說給你聽的。我曾經想把你給毀了，阿廖沙，這是大實話，我完全拿定了主意；甚至花錢收買了拉基特卡，讓他把你領來。我出於什麼動機想這樣做呢？阿廖沙，你還蒙在鼓裡，什麼也不知道，你對我不理不睬地走了過去——低下了眼睛，可是在此以前我的兩眼一直盯著你，看了你一百遍，逢人便打聽你。你的容貌已經留在了我的心坎裡。我想：『他瞧不起我，連瞅都不願意瞅我。』到後來我竟產生了一種連我自己也感到奇怪的感情：我怎麼竟怕這個毛孩子呢？我非把他一口吃了不可，我要嘲笑他。我氣壞了。你信不信：這裡還沒一個人敢說，敢想，他能夠來打阿格拉費娜・亞歷山德羅芙娜的壞主意；我身邊只有一個老頭，我被他拴住了，我賣給了他，撒旦讓我委身於他，但是除此以外再沒一個人敢打我的壞主意。但是我看到你以後就下定決心：非一口吃了他不可，吃了他，再嘲笑他。你瞧，我是一條多麼凶惡的母狗，而你還管我叫姐姐哩！瞧，現在那個欺負過我的冤家又來了，我現在就在坐等他的消息。你知道，那個欺負過我的冤家曾經在我心上佔有什麼地位嗎？五年前，庫茲馬把我領到這裡——我經常一個人坐著，躲著大家，怕人家看見我，聽到我說話，我又瘦又小又傻，只會哭，幾天幾夜都睡不著覺——老在想：『我那個冤家現在在哪裡呢？想必跟別的女人在一起恥笑我吧，我想，只要我有朝一日能夠看到他，遇見他，我非報復他不可！』半夜，在黑暗裡，我趴在枕頭上失聲痛哭，思前想後，故意撕碎著自己的心，用怨恨來排遣我的滿腔悲憤：『我非報復他，我非狠狠地報復他不可！』我就這樣常常在黑暗中大叫。可是我又突然想到，我根本奈何他不得，他現在肯定在恥笑我，也許，他壓根兒就把我忘了，根本不記得了，於是我就從床上滾到地板上，流著無可奈何的眼淚，哭得死去活來，一直哭到天明。清早起來，我比狗還凶狠，恨不得把整個世界一口吞下去。後來，你猜怎麼著：我開始攢錢，變得十分冷酷，人也發胖了——你以為我肯定變聰明了是不是？根本沒那麼回事，普天之下，誰也看不見，誰也不知道，只要黑夜一降臨，我就像五年前的那個小姑娘一樣，總是躺在床上，咬牙切齒，徹夜啼哭。我想：『我非報復他，我非報復他不可。』這一切你都聽見了吧？那現在你對我又怎麼理解呢：一個月以前，我忽然收到了這封信：他要來，他的妻子死了，想見見我。當時我激動得連氣都透不過來了，主啊，我突然想：只要他一來，向我吹聲口哨，叫我去，我就會像隻做了錯事、挨了打的小狗一樣乖乖地爬到他身邊去！我這麼想的時候，我自己都不相信我自己：『我是不是犯賤呢？我要不要跑去見他呢？』在整整這一個月裡，我自己都恨自己太沒出息了，甚至還不如五年前。阿廖沙，你現在瞧見了吧，我是一個多麼瘋狂、多麼不要命的女人呀，我把心裡的話都倒給你了！我找米佳只是想解解悶，為的是不跑到那個人身邊去。住口，拉基特卡，你沒資格對我指指點點，這些話不是說給你聽的。方才，你們來之前，我就一直躺在這裡，在等，在想，在決定我的整個命運，我不說，你們永遠也不會知道我心裡想什麼。不，阿廖沙，請你告訴你那位小姐，請她千萬不要為前天的事生氣！……我不說，全世界沒一個人會知道現在我心裡的滋味，也不可能知道……所以，我也許今天會帶把刀子上那去，這，我還沒拿定主意……」

格魯申卡在說出這一番「傷心」話以後，還沒說完就忍不住用手捂著臉，一頭栽到沙發上的枕頭裡，像個小小孩似的嚎啕大哭起來。阿廖沙從座位上站起來，走到拉基京跟前。

「米沙，」他說，「請不要生氣。她對你說了些氣話，但是你不要生氣。你聽到她剛才說的話了嗎？不能對一個人的心求全責備，應該寬宏大量……」

阿廖沙說這話的時候，心情異常激動，控制不了自己。因為他心裡有話，所以就對拉基京說了。

要是沒有拉基京，他就會一個人長吁短嘆。但是拉基京嘲弄地看了看他，阿廖沙驀地打住。

「這是你那位長老不久前給你的心裡裝上了子彈，因此現在你又用你的長老做子彈向我放了一槍，阿廖申卡①，你是個小神癡。」拉基京露出一絲似有深仇大恨的微笑說道。

「別笑，拉基京，不要取笑，不要隨便議論已故的人：他比塵世間的所有的人都站得高！」阿廖沙帶著哭聲叫道。「我不是作為你的一名法官站出來說話的，我自己也不過是一名渺小的被告。我在她面前又算老幾呢？我到這裡來是為了自我毀滅，因此我才對自己說：『隨它去吧，隨它去吧！』——這都是因為我生性軟弱，而她經歷了五年的苦難，有個人剛一跑來向她說了句真心話——她就寬恕了一切，忘記了一切，哭了！她那個冤家回來了，叫她去，她就寬恕了他的一切，歡天喜地地急著要去看他，她不會帶刀子去的，不會的！不，我決不會這樣。我不知道你會不會這樣，米沙，但是我是不會這樣的！今天，方才，我上了一堂課……她站得比我們高，因為她心裡有愛……你過去聽她說過她剛才說的那些話嗎？不，你沒聽說過；你要是聽說了，你早就什麼都明白了……而前天受到委屈的另一個女人，但願也能寬恕她！她要是知道了這一切，一定會寬恕的……而她一定會知道的……這顆心還在痛定思痛，應當體諒它……這顆心裡也許還有許許多多寶貴東西……」

阿廖沙說到這裡停了下來，因為他喘不過氣來了。拉基京儘管對他深惡痛絕，也十分驚奇地看著他。他從來不曾料到一向十分文靜的阿廖沙會發表這樣的長篇宏論。

「竟出了一位辯護人！難道你愛上她啦？阿格拉費娜·亞歷山德羅芙娜，咱們這位吃齋念經的人還當真愛上了你，你把他征服啦！」拉基京無恥地放聲大笑，叫道。

---

① 與阿廖沙一樣，同為阿列克謝的小名。

格魯申卡從枕頭上抬起頭，她因爲剛哭過，臉變得突然有點兒腫，這時她臉上開始閃爍出一絲感動的笑，她看了看他。

「阿廖沙，別理他，我的小天使，你瞧他這德行，居然跟他說話。米哈伊爾・奧西波維奇，」她對拉基京說道，「因爲我剛才罵了你，我本來想請你原諒的，現在又不想了。阿廖沙，到我身邊來，坐這兒，」她帶著快樂的笑容招手讓他過去，「就這樣，就坐這兒，請你告訴我（她抓住他的一隻手，笑吟吟地看著他的臉）——請你告訴我：我到底要不要愛那個人呢？我是說我那個負心郎，我要不要愛他呢？你們來之前，我一直躺在這裡，躺在黑暗裡，我一直在審問自己的心：我要不要愛他呢？阿廖沙請你解決一下我心頭的這一疑團，時間到了，你怎麼定我就怎麼辦。我要不要饒恕他？」

「你不是已經饒恕他了嗎？」阿廖沙笑著說。

「我已經饒恕他了，這話說的也是。」格魯申卡若有所思地說。「我這顆心呀真犯賤！爲我這顆犯賤的心乾杯！」她突然從桌上拿起酒杯，一乾而盡，接著便舉起酒杯，使勁摔到地板上。酒杯被摔得粉碎，發出叮叮噹噹的聲音。在她的微笑中掠過一絲冷酷。

「要知道，說不定我還沒饒恕他呢。」她有點嚴厲地說道，垂下眼睛，盯著地面，彷彿在自言自語。「說不定，我這顆心只是打算饒恕他。我還要跟我的心做一番較量。你知道嗎，阿廖沙，我五年來流了多少眼淚啊，我簡直愛上了我的眼淚……說不定，我愛的根本不是他，我愛的只是我的受人糟蹋！」

「我才不願意做他那樣的人哩！」拉基京低聲嘟囔道。

「你也做不了，拉基特卡，你永遠也做不了像他那樣的人。你只配給我縫鞋，拉基特卡，你只配讓我用來做這種事，你永遠也不配見到像我這樣的人……說不定他也不配見到我……」

「他也不配？那你幹麼打扮得這麼漂亮呢？」拉基京挖苦道。

「你不要用打扮不打扮的來挖苦我，拉基特卡，你還不知道我的整個的心！只要我願意，我就可以把我這身衣服扯下來，現在就扯，馬上就扯。」她揚聲道。「你不知道我這身打扮是爲了什麼，拉基特卡！說不定，我會走出去對他說：『我現在這模樣，你倒是見過嗎？』要知道，他甩掉我的時候，我才十七歲，又瘦又小、像個癆病鬼似的，動不動就哭。我要坐到他身邊，勾引他，讓他渾身跟著了火似的。我要對他說：『你見過我現在這模樣嗎？你給我一邊待著去吧，親愛的先生，到嘴的肥肉溜了，流你的口水去吧！』——說不定，我這身打扮就是爲的這個，拉基特卡。」格魯申卡發出一串獰笑。「我是一個瘋狂的女人，狠毒的女人。我要把我這身衣服扯下來，毀了我的面容，毀了我的美貌，燒傷我的臉，用刀劃破，去討飯。只要我願意，我現在哪也不去，誰也不找，只要我願意，明天我就把庫茲馬給我的一切，把他的所有的錢全還給他，我要出去打一輩子工，幹零活！……你以爲我辦不到嗎，拉基特卡，你以爲我不敢這樣做嗎？就辦得到，就辦得到，我立刻就能辦到，你們不要惹火了我……我要把那傢伙攆走，我要對他嗤之以鼻，他不配見我！」

最後幾句話她是歇斯底里地喊出來的，但說到最後又忍不住用手捂住臉，撲到枕頭上，又嚎啕大哭起來，哭得全身發抖。拉基京從座位上站了起來。

「該走啦，」他說，「時間不早了，進不了修道院啦。」

格魯申卡霍地從座位上跳起來。

「阿廖沙，難道你要走嗎！」她既傷心又吃驚地叫道，「現在你拿我怎麼辦呢：你把我整個人都喚起來了，使我痛不欲生，現在又讓我一個人留下，又是這漫漫長夜！」

「他總不能在你這裡留宿吧？他要是願意，讓他留下來好啦！我一個人走也可以嘛！」拉基京刻薄地嘲笑道。

「住口，你這居心險惡的人，」格魯申卡向他狂怒地叫道，「你就從來沒有對我說過這樣的話，像他這次來對我說的那樣。」

「他到底對你說什麼啦？」拉基京沒好氣地悻悻然問道。

「我不知道，也不曉得，我也一點不明白他到底對我說了些什麼，但是他說到了我心坎上，他把我的心都翻了過來……他是頭一個可憐我的人，唯有他可憐我，真的！我的小天使，你過去爲什麼不來呢。」她突然發狂似的跪倒在他面前。「我一輩子都在等像你這樣的人，我知道肯定會有一個人跑來寬恕我的。我相信總會有人愛上我這個壞女人的，不單是爲了做那見不得人的事！……」

「我到底對你做了什麼呢？」阿廖沙感動地微笑著回答道，他向她彎過身，溫柔地拿起她的一隻手，「我給了你一顆蔥頭，一顆小得不能再小的蔥頭，就這麼一點點，就這麼一點點呀！……」

說罷，他自己也哭了。就在這時過道屋裡突然傳來了響聲，有人跑進了外屋；格魯申卡彷彿十分恐懼地跳了起來。費尼婭又喊又叫地跑了進來。

「東家，好東家，送信的人騎馬來了！」她快活地、上氣不接下氣地叫道。「一輛跑長途的馬車從莫克羅耶來接您了。馬車夫是季莫費，趕的是一輛三套馬車，說話就換馬……信，信，東家，給您信！」

她手裡拿著一封信，她在連聲喊叫的時候一直在空中揮個不停。格魯申卡從她手裡把信一把搶了過來，湊到蠟燭前。這不過是一張便條，就幾行字，她匆匆一瞥就看完了。

「他一聲吆喝！」她叫道，滿臉煞白，一縷病態的苦笑把她的臉都扭歪了，「一聲口哨！過來，小母狗！」

但是僅一剎那間她似乎猶疑不決；驀地，血衝上了她的腦海，像火一般燃紅了她的面頰。

「我去！」她忽地叫道。「我那五年的歲月啊！再見啦，二位！再見，阿廖沙，這是命裡注定的……

走吧，走吧，現在大家都離開我，走吧，走開，別讓我再看見你們！……格魯申卡要飛去過新生活啦……，我有什麼對不住你的地方，請多包涵，拉基特卡。也許我此去是死路一條！唉！倒像喝醉了酒似的！」

她忽地撇下他們，跑進自己臥室。

「哼，她現在哪顧得上咱們呀！」拉基京悻悻然道。「咱們走吧，要不，這娘們說不定又會大喊大叫起來，這些哭哭啼啼又叫又嚷的，讓我膩味透了……」

阿廖沙讓人機械地領了出去。院子裡停著一輛跑長途的四輪馬車正在卸套，有人舉著燈籠，在忙前忙後。有人把三匹新馬牽進敞開的大門。但是，阿廖沙和拉基京剛一走下台階，格魯申卡臥室的窗戶忽地打開，她用清脆的嗓音向阿廖沙身後叫道：

「阿廖舍奇卡，向你大哥米堅卡問好，告訴他，如果我這個壞女人有什麼對不住他的地方，請他多多包涵。同時請轉告他，就說是我說的：『一個無恥小人得到了格魯申卡，而不是你這樣一個高尚的人！』你還要給他加上一句，就說格魯申卡愛過他一小時，總共才一小時——讓他從今以後一輩子都要記住這一小時，你就說，格魯申卡讓你一輩子記住！……」

她說到最後已泣不成聲。窗戶砰地關上了。

「哼，哼！」拉基京笑呵呵地、含糊不清地說道，「把你大哥米堅卡給宰了，還要他一輩子記住。真是吃人不吐骨頭！」

阿廖沙什麼話都沒回答，好像沒聽見似的；他在拉基京身旁快步走著，彷彿大步流星地有什麼急事；彷彿神不守舍，機械地走著。拉基京彷彿突然被什麼東西刺痛了似的，彷彿有人用手指捅了一下他的新傷口；方才他讓格魯申卡親近阿廖沙，根本沒料到會發生這樣的事；適得其反，完全不是他非常希望看到的那種情況。

「她那軍官是個波蘭人，」他按捺住心頭的懊惱又說道，「再說，他現在根本就不是軍官，他在西伯利亞的海關當差，在靠近中國的某個邊界上，大概是名弱不禁風的波蘭佬。聽說還丟了差使。現在他聽到格魯申卡攢了一筆錢，因此就回來了——這就是個中的全部奧秘。」

阿廖沙又好像沒聽見似的。拉基京按捺不住：

「怎麼，你讓這個有罪的女人改邪歸正了？」他對阿廖沙獰笑道。「你讓這個蕩婦走上正道了？趕走了七個鬼，是不是①？我們方才巴望能夠顯靈，這不是顯靈啦！」

「別說啦，拉基京。」阿廖沙滿心痛苦地接口道。

「剛才我拿了她二十五盧布，你現在肯定『小看我』了吧？你在想，出賣了真正的朋友。要知道，你不是基督，我也不是猶大②。」

「唉，拉基京，請相信我，我都把這事忘了，」阿廖沙懊惱地說，「是你自己剛才引的頭……」

但是拉基京卻大爲光火。

「讓鬼把你們一個個統統抓了去吧！」他忽然吼道，「見鬼，我幹麼跟你一塊兒鬼混！從今以後，我跟你一刀兩斷。我一個人走了，你走你的路。」

他說罷便扭身進了另一條街，把阿廖沙獨自留在黑暗裡。阿廖沙出了城，越過曠野，向修道院走去。

---

① 參看《馬可福音》第十六章第九節：「在七日的第一日清早，耶穌復活了，就先向抹大拉的馬利亞顯現。耶穌從她身上曾趕出七個鬼。」

② 參看《馬太福音》第二十六章第十四－十五節，第四十六－五十節。拉基京出賣阿廖沙，與猶大爲了三十塊錢出賣基督如出一轍。

四、加利利的迦拿①

阿廖沙走到隱修區時，按修道院的規矩已經很晚了；看門人放他走另一條路進了隱修區。已經打過九點——這對大家是一個惶惶不安的一天，現在正是大家休憩安睡的時刻。阿廖沙怯生生地推開房門，走進長老現在停靈的他原先的修道室。除了派西神父獨自在棺材旁念誦福音書和那名年輕的見習修士波爾費里，因爲聽昨夜談話熬了一夜未睡，今天又忙亂了一天，累得筋疲力盡，加上他年輕，在另一間屋裡的地板上睡熟了以外，修道室裡一個人也沒有。派西神父雖然聽見阿廖沙進來了，但是他並沒有朝他那方向抬起頭來，連看也沒看，阿廖沙轉身走到房門右側的角落裡，雙膝跪下，開始祈禱。他思緒萬千，但又雜亂無緒，沒有一個感覺特別突出，特別明顯；相反地，此起彼伏，像走馬燈似的靜靜、不快不慢地打著轉兒。但是他心裡甜滋滋的，而且說來也怪，阿廖沙對此並不感到驚奇。他又看到了面前這具靈柩，以及四周都遮蓋好了的他的無比珍貴的死者，但是他心裡卻沒有了今天早上那種愁腸百結，淒淒慘慘切切。他一進來就跪倒在靈柩前，似在朝拜一件聖物，但是在他的腦海和心田卻洋溢著一片歡樂。修道室的一扇窗戶已被打開，空氣清新，略有寒意。阿廖沙想：「既然下決心打開窗戶，可見氣味更大了。」但是就連不久前還使他感到如此可怕、如此丟人的腐臭這一想法，現在也沒有像今天早晨那樣使他感到苦悶和悲憤了。他開始靜靜地祈禱，但是很快他自己也感覺到，他的祈禱幾乎是機械式的。他心裡閃過一些支離破碎的想法，像星星一樣閃

---

① 迦拿是加利利的一座小城，據聖經記載，耶穌曾在這裡把水變成酒，行了第一個神跡。（參看《約翰福音》第二章第一節－十一節）。

亮，但是一亮又滅了，換上了另一些星星，但是他心裡卻籠罩著某種既完整又堅定又不由得使人感到滿足的東西，而且他自己也意識到了這點。有時他也開始熱烈祈禱，他非常想感謝上帝和愛上帝……但是，他剛開始祈禱，又忽然想到別的東西上去了，他陷入沉思，忘記了祈禱，也忘記了打斷他祈禱的思緒。他想聽聽派西神父在念誦什麼，但是他太睏了，漸漸打起盹來……

「第三日，在加利利的迦拿有娶親的筵宴，」派西神父念誦道，**「耶穌的母親在那裡，耶穌和他的門徒也被請去赴席**①**。」**

「娶親？娶……什麼親……」這想法像旋風似的閃過阿廖沙的腦海，「她也很幸福……去赴席了……不，她沒有帶刀子，沒有帶刀子……這不過是一句『傷心』話……唔……傷心話是情有可原的，一定的。傷心話可以使人的心得到慰藉……沒有它，人們的傷心事就未免太沉重了。拉基京鑽進了死胡同。只要拉基京老想著人家對不起他，就會永遠鑽牛角尖……而路……光輝燦爛的康莊大道，而且路的盡頭是燦爛的太陽……啊？……他在念什麼？」

「酒用盡了，耶穌的母親對他說，他們沒有酒了……」阿廖沙聽到派西神父在念誦。

「啊呀，對了，我把這段話聽漏了，我不想漏掉，我喜歡這段話：這事發生在加利利的迦拿，頭一個神跡……啊，這是神跡，啊，這是可愛的神跡！基督在初次行神跡的時候，遇到的不是傷心事，而是人們的歡樂，他給人們增加了快樂……『誰愛人也必愛人的歡樂……』這是已故的長老時刻叨唸的一句話，也是他最主要的思想之一……米佳說，沒有歡樂就活不下去……是的，米佳……凡是真實的和美的，永遠是寬宏大量、慈悲為懷的——這又是他說過的一句話……」

---

① 由此及以下引文均見《約翰福音》第二章第一－十節。

「耶穌說：母親，我與你有甚麼相干？我的時候還沒有到。他母親對傭人說：他告訴你們甚麼，你們就作甚麼。」

「作甚麼……創造歡樂，創造某些窮人的歡樂，非常窮的窮人……既然娶親的筵席連酒也不夠，當然是窮人……歷史學家們說，在革尼撒勒湖附近及其周圍地區，居住著當時可以想像得出來的最貧窮的居民①……也在那裡的另一個偉人（他的母親）的偉大的心知道，他的降臨人世，不僅僅是爲了完成他那偉大而又令人聞之膽寒的功德，他的心也能體會到那些愚昧無知而又心地單純的人的憨厚淳樸的歡樂，他們親切地請他參加他們貧寒的婚宴。『我的時候還沒有到，』他說，莞爾一笑（一定是溫順地向她微微一笑）……可不是嗎，難道他降臨人世是爲了在貧寒的婚宴上使人酒足飯飽嗎？但是他應她的請求做了……啊，他又在念誦了。」

「耶穌對傭人說：把缸倒滿了水。他們就倒滿了，直到缸口。

「耶穌又說：現在可以舀出來，送給管筵席的。他們就送了去。

「管筵席的嘗了那水變的酒，並不知道是哪裡來的，只有舀水的傭人知道。管筵席的便叫新郎來。

「對他說：人都是先擺上好酒等客喝足了，才擺上次的。你倒把好酒留到如今。」

「但是，這是怎麼回事，這是怎麼回事呢？爲什麼房間變大了……啊，對了……這不是辦喜事，舉行婚宴嗎……對了，那當然。瞧，賀客如雲，瞧，新婚夫婦入席了，大家歡歡喜喜，還有……那

---

① 這裡所說的歷史學家，可能是指《耶穌傳》的作者雷南，他在這本書裡說，耶穌傳道的地方常是當時最貧困的地區。

個精明的管筵席的人上哪去啦？但是，這是誰呀？誰呀？房間又變大了……誰站起來了？怎麼搞的……他也在這兒？他不是躺在棺材裡嗎？但是他也在這兒……站起來了，看見了我，走過來了……主啊！……」

是的，他，一個乾癟老頭，臉上滿是細密的皺紋，向他走來了，走來了，歡歡喜喜，安詳地笑著。棺材已不翼而飛，他依舊穿著昨天穿的那身衣服，也就是客人來了，他跟他們坐在一起時穿的那身衣服。臉色開朗，兩眼炯炯有神。這到底是怎麼回事呢？可見他也來赴席了，他也應邀來參加在加利利的迦拿舉行的娶親的筵席了……

「親愛的，我也受到了邀請，既然邀請了，我也就來了。」他身旁有個低低的聲音說道。「幹麼要躲到這裡來呢，都看不見你了……你也過來，到我們這邊來吧。」

這是他的聲音，佐西馬長老的聲音……他既然在叫我，怎麼會不是他呢？長老用一隻手扶起了阿廖沙，於是他站了起來。

「讓咱們開懷暢飲，」那個乾癟老頭繼續道，「咱們喝新郎出來的酒，這是新的大歡喜的酒；你瞧，高朋滿座，多熱鬧？你瞧，新郎和新娘，你瞧，那個精明的管筵席的人，他在嘗那個新郎出來的酒。你幹麼看著我，一副大驚小怪的樣子？我施捨了一顆蔥頭，所以我就來吃喜酒了。這裡有許多人也只是施捨了一顆蔥頭，一顆小小的蔥頭……咱們的事。

怎樣？你是一個文靜的、厚道的孩子，你今天做得很好，給一個飢餓的女人施捨了一顆蔥頭。開始吧，親愛的，開始自己的事業吧，我的溫柔、厚道的孩子！……你看見咱們的太陽了嗎，你看見他了嗎？」

「我害怕……我不敢看……」阿廖沙悄聲道。

「不要怕他。他的偉大使我們敬畏，他的崇高使我們恐懼，但是他大慈大悲，他出於愛同我們相類似，並與我們一起歡聚，爲了不使賀客掃興，他把水變成了酒，在等待新的客人，不斷地邀請新客人前來，與他同赴永恆。瞧，又拿來新酒了，瞧，他們抱來了酒罈……」

阿廖沙的心裡有什麼東西在燃燒，他的心感到充實的痛苦，歡樂的眼淚就要由衷迸發而出……他伸出雙手，大叫一聲，醒了……

眼前又是那個靈柩，又是那個打開的窗戶，又是靜靜地、莊嚴地、慢條斯理地在念誦福音書。但是阿廖沙已經不去聽在念誦什麼了。說來奇怪，他本來是跪著睡的，可現在卻兩腿站著，突然，他好像衝過去似的，三腳兩步，邁著堅定的快步，一直走到靈柩跟前。甚至肩膀碰著了派西神父而沒有發覺。派西神父的眼睛片刻間離開了書本，他抬起頭，看了看他，又立刻把眼睛移開了，他明白這年輕人心裡大概發生了什麼奇異的事。阿廖沙望著靈柩大約有半分鐘，望著那個在棺材裡蓋著屍衣、一動不動、挺直了四肢的死者，死者胸前放著聖像，頭戴綴有八角十字架的修士帽。他剛才還聽見他說話的聲音，這聲音還在他耳邊迴響。他又側耳傾聽，他還在等候發出聲音……但是驀地一轉身走出了修道室。

他並沒有在台階上停步，而是迅速走了下來。他那充滿歡樂的心，渴望得到能夠自由舒展的廣闊空間。他頭上籠罩著一片廣袤無垠的太空，靜靜的繁星在天空閃爍。從天頂直到天邊，還不很清晰的銀河似乎幻化成了兩道。空氣清新、萬籟俱寂的夜，覆蓋著大地，大堂的白色尖塔和金色圓頂彷彿鑲嵌在藍寶石一般的天空中，在閃亮。屋旁花壇裡紫嫣紅的秋花睡著了，守候著天明。大地的靜謐與天上的靜謐融成了一片，人間的秘密與星空的秘密彼此溝通……阿廖沙站著，舉目四望，突然像被齊根砍倒似的匍匐在地。

他不知道因爲什麼要擁抱大地，他也不明白爲什麼不可遏制地想要親吻大地，把它親吻個遍，但是他親吻大地時卻失聲痛哭，淚流滿面，而且發狂般起誓要愛它，永生永世地愛它。他心中蕩漾著這樣一句話：「用你的歡樂的眼淚灑遍大地，要愛你的眼淚……」他哭什麼呢？噢，他甚至是在內心的一片歡欣中哭泣，他在哭從無邊的太空向他閃耀的點點繁星，而且他「對自己的這一狂態並不害羞」。彷彿溝通上帝創造的三千大千世界的眾線索一下子集中到了他的心中，他的心因「與彼岸世界相溝通」而整個兒歡呼雀躍。他盼望能夠寬恕所有的人，爲了一切而請求上帝寬恕，噢！不是替自己，而是替所有的人，爲他們所做的一切，一切的一切，而「別人也會替我請求寬恕的」這話又在他心中迴響。但是他每一瞬間都清晰而又彷彿看得見、摸得著地感覺到某種像太空一樣堅定不移的東西從天而降，深入到他的心房。彷彿冥冥中有一種道在他的腦海裡生了根——而且終生不渝，以至永遠。他匍匐在地時還是個軟弱的青年，可站起來時已是一個終生不渝的堅強戰士了，而且這是在他感到歡欣鼓舞的同時突然意識到和感覺到這點的。而且阿廖沙以後將永生永世，永遠也忘不了這一時刻。「這時大概有神造訪了我的心。」他後來說，而且對他自己說的話堅信不移……

三天後，他離開了修道院，他這樣做也是遵從長老的遺言，長老曾吩咐他「還俗，到紅塵中去待一段時間」。

第八卷　米佳

一、庫茲馬・薩姆索諾夫

格魯申卡在插翅飛向新生活的時候，曾「叮囑」阿廖沙向德米特里・費奧多羅維奇轉達她的最後問候，並讓他永遠記住她曾經愛過他的一小時，但是德米特里・費奧多羅維奇卻對她發生的事一無所知，這時正處於惶惶不可終日的忙亂中。最近兩天，他正處在一種非同尋常的境地，正如他後來所說，當時真可能得腦炎。頭天上午，阿廖沙到處找他也沒能找到，二弟伊萬當天想同他在飯館裡見見面也未能辦到。他寄居的那套小房間的房東遵照他的囑咐隱瞞了他的行蹤。而他本人這兩天簡直像無頭蒼蠅一樣到處亂跑，正如後來他自己所說，他在「同自己的命運搏鬥，想拯救自己」，他甚至還因爲一件急事急匆匆地趕出城去好幾小時，儘管他離城但也覺得十分可怕，雖就離開一會兒，但這時卻無人監視格魯申卡。這一切是後來才以十分詳盡的案卷形式弄清楚的，現在我們僅限於具體說一說他一生中這可怕的兩天所發生最重要的事，緊接著便突然爆發了那件可怕的慘案，從而改變了他一生的命運。

格魯申卡雖然真心真意地真正愛過他一小時，這不假，不過，與此同時，她有時候折磨起他來確也十分狠心和殘酷。主要是他怎麼也猜不透她的心思；無論來軟的還是來硬的都沒法套出她的心裡話：她軟硬不吃，只會惹她發火，壓根兒不理他——對於這點，當時，他心裡是一清二楚的。他當時懷疑得非常正確：她正處於某種內心鬥爭中，怎麼也拿不定主意，在考慮某件事，但又總下不了決心，因此他常常不無道理地、心懷鬼胎地揣測，有時她想必恨透了他和他那熾烈的愛。當時的情況也許正是如此，但是格魯申卡到底因爲什麼煩惱呢，他還是弄不明白。就他本人來說，使他苦惱不堪的整個問題僅僅在於確定這二者：「二者擇一：不是他米佳，就是費奧多爾・帕夫洛維奇」。說到這裡，必須順便說明一個事實：他堅信，費奧多爾・帕夫洛維奇肯定會向格魯申卡提出（如果不是已經提出的話）他要正式娶她，而且他一分鐘也不相信，這個老色鬼會指望僅用三千盧布就敷衍了事。米佳深知格魯申卡和她的性格，所以才得出這個結論。因此他有時才會覺得，格魯申卡的全部痛苦和猶疑不定，無非是因爲她在他們兩人中不知道到底挑誰才好，他們兩人到底哪一個對她更有利。至於那軍官，也就是格魯申卡一生中的那個冤家即將回來的事，說來也怪，在那些天裡他連想都沒想過，可是格魯申卡卻在異常激動和畏懼裡等候著他的到來。誠然，最近幾天來，關於這事，格魯申卡對他諱莫如深。但是，早在一個月前，她就收到她過去的這個冤家的信，他對此是一清二楚的，這事也是她親口告訴他的，而且他對信的內容也多少知道一些。當時，格魯申卡正在氣頭上，就把這信給他看了，但是，令她驚奇的是，他對這封信毫不在乎。很難說清楚這是因爲什麼：也許因爲他爲了這個女人與他的生父明爭暗鬥，這事太醜惡，也太可怕了，因而感到心情抑鬱，他簡直想像不出（起碼在當時）對於他還能有什麼比這更可怕、更危險的了。至於那個銷聲匿跡達五年之久，又忽然從什麼地方冒出來的老相好，他甚至根本不相信，至於說他很快就要來，他就更不信了。再說，給米堅卡看的這「軍官」的第一封信，關於這個新情敵要來的事說得非常不確定：這信寫得含含糊糊，充滿了華麗的詞藻和多情善感的詞語。應當指出的是，那一回，格魯申卡把信末的最後幾行詞捂住了，正是在這幾行字裡才比較明確地說到他要回來的事。再說，米堅卡後來想起來，他當時在格魯申卡的臉上看到她對這封西伯利亞來信流露出某種下意識的高傲的輕蔑①。從此格魯申卡關於她與這個新情敵進一步聯絡的所有情況便對米堅卡隻字不提。因而，他慢慢地也就把這軍官的事完全忘了。他想到的只是，不管以後還會發生什麼，也不管事情將會發生什麼變化，他跟費奧多爾・帕夫洛維奇日漸瀕臨的徹底衝突已迫在眉睫，肯定會先於其他一切而獲得解決。他心裡忐忑不安，每時每刻都在等待格魯申卡的裁決，但是他始終相信，這肯定會似乎突如其來地，心血來潮般地發生。她會突然對他說：「娶我吧，我永遠是你的。」於是就一了百了：他就會帶上她，立刻帶她到天涯海角。噢，他會把她立刻帶走，而且要盡可能，盡可能走得遠遠的，即使不是帶到天邊，也要帶到俄國的邊遠地區，隨便找個地方，在那裡跟她結婚，住下來，incognito②，無論是這兒，也無論是那兒和在任何地方，使任何人都對他倆一無所知。到那時候，噢，到那時候就會立刻開始一種全新的生活！關於這個不同於過去的、煥然一新的、「立志行善」（一定，一定要立志行善）的生活，他朝思暮想得都快發瘋了。他渴望這種復活和新生。他自暴自棄從而愈陷愈深的這個醜惡的深淵，把他壓得都喘不過氣來了，他也跟在這種情況下的許多人一樣，堅信只有換個地方才能重新做人：只要不是原來那些人，只要不是原來那個環境，只要能夠遠走他鄉，離開這個該死的地方——一切就會復活，一切就會獲得新生！這是他的信念，也是他日夜爲之陶醉的未來。

① 據學者考證：這裡意在諷刺十二月黨人奧多耶夫斯基給普希金的酬答詩（普希金曾寫過一封致在西伯利亞服苦役的十二月黨人的著名的詩《在西伯利亞礦山的深處》）。

② 拉丁文：隱姓埋名。

但是這僅僅是問題的第一種解決辦法，**圓滿**的解決辦法。還有另一種解決辦法，那就會出現另一種可怕的結局。萬一她對他說：「你走吧，剛才我跟費奧多爾‧帕夫洛維奇已經拿定了主意，我這就嫁給他，不要你了。」於是那時候……但是那時候……可是米佳也不知道那時候他該怎麼辦，直到最後一刻他都不知道，這倒應該替他說句公道話。他並沒有明確的打算，也沒有深思熟慮的犯罪念頭。他只是監視、偵察和苦惱，但心嚮往之的始終是自己命運的第一種圓滿的結局。甚至出現任何別的想法，他也揮手不予理睬。但是這時候又開始了完全不同的另一種痛苦，這完全是個新問題和不相干的問題，但是正是這問題最要命和最無法解決了。

說具體點，萬一她對他說：「我是你的了，帶我走吧！」那，他怎麼帶她走呢？他哪來的路費，哪來的錢呢？這麼多年，他的收入全靠費奧多爾‧帕夫洛維奇的施捨，這錢曾經源源不斷，可是剛好到這時候全部透支完了。當然，格魯申卡有錢，但是這方面米佳突然變得驕傲起來：他要用自己的錢帶她遠走高飛，用自己的錢跟她一起開始過新生活，而不是花她的錢；他甚至沒法想像他會向她拿錢，而且一想到這點他就痛苦，非但痛苦，而且噁心。關於這點，我在這裡就不詳談了，也不作分析，只想指明他此時的心態就是這樣。也可能因爲他曾把卡捷琳娜‧伊萬諾芙娜的錢竊爲己有，因此他的良心感到一種隱痛，由這隱痛而間接地、似乎無意識地產生了這樣的心態：「我在一個女人面前是小人，又立刻在另一個女人面前成了小人。」他當時想，後來他自己也這麼承認，「要是讓格魯申卡知道了，她才不會要我這樣一個卑鄙小人呢。」因此，到哪去湊這筆經費呢？到哪去弄這筆要命的錢呢？否則，就會一切完蛋，什麼事也辦不成，「唯一的原因就因爲沒錢，啊，丟人哪！」

我要先交代幾句：這話也對，說不定他也知道上哪能弄到這筆錢，說不定他也知道這錢現在存哪兒。但是更詳細的情況，這回我就不想多說了，因爲以後一切會不言自明的；但是使他進退兩難的主要還在這兒，雖然我說不清楚，但是我還是想指出這點；要拿到這筆存在某處的錢，而且要**理直氣壯**地拿到它，就必須把那三千盧布先還給卡捷琳娜·伊萬諾芙娜——「否則我就成了扒手，我就成了卑鄙小人，而我是不願意做一個卑鄙小人來開始新生活的。」米佳這樣認定，因此，他決心甚至把整個世界翻過來，如果有此必要的話，但是無論如何必須**首先**把那三千盧布還給卡捷琳娜·伊萬諾芙娜。他下定這一決心的舉足輕重的過程，可以說，僅僅發生在他有生之年的最近幾小時，也就是在兩天前的那個傍晚，即格魯申卡侮辱了卡捷琳娜·伊萬諾芙娜之後，他在路上最後一次遇到阿廖沙的時候；當時阿廖沙告訴了他這件事，他承認自己是卑鄙小人，還讓阿廖沙把這句話轉告卡捷琳娜·伊萬諾芙娜，「如果能使她的心頭多少舒服些的話。」當時，即那天夜裡，他跟三弟分手以後，他在狂怒中感到，不如鋌而走險，哪怕「殺人越貨，但是欠卡佳的錢必須還清」。「我寧可面對那個被我謀財害命的人，面對所有的人，說我是個殺人犯和賊，我寧可去西伯利亞服苦役，也決不能讓卡佳將來有權說，我非但對她變了心，還偷了她的錢，而且還利用她的這筆錢與格魯申卡遠走高飛，去過立志行善的生活！這，我受不了！」米佳咬牙切齒地這樣想，有時候他真覺得弄到最後他非得腦炎不可。但是他目前還只是思想鬥爭……

說來也怪：這時他下定這個決心，除了絕望以外，看來，一籌莫展；因爲像他這樣的窮光蛋一下子上哪去弄這麼一大筆錢呢？然而那時他卻一直心存希望他一定會弄到這三千盧布，他指望它會自動跑來，自己飛到他手裡來，甚至於，哪怕從天上掉下來。但是，那些像德米特里·費奧多羅維奇這樣能不費吹灰之力得到一筆遺產的人，一輩子只會花錢和隨意揮霍，至於怎麼才能掙到錢，卻一竅不通，倒也會常常這樣異想天開。自從前天他和阿廖沙分手以後，他腦海裡就立即掀起一股想入非非的旋風，把他所有的想法全搞亂了。他這樣想的結果是，他竟採取了一個最最離奇的行動。

是的，這類人處在這樣的情況下，也許正是最不可能和最異想天開的事，在他們看來，才是最可能實現的。他驀地打定主意去找格魯申卡的保護人——商人薩姆索諾夫，他要向他提出一個「計畫」，並以這「計畫」作抵押，從他手裡馬上弄到他所尋求的那筆款子；從做生意角度看，他對自己的計畫毫不懷疑，拿不準的只是薩姆索諾夫對他的這一非同尋常的行徑到底怎麼看，如果他不肯僅僅從生意方面來看問題的話。米佳雖然跟這商人有一面之交，但跟他不熟，甚至都沒跟他說過話。但是不知為什麼，他心裡早就認定，這老色鬼眼下都快嚥氣了，如果格魯申卡想從此規規矩矩地過日子，嫁給一個「靠得住的男人」，此刻他根本不會反對也說不定。不僅不會反對，而且還求之不得呢，只要有合適的對象，甚至還樂意玉成。不知他聽到了什麼傳言，還是從格魯申卡的某些話語裡聽來的，他認定這老傢伙也許寧可格魯申卡嫁給他，而不是下嫁給費奧多爾·帕夫洛維奇。也許，本書的許多讀者會覺得，可以說吧，指望從女方的保護人手裡娶得自己的新娘，還想得到他的幫助，就德米特里·費奧多羅維奇這方面來說，頭腦也未免太簡單，太低三下四了。我能說的只有在米佳心目中，格魯申卡的過去已經徹底過去了。他抱著無限的同情來看這過去，並且以他的全部火一般的熱情認為，只要格魯申卡對他說她愛他，願意嫁給他，那就會立即出現一個全新的格魯申卡，而與她一起，也會立刻出現一個全新的德米特里·費奧多羅維奇，而且沒有任何毛病，只知一味行善：他倆將相互寬恕，從此改弦更張，過全新的生活。至於這個庫茲馬·薩姆索諾夫，他認為他不過是格魯申卡過去那一段業已消失得無影無蹤的生活中曾經對她的生活產生過舉足輕重影響的一個人，而且她從來沒有愛過他，最主要的是這人已成「明日黃花」，已經一了百了，因此現在他已經根本不存在了。再說，米佳現在甚至不能把他當作人，因為城裡面人人皆知，他只是一個有病的衰老的廢物，與格魯申卡保持著一種可以說僅僅是父女關係，至於過去那種曖昧關係，早已蕩然無存，而且這已經是很久以前的事了，他倆這樣幾乎已有一年之久。不管怎麼說吧，米佳在這方面表現得十分憨厚老實，儘管他有許多毛病，他還是一個非常憨厚老實的人。正因爲他憨厚老實，順便一提的是，他竟深信這個老傢伙庫茲馬，在快要到另一個世界去的時候，肯定會對他過去與格魯申卡的關係感到真誠的懺悔，因此，她現在再沒有比這個無害的老頭更忠實的保護人和更忠實的朋友了。

米佳那天跟阿廖沙在曠野裡談話之後，幾乎一夜沒睡，第二天，上午十點左右，他便來到薩姆索諾夫家，並讓下人稟報他有事求見。這是一幢陰森森的老房子，很寬敞，二層樓，院子裡蓋有附屬建築物和耳房。底層住著薩姆索諾夫的兩個兒子和他們的家眷、他的一位年邁的姐姐和一個待字閨中的女兒。耳房裡則住著他的兩名夥計，其中一名也拉家帶口，子女眾多。他的兒孫和夥計們全擠在各自的住房裡，但是二樓卻由老傢伙一人獨占，甚至不讓伺候他的女兒與他同住，因此，她只好在規定的時間和沒有定規的呼喚時，一次次地從樓下跑到樓上，儘管她早就害有氣喘病。這二樓由許多又大又華麗的房間組成、室內全是商用式的舊式家具，四周靠牆單調地擺著一長排笨重的圈椅和紅木椅，頂上掛著蒙上套子的水晶吊燈，壁間則鑲嵌著一面面陰森森的大鏡子。所有這些房間全是空的，沒有人住，因爲有病，老頭硬要擠在一個小房間裡，擠在一間靠邊的他的小臥室裡，平時伺候他的是一個用頭巾包著頭髮的年老女僕和一名老坐在前室長木箱上的「小鬼」。老頭因爲腿腫已經幾乎完全不能行走了，只能偶爾從自己坐的皮椅子上站起來，由那個老太太架著他的兩條胳膊，扶著他在房間裡走一兩個來回。他甚至對這老太婆也老板著臉，不愛說話。當下人向他稟報「大尉」來訪的時候，他立刻吩咐說他不見客。但是米佳堅持求見，因此下人又再次進去稟報。庫茲馬•庫茲米奇詳細詢問了那名小廝：這人是什麼長相？有沒有喝醉酒？有沒有胡鬧搗亂？他得到的回答是他是「清醒的，但是不肯走」。老人又吩咐說他不見客。米佳早就預料到他會來這一手，特意隨身帶了紙筆，於是他就在一小塊紙片上清楚地寫了一行字：「有要事求見，與阿格拉費娜·亞歷山德羅芙娜有密切關係」——他寫罷便讓那小廝送進去給那老人。老人想了想，便讓那小廝先把客人領進客廳，並讓老太太下樓吩咐他的小兒子立刻上來。這小兒子足有兩俄尺十二俄寸高①，力大無窮，不蓄鬍鬚，一身德國人打扮（薩姆索諾夫自己則穿著俄式長大褂，蓄著大鬍子②），他二話不說立刻就來了。他們在父親面前全都戰戰兢兢。父親請這個大漢來倒不是怕「大尉」，他決不是個膽小怕事的人，他讓他來是以防萬一，多半爲了有個見證。他在兒子和那名小廝的陪同下，兒子則攙扶著他的胳膊，終於顫巍巍地走進了客廳。不難想到，他也感到某種相當強烈的好奇心。米佳在那裡等候的客廳，是一間很大的、陰森森、使人感到沉悶和壓抑的房間，上下兩排窗戶，上方有敞廊，牆壁是「仿大理石」的，頂上掛有三架很大的水晶吊燈，全蒙著套子。米佳坐在房門旁的一把小椅子上，焦躁地等候著，不知是禍是福。當老人在對面的入口處出現，離米佳的椅子尚有約莫十俄丈③遠時，米佳就猛地跳將起來，邁著軍人的步伐，大踏步向他迎了過去。米佳穿戴齊整，上衣扣得整整齊齊，手拿圓筒禮帽，戴著黑手套，跟三天前，他在修道院，在長老處，跟費奧多爾·帕夫洛維奇和兩兄弟舉行家庭會晤時的穿戴一模一樣。老人站著，傲慢而又嚴厲地等著他，這時米佳即刻感到，當他走過去時，老人早已經把他上上下下地打量了一番。近來，庫茲馬·庫茲米奇的臉腫得非常厲害，這也使米佳吃了一驚：本來就很厚的下嘴唇現在看去就像是一塊耷拉下來的烙餅。他神氣活現地對

① 一俄尺約合七一·一厘米，一俄尺有十六俄寸，一俄寸等於四·四四厘米。二俄尺十二俄寸約等於一九五厘米。

② 舊時，俄國人蓄鬍，德國人不蓄鬍。

③ 一俄丈等於三俄尺。

客人默默地行了個禮，向他指了指長沙發旁的圈椅，他自己則在兒子的攙扶下，發出痛苦的呻吟聲，慢慢地坐到米佳對面的長沙發上，米佳看到他既痛苦又費力，心裡立刻感到後悔，悔不該為自己現在這點小事來打擾這麼一位重要人物。

「先生，您找在下有何貴幹？」老人坐下後終於慢吞吞地，一字一句地問道，神態嚴峻而又不失禮貌。

米佳哆嗦了一下，差點跳起來，但又坐了下來。接著便立刻開始大聲說起話來，他說得既快而又神經質，手舞足蹈，簡直像發狂似的。看得出來，這人已經走投無路，萬念俱灰，正在尋找最後的出路，如果找不到，倒不如立刻投河自盡算了。這一切大概刹那間就被薩姆索諾夫這老東西看在眼裡了，雖然他依舊不動聲色，像木頭人一樣冷冷冰冰。

「最尊貴的庫茲馬・庫茲米奇，您大概不止一次地聽說過我和家父費奧多爾・帕夫洛維奇・卡拉馬助夫發生爭吵的事吧，在我生母去世之後，他趁火打劫，把她留給我的遺產全部獨吞了……因為全城人已經在七嘴八舌地談論此事……這裡的人就愛七嘴八舌地議論不應該議論的事……此外，您也可能聽格魯申卡說過……對不起：應當說阿格拉費娜・亞歷山德羅芙娜……聽我萬分尊敬的阿格拉費娜・亞歷山德羅芙娜說過①……」米佳這樣開始道，剛開口就結結巴巴起來。但是我們並不準備逐字逐句地複述他的原話，而只想說個大概。米佳說，事情在於他自己還在三個月以前就故意（他正是用「故意」二字，而不是說「特意」）去向一位省城的律師，「向一位名律師帕維爾・帕夫洛維奇・科爾涅普洛多夫諮詢過，庫茲馬・庫茲米奇，您大概聽說過這個人吧？他幾乎可說是國家

① 格魯申卡是阿格拉費娜的小名。直接稱呼人家的小名似嫌隨便了點。

的棟梁之材……他也認識您……對您極口稱譽……」米佳又一次結結巴巴起來。但是他的結巴並沒有使他住口，他立刻跳過這段不說，滔滔不絕地繼續說下面的。他說，這位科爾涅普洛多夫先生詳細詢問了，並仔細地看了米佳所能提供的全部文件（關於文件等事，米佳說得很含糊，急匆匆地一帶而過）後說，契爾馬什尼亞村理應屬於他米佳，因爲這是他母親的遺產，關於該村的歸屬問題，的確可以打官司，把這老混蛋打個措手不及……「因爲並不是所有的大門都是關著的，這孔該怎麼鑽，司法界是知道的。」一句話，甚至可以指望讓費奧多爾·帕夫洛維奇再拿出大約六千盧布來，甚至拿七千也說不定，因爲契爾馬什尼亞說到底至少總值兩萬五吧，甚至兩萬八也說不定，「三萬，三萬，庫茲馬·庫茲米奇，您想想，我從這心狠手毒的人身上連一萬七也沒拿到！……」他說，我米佳當時悔不該把這事給撂下了，因爲我不會打官司，可到這裡來以後又被這老傢伙的反訴弄得傻了眼（說到這裡，米佳又語無倫次起來，又來了個急轉彎，跳了過去），他說：因此，最尊貴的庫茲馬·庫茲米奇，您是否願意收下我對於這個惡棍的一切權利，只要您先付給我三千盧布就成……您絕對不會吃虧的，對此我可以用人格擔保，用人格擔保，恰恰相反，您可以用三千賺到六千或者七千……最要緊的是「甚至今天」就能把這事給了了。「以後我可以去找公證人，給您，怎麼說呢，或者隨便幹什麼吧……」一句話，幹什麼我都同意，我可以立您要我立的一切筆據，一切我都可以簽字……其實，只要可以的話，我們現在就可以立一個筆據，立此存照，只要可以這樣做就行，最好今天上午……您只要把那三千盧布先給我就成……因爲在咱們這座小城裡哪個資本家能敵得過您呀……這樣您就救了我，不讓我……一句話，您就救了我這可憐的人，爲了一件最最高尙的事，爲了一件至高無上的事……因爲我對一個女人抱有最最高尙的感情，您對這個女人知之甚深，而且您對她像父親一樣關懷備至。如果您不是像父親一樣對她關懷備至，我也就不會來找您了。而且，也不妨這麼說吧，這裡有三個人對上了，因爲命運是十分可怕的東西，庫茲馬・庫茲米奇，要承認現實！因爲早就該把您排除在外了，那就只剩下兩個人對上啦，正如我剛才所說，這話也許說得不恰當，但是我不是搞文學的。就是說其中一人是我。另一人是那混蛋。現在請您選擇吧：要我，還是要那個混蛋？現在一切都捏在您手裡了——三個人的命運和兩種選擇……對不起，我說亂了，但是您會懂的……我從您那可敬的眼神裡看得出來，您懂了……如果您不懂，我今天就去跳河，肯定！」

米佳用這「肯定」二字中斷了他那荒謬的演說，他說罷就從座位上跳起來，等候對他這一愚蠢的建議作出答覆。說到最後那句話時，他忽然失望地感到一切都吹了，主要是他亂說一通，說了一大堆廢話。「說來奇怪，到這兒來的時候還覺得一切很好，可現在卻覺得全是胡說八道！」他那大失所望的腦子裡突然閃過這樣的想法。當他說話時，老人一直端坐在那裡，注視著他，目光裡一副冷酷的表情。然而，讓他等了約莫一分鐘以後，庫茲馬・庫茲米奇終於用堅定又有些悶悶不樂的聲調說道：

「對不起，我們不做這樣的買賣。」

米佳突然感到兩腿發軟。

「那我現在怎麼辦呢，庫茲馬・庫茲米奇。」他臉色蒼白地苦笑著，喃喃道。「您說，我現在豈不是完蛋了嗎？」

「對不起，先生……」

米佳一直站著，一動不動地盯著他，他突然發現老人的臉上有塊肌肉動了一下。他打了個哆嗦。

「您要明白，先生，我們做這種生意是不合適的，」老人慢條斯理地說道，「打官司，請律師，非要了我的命不可！不過，如果您願意的話，我倒有個人，您可以去找他試試……」

「我的上帝，這人是誰！您讓我又活過來了，庫茲馬・庫茲米奇。」米佳忽地嘟嘟囔囔地叫道。

「這人不是本地人，再說他現在也不在這裡。他原來是農民，現在做木材生意，外號叫密探。他想買你們那個契爾馬什尼亞的一座小樹林，跟費奧多爾・帕夫洛維奇已經談了一年了，在價錢上老談不攏，這事您也許聽說過。現在他剛好又來了，現在住在伊利英村的神父家，離犍牛驛站大約十二俄里，在伊利英村。關於這樁買賣，即買林子的事，他給我來過幾封信，他想聽聽我的意見。費奧多爾・帕夫洛維奇本人也想去找他。因此，如果您搶在費奧多爾・帕夫洛維奇頭裡，把您剛才跟我說的那事向密探提出來，說不定，他……」

「這主意太妙了！」米佳興高采烈地打斷道。「正是他，正是對他有利！他在討價還價，向他要高價，而現在正是這片地產的文據要給他，哈哈哈！」米佳突然發出一長串短促的乾笑，笑得完全出乎意料，笑得連薩姆索諾夫的腦袋也哆嗦了一下。

「我該怎麼謝謝您呢，庫茲馬・庫茲米奇。」米佳熱情地說。

「您甭謝我。」薩姆索諾夫低下了頭。

「但是您知道不知道，您救了我的命，噢，我有一個預感，是這預感讓我來找您的……那好，我就去找那個牧師！」

「不用言謝了。」

「我要趕緊去，立即趕去。您身體不好，打攪您了。我一輩子忘不了您，這是一個俄羅斯人對您這麼說的，庫茲馬・庫茲米奇，是一個俄——俄羅斯人！」

「沒錯哪。」

米佳抓住老人的手，本來想搖晃兩下，但是老人的眼睛裡似乎閃過一道凶光。米佳縮回了手，但是他又立刻自責多疑。「他這是累啦……」這想法在他腦海裡一閃。

「爲了她，爲了她，庫茲馬・庫茲米奇！您明白嗎，這是爲了她呀！」他突然嚷了一嗓子，嚷得全客廳都聽見了，接著一鞠躬，就匆匆轉過身子，頭也不回地大步流星地向出口走去。他高興得渾身哆嗦。「本來一切快要完蛋了，突然一個保護神從天而降，救了我的命，」他腦海裡倏忽閃過，「既然像這老頭這樣的生意人（真是一個高尚至極的老者，多氣派！）給我指點迷津，那……那，當然，這是十拿九穩的。現在我就飛去。半夜前趕回來，半夜裡趕回來，到那時事情就勝券在握。難道這老頭還會拿我打哈哈嗎？」米佳在回家的路上，不勝感嘆地想道，當然，他也不會有別的想法，即，要麼這是一個精明的生意人出的精明的主意——他深知個中奧秘，也深知這密探（這綽號還真怪！）的底細，要麼——要麼就是這老頭拿他打哈哈！唉！這後一個想法才是唯一正確的。後來，已經過了很長時間，當整個慘案已經發生之後，薩姆索諾夫老人自己也笑瞇瞇地承認，他當時是拿大尉打哈哈。這是一個居心險惡、對人冷酷和以戲弄他人爲樂的人，再加上一種對他人的病態的憎惡。究竟是因爲大尉那副歡天喜地的模樣呢，還是因爲這個「揮金如土的浪蕩子」竟然愚蠢地以爲他薩姆索諾夫會上他的當，相信他那荒唐的「計畫」呢，還是因格魯申卡而引發的醋意（這「荒唐鬼」正是爲了她才來向他兜售這個荒唐的賺錢計畫的）——我不知道當時究竟是什麼促使這老人這麼做的，但是當米佳站在他面前，感到兩腿發軟，無可奈何地驚呼他「完了」的時候——這時，老人無比惡毒地看了看他，便起意要拿他打個哈哈。當米佳出去以後，庫茲馬・庫茲米奇恨得牙癢癢的，讓兒子向下人發話，以後再也不許讓這窮光蛋進來，連院子也不讓進，要不然的話……

他沒有把那威脅的話說完，連經常看到他發怒的兒子，也嚇得打了個哆嗦。過了整整一小時後，老人甚至恨得渾身發抖，傍晚他病倒了，讓下人去請「郎中」。

二、密探

總之，必須「快馬加鞭」，可是他分文全無，連僱馬車的錢都沒有，就是說，他還有兩枚二十戈比硬幣，這就是他以往許多年來過著養尊處優的生活所留下的一切，一切！但是他家裡還有一塊早就壞了的舊的銀懷錶。他拿起這塊銀錶就去找在市場上開小鋪的猶太鐘錶匠。這鐘錶匠給了他六盧布，買下了他這塊錶。「真沒料到他能給這麼多！」米佳喜不自勝地叫道（他依然處在興高采烈之中），拿起給他的六盧布，拔腳就往回跑。到家後，他又向房東借了三個盧布湊了湊數。房東很喜歡他，雖然就剩下這幾個錢了，還是很樂意地借給了他。米佳因為心裡高興就立刻向他們公開了自己的秘密，說他的成敗在此一舉，還告訴他們（自然是急匆匆地告訴他們的）他剛才向薩姆索諾夫提出的幾乎整個「計畫」，然後又講了薩姆索諾夫的決策，自己對未來的希望，等等，等等。就是在此以前，房東家也知道他的許多秘密，因此一直把他當自己人看待，認為這老爺一點沒架子。米佳就這樣湊了九個盧布，派人去僱了一輛到犍牛驛站的驛車。但是這樣一來，就使人記住了並且顯露出有這樣一件事，即「在某某事發生的前一天，中午，米佳身無分文，他為了弄錢曾賣了一塊錶，又向房東借了三個盧布，而且這一切都有見證。」

我預先把這事點出來，以後大家就會明白我為什麼要這樣做了。

米佳馬不停蹄地趕往犍牛驛站時，雖然容光煥發，喜形於色，滿以為「所有這些事」終於有了眉目，可以一了百了了，然而他又怔忡不安地擔心：現在他不在，格魯申卡會怎樣呢？如果恰好就在今天她終於拿定主意去找費奧多爾・帕夫洛維奇了，怎麼辦？因此他才對她不辭而別，還關照房東不管什麼人來找他，絕對不能告訴他們他的去向。「一定，一定要在今天傍晚前趕回來，」他風塵僕僕地在車上顛簸的時候，一再自言自語道，「乾脆把這密探也拉到這裡來了……在這裡辦因應手續……」米佳提心吊膽地這樣幻想著，但是，嗚呼，他的幻想命中注定絕不可能按照他的「計畫」實現。

第一，他從犍牛驛站出發，走上村間小道時，為時已晚。這段小道不是十二俄里，而是十八俄里。第二，伊利英村的神父到鄰村去了，他沒碰到。當米佳仍舊坐原來的馬車（馬已累得夠嗆）出發到鄰村去，終於在那裡找到他以後，黑夜差不多已經降臨了。這神父表面看去是個膽小怕事而又很和氣的人，立刻向他解釋說，這密探起先倒是住在他家，但是現在他到蘇霍伊村去了，今天就留宿在那邊看林人的木屋裡，因為他也在那兒做木材生意。米佳使勁求他馬上領他去找那密探，「因為這樣無異於救他一命」，起初，神父有點猶豫，不過還是同意了陪他去蘇霍伊村，顯然是受到好奇心的驅使；但是偏趕上神父勸他還是「走」去的好，因為總共只有一俄里「多一丁點兒」。不用說，米佳同意了，於是便大步地向前走去，以致可憐的神父只好跟在他後面一路小跑。他人還不老，但十分小心謹慎。米佳立刻也跟他談起了自己的計畫，他熱烈而又神經質地想請他出出主意，怎樣跟密探打交道，就這樣說了一路。神父注意地聽著，卻很少出主意。對米佳的問題他只是搪塞：「不知道，噢，我真不知道，我哪知道這事呢」，等等。當米佳講到他跟父親的遺產糾紛時，神父甚至害怕起來，因為他跟費奧多爾・帕夫洛維奇關係密切，事事都得聽他的。然而神父卻驚奇地問他，他為什麼管這個做生意的農民戈爾斯特金叫密探呢，他熱心地告誡米佳，雖然此人的確叫密探，但是決不能當著他的面管他叫密探，因為他聽了這名字會非常生氣的，因此一定要管他叫戈爾斯特金，「要不然，您跟他什麼事也談不成，他都不理會您。」神父最後道。米佳倉猝間感到頗驚奇，他解釋說，這是薩姆索諾夫這樣叫他的。一聽到這情況，神父立刻把這話岔開了，如果他當時能把自己的猜想向德米特里・費奧多羅維奇說說，那就好啦，他當時猜想：既然是薩姆索諾夫本人讓他來找這莊稼人的（而且管他叫密探），會不會因爲什麼事存心跟他打哈哈，這裡會不會有什麼秘密呢？但是米佳沒工夫考慮「這些雞毛蒜皮的事」。他邁開大步，急匆匆地往前趕路，直到走到蘇霍伊村以後才明白過來，他們不是走了一俄里，也不是一俄里半，而是足足走了三俄里；這使他感到很懊惱，但也只好認了。他們走進一座木屋。神父認識的那個看林人，住在這木屋的那半邊，而另一半，比較乾淨的那一半，隔著一間過道屋，則由戈爾斯特金住著。他們走進這半邊的乾淨木屋，點亮了蠟燭。屋裡的爐火燒得正旺。在一張松木桌上放著一隻已經熄滅了的茶炊，桌上還放著茶盤，一隻喝光了的羅姆酒瓶，還有一瓶沒有完全喝光的伏特加酒，以及吃剩下來的一點白麵包。那客人正伸直兩腿躺在一張長板凳上，把外衣團成一團枕在頭下，正在鼾聲大作，呼呼大睡。米佳一時沒了主意。「當然應該叫醒他：我的事太重要了，我匆匆趕來，今天還要急著趕回去呢。」米佳焦躁起來；但是神父和看林人卻默默地站在一旁，不發表意見。米佳走過去，開始親自叫醒他，他使勁叫他搖他，可是睡著了的那人就是叫不醒。「他醉了，」米佳認定，「但是，主啊，我怎麼辦呢，我怎麼辦呢！」他忽然十分不耐煩地拽那睡著的人的兩手和兩腿，搖晃他的腦袋，把他抱起來，讓他坐在長凳上，費了老大勁之後也僅僅做到使那人跟牛似的吼了兩聲，接著便罵起人來，雖然吐字不清。

「不，您最好還是等一等，」神父終於開口道，「他分明醒不過來。」

「喝了一整天。」看林人插話道。

「上帝！」米佳叫了起來，「你們不知道我有多要緊的事，我現在是多麼進退兩難啊！」

「您不如等一等，等天亮了再說。」神父重複道。

「等到天亮？您就發發慈悲吧，這是不可能的！」他在絕望中差點沒再次衝過去叫醒那醉漢，但是他立刻又打消了這念頭，明白這完全是白費力氣。神父一言不發，睡眼惺忪的看林人則陰沉著臉。

「現實多麼愛跟人惡作劇啊！」米佳一籌莫展地說道。他的臉上汗如雨下。神父趁此機會便入情入理地說道，即使把睡著的人叫醒了，既然這人喝醉了，就不可能進行任何談話，「而您的事很重要，不如留到天亮了再說……」米佳攤開兩手，只好同意。

「神父，我要點著蠟燭在這裡坐等，捕捉機會。他一醒，我就跟他談……蠟燭錢我會給你的，」他對守林人說，「住宿費也一樣，你記住德米特里•卡拉馬助夫就成了。不過，神父，對於您，我現在就不知道怎麼辦了：您睡哪兒？」

「不，我得回家。我可以騎他的馬，我能走到家。」他指了指守林人。「那，再見啦，祝您萬事如意。」

於是就這麼定了。神父騎著馬走了，很高興終於脫身了，但是仍舊惶惶然搖了搖頭，在尋思：明天要不要趕在頭裡把這件令人蹊蹺的事先報告他的恩人費奧多爾•帕夫洛維奇，「要不然的話，萬一讓他老人家知道了，他會發脾氣，斷絕給我的恩典的。」守林人則搔了搔後腦勺，默默地回到自己的木屋，米佳則坐在長凳上，正如他所說，在捕捉機會。一種深沉的苦惱像濃霧一樣籠罩著他的心。一種深沉而又可怕的苦惱！他坐著，在想，但是一籌莫展。蠟燭結起了燭花，蛐蛐在叫，爐火熊熊的屋子裡，又悶又熱，令人難受。他眼前突然呈現出那座花園，花園後的小路，父親家的那扇門被神秘地推開了，格魯申卡匆匆地跑進門……他從長凳上一躍而起。

「悲劇！」他咬牙切齒地說，機械地走到睡著了的那人跟前，開始看他的臉。這是個枯瘦的莊稼人，年紀還不老，一張長長的橢圓形的臉，褐色的鬈髮，一把又細又長的紅褐色鬍子，穿著印花布襯衫和黑色的坎肩，坎肩口袋裡還露出一截銀懷錶的錶鏈。米佳十分憎恨地打量著這人的嘴臉，不知爲什麼他尤其恨他居然長著一頭鬈髮。最令人氣惱而又最不能容忍的是，他米佳有刻不容緩的急事找他，作了這麼大的犧牲，撇下了這麼多的事情，累得要死，可是這個寄生蟲，「我現在的整個命運都捏在他手心裡，他卻像沒事似的鼾聲大作，好像從另一個星球上掉下來一般。」「噢，真是命運在惡作劇！」米佳感慨道，猛然，他又完全忘乎所以地衝上前去叫醒那醉漢。他發狂似的叫他，拽他，推他，甚至打他，但是折騰了約莫五分鐘，又是毫無所獲，他只能無可奈何地死了這條心，回到自己的長凳上，坐了下來。

「太蠢，太蠢！」米佳不勝感慨，「而且……這一切多麼不光彩啊！」他不知爲什麼又突然加了一句。他的腦袋開始劇痛：「要不就算了？一走了之。」他腦海裡倏忽一閃。「不，等到天亮再說吧。我偏留下，偏不走！要不，我到這裡來幹麼呢？再說沒車沒馬，想走也走不了，現在怎麼離開這裡呢，噢，荒唐！」

然而，他頭疼得越來越厲害了。他一動不動地坐著，他已經不記得他怎麼打起盹來了，忽然坐在那裡睡著了。他大概睡了兩小時，或者更多一點。由於頭疼得讓人受不了，難受得想叫起來，他醒了。他的太陽穴在跳，頭頂在疼；他醒來後，好久都未能完全清醒，不明白自己到底出了什麼事。後來才終於明白，屋裡因爲燒得太熱，出現了可怕的煤氣中毒，說不定他會因此死去。可是那醉漢卻仍舊躺在那裡呼呼大睡；蠟燭流了一桌子油，都快熄滅了。米佳喊起來，跌跌撞撞地穿過過道屋，衝進看林人那邊的木屋。看林人很快醒了過來，但是他聽到另半邊木屋裡出現了煤氣中毒，雖然他也去張羅安排了一番，但卻把這事看得無所謂，認爲不值得大驚小怪，這使米佳覺得又好氣又奇怪。

「但是他死了，他死了……那時候……那時候怎麼辦？」米佳大驚小怪地向他嚷道。

房門敞開了，窗戶打開了，煙囪也打開了，米佳從過道屋裡拎來一桶水，先把自己的頭浸濕了，然後又找來一塊破布，浸到水裡，敷在密探的腦袋上。看林人依舊對這件事漠然處之，他打開窗戶後黑著臉說：「這樣就行了」，說罷又去睡覺了，給米佳留下了一盞點著的馬燈。米佳照料那個中了煤氣的醉鬼，折騰了約莫半小時，一直在用濕布給他敷腦袋，已經正經地打算整夜不睡了，但是他實在太累了，就坐下來一會兒打算喘口氣，閉了一會兒眼睛，接著便立刻在長凳上無意識地把兩腿伸直，像死人一般睡著了。

他醒來時已經非常晚了，約莫上午九點左右。太陽明亮地照進了木屋的兩扇小窗。昨天那個長著一頭鬈髮的漢子坐在長凳上，已經穿上了長外衣。他面前已經放著一隻新茶炊和一大瓶新酒。昨天那只舊瓶已經喝光，新酒瓶已經倒空了一大半。米佳一躍而起，霎時間明白了，這該死的漢子又喝醉了，而且醉得一塌糊塗，已經沒治了。他睜大兩眼看了他一會兒。那漢子則默默地、狡猾地看了看他，帶著一種氣人的鎮靜，甚至像米佳感覺的那樣，還帶著一副瞧不起人的傲慢。他急忙衝到他跟前。

「對不起，您知道嗎……我……您大概聽到這裡的看林人說了，也就是住在那邊木屋裡的那個看林人：我是德米特里・卡拉馬助夫中尉①，老卡拉馬助夫的兒子，也就是您想買他的林子的那個老卡拉馬助夫……」

① 德米特里・卡拉馬助夫的正式軍銜應是中尉（誠如他自己所說）。人家叫他「大尉」是抬舉他，把他的軍銜往高裡說。這點人情世故，恐怕中外相通，古今相同。

道。

「你這是瞎掰嘛！」那漢子突然堅定、沉著而又一清二楚地說道。

「我怎麼瞎掰了？費奧多爾・帕夫洛維奇您總認識吧？」

「什麼費奧多羅維奇・帕夫洛維奇的，我一概不認識。」那漢子好像舌頭有點轉動不靈似的說道。

「林子，您向他買林子的那主兒；您就醒醒吧。是伊利英村的神父保羅陪我到這裡來的……您曾經給薩姆索諾夫寫過信，是他讓我來找您的……」米佳急得氣都喘不過來了。

「瞎——瞎掰！」密探又一清二楚地說道。

米佳的兩條腿都冷了。

「您就行行好吧，這是開不得玩笑的！您可能醉了。您總還能夠說話，能夠聽懂吧……要不然……要不然我就莫名其妙了！」

「你是油漆匠！」

「您就行行好吧，我是卡拉馬助夫，德米特里・卡拉馬助夫，我有一條建議想找您談談……一條財路……極其有利可圖……正是有關買林子的事。」

那漢子神氣活現地摸了摸鬍子。

「不，你承認了，卻坑苦了我。你這壞蛋！」

「我敢向您保證，您弄錯了！」米佳絕望地搓著手，那漢子一直摸著鬍子，突然狡黠地瞇起了眼睛。

「不，你倒是給我明明白白地指出來，給我指出一條允許坑蒙拐騙的法律來，你聽見啦！你是壞蛋，你明白這道理嗎？」

米佳只好灰心喪氣地打了退堂鼓，突然，正如他後來所說，彷彿「有什麼東西向他頭部猛擊了一下。霎時間他的腦子豁然開朗」，彷彿「點了一盞明燈，我一下子恍然大悟」。他呆呆地站在那兒，感到莫名其妙，他這人總還算聰明吧，怎麼會做出這樣的蠢事，陷進這樣的冒險舉動，幾乎白花了整整一晝夜工夫，還照料這密探，給他敷濕布……「可這人是醉鬼，爛醉如泥，而且還會玩命似的喝一禮拜——還在這裡等什麼呢？要是薩姆索諾夫讓我到這裡來是存心搗亂怎麼辦？要是她……，那怎麼辦？噢，上帝，我做了一件多荒唐的事啊！……」

那漢子仍舊坐在那裡笑嘻嘻地看著他。要是換了另一種情況，米佳一怒之下也許真會殺了這混賬東西，但是他現在渾身跟散了架似的。他慢慢地走到長凳旁，拿起自己的大衣，默默地穿上了它，走出了木屋。在另一邊的木屋裡，他沒有找到看林人，沒一個人。他從口袋裡掏出五十戈比零錢，放在桌上，作為住宿、蠟燭和打攪他的費用。他走出木屋後看到周圍淨是森林，再沒別的了。他信步走去，連出了木屋應當朝哪拐——往右或是往左，他都不記得了；昨夜，他跟神父匆匆趕到這裡來的時候，沒注意路。他對任何人，甚至對薩姆索諾夫都不存在任何報復心理。他沿著林間的羊腸小道無意識、悵然若失地走著，「腦袋裡一片空白」，根本不在意他往哪走。他突然感到身心交瘁，如果對面來個孩子，也能把他打倒。然而他還是湊湊合合地走出了森林：突然他眼前呈現出一片收割後的光禿禿的田野，一望無際：「四周是一片絕望和死路！」他一邊不斷地往前走啊，走啊，一邊在心裡念叨。

過路人救了他：一輛出租馬車拉著一位老商人在村間土路上奔馳。當他們走到跟前的時候，米佳向他們問了路，原來他們也是到犍牛驛站去的。他們交談後，便讓米佳坐上馬車，把他順路捎了去。過了約莫三小時，他們終於走到了。米佳在犍牛驛站立刻僱了輛進城的驛車，之後，他忽然感到餓得慌。趁車夫套車的工夫，人家給他煎了幾只雞蛋。他瞬間就把雞蛋吃光了，還吃了一大塊麵包，吃了一根找出來的臘腸，喝了三杯伏特加酒。他充了飢以後，人精神了許多，心裡又豁然開朗了。他坐車在大路上飛馳，催促著車夫，突然又作起了新的已是「毋庸置疑」的計畫，怎麼在今天傍晚前弄到「這筆該死的錢」。「你想想，你倒是想想嘛，爲了這區區三千盧布竟會毀了人的一生！」他鄙夷不屑地感嘆道。「今天非解決不可！」要不是他在不斷思念格魯申卡和擔心她會出什麼事，他說不定又會開開心心的了。但是一想到她，就像有把尖刀在時時刻刻地捅他的心窩。他們終於到了，米佳立刻飛也似的跑去找格魯申卡。

三、金礦

米佳這次去看她，正是格魯申卡提心吊膽地告訴拉基京的那一次。當時她正在等一封「急件」，她很高興米佳昨天和今天都沒來，她希望上帝保祐，在她動身以前，千萬不要來，可是他卻突然來了。往下的情形我們已經知道了：爲了把他打發走，她霎時就說服了他，請他陪她到庫茲馬・薩姆索諾夫家去，似乎她急需到他家去「算賬」，於是米佳立刻把她送去了，格魯申卡在庫茲馬家的大門口跟他分手時，要他答應十一點多鐘的時候一定來接她，以便送她回家。米佳對於這安排也感到很高興：「她既然坐在庫茲馬家，說明她就不會去找費奧多爾・帕夫洛維奇了……只要她不說謊。」他又立刻補上了這句話。但是在他看來，她大概沒有說謊。他是這樣一類愛吃醋的男人，只要跟心愛的女人一分開，就會立刻想入非非，只有上帝知道他會想出什麼可怕的事情來：她怎麼樣啦，她對他怎麼「變心」啦，等等，但是，當他膽戰心驚、傷心欲絕，幾乎已經深信不疑，認定她已對他變了心，但是當他又跑到她身邊以後，一看到這女人喜笑顏開、和藹可親的臉——又立刻精神抖擻，一團疑雲也就立刻煙消雲散了，並既高興又慚愧地罵自己是醋罈子。他把格魯申卡送去之後，就急急忙忙趕回家去。噢，他今天還有許許多多事要急著去辦！但是起碼心裡的一塊石頭落了地。「不過得快點跟斯梅爾佳科夫打聽一下，昨晚那裡有沒有出什麼事，她總不至於去找過費奧多爾・帕夫洛維奇吧，真要命！」這念頭在他腦子裡一閃而過。所以他還沒來得及跑回自己房間，心裡就七上八下，那股醋勁兒又上來了。

醋勁！「奧賽羅並非愛吃醋，他是輕信，」普希金說①，僅僅這一見解就足以證明我們這位偉大詩人看問題異常深刻。奧賽羅之所以心碎，他的整個世界觀之所以出現混亂，無非是因為**他的理想破滅了**。但是奧賽羅決不會躲起來，在暗中監視、窺探：他對人是輕信的。相反，必須費盡力氣去啓發他，推動他，挑逗他，才能使他想到妻子可能變心的事情上去。真正的醋罈子卻不是這樣。簡直難以想像，一個愛吃醋的人竟能絲毫不受良心譴責地去幹種種可恥的勾當和道德敗壞的事。倒不是說這都是些庸俗和靈魂骯髒的人。相反，有些人具有高尚的心靈，純潔的愛情，而且充滿了自我犧牲精神，但是同時他又可以躲到桌子底下，收買一些卑鄙已極的小人，心安理得地去幹種種暗中監視和竊聽之類極端卑鄙惡劣的勾當。奧賽羅決不能容忍變心——倒不是不能原諒，而是不能容忍——雖然他心地寬厚，具有一顆天真無邪的赤子之心。可是真正的醋罈子就不是這樣了：簡直難以想像，有些愛吃醋的人又多麼容易既往不咎，這是所有女人都知道的。一個愛吃醋的人非常快（不

---

① 普希金曾在十九世紀三〇年代寫的一篇隨想錄中說：「奧賽羅生性並非愛吃醋——相反，他很輕信。伏爾泰是懂得這點的……」（見《普希金全集》，一九四九年俄文版，第十二卷第一五七頁）。

用說，是在大吵了一場之後）就能，就會寬恕比如說已經幾乎被證實了的背叛，已經被他親眼看到的擁抱和親吻，比如說，只要他同時能夠多少相信這是「最後一次」，而且他的情敵從這一刻起就將遠走他鄉，浪跡天涯，要不就是他將親自把她帶走，遠走高飛，到這個可怕的情敵永遠也找不到的地方去。不用說，這種既往不咎只是暫時的，因為即使這個情敵當真銷聲匿跡了，可是到了明天，他又會向壁虛構出另一個情敵，又開始對這「新情敵」吃起醋來。看來，這種必須時刻窺探的愛情又有什麼味道呢？這種必須使勁提防的愛情又有什麼價值呢？但是真正的醋罈子對此是永遠不會明瞭的，不過話又說回來，說真格的，他們中間也常常有甚至心靈高尚的人。頗有意思的事還有，這些心靈高尚的人站在一間斗室裡，在偷聽和監視，雖然「他的高尚的心」清楚地懂得他自願去幹的這種事是非常可恥的，但是話又說回來，起碼他躲在斗室裡的那一刻，他永遠不會感到於心有愧。米佳一看到格魯申卡，醋勁就煙消雲散，而且片刻之間就變得十分輕信，也十分高尚，甚至自己都看不起自己，從前居然會有這麼不好的感情。這無非說明，在他對這個女人的愛情裡包藏著某種比他自己所想的要高尚得多的東西，並不僅僅是單一的情愛，並不僅僅是他曾向阿廖沙談及的單一的「身體的曲線」。但是回過頭來，只要一不看見格魯申卡，米佳又疑神疑鬼起來，懷疑她是否又犯賤，又詭計多端地變了心。而在這種情況下，他竟沒感到一絲一毫的良心譴責。

總之，他心中的醋勁又發作了。無論如何，必須趕快。第一件事，必須暫時先挪借哪怕一小筆錢來。昨天那九盧布幾乎全部花在那趟出門上了，而身無分文不用說是寸步難行的。但是，他方才坐在馬車上琢磨自己的新計畫時，便想好了上哪去暫時挪借一下。他有兩支上好的決鬥用的手槍，帶有子彈，他之所以至今沒把它抵押出去，無非因為在他所有的東西裡他最喜歡這兩把手槍了。他在京都飯店早就跟一個年輕官員有點頭之交，而且在這飯館裡他不知怎麼還聽說，這個單身而又手頭非常闊綽的官員酷愛武器，專買手槍、左輪槍和短劍，然後掛在自家的牆壁上，供朋友觀賞，以便炫耀，他很內行，能頭頭是道地給人講解手槍的型號，怎麼裝子彈，怎麼射擊，等等。米佳毫不猶豫地便動身去找他，向他提出用那兩支手槍作抵押先借十個盧布。那官員高興地勸他把這兩支手槍乾脆賣給他得了，但是米佳不肯割愛，於是那人借給了他十個盧布，並聲稱他無論如何不要任何利息。他倆分手的時候已是好朋友了。米佳行色匆匆，急忙趕往費奧多爾·帕夫洛維奇家房後他慣去的那座涼亭，以便快點把斯梅爾佳科夫叫出來。但是這樣一來又出現了另一件事，即我在下面將要講到的某件怪事發生以前的三小時或四小時，米佳身無分文，他還用心愛的東西作抵押向人借了十個盧布，可是突然之間，過了三小時，他手頭又有了幾千盧布……不過這是後話，現在言之過早。

在瑪麗亞·孔德拉季耶芙娜（費奧多爾·帕夫洛維奇的鄰居）家，他聽到了一個使他異常震驚和不知如何是好的消息：斯梅爾佳科夫病了。聽說他摔下了地窖，接著便得了羊癲瘋，請來了大夫，以及費奧多爾·帕夫洛維奇對他的關注等等；他還饒有興趣地聽到他二弟伊萬·費奧多羅維奇已經在今天早晨乘車去莫斯科了。「他想必先我一步途經犍牛驛站，」德米特里·費奧多羅維奇想，但是斯梅爾佳科夫的病卻使他感到異常不安。「現在怎麼辦呢，誰來替我監視她的行蹤，誰來替我通風報信呢？」他緊逼著盤問那兩個女人：昨晚她倆有沒有聽見什麼動靜？她倆很清楚他要打聽什麼，一再告訴他昨晚毫無動靜：誰也沒來過，伊萬·費奧多羅維奇是在這裡過的夜，「一切都平安無事」。米佳沉吟片刻。毫無疑問，今天也必須戒備，但是在哪戒備呢：在這裡的什麼地方，還是在薩姆索諾夫家的大門口呢？他決定兩邊都去，一切視情況而定，而現在，現在……問題在於他現在有個計畫，方才他在馬車裡想好的一個新計畫，一個已經十拿九穩的計畫，執行這一計畫現在已經不能再拖了。米佳決定犧牲一小時來做這件事：「一小時解決一切，把一切打聽清楚，然後，先上薩姆索諾夫家去，問清楚格魯申卡是不是在那裡，接著就立刻回到這裡，十一點以前守在這裡，然後再到薩姆索諾夫家去接她，送她回家。」他決定就這麼辦。

他飛快地跑回家，稍事梳洗，刷乾淨衣服，穿戴好後，便到霍赫拉科娃太太家去了。可嘆的是，他的計畫就在於此。他打定主意要向這位太太借三千盧布。主要是他忽然靈機一動，信心十足地認為，她決不會拒絕他。也許有人會覺得奇怪，既然他有這麼大的把握，為什麼他不早到這兒來，到這個，可以說吧，同類人這裡來，而要先去找薩姆索諾夫這個氣質迥異的人呢？他甚至不知道該跟這種人怎麼說話，但是問題在於，最近一個月來，他跟霍赫拉科娃太太幾乎完全視同陌路，即使過去，他跟她也不甚熟稔，再說他知道得一清二楚，她根本不想見他。一開始，這位太太就恨透了他，究其因，無非是因為他是卡捷琳娜・伊萬諾芙娜的未婚夫，而她不知道為什麼忽然希望卡捷琳娜・伊萬諾芙娜乾脆把他給甩了，嫁給「可親可愛、舉止優雅、像騎士般有教養的伊萬・費奧多羅維奇」。而米佳的作風，她簡直恨透了。米佳甚至還取笑她，有一次還說她，說什麼這位太太「活潑放肆到了毫無教養的地步」。今天上午，在馬車裡，他忽然心血來潮，想起了這樣一個念頭：「她既然不願意我娶卡捷琳娜・伊萬諾芙娜，而且不願意到了這種程度（他知道幾乎已經到了歇斯底里的程度），那她現在為什麼不乾脆借給我三千盧布，讓我撇下卡佳，用這筆錢永遠離開這裡呢？這些養尊處優的上流社會太太，如果一心想要得到什麼，只要能夠如願以償，她們是什麼也不吝惜的。再說她又非常有錢。」米佳暗自思忖。至於說到這計畫本身，則跟過去一模一樣，即將自己對契爾馬什尼亞的產權作交換，但是已不能像昨天向薩姆索諾夫提出時那樣從生意上著眼，也不能像昨天引誘薩姆索諾夫那樣來引誘這位太太，似乎用這三千盧布可以撈到加倍的好處，撈到六千盧布或七千盧布，而只是簡簡單單地作為借款的高尚的保證。米佳對這個新想法越想越來勁，簡直到了歡天喜地的地步，每逢他有什麼心血來潮的事，每逢他作出什麼突如其來的新決定，他一向都這樣。每逢他有什麼新想法，他就跟著了迷似的全力以赴。但是當他踏上霍赫拉科娃太太家的台階之後，他突然感到自己的後背上不寒而慄：直到這一秒鐘他才完全意識到，而且已經像數學般清楚地意識到，這已經是他最後一線希望了，如果這事告吹，他在這世上就走投無路了，「除非爲了這三千盧布去殺人，去搶劫，此外別無他法……」當他拉門鈴的時候，正好七點半。

起先，事情似乎頗有希望：他剛通名報姓，有事求見，女主人就非常快地接見了他。「倒像早在等候我似的，」這想法在米佳的腦海裡倏忽一閃，然後，當下人剛把他領進客廳，女主人就忽地幾乎跑了出來，並向他直截了當地宣布，她正在恭候大駕……

「我正在等候尊駕光臨。要知道，我根本不敢指望您會光臨寒舍，您說是不是，然而我卻在恭候大駕，您對我的這種直覺一定會感到驚奇，德米特里・費奧多羅維奇，可是我今天一上午都充滿了信心，今天，您一定會光臨寒舍。」

「這的確令人驚奇，太太，」米佳說道，笨手笨腳地坐了下來，「但是……我此來有一件非常重要的事……一件最重要的事情中的最重要的事情，也就是說，對我非常重要，太太，對我一個人，我急於……」

「我知道，您有一件最最重要的事，德米特里・費奧多羅維奇，這倒不是什麼預感，也不是倒行逆施地在尋求什麼顯靈（關於佐西馬長老的事您聽說了嗎？），這是十拿九穩的：您不能不來，在卡捷琳娜・伊萬諾芙娜發生了這一切之後，您不能不來，這是十拿九穩的。」

「實事求是，太太，就是這理！不過，請允許我談談……」

「就應該實事求是嘛，德米特里・費奧多羅維奇。我現在舉雙手贊成實事求是，關於顯靈云云，我已經吃夠了苦頭。您聽說佐西馬長老死了嗎？」

「沒有，太太，我還是頭一次聽說。」米佳感到有點詫異。他腦海裡掠過了阿廖沙的面容。

「就在今天凌晨，您想想……」

「太太，」米佳打斷道，「我現在能想的只有我已經走投無路了，如果您不拉我一把，一切都會完蛋，而且我頭一個完蛋。請原諒我用詞粗俗，但是我心急如焚，像熱鍋上的螞蟻……」

「我知道，我知道您像熱鍋上螞蟻，我全知道，您也不可能有另一種心情，反正不管您說什麼，我早就統統知道了。我早就考慮過您的命運了，我一直注視您的命運，研究您的命運……噢，請相信我，我是一個富有經驗的心理醫生，德米特里・費奧多羅維奇。」

「太太，如果您是個富有經驗的醫生的話，那我也是個富有經驗的病人嘛，」米佳勉強說了句客套話，「我預感到，既然您這樣關注我的命運，您一定會助我一臂之力，使我不致毀滅，但是爲了做到這點，請允許我向您談談我冒昧前來向您提出的一個計畫……還有我想求您答應的一件事情……我此來，太太……」

「別說啦，這全是次要的。至於要我幫忙，我一向樂於助人，您也不是頭一個，德米特里・費奧多羅維奇。您大概聽說我有個表妹別利梅索娃太太了吧，從前她丈夫也是要毀啦，完蛋啦，正像您剛才一針見血地說的那樣，德米特里・費奧多羅維奇，我怎麼辦呢，我指點他去養馬，現在他發啦。您懂得養馬嗎，德米特里・費奧多羅維奇？」

「我一竅不通，太太——啊呀，太太，我一竅不通！」米佳神經質地、不耐煩地叫道，甚至從座位上站了起來。「太太，我只求您聽我把話說完，只求您給我兩分鐘時間，讓我隨便談談，讓我先向您和盤托出，談談我帶到這裡來的整個計畫。再說我需要搶時間，我有非常急的急事！……」米佳歇斯底里地叫道，他覺得她馬上又要開口說話了，希望能壓過她的聲音。「我因爲走投無路才來找您的……我已經徹徹底底走投無路了，想問您借三千盧布，但是有可靠的，十分可靠的抵押，太太，有絕對可靠的保證！只要您允許我講下去……」

「這事您就以後再說，以後再說吧！」霍赫拉科娃太太也向他揮揮手，不讓他說下去，「反正不管您說什麼，我早就統統知道啦，這，我已經對您說過了。您想借一筆錢，您需要三千盧布，但是我要給您更多，多得數不清，我一定救您於水火之中，德米特里·費奧多羅維奇，但是您必須聽從我的指點！」

米佳又從座位上跳起來。

「太太，難道您當真這麼大慈大悲嗎！」他異常動情地叫了起來。「主啊，您救了我。太太，您是在救一個即將橫死槍下的人，……我對您真是感激不盡……」

「我要給您的是比三千盧布多，多得沒底，沒底！」霍赫拉科娃太太叫道，喜氣洋洋地看著米佳興高采烈的樣子。

「多得沒底兒？但是我不要這麼多呀。只有這要我命的三千盧布才是我必需的，我此來是以無限感激之情向您對這筆借款提供保證，並向您提出一個計畫，這計畫是……」

「別說了，德米特里·費奧多羅維奇，我說到做到。」霍赫拉科娃太太打斷道，顯得既樂善好施又得意洋洋。「我答應救您就一定救您。我一定像救別利梅索夫一樣救您。德米特里·費奧多羅維奇，您對金礦有何高見？」

「太太，您說金礦！我從來沒有想過金礦。」

「可是我倒替您想過！我抱著這個目的注意您已經整整一個月了。每當您從一旁走過，我都看著您，看了一百次了，我對自己反覆念叨：這可是一個剛強有力的人，這種人應當上金礦。我甚至研究過您走路的姿勢，認定：這人準能找到許許多多金礦。」

「根據走路的姿勢就能斷定，太太？」米佳微笑道。

「那有什麼，就是根據走路的姿勢嘛。怎麼，德米特里・費奧多羅維奇，難道您能否認可以根據走路的姿勢了解一個人的性格嗎？自然科學也證實了這個道理。噢，德米特里・費奧多羅維奇，我現在贊成實事求是了。從今天起，從修道院裡發生了那件事起（這事太傷我的心了），我就成了一個徹頭徹尾的主張實事求是的人了，我要投身去做實際工作。我的病好了。夠了！正如屠格涅夫所說。」①

「但是，太太，您這麼慷慨解囊，答應借給我的那三千盧布……」

「少不了您的，德米特里・費奧多羅維奇，」霍赫拉科娃太太立刻打斷道，「這三千盧布等於已經放在您口袋裡了，而且不是三千，而是三百萬，德米特里・費奧多羅維奇，在最短時間之內。我要對您說出您的想法：您一定會找到金礦，賺到幾百萬盧布，然後回來，成為一個大人物，推動我們，使我們一心向善②。難道能把一切的發財機會統統讓給猶太佬嗎？您要蓋大樓，辦各種企業。您要救濟窮人，窮人就會祝福您。如今是鐵路時代，德米特里・費奧多羅維奇。現在我國的財政拮

① 《夠了》是屠格涅夫寫的一部中篇小說，全名為《夠了。一個已故畫家回憶錄片斷》（一八六五年）。作者在這裡對屠格涅夫進行了調侃。

② 據俄羅斯學者研究，霍赫拉科娃太太建議米佳到西伯利亞去開金礦，然後回來為大家謀福利——這一想法，源出法國作家喬治・桑的小說《莫普拉》（一八三七年）。

据，那時候財政部就會知道您，而且離不開您。我國的盧布貶值使我夜不能寐①，德米特里・費奧多羅維奇，人們對我在這方面知之甚少……」

「太太，太太！」德米特里・費奧多羅維奇帶著不安的預感，又打斷她的話道，「我也許會非常，非常樂意聽從您的忠告，您的聰明的忠告，太太，我說不定會到那兒……會到金礦去的……然後再回來跟您詳談這事……甚至會多次回來……但是現在這三千盧布，您如此慷慨答應的這三千盧布……噢，如果今天能到手，那我就有救了……就是說，您知道嗎，我現在連一小時，連一小時這點時間也耽擱不起呀……」

「別說了，德米特里・費奧多羅維奇，別說了！」霍赫拉科娃太太固執地打斷道。「現在的問題是：您到底去不去金礦，您是不是徹底拿定了主意，您要給我一個肯定的回答。」

「去，太太，以後去……你讓我上哪我就上哪……但是現在……」

「請稍候！」霍赫拉科娃太太叫道，說罷便跳起來，跑到一張有無數抽屜的非常氣派的辦公桌前，好像急匆匆在尋找什麼東西似的拉開一個又一個的抽屜。

「三千盧布！」米佳想道，壓住了心跳，「而且說給就給，不立任何文書，不要借據……噢，多大方！這女人真太好了，只要不這麼嘮叨就成……」

「找到了！」霍赫拉科娃太太回到米佳身邊，高興地叫道，「我找的就是這個！」

這是一個非常小的銀聖像，用帶子繫著，也就是有時同貼身十字架掛在一起的那種聖像。

「這是從基輔請來的，德米特里・費奧多羅維奇，」她虔誠地繼續道，「從大殉道者瓦爾瓦拉的

---

① 十九世紀七〇年代，俄國因一八七七－一八七八年的俄土戰爭和軍費開支，經濟情況惡化，盧布一再貶值。

聖屍上請下來的①。讓我親自掛到您脖子上，並用它來祝福您走上新生活，建立新功德。」

她還當真把聖像套上了他脖子，還要幫他塞進去。米佳非常尷尬地彎下腰來配合她，最後總算把聖像穿過領帶和襯衫領子塞了進去，掛到胸前。

「現在您可以走了！」霍赫拉科娃太太說，莊嚴地又坐到自己的位置上。

「太太，我十分感動……我都不知道該怎麼感謝您的……這片情意了，但是……您不知道時間現在對於我有多麼寶貴！……我希望您慷慨解囊借給我的那筆款子……噢，太太，您的心腸那麼好，您對我的慷慨大方又那麼令人感動，」米佳突然精神振奮地說道，「那麼就請您允許我向您公開一件事……不過，這事您早已經知道了……我愛上了這裡的一個人……我對卡佳……我想說的是我對卡捷琳娜・伊萬諾芙娜變了心，噢，我對她實在殘忍，實在可恥，但是我在這裡愛上了另一個……另一個女人，太太，您也許瞧不起這女人，因爲您一切都已經知道了，但是我就是撇不下她，就是撇不下呀，因此現在這三千盧布……」

「您要撇下一切，德米特里・費奧多羅維奇！」霍赫拉科娃太太口氣十分堅定地打斷他道。「要撇下一切，尤其是女人。您的奮鬥目標是金礦，至於女人，根本就無需帶去。以後，等到您腰纏萬貫，衣錦榮歸之後，再在最高的上流社會給自己找個心上人。這應當是個知書達理、不存偏見的現代女性。到那時候，現在還剛剛提出的婦女問題也正好迎刃而解，就會出現新的女性……」

「太太，您扯哪兒去了……」德米特里・費奧多羅維奇差點沒有雙手抱拳地求她。

「我說的話一點沒離譜，德米特里・費奧多羅維奇，我說的正是您亟待解決、夢寐以求的問題，

① 聖瓦爾瓦拉（約三－四世紀）的乾屍於七世紀初移厝基輔。這位聖徒被認爲是火災和航海遇難者的保護神。

只是您自己不知道罷了。我一點不反對現在提出的婦女問題，德米特里·費奧多羅維奇。婦女的發展以及最近的將來婦女在政治上起的作用——這就是我的理想。我也有女兒，德米特里·費奧多羅維奇，外人在這方面對我也知之甚少。我已經就這一問題寫過一封信給謝德林。這位作家在婦女的使命問題上對我做了許多指點，因此我去年給他寫了一封匿名信，就兩行字：『我要擁抱您，我要親吻您，我的作家，爲了現代的女性，務請再接再厲。』下面的署名是：『母親』①。我本來想署名『現代母親』，猶豫了一下，終於決定就署『母親』二字算了：更具精神美，德米特里·費奧多羅維奇，再說『現代』二字容易使他們想起《現代人》②——由於現今的檢查制度，這回憶對於他們實在有點痛苦……哎呀，我的上帝，您怎麼啦？」

「太太，」米佳終於跳起來，在她面前合十當胸，無可奈何地央求道，「太太，您真讓我啼笑皆非，如果一再拖延您那麼慷慨大方地……」

「那您就哭吧，德米特里·費奧多羅維奇，那您就哭吧！哭是一種美好的感情……因爲您將要走上這樣一條路！哭一哭可以使您感到輕鬆些，然後再回來，那時候您就會歡天喜地了。您會特意從西伯利亞快馬加鞭地趕回來看我，以便同我分享快樂……」

「但是請您也讓我，」米佳突然吼起來，「我這是最後一次求您了，請告訴我，今天我能不能拿

---

① 杜思妥也夫斯基與俄國作家謝德林的論戰開始於十九世紀六〇年代，一直繼續到杜思妥也夫斯基去世。霍赫拉科娃太太寫給謝德林的信，頗似一八七六年作家曾收到過的一位匿名女士寫給他的信。因爲本書提到了謝德林的名字，從而引起謝德林在《祖國記事》上反唇相譏。

② 《現代人》是一八三六年由普希金創辦的雜誌，一八四七年後，先後由涅克拉索夫、車爾尼雪夫斯基、杜勃留波夫和謝德林主辦。一八六六年因沙皇亞歷山大二世遇刺被迫停刊。

到您答應的那筆款子？如果不能，我要等到什麼時候才能拿到錢？」

「什麼款子，德米特里・費奧多羅維奇？」

「就是您慷慨地……答應借給我的三千盧布呀……」

「三千？您說盧布？啊呀，不，我沒有三千盧布。」霍赫拉科娃太太既鎮靜又詫異地說道。米佳驚呆了……

「那您怎麼……剛才……您說……您甚至說，這錢等於已經放在我口袋裡了呢……」

「啊呀，不，您誤會我的意思了，德米特里・費奧多羅維奇。如果是這樣的話，那您誤會我的意思了。我說的是金礦……沒錯，我答應給您比三千盧布還多，多得沒底兒，我現在全想起來了，但是我說的只是金礦呀。」

「那錢呢？那三千盧布呢？」德米特里・費奧多羅維奇騰地升起一股無名火，叫道。

「噢，如果您指的是錢，那我沒錢。我現在身無分文，德米特里・費奧多羅維奇，我現在正好跟我的管家在吵架，前幾天，我自己還跟米烏索夫借了五百盧布呢。不，不，我沒錢。而且，您知道嗎，德米特里・費奧多羅維奇，即使有錢，我也不能借給您。第一，我從來不借錢給任何人。借錢給別人無異於挑起彼此不和。至於您，我更不能借錢給您了，因爲我愛您，所以不能借給您錢，爲了救您，所以不能借給您錢，因爲您現在需要的只有一樣東西：金礦，金礦，金礦！……」

「噢，見鬼！……」米佳突然吼叫起來，用足力氣猛擊了一下桌子。

「啊——啊呀！」霍赫拉科娃嚇得大叫起來，飛也似的躲到客廳的另一頭。

米佳啐了口唾沫，快步走出了屋子，出了大門，走到大街上，走進一片黑暗！他像瘋子似的走著，捶打著自己的胸脯，也就是兩天前的晚上，在大道上，在黑暗中，他同阿廖沙最後一次見面時捶打自己胸脯的那地方。他捶打胸脯的**那個地方**究竟是什麼意思呢，他想藉此表示什麼呢——這暫時還是個秘密，世界上任何人都不知道的秘密，他當時甚至向阿廖沙也沒公開這秘密，但是這秘密卻包含著對他來說遠甚於奇恥大辱的東西，包含著徹底完蛋和自殺；他已經橫下一條心，如果他弄不到還給卡捷琳娜・伊萬諾芙娜的那三千盧布，並以此來除去自己胸脯上，「**胸脯上的那個地方**」，他所承受的壓迫著他的良心的奇恥大辱的話，他就自殺。這一切我以後自會向讀者徹底解釋清楚，但是現在，在他最後一線希望消失之後，這個體力上如此強壯的男人，才離開霍赫拉科娃家走了沒幾步，就突然像個小小孩似的淚下如雨。他走著，忘乎所以地用手背擦著眼淚。他就這樣走到了廣場，突然感到他全身碰到了一樣東西。發出了一個小老太婆的尖聲嚎叫，他差點沒把她撞倒在地。

「主啊，差點沒把我撞死！你怎麼跌跌撞撞的，真是個愣頭青！」

「怎麼，是您？」米佳在黑暗中看清了那小老太婆的臉，叫道。這就是伺候庫茲馬・薩姆索諾夫的那個年老的女傭人，昨天米佳就十分注意她。

「可您到底是誰呀，老爺？」那小老太婆完全換了一種聲音說道，「黑燈瞎火的，我認不出您來呀。」

「您不是住在庫茲馬・庫茲米奇家，伺候他老人家的嗎？」

「沒錯，老爺，剛才我跑去找普羅霍雷奇來著……我怎麼認不出您來呢？」

「告訴我，大媽，阿格拉費娜・亞歷山德羅芙娜現在還在你們家嗎？」米佳迫不及待地問道。「方才是我親自陪她去的。」

「她來過，老爺，來過，坐了一會兒就走啦。」

「怎麼？走啦？」米佳叫了起來。「什麼時候走的？」

「說話就走啦，在我們那就待了一小會兒。給庫茲馬・庫茲米奇講了個故事，把他逗笑了就一溜煙地走啦。」

「瞎說，該死的東西！」米佳大喝一聲。

「啊——啊呀！」小老太婆叫道，但是米佳轉身就不見了；他撒腿就往莫羅佐娃家跑去。這時，格魯申卡正向莫克羅耶疾馳而去，離她動身還不到一刻鐘。費尼婭跟她奶奶（廚娘馬特廖娜）正在廚房裡，「大尉」冷不防跑了進去。費尼婭看到後就拼命喊起來。

「你喊？」米佳吼道。「她在哪？」但是還沒讓嚇傻了的費尼婭回答一個字，他就霍地撲翻身軀跪倒在她腳下：

「費尼婭，看在主基督分上，告訴我她上哪啦？」

「老爺，我什麼也不知道，親愛的德米特里・費奧多羅維奇，我什麼也不知道，打死我，我也不知道，」費尼婭賭神罰咒道，「您方才不是跟她一塊出去的嗎……」

「她回來了！……」

「親愛的，她沒回來，我用上帝的名義起誓，她沒回來！」

「胡說，」米佳叫起來，「看你嚇成這樣，我就知道她上哪了！……」

他撒腿就往外跑。嚇壞了的費尼婭很高興，居然讓她輕輕易易地對付過去了，但是她很清楚，他只是沒工夫罷了，要不然的話，她準沒好果子吃。但是他跑出去時有一件十分出人意料的舉動，終究使費尼婭和馬特廖娜老太太吃了一驚：桌上放著一隻銅研缽，研缽裡有個不大的銅杵，一共才四分之一俄尺長。米佳跑出去時，一隻手已經拉開了門，另一隻手忽地順手抄走了研缽裡的銅杵，塞進了一側的衣兜，就這樣拿著銅杵跑了。

「啊，主啊，他要殺人！」費尼婭舉起雙手一拍。

四、黑暗中

他跑哪去了呢？明擺著：「除非在費奧多爾・帕夫洛維奇那兒，她還能上哪？離開薩姆索諾夫以後，她就直接跑去找他了，現在這已經一清二楚。整個陰謀，全部騙局，如今昭然若揭……」這一切像旋風似的掠過他的腦海。他沒有跑到瑪麗亞・孔德拉季耶芙娜的院子裡去：「用不著去那兒，根本用不著……千萬不要去驚動她們……她們會立刻跑去通風報信，出賣我的……瑪麗亞・孔德拉季耶芙娜肯定是同謀，斯梅爾佳科夫也是，也是，全被收買了！」他心裡另有打算：他穿過胡同，繞了一個大圈，繞過費奧多爾・帕夫洛維奇的私宅，跑過德米特羅夫大街，然後跨過一座小橋，一直跑到房後的一條僻靜的小胡同，這裡空空蕩蕩，荒無人煙，一邊是用籬笆隔開的鄰居的菜園子，另一邊是一堵結實的高牆，把費奧多爾・帕夫洛維奇的花園四面圍住。他立刻看中了一個地方，據說，這裡似乎就是那臭丫頭莉扎韋塔從前翻牆進去的地方。「既然她能爬過去，我怎麼會爬不過去呢？」天知道他腦子裡為什麼會閃過這個想法。果然，他縱身一躍，一下子就用手抓住了圍牆頂端，然後使勁引體向上，一下子爬了上去，騎到牆頭上。這裡附近，在花園裡，有座小澡堂，但是從圍牆上還看得見正房裡亮著燈的窗戶。「果然不出所料，老傢伙的臥室裡亮著燈，她在裡邊！」於是他就從圍牆上跳下去，進了花園，雖然他明知道格里戈里有病，說不定斯梅爾佳科夫也當真病了，決不會有人聽到他進來，但他還是本能地躲了起來，在原地屏住呼吸，側耳傾聽。但是到處是一片死寂，彷彿存心安排好了似的。萬籟俱寂，連一絲風也沒有。

「只有寂靜在細聲低語①，」不知爲什麼這行詩在他腦子裡倏忽閃過，「只要沒人聽見我翻牆就行；大概沒人聽見。」他稍站片刻後便輕手輕腳地穿過花園，走過草地；繞過樹木和花叢，走了很久，每走一步都躡手躡腳，每走一步都側耳傾聽有沒有發出聲響。大約走了五分鐘，他終於漸漸走到那扇亮著光的窗子。他記得，在窗外，緊挨著窗，長著兩叢高大茂密的接骨木和瓊花。正房左側通花園的門鎖上了；他從一旁走過時曾特意仔細地查看過。他終於走到花叢，躲到花叢後面。他屏住呼吸。「現在應稍安毋躁，」他想，「如果他們聽到我的腳步聲，現在正在側耳傾聽的話，那就讓他們放心，以爲聽錯了……不過，千萬別咳嗽，別打噴嚏……」

他靜候了大約兩分鐘，但是他的心在猛跳，有這麼一小會兒工夫他幾乎喘不過氣來了。「不行，這心跳停不下來，」他想，「再等下去我會受不了的。」他站在花叢後面的陰影裡；花叢的前半部分被窗裡射出的燈光照得很亮。「瓊花，果子，多紅的果子呀！」他悄聲道，也不知道說這幹麼。他悄悄地、一步一步地、躡手躡腳地走近窗前，踮起了腳尖。費奧多爾・帕夫洛維奇的整個小臥室呈現在他眼前，有如托在手掌上一樣。這是一個不大的小房間，中間橫著一座紅色的小屏風，費奧多爾・帕夫洛維奇把它稱之爲「中國屏風」。「中國屏風，」米佳的腦海裡倏忽一閃，「格魯申卡就躲在這屏風後面。」他開始打量費奧多爾・帕夫洛維奇。他穿著一身帶條紋、新的絲綢睡袍，這睡袍米佳還從來沒見他穿過，

腰間還束著一條帶穗的絲帶。在睡袍的領子下可以看到清潔而又十分講究的內衣，質地細密的綴有金袖扣的荷蘭襯衫。費奧多爾・帕夫洛維奇的頭上紮著阿廖沙曾經見過的同樣的紅色繃帶。「衣

① 源出普希金長詩《魯斯蘭與柳德米拉》。原文爲「彷彿是——寂靜在細聲低語」。

冠楚楚，」米佳想。費奧多爾・帕夫洛維奇站在窗子近旁，似乎在沉思，忽然，他仰起頭，稍稍側耳傾聽了一下，因爲什麼也沒有聽到，他便走到桌旁，從長頸瓶裡倒了半杯白蘭地，一飲而盡。接著便深深嘆了口氣，又站了一會兒，心不在焉地走到窗間的穿衣鏡前，伸出右手，把紮在腦門上的紅色綳帶略微掀起了點，開始端詳還未消退的瘀傷和化膿的傷口。「他一個人，」米佳想，「八成只有一個人。」費奧多爾・帕夫洛維奇從鏡旁走開，突然向窗戶轉過身子，向窗外望了一眼。米佳霎時躲進了陰影。

「說不定她就躲在他的屏風後面，也許已經睡了。」他的心像挨了針扎似的。費奧多爾・帕夫洛維奇離開了窗子。「他這是在向窗外張望，可見她沒來：否則他向黑暗裡張望什麼？……可見，他心急如焚，不耐煩了……」米佳又立刻竄過去，開始向窗戶裡張望。老人已經坐在小桌前，顯然在發愁了。最後他支起胳膊，用右手托著腮幫子。米佳睜大兩眼注視著裡面。

「一個人，一個人！」他又反覆說。「如果她在裡面，他就是另一副神態了。」說來也怪：她不在這裡，他心裡反倒陡然升起一股奇怪的無名懊惱般。「倒不是因爲她不在裡面，」米佳回過神來，又立刻自己回答自己，「而是拿不準她到底在不在裡面。」據米佳後來回憶，當時他腦子非常清楚，考慮到每一個細節，抓住了每一根線索。但是因爲不知道和拿不定主意，他心裡感到十分苦惱，而且這苦惱飛速發展，變得越來越強烈。「她到底在不在裡面呢？」他心裡憤憤然。這時，他忽然拿定主意，伸出手，輕輕敲了敲窗框。他敲了老人與斯梅爾佳科夫約定的暗號：頭兩下較慢，後三下較快：篤篤篤——這暗號表示：「格魯申卡來了」。老人打了個哆嗦，仰起頭，迅速跳起來，衝到窗口。米佳一個箭步，躲進了陰影。費奧多爾・帕夫洛維奇打開窗戶，把整個腦袋都探了出來。

「格魯申卡，你來啦？是你嗎？」他聲音有點發抖地悄聲道。「你在哪，寶貝，小天使，你在哪呢？」他非常激動，氣喘吁吁。

「一個人！」米佳認定。

「你到底在哪呢？」老人又叫道，把腦袋向外伸得更長了，連肩膀也伸出了窗戶，他左顧右盼，東張西望，「快上這兒來，我預備了一件小小的禮物，來呀，我拿給你看！……」

「他這是指那個裝有三千盧布的大信封。」米佳腦海裡倏忽一閃。

「到底在哪呀？……難道在門口嗎？我馬上開門……」

老人差點全身都探出了窗口，他向右邊，有花園門的那一邊張望，極力想看清黑暗裡的人影。再過一秒鐘，等不到格魯申卡的回答，他肯定會跑出來開門。米佳從一側看著，一動不動。老人那使他十分厭惡的整個側影，他那下垂的整個喉核，他那在甜蜜的期待中笑瞇瞇的鷹鉤鼻，他那嘴唇，這一切都被從左面由屋裡斜射出來的燈光照得一清二楚。一陣可怕的狂怒在米佳心中陡地升起：「這就是他，他的情敵，他的折磨者，折磨了他一生的人！」這時一種陡然升起、突如其來、必欲報仇雪恨而後快的狂怒。四天前，他在涼亭裡跟阿廖沙談話時，阿廖沙問他：「你怎麼能說你要殺死父親呢？」——那時他就預感到他可能產生這樣的狂怒。

「我也不知道，真不知道，」他當時說，「也許我不會殺死他，可是殺死他也說不定。就怕**那時候他那副嘴臉**會突然使我深惡痛絕。我恨他那喉核，恨他那鼻子，恨他那眼睛，恨他那無恥的嘲笑。我對他感到一種極端的厭惡。怕的就是這個，我怕按捺不住……」

這種極端的厭惡愈來愈強烈，強烈到叫人受不了。米佳已經失去了自制，驀地從兜裡掏出銅杵……

正如米佳後來所說：「當時上帝在守護著我」：正好就在那時候，臥病在床的格里戈里・瓦西里耶維奇醒了。那天傍晚時分，他對自己的病作了某種治療，這種治療法斯梅爾佳科夫曾告訴過伊萬・費奧多羅維奇，即在他妻子的幫助下用伏特加酒再對上一些用祖傳秘方泡製的極濃的藥酒擦遍全身，然後把剩下的酒一口氣喝下去，喝的時候應由他妻子替他念誦「某種禱告」，然後再躺下睡覺。這酒，馬爾法・伊格納季耶芙娜也喝了，但是因為她不會喝酒，所以倒在她丈夫身旁，一下子就沉睡不醒。但是偏不湊巧，半夜裡，格里戈里驀地醒了，他想了片刻，雖然又立刻感到腰間劇痛，但還是在床上坐了起來。接著他又尋思了一件什麼事，下了床，匆匆穿好衣服。也許是因為他居然睡著了，感到內疚：「在這樣危險的時刻」，宅子裡居然無人巡夜。因犯羊癲瘋而病倒在床的斯梅爾佳科夫則毫無動靜地躺在另一間小屋裡。馬爾法・伊格納季耶芙娜沒有動彈。「這女人醉得趴下了。」格里戈里・瓦西里耶維奇瞅了她一眼後想，接著便哼哼哧哧地走到屋外的台階上。當然，他也只是想從台階上看一眼罷了，因為他還無力走動，腰和右腿疼得叫他受不了，但偏巧他忽然想起，花園的柵欄門他晚上沒上鎖。他是一個辦事十分認真和極其精細的人，嚴格遵守定下的規矩和多年養成的習慣。他一瘸一拐，疼得渾身抽筋似的走下了台階，向花園走去。果然不出所料，園門洞開。他無意識地走進了花園：也許，他模模糊糊地看到了什麼，也可能他聽到了什麼聲音，但是向左一看，看到老爺屋裡的窗子開著，窗口已經空無一人，沒人從窗裡向外探望。「為什麼開著呢，現在又不是夏天！」格里戈里想，突然，就在這一瞬間，花園裡有什麼異乎尋常的東西在他的正前方開始閃動。在他前面大約四十步，好像有個人在黑暗中跑了過去，有個人影在飛快地移動。「主啊！」格里戈里說，他忘乎所以，也忘了腰疼，拔腿就去攔截那個跑過去的人。他抄了近路，他顯然比那個跑著的人對這花園更熟悉；那人向澡堂跑去，跑過澡堂，就直奔圍牆……格里戈里緊盯著他，拚命跑，緊追不捨。他跑到圍牆跟前時正趕上那逃跑的人在翻牆。格里戈里情不自禁地大吼一聲，撲上去就用兩手抓住了他的一條腿。

果然不出所料，他的預感沒有騙他；他認出了這個人，就是他，那個「弒父的惡棍」！

「你這弒父的兇手！」老人大喝一聲，聲音大得周圍全聽見了，但是他剛喊了這一聲，就忽然跟遭到雷擊似的摔倒在地。米佳又翻身下來，跳進花園，向那個被打倒的人彎下身去。米佳的手裡還拿著銅杵，他隨手把它一撂，扔進了草叢。那銅杵就掉在離格里戈里兩步遠的地方，但是並沒有掉進草叢裡，而是落在花徑上，落到了一個十分顯眼的地方。他察看著那個躺在他面前的人，看了幾秒鐘。老人的腦袋上滿是鮮血；米佳伸出手去摸他的腦袋。他後來記得很清楚，當時他非常想「弄清楚」他把老人的腦殼砸開了沒有，還是僅僅用銅杵猛擊他的頭部把他「打暈過去」了。但是血流如注，嘩嘩地流得很厲害，霎時間一股熱血湧上來，把米佳發抖的手指染紅了。他記得，他急忙從兜裡掏出一塊新的白手帕（這是他去霍赫拉科娃家時帶在身邊，備而不用的），把他按在老人的腦袋上，無意義地使勁去擦老人頭上和臉上的血。但是整塊手帕也瞬間被血浸透了。「主啊，我這是幹麼呢？」米佳忽地醒悟過來，「既然砸開了，現在怎麼弄得清呢……再說現在還不全一樣！」他忽然無望地加了一句，「打死了就打死了吧……這是老頭自找的，你就躺著吧！」他大聲說，忽地翻身上了牆，跳進胡同，撒腿就跑。浸透了血的手帕被他揉成一團，抓在右手的手心裡，他邊跑邊把手帕塞進外衣裡側的口袋。他拼命跑，在城裡的大街上只有少數幾個行人在黑暗中碰到他，以後他們還記得，這天夜裡，他們遇到了一個狂奔的人。他又飛跑到莫羅佐娃家。方才，他剛走，費尼婭就立刻跑去找看門的傭人頭兒納扎爾．伊萬諾維奇，用「基督上帝」的名義懇求他，請他「無論今天或者明天，再別放大尉進來」。納扎爾．伊萬諾維奇聽完她的話後滿口應承，但是偏巧這時候太太忽然叫他，他上樓去見太太了，半路上，他遇到了他的侄子（這是一個剛從農村來的年約二十歲的小夥子），便吩咐他先在院子裡待會兒，但是忘了向他交代大尉的事。米佳跑到大門口，敲了敲門。小夥子霎時認出了他：米佳不止一次地給過他小費。他立刻給他開了門，放他進去了，還笑容滿面地急忙巴結地告訴他「阿格拉費娜・亞歷山德羅芙娜現在不在家。」

「她在哪，普羅霍爾？」米佳猛地停下來。

「方才走了。走了約莫兩小時了，坐季莫費的車，去莫克羅耶了。」

「去幹麻？」米佳叫道。

「這我就不知道了，您哪，去找一個什麼軍官，有個人從那兒叫她去，還派來了馬車……」

米佳撇下他，像瘋了似的跑進去找費尼婭。

五、突然的決定

費尼婭正同她奶奶坐在廚房裡，兩人正準備上床睡覺。她倆滿心指望納扎爾・伊萬諾維奇會替她倆擋駕，因此也沒從裡面插上門。米佳跑了進來，向費尼婭撲過去，緊緊掐住她的喉嚨。

「快說，她在哪？現在她在莫克羅耶跟誰在一起？」他發狂般怒吼道。

兩個女人發出一聲尖叫。

「啊呀，我說，啊呀，親愛的德米特里・費奧多羅維奇，我馬上告訴您，什麼也不瞞您。」嚇得要死的費尼婭像放連珠砲似的叫道。「她到莫克羅耶找那軍官去了。」

「找什麼軍官？」米佳吼道。

「從前那個軍官，就是那個老相好，五年前甩了她，跑了的。」費尼婭仍舊像放連珠砲似的說道。

德米特里・費奧多羅維奇放開了掐住她喉嚨的手。他面色蒼白，像死人似的站在她面前，默然無語，但是從他的眼神看得出來，他猛地全明白了，她剛說半句話，他就一下子全明白了，徹徹底底地全明白了，他明白了一切。當然，在這工夫，可憐的費尼婭根本顧不上去看他到底明白了沒有。她還跟他跑進來時一樣坐在木箱上，眼下仍舊坐在那裡，全身發抖，兩手伸向前方，彷彿想要自衛似的，而且保持著這種姿勢一直呆坐不動。她瞪大了兩只嚇壞了的眼睛，死死地盯著他。而當時他恰好兩手沾滿了鮮血。當他拼命跑來的時候，半道上，可能用手摸了摸自己的腦門，擦了擦臉上的汗，因此腦門上，右邊的腮幫上留下了蹭上去的血跡。看來，費尼婭馬上就會歇斯底里地發作，老廚娘則跳起來，像瘋子一樣直勾勾地看著他，幾乎魂飛魄散，失去知覺。德米特里・費奧多羅維奇站了片刻，突然順勢跌坐在費尼婭身旁的椅子上。

他坐在那裡倒不是在想什麼，而是彷彿嚇傻了。但是，一切都明如白晝：這軍官——他知道，而且知道得一清二楚，而且還是格魯申卡自己告訴他的，他也知道一個月前他來過一封信。這麼說，一直到這個新出現的人最近到來之前，這事極端保密，一直瞞著他，而且已經進行了一個月，整整一個月了，而他壓根兒就沒理會這個人！但是，他怎麼會，怎麼會，怎麼會沒想到他呢？爲什麼當時他竟忘掉了這軍官呢？他怎麼會剛一聽說就立刻把他忘得一乾二淨了呢？這就是問題了，這問題像怪物似的赫然呈現在他面前。他注視著這個怪物簡直嚇呆了，嚇得毛骨悚然，渾身冰冷。

但是他忽然像個文文靜靜而又親親熱熱的小孩子似的，低聲而又溫柔地跟費尼婭說起話來，好像完全忘記了他剛才把她嚇得那麼膽戰心驚，那麼欺負過她和折磨過她似的。他突然用一種異乎尋常的，而且在他目前的處境下甚至令人驚奇的精細開始詢問費尼婭。而費尼婭雖然異樣地瞅著他那滿是血汙的手，但也同樣以一種令人驚訝的甘心效勞和急迫的樣子回答著他提出的每一個問題，甚至好像急於要向他把「一切真相和盤托出」似的。漸漸地，她甚至高高興興地開始向他講述一切細節，而且根本無意折磨他，而是彷彿打心眼裡急於盡力為他效勞似的。她詳詳細細、原原本本告訴了他今天發生的一切，先是拉基金和阿廖沙來訪，她費尼婭給他們在外面把門，後來女主人就坐上馬車走了，臨走前，她還在窗口向阿廖沙嚷嚷，讓阿廖沙向他米堅卡問好，讓他「永遠記住她曾經愛過他一小時」。米堅卡聽到向他問好後，忽地苦笑了一下，他那蒼白的面頰上升起一片紅暈。費尼婭同時還告訴他（她由於好奇心驅使，已經一點也不感到害怕了）：

「德米特里・費奧多羅維奇，您那手怎麼啦，滿是血！」

「是的，」米佳隨口答道，心不在焉地望了望自己的手，立刻又忘記了手和費尼婭提的那個問題。他又陷入沉默之中。從他跑進來的時候算起，已經過去了約莫二十分鐘。他方才的驚懼已經過去，但是他分明被一種新的不可動搖的決心牢牢地掌握住了。他從座位上霍地站起，若有所思地微微一笑。

「老爺，您倒底出了什麼事呀？」費尼婭又指著他的手說，充滿了同情，倒像在他的不幸中，她現在是他最親近的人似的。

米佳又望了望自己的手。

「這是血，費尼婭，」他說，以一種異樣的表情望著她，「這是人的血，上帝啊，幹麼要流血呢！但是……費尼婭……這裡有一堵牆（他望著她，倒像在給她猜謎似的），一堵很高的圍牆，看去很可怕，但是……明天一大早，等『太陽破雲而出』，米堅卡就會從這堵圍牆上翻過去……費尼婭，你不會明白我說的是什麼圍牆，不過也沒什麼……反正一樣，明天你就會聽說和明白一切的……現在就再見啦！我不會去妨礙他們的，我走開，我會走開的。祝你快快活活地活下去，我的寶貝……愛了我一小時，那就請你永遠記住米堅卡・卡馬拉佐夫吧……要知道，她一直管我叫米堅卡，記得嗎？」

他說完這話就突然走出了廚房。而費尼婭看見他走了，倒更害怕了，幾乎比他方才跑進來，向她撲過去的時候更害怕。

過了整整十分鐘後，德米特里・費奧多羅維奇就進去拜訪那個年輕官員彼得・伊里奇・佩爾霍京，也就是不久前他向他抵押過手槍的那個佩爾霍京。已經八點半了，彼得・伊里奇在家喝過茶以後，剛剛重新穿上外衣，準備到京都飯店去打檯球。他剛要出門的時候，被米佳逮住了。佩爾霍京看見他和他那蹭滿了血的臉，不由得叫起來：

「主啊！您倒是怎麼啦？」

「是這麼回事，」米佳迅速道，「我是來贖我的手槍的，錢也給您帶來了。不勝感謝之至。我有急事，彼得・伊里奇，請快點。」

彼得・伊里奇越看越奇怪：他突然看清米佳手裡攥了一大把鈔票，主要是他攥著這麼一大把錢就進來了，要知道任何人都不會這麼攥著，拿著這錢進來的：他把所有的鈔票都攥在手裡，好像給人看似的，把右手筆直地伸在前面。在前廳遇見米佳的這官員的一名小廝後來說，他進前廳的時候手裡也攥著錢，可見在大街上，他也是右手攥著錢，把手伸在前面走路的。這錢全是一百盧布的花票子，他用滿是血汙的手攥著。後來某些感興趣的人問起到底有多少錢，彼得・伊里奇稱，當時用眼睛很難看清楚，可能是兩千，也可能是三千，但是有一大沓，「厚厚的」一沓。至於德米特里・費奧多羅維奇本人，他後來也供稱，「當時他似乎非常心慌意亂，但是並沒有醉，而是好像有點兒興高采烈，非常心不在焉，然而與此同時又似乎很專心，彷彿在想什麼，思前想後，總也拿不定主意。

我當時心裡急，回答問話時很生硬，很怪，有些瞬間又似乎根本沒什麼傷腦筋的事，甚至很快活。」

「您到底怎麼啦，您現在到底怎麼啦？」彼得・伊里奇奇怪地打量著客人，又叫道。「您怎麼會弄得滿身是血呢，摔了一跤還是怎麼的，您瞧瞧！」

他抓住他的胳膊肘，把他拉到鏡子跟前。米佳看到自己蹭滿血的臉，打了個哆嗦，憤怒地皺起了眉頭。

「唉，見鬼！怎麼弄成這樣，」他憤憤然嘟囔道，迅速把鈔票從右手轉到左手，像抽搐似的從口袋裡拽出一塊手帕。但是手帕上也滿是血（他就是用這塊手帕給格里戈里擦頭上和臉上的血的）：幾乎沒有一個地方是白的，這手帕不僅開始乾了，而且還結成一團，打不開來。米佳把它惡狠狠地甩到地板上。

「唉，見鬼！您這裡有沒有什麼破布呀……擦擦……」

「那麼說您只是蹭上了血，而不是受傷？還不如先洗乾淨了再說。」彼得・伊里奇答道。「這裡有洗手盆，我給您倒水。」

「洗手盆？這好……不過我把這放哪呢？」他處在某種十分奇怪的困惑中，向彼得・伊里奇指了指那一沓一百盧布的鈔票，用探詢的目光望著他，倒像應當由他來決定他應該把自己的錢放到哪兒去似的。

「塞進口袋，要不就放在這裡的桌上，丟不了。」

「塞進口袋？對，塞進口袋。這好……不，您知道嗎，這都無關緊要！」他叫道，好像突然不再心不在焉了，「您知道嗎：咱倆先把這事給了了，我說的是手槍，您先把手槍還我，這是還您的錢……因爲我非常，非常需要……而時間，時間又很緊……」

他說罷就從那一沓裡抽出一張一百盧布的鈔票，遞給那官員。

「我可是找不開呀，」那人說，「你沒零錢嗎？」

「沒有，」米佳說，又看了看那沓鈔票，接著又好像對自己說的話沒把握似的，又用手指翻了翻上面的兩三張鈔票，「沒有，全一樣，」他加了一句，又用探詢的目光看了看彼得・伊里奇。

「您這是打哪發的這財呀？」那官員問。「等等，我讓我那小廝到普洛特尼科夫那兒跑一趟。他們打烊晚——看能不能兌開。喂，米沙！」他向前廳喊了一聲。

「上普洛特尼科夫的鋪子去一趟——這事太妙了！」米佳也叫道，好像靈機一動，想到了一個好主意。「米沙。」他轉身向跑進來的小廝說，「我說，你快跑到普洛特尼科夫那兒去一趟，告訴他們，德米特里・費奧多羅維奇問他們好，一會兒他將親自前來……，聽著，聽著：讓他們在他來之前預備好香檳酒，預備這麼三打，而且要跟上回到莫克羅耶去那樣裝好……當時我要了四打，」他突然向彼得・伊里奇說，「他們都知道，你放心，米沙。」他又回頭對那小廝說。「你聽著：讓他們預備好奶酪，斯特拉斯堡餡餅，燻魚，火腿，魚子，還有一切，只要他們鋪子裡有的東西，統統給我預備好，就照一百盧布或者一百二十盧布預備，像上回那樣……你聽著：讓他們別忘了甜食、糖果、梨，兩個或者三個西瓜，要不就四個——哦不，西瓜有一個就夠了，還有巧克力、水果糖、牛奶糖——總之我上次到莫克羅耶去帶的一切，至於香檳酒，照三百盧布買……總之這回要跟上回一模一樣。你要記住了，米沙，如果你是米沙的話……他不是叫米沙嗎？」他又轉過身去問彼得・伊里奇。

「且慢，」彼得・伊里奇打斷道，不安地聽著他那一連串的吩咐，從頭到腳打量著他，「您最好還是自己去一趟，說說清楚，他會說錯的。」

「會說錯，我看呀，他肯定會說錯！唉呀，米沙，託你去辦這樣的事，我本來想親親你……你要是不說錯，給你十盧布，快跑……香檳，最要緊的是要帶香檳酒，還有白蘭地，紅的白的都要，一切都跟上回一樣……他們知道上回都帶了些什麼。」

「您聽我說嘛！」彼得・伊里奇已經不耐煩地打斷他道。「我說：不如讓他跑去先換一下零錢，同時關照他們別打烊，然後您再去親自跟他們說清楚……把您的鈔票給他。快跑，米沙，快去快回！」彼得・伊里奇可能是故意轟米沙走的，因爲米沙站在客人面前，一直瞪大了兩眼，盯著他那滿是血的臉和血跡斑斑的手，手裡還攥著一大把錢，手指在發抖，他就這麼站著，又驚奇又害怕地張大了嘴，米佳吩咐他的話，他大概沒聽懂幾句。

「好，現在咱們去洗臉。」彼得・伊里奇板著臉說道。「把錢放桌上或者塞進口袋……就這樣，走吧。把上衣脫了。」

他接著便幫他脫上衣，又突然驚叫道：

「瞧，您的上衣也滿是血！」

「這……這不是上衣。就袖口上有一點兒……也就在這兒，放手帕的地方。從口袋裡滲出來的。我在費尼婭那兒坐在手帕上，血就滲出來了。」米佳以一種令人吃驚的推心置腹的神態立刻解釋道。

彼得・伊里奇皺著眉頭聽完了他的解釋。

「您做了什麼荒唐事；大概跟什麼人打架了吧！」他嘀咕道。

他倆開始洗臉。彼得・伊里奇拿著水罐幫他倒水。米佳手忙腳亂，也沒往手上好好抹肥皂。（彼得・伊里奇後來想起來，他的手在發抖。）彼得・伊里奇立刻讓他多抹點肥皂，多搓一搓。這時他彷彿在發號施令，指揮米佳似的，而且越往後，命令的口氣越明顯。順便說說：這年輕人可不是個膽小怕事的主兒。

「瞧，指甲下面也沒洗乾淨；好，現在使勁擦臉，這兒：太陽穴，耳朵旁……您準備穿著這件襯衫出去嗎？您這是要去哪呀？瞧，右邊袖子的翻袖上滿是血。」

「是的，滿是血。」米佳說，打量著襯衫的翻袖。

「那，把內衣換了吧。」

「沒工夫。我不妨這樣，您瞧……」米佳仍舊推心置腹地繼續道，他已經用毛巾在擦乾臉和手，穿上了外衣，「我可以把袖口縮進去，上衣擋著不就看不見了……您瞧！」

「現在您倒說說，您在哪荒唐了？該不是跟什麼人打架了吧？是不是跟上回一樣又在飯館裡闖禍了？是不是又是跟那個大尉，又跟上回那樣打他了，把他拽到大街上？」彼得・伊里奇責備似的回憶道。「又把什麼人給打了，要不就給打死了？」

「胡扯！」米佳道。

「怎麼胡扯？」

「別提了。」米佳說，突然發出一聲苦笑。「剛才我在廣場上把一個老太婆給撞趴下了。」

「撞趴下了？老太婆？」

「趴下的是老頭！」米佳叫道，直視著彼得・伊里奇的臉，一邊笑，一邊喊，好像對方是聾子。

「唉，活見鬼，一會兒老頭，一會兒老太婆……把什麼人給打死了，是不是？」

「言歸於好了。扭成一團——接著又言歸於好了。在一個地方。又友好地分手了。一個傻瓜……他原諒了我……現在大概原諒了……要是站起來了，他肯定不會原諒，」米佳忽然使了個眼色，「不過您知道，讓他見鬼去吧，聽見了嗎，彼得・伊里奇，讓他見鬼去吧，別提他了！我眼下不想提他！」

米佳毅然道。

「我的意思是說，何苦呢，您跟什麼人都扯到一塊兒……像上回那樣，爲了點雞毛蒜皮的事，就跟那個上尉①幹上了……剛打完架，現在又要趕去尋歡作樂——瞧您這脾氣。三打香檳酒——哪要得了這麼多呀？」

「棒極了！現在快把手槍給我。真的，我沒時間。本來想跟您好好聊聊，親愛的，可是沒時間。再說也沒必要，要談也晚啦。啊！錢呢？我把錢擱哪啦？」他叫起來，開始用兩手摸口袋。

「放桌上啦……自個兒放的……不在那邊放著嗎？忘啦？您手裡的錢呀，簡直視同糞土。這是您的手槍。奇怪，方才五點來鐘的時候，您還用它們押了十盧布，可現在，瞧您有多少，好幾千。恐怕有兩千或者三千吧？」

「沒準有三千。」米佳笑道，邊說邊把錢塞進一側的褲兜。

「這樣會弄丟的。您家開了金礦是不是？」

「礦？金礦！」米佳使勁大叫，接著又放聲大笑。「佩爾霍京，您願意去金礦嗎？只要您肯去，這裡有位太太會立刻慷慨解囊，給您三千盧布，我就曾得到過她的慷慨施捨，她就這麼喜愛金礦！您認識霍赫拉科娃太太嗎？」

「不認識，聽說過，但是沒見過。難道是她給了您三千盧布？她竟這麼慷慨？」彼得・伊里奇不信任地望著他。

---

① 伊柳沙的爸爸斯涅吉廖夫，他的軍銜應是上尉，前面稱他是「大尉」，出於把人往高裡恭維的同樣的心理。

「明天，等太陽噴薄而出，等永遠年輕的福玻斯①讚頌著上帝，飛上天空，您明天就去找她，找霍赫拉科娃太太，您可以親自問她：她是不是慷慨解囊，給了我三千盧布？您可以去問嘛。」

「我不知道您倆是什麼關係……既然您說得這麼肯定，那就真給了……可是您那爪子一抓到錢，您就不會去西伯利亞了，就會快馬加鞭……您現在到底要上哪呀？」

「上莫克羅耶。」

「上莫克羅耶？現在已經半夜了呀！」

「馬斯特留克什麼都有，馬斯特留克又變得一無所有②！」米佳突然說道。

「怎麼一無所有？兜裡揣著好幾千盧布，怎麼會一無所有呢？」

「我不是說這幾千盧布。讓這錢見鬼去吧！我是說女人的怪脾氣：

女人最容易受騙上當，
朝三暮四又淫蕩③。

我同意攸利賽斯④的話，這話是他說的。」

「我不明白您的意思！」

① 希臘神話中的太陽神，即阿波羅。
② 源自俄羅斯古代民歌《馬斯特留克．捷姆留科維奇》。
③ 引自丘特切夫的譯詩（譯自席勒）《葬後宴》（一八五一年）中奧德修斯的話。
④ 即奧德修斯，羅馬神話中稱他爲攸利賽斯。

「喝醉了，是不是？」

「不是喝醉了，而是更糟。」

「我精神上醉了，彼得・伊里奇，精神上醉了，這就夠啦，夠啦……」

「您這要幹麼呢，往手槍裡裝彈藥？」

「往手槍裡裝彈藥。」

米佳果然在打開手槍盒以後，擰開了火藥筒，仔仔細細地裝上了火藥，把它塞緊了。接著又拿起一粒子彈，在把子彈壓進去以前，用兩隻手指把它舉起來，湊近蠟燭。

「您瞅子彈幹麼？」彼得・伊里奇既不安又好奇地注視著他。

「不幹麼。想像一下。如果你想把這顆子彈打進自己的腦殼，那你裝手槍的時候要不要先看看子彈呢？」

「幹麼看它？」

「它要打進我的腦殼，先看看它是什麼樣子，不是蠻有意思的嗎……話又說回來，這是胡扯，心血來潮，胡扯一氣，現在完了。」他裝上子彈，用墊圈壓緊以後又加了一句。「彼得・伊里奇，親愛的，這是胡扯，全是胡扯，你不知道這胡扯有多荒唐！現在請你給我一小張紙。」

「給，給您紙。」

「不，要光潔的，乾淨的，可以寫字的，這就對啦。」接著米佳從桌上拿起筆，寫了兩行字，折成四折，揣進坎肩的口袋。他把手槍又放回了盒子。接著他又看了看彼得・伊里奇，長長地、若有所思地微微一笑。

「現在走吧。」他說。

「上哪？不，且慢……您大概想去把子彈打進自己的腦殼吧……」彼得・伊里奇不安地說。

「什麼子彈不子彈，全是扯淡！我想活，我熱愛生命！你要懂得這點。我愛一頭金色鬈髮的福玻斯和他的灼熱的光芒……親愛的彼得・伊里奇，你會及時引退嗎？」

「怎麼及時引退？」

「給人家讓路。給可愛的人和可憎的人讓路。而且要讓可憎的人變成可愛的人——給人家讓路就應該這麼讓法！並且對他們說：上帝保祐你們，你們走吧，打我身邊走過去吧，而我……」

「而您？」

「不說了，咱們走吧。」

「真的，我得找個人說說這事，」彼得・伊里奇望著他，「不讓您上那去。現在您到莫克羅耶去幹麼？」

「那裡有個女人，女人，這，你總夠了吧，彼得・伊里奇，算啦！」

「聽我說，您雖然很野，但是不知爲什麼我一向很喜歡您……所以我才不放心。」

「謝謝你，好兄弟。你說我野。蠻子，蠻子！我總是一個勁兒地給自己叨叨：蠻子！啊，對了，米沙來了，我倒把他給忘了。」

米沙拿著一沓零錢氣咻咻地跑了進來，他稟告說，在普洛特尼科夫家的鋪子裡「全忙活開了」，又是搬瓶子，又是裝魚和茶葉——一切都會立刻準備好的。米佳拿起一張十盧布的鈔票扔給了米沙。

「不許胡來！」彼得・伊里奇叫道。「在我家不許這樣，再說這是胡鬧，先把您的錢藏好，放這兒，幹麼胡花錢？明天會用得著的，要不，又要來找我借十個盧布了。您幹麼淨往褲兜裡塞呀？哎呀，您會弄丟的！」

「我說好朋友，咱倆一塊去莫克羅耶好嗎？」

「我去幹麼嗎？」

「我說，你願不願意讓我立刻打開一瓶，咱倆先爲生活乾一杯！我想先乾一杯，尤其要跟你先乾一杯。我從來沒跟你在一起喝過酒，對不？」

「也許吧，上飯館喝可以，咱們走，剛才我也想上那去。」

「沒工夫上飯館了，要不到普洛特尼科夫家鋪子後面的房間裡喝去。要不要我現在給你猜個謎。」

「猜吧。」

米佳從背心口袋裡掏出剛才寫的那張紙，打開後給他看。上面用粗大的筆跡清楚地寫道：

我要爲我的整個一生狠狠地懲罰自己，懲罰我整個的一生。

「真的，我一定得找個人說說這事，現在就說去。」彼得・伊里奇讀完字條後說道。

「來不及啦，親愛的，咱們去乾一杯吧，走！」

普洛特尼科夫家的鋪子與彼得・伊里奇幾乎僅一樓之隔，坐落在街角。這是敝城最大的食品雜貨店，是一家富商所開，而且這店非常不錯。京城裡隨便哪家商店有的東西，這裡應有盡有，「葉利謝耶夫兄弟公司出品」的酒、水果、雪茄、茶葉、白糖、咖啡等一應食品，這裡全有。經常有三名夥計坐堂，兩名小廝負責送貨。儘管敝地一蹶不振，地主們紛紛遷離，生意蕭條，可是食品業卻依然繁榮，甚至年復一年地更興隆了：因爲這些東西不愁沒買主。鋪子裡正在焦急地等待著米佳光臨。他們記得很清楚，就在三四個星期前，他也是這樣一下子買了幾百盧布的各種食品和酒，而且付的都是現金（當然，要賒賬，他們是什麼也不會給的），他們記得，那回也跟這回一樣，他手裡攥著一大沓花票子，揮金如土，既不還價，也不想想，他也不願意想，他要這麼多食品、酒以及其他等等有什麼用？後來全城人都在沸沸揚揚地說，當時，他跟格魯申卡一起去莫克羅耶，「一夜之間，再加上第二天，一下子就花掉了三千盧布，縱酒作樂後回到城裡已一文不名，身上光光的，跟他娘生下他時一模一樣。」當時，他還把一大群茨岡人（那時候他們正好流浪到我們這裡）給找來了，據說，這些茨岡人兩天之內從他這個酩酊大醉的人身上偷走了數不清的錢，喝掉了數不清的名貴美酒。有人笑話米佳說，他在莫克羅耶請那些粗魯的莊稼漢喝香檳酒，請那些鄉下的大姑娘小媳婦們吃糖果和斯特拉斯堡餡餅。在敝城，尤其在飯館裡，還有人笑話米佳當時曾公開承認（當面笑話他是有點危險的），他搞了那麼一場「瞎胡鬧」，從格魯申卡那裡得到的不過是「讓他親了親她的腳，其他一概不許」。

當米佳和彼得・伊里奇走到這家鋪子門口的時候，看見一輛三套馬車已經停在門口，車上鋪著毯子，掛著大小不一的鈴鐺，車夫安德烈正在恭候米佳光臨。鋪子裡幾乎把一大箱食品完全「配齊」了，專等米佳一到就釘箱、裝車。彼得・伊里奇感到很驚訝。

「你哪來的時間把三套馬車都給準備妥啦？」他問米佳。

「我上你那去的時候，碰到了安德烈，就讓他把馬車直接趕過來，趕到鋪子跟前。不必浪費時間！上回是讓季莫費趕的車，可現如今季莫費『噓——的一聲』，搶在我頭裡把一名女魔法師拉走了。安德烈，咱們是不是太晚了點？」

「他們最多比咱早到一小時，也許還沒這麼快，頂多超前一小時！」安德烈急忙答道。「是我打點季莫費走的，我知道他們怎麼個走法。他們的走法哪比得了咱們呀，德米特里・費奧多羅維奇，他們哪比得了咱們呀。他們連一小時都早到不了！」安德烈熱烈地打斷他的話道。安德烈還不能算老車夫，這小夥子一頭紅褐色頭髮，瘦瘦的個兒，穿著腰間打褶的長外衣，左臂上搭著件厚呢上衣。

「要是只差一小時，賞你五十盧布酒錢。」

「一小時，咱們擔保，德米特里·費奧多羅維奇，哼，他們連半小時也早到不了，甭說一小時了！」

米佳雖然忙忙碌碌地張羅著，但是說話和吩咐夥計的樣兒卻有點兒怪，而且前言不對後語。說了前面，忘了後面。彼得·伊里奇認爲有必要插一手，幫幫他的忙。

「照四百盧布，不能少於四百盧布，跟上回一模一樣。」米佳指揮道。「四打香檳，一瓶不能少。」

「你幹麼要這麼多呢？這又何必呢？慢！」彼得·伊里奇吼道。「這木箱是幹什麼用的？裝什麼了？難道四百盧布的東西全在裡面了？」

正在忙前忙後的夥計們，立刻甜言蜜語地向他解釋，這不過第一只木箱，裡面總共才半打香檳酒和「多種必須先上的食品」，冷菜呀，糖果呀，法國水果糖呀，等等。至於主要的「食品」，將跟上回一樣單獨裝車，用專車隨後立即送到，也是用三套馬車，準時趕到，「最多比德米特里·費奧多羅維奇晚到一小時。」

「不許超過一小時，不許超過一小時。要盡可能多地裝上法國水果糖和牛奶糖；那裡的小妞就愛吃這玩意兒。」米佳熱烈堅持道。

「牛奶糖依你。你要四打香檳酒幹什麼呀？一打就夠了。」彼得·伊里奇幾乎發火了。他開始跟他們討價還價，要他們開賬單，簡直沒完沒了。但是吵來吵去，也只挽回了一百盧布。最後講定，所買一應食品最多不超過三百盧布。

「啊，見你們的鬼去吧！」彼得・伊里奇驀地大徹大悟地叫了起來，「這跟我有什麼關係？既然是飛來橫財，他愛怎麼揮霍都行！」

「過來，愛省錢的主，過來，別生氣啦！」米佳把他硬拉到鋪子後面的房間。「這裡馬上會有人給咱倆送酒來，咱倆一醉方休。啊呀，彼得・伊里奇，咱們一塊兒去吧，因爲你這人挺可愛，我就喜歡你這樣的人。」

米佳在一張小桌前的藤椅上坐下，小桌上鋪著一塊十分骯髒的桌布。彼得・伊里奇只好在他對面勉強坐了下來，眨眼間就拿來了香檳。夥計們又問，兩位老爺要不要來點牡蠣，「上好的牡蠣，剛剛運到」。

「去他媽的牡蠣，我不吃，什麼也不要。」彼得・伊里奇幾乎惡狠狠地搶白道。

「沒工夫吃牡蠣，」米佳說，「再說也沒胃口。我說朋友，」他突然動情地說道，「我一向不喜歡這種沒規沒矩的樣子。」

「誰喜歡這個！三打酒給那些鄉巴佬喝，對不起，誰聽了都冒火。」

「我不是說這事。我是說做人的規矩，我一向沒規沒矩，沒做人的規矩……但是……這一切都一了百了啦，無須傷心。晚啦，見鬼去吧！我一輩子都沒規沒矩，該懂點規矩啦。我在說俏皮話，是不是？」

「你在說胡話，不是說俏皮話。」

「讚美世上至高無上的神，
讚美我心中至高無上的神！

這詩是發自我內心的話，不是詩，而是淚……我自己做的……不過不是在揪住上尉鬍子的時候。」

「你怎麼忽然想到他呀？」

「我怎麼忽然想到他？扯淡！一切都快要一了百了了，一切都無所謂了，一了也就百了了。」

「說真格的，我老想到你那兩把手槍。」

「這手槍也是扯淡！喝酒吧，別瞎想啦。我愛生命，我太愛生命了，因爲太愛，都顯得卑鄙了。夠啦！爲生命，親愛的，爲生命乾杯，我建議爲生命乾杯！爲什麼我對自己感到滿意呢？我卑鄙，但是我對自己還是感到滿意的。然而，正因爲我卑鄙而又自滿，所以我又感到痛苦。我感謝造物主，我隨時準備感謝上帝和他的造物，但是……必須消滅一隻臭蟲，不讓牠到處橫行，殘害別人的生命……爲生命乾杯，好兄弟！有什麼比生命更可貴的呢！什麼也沒有！爲生命，爲一位女皇中的女皇乾杯。」

「爲生活①乾杯，行啊，也爲你那女皇乾杯。」

兩人各乾了一杯。米佳雖然異常興奮和心不在焉，但總讓人覺得有點憂傷。倒好像他有什麼難以克服的沉重的心事似的。

「米沙……剛才進來的是你家的那個米沙吧？米沙，寶貝，米沙，過來，給我把這杯酒喝了，爲金髮的、明天的福玻斯乾杯……」

---

① 俄語中，生命與生活爲同一個詞。米佳準備狂飲作樂以後開槍自殺，所以他要爲生命乾杯。彼得・伊里奇則理解爲他要盡情地享受生活，爲生活乾杯。

「你幹麼要讓他喝呢！」彼得・伊里奇惱怒地喝道。

「對不起，沒什麼，我願意。」

「唉——唉呀！」

米沙乾了一杯，鞠了個躬就跑出去了。

「他會牢牢記住這個的。」米佳說。「我喜歡女人，女人！什麼是女人呢？人間的女皇！我感到憂傷，憂傷，彼得・伊里奇。記得哈姆雷特說過的話嗎：『我十分憂傷，我十分憂傷，霍拉旭……啊，可憐的幽里克！』①我說不定就是這個幽里克，然後變成一具骷髏。」

彼得・伊里奇聽著，沒出聲，米佳也相對默然。

「你們這是隻什麼狗？」他看見屋角裡有一隻漂亮的、黑眼睛小哈巴狗，忽然心不在焉地問一名夥計。

「這是敝店老闆娘瓦爾瓦拉・阿列克謝耶芙娜的哈巴狗，」那名夥計回答道，「她方才帶了來，忘在我們這裡了。必須給她送回去。」

「我也見過這樣一隻……在部隊裡……」米佳若有所思地說，「不過那隻狗一條後腿斷了……彼得・伊里奇，我想順便問問你：你這輩子有沒有偷過別人的東西？」

「你怎麼問這樣的問題？」

「不，不過隨便問問罷了。比如說，從什麼人的口袋裡掏過別人的東西沒有？我不是說公款，

---

① 不完全準確地引自莎士比亞的悲劇《哈姆雷特》第五幕第一場，這是哈姆雷特在墳場上手捧國王過去的小丑幽里克的骷髏，悲嘆人生無常時說的話。

公款人人拿，你當然也一樣……」

「見鬼去吧。」

「我是說別人的東西：直接從口袋裡掏，從錢袋裡拿，有沒有？」

「有一回，我偷過我母親二十戈比，當時才九歲，從桌上偷的。悄悄拿了，攥在手心裡。」

「結果怎樣呢？」

「什麼事也沒有。藏了三天，感到可恥，自己承認了，交出來了。」

「結果怎樣呢？」

「自然，挨打了。你問這幹麼，你就沒偷過？」

「偷過。」米佳狡獪地使了個眼色。

「偷什麼了？」彼得・伊里奇感到好奇起來。

「偷了母親二十戈比，當時才九歲，過了三天又交出來了。」米佳說完這話，驀地從座位上站了起來。

「德米特里・費奧多羅維奇，應該趕緊動身了吧？」安德烈突然在店門口叫道。

「準備好了?走!」米佳忙亂起來。「還有最後一句話……馬上給安德烈一杯伏特加，喝了就上路!除了伏特加以外，再給他一杯白蘭地!這盒子（裝手槍的）放在我座位底下。再見，彼得・伊里奇，我有什麼對不住你的地方，請多包涵。」

「你不是明天就回來嗎?」

「一定回來。」

「現在能請您結一下賬嗎?」夥計趕過來問。

「啊，對了，結賬！一定！」

他又從兜裡掏出那沓鈔票，取出三張花票子，扔在櫃台上，然後急忙走出店門。大家全跟著他魚貫而出，鞠躬道別，祝他一路平安，萬事如意。安德烈因為剛喝了一杯白蘭地，清了清嗓子，縱身跳上了車座。但是米佳剛要上車，突然在他面前完全出乎意料地出現了費尼婭。她上氣不接下氣地跑了來，大呼小叫地十指交叉，合十當胸，撲通一聲跪倒在他腳下：

「老爺，德米特里·費奧多羅維奇，親愛的，您可別傷害咱東家呀！是我把一切全告訴您的！……也別傷害他，要知道，他是東家的老相好！現在他要娶阿格拉費娜·亞歷山德羅芙娜，所以才從西伯利亞趕了回來……老爺，德米特里·費奧多羅維奇，您別毀了別人的一生呀！」

「嘖嘖嘖，原來是這麼回事！哼，你現在準備到那兒去闖禍！」彼得·伊里奇自言自語地嘟囔道。「現在一切都明白了，怎麼會不明白呢。德米特里·費奧多羅維奇，如果你還想做個人的話，趕緊把手槍還我，」他向米佳大聲喝道，「聽見啦，德米特里！」

「手槍？別忙，親愛的，上路以後，我就把它扔到水坑裡。」米佳答道。「費尼婭，你起來，別趴在我面前。米佳不會傷害人的，從今以後，我這傻瓜蛋決不傷害任何人。還有件事，費尼婭，」他已經坐好了，對她喝道，「方才我委屈了你，請你原諒我，饒恕我，原諒我這個卑鄙小人……如果你不肯原諒，也無所謂！因為現在已經一切都無所謂了！走吧，安德烈，快，飛跑！」

安德烈動身了，鈴鐺響了起來。

「再見，彼得·伊里奇！我的最後一滴眼淚留給你！……」

「沒喝醉，卻滿嘴胡言！」彼得·伊里奇瞧著他漸漸遠去，想道。他本來打算留下來看著他們裝車，把其餘的食品和酒裝上三套馬車，因為他預感到他們準會欺騙米佳，以次充好，以少充多，但是驀地，他自己也生起自己的氣來，啐了口唾沫，動身到飯館裡去打檯球了。

「渾，儘管是個好人……」他一路上自言自語地嘟囔。「關於這個勞什子軍官，格魯申卡的『老相好』，我倒聽說過。唔，要是他來了，那……唉呀，那兩把手槍！啊，見鬼，我是他什麼人，是他叔叔①嗎？隨他們去吧！再說也不會出什麼事。就是嗓門大，此外就沒什麼了。吃飽喝足，大打出手，打完了又言歸於好了。難道這些人能有什麼大出息？說什麼『我要及時引退』，『我要狠狠地懲罰自己』——什麼事也不會發生！醉鬼在飯館裡上千次地這麼嚷嚷。不過，他現在沒喝醉呀。『精神上醉了』——這類無恥的人就愛附庸風雅。難道我是他叔叔嗎？他不可能不曾打架，滿臉是血。到底跟誰呢？我到飯館去打聽一下就知道了。手帕上也全是血……呸，見鬼，撂在我地板上了……管它呢！」

他心情非常惡劣地來到飯館，立刻跟人打起了檯球。打完一盤球後他的心情也就好了。又打第二盤，突然跟一位球友談到德米特里·費奧多羅維奇又有錢了，大約有三千，他親眼看見的，而且他現在又到莫克羅耶去跟格魯申卡花天酒地去了。這話幾乎讓一旁聽的人產生了出人意料的好奇。大家開始議論紛紛，毫無嬉笑之意，而是似乎嚴肅得出奇。甚至連球也不打了。

「三千？他打哪來的這三千？」

大家進一步追問。大家對於這錢是霍赫拉科娃給他的這一說法頗為懷疑。

「我說，該不會搶了他老頭的錢吧？」

「三千！好像有點蹊蹺。」

「他曾經公開吹噓要殺死他父親，這裡的人都聽見了。當時還正是提到了三千不三千的……」

---

① 原指貴族家庭中負責照管小孩的男僕，或指寄宿學校中負責照看學生的校役。

這些話彼得・伊里奇聽在耳朵裡，忽然對大家的盤問待答不理的。關於米佳臉上和手上的血，他隻字未提，而他到這裡來的時候，本來是想說的。又打起了第三盤，漸漸、漸漸地，議論米佳的談話也就停止了；但是打完第三盤後，彼得・伊里奇不想再打了，放下球桿後，他並沒有像原來打算的那樣去吃晚飯，而是離開了這家飯館。他走到廣場後猶疑不決，甚至對自己都感到奇怪。他突然想明白了，他原來想立刻到費奧多爾・帕夫洛維奇家去了解一下有沒有發生什麼事。「爲了一句沒邊沒影的話就去夜闖民宅，把人家吵醒，非鬧出大笑話來不可。呸，見鬼，我是他們家的叔叔嗎，真是的？」

他心情十分惡劣地往回家的路上走去，猛地想起了費尼婭：「唉，見鬼，方才就該問問她嘛，」他懊惱地想道，「這不全知道了。」他心中忽然燃起一種十分焦慮和執拗的願望，想去跟她談談，了解了解情況，因此他走到半道又陡地轉身向格魯申卡寄居的莫羅佐娃家走去。走到大門口，他敲了敲門，在半夜的一片寂靜中發出的敲門聲又彷彿使他猛地清醒了，使他感到惱火。再說無人應門，屋裡的人全睡死了。「非在這裡鬧出大笑話不可！」他心中不無痛苦地想道，他本來應該義無反顧地扭頭就跑，可是他又突然敲起門來，而且用足了力氣。敲門聲響得全街都聽見了。「我非敲到底不可，非敲到她們出來開門不可！」他嘟囔道，他每敲一聲就怨天恨地地對自己大發脾氣，但與此同時敲門的聲音卻更猛烈了。

六、我來啦！

德米特里・費奧多羅維奇飛奔在大道上。到莫克羅耶有二十餘俄里，但是安德烈的三套馬車跑得飛快，僅花一小時零一刻就能趕到目的地。馬車快速的飛奔似乎突然使米佳振奮精神。空氣新鮮而涼爽，晴朗的天空繁星閃爍，星星很大。這就是那個夜晚，也許就在這同一時刻，阿廖沙正匍匐在地，「在發狂般起誓，要永生永世愛這片土地」。但是米佳心中卻是一片騷亂，心裡亂極了，雖然現在有許許多多事在折磨著他的心，但是眼下他義無反顧，心所掛念的只是急著趕到她身邊去，到他的女皇那裡去，現在，他飛也似的趕到她那裡去，爲的就是最後一次看她一眼。我要說的只有一點：他的心甚至一分鐘也沒有提出過爭議。如果我說，這個愛吃醋的人對這個從地底下鑽出來的新人，新的情敵，對這個「軍官」竟沒有感到一絲一毫的醋意，恐怕人們未必會相信拙見。要是換了任何別的人以這樣的面目出現，他肯定會立刻大發醋勁，說不定會重新血染他那可怕的雙手，可是對於這一個，對於這個「她的頭一個情人」，現在，他坐在三套馬車上飛速奔馳的時候，不僅沒有感到嫉妒和恨，甚至都沒有感到一絲一毫的敵意——當然，眼下還沒見到他。「這是無可爭議的，這是她和他的權利；這是她的初戀，五年來她始終沒有忘記他：這說明，在這五年中她愛的只有他，而我，我幹麼要在這裡橫插一槓子呢？我在這裡又算老幾呢？讓開吧，米佳，給人家讓路！那，我現在怎麼辦呢？即使現在沒有這軍官，一切也已經完了，即使他壓根兒不來，反正一切也已經全完了……」

只要他還能夠考慮問題，他幾乎就會用這一套話來表達自己的感覺。但是當時他已經不能考慮問題了。他現在的全部決心是他未加考慮後產生的，產生於刹那之間，方才在費尼婭那裡，她剛一開口，他就立刻感到必須作出這樣的決定，並且連同它的全部後果統統接受了下來。儘管他已下定決心，但是他心裡畢竟很亂，亂到令他痛苦的程度：儘管已經下定決心，可是他的心情並沒有平靜。太多的往事壓在他心頭，折磨著他。在有些瞬間，他也感到奇怪：他不是白紙黑字自己給自己作了判決嗎：「我要狠狠地懲罰自己」；而且這張紙就裝在他身邊的口袋裡，準備好了；手槍也裝上了子彈，他不是已經決定明天他將怎樣迎接「金髮的福玻斯」的第一道熾烈的陽光嗎？然而他心裡仍舊放不下過去種種，放不下種種往事和折磨著他的一切，他痛苦地感覺到了這點，一念及此，他就感到一片絕望，齧咬著他的心。在到這兒的路上，有一剎那，他忽然想讓安德烈停車，從車上跳下去，掏出已經裝上子彈的手槍，一了百了，不用再等到天亮了。但是這一剎那就像一小粒火星一樣稍縱即逝，三套車仍在飛奔，「吞噬著空間」，隨著越來越接近目的地，他又想起了她，而且就想到她一個人，而且這思念越來越強烈地攫住他的心，把其他一切可怕的幻影從他心頭趕走了。噢，他多麼想再看她一眼啊，哪怕只是匆匆一瞥，哪怕只是遠遠地看上一眼呢！「她現在同他在一起，我只想看看她現在同他，同他的老相好在一起的情形，我想做到的僅此而已。」而且他胸中還從來沒有對這個決定他一生命運的女人湧起過這麼強烈的愛，還從來沒有湧起過這麼多新的、他過去從未體驗過的、連他自己也不曾料到過的感情，一種溫柔到了熏香祈禱，甘願在她面前自行銷聲匿跡的感情。「我將銷聲匿跡！」他忽然在一種勃發的歇斯底里的狂喜中說道。

他們已經風馳電掣般走了差不多一小時了。米佳默然無語，安德烈雖然是個愛說話的小夥子，也沒開口說過一句話，好像怕開口似的，只是一味快馬加鞭地趕著自己的「瘦猴」，趕著他那三匹雖然精瘦但卻健步如飛的棗紅馬。這時米佳忽地非常不安地驚呼：

「安德烈！要是他們都睡了，怎麼辦？」

他忽然產生了這想法，而在這之前，他壓根兒就沒想到這點。

「也可能上床了，德米特里·費奧多羅維奇。」

米佳痛苦地皺起了眉頭：可不嗎，他……情長誼深地……飛也似的趕去又幹麼呢……他們倒好，睡了，她也睡了，也許就睡在一起……他陡地怒從心上起。

「快趕，安德烈，快，安德烈，快！」他發狂般叫道。

「沒睡也說不定。」安德烈沉吟片刻後說道。「上回，季莫費告訴我，那裡來了許多人，可熱鬧了……」

「驛站上？」

「不是驛站，是在普拉斯圖諾夫的車馬店，這也可以說是一家私人驛站。」

「我知道。那你怎麼說有許多人呢？哪來的許多人？都是些什麼人？」米佳聽到這個突如其來的消息，很擔心，因此惡狠狠地問道。

「是季莫費告訴我的，全是老爺：有兩位是城裡來的，是什麼人——我說不清，季莫費只告訴我是城裡來的，有兩位是本地的老爺，還有兩位好像是從外地來的，說不定還有什麼人，我沒詳細問他。他說，他們在玩牌。」

「玩牌？」

「可不就是，既然玩上了牌，現在恐怕還睡不了。現在大概還不到十一點，決不會超過十一點。」

「快趕，安德烈，快。」米佳又神經質地叫起來。

「我想問您這是怎麼回事，老爺，」安德烈沉吟片刻後開口道，「能不惹您生氣就好，我怕，老爺。」

「你要說什麼？」

「方才費多西婭•馬爾科芙娜向您下跪，求您別傷害她的女主人，也別傷害別的人……因此，老爺，我拉您上那去……請原諒我，老爺，這話我可是憑良心說的呀，也許說得很蠢。」

米佳忽地從後面一把抓住他的肩膀。

「你是不是趕車的？是不是趕車的？」他狂怒地叫起來。

「是趕車的呀……」

「你懂得應該給別人讓路嗎？一個趕車的，假如不肯給任何人讓路，說什麼我的車來了，軋死活該，這趕車的還算什麼人！不，趕車的，不能軋死人！不能把人軋死；不能把人命當兒戲；要是傷害了別人的性命，就應當懲罰自己……只要是傷害了，只要是殺害了別人的性命，就應當狠狠地懲罰自己，就應當走開。」

米佳說這些話時就像發作了很厲害的歇斯底里。安德烈對老爺的這番話雖然感到很奇怪，但還是接過他的話說下去。

「這話有理，德米特里・費奧多羅維奇老爺，您這話有理：不能軋死人，也不能虐待人，也不能虐待任何畜生，因為任何畜生也是上帝創造的，馬也一樣，因為有人就愛平白無故地虐待馬，我們這些趕車的也一樣……有人就像個冒失鬼似的，硬往前闖，往你身上硬闖。」

「想下地獄？」米佳忽地打斷道，接著便突如其來地發出一串短促的笑。「安德烈，你是個老實人，」他又緊緊抓住他的兩只肩膀，「你說：依你看，我德米特里・費奧多羅維奇會不會下地獄？」

「不知道，親愛的，得看您自己，所以您才在我們這兒。要知道，老爺，上帝的兒子被釘死在十字架上，後來他才從十字架上下來，直接走進了地獄，把那些受折磨的罪人統統放了出來。於是地獄就嘆起氣來，以為以後再也不會有人（就是說罪人）到它那裡去了。因此主就對地獄說：『你別嘆氣，地獄，因為從今以後將會有各種各樣的達官貴人，帝王將相、主審官和大財主到你這裡來，而且會擠得滿滿的，就像自古以來出現過的情形一樣，直到我再次降臨人世。』這是千真萬確的，他的確說過這話……」

「民間傳說，太妙了！抽一下左邊的馬，安德烈！」

「您瞧，老爺，地獄就是爲他們預備的，」安德烈抽了一下左邊的馬，「而您，老爺，您就跟小孩一樣……我們都這麼認爲……雖然您愛發火，老爺，這沒錯，但是因爲您爲人厚道，主會饒恕您的。」

「那你呢，你會饒恕我嗎，安德烈？」

「我幹麼要饒恕您呢，您又沒對我怎麼樣。」

「不，替大家，你一個人替大家，就現在，馬上，在路上，你能夠替大家饒恕我嗎？你是個普通老百姓，你說呀！」

「啊呀，老爺！我這趟拉你心裡還真害怕，您的話多怪呀……」

但是米佳沒聽清。他在發狂地祈禱上帝，古怪地念念有詞。

「主啊，收下我吧，儘管我一直無法無天，但是不要審判我。請你別審判我就放我過去吧……請你不要審判我，因爲我自己已經給自己定了罪，請你不要審判我，因爲我愛你，主！雖然我卑劣，但是我愛你：即使你讓我下地獄，我也愛你，而且我要在那裡高呼，我永遠永遠地愛你……但是也請你讓我愛到底……就在這裡，現在，讓我愛到底，直到你熾烈的陽光升起，總共才五小時……因爲我愛我心中的女皇。我愛，我不能不愛。你對我整個的人一目了然。我趕到那裡去以後，就跪倒在她面前，對她說：你離我而去，你做得對。再見，忘掉你的犧牲品吧，永遠不要內疚，不要自責！」

「莫克羅耶！」安德烈用鞭梢指著前方，一聲吆喝。

透過朦朧的夜色，驀地看到前面有一大片黑壓壓的建築物。莫克羅耶村有兩千居民，但這時全村都已入睡，只在某些地方還有稀稀落落的幾點燈火在黑暗中閃亮。

「快，快，安德烈，我來啦！」米佳好像害熱病似的大呼小叫。

「沒睡！」安德烈用鞭梢指著普拉斯圖諾夫的車馬店，這家客店就在村頭，臨街的六扇窗戶燈火通明。

「沒睡！」米佳快樂地接話道，「把聲音搞大點，安德烈，快馬加鞭，響起鈴鐺，車聲隆隆地趕近前去。讓所有的人都知道什麼人來了！我來了！我來啦！」米佳狂叫。

安德烈趕著筋疲力盡的三套馬迅跑，果然車聲隆隆地駛抵一座高台階，然後勒住了跑得渾身大汗淋漓、累得半死的馬。米佳跳下車，這時店老闆恰好當真想去睡覺了，一聽門外車聲隆隆，他感到好奇，便跑到台階上去看看到底是什麼人來了。

「特里豐・鮑里索維奇，是你呀？」

店老闆彎下腰，定睛一看，立刻飛也似的跑下台階，一副喜出望外的巴結樣子，衝到客人面前。

「老爺，德米特里・費奧多羅維奇！咱又看見您了不是？」

這個特里豐・鮑里索維奇是一條結實而又健壯的漢子，中等個兒，面孔微胖，神態嚴峻，這人很難伺候，尤其是對待莫克羅耶的農民，但是他有一種才能，一嗅到有利可圖，就會馬上鑑貌辨色，立刻換上一副巴結的面孔。他穿著一身俄國式服裝，穿著斜領襯衫和緊腰長外衣，他很有幾分錢財，但孜孜不倦地幻想爬得更高。半數以上的莊稼人都掌握在他的魔掌中，所有的人都債台高築，欠了他一身債。他租下地主的土地，自己也購置田產，可是卻讓農民替他種地，用來抵債，可是這債永遠也還不清。他已鰥居，有四個成年的女兒；其中一個女兒已經守寡，帶著兩個小孩（他的外孫）住在他家，替他幹活，像名幫傭的女僕。另一個老實人的女兒嫁給了一個小官吏，一名供職多年而得到提升的小錄事，在這家車馬店一個房間的牆壁上，可以看到這家家族成員的各種小照，其中就有這名小官吏的照片，身穿制服，佩有文官肩章。兩名小女兒，每逢教堂節日①或者到什麼地方去作客，總是穿上縫製時髦的天藍色或綠色裙子，後面箍得緊緊的，拖著一條長長的尾巴，但是第二天早晨，就得像往常一樣，天一亮就起床，手持樺樹條紮的笤帚打掃房間，倒泔水以及客人走後清掃垃圾。儘管特里豐・鮑里索維奇已經家私盈千，他還是十分喜歡宰客，向到這兒來花天酒地的客人敲竹槓，他記得，不到一個月前，僅僅一晝夜，他就從德米特里・費奧多羅維奇（在他跟格魯申卡花天酒地的時候）身上撈到了如果不是足足三百盧布的話，起碼也有二百多盧布，現在他歡天喜地地迎接他，單憑快馬加鞭，坐車來到他的台階旁的是米佳，他就嗅出又能撈一把了。

「老爺，德米特里・費奧多羅維奇，咱又能伺候您了不是？」

「慢，特里豐・鮑里索維奇，」米佳開口道，「首先，最要緊的：她在哪兒？」

「您是問阿格拉費娜・亞歷山德羅芙娜？」店老闆銳利地注視著米佳的臉，立刻明白了，「她就在這裡……就在這裡呀……」

「跟誰在一起，跟誰？」

「外地來的客人，您哪……一名當官的，想必是波蘭人，從口音聽得出來，就是他派馬車從這裡去接她的；另一名是他的同伴，要不就是同路的，誰鬧得清呢；都穿便服……」

「怎麼，花天酒地了？是大財主？」

「什麼花天酒地呀！這主顧不算大，德米特里・費奧多羅維奇。」

「不算大？嗯，那其他人呢？」

---

① 指聖徒的節日或與該教堂有關的其他節日。

「有兩位是城裡來的老爺……從切爾尼回來，就留這兒了。還有位年輕人，大概是米烏索夫先生的親戚，不過叫什麼我忘了……另一位您大概認識：地主馬克西莫夫，他說他到你們那邊的修道院朝聖去了，後來就跟米烏索夫先生那位年輕的親戚一起來了……」

「就這些人？」

「就這些人。」

「慢，你先閉嘴，特里豐・鮑里索維奇，現在你給我說最主要的：她幹麼了？怎麼樣？」

「她剛來，正陪他們坐著。」

「她快活嗎？笑嗎？」

「不，好像不大笑……甚至悶悶不樂，無精打采，在給那個年輕人梳頭。」

「給那個波蘭人，軍官？」

「他哪是什麼年輕人呀，而且也根本不是軍官；不，老爺，不是給他，而是給米烏索夫的外甥，給這年輕人……偏巧把他的名字給忘了。」

「卡爾加諾夫？」

「正是卡爾加諾夫。」

「好，我自己會拿主意的。他們在玩牌？」

「玩過，現在不玩了，喝完茶，當官的又要了杯露酒。」

「慢，特里豐・鮑里索維奇，慢著，老夥計，我自己會拿主意的。現在你回答最主要的問題：有沒有茨岡人？」

「茨岡人現在壓根兒沒影了，德米特里・費奧多羅維奇，給衙門裡的人趕走了，猶太佬這裡倒有，會彈洋琴和拉小提琴，住在聖誕村，現在去叫他們來都成。準來。」

「派人叫去，快去叫！」米佳叫了起來「像上回那樣，把那些小妞們也可以叫來，尤其是瑪麗亞，斯捷潘尼達，還有阿里娜。讓她們湊個歌隊，給二百盧布！」

「出這麼多錢，我可以把全村人都叫起來，儘管他們現在全上床睡覺了。不過，德米特里・費奧多羅維奇老爺，這裡的鄉巴佬，還有小妞們，值得您這麼大的恩典嗎？他們這麼低微和粗魯，值得給這麼一大筆錢嗎！這幫鄉巴佬哪配抽雪茄煙呀，可是你竟給他們抽了。這幫強盜身上全發出一股難聞的臭味。而那幫小妞，不管是誰，全長滿了虱子。還不如我把自己的女兒叫起來呢，你甭花一文錢，不用說給這麼多錢了，哪怕現在她們剛躺下，我也要用腳踢她們的後背，把她們踢醒，給你唱歌。上回您還請這幫鄉巴佬喝香檳酒哩，唉呀呀！」

如果說特里豐・鮑里索維奇想替米佳省錢，那是瞎掰：上回，他自己就從他那裡偷偷藏起了半打香檳酒，又在桌子底下撿了一張一百盧布鈔票，攥在手心裡。而且這鈔票一直攥在他手心裡，根本沒交出來。

「特里豐・鮑里索維奇，上回我在這裡花了不止一千。記得嗎？」

「花啦，親愛的，怎麼能不記得呢，沒準有三千盧布留咱這兒啦。」

「好，我現在又帶這麼多來了，瞧。」

他說罷就掏出他那沓鈔票，一直伸到店老闆的鼻子跟前。

「現在你拉長耳朵聽著：再過一小時，酒就來了，還有小菜、餡餅和糖果——這些東西一來，你就立刻替我統統送到上面去。安德烈車上的這只木箱也立刻給我送上去，打開後就立刻上香檳……而最要緊的是把那些小妞叫來，小妞，尤其一定要把瑪麗亞叫來……」

他向馬車轉過身去，從座位下拽出那只裝手槍的盒子。

「結賬，安德烈，你收下！給你十五盧布車錢，還有五十盧布酒錢……謝謝你的深情厚意……請記住卡拉馬助夫老爺！」

「我怕，老爺……」安德烈不敢拿，「賞我五盧布小費就夠了，多了我不要。請特里豐・鮑里索維奇作證。請原諒我說的這蠢話……」

「怕什麼，」米佳用目光打量了他一下，「既然這樣，見你的鬼去吧！」他叫道，扔給他五個盧布。「特里豐・鮑里索維奇，現在你領我悄悄進去，讓我先用眼睛瞅他們大夥兒一眼，別讓他們發現我。他們在哪，在藍屋？」

特里豐・鮑里索維奇擔心地看了看米佳，但是立刻乖乖地執行了他的要求：小心翼翼地把他領進過道屋，自己先走進第一個大房間，也就是跟坐著客人那屋相鄰的大房間，從屋裡拿出蠟燭，然後把米佳悄悄地領了進去，把他安置在一個黑的角落裡，讓他從那裡可以隨心所欲地看清在一起閒談的那些人，而他們卻看不見他。但是米佳看的時間不長，再說他也不可能細看：一看見她，他的心就怦怦直跳，兩眼模糊。她坐在桌旁的安樂椅裡，挨著她坐在長沙發上的，是一個長得挺好看，而且還十分年輕的卡爾加諾夫；她握住他的手，似乎在笑，而卡爾加諾夫則兩眼不看她，似乎在大聲說話，似乎很懊惱，在跟隔著一張桌子，坐在格魯申卡對面的馬克西莫夫說話。馬克西莫夫則在哈哈大笑，也不知道笑什麼。**那人**就坐在長沙發上，而在長沙發近旁靠牆的一把椅子上則坐著另一個陌生人。那個懶洋洋地坐在長沙發上的人抽著煙斗，米佳僅依稀看到那人胖胖的，臉龐大大的，個子嘛，想必不很高，似乎在對什麼事發脾氣。米佳覺得，他的同伴，另一個陌生人，似乎是個非常高的大高個兒；但是除此以外他就什麼也看不清了。他喘不過氣來了。他一分鐘也堅持不下去了，他把手槍盒放在五斗櫃上，呼吸急促，身體冰冷，逕直向藍屋那幫正在閒談的人走去。

「哎呀！」格魯申卡第一個發現他，在驚恐中發出一聲尖叫。

七、過去的和無可爭議的老相好

米佳大步流星地走到桌子緊跟前。

「諸位，」他大聲地，幾乎喊叫似的開口道，但是每句話都說得結結巴巴，「我……我沒什麼！甭害怕，」他不勝感慨地說，「要知道，我沒什麼，真沒什麼，」他突然向格魯申卡轉過身來，格魯申卡嚇得在安樂椅上向卡爾加諾夫那邊側過了身子，緊緊抓住了他的手。「我……我也來了。我就待到天亮。諸位，我是一個來去匆匆的過客……能跟你們待到天亮嗎？天一亮我就走，最後一次，就在這屋裡，行嗎？」

最後這句話，他是對那個叼著煙斗坐在長沙發上的胖胖的主兒說的。那人神氣活現地從嘴上取下煙斗，儼乎其然地說道：

「先生，我們在這裡是私人聚會。有其他房間。」

「是您呀，德米特里・費奧多羅維奇，您怎麼也來了？」卡爾加諾夫突然搭腔道，「請坐，跟我們坐一塊兒，您好！」

「您好，親愛的人……金不換的好人！我一向尊重您……」米佳快樂地急忙回答，而且立刻把自己的手越過桌子向他伸了過去。

「啊呀，您握得好疼呀！把我的手指骨都握斷了。」卡爾加諾夫笑道。

「他握手一向這樣，一向都這樣！」格魯申卡滿面笑容，快活地接話道，但是她的神態還有點怯生生的，她從米佳的神態看出來，他決不會來尋釁鬧事，因此她感到十分好奇，不過還是不安地注視著他。他臉上有某種使她十分吃驚的東西，她完全沒料到他會在這時候進來，而且會這麼開口。

「您好，先生。」左邊，地主馬克西莫夫也甜兮兮地向他問好。米佳立刻向他迎過去：

「您好，您也在這裡呀，看到您也在這裡，我很高興！諸位，諸位，我……」他又轉身向那位叼著煙斗的波蘭人說道，顯然把他當成了這裡的主角。「我飛也似的跑來……我想把我的最後一天和最後一小時在這屋裡度過，在這間……我曾經……對我的女皇……奉若神明的屋子裡！……對不起，波蘭先生！」他發狂般叫道，「我飛也似的跑來，是發了誓的……噢，別怕，這是我的最後一夜！波蘭先生，咱倆來喝杯和好酒！酒一會兒就拿來……我帶來了這個……」他不知爲什麼突然掏出了他那沓鈔票。「對不起，波蘭先生！我想來點音樂、喧鬧和熱鬧轟轟的感覺，上回有過的都要……但是蟲子，那條不必要的蟲子①將會在地上爬過去，這蟲子也不會有！我要在我的最後一夜追憶我那歡樂的一天！……」

他幾乎喘不過氣來了；他有許許多多話想說，但是從他嘴裡蹦出來的僅僅是些奇怪的長吁短嘆。那個波蘭人一動不動地看著他，看著他那沓鈔票，看著格魯申卡，分明感到莫名其妙。

「假如我的妞王允許……」那人開口道。

「什麼『妞王』不『妞王』的，你是說女王吧？」格魯申卡驀地打斷他的話道。「您的話總讓我覺得好笑，坐呀，米佳，你說什麼呀？你別嚇唬我，勞駕。你不會嚇唬我吧，不會吧？如果你不嚇

① 喻折磨人，令人痛苦不安的心緒。

唬我，我就歡迎你……」

「我，我會嚇唬你？」米佳高舉起雙手，忽地叫道。「噢，你們從一旁走過去吧，我不會妨礙你們的！……」他忽然完全出乎大家意料地，當然，他自己也完全沒有料到，撲到一把椅子上，兩手緊抱椅背，好像擁抱椅子似的，扭過頭，面向對面的牆壁，淚如雨下。

「你又來了，又來了，你這人呀！」格魯申卡責備似的叫起來。「他過去來看我也總是這樣——突然說些莫名其妙的話，我一句也聽不懂。有一回也這樣哭了起來，現在是第二回——真沒羞！你幹麼哭呢？**真有什麼倒也好說！**」她突然謎一般加了一句，有點惱怒地強調著自己說的話。

「我……我不哭了……嗯，諸位好！」他在椅子上霎時轉過身來，忽地笑了，但他的笑不是斷斷續續的、木然的笑，而是一種神經質的、渾身顫動的、聽不見的長笑。

「你瞧，又來了……好啦，要開開心心，開開心心的！」格魯申卡連聲勸他。「看見你來了，我很高興，米佳，我非常高興，你聽見了嗎？我希望他坐在這裡，跟我們一起。」她命令式地說道，她這話似乎是對大家說的，其實分明是對坐在沙發上的那人說的。「我要，我要這樣！他走我也走，就這麼回事！」她突然兩眼閃光，加了一句。

「我的女皇的話就是法律。」那波蘭人優雅地親吻了一下格魯申卡的手，說道。「請這位先生賞光加入我們一夥！」他非常客氣地對米佳說。米佳又跳起來，分明又想滔滔不絕地發表演說，但結果卻說了別的。

「咱倆乾一杯，波蘭先生！」他突然冒出這麼一句代替了演說。大家全樂了。

「主啊！我還以為他又要說話了呢。」格魯申卡神經質地叫道。「我說米佳」她執拗地加了一句，「你別再蹦來蹦去的，至於你帶來了香檳酒，那太好了。我也想喝，我最討厭露酒了。最好不過的是你也趕來了，要不真悶得慌……你又來一醉方休了，是不是？把錢藏進口袋！你打哪弄來這麼多錢？」

米佳手裡還攥著那沓鈔票，大家都清清楚楚地看在眼裡，特別是那兩個波蘭人，他不好意思地迅速把錢塞進口袋。他臉紅了。就在這時，店老闆用托盤端著一瓶打開瓶塞的香檳酒和幾只玻璃杯走了進來。米佳抓起酒瓶，但一時慌了手腳，忘了該拿這酒瓶做什麼了。卡爾加諾夫從他手裡接過酒瓶，替他倒了酒。

「再來，再來一瓶！」米佳向店老闆喊道，但是他忘了同那個波蘭人碰杯（他曾那麼鄭重其事地邀請波蘭人跟他乾一杯和好酒），也不勸任何人同飲，突然自己舉起酒杯一飲而盡。喝罷，他的整個臉忽然全變了。他進門時那種鄭重其事而又悲壯的表情已經一掃而空，他臉上驀地顯出赤子般的神態。他整個人彷彿忽地變得謙讓和低三下四起來。他怯怯地、快樂地望著大家，不時神經質地嘿嘿笑著，就像一隻犯了錯的小狗，現在主人又喜歡牠了，又讓牠進來了，因而感恩戴德那樣。他好像已經忘記了一切，興高采烈地望著大家，帶著一種童稚的笑容。他一直笑嘻嘻地看著格魯申卡，端過自己的椅子，緊挨著她坐的那張安樂椅。漸漸地，他也看清了那兩個波蘭人，雖然還不十分明白個中就裡。坐在沙發上的那波蘭人的那副派頭，他講話時的那種波蘭口音，主要是他那煙斗，使他產生了很深的印象。「那有什麼，他抽煙，這很好嘛。」米佳尋思。這波蘭人年近四十，臉上皮肉鬆弛，長著一個非常小的小鼻子，鼻子底下有兩撇染了色的、厚顏無恥的、又尖又細的小鬍子，——這一切暫時也沒有使米佳感到一絲一毫的問題。甚至在西伯利亞做的十分蹩腳的假髮，以及十分難看地向前梳的鬢角，也沒有使米佳大驚小怪：「既然是假髮，那就應當是這樣嘛，」他繼續傻呵呵地尋思。靠牆坐著的另一個波蘭人比較年輕些，他放肆而又挑釁地望著大家，默默地聽著大家談話，臉上一副鄙夷不屑的神態，他給米佳留下深刻印象的還仍舊是他那長得很高的個子，與那坐在沙發上的波蘭人顯得非常不協調。「如果站起來，肯定有兩俄尺十一俄寸高①，」這想法在米佳腦子裡一閃而過。他還想到，這高個兒波蘭人大概是坐在沙發上的那個波蘭人的朋友和跟班，就跟「他的貼身保鏢」一樣，叼著煙斗的那個波蘭人肯定能指揮那個高個波蘭人。但是就連這一切米佳也覺得好極了，無可爭議。小狗身上的任何爭風吃醋勁兒都已消失得無影無蹤。至於格魯申卡和她的有些話令人莫測高深，他還一點不明白個中奧妙；他只明白一點，因而使他的整個心都萬分激動：她又跟他很親熱了，她「原諒」了他，並且讓他坐在她身邊。他看見她端起酒杯啜了口酒，就高興得心花怒放。但是大家都沉默不語卻似乎使他驀地吃了一驚，他開始左顧右盼地、期待地看著大家：「諸位，我們幹麼淨坐著，你們幹麼不開口說話呀？」他那喜笑顏開的眼神似乎在問。

「瞧他淨信口開河，惹得我們笑個不停。」卡爾加諾夫似乎猜到了他的心思，指著馬克西莫夫，突然開口道。

「信口開河？」他發出短促而又木然的笑聲，也笑了，似乎對什麼事感到很開心似的，「哈哈！」

「是啊。您想，他硬說，二〇年代，咱們的騎兵全娶波蘭女人爲妻；這難道不是滿口胡說嗎？」

「娶波蘭女人爲妻？」米佳又接口道，他已經變得歡天喜地的了。

卡爾加諾夫很清楚米佳跟格魯申卡的關係，關於那個波蘭人他也猜到了幾分，但是對這一切他並不十分感興趣，甚至可以說，完全不感興趣，他最感興趣的是馬克西莫夫。他同馬克西莫夫到這兒來是偶然的，他在這裡的車馬店遇見這兩個波蘭人也是生平第一次。至於格魯申卡，他過去就認

① 約合一九〇公分。

識，有一回甚至還跟什麼人到她家去過；當時她並不喜歡他。但是在這裡她卻非常親熱地時不時看著他；米佳來之前甚至還愛撫過他，但是他卻似乎坐懷不亂，無動於衷。這是個年輕人，年紀大約不超過二十，穿得很講究，小白臉，十分清秀，長著一頭漂亮而又濃密的淡褐色頭髮。但在這張漂亮的小臉蛋上卻長著一雙很美麗的淡藍色眼睛，臉上的表情顯得非常聰明，有時還顯得很深沉，甚至與他的年齡不相稱，儘管這年輕人有時說起話來，看上去完全像個孩子，儘管他自己也意識到這點，但是他一點也沒有因此而覺得不好意思。一般說來，他這人很特別，甚至很任性，雖然待人一向和顏悅色。有時他的臉部表情還會表現出一種一動不動的固執神態：他看著您，聽您說話，而他自己卻似乎在全神貫注地幻想著自己的事，一會兒無精打采，懶洋洋的，一會兒又會忽地無謂地激動起來。

「你們想想，我帶著他到處跑已經四天了。」他有點懶洋洋地拉長了聲音繼續道，但絲毫沒有花花公子習氣，而且十分自然。「記得嗎，自從令弟把他推下馬車，他跌跌撞撞地差點兒摔倒那時起，我就對他產生了濃厚的興趣，於是我就把他帶回了鄉下，可現在他淨胡說八道，因此跟他在一起都讓人覺得害臊。我現在要把他送回去……」

「這位先生沒見過波蘭女人，淨說些不可能發生的事。」叼煙斗的那波蘭人對馬克西莫夫說。叼煙斗的波蘭人俄語說得並不壞，至少要比他表現出來的好得多。他說俄國話故意弄腔弄調，裝出一副波蘭腔。

「要知道，我自己娶的就是波蘭女人，您哪。」馬克西莫夫嬉皮笑臉地回答道。

「那麼，您難道當過騎兵？要知道，您剛才說的可是騎兵呀。難道您當過騎兵？」卡爾加諾夫立刻插嘴道。

「對了，沒錯，難道他當過騎兵？哈哈！」米佳叫道，興味盎然地聽著大家說話，只要誰開口說話，他就轉過臉去，用他那詢問的目光注視著他，倒像他想從每個人那裡聽到天知道什麼有趣的事情似的。

「不是的，您哪，您聽我說嘛，」馬克西莫夫向他轉過臉去，「我是說那些漂亮的……波蘭小姐……跟我們的槍騎兵跳完馬祖卡舞以後，就一屁股坐到他大腿上，像隻小貓似的……像隻小白貓似的，您哪……而她的波蘭爹和波蘭媽居然睜一隻眼閉一隻眼……隨她們去，您哪……到第二天，這槍騎兵就登門求親……就這樣……去求親了，嘿嘿！」馬克西莫夫說話結束時發出一聲嘿嘿。

「這先生是騙子！」坐在椅子上那高個波蘭人悻悻然罵道，說罷蹺起了二郎腿。引起米佳注意的只有他那碩大無朋的油氈靴和又厚又髒的靴底。總之，這兩個波蘭人穿得油漬麻花，真夠讓人噁心的了。

「好嘛，竟罵起人家騙子來了！他憑什麼罵人？」格魯申卡忽然發起火來。

「阿格里皮娜小姐，這先生在波蘭看到的是女傭人，而不是波蘭的大家閨秀。」叼煙斗的波蘭人對格魯申卡說。

「也可以這麼說吧！」坐在椅子上的那高個兒波蘭人鄙夷不屑地說道。

「又沒碴找碴了！讓人家說下去嘛！人家說話，打什麼岔？跟他們在一起就是開心。」格魯申卡頂撞道。

「我沒打岔呀，小姐，」戴假髮的波蘭人別有用心地說道，兩眼緊盯著看了一會兒格魯申卡，神氣活現地閉上了嘴，然後又抽起自己的煙斗。

「不，不，波蘭先生這話說得對，」卡爾加諾夫又激動起來，倒像天知道這是什麼了不起的大事似的。「因爲他沒去過波蘭，他怎麼能談波蘭的事呢？您不是在波蘭結的婚吧，不是吧？」

「不是的，是在斯摩稜斯克省。不過那槍騎兵是在這以前把她帶走的，我是說我老婆，我未來的老婆，跟她一起帶出來的還有她的母親及嬸嬸，還有一位親戚連同她那業已長大成人的兒子，這可是從波蘭本土帶來的，從本土……後來他讓給我了。他是我們團的一名中尉，一個很好的年輕人。起初，他自己也想娶她，可是沒娶成，因爲她是瘸子……」

「那麼說您娶了個瘸子？」卡爾加諾夫一聲驚呼。

「是娶了個瘸子。這是他倆當時串通一氣，多少瞞著我，把我騙過去了。我以爲她愛蹦蹦跳跳……她老是蹦呀跳的，我還以爲她因爲高興……」

「因爲要嫁給您而感到高興？」卡爾加諾夫用一種孩子般清脆的嗓音叫道。

「是的，因爲高興。後來，我們結了婚，婚後的當天晚上，她就向我承認，而且十分感人地請求我原諒，她說，她年輕的時候，有一回，跳過一個水坑，把腿給弄瘸了，嘿嘿！」

卡爾加諾夫聽罷發出一長串完全像孩子似的笑聲，他笑得前仰後合，差點摔倒在沙發上。格魯申卡也哈哈大笑。米佳感到幸福極了。

「您知道嗎，您知道嗎，他現在已經實話實說了，他現在並沒有信口開河！」卡爾加諾夫轉過身來對米佳感嘆道。「要知道，他結過兩次婚——現在說的是他的前妻——而他的續絃，您知道嗎，跟人私奔了，至今還活著，這，您知道嗎？」

「此話當真？」米佳向馬克西莫夫迅速轉過身去，臉上作異常驚愕狀。

「對，您哪，跟人私奔了，我有過這種丟人的事。」馬克西莫夫謙虛地肯定道。「跟一個法國人。最讓人惱火的是，一開頭，她就把我的一座小村莊統統過戶到了她的名下。她說，你是個有學問的人，你自己會找到謀生之道的。就這樣把我給坑了。有一回，一位受人尊敬的主教對我說：你的一位太太是瘸子，另一位則腿腳太過動了點，嘿嘿！」

「你們聽我說，聽我說嘛！」卡爾加諾夫急煎煎地說道，「他即使信口開河（他是常常信口開河的），他的信口開河也僅僅是爲了讓大家開心：要知道，這不能算卑鄙，不能算卑鄙，對嗎？要知道，我有時候還真喜歡他。他非常卑鄙，但是他卑鄙得很自然，對不對？你們看呢？有些人卑鄙無恥地拍你馬屁是有目的的，想撈到點好處，而他很單純，他是出於天性……你們想，比如說，他昨天跟我爭論了一路，硬說果戈理在《死魂靈》裡寫的是他。你們記得嗎，書裡寫到一位地主，名叫馬克西莫夫，挨了諾茲德廖夫的揍，諾茲德廖夫被告到法庭：『因在醉酒狀態下鞭打地主馬克西莫夫，對他進行了人身汙辱。』①。——記得嗎？你們猜怎麼著，他硬說這地主就是他，是他挨了人家的打！這難道可能嗎？乞乞科夫巡遊四鄉，最晚也應在二〇年代初，年代也湊不到一塊兒嘛。當時他根本不可能挨打。根本不可能嘛，不可能是不是？」

很難想像卡爾加諾夫由於什麼這麼激動，但是他的激動是真的。米佳坦誠地站在他一邊，幫他說話。

「嗯，他要是真挨打了呢！」他哈哈笑著叫道。

「倒不是當真挨了打，而是這樣的。」馬克西莫夫突然插嘴道。

「到底是怎麼回事？你到底挨打了沒有？」

「幾點啦，先生？」叼著煙斗的那個波蘭人帶著一副感到無聊的神態問那個坐在椅子上的高個兒波蘭人。那人抬了抬肩膀算是回答：他倆都沒有錶。

「爲什麼大家不說說話兒呢？自己不說，也該讓別人說說嘛。您覺得無聊，那，也不讓別人說

① 參見果戈理《死魂靈》，人民文學出版社一九八三年版第一〇九頁（譯文略有改動）

話？」格魯申卡又頂撞他道，分明是故意找碴。米佳彷彿頭一回覺得有什麼想法在他腦海裡閃過。這回，那波蘭人已是帶著明顯的惱怒回答道：

「小姐，我沒不讓呀，我壓根兒就沒吭聲呀。」

「那就好，你說下去。」格魯申卡向馬克西莫夫叫道。「你們大家幹麼都不說話了呢？」

「其實也沒什麼可說的，因爲全是些混賬事，」馬克西莫夫分明十分得意地立刻接著道，同時又有點故作姿態，「這一切在果戈理筆下僅以一種諷喻的形式出現，因爲書中的所有姓名都別有所指：諾茲德廖夫原來也不叫諾茲德廖夫，而是叫諾索夫，至於庫甫欣尼科夫——那就毫無相同之點了，因爲他姓什克沃爾涅夫。至於費納爾迪倒真叫費納爾迪①，不過他不是意大利人，而是俄羅斯人，姓彼得羅夫，至於費納爾迪小姐，是很漂亮的，兩腿裹著緊身褲，可漂亮啦，裙子短短的，綴滿了發亮的光片，她飛快地旋轉，不過不是一轉就是四小時，其實一共才轉了四分鐘，您哪……大家全看傻了眼……」

「那你爲什麼要挨打呢，人家揍你是因爲什麼呢？」卡爾加諾夫吼道。

「因爲皮隆，您哪，」馬克西莫夫回答。

「因爲哪個皮隆？」米佳叫道。

「因爲那個著名的法國作家皮隆，您哪。當時，我們全湊在一塊兒喝酒，在一家飯館裡，在交易會上。他們把我請了去，我先念了幾首諷刺短詩：『是你呀，布瓦洛，多麼可笑的服裝。②』可是

① 以上人名均爲《死魂靈》中的人物。費納爾迪是十九世紀二〇年代的著名魔術師，請參看人文版《死魂靈》，頁八一。

② 引自俄國寓言作家克雷洛夫的諷刺短詩。其中寫道：「是你呀，布瓦洛？……多麼可笑的服裝！／認不出你了簡直換了副模樣！」／「住口！／我是故意打扮成格拉福夫的樣：／我要去參加化裝舞會。」

布瓦洛回答道，他要去參加化裝舞會，就是說他要去洗澡，嘿嘿，他們硬以爲我在說他們。我又趕緊念了另一首辛辣的諷刺詩，這詩，我國知識界都十分熟悉。

你叫沙福，我叫法翁，
我對此無意爭辯，
但是使我傷心的是，
你竟不認識去大海的路①。

他們一聽就更來氣了，就用各種難聽的話罵我，也恰好趕上我倒楣，我爲了挽回局面，說了一則關於皮隆的非常高雅的笑話，說他因爲沒有被法蘭西學院接納，爲了報復，他給自己的墓碑寫了一則碑銘。

Ci-gît Piron qui ne fut rien
Pas même académicien.②

---

① 原文是俄國詩人巴丘什科夫的諷刺詩。

② 法語：「這裡長眠著皮隆，／他什麼都不是，甚至也不是院士。」（皮隆，一六八九－一七七三年，機智出眾的法國戲劇家。以諷刺短詩及喜劇《女詩狂》聞名於世。因他年輕時寫過一首誨淫的豔詩《普里亞浦斯頌》，法王路易十五於一七五三年否決了將他選爲法蘭西學院院士。）

他們聽後就立刻把我揍了一頓。」

「爲什麼，爲什麼要揍你呢？」

「因爲我知道得太多了。人揍人何患無詞。」馬克西莫夫言簡意賅地概括道。

「唉，得啦，這一切都讓人覺得噁心，我不想聽，我還以爲有什麼開心的事哩。」格魯申卡忽然打斷道。米佳感到一陣慌亂，立刻收起了笑容。那個高個兒波蘭人從座位上站了起來，帶著一種道不同則不相爲謀的傲慢而又無聊的神態，倒背著雙手，開始在屋裡走來走去，從這一角走到另一角。

「哼，踱起方步來了！」格魯申卡鄙夷不屑地望了望他。米佳不安起來，再說他發現坐在沙發上的那個波蘭人以一種惱怒的神態不時地看著他。

「波蘭先生，」米佳叫道，「咱倆乾一杯，波蘭先生！跟另一位波蘭先生也一樣：乾，二位！」他霎時拿過了三隻玻璃杯，給杯裡倒上香檳。

「爲波蘭，二位，爲你們的波蘭乾杯，爲波蘭這地方！」米佳嚷道。

「這話我非常愛聽，先生，乾。」坐在沙發上的那個波蘭人神氣活現而又帶著一副賞臉的樣子說道，接著便端起了自己的玻璃杯。

「那，另一位波蘭先生呢，他叫什麼來著，喂，尊敬的大人，請拿起杯子！」米佳張羅道。

「弗魯布列夫斯基先生。」坐在沙發上的那個波蘭人說。

弗魯布列夫斯基先生大搖大擺地走到桌旁，站著，接過了自己的酒杯。

「爲波蘭，二位，**烏拉**」米佳舉起酒杯叫道。

他們三個都一乾而盡。米佳抓起酒瓶，立刻又倒了三杯。

「現在爲俄羅斯，二位，讓咱們親如一家！」

「也給我們滿上，」格魯申卡說，「我也要爲俄羅斯乾杯。」

「我也要。」卡爾加諾夫說。

「我倒是也想要，您哪……爲俄羅斯，爲老祖母①。」馬克西莫夫嘿嘿笑著說。

「大家，大家一起乾！」米佳激動地說。「掌櫃的，再來兩瓶！」

米佳帶來的酒還剩三瓶，全拿來了。米佳給所有的酒杯都一一斟滿。

「爲俄羅斯，**烏拉**」他高呼祝酒詞。除了兩個波蘭人以外，大家全都一乾而淨，格魯申卡也一口氣把自己那杯酒乾了。那兩個波蘭人竟沒有碰一下自己的酒杯。

「你們倒是怎麼啦，二位？」米佳詫異道。「你們竟這樣？」

弗魯布列夫斯基先生端起酒杯，舉了舉，用宏亮的聲音說道：

「爲一千七百七十二年前疆土內的俄羅斯②，乾杯！」

「這就對啦！」另一個波蘭人叫道，兩人一口氣乾了自己杯裡的酒。

「你倆真渾，先生！」米佳突然脫口說道。

「先生！！」那兩波蘭人威嚇地叫道，像兩隻公雞似的瞪著米佳。尤其是弗魯布列夫斯基先生十分惱火。

「難道能不愛自己的故土嗎？」

「閉嘴！別吵了！不許吵架！」格魯申卡命令式地一聲斷喝，用腳跺了一下地板。她滿臉漲得

---

① 影射俄國作家岡察洛夫的小說《懸崖》中的結尾部分。

② 一七七二年俄、普、奧三國第一次瓜分波蘭，白俄羅斯東部及現在的拉脫維亞的一部分被俄佔領。波蘭本土劃歸奧地利和普魯士。

通紅，兩眼熠熠發光。剛喝下去的一杯香檳的酒勁上來了。米佳被嚇壞了。

「二位，對不起！是我不對，我再也不這樣了。弗魯布列夫斯基，弗魯布列夫斯基先生，我下回不敢了！……」

「你也給我閉嘴，坐下，真渾！」格魯申卡惱怒地頂撞他道。

所有的人又紛紛坐下，大家都緘口不語，面面相覷。

「諸位，全怪我！」米佳又開口道，一點沒聽懂格魯申卡所以喊叫的用意。「好啦，咱們乾坐著幹麼？唔，咱們來玩點什麼呢……要快活，重新快活起來？」

「唉，真叫人心裡不痛快。」卡爾加諾夫懶洋洋地嘀咕道。

「玩『做莊』，像方才那樣……」馬克西莫夫突然嘿嘿笑道。

「『做莊』？太好了！」米佳接口道，「只要二位……」

「太緩啦，先生！」坐在沙發上的那個波蘭人似乎不樂意地回答道。

「這倒也是。」弗魯布列夫斯基先生也附和道。

「太緩啦？什麼叫太緩啦？」格魯申卡問。

「太緩就是太晚①，小姐，太晚啦，時間不早啦。」坐在沙發上的那波蘭人解釋道。

「他們總是這也晚啦那也晚啦，這也不行那也不行！」格魯申卡懊惱地差點尖叫出來。「自己悶悶不樂地坐著，也讓別人陪著他們悶悶不樂。你來之前，米佳，他們總這麼悶聲不響地坐著，對我橫挑鼻子豎挑眼……」

---

① 這裡以及以上，這兩個波蘭人講的俄語，都是夾雜著波蘭話的蹩腳俄語。

「我的女神！」坐在沙發上的那個波蘭人叫道，「我看見您不高興，所以才悶悶不樂。我樂意奉陪，先生。」他對米佳說。

「那就下注，先生！」米佳接口道，從兜裡抓出一把鈔票拿出兩張一百盧布的放到桌上。

「我想多輸點給你，先生。你發牌，你做莊！」

「這牌得用店家的，先生。」小個子波蘭人固執而又嚴肅地說道。

「這辦法最好。」弗魯布列夫斯基先生點頭稱是。

「用店家的？好吧，我明白，就用店家的，二位你們說得對。拿牌來！」米佳向店老闆下令道。

店老闆拿來一副還沒拆封的紙牌，並向米佳宣布，姑娘們快來齊了，彈洋琴的猶太佬可能也快來了，裝食品來的三套馬車還沒趕到。米佳從桌旁跳起來，跑進隔壁房間立刻作了些安排。但是姑娘們一共才來了三位，而且瑪麗亞也沒來。再說他自己也不知道他應該怎麼安排，他跑出去要幹什麼：他只吩咐從木箱裡拿點點心、水果糖和牛奶糖之類的分給姑娘們吃。「再給安德烈一杯伏特加，拿一杯伏特加給安德烈！」他匆匆叮囑道，「我虧待了安德烈！」這時跟在他後面跑來的馬克西莫夫突然拍了拍他的肩膀。

「給我五盧布，」他對米佳悄聲道，「我也想冒下險，下點注，嘿嘿！」

「好極了，妙極了！先拿十盧布去！」他又從兜裡把所有的鈔票全掏出來，從中找出十盧布。「輸光了再來找我，再來找我……」

「好，好。」馬克西莫夫快樂地悄聲道，說罷便跑進了客廳。米佳也立刻回去，抱歉地說他讓大家久等了。那兩個波蘭人已經坐好了，而且拆開了紙牌。他們的神態和氣多了，變得十分親熱。坐在沙發上的那個波蘭人重新裝上了煙斗，點著了煙，準備分牌；他臉上甚至活畫出一副鄭重其事的樣子。

「各就各位，諸位！」弗魯布列夫斯基鄭重宣布。

「不，我不玩了，」卡爾加諾夫道，「方才，我已經輸給他們五十盧布了。」

「這位先生方才手氣不好，現在會變好的。」坐在沙發上的那個波蘭人向他說道。

「你下多少賭本？雙方對等？」米佳焦躁起來。

「聽便，先生，可以一百，也可以二百，隨你。」

「一百萬！」米佳大笑。

「大尉先生也許聽說過波德維索茨基的事吧？」①

「哪個波德維索茨基？」

「華沙有人坐莊，對等下注。波德維索茨基來了，看見桌上有幾千塊金幣，就下了注：滿注。莊家說：『波德維索茨基先生，你押現金，還是押人格？』『押人格，先生。』波德維索茨基說。『那就好，先生。』莊家分了牌，波德維索茨基贏了，拿起桌上的幾千金幣。『給，先生，』莊家說，拉開抽屜，給了他一百萬，『拿去，先生，這是給你的數！賭本是一百萬。』『我不知道這個，』波德維索茨基說。『波德維索茨基先生，』莊家說，『你押的是人格，我們也以人格對人格。』於是波德維索茨基收下了這一百萬。」

「這不是真的。」卡爾加諾夫說。

「卡爾加諾夫先生，在正派人中間不應該這麼說話。」

「波蘭的這賭徒才不會給你一百萬哩！」米佳不信，但立刻發覺自己失言了。「對不起，先生，

---

① 作者在一八七九年十一月十六日給柳比莫夫的信中曾提到過這個故事：「這個故事在我的一生中我曾聽到過三次，是分別在不同的時候和由不同的波蘭人告訴我的。」

我錯了，我又錯了，會給的，會給一百萬的，憑人格，憑波蘭人的人格！瞧，我的波蘭話說得怎麼樣，哈哈！我現在押十盧布，押『傑克』。」

「我押一盧布，押紅桃皇后，押漂亮的波蘭皇后，嘿嘿！」馬克西莫夫嘻嘻笑道，他推出了自己的『皇后』，又好像希望不讓大家看見似的，把身子貼近桌子，在桌子底下匆匆畫了個十字。米佳贏了。押一盧布的也贏了。

「折角①！」米佳叫道。

「我還是一盧布，我押孤注。」馬克西莫夫無比幸福地喃喃道，他剛才贏了一盧布，開心極了。

「輸了！」米佳叫道，「押七點，**加倍！**」

「**加倍**」又輸了。

「別賭啦，」卡爾加諾夫突然說道。

「**加倍**，**加倍！**」米佳一再把賭注加倍，但是每次加倍都輸了。可是押一盧布的老贏。

「**加倍！**」米佳怒吼道。

「你輸了二百盧布啦，先生。還押二百盧布嗎？」坐在沙發上的那個波蘭人問道。

「怎麼，已經輸了二百盧布了？那再押二百！二百盧布全押**加倍！**」說罷米佳從兜裡掏出錢，剛要把二百盧布押到「皇后」上，卡爾加諾夫突然用手捂住了牌。

「夠啦！」他用他那清脆的聲音喝道。

「您這是幹麼？」米佳的兩眼盯著他。

---

① 折角（把紙牌折起一角）意爲賭注的四分之一，這裡指二十五盧布。

「夠啦，我不願意您賭！不要再賭啦。」

「爲什麼？」

「不爲什麼。啐口唾沫，走人，這就是爲什麼。我不讓你再賭下去！」

米佳詫異地望著他。

「別賭啦，米佳，他說得也對；即使不賭下去，也輸了不少啦。」格魯申卡也以一種異樣的口吻說道。那兩個波蘭人突然從座位上站起來，那模樣倒像受了天大的委屈似的。

「你開玩笑，先生？」小個子波蘭人說，板著臉上上下下地打量著卡爾加諾夫。

「先生，您怎麼敢這樣做！」弗魯布列夫斯基先生也向卡爾加諾夫吼道。

「不許，不許嚷嚷！」格魯申卡喝道。「哎呀，你們這幫公火雞①呀！」

米佳挨個兒望著他們大家；格魯申卡臉上有一種什麼表情，使他吃了一驚，霎時間有一個全新的想法閃過他的腦海——一個奇怪的新想法！

「阿格里皮娜小姐！」小個子波蘭人的氣不打一處來，他滿臉通紅，剛要開口，突然米佳走過去拍了拍他的肩膀。

「尊敬的大人，就說兩句話。」

「有何貴幹，先生？」

「上那邊屋，上那邊屋去，我要跟你說兩句最好最好的好話，你會滿意的。」

小個子波蘭人感到很驚奇，害怕地望了望米佳。然而他還是立即同意了，但是他有個條件，弗

---

① 火雞雞冠的顏色善變，公火雞則喜鬥。這裡指他們說話就翻臉。

魯布列夫斯基先生必須跟他一塊去。

「貼身保鏢？讓他去吧，正要他去哩！他還非去不可！」米佳激動地說。「二位，齊步走！」

「你們上哪？」格魯申卡驚慌地問。

「說話就回來。」米佳回答。他臉上倏忽閃現出某種勇氣，某種始料不及的亢奮；他那臉色與一小時前剛進這屋時簡直判若兩人。他把兩個波蘭人領到右邊的一間小屋，不是那個大房間，即歌隊的姑娘們正在集合和準備開席的那個大房間，而是領進一間客房，裡面陳設著一些箱籠和兩張大床，每張床上像小山似的堆放著許多花布枕頭。緊挨牆角則放著一張小木板桌，桌上點著蠟燭。小個子波蘭人和米佳面對面地坐在這張小桌旁，那個大高個弗魯布列夫斯基則倒背著雙手站在一旁。這兩個波蘭人都板著臉，但神態又帶著明顯的好奇。

「我能爲您做些什麼呢，先生？」小個子波蘭人嘟囔道。

「是這麼回事，先生，長話短說：給你錢，」他掏出自己的鈔票，「想得到三千盧布的話，就拿走，愛上哪上哪。」

那波蘭人瞪大了兩眼死死地盯著米佳的臉，疑惑地望著。

「三千，先生？」他跟弗魯布列夫斯基先生面面相覷。

「三千，二位，三千！我說，先生，看得出來，你這人很識相。把這三千盧布拿走，就滾你媽的蛋，同時把弗魯布列夫斯基也一起帶走——聽見啦？但是必須馬上，立刻，一去不回頭，你聽明白了沒有，先生，從這扇門出去，永遠不許回來。你在那屋裡還有什麼：大衣，皮襖？我給你拿來。給你立刻套上三駕馬車，然後——再見了，先生！幹不幹？」

米佳很有把握地等著回答。他毫不懷疑。有種一不做二不休的神態在小個子波蘭人的臉上倏忽一閃。

「給現金嗎，先生？」

「當然給現金，不過這樣，先生：立刻給你五百盧布付車錢和定金，還有兩千五百盧布明天在城裡一次付清——我用人格擔保，說給就一定給，哪怕上天入地也給你弄來！」米佳叫道。

那兩個波蘭人又互相對看了一眼。小個子波蘭人的臉開始變得難看了。

「七百，七百，而不是五百，立刻，立刻交到你手裡！」米佳感到情況不妙，又加碼道。「怎麼，先生？你信不過？總不能把三千盧布一下子全給你吧。要是給了你，明天你又會回來找她……再說眼下我手頭也沒三千，錢全放在城裡，放在我家裡，」米佳喃喃道，越說越膽小，越說越洩氣，「真的，放城裡，藏著呢……」

霎時間，一種異乎尋常的自尊感閃現在小個子波蘭人的臉上。

「你還有什麼要說的嗎？」他譏諷地問道。「可恥！丟人！」說罷，他啐了口唾沫。

弗魯布列夫斯基也啐了口唾沫。

「你所以啐唾沫，先生，」米佳明白一切都完了，他絕望地說道，「是因爲你想從格魯申卡身上撈到更多。你們是兩隻閹雞，沒錯！」

「我受到了極大侮辱！」小個子波蘭人忽然像隻蝦米似的滿臉漲得通紅，說罷，便怒不可遏地，彷彿不願意再聽下去似的，迅速走出了房間。弗魯布列夫斯基也大搖大擺地緊跟在他後面。米佳滿臉羞慚，神色慌張地跟著他倆。他怕格魯申卡，他預感到這波蘭人準會立刻大叫大嚷起來。果然不出所料。這波蘭人走進客廳後就裝腔作勢地站到格魯申卡面前。

「阿格里皮娜小姐，我受到了極大的侮辱！」他激動地叫起來，但是格魯申卡彷彿突然失去了任何耐心，好像有人觸到了她最疼的地方似的。

「俄國話，說俄國話，不許說一句波蘭話①！」她向他嚷嚷道。「過去你不是會說俄國話嗎，才五年，難道全忘啦！」她氣得滿臉通紅。

「阿格里皮娜小姐……」

「我叫阿格拉費娜，我叫格魯申卡，說俄國話，要不，我不聽！」那個波蘭人因為駁了他面子，氣得呼哧呼哧直喘，他用蹩腳的俄語迅速而又傲慢地說道：

「阿格拉費娜小姐，我來是為了忘掉過去，饒恕過去，忘掉今天以前發生的事……」

「怎麼饒恕？你這是來饒恕我嗎？」格魯申卡打斷道，從座位上跳了起來。

「沒錯，小姐，我不是膽小怕事，我是寬宏大量。但是看到你的這些情夫，我不由得感到吃驚。米佳先生在那間屋裡要給我三千盧布，讓我離開這裡。我往這先生臉上啐了口唾沫。」

「什麼？他要給你錢買我？」格魯申卡歇斯底里地叫起來。「是嗎，米佳？你怎麼敢這樣！難道我是可以賣錢的娼妓？」

「先生，先生，」米佳吼道，「她是純潔的，光明的，而且我也從來沒有做過她的情夫！你這是血口噴人……」

「你怎麼敢在他面前替我辯白，」格魯申卡吼道，「我的純潔不是因為恪守婦道，也不是因為我怕庫茲馬，而是為了能夠高高地昂起頭不把他放在眼裡，遇到他時，有資格罵他是卑鄙小人。難道他竟沒收下你給他的錢？」

---

① 以上，那兩個波蘭人說的都是夾雜著波蘭話的俄國話。

「他倒是想拿的！」米佳不勝唏嘘道，「不過他想讓我一下子把三千盧布全給他，可我只答應給他七百盧布定金。」

「這就明白了：他以為我有錢，所以才跑來結婚！」

「阿格里皮娜小姐，」那波蘭人叫道，「我是騎士，我是貴族，不是無賴！我是來娶你做夫人的，我看見你變了，已經不是過去那人了，變成了一個性情古怪、不知羞恥的女人。」

「給我滾開，從哪來的滾哪去！我讓人立刻轟你走，肯定會把你轟走的！」格魯申卡發狂似的叫道。「我真傻，傻透了，五年了，淨折磨自己！不過，我折磨自己壓根兒不是為了他，我是因為氣不過才折磨我自己的！再說這人也根本不是從前那個他了！難道他從前是這樣的嗎？這成他爸了！你這是在哪做的這假髮？過去他是隻鷹，而現在卻成了隻公鴨①。過去那個總是笑嘻嘻的，總是唱歌給我聽……而我，而我竟五年以淚洗面，我真是個該死的蠢貨，我犯賤，我沒羞！」

她撲倒自己的安樂椅上，用手捂住臉。這時在左邊屋裡突然發出了終於來齊了的姑娘們的合唱聲——一支熱情奔放的伴舞歌。

「簡直是所多瑪城②！」弗魯布列夫斯基先生猛地吼道。「掌櫃的，把那些不要臉的女人轟走！」

店老闆本來就在好奇地向門內窺視，一聽到喊聲就明白客人們吵起來了，他立刻走進了房間。

「你嚷嚷什麼？想把嗓子扯破嗎？」他用一種匪夷所思、簡直毫不客氣的態度對弗魯布列夫斯基說道。

---

① 鷹和公鴨是俄羅斯民歌中用來形容未婚夫的傳統形象。
② 所多瑪與蛾摩拉是聖經傳說中的兩個罪惡的城市，後被耶和華降硫磺與火夷為平地。此處喻為一群嘈雜狂亂的人。

「畜生！」弗魯布列夫斯基吼道。

「畜生？那你剛才玩的是什麼牌？我給你拿來一副牌，可是你把我的那副藏起來了！你玩的是假牌！因爲玩假牌，我可以把你送到西伯利亞去，你給我放老實點，因爲這就跟造假鈔票一樣……」他走到沙發旁，把手指伸進沙發背和沙發坐墊中間，從裡面掏出一副還未拆封的紙牌。

「這才是我拿給他們的那副，還沒拆封！」他舉起那副紙牌，給周圍所有的人看。「我在一邊看得清清楚楚，他把我的那副塞進這縫裡，偷換了自己的——你不是一個規矩老實的先生，你是個騙子！」

「我也曾看見那位先生兩次偷牌。」卡爾加諾夫叫道。

「啊呀，真丟人，啊呀，真可恥！」格魯申卡舉起兩手一拍，叫道，她還真的羞得滿臉通紅。「主啊，這人竟墮落成這樣！」

「我也這麼想來著。」米佳叫道。但是他還沒來得及把這說完，弗魯布列夫斯基先生就惱羞成怒，向格魯申卡舉拳威脅，叫道：

「臭婊子！」但是他還沒來得及罵完，米佳就撲過去，兩手抱住他，高高舉起，轉眼之間就把他從客廳送進了右邊那個房間，也就是他剛才把他倆領進去的那個房間。

「我把這傢伙撂地板上了！」他立刻氣呼呼地回來，說道：「這混蛋還想打架，他沒準從那裡就回不來了！……」他關上半扇門，讓另半扇敞開著，向小個子波蘭人喝道：

「尊敬的大人，你也上那邊去好嗎？勞駕了！」

「老爺，德米特里•費奧多羅維奇，」特里豐•鮑里索維奇叫道，「你得從他們那裡把錢收回來，就是你輸掉的那錢！要知道，這等於是從你手裡偷走的。」

「我不想要回那五十盧布了。」卡爾加諾夫忽然說道。

「還有我那錢，我也不要了！」米佳道，「說什麼我也不想拿回來了，就留給他作個安慰吧。」

「棒極了，米佳！好樣的，米佳！」格魯申卡叫道，在她的這片歡呼聲中流露出一種異常憤恨的音符。小個子波蘭人的臉氣得變成了紫醬色，但又絲毫沒放下他那副神氣活現的架子，他本來已經向房門走去，但又停下來，忽然向格魯申卡說道：

「小姐，如果你想跟我走，咱們就一塊走，如果不想，那就再見！」

他由於憤怒和自命不凡呼哧呼哧地喘著粗氣，神氣活現地跨進了房門。這人還頗有性格：發生了這麼些事以後，居然還沒喪失讓這位小姐跟他一起走的希望——這主兒也太自命不凡了。米佳在他身後砰地關上了門。

「把門鎖上，」卡爾加諾夫說。但是門鎖從裡面響了一下，他們自己反鎖上了。

「太棒了！」格魯申卡又惡狠狠地叫道。「棒極了！活該！」

八、夢魘

一次嘉賓滿座的無遮大會幾乎像古希臘的酒神節一樣開始了。格魯申卡頭一個一迭連聲地嚷嚷給她來酒：「我要喝酒，我要一醉方休，跟上回那樣，記得嗎，米佳，記得咱倆在這兒是怎麼相好的嗎！」至於米佳本人，則像處在夢魘中一樣預感到了「自己的幸福」。然而，他的格魯申卡不斷地把他從自己身邊趕走：「去吧，去開開心吧，告訴他們，讓他們跳舞，讓他們盡情歡樂，『跳吧木屋，跳吧灶炕①』，就跟上回那樣，跟上回那樣！」她一迭連聲地喊道。她興奮極了。於是米佳就急忙跑去安排張羅。歌隊已經在隔壁屋裡集合好了。再說他們原來坐的那屋子本來就擠，還用花布幔隔成了兩半，布幔裡也同樣放著一張大床，鋪著鴨絨褥子，同樣堆著一大堆花布枕頭。而且這座木屋的四間「上房」裡統統有床。格魯申卡緊挨著房門，米佳給她端來了一把安樂椅：就跟「上回」他倆頭一回在這裡花天酒地的時候一樣，她就從這裡看著歌隊和看她們跳舞。這回來的姑娘全是上回來過的；拿著小提琴和齊特拉琴的猶太佬也來了，最後又來了那輛望眼欲穿、裝有各種酒和食品的三套馬車。米佳忙亂起來。一些男男女女的閒雜人等也走進來向屋裡張望，他們本來早睡了，後來被吵醒了，感到像一個月以前那樣又可以大飽口福了。米佳跟所有認識的人一一問好和擁抱，一一認出了大家的臉，打開了一瓶瓶酒，不管是誰，都給他們一一斟滿酒杯。特別愛喝香檳酒的只有姑娘們，那幫村漢們則更喜歡羅姆酒和白蘭地，尤其是滾燙的潘趣酒。米佳吩咐下去，給所有的姑娘們煮可可茶，整夜不停地燒開著三隻茶炊，爲每位來客沏茶和對潘趣酒②：誰愛喝就喝。一句話，開始了一種七手八腳、雜亂無章的荒唐局面，但是米佳似乎得其所哉，越荒唐他越覺得來勁。倘若那時候有個什麼村漢向他要錢，他肯定會立刻掏出自己那沓錢，數也不數地隨便分給大家。也許，正是因爲這原因，店老闆特里豐•帕里索維奇爲了保護米佳才幾乎寸步不離地守在他左右，看他那模樣，這天夜裡他是打定主意，鐵了心，不上床睡覺了，不過他酒也喝得很少（一共才喝了一小杯潘趣酒），瞪大兩眼，用他自己的辦法照看著米佳的利益。在需要的時候，他就走上前來，和氣而又巴結地阻攔他，勸說

① 俄羅斯民間伴舞歌或短歌中常見的副歌。這些歌開頭相同，但歌詞各異。

② 潘趣酒是一種烈性酒，由羅姆酒（威士忌酒、白蘭地等），加白糖、開水、檸檬汁或者水果兑製而成，一般都要喝熱的。

他，不讓他像「上回」那樣把「雪茄煙和萊茵葡萄酒」分給那幫村漢們，上帝保祐，尤其不要給他們錢，他看到那些姑娘們喝甜酒，吃糖果，氣就不打一處來：「這幫臭娘們就是虱子多，德米特里．費奧多羅維奇，」他說，「我恨不得給她們每人一腳，還得讓她們千恩萬謝——她們就這麼犯賤！」這時，米佳又一次想起了安德烈，吩咐下人給他拿點潘趣酒去。「我方才虧待了他，」他用低微而又深受感動的聲音一再重複說。卡爾加諾夫不想喝酒，起初也很不喜歡姑娘們的合唱，但是繼續喝了兩大杯香檳酒之後，一下子變得非常開心，跑前跑後地在每個屋子裡亂轉，笑嘻嘻的，看見什麼就誇什麼，逢人便誇，又誇歌唱得好，又誇音樂好聽。馬克西莫夫也樂呵呵和醉醺醺的，卡爾加諾夫走到哪兒，他就跟到哪兒。格魯申卡也開始有了點醉意，指著卡爾加諾夫對米佳說：「他這孩子多好，多可愛呀！」米佳聞言便喜氣洋洋地跑過去跟卡爾加諾夫和馬克西莫夫親吻。噢，他已經預感到了很多事；她還沒有對他說過任何肯定的話，甚至還分明存心拖延不說，只是間或向他投去一瞥既親熱又熱烈的目光。最後，她忽然抓住他的一隻胳膊，把他使勁拽到身邊。當時她坐在房門口的安樂椅上。

「你知道你方才進來的時候是什麼模樣嗎，啊？你進來的時候灰溜溜的！……我真嚇壞了。你怎麼會願意把我讓給他呢，啊？難道你真願意嗎？」

「我不願意毀了你的幸福！」米佳對她幸福地囁嚅道。但是她壓根兒就不需要他的回答。

「好了，去吧……去開開心吧，」她又趕他走，「不過你別哭，我會再叫你過來的。」

他乖乖地跑開了，而她則又開始聽唱歌和看跳舞，但是不管他在哪兒，她的目光一直盯著他，過了一刻鐘，她又叫他過去，於是他又跑了過來。

「嗯，你現在就坐在我身邊吧，說說你昨天是怎麼聽說我跑到這兒來的；是誰頭一個告訴你的？」

於是米佳就開始原原本本地從頭講起，東一榔頭西一棒槌，語無論次，說得很熱烈，但是又有點兒古怪，常常忽然皺起眉頭，欲言又止。

「你幹麼皺眉頭呀？」她問。

「沒什麼……我把一個病人留那兒了。要是他的病能好起來，要是知道他的病肯定能好，我情願少活十年！」

「嗯，既然是病人，那就讓上帝保祐他吧。難道你當真想明天開槍自殺嗎，你呀，真傻，再說因為什麼呢？我就愛像你這樣的冒失鬼。」她用她那有點沉重的舌頭口齒不清地說道。「那麼說，你為了我什麼都幹得出來？啊？難道你這傻瓜明天當真想開槍自殺嗎！不，請稍候，說不定明天我會告訴你一句話的……不是今天，而是明天。那麼說，你希望今天囉？不，我今天不想說……好了，走吧，現在走吧，去開開心吧。」

然而，有一次，她把他叫過來時顯得似乎莫名其妙和心事重重的樣子。

「你為什麼悶悶不樂的呢？我看得出來你在為什麼事發愁……不，我看出來了。」她注視著他的眼睛又加了一句。「雖然你在那裡跟那幫村漢們又是親吻又是嚷嚷的，我還是看出了蹊蹺。不，你去開心吧，我很快樂，我要你也開開心心的……這裡，我愛一個人，你猜是誰？……哎呀，瞧：我那孩子睡著了，這好孩子喝醉啦。」

她說的是卡爾加諾夫：他還真喝醉了，坐在沙發上霎時間就睡著了。他睡著了並不僅僅因為有了醉意，他不知道為什麼突然感到悶悶不樂，或者像他所說，「心裡煩」。最後，姑娘們的歌聲隨著開懷暢飲逐漸變成了某種猥褻和放縱，這使他感到十分沮喪。她們的舞蹈也一樣：兩個姑娘扮成狗熊，而斯捷潘妮達這個愛鬧的小妞則手拿木棍，扮演耍狗熊的，開始「耍狗熊給大家看」。「加油，瑪麗亞，」她叫道，「要不我拿棍子揍你！」最後兩隻狗熊完全不像樣子地趴在地板上，引起一陣哄堂大笑（形形色色的男女村民們全擠了進來）。「讓他們鬧吧，讓他們鬧吧，」格魯申卡歡容滿面地規勸道，「他們好不容易才碰上這麼個盡情歡樂的日子，怎能不高興呢？」卡爾加諾夫那副神態倒像他被什麼東西弄髒了似的。「這一切太讓人噁心了，全是些民間的土玩意兒，」他一邊走開一邊說道，「這是他們夏夜守候日出時搞的迎春花會這一類的東西①。」但是他特別不喜歡一支配有活潑的舞曲的「新」歌，歌中唱到一位老爺怎樣去試探姑娘們的心：

老爺試探姑娘們，
問姑娘們愛他嗎？
但是姑娘們覺得這老爺沒法愛：
老爺會把人痛打，
我實在沒法兒愛。
後來來了個茨岡人，他也上前去探問：
茨岡人試探姑娘們，
問姑娘們愛他嗎？

① 源出俄國古代多神教信仰，從謝肉節（為期一週，時間略晚於我國春節）開始舉行一連串的迎春花會，徹夜狂歡，迎接日出。後來這些節日被教會定為東正教的節日。在夏夜守候日出和舉行化裝舞會，原應在彼得節（六月二十九日）。這次在莫克羅耶舉行的各種遊藝和舞蹈，正值八月底，這裡僅指與迎春花會的狂歡形式相類似。

但是茨岡人也沒法愛：
茨岡人愛偷雞摸狗，
讓我憂來讓我愁。
接著又有許多人來試探姑娘們，甚至有士兵：
當兵的試探姑娘們，
問姑娘們愛他不愛？
但是這士兵被姑娘們輕蔑地拒絕了：
當兵的要背背包，
我得跟在後面跑……

唱到這裡後，緊接著就是不堪入耳的淫詞豔曲，唱得十分露骨，可是卻在聽眾中博得連聲喝采。最後唱到了商人：

掌櫃的試探姑娘們，
問姑娘們愛他不愛？
原來她們非常愛商人，說這是因爲：
掌櫃的會做買賣，
有享不盡的榮華富貴。

卡爾加諾夫大發脾氣：

「這完全是不久前編出來的歌，」他大聲說道，「這歌是誰給她們編的①！就差沒讓鐵路上的人或者猶太佬跑來試探姑娘們了：他們準會征服所有的人。」他幾乎感到受了侮辱，接著便立刻聲稱他心裡煩，於是坐到沙發上，忽然打起盹來。他那清秀的面龐稍許有點發白，往後斜靠在沙發的靠墊上。

「瞧他多美呀，」格魯申卡把米佳拉到他身邊，說道，「我方才給他梳頭來著：頭髮就像亞麻一樣，密密的……」

她非常感動地向他彎下身去，吻了吻他的前額。卡爾加諾夫霎時睜開了眼睛，看了她一眼，微微欠起身子，非常擔心地問馬克西莫夫在哪兒？

「瞧，他念念不忘的原來是這主兒，」格魯申卡笑道，「你就不能陪我坐一會兒嗎。米佳，你跑一趟，把他的馬克西莫夫找來。」

原來，馬克西莫夫已經離不開姑娘們了，只間或跑到一邊去，給自己倒杯甜酒，至於可可茶，他已經喝了兩大杯了。他那臉已經變得通紅，鼻子發紫，兩眼變得眼淚汪汪、甜膩膩的。他跑過來宣稱，他馬上就要「在一首小曲的伴奏下」跳薩波迪埃舞②了。

「不，我也去，我也要去看。」卡爾加諾夫叫道，用十分天真爛漫的方式拒絕了格魯申卡要他陪她坐一會兒的提議。於是大家都過去看跳舞。馬克西莫夫果然跳了一支他自己說的那舞，但是，除了米佳幾乎沒有引起任何人喝彩。整個舞蹈就是蹲著向兩邊踢腿，腳底朝上，每跳一次，馬克西

① 據作家本人說，這支歌他是聽老百姓唱的時候記下來的，「確是一首農民最新創作的典範。」
② 一種穿著木屐跳的法國民間舞。

莫夫就伸手拍一下腳掌。卡爾加諾夫對此毫無興趣，可米佳卻開心得跟馬克西莫夫親了個嘴。

「好，謝謝，沒準跳累了吧，你往這邊瞅什麼：想吃糖果，是不是？也許想抽支雪茄煙吧？」

「想抽香煙。」

「不想喝杯酒嗎？」

「我剛喝過甜酒……您有沒有巧克力糖？」

「桌上放著一大堆，隨你挑，你真是個好心腸的人！」

「不，我要香草巧克力……專門給老人吃的……嘿嘿！」

「沒有，老夥計，這種特製的沒有。」

「聽我說嘛！」老頭忽然俯身趴在米佳的耳朵旁說道，「我是說這妞，您哪，叫瑪柳什卡的這小妞，您哪，嘿嘿，要是可以的話，請您行行好，我想跟她認識認識……」

「瞧你想入非非那勁兒！不，老夥計，不行。」

「我又不對任何人使壞。」馬克西莫夫洩氣地悄聲道。

「嗯，好吧好吧。老夥計，這裡只許唱歌，跳舞，不過，見鬼！你等等……先吃點，喝點，開開心。你不要錢嗎？」

「除非以後，您哪。」馬克西莫夫齜牙一笑。

「好，也好吧……」

米佳感到頭腦發熱。他走進過道屋，信步走上木頭迴廊。這迴廊面臨院子，從裡側環繞著整座建築。新鮮空氣使他的頭腦頓時清醒了。他獨自站在黑暗中的一個角落，忽地用手抱住頭。他那些七零八落的思想突然連接成一起，感覺也合成了一片，於是一切豁然開朗，閃出了一道光。這是一道令人心悸的可怕的光！「既然要自殺，現在正是時候，更待何時？」他腦海裡倏忽一閃。「去拿手槍，拿到這兒來，然後就在這裡，在這個骯髒、黑暗的角落裡一了百了。」他猶疑不決地站了約莫一分鐘。方才，快馬加鞭，飛奔到這裡來的時候，他身後是恥辱，是他已經作出和幹下的盜竊行為，還有這血，血！……但是那時候他心裡還輕鬆些，噢，還比較輕鬆些！因為那時候一切都完了：他失去了她，讓給了別人，對於他，她等於死了，消失了——噢，那時候他覺得這判決還好受些，起碼他覺得這是必然的、必須的，因為留在這世上還有什麼意思呢？而現在！現在難道還跟當時一樣嗎？現在起碼跟一個幽靈，跟一個可怕的怪物的事已經了結了：她的那個「老相好」，她的那個無可爭議的、命中注定的人已經消失得無影無蹤了。這個可怕的幽靈忽然變成了某種非常小、非常可笑的東西；他被人家用兩手舉起來送進了客房，而且上了鎖。這幽靈是再也回不來了。她感到羞愧，他從她的眼神裡已經清楚地看到她究竟愛的是誰。唉呀，現在才應該活下去哩，可是……可是又不能活下去，噢，可恨呀！「上帝啊，求你讓那被打倒在圍牆旁的人復活吧！求你將這可怕的杯撤去①！主啊，你不是曾經為那些像我這樣的罪人創造過奇蹟嗎！倘若這老人還活著，那怎麼辦，那怎麼辦呢？噢，那時候我一定要消除其餘的恥辱帶來的羞恥，我一定要歸還那筆偷來的錢，我一定要如數歸還，上天入地也要把這筆錢弄到……讓這恥辱不留任何痕跡，除了它將長留我心中以外！但是，不，不，噢，這不過是些不可能實現的怯懦的幻想罷了！噢，可恨呀！」

但是黑暗裡畢竟有一線光明的希望之光向他倏忽一閃。他拔腳離開原地，匆匆地進了房間——回到她身邊，重新回到她身邊，永遠回到他的女皇身邊！「即使我處在恥辱的痛苦中，她的一小時、

① 這是耶穌被釘上十字架前一天說的話（見《馬可福音》第十四章第三十六節），此處與原話略異。

一分鐘的愛，難道還抵不上我其餘的全部生命嗎？」這個古怪的問題攫住了他的心。「到她身邊去，就到她一個人的身邊去，看到她，聽著她說話，什麼也不想，忘記一切，哪怕就這一夜，這一小時，這一剎那！」在他剛要走進過道屋前，還在迴廊上，他與店老闆特里豐・鮑里索維奇不期而遇。他感到店老闆好像有點陰陽怪氣，心事重重，像來找他似的。

「你怎麼啦，鮑里索維奇，是不是來找我的？」

「不，不是來找您的，」店老闆彷彿一下子慌了神，「我來找您幹麼？那您……您上哪啦？」

「你怎麼這樣悶悶不樂呢？不高興了？等一等，你很快就能去睡覺了……幾點啦？」

「快三點了。說不定，三點多了。」

「說話就完，說話就完。」

「哪兒的話，沒事兒。玩多長時間都行，您哪……」

「他怎麼啦？」米佳匆匆想道，接著便跑進姑娘們正在跳舞的房間。但是她不在裡面。她也不在藍屋；只有卡爾加諾夫獨自坐在沙發上打盹。米佳看了看布簾後面——她在裡面呢。她坐在屋角的一口木箱上，手和頭卻趴在身邊的床上，在哀哀慟哭，但又極力忍住，壓低聲音，不讓別人聽見。她抬頭看見了米佳，就招手讓他進去，他趕緊跑過去，她緊緊地抓住他的一隻手。

「米佳，米佳，要知道，我曾經愛過他！」她開始對他悄聲道，「我很愛他，愛了他整整五年，我一直，一直在愛他。我是愛他呢，還是僅僅愛我的滿腔怨恨呢？不，我是愛他的！噢，我是愛他的呀！說什麼我不愛他，而是愛我的滿腔怨恨，要知道，這不是真的！米佳，你要知道，我那時候總共才十七歲呀，他那時候對我非常親熱，非常開心，老唱歌給我聽……要不，那時候我是個傻丫頭，覺得他是這樣……而現在，主啊，他已經不是原來的那個人了，根本不是原來的他了。甚至相貌也變了，根本不是原來的那個他了。我都認不出他來了。我跟季莫費到這裡來的時候，老在想，一路都在想：『我怎麼見他呢？我說什麼呢？我倆會怎樣看著對方呢？……』我整個的心都差點停止跳動，可是他卻好像給我當頭潑了一盆髒水。活像老師上課似的：老是咬文嚼字，那麼一本正經，見到我的時候一副神氣活現的樣子，弄得我進退兩難，都不知道怎麼辦才好了。連句話都插不上。起先我還以爲，因爲那個瘦高個兒波蘭人在一旁，他不好意思。我坐在一旁，望著他倆，心想：爲什麼現在我都不會跟他說話了呢？你知道嗎，他妻子，也就是他當時拋棄我，跟她結婚的那女人，把他給帶壞啦……這是她使他變了的。米佳，我覺得羞恥！噢，太羞恥啦，米佳，我將一輩子感到羞恥！該死，這該死的五年，真該死！」她說到這裡又淚如雨下，但是她始終沒有鬆開米佳的手，始終緊緊地握著它。

「米佳，寶貝兒，你等等，你別走，我要跟你說句話。」她悄聲道，驀地向他抬起頭來。「我說，請你告訴我：我究竟愛誰？我愛這裡的一個人。這人是誰？請你先把這話告訴我。」她的臉哭腫了，但是這臉上卻綻出了笑容，兩眼也在半明半暗中閃耀。「方才有隻鷹飛了進來，一見他，我的心就沉了下去。『真是個傻姑娘，你愛的就是他呀！』我的心立刻對我悄聲道。你一走進來，一切就被照亮了。『他在害怕什麼呢？』我想。要知道，當時你竟怕成那樣，怕得戰戰兢兢，連話都不會說了。我想，你決不會怕他倆——難道你還會見到什麼人膽戰心驚嗎？我想，他這是怕我呀，他只怕我。那麼說，費尼婭都告訴你這小傻瓜啦，說我在窗口向阿廖沙喊，我曾經愛過米堅卡一小時，而現在我要去愛……別人了。米佳，米佳，我呀真傻，我怎麼會想到愛了你以後還能再愛別人呢！你能原諒我嗎，米佳？你能不能原諒我？你愛我嗎？愛我嗎？」

她跳起來，用兩手摟住他的肩膀。米佳喜出望外地一直默默地看著她的眼睛，看著她的臉，看著她的笑容，這時突然緊緊地擁抱她，拼命地親吻她。

「我折磨過你，你能原諒我嗎？要知道，我是因爲滿腔怨恨才拼命折磨你們大家的。要知道，那老傢伙我是存心氣他，讓他神魂顛倒的……你記得你有一次在我家喝酒打碎了一隻杯子嗎？我想起了這事，所以今天也打碎了一隻杯子，『爲我那卑劣的心』乾杯。米佳，我的雄鷹，你幹麼不親我呢？親了一回就罷手了，在一旁看著，聽我說話……聽我說話幹麼呀！親我，更緊地親吻我，就這樣。要愛就得愛出個樣兒來！現在我要做你的女奴，一輩子做你的女奴！做個女奴多甜蜜呀！……親我！打我，折磨我，隨便你怎樣對待我……啊呀，真該折磨我才是……慢！等等，以後再說，我不希望這樣……」她突然把他推開。「你先走開，米堅卡，現在我要去開懷暢飲，一醉方休，喝醉了就去跳舞，我要，我要嘛！」

她從他懷裡掙脫出來，走出了布簾。米佳像喝醉了酒似的跟在她後面。「現在不管發生什麼事，我豁出去了——爲了這一分鐘，我可以獻出整個世界。」他腦海裡掠過這一想法。格魯申卡果真一口氣又乾了一杯香檳酒，忽然就醉了。她坐在原先那把安樂椅裡，樂呵呵的，笑容滿面。她的兩腮飛上了兩朵紅暈，嘴唇紅豔豔的，眼睛發亮，嬌慵睏倦，風情萬種，令人心醉。甚至卡爾加諾夫的心裡都像被什麼東西蜇了一口似的，走到她身邊。

「你方才睡著了，我親了親你，你感覺到了嗎？」她口齒不清地對他說道。「現在我喝醉了，正是這樣……你沒喝醉嗎？米佳幹麼不喝？米佳，你幹麼不喝呀，我都喝了，你倒不喝了……」

「我醉了！我已經醉了……因爲你陶醉了，可是現在我還想喝杯酒更添醉意。」他又乾了一杯——他自己也覺得奇怪——這最後一杯酒竟把他灌醉了，突然間醉了，而在此以前他一直是清醒的，這個，他記得很清楚。從這一刻起，一切便在他周圍旋轉，像在夢魘中一樣。他走來走去，在笑，跟所有的人說話，但是這一切都好像身不由己。只有一種揮之不去的、刺痛的感覺不時湧上他的心頭，「就像心裡揣著塊火炭似的①。」

後來他回憶道。他走到她身邊，坐在她身旁，看著她，聽著她說話……她呢，變得非常健談，不斷招手讓人們到她身邊去，又忽然把歌隊裡的一名什麼姑娘叫到她身邊，於是這姑娘就走過去，她或者親吻她一下，然後讓她走，或者有時候伸出手來給她畫個十字。可是再過一分鐘，她又會忽地哭起來。把她逗得最開心的是那個「老傢伙」（她管馬克西莫夫叫「老傢伙」）。他時不時跑到她身邊親吻她的玉手「和任何一個手指頭」，最後還給她跳了一個舞。邊跳邊唱，唱的是一首老歌。他跳得最起勁的是唱到下面這段副歌的時候：

小豬崽哼哼：羅羅羅，羅羅羅，
小牛犢叫喚：哞哞哞，哞哞哞，
小鴨兒叫道：呱呱呱，呱呱呱，
小白鵝叫喊：嘎嘎嘎，嘎嘎嘎。
小雞兒在過道裡走來又走去，
嘰嘰嘰，嘰嘰嘰，叫個不停，
啊呀呀，啊呀呀，叫個不停②！

① 源出普希金的詩《先知》（一八二六年），作者引用時作了若干變動。原詩爲：然後把一塊熊熊燃燒著的赤炭，/塡入我已經打開的胸膛。

② 俄羅斯許多民歌都有類似的副歌。

「給他點什麼，米佳，」格魯申卡說，「送他點東西，要知道，他窮。唉，那些受人欺負的窮人呀……你知道嗎，米佳，我要進修道院。不，我跟你說真格的，我總有一天要進修道院。今天阿廖沙對我說了些話，我一輩子都忘不了……是啊……可今天讓我們先跳個痛快。明天進修道院，今天先跳個夠。諸位，我要胡鬧，那又有什麼關係呢，上帝會饒恕我們的。我要是上帝的話，我就會饒恕所有的人：『我的親愛的罪人們，從今天起，我饒恕大家。』我也要去請求別人饒恕：『列位仁人君子，請饒恕我這傻娘們，就這樣。』我不是人，我是野獸。可是我願意祈禱。我給過別人一顆蔥頭。像我這樣一個作惡多端的壞女人也願意祈禱！米佳，讓他們跳吧，不要阻攔他們。世上所有的人都是好的，無一例外。活在世上多麼好呀。我們雖然醜陋，但是活在這世上多好呀。我們既醜陋又好……不，請告訴我，我要問諸位，大家都過來，我要問你們：你們大家倒是跟我說說這個：為什麼我這樣好？要知道，我是好人，我是個很好的好人……你們倒是說說看：我為什麼這樣好？」格魯申卡就這樣絮絮叨叨地說著，醉意越來越濃了，最後她乾脆宣布，她也想立刻跳舞。她從安樂椅上站了起來，身子搖晃了一下。「米佳，請你別再讓我喝酒了，求你了——別再讓我喝酒了。酒並不能使人心平氣和。而且一切都在轉，灶炕也在轉，一切都在轉。我要跳舞。讓大家都來看我跳舞……看我跳得多好，多美……」

她還真說到做到：她從口袋裡掏出一塊雪白的麻紗手帕，右手拎著手帕的一頭，準備跳舞時揮動。米佳開始忙活，姑娘們也都靜了下來，準備一聲號令就齊聲伴唱。馬克西莫夫一聽說格魯申卡要親自跳舞，高興得尖叫起來，連唱帶跳地跑過來：

小腿兒是細細的，
兩腰兒是帶響的，

小尾巴是帶鉤的①。

但是格魯申卡向他揮了一下手帕，把他轟走了：

「噓噓！米佳，怎麼不來人呀？讓大家都來……看。把那兩個關著的人……也叫來。你幹麼把他倆關起來呀？告訴他們我在跳舞，讓他們也來看我跳舞……」

米佳因爲喝醉了，跌跌撞撞地走到鎖著的那扇房門旁，舉起拳頭敲門，叫那兩個波蘭人出來。

「喂，我說……二位波德維索茨基！出來吧，她要跳舞，叫你們出來看呢。」

「混賬！」其中一個波蘭人應聲道。

「你比混賬還混賬！你是個卑鄙小人；你就是這樣的人。」

「您不要嘲笑波蘭。」卡爾加諾夫規勸道，他也已經不勝酒力。

「閉嘴，小夥子！我罵他卑鄙無恥，並不意味著我說整個波蘭卑鄙無恥。波蘭人並不都是混賬東西。閉嘴，漂亮的小男孩，吃你的糖果去吧。」

「啊呀，這幫人呀！倒像他們不是人似的。他們怎麼不肯言歸於好呢？」格魯申卡說，說罷便上場跳舞。歌隊轟然唱道：「啊，過道屋呀，我的過道屋。」②格魯申卡把頭一揚，嘴唇微啓，嫣然一笑，揮動了一下手帕，突然，她在原地很厲害地晃了一下，莫名其妙地站在房間中央。

「兩腿發軟……」她用一種疲憊不堪的聲音說道，「請諸位原諒，兩腿發軟，跳不動……對不起……」她向歌隊鞠了一躬，接著又挨個兒向四面八方一一鞠躬。

① 這是一則謎語，常編進民歌，作爲民歌的一部分。
② 這是一首俄羅斯民間舞曲。歌中唱到一個年輕姑娘，儘管「嚴父」禁止，她還是「讓一個棒小夥兒開了開心」。作者對這首民歌評價很高，認爲這首歌的歌詞作者「決不亞於普希金」。

「對不起……請諸位原諒……」

「有點醉啦，這位太太，有點兒醉啦，這位漂亮的太太。」傳來了七嘴八舌的聲音。

「太太喝多啦。」馬克西莫夫嘻嘻笑著向姑娘們解釋。

「米佳，領我走……把我抱起來，米佳。」格魯申卡嬌弱無力地說道。米佳一個箭步跑到她跟前，一把就把她抱了起來，捧著自己這個無價的戰利品跑進了布幔。「好了，我也該走啦。」卡爾加諾夫想，走出藍屋，隨手關上了身後的兩扇門。但是客廳裡的酒筵還在喧鬧和繼續，而且鬧得更凶了。米佳把格魯申卡放到床上，拼命親吻她的嘴唇。

「別碰我……」她用央求的聲音對他喃喃道，「別碰我，現在我還不是你的，我說過了，我是你的，不過你別碰我……要體諒我……當著他們的面，在他們旁邊，不行。他在這兒。這兒下流……」

「聽你的！我決不做非分之想……我敬重你！……」米佳喃喃道。「是的，這兒下流，噢，這兒卑鄙。」他仍舊抱著她不放，跪在床旁的地板上。

「我知道你雖然像頭野獸，但是你人格高尚，」格魯申卡吃力地說道，「應當清清白白地做人，以後一定要清清白白……我們要做個清清白白的人，不要做野獸，要做個好人……把我帶走，帶得遠遠的，聽見啦……我不想在這兒，要走得遠遠的，遠遠的……」

「噢，是的，是的，一定！」米佳把她擁在懷裡，緊緊地摟著她，「我帶你走，咱們遠走高飛……噢，我願意立即獻出整個生命來換取一年的光陰，只要知道這血！」

「什麼血？」格魯申卡莫名其妙地反問道。

「沒什麼！」米佳咬牙說道。「格魯莎[1]，你希望我做人要清清白白，可我卻是個賊。我偷了卡基卡[2]的錢……可恥，真可恥啊！」

「偷了卡基卡的錢？就是那位小姐？不，你沒有偷。還給她，把我的錢拿去……你嚷嚷什麼呀？現在我的一切統統是你的。錢對於咱倆又算得了什麼？錢本來就是給咱倆吃喝玩樂的……像咱倆這樣的人能不吃光喝光嗎。咱倆還是去種地好。我要用這雙手刨地。咱們要勞動，聽見了嗎？阿廖沙讓咱們這麼做。我不要做你的情婦，我要做你的好妻子，我要做你的女奴，我要給你幹活。咱倆一起去找那位小姐，咱倆向她賠禮道歉，請她原諒，然後就離開這裡。她不肯原諒，咱倆也要離開。你把錢拿去還她，但是要愛我……不要愛她。再也不要愛她了。你要愛她我就掐死她……我要用針戳瞎她的兩隻眼睛……」

「我愛你，就愛你一個人，就是在西伯利亞我也愛你……」

「幹麼要去西伯利亞呢？也好，去西伯利亞就去西伯利亞，只要你願意，反正一樣……咱倆要幹活……西伯利亞有雪……我喜歡坐雪橇……不過要有鈴鐺……你聽見鈴鐺響了嗎……鈴鐺在哪兒響呢？有什麼人來了……聽，現在不響了。」

她嬌弱無力地閉上了眼睛，突然彷彿睡著了一會兒似的。果然遠處有鈴鐺在響，又忽地不響了。米佳低下頭，貼在她的胸脯上。他沒留意鈴鐺怎麼不響了，但是他也沒留意歌聲也戛然而止，歌聲和喝醉了酒的喧鬧聲在整幢房子裡一變而爲死一般的岑寂。格魯申卡睜開了眼睛。

---

① 阿格拉費娜的小名。

② 卡捷琳娜的小名。

「這是怎麼啦，我睡著了，做了個夢：彷彿坐著雪橇在飛奔……鈴鐺在響，我打了個盹，跟一個心愛的人，好像是跟你坐在一起。走得遠遠的，遠遠的……我不斷地擁抱你，親吻你，偎依在你身旁，我好像覺得冷，而周圍是一片耀眼的白雪……你知道嗎，夜裡白雪皚皚，月光似水，倒像我在什麼地方，不在人間似的……我醒了，而親愛的人兒就在身邊，多好呀……」

「就在身邊，」米佳喃喃道，連連親吻她的衣服，親吻她的胸脯和手。他忽然覺得有點蹊蹺：他感到，她的兩眼直視前方，但不是看著他，看著他的臉，而是看著他的頭頂上方，聚精會神，而且令人奇怪地一動不動。她臉上驀地現出了驚慌，近乎恐懼。

「米佳，誰在那兒向裡面張望咱倆呀？」她突然悄聲道。米佳回過頭來，果然看到有人掀開了布簾，彷彿在窺視他倆似的。而且好像還不止一個人。他一躍而起，迅速向那個探頭探腦的人走去。

「過來，請到我們這兒來一下。」有個人聲音不大，但卻硬梆梆而又不由分說地對他說道。

米佳從布幔後走了出來，一動不動愣住了，屋子裡擠滿了人，但已經不是方才那批人，而是完全換了一批新人。他突然感到背上不寒而慄，打了個寒噤。所有這些人，他刹那間全認出來了。這個身材魁梧、身穿大衣、手拿別著帽徽的警帽的胖老頭，是縣警察局長米哈伊爾·馬卡雷奇。至於那個「癆病鬼」似的衣冠楚楚的花花公子，「皮靴老是擦得亮」的——那是副檢察官。「他有塊價值四百盧布的懷錶，總拿出來給人看。」至於那個戴眼鏡的年輕小個兒……不過米佳把他的名字忘了，但是這人他也認識，見過面：這人是預審科的，法院的預審官，「法律學校①畢業」，剛到任不久。至於那一位，是區警察局長，叫馬夫里基·馬夫里基耶維奇，這人他早就認識，老熟人了。嗯，至

---

① 該校全名爲帝國法律專科學校，創立於一八三五年，是一所專門爲貴族子弟辦的寄宿學校。

於那幾個掛號牌的，他們來幹麼？還有兩個什麼人，是村民……至於那邊站在門口的，則是卡爾加諾夫和特里豐・鮑里索維奇……

「諸位……你們有什麼事，諸位？」米佳剛要開口，但是突然，彷彿情不自禁、身不由己地放開了嗓子，一聲驚呼：

「我——明——白了！」

那個戴眼鏡的年輕人忽地挺身而出，逼近米佳，雖然神態威嚴，但卻彷彿有點急匆匆地開口道：

「我們找您……總之，我請您到這邊來一下，就這兒，上沙發這兒來一下……有件要事必須找您說說清楚。」

「老頭！」米佳發狂似的叫道，「老頭和他的血！……我——明——白了！」

他說罷就像齊根給砍了一刀似的，跌坐在身旁的椅子上。

「你明白？你明白了？弒父的兇手和惡棍，你老爸的血告發了你那令人髮指的罪行！」老警察局長逼近米佳，驀地怒吼道。他情不自禁，滿臉漲得通紅，渾身發抖。

「不過這是不可能的！」小個子年輕人叫道。「米哈伊爾・馬卡雷奇，米哈伊爾・馬卡雷奇！不是這樣的，不是這樣的嘛……請讓我一個人說話好嗎……我萬萬沒想到您會鬧出這麼一個插曲……。」

「但是，要知道，這簡直是夢魘，諸位，簡直是夢魘！」縣警察局長不勝感慨，「諸位瞧他那德行：半夜三更，爛醉如泥，跟一個蕩婦在一起鬼混，沾滿了自己父親的血……夢魘！真是夢魘啊！」

「我竭盡全力地懇求您，親愛的米哈伊爾・馬卡雷奇，請您暫時息怒，」副檢察官像放連珠砲似的對那位老局長悄聲道，「否則我就不得不採取……。」

但是那個小個子預審官不讓他把話說完，就面向米佳，既堅定響亮而又十分威嚴地說道：

「退伍中尉卡拉馬助夫先生，我必須向您宣布，您被指控於今天午夜謀殺令尊費奧多爾・帕夫洛維奇・卡拉馬助夫……。」

他還說了些什麼，檢察官彷彿也插進來說了句什麼，但是米佳雖然在聽，但是他已經聽不懂他們在說什麼了。他用一種異樣的目光掃視著他們所有的人……。

第九卷　預審

一、佩爾霍京官運亨通的起點

正當上文講到彼得・伊里奇・佩爾霍京在拼命敲老闆娘莫羅佐娃家緊閉的大門的時候，我們把他撇下了，後來，不用說，他終於把門敲開了。大約兩小時前被嚇了個半死的費尼婭，這時仍舊因為驚魂未定和「思前想後」沒敢上床睡覺，忽地聽到這麼瘋狂的敲門聲，如今又被嚇得差點歇斯底里：她滿以為德米特里・費奧多羅維奇又來敲門了（儘管她親眼看見他離開了），因為除了他誰也不會這麼『放肆』地敲門。她趕緊跑去找看門的（他剛醒，正跑去開門），央求他別放外面的人進來。但是看門人盤問了那個敲門的，問明了他是什麼人，他說他有一件非常重要的事情要見費多西婭・馬爾科芙娜，終於決定給他開了門。彼得・伊里奇走進了上文提到的那間廚房，但是費多西婭・馬爾科芙娜心存「疑懼」，懇求彼得・伊里奇是否讓看門人也一起進來。這時，彼得・伊里奇便開始盤問她，霎時便問到了那個要害問題：即德米特里・費奧多羅維奇跑出去找格魯申卡時，順手從研缽裡抄走了一根銅杵，可回來時已經沒有了這根銅杵，而且兩手滿是鮮血：「血在往下滴，手還在滴血，還在滴血！」費尼婭驚呼道，這個可怕的情況顯然是她自己在她那紛亂的想像中編造出來的。但是兩手滿都是血，卻是彼得·伊里奇親眼看見的，雖然手上並沒有滴血，而且這手是他親自幫他洗乾淨的，但是問題並不在於他手上的血是不是很快就乾了，而在於德米特里·費奧多羅維奇拿著那根銅杵到底跑哪兒去了，是不是可以肯定他去找費奧多爾·帕夫洛維奇了，而且根據什麼可以得出這麼肯定的結論？彼得·伊里奇詳詳細細地一再追問這點，雖然到末了仍舊一無所獲，什麼也沒打聽出來，但他還是堅信不疑地認爲，德米特里·費奧多羅維奇除了上父親家去以外，不可能到任何地方去，由此可見，那裡一定出了什麼事。「他回來後，」費尼婭激動地補充道，「我就向他一五一十全招認了，之後我問他：親愛的德米特里·費奧多羅維奇，您兩隻手上怎麼全是血呀？」他似乎是這樣回答她的，這是人的血，他剛才殺了一個人，「就這樣供認不諱，而且立刻向我承認了一切，可是他立刻又像瘋子似的跑了出去。於是我就坐下來琢磨：現在他像瘋子似的到底跑哪去了呀？我想，準是到莫克羅耶去殺東家了。於是我就跑了出去，想求他別把東家給殺了，我想跑到他的住處去，但是剛跑到普洛特尼科夫家的鋪子門口，就看到他正要動身，他的兩隻手上已經沒血了」（費尼婭注意到了這點，而且記住了）。老太太，就是費尼婭的奶奶，竭力證實她孫女說的話句句是真。彼得·伊里奇又盤問了她幾句後走了出去，倒比剛才進屋時更感到忐忑不安了。

似乎，最直截了當的辦法，而且路也最近，他現在最好到費奧多爾·帕夫洛維奇家去一趟，問個清楚，那裡有沒有出什麼事，如果真出事了，究竟出了什麼事，等徹底弄清楚了，那時候再按彼得·伊里奇下定決心要做的那樣去找縣警察局長也還不遲。但是夜裡，黑燈瞎火的，費奧多爾·帕夫洛維奇家的大門又很結實，又得去使勁敲門，再說他跟費奧多爾·帕夫洛維奇不過是點頭之交——就算叫開了門，萬一那裡什麼事也沒有，而費奧多爾·帕夫洛維奇又素來好挖苦人，明天肯定會出去對全城人講這個笑話，說有一個不認識的官吏佩爾霍京夜闖民宅，闖到他家裡，來打聽有沒有什麼人把他給殺了。準會鬧得滿城風雨，大出洋相。而彼得•伊里奇最怕出洋相了。然而使他癡迷的感情是如此強烈，以致他忿忿然地跺了跺腳，把自己又臭罵了一頓之後，立刻反身走上一條新路，但已經不是去找費奧多爾•帕夫洛維奇了，而是去拜訪霍赫拉科娃太太。他想，如果他問她：方才，在什麼什麼時候，她有沒有給他，給德米特里•費奧多羅維奇三千盧布，如果她的回答是否定的，他就立刻去找縣警察局長，那就不必再去找費奧多爾•帕夫洛維奇了；如果情況相反，他就先打道回府，把一切留到明天再說。當然，又會立刻出現一個問題，一個青年男子，半夜三更，都快十一點了，竟去叩門求見一位完全不相識的上流社會的太太，說不定還得把她從床上叫起來，而且此次前去就爲了向她提出一個就當時情況來說十分離奇的問題——要做出這樣的決定，也許較之夜訪費奧多爾•帕夫洛維奇，包含著恐怕還要大得多的出洋相的可能。但是有時這種情況也是有的，尤其是在與當前類似的情況下，一些最精細和最冷靜的人也會做出類似的決定。至於彼得•伊里奇，當時已經頭腦發熱，完全不是個冷靜的人了！後來他畢生都念念不忘，當時似乎有一種壓抑不住的不安支配著他，終於達到了痛苦的程度，甚至促使他做出了違心的事。儘管這樣，因爲冒冒失失地要去見這位太太，不用說，他還是把自己臭罵了一頓，但是他又咬緊牙關第十次地對自己說：「要幹就幹到底！」，而且終於實現了自己的心願——幹到底了。

當他走進霍赫拉科娃太太家的時候，正好十一點整。看門的相當快就讓他進了院子，他問看門的：太太是不是安歇了，還是尙未上床？看門的說他也說不清，因爲這時候太太多半睡下了。「讓樓上替您通報一下；太太願意接見您就接見，不願意就拉倒。」彼得•伊里奇上了樓，但是到這裡後就更難了。男僕不肯去通報，最後叫來了一名侍女。彼得•伊里奇有禮貌但又殷切地請她向太太稟報一聲，就說本地一名官員佩爾霍京有要事求見，要不是十萬火急，他是不會冒昧前來的，「您就照我說的去稟報太太，」他請求那位侍女道。那侍女進去了。他留在前廳等候。霍赫拉科娃太太雖然還沒安歇，但是已經進了自己的臥室。自從米佳不久前來訪之後，她就心情不安，已經預感到今夜難免會犯偏頭痛，因爲在類似的情況下，一般是免不了的。她聽完侍女的稟報之後感到很驚訝，不過她還是憤憤然吩咐謝客，儘管一個她不認識的「本地官員」的深夜突然來訪，激起了她做女人的強烈的好奇心。但是彼得・伊里奇這一回卻固執得像匹騾子：他聽到主人謝客之後，又異常堅決地請這名侍女進去再稟報一聲，就「照他的話」去說，他「有一件非常重要的事，如果太太現在不接見他，說不定太太以後會後悔的。」後來他自己也說：「我當時就跟從山上摔下來一樣，不顧一切了。」這侍女詫異地打量了他一眼，又第二次進去稟報。霍赫拉科娃很驚訝，她想了想，就問這人是什麼模樣，她得知這位老爺「穿得很體面，人也年輕，而且非常有禮」。我們在這裡要順便補充一句：彼得・伊里奇是一位相當英俊的年輕人，而且他自己也知道這點。霍赫拉科娃太太終於決定出來見客。她已經穿上了家常的睡衣和便鞋；但是她又在肩上披了一條黑色的圍巾。她讓下人去把這位「官吏」請進客廳，也就是她不久前接見過米佳的那個房間。女主人出來見客時帶著一副狐疑的神態，也不請客人坐下，就劈頭問道：「有何貴幹？」

「夫人，我冒昧前來打擾，是因爲一件與咱倆都認識的人德米特里・費奧多羅維奇・卡拉馬助夫有關的事，」佩爾霍京開口道，但是他剛提到這一名字，女主人就怒形於色，似乎十分惱火，她差點沒尖叫起來，她憤憤然打斷了他的話。

「你們用這個可怕的人來折磨我，到底還要折磨多久，多久呢？」她發狂似的叫道。「先生，您怎敢斗膽，怎敢冒冒失失地深夜來訪，驚動一個您所不認識的太太，而且一來就談到這個人。要知道，就在總共三小時前，就在這裡，在這間客廳裡，這人跑來要殺死我，他向我連連跺腳，後來就出去了，我家是一個規規矩矩的人家，還從來沒有一個人像他這樣走出我們家門的。要知道，先生，我要去告您，決不會輕饒您，請您立刻離開我……我是母親，我立刻就……我……我……」

「殺人？那麼說，他連您也想殺？」

「難道他已經把什麼人殺了嗎？」霍赫拉科娃急煎煎地問。

「夫人，勞駕了，請您聽我把話說完，半分鐘就成，我三言兩語就能給您說明一切。」佩爾霍京語氣堅決地回答道。「今天，下午五點，卡拉馬助夫先生憑交情向我借了十個盧布，因此我敢肯定他當時沒錢，可是今天晚上九點他跑來找我時，兩手卻滿把攥著一百盧布一張的鈔票約莫有二千，或者甚至有三千盧布。他的兩手和臉滿都是血，而他本人看去則像個瘋子。我問他打哪弄來這麼多錢，他毫不含糊地回答道，這錢他是在這以前向您借的，您借給了他三千盧布，讓他彷彿到什麼金礦去……」

霍赫拉科娃太太的臉上驀地現出某種非同尋常的痛苦的激動。

「上帝！他這是把他的老爸給殺了呀！」她舉起兩手一拍，叫道。「我沒給過他任何錢，任何錢都沒給過！啊呀，快跑，快跑！……別再廢話了！快去救老人，快跑去找他父親，快呀！」

「對不起，夫人，這麼說，您沒借給他錢不是？您記得一清二楚，您沒借給他任何錢嗎？」

「沒給，沒給！我回絕了他，因爲他不識抬舉。他發瘋似的走了出去。向我連連跺腳。他還向我撲過來，我躲開了……我現在對您實說了吧，現在我也無意對您隱瞞什麼，他甚至向我啐了口唾沫，這您能想像得到嗎？不過，咱倆怎麼站著說話呀？啊，請坐……對不起，我……要不您還是快跑吧，快跑，應當立刻跑去救那個不幸的老人，別讓他死於非命！」

「但是，要是他已經把他給殺了呢？」

「啊呀，我的上帝，可不是嗎！那麼我們現在怎麼辦呢？您說現在該怎麼辦呢？」

她邊說邊請彼得・伊里奇坐下，自己則坐在他對面。彼得・伊里奇雖然簡短，但是相當清楚地給她說明了事情的經過，起碼是他今天親眼目睹的那段事情的始末，又談到他剛才去找費尼婭的情況，也提到了那根銅杵的事。這一切細節使這位本來就十分激動的太太更加震驚萬分，她連聲啊呀，用手捂住了眼睛……

「您想想，這一切我早就預料到啦！我天生就有這本事，無論我料到什麼，肯定會應驗的。有多少次，有多少次，我看著這個可怕的人，老在想：這人到頭來非殺了我不可。這不應驗了……就是說，即使他現在殺的不是我，而是他父親，那肯定因爲冥冥中有一種保護我的上帝的天意，再說他也不好意思殺死我，因爲是我親自在這裡，也就在這地方，給他脖子上戴上了大殉道者瓦爾瓦拉聖屍上的聖像的。當時我離死有多近啊，要知道，當時我走過去，緊挨著他，他向我伸長了脖子！你知道嗎，彼得・伊里奇（對不起，好像您說過，您叫彼得・伊里奇吧）……您知道嗎，我並不相信顯靈，但是這聖像，還有現在對我的這種明顯的顯靈——使我震驚，因此我又開始對什麼都信了。您聽說過佐西馬長老的事嗎？……不過話又說回來，我也不知道我在說什麼……您想想，他竟能脖子上帶著聖像向我啐唾沫。當然，不過啐唾沫罷了，並沒有殺死我，而且……而且一轉身又跑出去了！但是您認爲咱們上哪，現在咱們上哪好呢？」

彼得・伊里奇站起來宣布，他現在要直接去找縣警察局長，把一切都告訴他，至於以後的事就讓他看著辦吧。

「啊呀，這可是一位非常好，非常好的人呀，我認識米哈伊爾・馬卡羅維奇。一定要去找他，正應該去找他。您的腦子真靈，彼得・伊里奇，您想出來的這主意多好呀；要知道，我換了是您，是無論如何想不出這個主意來的！」

「再說我本人跟警察局長也是老相識。」彼得・伊里奇說，依舊站在那裡，分明希望快點擺脫這個喋喋不休、一直不讓他告辭的太太。

「您知道嗎，您知道嗎，」她又嘮叨起來，「您一定要來把那裡的所見所聞都告訴我……發現了什麼，會怎麼判他，會把他發配到哪兒。我倒要請問，在咱們國家，不是沒有死刑了嗎？但是您肯定要來，哪怕是半夜三點，哪怕是四點，甚至四點半也行……您讓他們叫醒我，如果我起不來，就使勁推我……噢，上帝，我恐怕睡不著啦。我說，我是不是陪您一起去呢？……」

「不不，您哪，我想，您倒不妨立刻親筆寫這麼兩三行字，以備不時之需，就說您沒有給過德米特里・費奧多羅維奇任何錢，這倒說不定不是多餘的……有備無患嘛……」

「一定寫！」霍赫拉科娃太太興高采烈地跳到自己的書桌旁。「要知道，您的腦子這麼靈，辦事又這麼能幹，您簡直使我感到驚訝和震驚……您在本縣任職嗎？聽到您就在本縣任職，真是太高興啦……」

她一邊說話，一邊在半張信紙上迅速寫下了下列幾行粗大的字據：

> 我一生中從來沒有借給不幸的德米特里・費奧多羅維奇・卡拉馬助夫（因爲他現在畢竟是不幸的）三千盧布，今天沒有借給他，過去也從來不曾借給他任何錢！我願以人世間一切神聖的事物起誓。
>
> 霍赫拉科娃

「這字據寫好了！」她向彼得・伊里奇迅速轉過身來。「快去，救人要緊。這是功德無量的事。」她接連給他畫了三次十字。她還跑出客廳去送他，一直送到前廳。

「我對您真是感激不盡！因爲您來找的頭一個人就是我，您沒法相信我現在對您是多麼感激！過去咱倆怎會沒有見過面呢？今後如果我能在舍下接待閣下，我將感到萬分榮幸。聽到您就在本縣供職……而且辦事這麼精細，腦子這麼靈光，真讓人高興……但是他們應當器重您，應當終於明白人才難得，只要我辦得到，請相信，我一定爲您盡力……噢，我多麼喜歡年輕人啊！我簡直愛上了年輕人。年輕人是眼下整個多災多難的俄羅斯的基石，是俄羅斯的全部希望……噢，您走吧，快走吧！……」

但是彼得・伊里奇已經跑了出去，要不然的話，她是不會這麼快地放他走的。話又說回來，霍赫拉科娃太太還是給他留下了相當愉快的印象，這印象甚至多少沖淡了一些因他被牽連進這麼一件醜聞而感到的憂慮。常言道，眾口難調，蘿蔔青菜，各有所愛。「她根本就不算老嘛，」他愉快地想，「相反，我甚至會把她當成是她的女兒哩。」

至於霍赫拉科娃太太本人，她簡直被這個年輕人迷住了。「這位當代青年有多能幹，辦事有多精細，這一切再加上風度翩翩，一表人材。有人說到當代青年時，說什麼他們什麼也不會，這就是給你們的反證。」等等。以致對「那件可怕的事」，她簡直都忘了，直到她後來上床睡覺，才驀地想起「她當時離死多麼近」，她叫道：「啊，這可怕，太可怕啦！」但是接著便立刻又香又甜地睡著了。不過話又說回來，我剛才描寫的一個年輕官員與一個根本還不算老的寡婦的離奇相遇，如果這以後不曾成爲這個辦事精細而又有條不紊的年輕人一生官運亨通的基石的話，我也不會浪費筆墨來詳細描述這些雞毛蒜皮的小事了。在敝縣這個小城裡至今還有人不勝驚異地回憶起此事，等我們把關於卡拉馬助夫兄弟們的這個冗長的故事講完之後，說不定我們還會就此事另行補敘三言兩語，以饗讀者。

二、報警

敝縣警察局長米哈伊爾·馬卡羅維奇·馬卡羅夫是一位退伍中校，後改任七等文官，業已喪偶，是個大好人。他來敝縣任職總共才三年，卻已博得全城上下的普遍好感，其因蓋出於他「會聯絡人」。他家賓客不斷，彷彿沒有客人他就活不下去似的。每天總有人在他家吃飯，哪怕只有兩個，甚至只有一個客人，但是沒有客人他是決不上桌的。他常常假借各種緣由，有時甚至是出人意外的緣由，大宴賓客。桌上的飯菜雖然說不上精緻，但十分豐盛，大餡兒餅做得好極了，酒雖不能以質炫耀，卻能以量取勝。一進門的頭一間屋，放著一張檯球桌，陳設極爲氣派，就是說四面牆上掛有鑲著黑鏡框的英國賽馬圖，大家知道，這乃是任何單身漢家的檯球房不可或缺的裝飾。他家每天都有人來玩牌，雖說只有一張牌桌。但這裡卻經常高朋滿座，敝城的菁英全聚集在這裡，帶著夫人和小姐，前來跳舞。米哈伊爾·馬卡羅維奇雖然業已喪偶，卻富有天倫之樂，他身邊有一位早已守寡的女兒，她已經是兩個姑娘（米哈伊爾·馬卡羅維奇的外孫女）的母親。這兩個姑娘年已及笄，已經修完自己的學業，人也長得不難看，而且性格開朗，雖然大家都知道，她倆出嫁時什麼也不會給，但還是吸引了敝城不少上流社會的青年到她們的外公家來。米哈伊爾·馬卡羅維奇在辦案上並不十分高明，但卻克盡厥職，並不亞於許多其他人。說實話，他文化程度不高，甚至對自己的職權範圍理應一清二楚，他也大大咧咧，漫不經心。對當今皇上勵行的某些改革，他不但不能充分理解，甚至在理解上有時還帶有若干極其明顯的錯誤，這倒不是因爲他特別無能，而是因爲他生就一副大大咧咧的脾氣，因爲他老沒工夫深入領會聖意。「諸位，我這人生來只配當軍人，不配當文官。」他對於他自己曾如是說。甚至對於「農民改革」①的準確根據，他也似乎未能擁有一個徹底而又紮實的概念，因爲他是名地主，可以說吧，所以才在年復一年的實踐中不由自主地增添了一些這方面的知識，對此逐漸有所理解。彼得·伊里奇很清楚，今晚他在米哈伊爾·馬卡羅維奇那兒準會遇到某些客人，但究竟是誰，他還沒有把握。而那時檢察官和敝縣自治會的醫生②恰好坐在他家打牌。這醫生名叫瓦爾文斯基，是個年輕人，剛從彼得堡前來敝縣履新，他是彼得堡醫科大學③的優秀畢業生。至於檢察官，也就是副檢察官，但是我們大家都管他叫檢察官，名伊波利特·基里洛維奇，此公乃是敝縣的一名特殊人物，人不老，總共才三十五歲上下，但是病懨懨的，一副癆病鬼樣子，可是他卻娶了一位胖極和不能生育的太太，他自尊心很強，脾氣也很怪，可是腦子非常靈，甚至心腸也非常好。看來，他的性格糟就糟在自視甚高，高於他的真才實學。這就是爲什麼他常常顯得煩躁的緣故，再說他心中甚至還有某種更高級的藝術抱負，比如說，他認爲他擅長心理分析，對人的心靈特別有研究，對識別罪犯和洞察他們的罪行具有特別的才能。他認爲自己在這方面被大材小用了，在職務升

①　即俄國沙皇政府於一八六一年施行的旨在廢除農奴制的改革。

②　從一八六四年一月起沙皇政府施行地方自治改革，在各省、縣設立地方自治會。自治會的醫生即自治會派任的醫生。

③　這所大學的全名應爲聖彼得堡帝國醫科大學。十九世紀五〇年代末到六〇年代，這裡被認爲是自由思想和無神論的策源地。車爾尼雪夫斯基的小說《怎麼辦？》中的主人翁洛普霍夫和基爾薩諾夫都曾在這所大學裡學習過。作者在這裡說瓦爾文斯基畢業於醫科大學，意指他是當時的所謂「新人」。

遷上也未能受到上層的器重，有人在跟他作對。在悶悶不樂的時刻，他甚至威脅說他要改行去當刑事訴訟律師了。這時出人意料地發生了卡馬拉佐夫家弒父一案，彷彿使他精神爲之大振：「這可是一件足以轟動全國的大案呀。」但這是後話，我說過頭了。

隔壁屋裡，跟姑娘們坐在一起的，是敝縣那位年輕的法院預審官尼古拉・帕爾芬諾維奇・涅柳多夫，他從彼得堡來敝縣履新總共才兩個月。後來敝縣上下常常無不驚奇地談起，在「事發」的當天晚上，所有這些人彷彿故意似的聚集在擁有執法權的行政首腦家中。其實這事要簡單得多，發生這一情況也非常自然：伊波利特・基里洛維奇的夫人牙疼已經第二天了，他怕聽到她哼哼，於是就想逃出去躲一躲；至於醫生，說實在的，每天晚上他都離不開牌桌，非得找個地方過過牌癮不行。至於尼古拉・帕爾芬諾維奇・涅柳多夫早在三天前就打算今晚一定要裝做純屬無心地到米哈伊爾・馬卡羅維奇家串門，以便狡猾地使他們家的大小姐奧莉加・米哈伊洛芙娜猛吃一驚，即他知道她的秘密，知道今天是她的生日，知道她故意想把這事瞞著大家，以免全城人都蜂擁而來，上她家參加舞會。他將談笑風生，旁敲側擊地點到她年已及笄，可是她卻似乎害怕暴露自己的年齡，既然他現在已經掌握了她的秘密，那明天他就要張揚出去，等等，等等。這個可愛的年輕人在這點上是個淘氣包，因此敝縣的太太們都管他叫小淘氣兒，他對此似乎還感到很高興。話又說回來，他出身非常好，門第很高，受過很好的教育，具有良好的感情，雖然喜歡尋歡作樂，但爲人非常天真，待人接物一向彬彬有禮。從外表看，他身材瘦小，體格孱弱、嬌柔。在他那纖細、蒼白的手指上，永遠閃耀著幾枚非常大的寶石戒指。當他執行自己的職務時，他那副神態就變得異常威嚴，似乎把自己的地位和自己的職責看得異常神聖似的。他在審訊凶犯和出身平民的其他惡棍時特別善於猝然發難，使罪犯無所措手足，如果說這還不足以激起罪犯對他的敬畏，但也確實是激起了他們的某種驚奇。

彼得・伊里奇走進警察局長家後，簡直驚呆了：他忽然看到這裡的人已經什麼都知道了。果然，牌也撂在一邊不打了，大家全站著，你一言我一語地議論紛紛，甚至尼古拉・帕爾芬諾維奇也從小姐們的閨房裡跑了出來，擺出一副磨拳擦掌，急於投入戰鬥的架勢。迎接彼得・伊里奇的是一則駭人聽聞的消息，老卡拉馬助夫——費奧多爾・帕夫洛維奇果然於當晚在他自己的家裡被人殺害了，人被害，錢被盜。這消息在他進門之前剛剛獲悉，經過是這樣的：

在圍牆旁被人打倒的格里戈里的老伴馬爾法・伊格納季耶芙娜，雖然躺在自己的床上沉睡不醒，很可能她還會一直睡下去睡到天亮，但是她驀地醒了。她之所以醒了過來，是因爲她聽到斯梅爾佳科夫人事不省地躺在隔壁屋裡發出可怕的吼叫聲。他一發羊癲瘋就會發出這樣的吼叫，馬爾法・伊格納季耶芙娜一輩子，每次聽到這吼叫，都感到怕極了，並對她產生一種病態的影響。她永遠也習慣不了這吼叫。她睡眼惺忪地跳了起來，幾乎不知不覺地便衝進斯梅爾佳科夫的小屋。但是屋裡黑的，只聽見病人開始發出可怕的嗄啞聲和開始拼命掙扎。馬爾法・伊格納季耶芙娜見狀自己也喊了起來，開始叫她丈夫，但是又突然明白過來，她剛才下床的時候，格里戈里好像不在床上。她反身跑到床前，又摸了摸床，但床上果然是空的。那麼說，他出去了，上哪了呢？她又跑到台階上，從台階上怯怯地喊了他兩聲。她自然沒有聽到回答，但是聽到在靜悄悄的黑夜裡，不知什麼地方，似乎遠遠地在花園裡，有人在呻吟。她留神諦聽；這呻吟聲又響了起來，而且聽得很清楚，這呻吟聲果然是從花園裡發出來的。「主啊，倒像當年那臭丫頭莉扎韋塔似的！」她亂糟糟的頭腦裡猛地掠過這一想法。她怯怯地走下台階，看到花園門開著。「大概，我那寶貝兒，他在花園裡。」她想，走近花園門，忽然清楚地聽到格里戈里在叫她，在喊：「馬爾法，馬爾法！」一個虛弱、喊疼而又可怕的聲音在呼喊。「主啊，保祐我們免災免難吧！」馬爾法・伊格納季耶芙娜低聲念叨，她循聲跑去，就這樣找到了格里戈里。但她不是在圍牆旁他被打倒的地方，而是在離圍牆大約二十步的地方找到他的。後來才弄清楚，他醒來後就開始爬，大概爬了很久，幾次昏死過去，幾次重又失去知覺。她發現他渾身是血，便立刻狂叫起來。格里戈里前言不對後語地低聲道：「殺死了……殺死了父親……你嚷嚷什麼，傻瓜……快去叫人……」但是馬爾法・伊格納季耶芙娜仍舊叫個不停，可是她忽然看見老爺房間裡的窗子開著，窗裡有燈，她便向窗口跑去，開始喊費奧多爾・帕夫洛維奇。但是她往窗戶裡一瞧，瞧見了一幅可怕的景象：老爺趴在地板上，一動不動。他那淺色的睡袍和雪白的襯衫在胸口處淌滿了血。桌上有支蠟燭明晃晃地照著費奧多爾・帕夫洛維奇那一動不動的僵硬的臉。馬爾法・伊格納季耶芙娜立刻感到恐怖極了，她拔腿離開了窗戶，跑出了花園，拉開大門門閂，就向屋後的鄰居瑪麗亞・孔德拉季耶芙娜家拼命跑去。鄰居家的母女倆當時已經睡下了，但是由於馬爾法・伊格納季耶芙娜使勁而又拼命地敲百葉窗，她倆被敲醒了，急忙奔到窗口。馬爾法・伊格納季耶芙娜大呼小叫而又語無倫次地告訴了她們主要的事，請她們快點過來幫忙。恰好這天晚上四處浪蕩的福馬在家過夜。她倆就把他叫醒了，接著他們就向犯罪現場跑去。路上，瑪麗亞・孔德拉季耶芙娜總算想了起來，說，不多會兒前，大概八點來鐘，她聽到他們花園裡發出一聲可怕的、刺耳的吼叫，叫得四鄰都聽見了——而這不用說正是格里戈里發出的那聲吼叫，當時他正用兩手死死抱住已經騎在牆上的德米特里・費奧多羅維奇的一條腿，大叫：「弒父兇手！」「有個人吼了一聲，就忽地沒聲了。」瑪麗亞・孔德拉季耶芙娜邊跑邊說道。跑到格里戈里趴著的地方，兩個女的便在福馬幫助下把他抬進了耳房。點上燈以後，他們看見斯梅爾佳科夫還在自己那小屋裡喊叫和發抖，口眼歪斜，嘴角流著白沫。他們用水對了點醋給格里戈里洗淨了腦袋，他經水一洗就完全恢復了知覺，問道：「老爺是不是給殺了？」於是那兩個女的和福馬便向老爺住的正房走去，他們走進花園後，這次看見不僅窗戶開著，而且由正房出來通花園的門也敞開著，而這扇門已經有一星期了，每天夜裡一到晚上就由老爺親自上鎖，鎖得緊緊的，甚至格里戈里不管有多大理由也不許敲門進去。他們大家（兩個女的和一個福馬）看到這門開著就害了怕，不敢進老爺屋子，「可別以後沒事找事」。看到他們重新返回後，格里戈里便讓他們立刻跑去找警察局長報案。於是瑪麗亞・孔德拉季耶芙娜便立刻跑了去，把當時在警察局長家的所有人都給驚動了。她只比彼得・伊里奇早到五分鐘，因此他的到來已經不僅是帶來了猜測和想當然的結論，而是作爲一名親眼目睹的證人，而他說的話又進一步證實了大家的猜測：誰是罪犯（不過，他在內心深處，直到這最後一分鐘，依然不肯信以爲真）。

大家決定採取果斷行動。立刻責成本城副警長物色四名見證，依法（究竟有何法律依據，我就不詳細描述了）進入費奧多爾・帕夫洛維奇的私宅，進行現場偵查。縣自治會醫生是一位新來乍到的急性子的人，他幾乎死乞白賴地要陪縣警察局長、檢察官和預審官一起去。我只想簡短地交代一下：費奧多爾・帕夫洛維奇業已徹底喪命，腦袋被砸破，但是用的是何兇器？最大的可能是後來用來擊倒格里戈里的同一件兇器。而大家在聽了格里戈里的敘述之後還果然找到了那件兇器。當時格里戈里已經得到了必要的搶救，他雖然聲音虛弱，說話斷斷續續，但還是相當有條有理地說出了他受害的經過。於是大家便打起燈籠，開始在圍牆旁尋找，找到了直接扔在花園小路上一個很顯眼的地方的銅杵。在躺著費奧多爾・帕夫洛維奇的那個房間並未發現任何特殊的凌亂，但在屏風後面，在他的臥榻旁，在地板上，撿到了一只用厚紙糊的辦公用的大信封，上面寫著：「如芳駕親臨，便以此三千盧布之區區薄禮贈予我的天使格魯申卡」，下面還有幾個字，大概是後來費奧多爾・帕夫洛維奇自己添上去的：「贈予我的小雞」。信封上還打了三枚大大的紅色火漆封印，但是信封已被撕開，裡面空空如也：錢被拿走了。地板上還找到了一根扎信封的細細的玫瑰色緞帶。順便說說，彼得・

伊里奇的證言中還有一個情況給檢察官和預審官留下了異常深刻的印象，即揣測德米特里・費奧多羅維奇一定會在拂曉前開槍自殺，這是他自己決定這樣做的，他曾親口將這一決定告訴了彼得・伊里奇，並且當著他的面給手槍上了子彈，還寫了一張便條放進口袋，等等，等等。彼得・伊里奇說，他當時始終不敢相信他說這話是真的，曾威脅他說，爲了阻止他自殺，他非去告訴什麼人不可，他說，這時米佳就齜牙咧嘴地回答他道：「你來不及的。」可見，必須從速趕往現場，到莫克羅耶去，必須趕在罪犯也許當真想開槍自殺之前把他捉拿歸案。「這是明擺著的，這是明擺著的嘛！」檢察官異常激動地一再說道，「這類亡命徒總是這樣：明天自殺，臨死前先花天酒地一番。」至於他在店鋪裡買了許多酒和其他商品一事，只是使檢察官感到焦躁。「諸位，你們記得曾經謀殺商人奧爾蘇菲約夫的那個小夥子嗎①，他搶劫了一千五百盧布，立刻就上街燙了頭髮，甚至也沒把錢好好藏起來，也幾乎是攥在手裡，就去找姑娘們尋歡作樂了。」但是在費奧多爾・帕夫洛維奇家進行偵查和搜查，還有其他一應手續，這一切都需要時間，所以時間給耽擱了，爲此決定先派恰好在前一天上午進城領薪俸的區警察局長馬夫里基・馬夫里基耶維奇・什梅爾措夫提前兩小時出發，到莫克羅耶去。給馬夫里基・馬夫里基耶維奇的指示是：到莫克羅耶後不要打草驚蛇，先嚴密監視「罪犯」，直到主管當局到來爲止，同時做好準備，先找好見證和村警，等等，等等。於是馬夫里基・馬夫里基耶維奇便遵命行事，嚴守秘密，僅向他的老相識特里豐・鮑里索維奇透露了一點此事的秘密。此時恰好趕上米佳在黑的迴廊上遇到正在尋找他的店老闆，並立刻發現店老闆特里豐・鮑里索維奇的臉色陡變，而且言語閃爍。就這樣，非但米佳不知道，而且任何人都不知道他們已經受到了監視。至於他的手

① 這一凶殺案是眞有其事的，此案本書以後還要提到。凶犯名扎伊采夫，是一個年方十八歲的小攤販。

槍盒，早已被特里豐・鮑里索維奇偷走，藏到了一個偏僻的地方。直到四點來鐘，天將拂曉，縣警察局長，檢察官和預審官才分乘兩輛輕便馬車和兩輛三套馬車全體到達。至於那大夫，則留在費奧多爾・帕夫洛維奇家，準備第二天上午給被害者驗屍，但是他最感興趣的還是那個斯梅爾佳科夫的情況：「羊癲瘋發作得這麼厲害，時間又這麼長，而且連續不斷地發了兩天兩夜，這倒難得一遇，應予研究。」他激動地對動身前往莫克羅耶的同僚們說，他們則笑嘻嘻地祝賀他這一重大發現。當時檢察官和預審官記得十分清楚，大夫曾十分堅決地補充道，斯梅爾佳科夫肯定活不到天亮。

現在，在我們做了這麼長，但是看來十分必要的解釋之後，我們正好又回到了故事在上一卷停下來的那個地方。

三、靈魂磨難①／第一次磨難

上文講到米佳坐著，用驚駭的目光掃視著在座的袞袞諸公，不明白他們在跟他說什麼。他驀地站起來，高舉起雙手，大聲喊道：

「我沒罪！對於這件凶殺案，我沒罪！對於家父被殺，我沒罪……曾經想殺過，但是沒殺！不是我！」

但是，他剛喊罷這話，格魯申卡就從布簾後面衝出來，撲通一聲逕直跪倒在縣警察局長腳下：

「這是我，我，我天理難容，我有罪！」她用撕心裂肺的號哭聲叫道，淚流滿面，向大家伸出

① 俄羅斯人迷信：人死後，靈魂將經歷四十天凡二十次磨難。其間，魔鬼將歷數其罪狀，把他打入地獄。

雙手，「他是因爲我才殺人的！……這是我使勁折磨他，把他弄到了這般地步！我還使勁折磨過那個可憐的故世的老人，發洩私憤，把他弄到這個地步！我有罪，我是罪魁，我是禍首，我有罪！」

「對，你有罪！你是主犯！你是潑婦，你是婊子，你是罪魁禍首。」縣警察局長吼道，舉起手來威脅她，但是他立刻被大家迅速而又堅決地阻止了。檢察官甚至還攔腰抱住了他。

「這會搞得一團糟的，米哈伊爾・馬卡羅維奇，」他叫道，「您簡直有礙偵查……適足以壞事……」他幾乎喘不過氣來。

「必須採取措施，趕快採取措施！」尼古拉・帕爾芬諾維奇也心急火燎地叫道，「要不然，簡直沒辦法！……」

「一塊兒審判我倆吧！」格魯申卡仍舊跪在地上發狂似的叫道。「一塊兒處死我倆吧，即使判死刑，我也跟他一起上法場！」

「格魯莎，我的生命，我的血，我的至高無上的人！」米佳也撲過去跪在她身邊，把她緊緊摟在懷裡。「別相信她的話，」他叫道，「她毫無罪過，既沒殺過人，也沒做過任何壞事！」

他後來記得，上來了幾個人，把他從她身邊使勁拽開了，她也被突然帶走，他清醒過來後已經坐在桌旁。他的左右和身後站著幾名掛號牌的人。隔著一張桌子，面對著他，在沙發上則坐著法院預審官尼古拉・帕爾芬諾維奇，他一個勁地勸米佳喝點水，玻璃杯放在桌上：「這可以使您頭腦清醒，心緒平靜，甭害怕，也甭擔心。」他非常客氣地補充道。米佳記得，他突然對他手上戴的大寶石戒指發生了濃厚的興趣，一只是紫晶石的，另一只是明黃色的，透明，光澤非常好。後來，他還長久地、驚異地記得，這兩只寶石戒指在這個整個可怕的審訊過程中一直牢牢地吸引著他的注意力，他不知爲什麼一直目不轉睛地盯著這兩枚跟他目前的處境完全牽扯不到一塊兒的東西，想忘也忘不掉。在米佳左側，晚會開始時馬克西莫夫坐過的地方，現在坐著檢察官，而在米佳右側，原來格魯申卡坐過的地方，現在坐著一名面色紅潤的年輕人，他穿著一件獵裝式的、非常舊的上衣，面前放著墨水瓶和紙。原來他是這預審官帶來的書記員。縣警察局長現在則站在房間另一頭的一個窗口，靠近卡爾加諾夫。卡爾加諾夫也坐在靠窗的一把椅子上。

「您先喝點水吧！」預審官第十次溫和地重複道。

「喝過了，諸位，我喝過了……但是……好吧，諸位，你們掐死我，處死我，決定我的命運吧！」米佳叫道，可怕地瞪著兩眼，一動不動地盯著預審官。

「那麼說，您斷然認定，對於令尊費奧多爾・帕夫洛維奇的死，您沒有罪嗎？」預審官溫和但是堅定地問道。

「我沒罪！我有罪是殺了另一個人，殺了另一個老人，但這人不是家父。對家父的死，我哀悼！我殺死了，殺死了一位老人，殺死了，把他打倒了……但是因爲我殺死了這人而要我對另一起我完全無辜的可怕的凶殺案負責，我受不了……諸位，這個可怕的指控，簡直給了我當頭一棒！但，到底是誰殺了家父呢？不是我，那麼誰會殺死他呢？到底是誰殺的呢？不是我，那麼誰會殺死他呢？真乃咄咄怪事，太荒唐了，不可能嘛！……」

「是啊，誰會殺死他呢……」預審官剛要開口，但是檢察官伊波利特・基里洛維奇（其實是副檢察官，但是爲了簡便起見我們將稱呼他爲檢察官）向預審官使了個眼色，對米佳說道：

「您不用爲那個老僕人格里戈里・瓦西里耶夫擔心了。要知道，他還活著，醒過來了，儘管根據他提供的情況以及您現在的供詞，他挨了您的痛打，但是他無疑會活下來的，至少大夫這麼說。」

「他活著？這麼說他活著！」米佳舉起兩手一拍，叫道。他滿臉放光。「主啊，謝謝你聽了我的祈禱後對我這個罪人和壞蛋所行的這一無比偉大的奇蹟！……是的，是的，這是聽了我的祈禱，我祈禱了一整夜！……」他說罷便在自己身上畫了三次十字。他幾乎喘不過氣來了。

「我們正是從這個格里戈里的口中得到了指控您的重大證詞……」檢察官剛要說下去，但是米佳忽地從座位上跳起來。

「稍候，諸位，看在上帝分上，請稍候片刻，我要跑去告訴她……」

「對不起！眼下無論如何不行！」尼古拉・帕爾芬諾維奇差點沒有尖叫起來，他也忽地站了起來。胸前掛著號牌的人死死抱住了米佳，但是他又自動坐回到椅子上……

「諸位，太遺憾了！我不過想到她那兒去一小會兒……我想告訴她，使我的心痛苦地煎熬了一夜的那血已經洗淨了，一筆勾銷了，我已經不是殺人兇手了！諸位，要知道，她是我的未婚妻啊！」他用眼睛瞅著大家，興高采烈而又十分恭敬地說道。「噢，謝謝諸位！噢，你們刹那間就使我得到了復活，得到了重生！……這位老人——要知道，我三歲的時候，大家都撇下我不管，是他把我拉拔大的，在木盆裡給我洗澡，有如我的親生父親！……」

「那麼說，您……」預審官剛要開口。

「對不起，諸位，請稍候片刻，」米佳打斷道，把兩隻胳膊肘放到桌上，用手捂住臉，「讓我稍微想想，讓我喘口氣，諸位。這一切對我震動太大了，太大了，人並不是蒙在銅鼓上的一層皮呀，諸位！」

「您再喝點水吧……」尼古拉・帕爾芬諾維奇咕噥道。

米佳從臉上放下手，笑了起來。他的目光振奮，好像霎時間整個人變了樣似的。說話的口氣也變了：他又能跟這些人，又能跟他的所有這些老朋友平起平坐了，就像昨天，當時什麼事也沒有發生，他們大家相會在某個交際場合似的。不過，要順便指出，在米佳剛來敝城之初，他曾在縣警察局長家受到過熱誠的接待，但是後來，尤其是最近一個月，米佳幾乎很少去看他，而縣警察局長每次遇到他，比如說在街上，總是緊鎖雙眉，僅僅出於禮貌才向他點點頭，算是還禮，這點米佳是看得一清二楚的。他跟檢察官的關係就更疏遠了，但是對檢察官夫人（這是一位神經質的、充滿幻想的太太），他有時倒還畢恭畢敬地常去拜訪，甚至他自己也鬧不清他去看她幹什麼，而她總是十分親切地接待他，不知爲什麼直到最近一直對他很感興趣。他跟預審官還沒來得及結交，但是跟他也見過面，甚至還跟他說過一兩次話，兩次都是談女人。

「尼古拉·帕爾芬諾維奇，看得出來，您是一位非常精明的預審官，」米佳突然快活地笑道，「但是現在我要主動幫助您。噢，諸位，我復活啦……請不要對我求全責備，說我跟諸位說話太隨便，太放肆了。再說，對諸位老實說吧，我有點醉啦。我好像有幸……有幸高興地遇見過足下，尼古拉·帕爾芬諾維奇，在舍親米烏索夫家……諸位，諸位，我並不奢望與諸位平起平坐，現在，我以什麼身分坐在諸位面前，這點自知之明我還是有的。我有……如果格里戈里指認是我的話，那就有——噢，當然我就有重大嫌疑！可怕，太可怕了——要知道，我明白這道理！但是言歸正傳，諸位，我洗耳恭聽，咱們現在三言兩語就可以了結此案，因爲，聽我說，諸位。因爲我知道我沒有罪，所以當然，咱們一下子就可以把話說清楚！是不是這樣呢？是不是這樣？」

米佳說得很多，也說得很快，說得很神經質，也很衝動，好像真把自己的聽眾當成自己的知心朋友了。

「這麼說，我們先記下來您堅決否認對您的指控。」尼古拉·帕爾芬諾維奇威嚴地說道，接著便轉身對書記員低聲口授他應該如何記錄。

「記下來？您想把這記錄在案？好吧，您要記就記吧，我同意，完全同意，諸位……不過要知道……慢，請這樣記錄：『在尋釁鬧事上，他是有罪的，在痛毆可憐的老人上，他是有罪的。』還有，在私下，在內心裡，在心靈深處，他是有罪的——不過這話就不必記錄了，」他突然轉身對書記員說，「這已經是我的私生活了，這已經與諸位無關，我是說這些心靈深處的東西……但是對於殺害我的老爸——我沒罪！這簡直荒唐！太荒唐了！我可以證明，你們霎時就會明白過來的。你們就會發笑，諸位，你們自己就會哈哈大笑，笑你們太多疑了！……」

「您別急，德米特里·費奧多羅維奇。」預審官提醒道，分明想用自己的平靜來制服這狂人。「在繼續審訊之前，如果您同意回答我們的問題的話，我倒希望能夠聽到您證實這樣一個事實，就是您似乎不喜歡已故的費奧多爾·帕夫洛維奇，與他經常發生口角……起碼在這裡，就在一刻鐘以前，您似乎還說過：您甚至想殺死他：『我沒殺，』您感慨繫之地說，『但是我想殺死他！』」

「我曾經說過這話？啊，這也許可能，諸位！是的，不幸的是我曾經想殺死他，而且想過許多次……不幸，不幸正是這樣！」

「您曾經想殺死他。可不可以請您解釋一下，到底是什麼原因促使您對令尊本人抱有這麼強烈的仇恨呢？」

「解釋什麼呢，諸位！」米佳低下頭，臉色陰沉地聳聳肩。「要知道，我並不想隱瞞自己的感情，全城人都知道——飯館裡的人全知道。不久前，還在修道院佐西馬長老的修道室我就公開說過……就在當天，晚上，我還打過他，差點沒把他打死，我發誓我還要再來，非打死他不可，這話許多人都聽見了……噢，上千人都聽見了！整整一個月我一直在嚷嚷，大家都聽見了！……事實俱在，事實能夠說明一切，但是，感情，諸位，感情，這是另一回事。要知道，諸位，」米佳皺起眉頭，「我覺得，關於感情，你們無權過問。你們雖因公務在身，我明白這道理，但這是我的事，我個人的隱私，但是……既然過去，比如說在飯館裡，我都沒有隱瞞自己的感情，逢人便說，那……那現在我也大可不必保密。要知道，諸位，我明白，在這種情形下，我似乎鐵案如山：我逢人便說我要殺死他，現在他突然被殺了：由此可見，怎麼會不是我殺的呢？哈哈！我能諒解諸位，完全能夠諒解。要知道，我自己也不勝驚訝，因爲在這種情形下，如果不是我殺的，那又是誰殺的呢？難道不是嗎？如果不是我，那麼是誰呢？是誰呢？諸位，」他忽地叫道，「我想知道，我甚至要求諸位告訴我：他到底在哪兒遇害的？怎麼遇害的？用的是什麼兇器？情況到底怎樣？請告訴我。」他急煎煎地問道，用眼睛掃視著檢察官和預審官。

「我們發現他躺在地上，趴著，在他的書房裡，腦袋被砸開了。」檢察官說。

「這太可怕了，諸位！」米佳突然打了個哆嗦，他用胳膊肘支在桌上，用右手捂著臉。

「咱們繼續吧！」尼古拉・帕爾芬諾維奇打斷道。「那麼究竟因爲什麼使您對令尊深惡痛絕呢？您好像公開說過，因爲爭風吃醋？」

「是的，吃醋，不過不僅僅因爲吃醋。」

「因爲錢而發生爭執？」

「是的，也因爲錢。」

「似乎是因爲三千盧布，按照遺產應該給您而沒有給您。」

「何止三千呀！不止，不止，」米佳嚷道，「超過六千，超過一萬也說不定。我對大家說過，對所有的人都嚷嚷過！但是我思慮再三，馬馬虎虎算了，三千就三千吧……我急需這三千盧布……因此裝在大信封裡的那三千盧布（我知道這信封就藏在他枕頭底下，那是給格魯申卡預備的），我直截了當地認爲這錢就彷彿是他從我那裡偷走的，諸位，我認爲這錢等於就是我的，等於就是我的財產……」

檢察官跟預審官會心地交換了一下眼色，他向預審官悄悄地眨了眨眼。

「我們會回過頭來再談這個問題的，」預審官立刻說道，「現在請您允許我們把這點記錄在案：您認爲裝在那只信封裡的錢似乎就是您自己的財產。」

「記吧，諸位，我明白這又是指控我的一大罪證，但是我不怕罪證，我會自己指控自己的。聽見了嗎，我會自己說出來的！要明白，諸位，你們好像把我看成了一個與我完全不同的另一個人。」他忽然憂鬱和悶悶不樂地補充道。「跟諸位說話的是一個高尚的人，一個非常高尚的人，主要的是（請你們不要忽略這點），這個人雖然幹了許多卑鄙的事，但是他仍不失爲一個非常高尚的人，我是說骨子裡，在內心深處，嗯，一句話，我不會說話，我說不好……因此我一輩子感到痛苦，一方面渴望做一個高尚的人，可以說吧，我曾經爲做一個高尚的人而受盡苦難，我曾經打著燈籠，打著第歐根尼的燈籠①去尋找高尚，另一方面，我又跟咱們大家一樣，一輩子淨做壞事，諸位……我是說我一個人，諸位，不是說大家，就我一個人，我說錯了，就我一個人，一個人！……諸位，我頭疼，」他痛苦地皺了皺眉，「要知道，諸位，我不喜歡他的長相，總覺得這人不地道，愛自吹自擂，踐踏一切神聖的事物，愛冷嘲熱諷，而且不信上帝，噁心，噁心透了！但是現在他死了，我的看法也就變了。」

「怎麼變了？」

① 第歐根尼（公元前約四一二－三二三年），古希臘犬儒學派哲學家，據說他曾白天打著燈籠去尋找正人君子。

「不是變了，但是我後悔過去曾經那樣恨他。」

「您感到悔恨？」

「不，倒不是悔恨，這，你們就不必記了。也是我自己不好，諸位，就這麼回事，我自己也不怎麼樣，因此我沒權利認為他不好，就這麼回事！這，也許可以記下來。」

米佳說完這話後突然顯得異常悲傷。早在回答預審官提問時，他的面色就變得越來越陰沉。恰好就在這一瞬間又突然爆發了一個令人意料不到的場面。事情出在雖然方才把格魯申卡帶走了，但走得並不遠，與現在正在進行審訊的藍屋僅隔開一個房間。這是一個只有一扇窗戶的小屋，緊挨著他們夜裡跳舞和舉行盛宴的那間大屋。她就坐在這裡面，跟她作伴的暫時只有馬克西莫夫。馬克西莫夫已經嚇得魂飛魄散，害怕得不得了，死乞白賴地黏在她身上，倒像挨著她就能得救似的。他們門口站著一名胸前掛著號牌的兵丁。格魯申卡一直在哭，可是突然，當她哭到傷心透頂的時候，她猛地跳起來，舉起兩手一拍，大叫：「我那苦命的人啊，你的命好苦啊！」，叫罷就猛地衝出房間，衝向米佳，因為太突如其來了，所以誰也沒來得及攔阻。至於米佳，一聽到她的喊叫就突然渾身發抖，一躍而起，連聲大叫，彷彿失魂落魄似的，一個箭步向她衝了過去。但是，他倆雖然互相看見了對方，還是沒讓他們走到一塊。他被兵丁緊緊抓住了胳膊：他拼命掙扎，想甩掉他們，必須有三個人或者四個人，才能把他按住不動。她也被抓住了，人們把她拉走的時候，他看見她喊叫著向他伸出雙手。這樣亂過一陣以後，他又恢復了平靜，坐在桌旁原來的位置上，面對預審官，他向他們叫道：

「你們何必難為她呢？你們幹麼折磨她呢？她沒罪，真的沒罪！……」

檢察官和預審官一再勸他別急。這樣又過去了若干時候，大約有十來分鐘；暫時離座的米哈伊爾・馬卡羅維奇終於急匆匆地走進了房間，他大聲而又激動地向檢察官說道：

「她被隔離了，在樓下，二位，你們能不能讓我對這個不幸的人總共就說這麼一句話呢？當著你們的面，二位，當著你們二位的面！」

「請自便，米哈伊爾・馬卡羅維奇，」預審官答道，「就目前看，我們毫無反對之意。」

「德米特里・費奧多羅維奇，我說先生，」米哈伊爾・馬卡羅維奇向米佳開口道，他那整個兒激動的臉流露出他對這個不幸的人的熱烈的近乎慈父般的同情，「是我親自把你那位阿格拉費娜・亞歷山德羅芙娜帶到樓下，交給店主的幾個女兒的，現在寸步不離地守在她身邊的還有那個小老頭馬克西莫夫，我已經把她勸住了，你聽見了嗎？——我勸住了她，讓她平靜了下來，我開導她，告訴她你必須爲自己辯白，證明自己無罪，讓她別攪和，使你心煩意亂，要不然你心裡一亂，會誤供的，你明白了嗎？嗯，一句話，我說了，她也明白了。小老弟，她很懂事，心腸也好，她甚至還想過來親吻我這老頭的手，替你求情哩。她自己讓我到這裡來告訴你的，她很好，讓你放心，你也應當做到，親愛的，讓我能夠對她說，你放心了，對她的情況感到寬慰。所以你應該沉住氣，千萬要明白這個道理。我對不起她，她有一顆基督徒的心，是的，二位，這是一顆溫和的心，她純潔無邪。德米特里・費奧多羅維奇，那麼我怎麼去對她說呢，你能否安安靜靜地坐著呢？」

這個好心腸的老人說了許多沒用的廢話，但是看得出來，格魯申卡的悲傷，一個人的悲傷，已經深深印入了他那顆善良的心，他的兩眼甚至噙滿了眼淚。米佳跳起來，衝到他身旁。

「請原諒，二位，對不起，噢，真對不起！」他叫道，「您有一顆天使般的心，米哈伊爾・馬卡羅維奇，我替她謝謝您！我一定，一定心平氣和，我一定快快活活，請用您那無比善良的心轉告她，我快活，很快活，甚至馬上要笑出聲音來了，因爲我知道她身邊有位像您這樣天使般的保護人。我的事一會兒就全完了，一解脫出來我就立刻去看她，她會看到的，請她稍候！二位，」他忽地轉過身來對檢察官和預審官說道，「現在我將向你們敞開我的整個心扉，把整顆心都掏出來給你們看，我剎那間就可以把此事了結，皆大歡喜地了結——要知道，到末了，咱們都會喜笑顏開的，對不對呀？但是，二位，這女人是我心中的女皇！噢，請允許我把這話說出來，這也是我想推心置腹地告訴你們的……要知道，我看出來了，我是同一些非常高尚的人在一起：你們哪會知道呢，她是我的光明，她是我心中最寶貴的人！你們都聽到她一再呼喊：『哪怕跟你一起上法場！』可是我又給她什麼了呢，我是叫花子，我是窮光蛋，她憑什麼要這樣愛我呢，我配嗎，我是一個笨手笨腳、丟人現眼的畜生，丟盡了她的臉，我配得到她這樣的愛嗎？我有什麼資格讓她陪我去服苦役呢？她是一個高傲的、清清白白的女人，可是爲了我，她方才都跪下來求你們了！我怎能不把她奉若神明，怎能不呼天搶地，怎能不像剛才那樣衝到她身邊去呢？噢，請二位原諒！但是現在，我現在放心了！」

他說罷便用兩手捂住臉，跌坐在椅子上，失聲痛哭起來。但是這時他流的已是幸福的眼淚。他霎時就恢復了常態。老警察局長見狀十分滿意，那兩位執法官看來也一樣：他們感到審訊馬上就會進入一個新階段。米佳目送縣警察局長走開之後，竟變得心情十分開朗。

「好了，二位，我現在聽候吩咐，悉聽二位吩咐。而且……要不是這些沒完沒了的小事，也許咱們早談到一塊兒了。我又扯雞毛蒜皮的事了。現在我聽候二位吩咐，但是我敢發誓，這需要互相信任——你們信任我，我信任你們——要不然咱們永遠也談不攏。我說這話是替二位著想。言歸正傳，二位，言歸正傳吧，最要緊的是你們不要這樣刨根問底地研究我的心理，不要用一些雞毛蒜皮的小事來折磨我的心，只問案情和事實，我一定立刻滿足你們的要求。讓那些雞毛蒜皮的小事見鬼去吧！」

米佳不勝感慨地叫道。又開始了審訊。

四、第二次磨難

「德米特里・費奧多羅維奇，您不會相信您的這種合作態度使我們受到很大鼓舞……」尼古拉・帕爾芬諾維奇神態活躍地說道，他在說這話前一分鐘剛摘下眼鏡，在他十分近視的鼓出的淺灰色大眼睛裡閃爍著明顯的滿意神態。「您剛才說到我們必須互相信任，這點說得很對。在這類重大案件中，如果一個受到懷疑的人果真願意並且希望爲自己辯護，而且他也能夠證明自己無罪，可是有時候，要是沒有這種互相信任，事情就難辦了。就我們來說，我們將盡力做到我們所能做到的一切，甚至現在您也可以看到我們是怎麼辦這件案子的……我這話您贊成嗎，伊波利特・基里洛維奇？」他忽然轉過頭來問檢察官。

「噢，那自然。」檢察官贊同道，雖然比起尼古拉・帕爾芬諾維奇的熱情洋溢來顯得稍微冷淡了點兒。

我要在這裡說明一下：新到任的尼古拉・帕爾芬諾維奇自從在敝縣視事以來，就對敝縣的檢察官伊波利特・基里洛維奇感到一種非凡的敬意，幾乎是一種傾心相予的仰慕之情，唯有他無條件地相信敝縣這位「懷才不遇」的伊波利特・基里洛維奇具有非凡的心理分析才能和非凡的口才，而且完全相信他懷才不遇。他對檢察官其人在彼得堡就有耳聞。然而我們這位初出茅廬的尼古拉・帕爾芬諾維奇，也是敝縣這位「懷才不遇」的檢察官普天下真心喜愛的唯一的人。他倆在到這裡來的途中已就本案的有關事宜商量好了，因此尼古拉・帕爾芬諾維奇現在坐在審問桌旁，他那敏銳的頭腦從他那老同僚的隻言片語、匆匆一瞥和一個眼色中就能立刻心領神會，懂得他的每一指示和他臉上的每一表情。

「二位，只要你們讓我自己說下去，不要用一些雞毛蒜皮的小事來打斷我的話，我就能給二位在頃刻間把一切全說出來。」米佳焦急地說道。

「那就好極了。謝謝您。但是在聽取您的供述之前，請允許我先行核實一件我們非常感興趣的小事，即昨天傍晚五時許，您曾用您的手槍作抵押，向您的朋友彼得・伊里奇・佩爾霍京借過十個盧布。」

「的確借過，二位，的確借過，借了十個盧布，借了又怎樣呢？我出了趟門，一回城就向他借了，就這些。」

「您出門回來？您出城了？」

「出城了，二位，到四十俄里以外的一個地方去了，你們不知道？」

檢察官和預審官彼此使了個眼色。

「總之，您開始講的時候，最好先原原本本地描述一番：從一大清早起，昨天這一整天您是怎麼度過的開始講起，好嗎？比如說，請您先講講：您爲什麼出城，究竟什麼時候走的，什麼時候回來的……以及與此有關的一應事項……」

「你們一開始就這麼問不就行啦，」米佳放聲大笑，「如果你們愛聽的話，不是從昨天而是應該從前天上午開始講起，這樣你們就會明白我究竟要到哪兒去，我是怎麼去的，以及我爲什麼要到哪兒去等等了。二位，前天上午，我去找本城的一位富商薩姆索諾夫，跟他商借三千盧布，並以最可靠的抵押作保，因爲我忽有急需，二位，忽有急需……」

「請允許我打斷您一下，」檢察官打斷道，「您爲什麼突然有此急需，而且正好是您所說的這個數目，即三千盧布呢？」

「唉，二位，這些瑣事不說也罷：怎麼樣？什麼時候？爲什麼偏偏要這麼多錢而不是別的錢數？還有所有這些吵得人心煩的事……要知道，寫它三大卷也寫不完，還得加上尾聲才行！」

米佳說這些話時是以一個希望說出全部實情、充滿最善良的意願的人的那種和善但又急切的親熱態度說出來的。

「二位，」他彷彿突然回過神似的，「我又亂發飆了，請勿見怪，我再一次請二位相信，我對二位懷有極大的敬意，同時也明白當前的態勢。請二位不要以爲我喝醉了。現在我完全醒了。即使醉了也完全無妨。我的情況是這樣的：

酒醒了，變聰明了——實際上是變糊塗了，
喝多了，喝糊塗了——實際上是變聰明了。

哈哈！不過話又說回來，二位，我看得出來，在我的問題還沒說清楚以前，我在你們面前說俏皮話是有失體統的。請允許我也保留一點個人的尊嚴。我明白我們眼下的差別：不管怎麼說，我在你們面前畢竟是階下囚，因此你我決不能平起平坐，而上層又讓你們觀察我的行動：我砸破了格里戈里的腦袋，你們總不會摸摸我的頭就算了，砸破了老人的腦袋，總不能不受懲罰吧，要知道，爲了格里戈里的事，你們就能把我送上法庭，判我蹲上一年半載的感化院，我不知道你們會怎麼判，即使不判褫奪公權，總不至於褫奪公權吧，檢察官？因此，二位，我明白咱們的區別……但是，你們也得同意，如果你們淨提這樣的問題：你去過哪兒？你是怎麼去的？什麼時候去的？你是怎麼進去的？恐怕你們把上帝都會弄糊塗的。要知道，真是這樣，我也會被你們弄糊塗的，而你們立刻就會把一些雞毛蒜皮的錯話抓住不放，記錄在案，這會鬧出什麼結果來呢？什麼結果也不會有！即使我現在信口開河，也讓我把話說完，而你們二位既然是非常有教養又非常高尚的人，那就請多多包涵。最後我有個不情之請：請二位不要搞那老一套的審訊，即先從一些小問題，微不足道的問題下手：比如說，你怎麼起床的？吃了什麼？怎麼吐痰的？以此來『麻痺案犯的注意力』，然後冷不防用一個迅雷不及掩耳的問題把他捉住：『你殺了誰，搶了誰？』哈哈！這就是你們老一套的辦法，這就是你們的一定之規，你們的全部花招都建立在這上面！你們的這類花招只能麻痺一些村夫，麻痺不了我。要知道，我是懂得這一套的，我也在部隊裡混過，哈哈哈！請二位不要生氣，你們能原諒我放肆嗎？」他叫道，用一種令人驚詫的近乎憨態可掬的神態望著他倆。「要知道，這話是米季卡．卡拉馬助夫說的，所以應予原諒，因爲對於一個聰明人，這是不可原諒的，可是對米季卡不妨惠予原諒！哈哈！」

尼古拉．帕爾芬諾維奇聽著也笑了。檢察官雖然沒笑，但卻警覺地、目不轉睛地打量著米佳，似乎在密切注視著他說的每句話，他的一舉一動，他臉上的表情的最細微的變化。

「話又說回來，我們一開始就是這麼做的，」尼古拉．帕爾芬諾維奇繼續笑嘻嘻地回答道，「我們並沒有用清早您是怎麼起床的，你吃了什麼等等這一類問題來打亂您的思路，我們一開始就接觸到了甚至非常要害的問題。」

「我明白，非但明白，而且十分珍惜，更珍惜你們現在對我的無比好意，這說明你們心地非常高尚。咱們三個人都是正人君子，今天碰到一塊了。咱們三個人都是有教養的、上流社會的人，出身貴族，而且人格高尚，但願咱們能夠互相信任並照此辦理。不管怎麼說吧，請允許我在我一生中的這一時刻，在我橫遭不白之冤的這一時刻把你們看做是我的好朋友！二位，你們不會覺得我這樣做太冒昧吧？」

「恰好相反，您這些話說得非常好，德米特里・費奧多羅維奇。」尼古拉・帕爾芬諾維奇一本正經地讚許道。

「至於那些雞毛蒜皮的小事應該一掃而光，」米佳興沖沖地說道，「要不然，鬼知道你們會問出什麼結果來，難道我說得不對嗎？」

「我完全贊同您的高見，」檢察官突然插嘴，對米佳道，「不過我不能不再提一下我剛才提過的那個問題。我們非常有必要知道您爲什麼偏偏需要這一數目，偏偏需要三千之數？」

「爲什麼需要？嗯，爲了這個，爲了那個……嗯，因爲要還債。」

「還給什麼人呢？」

「這，二位，我無可奉告！要知道，倒不是我不能說，或者不敢說，或者怕說，因爲這一切不值得一提，是些無足輕重的小事，我之所以不說，因爲這裡有個原則：這是我的隱私，我不許旁人干涉我的隱私。這就是我的原則。你們提的這個問題與本案無關，而一切與本案無關的事都是我的隱私！我要還債，我要還我的人格債，至於還給什麼人——無可奉告。」

「請允許我們把這話記錄下來。」檢察官說。

「請便。您就這麼記：就說我無可奉告。你們寫吧，二位，我甚至認爲把這說出來有損我的人格。唉，你們還真有閒工夫記這事！」

「先生，請允許我給您提醒一下，如果您不知道，請允許我再一次提醒您，」檢察官儼乎其然而又語重心長地說道，「您完全有權利不回答現在向您提的問題，相反，如果您自己由於某種原因避而不答我們提出的問題，我們也沒有任何權利硬逼您回答。這是您個人經過考慮權衡得失的問題。但是倘若再遇到類似現在這樣的情形，我們仍然要提請您注意，並向您說明，如果您拒絕供述某一情況，將會給您帶來多大危害。為此我請您繼續說下去。」

「二位，我可沒生氣呀……我，」米佳開始咕噥道，遭此訓誡，他感到有點尷尬，「要知道，二位，那個薩姆索諾夫，也就是我當時去找的那人……」

我們當然不會把讀者已經知道的故事再詳詳細細地重說一遍。他一面迫不及待地想把一切都說出來，甚至不放過最小的細節，與此同時又想快點把話說完。但是因為他供述的情況必須筆錄，所以常常讓他停下來。德米特里・費奧多羅維奇對此頗有腹誹，但還是聽從了，雖然很生氣，但態度暫時還是和善的。誠然，有時也會叫起來：「二位，這會把上帝都逼瘋的」，或者，「二位，你們知道不知道，你們不應該惹我發火嘛！」儘管他不勝感慨地說了這些話，但卻始終沒有改變他那歡天喜地的友好心情。所以他講了前天薩姆索諾夫怎樣「愚弄」了他。（他現在已經完全明白他被別人愚弄了。）把錶賣了六盧布用作路費一事，預審官和檢察官還一無所知，這立刻引起他倆的高度關注，這也使米佳感到無比惱火：他們認為有必要把這事詳細記錄在案，因為這事又一次證明他前一天晚上已經幾乎分文全無。米佳開始漸漸變得愁眉苦臉了。接著，他描寫了他怎樣去找「密探」，又怎樣在滿是煤氣的木屋裡度過了一夜，一直講到他怎樣回到城裡。這時也沒人特別請他，他又主動詳詳細細地講了他跟格魯申卡因嫉妒而產生的痛苦。他倆默默地、注意地聽著他的講述，尤其注意到這樣一個情況，即他早就在位於費奧多爾・帕夫洛維奇家「屋後」的瑪麗亞・孔德拉季耶芙娜家設置了一個監視格魯申卡的瞭望點，並由斯梅爾佳科夫向他傳遞消息：這點受到特別的注意，並記錄在案。他對自己的嫉妒心講得很熱烈，也很詳盡，雖然他把自己最隱祕的感情暴露出來，「供眾人恥笑」，內心竊以爲恥，但是爲了有一說一，顯然強壓下了心頭的羞恥。預審官，尤其是檢察官，在他講述的時候，兩眼一直緊盯著他，他們那種鐵面無私而又冷冰冰的表情，使他感到很難受，簡直如坐針氈：「尼古拉．帕爾芬諾維奇這混小子，總共沒幾天前，我還跟他說渾話，談女人，還有這個病懨懨的檢察官，我對他們講這些，他們配嗎？」他感到悶悶不樂，腦海裡倏忽一閃，「奇恥大辱！」「要忍，別動怒，別言聲」①，他用這句詩結束了自己的遐想，他又克制住了自己，繼續講了下去。接著他就轉換話題，講到霍赫拉科娃太太，說著說著甚至又高興起來，甚至想講講這位太太不久前的一則雖與本案無關，但卻特別有意思的笑話，但是預審官阻止了他，客氣地建議他「揀要緊的事」講。最後，他講到自己已經一籌莫展，從霍赫拉科娃家出來時，甚至想「即使殺人，也要設法弄到這三千盧布」——這時，他們又讓他停下來，把「他要殺人」這話作了記錄。米佳默然地聽憑他們記錄。最後說到他突然得知格魯申卡欺騙了他：她本來親口告訴他，她要在薩姆索諾夫家待到半夜，可是他陪她到薩姆索諾夫老頭那兒去以後，她又立刻走了：「二位，如果說我當時沒有殺了這個費尼婭，那也僅僅是因爲我沒有工夫。」他說到這裡的時候突然脫口道。這話又被仔細記錄在案。米佳臉色陰沉地稍候片刻，接著又講到他怎麼跑進花園去找他父親，講到這裡，預審官忽然讓他停下來，打開放在他身旁長沙發上的大公文包，從裡面取出一根銅杵。

「您認識這東西嗎？」他拿出銅杵給他看了看。

「啊，那當然！」他陰鬱地苦笑了一下，「怎麼會不認識呢！讓我看看……真見鬼，不必了！」

「您忘了提這玩意兒了。」預審官說。

① 據專家考證，這句詩與俄羅斯詩人丘特乞夫的“Silentium!”（一八三〇年？）庶幾近之。

「真見鬼！我才不想瞞你們呢，不提這玩意兒怎麼能行，你們說呢？不過是沒想起來罷了。」

「那就勞駕您詳細講講您怎麼用它作兇器的吧。」

「好吧，二位，那麼我就講講。」

於是米佳就講了他怎樣拿了這銅杵跑了出去。

「但是，您隨身帶上這樣的工具究竟有什麼目的呢？」

「什麼目的？什麼目的也沒有！順手拿起這玩意兒就走了。」

「沒有目的，那幹麼拿它呢？」

米佳感到惱火。他緊盯著那個「毛孩子」，陰沉地苦笑了一下。問題在於，他剛才居然那麼真誠、那麼動情地把自己的嫉妒史講給「他們這種人」聽，這使他越來越感到羞愧無地。

「什麼銅杵不銅杵的！」他忽地脫口道。

「是嗎，您哪。」

「好吧，我拿來打狗的。嗯，黑燈瞎火的……嗯，以防萬一。」

「您既然這麼怕黑，過去您夜裡出門的時候，也帶什麼武器嗎？」

「唉，見鬼，啐！二位，簡直沒法跟你們說話了！」米佳怒不可遏地叫道，接著他轉過身去，面對書記員，氣得滿臉通紅，帶著一種發狂般的聲音，對他迅速道：

「你立刻寫上……立刻就寫……就說『隨身帶了銅杵，跑去殺我父親……跑去殺費奧多爾·帕夫洛維奇……當頭給了他一下！』嗯，二位，你們現在滿意了吧？開心了吧？」他挑釁似地盯著預審官，問道。

「我們非常清楚，您剛才作的自供狀是因爲您對我們有氣和對我們向您提出的問題感到惱火，您認爲這些問題都是雞毛蒜皮的小事，其實是非常關鍵的問題。」檢察官冷冷地回答他道。

「哪裡哪裡，二位！好吧，我拿了那根銅杵……嗯，在這樣的情況下，爲什麼手裡總要拿點東西呢？我也不知道爲什麼。反正我順手拿起來就跑了。這就是全部情況。真丟人哪，二位，passons①，要不然，我起誓，我就不講下去了！」

他把胳膊肘支在桌子上，用手托住了頭。他轉過身子，側身對著他們，兩眼望著牆壁，極力克制著自己心裡的惡劣感情。說真的，他非常想站起來宣布他從此不說一句話了，「哪怕把我押出去處死」。

「你們知道嗎，二位，」他使勁克制著自己，忽然說道，「你們知道嗎？現在我一面聽你們說話，一面有一種幻覺……要知道，有時候我老愛做一個夢，顛來倒去地淨做這樣的夢，我夢見有人在追我，這人，我非常害怕，他在夜裡，在一片漆黑中追我，到處找我，我找了個地兒躲著他，躲在門背後，或者躲到大衣櫃後面，低三下四地到處躲，主要是不管我躲在哪兒，他都知道得一清二楚，可是他卻故意裝作他不知道我躲在哪兒似的，目的是把折磨我的時間拉得更長，拿我的恐懼取樂……現在你們搞的也是這一套！庶幾近之！」

「您經常做這樣的夢嗎？」檢察官問。

「對，經常做這樣的夢……你們是不是想把這事也記下來呢？」米佳發出一聲苦笑。

「不，您哪，這就不必記了，不過您做的這夢還挺有意思的。」

「現在可不是做夢！這是實實在在的，二位，真正的、實實在在的生活！我是狼，你們是獵人，

① 法語：夠啦，眞的。

你們在追捕狼。」

「您錯了，您不應該打這樣的比喻……」尼古拉·帕爾芬諾維奇異常溫和地開口道。

「我說這話是有道理的，二位！」米佳又發火了，但是因為突如其來的憤怒得到了宣洩，心裡顯然好受了些，因此隨著每句話又變得越來越和善了。「你們可以不相信一個你們用提問來使勁折磨他的案犯或者被告，但是，二位，對於一個極其高尚的人的極其高尚的心靈流露（我要勇敢地大聲這麼說），卻不能這樣！你們不能不相信這種心靈流露……甚至你們沒有權利不相信……但是——

沉默吧，我的心，
忍著點，別動怒，別言聲！

嗯，怎麼樣，說下去？」他陰沉地打住道。

「那當然，請。」尼古拉·帕爾芬諾維奇答道。

五、第三次磨難

米佳又開始說下去，雖然說得無精打采，但是看得出來，他在作更大的努力，極力不要忘掉什麼，不要漏掉所講的事情中的任何一個細節。他講到他怎樣翻過圍牆來到父親的花園，怎樣走到窗前，最後講到了在窗外發生的一切。他明白而又清楚、有板有眼地複述了當時在花園使他焦慮不安的心情，他心急如焚地想知道：格魯申卡是不是在他父親那兒？但是說來奇怪：這一回，無論是檢察官還是預審官，這次雖然在聽，但卻似乎異常克制，表情冷淡，提的問題也少得多。米佳從他們的面部什麼也看不出來。「生氣了，惱火了，」他想，「真見鬼！」當他講到他最後決定給他父親打暗號，以示格魯申卡來了，讓他把窗打開的時候，檢察官和預審官根本就沒注意他所說的「暗號」二字，彷彿他們不懂這兩個字是什麼意思似的，因此連米佳也注意到了這點。最後他終於講到他看到父親從窗戶裡探出身來，他猛地怒火中燒，恨之入骨，從口袋裡掏出銅杵，他講到這裡後，彷彿故意似的突然打住。他坐著，兩眼望著牆壁，他知道那兩位的眼睛正緊盯著他。

「說下去，您哪，」預審官說，「您掏出了兇器……後來又發生了什麼事呢？」

「後來？後來我就把他殺了……對準他的天靈蓋給了他一下，就把他的腦殼打開花了……要知道你們想要聽到的不就是這個嗎！」他的兩眼突然冒出了怒火。他那業已熄滅的全部怒火陡地以排山倒海之勢在他心中升起。

「我們想要聽到的就是這個，」尼古拉·帕爾芬諾維奇重複他的話道，「那麼，按照您的說法呢？」

米佳垂下了眼睛，久久不語。

「按照我的說法，二位，按照我的說法是這樣的，」他低聲開始道，「不知是誰的眼淚，也許是我的母親祈求了上帝，要不就是在這瞬間光明之神親吻了我——到底是怎麼回事，我也不知道，但是我心中的魔鬼被戰勝了。我猛地離開窗子，向圍牆跑去……家父嚇了一跳，直到這時，他才看清了我，叫了一聲，猛地離開了窗戶——這，我記得清清楚楚。我則穿過花園向圍牆跑去……也就在我已經騎在圍牆上的時候，格里戈里追上了我……」

講到這裡，他才終於向他的這兩位聽眾抬起了眼睛。而那兩位彷彿根本無動於衷似的看著他。米佳心裡掠過一陣憤怒的痙攣。

「你倆此時此刻肯定在嘲笑我！」他突然打住。

「您爲什麼會這樣想呢？」尼古拉・帕爾芬諾維奇問。

「你們對我的話一句都不信，就因爲這個！我明白我已經講到了關鍵：老頭子現在正躺在那裡，腦袋被砸開了，而我則悲悲戚戚地描寫了我怎樣想殺死他，已經掏出了銅杵，可是忽然又從窗口跑掉了……真富有詩意，真像一部詩體小說！對這個壞小子的話難道能信以爲真嗎！哈哈！你們真會打哈哈，二位！」

他全身在椅子上扭動了一下，因而椅子發出咯吱咯吱的響聲。

「您有沒有注意到，」檢察官突然開口道，彷彿壓根兒就沒注意到米佳的激動，「您在離開窗口的時候有沒有注意到，在耳房另一頭的花園門是不是開著？」

「不，沒開。」

「沒開？」

「相反，門是鎖著的，誰會來開這門呢？哦，門，等等！」他彷彿突然醒悟過來似的，差點打了個哆嗦，「難道你們發現門是開著的？」

「開著的。」

「那麼誰會來開這門呢？除非是你們自己打開的！」米佳突然感到十分驚訝。

「門當時是開著的，殺害令尊的兇手肯定進了這門，行凶殺人之後，又從這門走了出去。」檢察官一字一句，有板有眼，慢騰騰地說道。「我們對此一清二楚。行凶殺人顯然發生在室內，而不是隔著玻璃窗，根據現場查看，根據屍體的位置，根據一切情況來看，這是十分清楚的。對這一情況不可能有任何懷疑。」

米佳感到萬分驚訝。

「不過這是不可能的呀，二位！」他叫了起來，感到莫名其妙，「我……我沒進屋呀……我敢肯定，我敢千真萬確地說，當我待在花園裡和跑出花園的時候，門一直鎖著的。我不過是站在窗外，從窗口看到他，如此而已……直到最後一分鐘我都記得，我也知道，這暗號只有我和斯梅爾佳科夫知道，還有他——死者知道，而他沒有暗號是不會給世界上任何人開門的！」

「暗號？什麼暗號？」檢察官帶著一種近乎歇斯底里的強烈的好奇心問道，他那不動聲色的風度剎那間蕩然無存。他問這話時彷彿野獸在怯生生地爬近獵物。他嗅到了一個他還不知道的重要事實，但立刻感到十分害怕，生怕米佳不肯和盤托出。

「你們竟不知道！」米佳向他擠了擠眼，嘲弄地發出一聲獰笑。「要是我不說，你們怎麼辦？問誰去？而知道這暗號的只有死者、我和斯梅爾佳科夫，此外就再沒別人了，還有蒼天知道，但是蒼天不會說話，它不會告訴你們。可是這個不起眼的事實卻蠻有意思，鬼知道從這事發生後會搞出什麼鬼名堂來，哈哈！請二位放心，我會向你們公開的，你們腦子裡淨是些愚蠢的念頭。你們不知道你們是在跟誰打交道！你們是在跟一個自己告發自己，自己跟自己過不去的被告打交道！是的，您哪，因爲我是一個光明磊落的騎士，而你們不是！」

檢察官對這些難聽的話置若罔聞，他只是急得發抖，急於想知道這個新情況。米佳準確而又詳細地講了費奧多爾・帕夫洛維奇爲斯梅爾佳科夫發明的這一暗號的有關情況，他講了每種敲窗的具體含義，甚至還在桌上把這些暗號敲給他們聽。於是尼古拉・帕爾芬諾維奇便問他：他在給老人敲窗的時候想必敲的正是表示「格魯申卡來了」這一暗號囉？米佳肯定地回答道，他正是這樣敲的，意思是說「格魯申卡來了」。

「現在你們可以建造高塔了！」米佳中斷了招供，輕蔑地扭轉身子斜對著他們。

「那麼說，知道這些暗號的就只有已故的令尊、您和傭人斯梅爾佳科夫囉？再沒別人了嗎？」尼古拉・帕爾芬諾維奇又一次追問。

「是的，傭人斯梅爾佳科夫，還有老天爺。請把老天爺也記下來；把這話記錄下來決不會是多餘的。因爲你們自己也會需要上帝的嘛。」

不用說，這話也記錄了下來，但是在作記錄的時候，檢察官彷彿完全突如其來地出現了一個新想法，說道：

「既然斯梅爾佳科夫也知道這些暗號，而您又矢口否認因令尊的死對您的任何指控，那麼會不會是他敲了幾下暗號，讓令尊給他開了門，然後……行凶犯罪的呢？」

米佳用充滿嘲笑，同時又用異常憎恨的目光看了看他。他長時間地、默默地看著他，看得檢察官都眨起了眼睛。

「又逮住了一隻狐狸！」米佳終於說道，「夾住了這個壞蛋的尾巴，嘿嘿！我把您看透了，檢察官！要知道，您肯定以爲我一定會跳起來，一把抓住您剛才給我的暗示，聲嘶力竭地大叫：『啊呀，這是斯梅爾佳科夫呀，他才是兇手哩！』您老實承認，您就是這麼想的，承認了，我就往下說。」

但是檢察官並不承認。他一言不發地等他說下去。

「您錯啦，我才不會大叫是斯梅爾佳科夫幹的呢！」米佳說。

「難道您絲毫不懷疑他？」

「而您懷疑？」

「也懷疑他。」

米佳兩眼盯著地板。

「不開玩笑了，」他陰沉地說道，「請聽我說：從一開始，方才，幾乎就在我從布幔裡向你們跑出來的同時，我腦子裡就閃過這個想法：『斯梅爾佳科夫！』在這裡，我坐在桌旁，一再叫嚷我沒殺人，我沒罪，而心裡卻老在嘀咕：『斯梅爾佳科夫！』斯梅爾佳科夫的影子一直縈迴在我心頭。直到現在，我忽然又想到同樣的事：『斯梅爾佳科夫』，但只有一秒鐘，倏忽一閃：接著又立刻認爲：『不，不是斯梅爾佳科夫！』這不是他幹的，二位！」

「既然這樣，那您還懷疑其他什麼人嗎？」尼古拉・帕爾芬諾維奇謹慎地問。

「不知道究竟是誰還是另有他人，是老天爺幹的呢，還是撒旦幹的，但是……決不會是斯梅爾佳科夫！」米佳斬釘截鐵地說道。

「但是，您憑什麼敢這麼肯定，敢這麼堅決地斷定決不會是他呢？」

「根據我的看法。根據我的印象。因爲斯梅爾佳科夫是個下三濫和膽小鬼。還不是普普通通的膽小鬼，而是用兩條腿走路的世界上膽小如鼠之集大成者。他是屬母雞的。他每次跟我說話都戰戰兢兢，生怕我殺了他，其實我連手都沒抬。他匍匐在我的腳下哭泣，親吻我的這雙靴子，他還真吻，求我『不要把他嚇著了』。聽見了嗎：『不要把他嚇著了』——這是什麼話？我甚至還常常賞給他錢。這是一隻發羊癇瘋的有病的母雞，智商低下，連八歲的小男孩都能把他狠揍一頓。難道這算人嗎？這決不會是斯梅爾佳科夫幹的，二位，再說他也不愛錢，我賞給他錢，他壓根兒就不要……再說他幹麼要殺老頭呢？要知道，他很可能是他的兒子，他的私生子，你們知道這事嗎？」

「我們聽到過這一傳說。但是，要知道，您不也是令尊的兒子嗎，可是您卻逢人便說您要殺死他。」

「把石頭扔進了別人的菜園！而且這石頭又低級又下流！我不怕！噢，二位，你們當著我的面衝我說這話也太卑鄙了嘛！其所以卑鄙，是因爲這話是我主動告訴你們的。我不僅想，甚至還可能殺了他，再說這也是我自覺自願地把屎盆子往自己頭上扣，說什麼我差點沒殺了他！但是我畢竟沒殺他呀，我的保護神救了我——正是這點你們沒有考慮到……所以你們才卑鄙，卑鄙！就因爲我沒殺人，沒殺人，沒殺人！您聽著，檢察官：我沒殺人！」

他差點沒有閉過氣去。在整個審訊過程中，他還從來沒有這麼激動過。

「這個斯梅爾佳科夫，二位，他向你們說了些什麼呢？」他沉默片刻後突然問道。「我能不能向二位問一下這個問題呢？」

「所有的問題您都可以問，」檢察官板著臉冷冷地答道，「只要有關本案的實際問題您都可以問，再說一遍，我們甚至有責任滿足您的這一要求，有問必答。我們找到了您剛才問到的那個傭人斯梅爾佳科夫，他正人事不省地躺在自己床上，他犯羊癇瘋了，發作得非常厲害，也許是連續第十次發作了。跟我們一起去的醫生給病人作了檢查後，甚至對我們說，他也許活不到明天早晨。」

「嗯，如此說來，家父肯定是魔鬼殺死的！」米佳忽然脫口道，似乎直到這一刻他還在一直問自己：「到底是斯梅爾佳科夫呢，還是不是斯梅爾佳科夫？」

「我們還會回過頭來談這件事的，」尼古拉・帕爾芬諾維奇決定道，「現在，您是否願意往下繼續您的供詞呢？」

米佳請求稍事休息。他倆很客氣地允許了。他休息了一會兒後又接著說下去。但是他顯然感到很痛苦。他精神上備受折磨、汙辱和打擊。加之，現在檢察官又像故意似的，不斷抓住一些「雞毛蒜皮的小事」來刺激他。米佳剛講到他怎樣騎在圍牆上，因爲格里戈里抓住他的左腿，他就用銅杵敲了一下他的腦殼，接著他又立刻跳下去看應聲倒下的格里戈里——剛講到這裡，檢察官就讓他暫停，請他再詳細描述一遍他騎在圍牆上的情況。米佳很詫異。

「嗯，騎在牆頭，就這麼坐著，一隻腳在那邊，另一隻腳在這邊……」

「那銅杵呢？」

「銅杵握在手裡呀。」

「不是在口袋裡嗎？您對這事記得這麼詳細呀？怎麼，您掄胳膊的時候使了很大勁嗎？」

「想必用了很大勁吧，您問這幹麼？」

「請您像當時騎在牆上那樣騎在椅子上，為了說明真相，請您現身說法地表演給我們看，您當時是怎麼掄胳膊的，向哪兒掄胳膊，朝哪個方向？」

「我說您是不是想拿我當猴耍？」米佳問，高傲地瞥了一眼正在審訊他的檢察官，但是檢察官連眼睛都沒眨一下。米佳猛地轉過身子，騎到椅子上，掄了一下胳膊：

「就這麼打了過去！就這麼打死了！您還有什麼要說的？」

「謝謝您。現在能否勞您駕說明一下：您究竟為什麼要跳下去，有什麼目的，您到底想幹什麼？」

「嗯，見鬼……跳下去看看被打倒的人唄……我也不知道想幹什麼！」

「您那時正心慌意亂？而且還在逃跑的時候？」

「是的，心慌意亂，而且還在逃跑。」

「想救他？」

「救什麼呀……對，也許想救他，不記得了。」

「您當時都糊塗了？也就是說您當時甚至有點神志不清了？」

「噢，不，根本沒有神志不清，我統統記得。連最小的細節都記得。我跳下去看了看，還用手帕給他擦了擦血。」

「我們見過您的手帕。您希望把您打倒的那人救活過來嗎？」

「我不知道我是不是這樣希望了。只是想弄清楚他是不是還活著。」

「啊，不過是想弄清楚？結果怎樣呢？」

「我不是醫生，我拿不準。我逃走了，以為他被我打死了，沒料到他竟醒了過來。」

「好極了。」檢察官結束道。「謝謝您。我要問的就這些。勞您駕繼續講下去。」

遺憾的是，米佳雖然記得這事，但是他竟沒想到應該講一講他跳下去是出於憐憫，而且他站在被害人身旁，甚至還說了幾句痛惜的話：「這老頭趕上了。沒法子，那，你就躺著吧。」可是檢察官得出的卻只有一個結論：這人「在這樣的時刻這樣心慌意亂地」跳下來，只是為了弄清楚：他的罪行的唯一見證人是否還活著。由此可見，這人甚至在這樣的時刻還能這樣當機立斷、沉著冷靜和工於心計……等等。檢察官很滿意：「果然只要用『雞毛蒜皮的小事』刺激一下這個病態的人，他就會說漏嘴。」

米佳痛苦地繼續講下去。但是這回他的話立刻又被尼古拉・帕爾芬諾維奇打斷了：

「您手上血跡斑斑，後來又發現臉上也是，您怎麼會這樣跑去找女傭人費多西婭・馬爾科娃呢？」

「當時我壓根兒就沒注意到我滿身是血！」米佳回答。

「這倒也合乎情理，這種情形倒也是常有的。」檢察官向尼古拉・帕爾芬諾維奇使了個眼色。

「正是沒注意到，檢察官，您講得太好了，」米佳也突然表示贊同。但是接著就講到，米佳忽然決定「退出」，「給幸福的這一對讓路」。這時，他已經再也做不到像方才那樣敞開自己的心扉，講述「自己心中的女皇」了。面對這兩個冷冰冰的、「像臭蟲般叮在他身上」的人，他感到厭惡。因此針對他們的反覆提問，他簡短而又生硬地答道：

「於是我就決定自殺。活下去還有什麼意思呢：這是一個不成問題的問題。她的無可爭議的老相好，曾經欺侮過她的那個負心郎回來了，但是，他是在事隔五年之後趕到這裡來求愛的，目的是想用合法的婚姻來彌補他的過錯。於是我明白了，我一切都完了……而身後是恥辱，還有這血，格里戈里的血……活著還有什麼意思呢？於是我就去把抵押的手槍贖了回來，想把它裝上子彈，天亮前對準腦殼，一槍斃命……」

「夜裡則大張筵席？」

「夜裡則大張筵席。唉，見鬼，二位，有話就快問。當時我橫下一條心，決定開槍自殺，就離這兒不遠，在村後，在早晨五點鐘左右，了此殘生，而且還準備了一張紙條揣在口袋裡，在佩爾霍京家，是在裝手槍時寫的。這就是那張紙條，請看。我不是爲了騙你們才編出這番話來的！」他突然輕蔑地加了一句。從自己的背心口袋掏出一張紙條扔在桌上；這兩位預審官好奇地看了看內容，照例把它歸入了案卷。

「您去找佩爾霍京先生的時候，也沒想到要把手洗洗乾淨嗎？那麼說，您不怕人家疑心？」

「什麼疑心不疑心？疑心不疑心對我都無所謂，我反正要趕到這裡來，準備在五點鐘開槍自殺，你們幹什麼都來不及。要不是出了家父這事，你們肯定一無所知，也決不會跑到這裡來。噢，這是魔鬼幹的，魔鬼殺死了我父親，你們也是通過魔鬼才這麼快地知道了這件凶殺案！你們怎麼會這麼快地趕到這裡來的呢？奇怪，真匪夷所思！」

「是佩爾霍京先生告訴我們的，說您去找他，兩手……兩手滿是鮮血……拿著您的錢……很多錢……一大沓一百盧布的鈔票，他還說他的那名小廝也看到了！」

「是的，二位，我記得確實是這樣。」

「現在又碰到一個小問題，」尼古拉·帕爾芬諾維奇非常溫和地開口道，「您能否告訴我們，您是從哪兒突然弄到這麼多錢的，因爲從案情看，甚至按時間算，您似乎沒有回家呀？」

檢察官對於這麼露骨地提出這個問題稍許皺了皺眉，但是並沒有打斷尼古拉·帕爾芬諾維奇的問話。

「是的，我沒回家。」米佳回答道，分明十分沉著，但是兩眼望著地面。

「既然這樣，那就允許我再重複一遍我剛才提的問題。」尼古拉·帕爾芬諾維奇彷彿小心翼翼地接著說道。「您到底從哪兒能一下子弄到這麼多錢呢？因爲您自己也承認那天五點鐘左右……」

「我需要十個盧布，因此向佩爾霍京商借，以手槍作抵，後來又去找霍赫拉科娃向她借三千盧布，可是她不肯借，以及諸如此類，等等，等等，」米佳不客氣地打斷道，「是的，就這麼回事，二位，我需要錢用，就忽然出現了好幾千，是不是？要知道，二位，現在你們心裡正忐忑難安：要是他不說這錢是打哪兒來的，怎麼辦？就這麼回事：我不會告訴你們的，二位，你們猜對了，就是不讓你們知道。」米佳突然毅然決然、有板有眼地說道。兩位預審官沉默少頃。

「您要明白，卡拉馬助夫先生，我們非常需要知道這個情況。」尼古拉·帕爾芬諾維奇低聲而又謙恭地說道。

「我明白，不過我就是不告訴你們。」

檢察官也介入進來，他又提醒說，如果被審訊者認爲這樣對他最有利，當然他也可以不回答問題，如此等等，但是有鑑於涉嫌此案的人將因自己的沉默而對己不利，尤其茲事重大……

「如此等等，二位，如此等等！夠啦，過去我就聽過這套大道理！」米佳又打斷道，「我也明白茲事重大，而且這是一個要害問題，可我就是不說。」

「要知道，我們倒沒什麼，這事與我們無關，是您的事，這是您自己跟自己過不去。」尼古拉・帕爾芬諾維奇神經質地說道。

「要知道，二位，不開玩笑啦。」米佳突然兩眼圓睜，瞪了他倆一眼。「一開始我就預感到咱們肯定會在這個問題上爭辯的。但是起初，當我剛開始供述的時候，一切還虛無縹緲，一切還游移不定，我甚至頭腦簡單到這般地步，竟提議『咱們要互相信任』。現在我也看出來了，這種信任是根本不可能的，因爲咱們終究會碰到這堵該死的牆！嗯，還果然碰到了！拉倒吧，我就是不說！話又說回來，我是不會責怪你們的，你們也不能聽我的一面之詞，我明白這道理！」

他憂鬱地閉上了嘴。

「您能不能在絲毫不破壞您在最主要之點決心保持沉默的同時，多少給我們一點小小的暗示：究竟是什麼強烈的動機促使您在本次審訊中對您如此危險的關頭保持沉默呢？」

米佳悶悶不樂和若有所思地微微一笑。

「我比二位想的要善良得多，我來告訴你們究竟爲什麼，我就來給你們作這個暗示，雖然你們不值得我這樣做。二位，我之所以不說，是因爲這對於我是個恥辱。現在我來回答問題：這錢我是從哪弄來的？這對於我蘊含著奇恥大辱，甚至殺人越貨（如果家父果真是我殺的，錢也果真讓我搶的話）也不能望其項背。這就是我不能告訴你們的原因。因恥辱而不能。二位，你們想把這話記下來嗎？」

「是的，我們要記下來。」尼古拉・帕爾芬諾維奇咕噥道。

「你們不應該把這事，把這『恥辱』記下來。這是因爲我心好才告訴你們的，其實我也可以不告訴你們，可以說吧，這是我送給你們的禮物，可你們卻立刻抓住不放。嗯，寫吧，你們愛寫什麼寫什麼，」他最後輕蔑而又憎惡地說道，「我不怕你們，而且我在你們面前感到自豪。」

「您能不能夠告訴我們，這恥辱到底是什麼性質的呢？」尼古拉·帕爾芬諾維奇低聲問道。

檢察官雙眉深鎖。

「不，不，c'est fini①，別費勁了。再說，有汙清聽，不值得。我已經弄得一身髒了，你們不值得，無論是你們，也無論任何人……夠啦，二位，就此打住。」

這話說得非常堅決。尼古拉·帕爾芬諾維奇也就不再堅持，但是從伊波利特·基里洛維奇的目光中一眼就看得出來，他還沒失去希望。

「至少您總可以說說，當您進去看佩爾霍京的時候，您手裡攥著的那錢到底有多少吧？就是說總共有多少盧布？」

「這，我也不能說。」

「您好像對佩爾霍京先生說過有三千，似乎是從霍赫拉科娃太太那裡借來的。」

「也許說過。夠啦，二位，我不會說到底有多少的。」

「既然這樣，那就勞您駕描述一下您是怎麼到這裡來的，您到這裡來以後又做了些什麼？」

「啊呀，這事您可以問這裡所有的人嘛。不過我說說也行。」

他說了，但是他說了什麼，我們就不贅述了。他說得很枯燥，許多事都一帶而過。至於他的愛情的無邊歡樂，他壓根兒就沒提。他只說到他本來決心開槍自殺，但是「因為出現了新情況」，這念頭打消了。他說這些的時候既不說明理由，也不談細節。再說這兩位預審官這一次也沒特別找他麻

① 此處用法語：指就此打住。

煩：顯然，他們也看出來了，現在的要害並不在這裡。

「對這一切我們是要複查的，在訊問證人的時候，我們還會再回到這些問題上來，訊問時，當然您也在場。」尼古拉・帕爾芬諾維奇結束審訊道。「現在請允許我向您提出一個請求，請您把您身邊的一切東西都放到這裡，放到桌上來，主要是您現在有多少錢，都拿出來。」

「錢，二位？好吧，我懂，必須這樣。我甚至覺得奇怪，你們怎麼不早提出這個要求來呢。當然，我哪也不會去，我會在顯眼的地方坐著。好，這就是我的錢，不妨拿去數數，好像全在這裡了。」

他把口袋裡的錢全拿了出來，甚至零錢，兩枚二十戈比的硬幣也從一側的背心口袋裡掏了出來。他們數了數，一共八百三十六盧布四十戈比。

「全在這裡了？」預審官問。

「全在這裡了。」

「您剛才作口供時說，您在普洛特尼科夫家的小鋪裡留下了三百盧布，給了佩爾霍京十個盧布，給了車夫二十，在這裡，又輸了二百，還有……」

尼古拉・帕爾芬諾維奇又重新算了一遍。米佳很樂意地幫助了他。他倆想起了每一戈比，都歸進了總賬。尼古拉・帕爾芬諾維奇很快就算出了總數。

「加上這八百盧布，可見您起初共有一千五左右？」

「沒錯。」米佳斷然道。

「怎麼大家說要多得多呢？」

「讓他們去說好了。」

「您自己不也說過嗎。」

「我也說過。」

「這一切我們還要根據尚未訊問過的其他人的旁證予以核實；對於您的錢，您不用擔心，這錢會在妥善的地方保管好的，等開始的……這一切……結束之後，如果發現或者證明您對這錢擁有無可爭議的權利，就會如數奉還，聽憑您自己處置。好了，您哪，現在……」

尼古拉・帕爾芬諾維奇突然站了起來，向米佳斷然宣布，他「不得不而且必須」對他進行一次一絲不苟的最細致的檢查，既要檢查「您的衣服，也要檢查您的一切……」

「請，二位，我可以把所有的口袋全翻出來，如果你們要我這樣做的話。」

他果然開始翻口袋。

「還必須脫去衣服。」

「怎麼？脫衣服？呸，見鬼！這麼搜查不就得了！不能就這樣嗎？」

「無論如何不行，德米特里・費奧多羅維奇。必須脫衣服。」

「隨你們便，」米佳不高興地服從了他們的要求，「不過請不要在這裡，到布簾後面去。誰來檢查呢？」

「當然在布簾後面，」尼古拉・帕爾芬諾維奇點了點頭表示同意。他那張小臉蛋上甚至顯出一副特別的儼乎其然的表情。

六、檢察官逮住了米佳

開始了某種完全出乎米佳意料的、令他萬分驚愕的事。過去，甚至一分鐘前，他無論如何想像不出有人竟會這麼對待他，對待他米佳・卡拉馬助夫！主要是這樣做，欺人太甚，而在他們那方面則是「傲慢不遜，根本不把他放在眼裡」。脫去上衣倒沒什麼，但是他們卻請他繼續脫下去。不是請，實際上是命令；他對此一清二楚。出於一種高傲和蔑視，他不置一詞，聽從擺布。走進布簾後面去的除了尼古拉・帕爾芬諾維奇以外，還有檢察官，在場的還有幾名村漢，「當然是爲了加強武力，」米佳想，「也許還爲了別的什麼。」

「怎麼，難道還要脫襯衫？」他生硬地問，但是尼古拉・帕爾芬諾維奇避而不答：他跟檢察官一起正在專心地檢查他的上衣、褲子、背心和帽子，看得出來，他倆對檢查有濃厚的興趣：「毫不客氣，」米佳腦子裡閃了一下，「連起碼的禮貌也不講了。」

「我第二次問你們：要不要脫襯衫？」他更沒好氣和更惱怒地問道。

「請放心，我們會告訴您的。」尼古拉・帕爾芬諾維奇甚至有點盛氣凌人地答道。至少米佳感覺是這樣。

這時，預審官和檢察官正在關切地悄聲商量。原來在上衣上，尤其在左側的前襟上，在裡面，有幾大塊血跡，血跡已經乾了，很硬，還沒有揉得很軟。褲子上也一樣。此外，尼古拉・帕爾芬諾維奇還親手當著證人的面用手指摸領子和翻袖，摸上衣和褲子的所有接縫處，顯然在尋找什麼——當然是在找錢。主要是他並不掩飾他對米佳的懷疑，懷疑他可能把錢縫在衣服裡了。「簡直像對付賊一樣，而不像對待一個軍官。」他心中嘀咕。他們當著他的面彼此交換看法，露骨得出奇。例如，那個也出現在布簾後面忙前忙後、極力幫忙的書記員，讓尼古拉・帕爾芬諾維奇注意那頂已經摸過的帽子：「您記得文書格里堅卡嗎，您哪，」書記員說，「夏天去領全院的薪俸，回來時卻說他喝醉酒把錢丟了，後來是在哪兒找到的呢？就在帽子裡面的鑲邊裡，把面額爲一百盧布的鈔票捲成捲兒，縫在鑲邊裡。」格里堅卡的事，無論預審官，還是檢察官都記得很清楚，因此把米堅卡的帽子放到一邊，決定以後還要認認真真地再檢查一遍。

「對不起，」尼古拉·帕爾芬諾維奇發現米佳那件襯衫的右邊的翻袖往裡捲，而且滿是血跡，忽然驚叫起來，「對不起，您哪，這是怎麼回事，血？」

「血。」米佳斷然道。

「我說這是什麼血，您哪……為什麼把袖子往裡捲？」

米佳講了，他在忙著救護格里戈里的時候把翻袖弄髒了，因此在佩爾霍京家洗手的時候就把袖口翻到了裡面。

「您的這件襯衫也必須拿走，這很重要……用來做物證。」米佳滿臉通紅，勃然大怒。

「怎麼，讓我光著脊梁？」他叫道。

「您放心……我們會想法子補救的，可現在勞您駕把襪子也脫了。」

「您開玩笑？難道真有這必要嗎？」米佳兩眼閃出怒火。

「我們沒工夫開玩笑。」尼古拉·帕爾芬諾維奇板著臉把他的話給擋了回去。

「好吧，既然需要……我……」米佳嘀咕道，他坐到床上，開始脫襪子。他感到十分難堪：大家都穿著衣服，他卻光著身子，不過說來也怪——他脫光了衣服，站在他們面前，彷彿自己也覺得自己有罪似的，主要是他自己也幾乎覺得，他忽然真的比他們所有的人都矮了半截，他們現在已經完全有權蔑視他。「大家全脫光了衣服，倒也沒什麼，可是一個人脫光了，大家都瞧著——那就是羞辱了！」他腦子裡一再閃過這個想法。「簡直像做夢。我有時候在夢中倒見過這種把人不當人的羞辱。」但是要他脫掉襪子，實在使他太難堪了：襪子很不乾淨，內衣也很髒，現在這個都讓大家看去了。

而主要是他自己也不喜歡自己的腳，不知道爲什麼他一輩子都覺得自己兩腳上的大腳趾長得很難看，特別是右腳的大腳趾，趾甲又粗又扁，還有點向下彎，可現在全讓他們看去了。由於使他太難堪，他忽然變得更加粗暴了，而且故意顯得十分粗暴。他自動扯下了身上的襯衫。

「要不要再在什麼地方找找，如果你們不覺得不好意思的話。」

「不必了，您哪，暫時不必了。」

「怎麼，我就這麼赤身露體？」他狂暴地加了一句。

「是的，暫時必須這樣……勞您駕暫時先在這裡坐一會兒，您可以從床上拿條毯子先裹一裹，而我……我會把一切都安排妥當的。」

他們把所有的東西都拿給見證人一一過目，作了檢查記錄，最後，尼古拉・帕爾芬諾維奇出去了，衣服也在他之後拿了出去。伊波利特・基里洛維奇也出去了。只有幾名村漢留下來看著米佳，他們默默地站著，目不轉睛地盯著他。米佳便裹上了毯子，他感到冷。他的兩只光腳丫露在外面，可他怎麼也沒法把毯子攤長，蓋住自己的腳丫子。尼古拉・帕爾芬諾維奇不知怎麼過了好長時間都不回來，「時間長得令人難受」，「他把我當成狗崽子了。」米佳咬牙切齒地想。「那個混賬檢察官也走了，大概出於輕蔑，看著赤身露體的人覺得噁心。」米佳始終認爲他的衣服一定是拿到什麼地方去檢查了，遲早總會送回來的。可是尼古拉・帕爾芬諾維奇回來了，拿回來的衣服卻完全換了一套，由一名村漢跟在他後面拿著——米佳見狀簡直氣壞了。

「給，給您衣服。」他隨隨便便地說道，顯然對他出去一趟取得的成績感到很得意。「這是卡爾加諾夫先生爲這件頗有意思的事捐助的，同時還給了您一件乾淨襯衫。幸好這一切在他的皮箱裡恰好都有。至於貼身的內衣和襪子，您可以照舊穿自己的。」

米佳火冒三丈。

「我不要別人的衣服！」他厲聲大叫，「把我的拿來！」

「不可能。」

「把我的拿來，讓卡爾加諾夫，讓他的衣服以及他本人統統見鬼去吧！」

大家都來勸他，勸了很久，總算讓他的氣馬馬虎虎地平了下來。他們開導他說，因爲他的衣服沾滿了血，「必須和其他物證歸置在一起」，「鑑於此案不知如何了局」，他們現在「甚至無權」讓他把這身衣服繼續穿下去。米佳總算有點開竅了。他板著臉閉上了嘴，開始匆匆穿衣服。他穿衣服的時候只注意到這身衣服比他的那身舊衣服闊氣，他真不想「享用」它。此外，「這衣服太瘦，令人難堪。難道叫我穿著這身衣服扮演小丑……讓你們看著取樂嗎！」

他們又開導他，他這樣未免過甚其辭了，卡爾加諾夫先生的個子雖然比他高，但也只是略高，無非是褲子顯得稍長而已。但是上衣的兩肩倒的確窄了點。

「他媽的連扣扣子都費勁兒，」米佳又發起了牢騷，「勞你們大駕，請你們立刻轉告卡爾加諾夫先生，不是我要向他借衣服，而是人家硬要我打扮成小丑模樣的。」

「他對這點很清楚並且感到遺憾……不是可惜自己的衣服，而是對這整件事感到遺憾……」尼古拉·帕爾芬諾維奇慢條斯理地說。

「我才不管他遺憾不遺憾哩！嗯，現在上哪?還是一直在這裡待著?」

他們又請他到「那個房間」去。米佳氣呼呼地走了出去，極力不看任何人。穿著別人的衣服，他覺得簡直丟盡了臉，甚至面對那些壯漢和特里豐·鮑里索維奇他也覺得抬不起頭來。特里豐·鮑里索維奇（他的臉不知幹麼忽然在門口一閃，又不見了）：「來看看我這個化了裝的小丑。」米佳想。他坐到他坐過的那把椅子上。他恍恍惚惚地看到某種十分可怕而又荒唐的事，他感到自己精神有點反常。

「現在你們要幹麼？難道要用鞭子抽我嗎？因爲你們也只剩下這一招了。」他咬牙切齒地問檢察官。至於尼古拉・帕爾芬諾維奇，他都不願向他轉過臉去，根本不屑理他。「他檢查我的襪子也太用心了吧，而且這混賬東西還讓人把它翻過來，他這是存心，存心讓我出醜，讓大家看看我的襪子有多髒！」

「現在該輪到傳訊證人了。」尼古拉・帕爾芬諾維奇說，彷彿無意中回答德米特里・費奧多羅維奇的問題似的。

「是啊，您哪。」檢察官若有所思地說道，他也似乎在思考什麼問題。

「德米特里・費奧多羅維奇，我們爲您已經盡了力，」尼古拉・帕爾芬諾維奇繼續道，「但是，因爲您堅決拒絕說明您身邊那些錢的來源，所以我們眼下……」

「您這戒指鑲的是什麼寶石？」米佳突然打斷道，彷彿剛剛從沉思中清醒過來，用手點了點尼古拉・帕爾芬諾維奇戴在右手上的三枚大寶石戒指中的一枚。

「戒指？」尼古拉・帕爾芬諾維奇奇怪地反問道。

「對，就是這一枚……戴在中指上，有花紋的，這是什麼寶石？」米佳像個擰脾氣的孩子似的，氣呼呼地問道。

「這是茶晶①，」尼古拉・帕爾芬諾維奇微微一笑，「想看看嗎，我摘下來……」

「不，不，不用摘了！」米佳怒喝道，他突然醒悟過來，在生自己的氣，「不用摘了，不必了……

① 一種顏色像濃茶的水晶。

見鬼……二位，你們玷汙了我的靈魂！難道你們以爲，我要是真殺了父親，就一定會向你們隱瞞真相，閃爍其詞，假話連篇，躲躲閃閃嗎？不，德米特里・卡拉馬助夫不是這樣的人，這樣做他會受不了的，如果我有罪，我敢發誓，我不會等你們趕到這裡來，也不會等到日出，而會像原來打算的那樣，不等天亮就一槍結果了自己！現在，我對此有切身體會。我在這該死的一夜學到的東西，活二十年也學不到！……如果我當真是個弒父兇手，今天夜裡，現在，此時此刻，跟你們坐在一起的我，還能是這樣，還能是這樣的嗎？——我還能這樣說話，這樣行動，這樣看著你們和看著這世界嗎？甚至我無意中殺了格里戈里，都使我一夜不得安寧——倒不是因爲害怕，噢，倒不是僅僅因爲害怕你們將加諸我的懲罰！真是奇恥大辱！你們居然希望我對像你們這種愛恥笑他人的人，什麼也看不見、什麼也不信、鼠目寸光而又愛恥笑他人的吐露心曲，把我的又一件卑鄙無恥的事，又一件恥辱告訴你們嗎？儘管這樣做也許能救我，能使我擺脫你們的指控。我寧可去服苦役！那個打開父親的房門，並從那門走進去的人，才是謀殺父親、搶劫他的錢財的兇手。這人到底是誰——我說不清，而且百思不得其解，但這決不是德米特里・卡拉馬助夫，你們必須牢牢記住這點——這就是我能告訴你們的一切，夠了，別再糾纏我了……你們愛流放就流放，愛判刑就判刑，但是不要再來刺激我了。我從此一言不發。叫你們的證人來吧！」

米佳發表了這段突如其來的獨白，似乎已經下定決心從此不再開口了。檢察官一直注視著他，等他的獨白一結束，就突然以一種極其冷淡和極其鎮靜的樣子，彷彿在說一件極普通的事情似的說道：

「正因爲您剛才提到的這門開著，我們現在倒恰好可以告訴您一段非常有意思的，而且對於你我都極其重要的、被您打傷的格里戈里・瓦西里耶夫①老人的證詞。他甦醒過來後，經我們一再訊問，他明確而又堅定地告訴我們，當他走到台階上，聽見花園裡似有響動之後，就決定從開著的花園的柵欄門走到園子裡去，他走進園子後，還在發現您在黑暗中從那扇開著的窗戶跑開以前（您已經告訴過我們，您在這扇窗戶裡看見了令尊），他，也就是格里戈里，往左瞥了一眼，除了看到那扇窗戶開著以外，還發現在離他近得多的地方，那扇房門也敞開著；而您曾經聲稱，在您待在園子裡的時候，那門一直關著。不瞞您說，瓦西里耶夫堅持說，並且證明道，您一定是從這扇門裡跑出來的，雖然他並沒看見您怎麼從裡面跑出來，他剛發現您的時候，您在園子裡已經離他有一段距離，那時，您正向圍牆方向跑去。」

米佳還在檢察官說了一半的時候就從椅子上跳起來。

「胡說八道！」他突然發狂似的吼道，「無恥的欺騙！他不可能看到這房門開著，因爲當時這門是關著的……他撒謊！……」

「我有責任向您再重說一遍，他的證詞說得很硬。他沒有動搖。他堅持說就是這樣。我們反覆問了他幾遍。」

「沒錯，我反覆問了他幾遍！」尼古拉・帕爾芬諾維奇熱烈地證實道。

「不對，不對！這不是對我的誹謗，就是瘋子的錯覺，」米佳繼續叫道，「這簡直是癡人說夢，由於流血過多和受傷，醒來後產生了錯覺……所以才信口開河。」

「是的，您哪，但是要知道，他並不是在受傷清醒過來以後，而是在他剛從耳房走進花園的時

① 瓦西里耶維奇的俗稱。

候發現那門開著的。」

「這不對，不對，這不可能！這是他因爲恨我，對我的誹謗……他不可能看見……我沒從這扇門裡跑出來。」米佳上氣不接下氣地說。

檢察官向尼古拉．帕爾芬諾維奇轉過身去，莊嚴地對他說道：

「拿出來給他看。」

「這東西您認識嗎？」尼古拉．帕爾芬諾維奇突然把一只裝公文的用厚紙糊的大信封放到桌上，信封上還看得見三個殘留的火漆封印，但是信封裡已經空了，一邊已經撕開。米佳瞪大了兩眼看著這信封。

「這……這麼說，這是父親的信封，」他喃喃道，「就是那只裝著三千盧布的信封……而且，如果上面有字的話，我瞧瞧：『小雞』……這兒還有『三千』二字……」他叫了起來，「三千，你們看見啦？」

「當然看見了，但是信封裡已經沒錢了，信封空了，扔在屏風後面床邊的地板上。」

有幾秒鐘，米佳大驚失色地站著。

「二位，這是斯梅爾佳科夫幹的！」他突然大叫，「這是他殺的，他搶的！只有他一個人知道老人的信封藏哪兒……這是他，現在清楚了！」

「但是，您不是也知道有關信封的事嗎，而且知道這信封就壓在枕頭底下。」

「我從來不知道：我也壓根兒沒見過這信封，這是頭一回，過去我只聽見斯梅爾佳科夫說過……只有他一個人知道老人把它藏哪兒了，我並不知道……」米佳氣急敗壞地說道。

「不過，您方才自己供稱，這信封就放在先父的枕頭底下。您就是這麼說的，放在枕頭底下，可見您是知道放哪兒的。」

「我們也是這麼記錄的！」尼古拉・帕爾芬諾維奇證實道。

「胡扯，荒唐！我根本不知道放枕頭底下。是的，也許根本就不在枕頭底下……我不過隨便說說而已，說在枕頭底下……斯梅爾佳科夫說什麼了？你們問過他放哪兒了嗎？斯梅爾佳科夫怎麼說？這才是最主要的……我這是存心，胡說一氣，硬往自己頭上套……我根本沒動腦子，對你們胡扯，說是放枕頭底下，可你們現在……要知道，這是脫口而出，胡說一氣。只有斯梅爾佳科夫知道，只有斯梅爾佳科夫一個人知道，再沒別人了……他也沒向我公開過放哪兒！但是，這是他幹的：毫無疑問是他殺的，對此我現在已經一清二楚，洞若觀火。」米佳發狂般嚷嚷道，越說越有氣，語無倫次，顛三倒四，火冒三丈，憤激之情溢於言表。「你們應當明白這點，趕快把他抓起來，趕快……就是他殺的，就在我跑出去，格里戈里躺著不省人事的時候，這事現在清楚了……他打了暗號，父親就給他開了門……因爲只有他一人知道暗號，不打暗號，父親是不會給任何人開門的……」

「但是，您又忘了那情況，」檢察官依舊克制地，但又似乎已經勝券在握似的說道，「當時已經不需要打什麼暗號了，因爲房門已經開著，當時您還在，您還在園子裡……」

「房門，房門。」米佳喃喃道，兩眼緊盯著檢察官，默然無語，接著便無力地跌坐在椅子上。大家相對無語。

「是的，房門！……這是一個怪影！是上帝跟我作對！」他不勝感慨地說道，已經完全無所思地望著自己的前方。

「您要明白，」檢察官威嚴地說道，「現在您自己也想想，德米特里・費奧多羅維奇：一方面是那扇門開著，您是從那扇門裡跑出來的供詞，使你我都很沮喪。另一方面您又令人費解地、近乎蠻不講理地堅持不肯說明您忽然出現的那筆錢的來源，因為據您自己供稱，還在出現這筆錢前三小時，您為了借到區區十盧布，還抵押了自己的手槍！有鑑於此，您自己說吧：我們究竟該相信什麼？我們又該怎麼辦？請您不要對我們求全責備，說我們『冷酷，忝不知恥，以嘲笑他人為樂』，說我們不肯相信您的心靈的高尙衝動……相反，請您設身處地地替我們想想嘛……」

米佳處於一種難以想像的激動狀態中，他的臉色刷地白了。

「好吧！」他突然叫道，「我把我的秘密向你們公開了吧，公開我從哪兒弄到的錢！……我將公開我的恥辱，以便今後既不至於怪罪你們，也不至於責怪我自己……」

「請您相信，德米特里·費奧多羅維奇，」尼古拉·帕爾芬諾維奇以一種又感動又開心的聲音接口道，「您在當前的情況下所作的任何真誠而又徹底的坦白，以後都可能對減輕您的命運產生無比有利的影響，甚至於，此外……」

但是檢察官在桌子底下輕輕踢了他一下，他才及時收住了話頭。說實在的，米佳壓根兒就沒聽他在說什麼。

七、米佳的大秘密／旁人的冷嘲熱諷

「二位，」他依舊十分激動地開始說道，「這些錢……我要徹底坦白……這些錢是我的。」

檢察官和預審官甚至臉都拉長了，他們根本沒料到會這樣。

「怎麼會是您的呢，」尼古拉·帕爾芬諾維奇咕噥道，「您自己也承認，下午五點的時候還……」

「唉，什麼下午五點不五點，我自己承認不承認的，現在的問題不在這兒！這些錢是我的，我的，就是說是我偷來的……也就是說不是我的，而是偷來的，是我偷來的，這錢有一千五百盧布，我帶在身邊，一直帶在身邊……」

「這錢您是從哪弄來的呢？」

「是從我脖子上拿下來的，二位，從脖子上，縫在一塊破布裡，掛在脖子上，已經很久了，我把這錢可羞又可恥地掛在脖子上已經有一個月了！」

「但是，這錢您是從誰那兒……據爲己有的呢？」

「您是想說『偷來』的吧？現在您有話儘管直說。是的，我認爲這錢等於是我偷來的，如果你們不介意，也可以說是『據爲己有』吧。但是，我認爲是偷來的。至於昨天晚上，那就是地地道道的偷了。」

「昨天晚上？但是您剛才說，您……弄到這錢已經有一個月了！」

「是的，但不是從父親那兒，不是從父親那兒，你們放心，不是從父親那兒偷的，是偷她的。請讓我說下去，不要打斷我。要知道，這事令人痛苦。請聽我說：一個月以前，我過去的未婚妻卡捷琳娜・伊萬諾芙娜・韋爾霍夫采娃叫我去……你們知道這人嗎？」

「哪能不知道呢。」

「我知道你們知道。她是一個非常高尚的人，高尚人中的最最高尚的人，但是她早就在恨我，噢，很早啦，很早啦……而且恨得對，恨得很對！」

「卡捷琳娜・伊萬諾芙娜？」預審官驚訝地反問。檢察官也瞪大了兩眼。

「噢，不要妄稱她的名①！我混賬，我不該提到她。是的，我看到她恨我……早就在恨我……一開始就恨我，從她在我的住所頭一次看到我開始……但是夠了，夠了，這事你們甚至不配知道，也根本無須知道……你們應當知道的僅僅是，一個月以前，她把我叫了去，給了我三千盧布，讓我寄給她姐姐和另一位親戚，寄到莫斯科去（倒像她自己不能寄似的），而我……這正好發生在我一生中那個要命的時刻，當時我……嗯，一句話，當時我剛愛上了另一個女人，也就是現在的那個她，現在她就坐在樓下，也就是格魯申卡……當時我把她帶到這裡，帶到莫克羅耶來，兩天之內在這裡花天酒地花掉了這該死的三千盧布中的一半，即一千五百盧布，而把其餘的一半留在了身邊。正是這留下的一千五百盧布我把它掛在了脖子上，代替了護身香囊，昨天我把它打開了，花天酒地地揮霍光了，剩下的八百盧布現在就在你們手裡，尼古拉・帕爾芬諾維奇，這就是昨天那一千五百盧布花剩下的。」

「對不起，這是怎麼回事，一個月以前，您不是在這裡花掉了三千盧布嗎？而不是一千五百呀！這事所有的人都知道。」

「誰知道這事？誰數過？我讓誰數過了？」

「哪能呢，您自己不是逢人便說，您當時花掉了整整三千盧布嗎！」

「沒錯，我是說過，我對城裡所有的人都說過，全城人都在說，大家也都這麼認爲，這裡，在莫克羅耶，大家也同樣這麼認爲，說我花掉了三千。不過我花掉的畢竟不是三千，而是一千五，而另外一千五我把它縫了起來，當作護身香囊掛在脖子上了；這件事的經過就這樣，二位，這就是我

① 請參看《舊約・出埃及記》第二十章第七節「摩西十誡」中的第三誡：「不可妄稱耶和華你神的名。」

昨天那錢的來源……」

「這簡直是海外奇談……」尼古拉·帕爾芬諾維奇嘟囔道。

「請問，」檢察官終於說道，「過去，您有沒有對任何人說過此事……即當時，一個月以前，說您把這一千五百盧布留在自己身邊了？」

「沒跟任何人說過。」

「這就叫人納悶了。難道壓根兒沒跟任何人說過？」

「壓根兒沒跟任何人說過。無論是誰，對誰也沒說過。」

「但是，您幹麼要這樣諱莫如深呢？是什麼原因促使您對此事嚴守秘密呢？我再說得確切些：您終於向我們宣布了您的秘密，用您的話來說，這是一件『奇恥大辱』的秘密，雖然說實在的（當然，也無非相對而言），這一行爲，即把他人的三千盧布據爲己有（無疑，也只是暫時據爲己有）這一行爲，起碼在我看來，也無非是一種非常失於檢點的行爲，但是，這還不能算是奇恥大辱，除此以外，還應考慮到您的性格……嗯，就算這行爲極不光彩吧，這，我同意，但是不光彩畢竟不是可恥……我的意思是說，關於您揮霍了韋爾霍夫采娃的三千盧布一事。在這一個月裡，即使您不承認，也已經有許多人猜出來了，我自己就聽說過這一傳說……比如，米哈依爾·馬卡羅維奇也曾聽說過。因此，鬧到最後，這差不多已經不是傳說了，倒成了全城人撥弄是非的話柄了。再說，也有跡象表明，如果我沒有弄錯的話，您也向別人承認過，這錢是韋爾霍夫采娃女士的……因此使我大惑不解的是，您至今，也就是直到當前這一刻，居然把您（誠如您所說）留下這一千五百盧布的事弄得如此神乎其神，甚至還把這一秘密與某種恐怖聯繫在一起……簡直匪夷所思，把這一秘密坦白出來居然會使您如此痛苦……因爲您剛才還大叫，您寧可去服苦役，也決不坦白……」

說到這裡檢察官打住了。他說得慷慨激昂。他並不掩飾自己的懊惱和幾乎憤恨，他把鬱結在心頭的話全都倒了出來，甚至都不考慮措詞的優美了，即說得語無倫次，幾乎前言不對後語。

「恥辱並不在於這一千五百盧布，而是我從這三千裡拿出了一千五。」米佳堅決地說道。

「但是，那又怎麼樣呢，」檢察官惱怒地冷笑道，「您已經不光彩地，或者像您喜歡說的那樣，可恥地拿了那三千盧布，您再按照自己的想法從中拿出一半，這又有什麼可恥呢？更重要的是您把這三千盧布據爲己有，而不是您怎麼處置這三千盧布的問題。順便說說，您爲什麼要這樣做，即從中取出一半來呢？您這樣做究竟爲了什麼，有什麼目的，您能給我們解釋一下嗎？」

「噢，二位，最要緊的就是目的！」米佳感慨道，「我從中拿出一半是因爲我生性卑劣，也就是我另有打算，因爲作這樣的打算就是卑鄙無恥……而且這卑鄙無恥持續了整整一個月！」

「我聽不明白。」

「我對你們覺得奇怪。不過我可以再解釋一下，也許真的聽不明白。要知道，請你們注意聽我的話：人家相信我的人格，把三千盧布託付給我，我卻據爲己有，把這錢花天酒地，統統花光了，第二天早晨再去找她，對她說：『卡佳，對不起，我把您的三千盧布花光了，』——怎麼樣，這行嗎？不，不行——可恥，意志薄弱，形同豬狗，不能克制自己到了形同豬狗的地步，對不對，對不對呢？但是這畢竟還不是賊，是不是呢？畢竟還不是真正的賊，不是貨真價實的賊，我說的是不是這個理兒呢？揮霍了，但還不是偷了！現在再說第二種，還是對我非常有利的情況，請注意聽我的話，要不然，說不定我會說走題的——頭有點暈——現在說第二種情況：我在這裡只花掉三千盧布中的一千五百，也就是花掉了一半。第二天我去找她，給她帶去這一半：『卡佳，我是個混蛋，我是個愣頭青，我是個卑鄙小人，請你收下這一半吧，我花掉了一半，要不，我會把這一半也花掉的，請你行行好，替我消罪免災吧！』這樣做會怎樣呢？隨便叫我什麼都可以，形同豬狗，卑鄙小人，但畢竟不是賊，不是徹頭徹尾的賊，因爲如果是賊，肯定不會把剩下的一半送回去的，而是把這一半也據爲己有。這時候她就會想，既然很快就還回來了一半，那其餘的錢，胡花了的錢，也一定會還回來的，他會一輩子去想辦法，去幹活，去掙錢，一旦掙夠了數，肯定會還回來的。這樣一來，我雖然混賬，但還不是賊，不是賊，隨便你們怎麼說，但不是賊！」

「就算有某種區別吧。」檢察官冷冷地一笑。「但是畢竟令人感到納悶，您竟認爲其中具有十分要命的區別。」

「是的，我認爲具有十分要命的區別！任何人都可能做混賬事，可不是嗎，也許任何人都可能，但卻不是任何人都可能做賊，而只有混賬透了的人才會去做賊。個中奧妙我可能說不好……不過一個賊比一個卑鄙小人更卑鄙，這就是我的看法。請聽我說：整整一個月，我身上掛著這錢，到明天我就可能下決心把它還回去，那我就不是卑鄙小人了，但是我總下不了這個決心，就這樣雖然我每天都在下決心，每天都在督促自己：『快下決心吧，快下決心吧，混賬東西，』但是整整一個月我都下不了這個決心，就這麼回事！你們看，怎麼樣，好嗎，這好嗎？」

「就算不怎麼好吧，這我很清楚，我無意爭辯。」檢察官克制地回答道。「咱們先別爭論個中的奧妙和差別，如果您樂意的話，咱們言歸正傳吧。問題在於，雖然我們一再問您，您還是沒給我們說清楚：您起初爲什麼要把這三千盧布作這樣的分割，即一半花掉，一半藏起來呢？把那一半藏起來究竟有什麼用，您到底想把這分割出來的一千五作何用途呢？我堅持要您作出回答，德米特里·費奧多羅維奇。」

「啊，還倒是真的！」米佳拍了一下自己的腦門，叫道，「對不起，我讓你們百思不得其解了，可是主要的問題卻未加說明，要不然，你們就會立刻明白可恥的正是目的，正是這目的啊！要知道，這都是那老頭，那死鬼，一直在引誘阿格拉費娜・亞歷山德羅芙娜，於是我就吃醋了，我當時以爲，她在我與他之間動搖不定；我每天都在想：要是她突然作出決定，要是她把我折磨夠了，突然對我說：『我愛你，不愛他，你把我帶到天邊去吧。』而我身邊只有兩枚二十戈比硬幣；我拿什麼帶她走，那時候怎麼辦？這樣一來我就完蛋了。要知道，我當時並不知道她，也不了解她的爲人，我以爲她要錢，決不會原諒我的貧窮。因此我才從三千盧布裡陰險地勻出了一半，冷靜地用針縫了起來，別有心計地縫了起來，還在花天酒地以前就縫了起來，後來，縫好後，我就拿著其餘的一半去尋歡作樂了！不，您哪，這樣做太卑鄙了！現在明白啦？」

檢察官大笑，預審官也大笑不止。

「我看，您適可而止，沒把錢全花掉，做得很有分寸，也頗道德嘛，」尼古拉・帕爾芬諾維奇嘻嘻笑道，「因爲這有什麼大不了的呢，您哪？」

「就因爲我偷了人家的錢，就因爲這個！噢，上帝，你們竟不懂得這道理，這讓我感到太可怕了！我把這一千五百盧布縫好了，掛在胸前，我每天每時都在對自己說：『你是賊，你是賊！』因此這一個月裡我才到處逞凶，因此才在飯館裡打架鬥毆，因此才把父親給揍了，其原因就因爲我覺得自己是賊！我甚至對自己的三弟阿廖沙都下不了這決心，都不敢把這一千五百盧布的事坦白地告訴他：我深深感到我是個卑鄙小人，我是個騙子。但是你們要知道，當我把這錢帶在身邊，同時又每天每時對我自己說：『不，德米特里・費奧多羅維奇，你還不是賊也說不定。』爲什麼呢？就因爲你明天還可以去把這一千五百盧布還給卡佳。直到昨天我從費尼婭那裡出來，去找佩爾霍京的時候，我才下定決心把我的護身香囊從脖子上扯下來，而在這以前我老狠不下這個心，可是一扯下來，我就立刻成了徹頭徹尾、無可爭議的賊了，一輩子都是個賊和無恥之徒。爲什麼呢？就因爲我扯下了這護身香囊，我本來可以去對卡佳說：『我渾，但是我不是賊』——這一幻想也一齊破滅了！現在你們總該明白了，總該明白了吧！」

「爲什麼您偏偏在昨天晚上才下定決心，出此下策呢？」尼古拉・帕爾芬諾維奇打斷道。

「爲什麼？問得多可笑：因爲我判了自己死刑，今晨五點，在這裡，拂曉時分。我想：『反正要死了，卑鄙小人還是正人君子，還不都一樣！』但是事實並非如此，原來並不一樣！你們信不信，二位，今天夜裡使我最感痛苦的倒不是因爲我殺了那個老僕人，有可能發配西伯利亞，而且這事偏巧又發生在這時候！發生在我的愛情結出了碩果，我又重見天日的時候！噢，這使我痛苦，但這痛苦不一樣；畢竟與那個該死的負罪感不能同日而語，即我終於從胸前扯下了這可詛咒的錢，而且把這錢揮霍光了，因此我現在已經是徹頭徹尾的賊了！噢，二位，我心裡滴著血向你們重複一遍：今天夜裡我學到了許多東西！我懂得：不僅活著做個卑鄙小人不行，即使做個卑鄙小人去死也不行……不，二位，死也要死得光明磊落！……」

米佳臉色蒼白，他的臉顯得他已筋疲力盡、心力交瘁，雖然他的心情極度亢奮。

「我開始有點懂得您的意思了，德米特里・費奧多羅維奇，」檢察官溫和地、甚至同情地拉長了聲音說道，「但是，依我看，這一切，不管怎麼說吧，僅僅是神經……您的神經出了毛病所致，就這樣，您哪。比如說吧，爲了擺脫您心靈的如許痛苦（幾乎長達一個月之久），您爲什麼不去把這一千五百盧布還給託付給您的那位小姐呢？鑑於您當時的處境（正如您所描寫的）是如此可怕，那您爲什麼不在向她解釋清楚以後試一試另一種完全合乎情理的做法呢？即向她十分坦誠地承認錯誤以後，您爲什麼不向她直截了當地商借您需要花費的這筆錢呢？而她爲人寬宏大量，看見您悶悶不樂，自然不會拒絕借錢給您，尤其是如果您肯出一張借據，或者像您曾經向商人薩姆索諾夫和霍赫拉科娃太太提出那種擔保那樣提出擔保的話。因為您直到現在仍然認為您這擔保是有價值的，不是嗎？」

米佳的臉刷地紅了。

「難道您認為我竟會卑鄙到如此地步嗎？您不可能正兒八經地這麼認為吧！……」他憤然說道，看著檢察官的眼睛，好像不相信這話真是他說的。

「我向您保證，我說這話是嚴肅的……為什麼您認為這話不嚴肅呢？」檢察官也表示驚訝。

「噢，這樣做該多卑鄙啊！二位，你們知道你們在折磨我嗎！好吧，我統統告訴你們吧，豁出去了，我現在就把我的全部陰暗心理都向你們坦白了吧，但是我這樣做是為了使你們感到羞愧，你們自己也一定會感到驚奇，一個工於心計的人會卑鄙到什麼程度。要知道，檢察官，我自己也曾想出此下策，也就是您剛才說的那種陰謀詭計！是的，二位，在這該死的一個月裡，我也曾經有過這樣的想法，而且我差不多已經決定要去找卡佳了，我的卑鄙竟一至於此！但是，去找她，向她宣布我對她變了心，而且用於這變心，實行這變心，為了用在這變心上需要花費一大筆錢，於是我就向她，向卡佳借錢（借，聽見了嗎，借！），而且立刻撇下她，跟另外一個女人，跟她的情敵，跟一個她深惡痛絕，而且欺負過她的人遠走高飛——得了吧，您瘋了，檢察官！」

「倒不是瘋了，不過，當然，這是我一時頭腦發熱，沒有想到……女人的這種嫉妒心，如果這裡果真像您所斷言的那樣可能出現爭風吃醋的話……是的，也許，庶幾近之吧。」檢察官微微一笑。

「但是，這就太下流了，」米佳狂暴地用拳頭猛擊了一下桌子，「這樣做簡直臭不可聞，我真不知道該怎麼說才好！你們知道嗎，她還真可能把這錢借給我，她還真會借，肯定會借，出於報復而果真借給我，出於一種報復的快感，出於對我的蔑視而果真借給我，因為她也是一個心理陰暗和敢怒敢幹的女人！而我就會收下這錢，肯定會收下的，於是我這輩子……噢，上帝！請原諒，二位，我之所以這樣大喊大叫，就因爲我早就有過這一想法，還在前天就有過這一想法，即那天夜裡在我跟『密探』瞎折騰的時候，接著是昨天，是的，還有昨天，昨天一整天，我清楚地記得，直到發生這事爲止……」

「發生什麼事？」尼古拉・帕爾芬諾維奇好奇地插嘴道，但是米佳沒有聽見。

「我向你們做了可怕的告白。」他陰沉地說道，「你們要正確評價，二位。這還不夠，光評價還不夠，不是評價，要珍惜它，如果不珍惜它，如果不往心裡去，那你們簡直是不尊重我，二位，這就是我要對你們說的，我會羞愧而死，因爲我居然向你們這樣的人坦白了一切！噢，我會開槍自殺的！怎麼，你們怎麼連這話也要記錄下來？」他驚恐地叫起來。

「正如您剛才所說，」尼古拉・帕爾芬諾維奇驚奇地望著他，「您直到最後一小時還打算去找韋爾霍夫采娃女士，向她借這筆錢……不瞞您說，您供認的這一情況對我們非常重要，德米特里・費奧多羅維奇，即您供述的有關這事的前前後後，尤其對您，尤其對您十分重要。」

「請二位行行好吧，」米佳舉起兩手一拍，「哪怕就這件事別記錄好不好，應當感到羞恥嘛！要知道我，可以說吧，我在你們面前都把我的心撕成兩半了，可是你們卻乘機用手指在我這兩半被撕裂的地方亂戳……噢，上帝！」

他絕望地伸出手，捂住了臉。

「您別急，德米特里・費奧多羅維奇，」檢察官說，「現在記錄的一切以後都會讀給您聽的，有什麼地方您不同意，我們可以根據您的意見更正，而現在我有一個小小的問題要問您，這問題我已經重複三遍了：難道真的沒一個人，壓根兒沒一個人聽您說過您縫在護身香囊裡的那錢嗎？我要說，這簡直匪夷所思。」

「沒一個人，沒一個人，我說過，否則你們就什麼也沒聽懂！讓我安靜一會兒吧。」

「好吧，您哪，這事遲早要弄清楚的，再說現在還有很多時間，不過眼下請您考慮一下：我們也許有幾十個人證，來證明正是你自己到處宣揚和到處嚷嚷，說您花掉了三千，是三千，而不是一千五百，再說現在，在出現昨天那錢的時候，您也對許多人說過您又帶來了三千……」

「你們掌握的不是幾十個人證，而是幾百個人證，兩百個人證，兩百人都聽見了，一千人都聽見了！」米佳激動地說。

「這不，您瞧，大家，大家都可以證明。大家這兩個字總還能說明點問題吧？」

「什麼問題也說明不了，我胡說一氣，大家也就跟著胡說一氣。」

「您幹麼要『胡說一氣』呢，您怎麼來說明這點呢？」

「鬼知道。也許想擺擺闊……隨便這麼一說……瞧，我渾吃渾喝地花了這麼多錢……也說不定是出於爲了忘記這縫起來的錢……是的，正是出於這個動機……見鬼……您提這個問題已經第幾次了？嗯，胡說一氣，就是這麼回事，既然胡說了，也就不想更正了。一個人有時候爲什麼愛信口開河呢？」

「一個人爲什麼愛信口開河，德米特里・費奧多羅維奇，這道理是很難說清楚的。」檢察官儼乎其然地說道，「不過，請您說說，掛在您脖子上的您稱之爲護身香囊的那玩意兒，大嗎？」

「不，不大。」

「比如說，它到底有多大呢？」

「把一百盧布的鈔票疊成兩半，就這麼大。」

「您最好把那碎布頭拿出來給我們看看，行不？它總還在您身邊吧。」

「唉，見鬼……淨說蠢話……我不知道把它撂哪兒了。」

「但是對不起，話又說回來：您在什麼地方和在什麼時候把它從脖子上摘下來的呢？要知道，誠如您自己所說，您並沒有回家呀？」

「當我從費尼婭那裡出來到佩爾霍京家去的時候，路上，我從脖子上扯下來，取出了錢。」

「黑燈瞎火的？」

「又何必點上蠟燭呢？用一個手指摳進去，一眨眼就辦妥了。」

「不用剪刀，在大街上？」

「好像在廣場上；要剪刀幹麼？一塊舊布頭，說話就扯開了。」

「後來您把這布頭撂哪兒了呢？」

「隨手扔了。」

「到底扔哪兒了呢？」

「就在廣場上，反正在廣場上就是了！鬼知道在廣場的什麼地方。您問這幹麼？」

「這非常重要，德米特里・費奧多羅維奇：這些物證將對您有利，您怎麼不明白這道理呢？誰在一個月前幫您縫的？」

「誰也沒幫我縫，我自己縫的。」

「您會縫？」

「一個當兵的就得會縫縫補補，而且幹這事也不需要任何本領。」

「您打哪弄來的這材料，就是說您用來縫錢的破布頭是打哪弄來的？」

「您不會是取笑我吧？」

「絕對不是，我們也根本沒心思取笑您，德米特里・費奧多羅維奇。」

「不記得哪兒拿的這破布頭了，反正是在什麼地方拿的。」

「怎麼會連這個也記不清呢？」

「真的記不清了，可能是從什麼衣服上扯下來的吧。」

「這倒很有意思：明天也許會在您的住處找到這東西的，您從衣服上扯下一塊來的是件襯衫也說不定。這破布頭是什麼料子的，粗麻布的還是夏布的？」

「鬼知道是什麼料子的。等一等……我好像根本不是從什麼東西上扯下來的。它是塊白棉布……好像我把錢縫在女房東的包髮帽裡了。」

「女房東的包髮帽？」

「是的，我是從她那裡撿來的。」

「怎麼，撿來的？」

「要知道，我記得，我的確撿了一頂包髮帽，用來當抹布，也許是用來擦鋼筆的。我隨便拿的，沒言聲，因爲這是一塊毫無用處的破布，我那裡有好多破布頭，於是我就把這一千五百盧布縫在裡面了……好像就是縫在這破布裡的。一塊舊的沒用的白棉布，洗過一千遍了。」

「您對這個記得一清二楚嗎？」

「我也不知道是不是一清二楚。好像縫在包髮帽裡了。唉，管它呢！」

「既然這樣，您那位女房東起碼總會想得起來她丟了這東西吧？」

「根本不會，她都沒有發覺。一塊布頭，跟您說，是塊舊布頭，分文不值。」

「那麼針是打哪拿的呢，線？」

「我就此打住，再也不說了。夠了！」米佳終於發怒了。

「您居然會忘得一乾二淨：您究竟把這……護身香囊扔在廣場上的什麼地方了呢，這終究叫人納悶呀。」

「您讓人明天把廣場打掃一遍，說不定能找到。」米佳冷笑道。「夠啦，二位，夠啦，」他用筋疲力盡的聲音說道。「我看得很清楚，你們不相信我！什麼也不相信，一點也不相信！這錯在我，不在你們，不應當多嘴多舌。我幹麼，幹麼要透露自己的秘密來作踐自己呢！倒成了你們的笑柄，我從你們的眼神裡看得出來。這是您讓我做的好事，檢察官！你們盡可以去高唱凱歌，慶祝勝利……你們應該受到詛咒，你們這些殘酷折磨別人的人！」

他低下頭，用兩手捂住臉。檢察官和預審官緘口不語。過了一分鐘，他抬起頭，有點茫然地望著他倆。他臉上流露出一種業已形成、無法挽回的絕望，他靜靜地閉上嘴，坐在那裡，悃然若失。然而必須趕快了結此事：必須刻不容緩地轉而傳訊證人。已經是早晨八點鐘了。蠟燭早已吹滅。米哈伊爾・馬卡羅維奇和卡爾加諾夫在審訊過程中一直進進出出，這一次又出去了。檢察官和預審官也顯得異常疲乏。已經到來的早晨是個陰雨天，陰霾滿天，烏雲密布，下著傾盆大雨。米佳茫然望著窗外。

「我可以看看窗外嗎？」他突然問尼古拉・帕爾芬諾維奇。

「噢，您儘管看好了。」他答道。

米佳站起來，走到窗前。雨點敲打著小窗上的一塊塊小小的綠色玻璃。緊挨著窗下可以看見一條骯髒的馬路，稍遠，在雨色淒迷中，則是一排排黑色的貧窮而又難看的農舍，經雨一洗，似乎顯得更黑、更寒酸了。米佳想起了「金髮的福玻斯」，以及他想等到旭日初升就自殺的事。「說不定，這樣的早晨更好，」他忽地一聲冷笑，自上而下地揮了下手，便向「殘酷折磨他的人」轉過身去。

「二位！」他無限感慨地說道，「要知道，我看出來我完蛋了。但是她？請告訴我，我求你們了，難道她也要跟我一起完蛋嗎？要知道，她是無罪的，要知道她昨天大叫：『我是罪魁禍首』，那是她神經失常。她絲毫沒有罪，絲毫沒有罪呀！我陪你們坐著，整夜都在發愁……你們就不能，就不能告訴我，你們現在將怎麼處置她嗎？」

「這點您盡可以放心，德米特里・費奧多羅維奇，」檢察官立刻以一種分明匆匆忙忙的神態回答道，「我們暫時還沒有任何重大理由麻煩您所關注的這位女士，也沒有任何事情要麻煩她。我希望，在案情進一步偵查中，情況也一樣……相反，在這方面，我們會盡力做到我們所能做到的一切的。您可以完全放心。」

「二位，謝謝你們，我早就知道，你們終究是一些光明正大、秉公辦事的人。你們讓我心裡的一塊石頭落了地……嗯，那我們現在該做什麼呢？我聽候吩咐。」

「可不嗎，您哪，應當抓緊時間了。應當刻不容緩地轉而傳訊證人。這一切一定要在您在場的情況下進行，因此……」

「要不要先喝點茶？」尼古拉・帕爾芬諾維奇打斷道，「要知道，好像，也該喝點茶了嘛！」於是他們決定，如果樓下有現成的沏好的茶的話（鑑於米哈伊爾・馬卡羅維奇肯定下樓「喝茶」去了），倒也不妨先喝它一杯，然後再「連續作戰」不遲。至於正經八百地喝茶和吃東西，「點點心」，且待稍空一點再說。樓下還果真有茶，而且很快就把茶端了上來。尼古拉・帕爾芬諾維奇很客氣地勸米佳也喝杯茶，米佳先是拒絕，但後來又自己要求喝茶，而且像渴壞了似的一飲而盡。總的說，他似乎已經心力交瘁。他精力過人，儘管酗酒作樂了一夜，再加上各種強烈的刺激紛至沓來，但這又算得了什麼呢？但是他自己也感覺到他只是勉強坐著，有時候所有的東西似乎都在他眼前晃動和旋轉。「再過片刻，我也許會說胡話的。」他自忖。

八、證人的證言／娃娃

傳訊證人開始了。但是我們已經不想同從前那樣這麼詳細地講我們的故事了。因此我們略而不提尼古拉・帕爾芬諾維奇怎樣提醒每個被傳訊的證人，要他們憑良心如實作證，而且以後還要先宣誓，再重複一遍他們所作的證言，最後還要求每個證人在他們的證言記錄上簽字，等等，等等。我們只想指出一點，審問官最注意的多半還是那三千盧布的問題，即一個月以前德米特里・費奧多羅維奇在莫克羅耶第一次縱酒作樂的時候，花掉的是三千呢，還是一千五？昨天，當德米特里・費奧多羅維奇第二次縱酒作樂的時候花掉的是三千呢，還是一千五？嗚呼，所有的證言無一例外都對米佳不利，而且沒有一個證言是幫他說話的，有些證言甚至還添加了一些新的、幾乎令人吃驚的事，從而推翻了他的口供。被問的第一個人是特里豐・鮑里索維奇。他站在審問官面前毫無懼色，相反還擺出一副對被告深惡痛絕的樣子，這無疑賦予他以一種剛正不阿、爲人正直的姿態。他說話不多，很克制，靜候發問，回答得既正確而又謹慎週到。他堅定而又毫不猶豫地作證，一個月以前花掉的決不可能少於三千，這裡的所有村民都可以作證，他們親耳聽到「德米特里・費奧多雷奇」說過，他花掉了三千：「單是隨隨便便扔給那些茨岡娘們的就有多少錢啊。光是給她們的恐怕就一千也打不住。」

「恐怕連五百也沒給，」對此，米佳陰沉地回答道，「可惜那時候我醉了，沒數……」米佳這次側身而坐，背對布幔，他聽著，臉色陰沉，一副悶悶不樂和十分疲憊的樣子，好像在說：「唉，隨你們去亂供吧，現在反正無所謂了！」

「花在她們身上的就超過一千，德米特里·費奧多羅維奇，」特里豐·鮑里索維奇堅定地駁斥道，「隨便亂扔，讓她們撿了去。這幫人都是賊，都是騙子，他們是偷馬賊，把他們從這裡攆走了，要不然，他們說不定自己就會來作證，他們從您手裡發了多少財。當時，我親眼看到您手裡抓著一大把票子（數倒是沒數，這不假），用眼睛估計，我記得比一千五要多老了去了……哪止一千五呀！咱也見過錢，能估個八九不離十……」

至於昨天到底帶來了多少錢，特里豐·鮑里索維奇乾脆說，這是德米特里·費奧多羅維奇自己告訴他的，一下馬車就宣布他帶來了三千。

「得了吧，是這樣嗎，特里豐·鮑里索維奇，」米佳反駁道，「難道我肯定地宣布我帶來了三千嗎？」

「您說了，德米特里·費奧多羅維奇。當著安德烈的面說了。而且安德烈就在這兒，還沒走，您可以叫他來嘛。至於後來在客廳，您請歌隊吃飯的時候，您乾脆大叫大嚷地說，您要在這裡留下第六個一千，——意思是跟上回算在一塊，應當這麼理解。斯傑潘和謝苗都聽見了，而且彼得·福米奇·卡爾加諾夫當時也站在您身邊，說不定他也記得……」

關於第六個一千的證詞給審問官們留下了非同一般的印象。他們很喜歡這一新算法：三加三等於六，這樣一來，上回的三千加現在的三千，六千之數就齊了，一清二楚。

又傳訊了特里豐·鮑里索維奇指出的所有村民：斯捷潘和謝苗，車夫安德烈和彼得·福米奇·

卡爾加諾夫。那兩個村民和車夫毫不猶豫地證實了特里豐·鮑里索維奇的證言。此外，根據安德烈的話，還特別記錄下了他在途中同米佳的那場談話：他問：「我會到哪去呢：上天堂還是下地獄，在另一個世界會饒恕我嗎？」以「心理學家」自詡的伊波利特·基里洛維奇聽到這話後會心地微微一笑，最後他建議將有關德米特里·費奧多羅維奇會到哪裡去的證言「一併記錄在案」。

被傳訊的卡爾加諾夫很不樂意地走了進來，臉色陰沉，彆彆扭扭。他跟檢察官和尼古拉·帕爾芬諾維奇說話時的那副模樣，倒像他生平第一次見到他們似的，其實他們是老相識，而且天天見面。他一開口就說：「他對此一無所知，而且也不想知道。」但是關於第六個一千的事，原來，他也聽說過，而且他承認他當時就站在米佳身旁。在他看來，米佳手裡的錢「不知道有多少」。關於波蘭人玩牌弄虛作假的事，他也作了證實。在一再訊問下，他也說明了，在波蘭人被攆走後，米佳跟阿格拉費娜·亞歷山德羅芙娜的關係的確好轉了，而且她自己也說她愛他。在說到阿格拉費娜·亞歷山德羅芙娜的時候，他說得很克制，也很有禮貌，倒像她是一位最上層的太太似的，甚至一次也沒有放肆地叫她「格魯申卡」①。儘管讓這個年輕人作證，這年輕人明顯有反感，伊波利特·基里洛維奇還是訊問了他很久，僅僅從他嘴裡他才知道米佳在這天夜裡「羅曼史」的全部細節。米佳一次也沒有阻止卡爾加諾夫說下去。最後，他們終於讓這年輕人走了，他走時毫不掩飾自己的憤怒。

他們還傳訊了那兩個波蘭人。他倆在那個小房間裡雖然上床睡覺了，但是一夜不曾闔眼，一聽見地方當局派員前來，就很快穿上了衣服，俐落收拾了，因為他們自己心裡有數，他們肯定會被傳去問話的。他倆大模大樣地走了進來，雖然心裡不無恐懼。那個唱主角的小個子波蘭人原來是個業

① 格魯申卡是小名。

已退職的十二等文官，在西伯利亞當獸醫，姓穆夏洛維奇。至於弗魯布列夫斯基先生，他原來是個私人開業的dentiste①，用俄國話說就是牙醫。他倆走進房間後，儘管由尼古拉・帕爾芬諾維奇向他們發問，還是一個勁地向站在一旁的米哈伊爾・馬卡羅維奇答話，因爲不知情，所以把他當成了這裡的主要官員和上層，而且一迭連聲地稱他爲「上校先生」。直到好幾次以後，也由於米哈伊爾・馬卡羅維奇的親自開導，他倆才明白過來，只須回答尼古拉・帕爾芬諾維奇的問話就可以了。原來，他們會講俄國話，甚至講得很地道，除了有些詞略有口音以外。關於他跟格魯申卡過去和現在的關係，穆夏洛維奇講得很熱烈，也很自豪，所以米佳一聽就火了，大叫不許這個「卑鄙小人」當著他的面這麼說話。穆夏洛維奇先生立刻提請大家注意「卑鄙小人」這一說法，並請記錄在案。米佳勃然大怒。

「就是卑鄙小人，卑鄙小人！你們把這話記下來，也請記上，儘管有人在旁記錄，我還是將他斥之爲卑鄙小人！」他叫道。

尼古拉・帕爾芬諾維奇雖然把他的話記錄在案，但是在這個不愉快的情況下表現出來極可讚許的實事求是和辦事能力：在對米佳作了一番嚴詞告誡之後，他也就立刻中止了涉及本案風流韻事的進一步訊問，盡快轉到實質性問題：在實質性問題上，波蘭人作了一段供述，引起兩位預審官的極大興趣：即米佳在那間小屋裡曾想收買穆夏洛維奇先生，答應給他三千盧布作補償，七百盧布是現錢，還有兩千三百盧布「明天早晨在城裡」一次付清，並且他還以人格擔保，在這裡，在莫克羅耶，他身邊暫時沒這麼多錢，錢在城裡。米佳一時怒發，說他沒說過明天在城裡一定付清，但是弗魯布

① 法語：牙醫。

列夫斯基先生證實了穆夏洛維奇先生的證言，米佳尋思片刻，皺著眉頭承認也許正如兩位波蘭人所說，確有此事，他當時一著急，很可能真的這麼說了。檢察官於是便抓住這段證言不放：業已偵查清楚（後來也果然作出了這一結論），米佳弄到手的那三千盧布的半數或一部分很可能藏在城裡的某個地方，這樣一來，在米佳手頭只找到總共八百盧布這一偵查中頗爲微妙的問題，也就迎刃而解了——這一情況在此以前曾是唯一的證據，雖然是微不足道的證據，但畢竟是有利於米佳的某種證據。但是現在這唯一的有利於他的證據也不攻自破了。於是檢察官便問，既然他一再肯定他一共只有一千五百盧布，而且他還以自己的人格向那個波蘭人擔保，那麼他到哪兒去弄這其餘的兩千三百盧布並於明天交給那個波蘭人呢？米佳對此堅定地回答，他明天想交給那個「波蘭佬」的不是錢，而是出讓切爾馬什尼亞莊園的一份正式授權書，也就是他曾向薩姆索諾夫和霍赫拉科娃太太提出的同樣的授權書。檢察官對這種「天真的奇談怪論」不由得啞然失笑。

「您竟以爲他會拿這『授權書』，而不要那兩千三百盧布現金嗎？」

「他肯定會的，」米佳熱烈地斷然道，「哪能呢，這不僅值兩千，這值四千，他憑這授權書甚至可能撈到六千！他會立刻去僱一大幫律師，波蘭佬和猶太佬，不用說三千，說不定這官司打贏了，連整個切爾馬什尼亞都能從老頭手裡拿過來。」

不用說，穆夏洛維奇先生的證言被極其詳盡地記錄在案。至此，他們也就把那兩名波蘭人放走了。至於他倆玩牌弄虛作假的事，幾乎沒有提到；尼古拉・帕爾芬諾維奇就這樣已經感激不盡了，何必用這些小事來打擾他們呢，何況這無非是喝醉了酒玩牌時發生的無謂爭執。這一夜縱酒作樂、不成體統的事難道還少嗎……因此這錢，這二百盧布，也就留在了這兩名波蘭人的口袋裡。

接著便傳訊那個小老頭馬克西莫夫。他怯怯地走了進來，邁著碎步走上前去，頭髮蓬亂、衣冠不整，滿面愁容。他一直躲在樓下，挨著格魯申卡，默默地跟她坐在一起，誠如後來米哈伊爾・馬卡羅維奇所說，「他動不動就在她身旁抽抽噎噎地哭，用他那塊帶格的藍手帕擦眼抹淚。」因此她倒反過去安慰他，讓他別哭。這小老頭立刻哭哭啼啼地承認他有罪，「因爲我窮，您哪」，所以向德米特里・費奧多羅維奇借了「十個盧布，您哪」，我願意把這錢退出來……接著，尼古拉・帕爾芬諾維奇便開門見山地問他：他有沒有注意德米特里・費奧多羅維奇手裡到底有多少錢，因爲他向他借錢的時候，離得最近，對他手裡的錢也看得最清楚，對此，馬克西莫夫斬釘截鐵地回答，這錢有「兩萬，您哪」。

「您過去見過兩萬盧布嗎？」尼古拉・帕爾芬諾維奇微微一笑，問道。

「當然見過，您哪，不過不是兩萬，而是七千，您哪，當時賤內把我的一座小村莊給抵押了出去。她只是遠遠地給我看了看，向我吹了一通。很大一包，您哪，全是花票子。德米特里・費奧多羅維奇的也全是花票子……」

他們很快就讓他走了。最後就輪到了格魯申卡。兩位預審官分明擔心她一出現很可能對德米特里・費奧多羅維奇會產生影響，所以尼古拉・帕爾芬諾維奇先悄悄地規勸了他幾句，但是米佳回答他時卻只是默默地低下了頭，以此向他們表示他「決不會搗亂」。格魯申卡由米哈伊爾・馬卡羅維奇親自帶了進來。她進來時神態端莊，面色陰沉，表面上幾乎很鎮靜，她不慌不忙地坐到尼古拉・帕爾芬諾維奇對面讓她坐的那把椅子上。她的臉十分蒼白，彷佛感到冷，因此她緊緊圍著她那條十分漂亮的黑圍巾。當時，的確，她開始感到像發瘧疾般一陣陣輕微的寒顫——這是她久病不癒的開始，她也是在這一夜得的病。她那端莊的神態，坦誠而又嚴肅的目光和安詳的儀容，給大家留下了極其良好的印象。尼古拉・帕爾芬諾維奇甚至立刻有點兒「看入了迷」。後來他在某地談到此事時，他自己也承認，從這一次起他才懂得這女人有多「美」，而過去雖然也見過她，但一向都把她看成是「縣城裡的風騷娘們」這類人。「她那舉止風度一如出身於最最高等的社會」有一回他在女士們的圈子裡讚嘆不已地閒扯道。但是聽到他這番話的女士們卻極爲憤懣，因此立刻稱他爲「愛拈花惹草的花花公子」，他對此還頗得意。格魯申卡走進房間時，只匆匆地瞥了米佳一眼，而米佳則在不安地看著她，但她這時的神態卻使他放心了。先問了幾個必要的問題和作了若干必要的告誡以後，尼古拉・帕爾芬諾維奇雖然說話有點結巴，但是態度卻非常客氣，他問她：「她跟退伍中尉德米特里・費奧多羅維奇・卡拉馬助夫是什麼關係？」格魯申卡對此低聲而又堅定地回答道：

「他是我認識的一個朋友，最近一個月來我一直把他當朋友看待。」

又進一步提了一些刨根問底的問題，她對此直截了當而又十分坦率地宣稱，雖然她「有時」有點喜歡他，但是並不愛他，不過出於「卑劣的憤恨」勾引過他，就像她曾經勾引過那個「老頭」一樣，看到米佳因她而與費奧多爾・帕夫洛維奇和所有的人爭風吃醋，她只感到開心。至於費奧多爾・帕夫洛維奇，她根本就沒想過要到他那裡去，不過拿他開開心罷了。「在這整整一個月裡，我壓根兒顧不上理他們；我在等另外一個人，一個對不起我的負心漢……不過我認爲，」她結束道，「你們大可不必刨根問底地問這些事，我對你們也沒什麼可說的，因爲這是我的隱私。」

尼古拉・帕爾芬諾維奇立刻照辦了：他又一次不再追問那些「風流韻事」，而是直接言歸正傳，進而訊問有關那三千盧布的最要害的問題。格魯申卡證實，一個月以前，在莫克羅耶，的確花掉了三千盧布，雖然錢她沒親手數過，但是她聽德米特里・費奧多羅維奇親口告訴她花掉了三千盧布。

「這話他是跟您私下說的呢，還是有別人在場，或者您只是聽他當著您的面跟別人說的？」檢察官立刻問道。

對此，格魯申卡聲稱，她既在人前聽他說過，也聽他跟別人說過，而且他也單獨告訴過她。

「您單獨聽他說過一次呢，還是聽他說過不只一次？」檢察官又問，於是他得知，格魯申卡聽他說過不只一次。

伊波利特・基里洛維奇對這一證言感到十分滿意。由進一步提出的其他問題中也弄清楚了，格魯申卡知道這錢是從哪裡來的，並且知道這錢是德米特里・費奧多羅維奇從卡捷琳娜・伊萬諾芙娜那裡拿來的。

「您有沒有聽說過，哪怕就聽說過一次，就是一個月前花掉的不是三千，而是要少一些，德米特里・費奧多羅維奇從中給自己留下了整整一半？」

「不，我從來沒聽說過這事。」格魯申卡供稱。

接著甚至進一步弄清了，恰好相反，米佳在這整整一個月裡常常對她說他身無分文。「他一直等著，想從父親那裡得到一筆錢。」格魯申卡最後說道。

「他有沒有在什麼時候當著您的面……或者不過順便說起，或者氣憤地說到，」尼古拉・帕爾芬諾維奇忽然問道，「他打算謀殺自己的父親？」

「哦，說過！」格魯申卡嘆了口氣。

「說過一次還是說過幾次？」

「他曾經提到過好幾次，總是在氣頭上。」

「您相信他會這樣做嗎？」

「不，我從不相信！」她堅定地回答，「我信賴他的高尚人格。」

「二位，請允許我，」米佳突然叫道，「請先允許我當著你們的面向阿格拉費娜・亞歷山德羅芙娜說句話，就說一句。」

「說吧。」尼古拉・帕爾芬諾維奇允許道。

「阿格拉費娜・亞歷山德羅芙娜，」米佳從椅子上微微站起，「請相信上帝和我：對於先父昨天被害，我沒有罪。」

米佳說完這話後又坐到椅子上。格魯申卡也微微站起，面對聖像虔誠地畫了個十字。

「榮耀歸於主！」她用熱烈而又誠懇的聲音說道。她還沒坐到位置上便轉過身去向尼古拉・帕爾芬諾維奇說道：「您要相信他現在說的話！我了解他：他嘴上沒遮攔的，會胡說一氣，或者爲了逗樂，或者得理不饒人，但是他永遠不會說昧心話騙人。他肯定有一說一，您要相信他說的是真話！」

「謝謝，阿格拉費娜・亞歷山德羅芙娜，你真是知我的人！」米佳聲音發顫地回答道。

當他們問到有關昨天的錢的時候，她聲稱她不知道這錢到底有多少，但是她聽到他昨天多次對別人說，他帶來了三千。至於這錢他打哪弄來的，他只告訴過她一個人，他說這是他「偷」卡捷琳娜・伊萬諾芙娜的，她對這話的回答是，他沒偷，這錢明天就可以拿去還給她。但是檢察官追問：他說的從卡捷琳娜・伊萬諾芙娜那兒偷來的究竟是什麼錢——是說昨天的錢呢，還是說一個月以前在這裡花掉的那三千盧布呢？她對此的回答是，按照她理解，他說的是一個月以前花掉的那筆錢。

他們終於讓格魯申卡走了，而且尼古拉・帕爾芬諾維奇還急忙向她宣布，她哪怕立刻回城也可以，如果他能做點什麼來助她一臂之力，比如找輛馬車，或者希望有人送送她，那他……就他而言……

「多謝您了，」格魯申卡向他鞠了一躬，「我可以跟那小老頭，跟那地主一起走，我先送他回去，如果你們允許的話，我先在樓下稍等片刻，等你們把德米特里・費奧多羅維奇的問題了了再說。」

她出去了。米佳的神態很平靜，甚至顯得精神倍增，但是這也就保持了一小會兒。他越來越感到一種奇怪的生理虛脫。他的眼睛由於疲勞常常睜不開。傳訊證人的事終於結束了。開始整理記錄。米佳站起來，從自己的椅子走到掛著布簾的那個角落，躺在店老闆的一口大木箱上，箱上鋪著花毯，他刹那間就睡著了，做了一個奇怪的夢，這夢做得好像完全不是地方，也完全不是時候。他似乎正在一個草原上趕路，還在過去，還在他很久以前服役過的那地方，他坐在一個農民趕著的一輛雙套馬車上，雨雪交加，遍地泥濘。不過米佳感到有點冷，十一月剛開頭，大雪紛飛，濕漉漉的，一落到地上就化了。那農民十分迅捷地趕著馬車，瀟洒地揮動著馬鞭，他蓄著一部長長的淡褐色鬍鬚，雖然不算老，但也有五十上下了，他身穿一件農民們穿的破舊的灰色粗呢上衣。不遠處，有座村落隱約在望，可以看到一座座黑的農舍，農舍的半數已經焚燬，只有一根根燒焦了的木頭矗立著。而村口有一些村婦列隊站在大路旁，人很多，有一長列，一個個十分枯瘦、憔悴，她們的臉略呈棕色。尤其是靠邊站著的一個女人，瘦得皮包骨，高個子，她似乎已有四十上下，也許不過二十歲也說不定，臉長長的，瘦瘦的，她懷裡抱著一個小孩，在哭，她的乳房想必已經乾癟了，一滴乳汁也沒有。孩子在拚命啼哭，伸出兩隻小手，光光的，握著小拳頭，凍得完全發青了。

「他們哭什麼呢？他們幹麼要哭呀？」米佳從他們身邊疾馳而過，問道。

「娃娃，」車夫回答他，「娃娃在哭。」米佳感到吃驚的是，他照本地村民的叫法：不說孩子，而叫娃娃。他很喜歡這漢子說了娃娃二字：似乎更讓人可憐。

「他們幹麼要哭呢？」米佳像傻子似的問個不休。「爲什麼兩只小手光光的不戴手套，爲什麼不把他包起來呢？」

「娃娃凍壞了，衣服單薄，暖和不過來。」

「那爲什麼這樣呢？爲什麼呢？」傻乎乎的米佳還是問個沒完。

「窮，房子燒了，沒吃的，只好伸手請求接濟。」

「不，不，」米佳似乎還不明白，「你說：這些遭火災的母親為什麼站在這裡？人們為什麼窮？娃娃為什麼窮？草原為什麼光禿禿的？為什麼他們不互相擁抱，互相親吻？為什麼他們不唱快樂的歌？為什麼他們被天災人禍弄得面目黧黑？為什麼她們不餵娃娃？」

他心中感到，他雖然問得瘋瘋癲癲、沒有道理，但是他偏要這樣問，而且必須這樣問。他還感到他心中湧起一股他身上從來不曾有過的大慈大悲，他真想哭，真想為大家做點什麼，讓娃娃別再啼哭，讓娃娃的面孔黧黑、乳房乾癟的母親不再啼哭，但願從這一刻起任何人不再流淚，但願馬上，馬上就做到這點，刻不容緩和義無反顧，帶著卡拉馬助夫家那股一往無前的蠻勁。

「我也要跟你一起去，現在我再也不離開你了，一輩子跟著你。」他身旁響起格魯申卡那可愛的、充滿了感情的話。於是他的整個心燃燒起來，一心撲向某種光明，他要活，活下去，他要走，走上一條新的、召喚他勇往直前的光明大道，而且要快，快，現在，馬上！

「什麼？上哪兒？」他叫道，睜開眼睛，在那口大木箱上坐了起來，完全像是從昏迷狀態中清醒過來一樣，他自己則在歡悅地笑。他身旁站著尼古拉・帕爾芬諾維奇，他請米佳先聽一下，然後在審訊記錄上簽字畫押。米佳想到他大概睡了一小時或者一個多小時，但是他並沒有聽尼古拉・帕爾芬諾維奇說什麼。他忽然感到很驚奇，他頭下出現了一只枕頭，然而，當他筋疲力盡地倒臥在大木箱上時並沒有枕頭呀。

「誰拿來一只枕頭放在我頭底下的？什麼人的心這樣好！」他用一種歡欣鼓舞、感激涕零的聲音不勝感慨地說道，倒像天知道人家給了他什麼天大的恩惠似的。這個好心人到底是誰，直到後來也沒人知道，某個見證人，也可能是尼古拉・帕爾芬諾維奇的書記員，出於同情，給了他一只枕頭，但是他的整個靈魂卻由於感激涕零而受到了極大震動。他走到桌旁宣布，他願意在任何文件上簽字。

「二位，我做了個好夢。」他有點異樣地說道，滿臉神采飛揚，彷彿閃耀著歡樂。

九、帶走了米佳

預審筆錄簽字後，尼古拉・帕爾芬諾維奇向被告莊嚴地宣讀了「裁定書」。「裁定書」說，某年某月某日，在某地，某區法院法院預審官就某罪與某罪（所有罪名都詳細開列）審訊了被告某某人（即米佳），鑑於被告拒不承認所控各罪，但又提不出任何證據足以證明自己無罪，然而證人（某某，某某）與一應情況（什麼，什麼）又足以指證其有罪，現根據《刑法》某條某款，特裁定如下：爲預防某某人（米佳）逃避偵查和審訊，特裁定將其收監於某某囚堡，上述情由已向被告宣讀，本裁定書副本咨送副檢察官查照，云云，云云。總之，他們向米佳宣布，從現在起他已成了在押犯，並立即押送進城，收監於一個很不愉快的地方。米佳注意地聽了裁定書之後，只聳了聳肩膀。

「也好，二位，我不怪罪你們，我聽候處置……我明白，捨此別無他法。」

尼古拉・帕爾芬諾維奇對他委婉地說明，因爲區警察分局長馬夫里基・馬夫里基耶維奇恰好就在這裡，所以將由他把他立即押解進城……

「慢。」米佳忽然打斷道，而且以一種難以遏制的感情向屋裡所有的人說道。「諸位，我們都是殘酷的，我們全是惡棍，我們總是迫使人們、母親和吃奶的孩子哭泣，但是在所有人中（現在先如此認定），在所有人中，我是一個最卑鄙的混蛋！就算這樣吧！我這一生中，我每天都在捶胸頓足，答應改邪歸正，可是每天仍舊無惡不作。現在我明白了，對我這樣的人必須打擊，命運的打擊，用套馬索逮住他，只有靠外界的力量才能使他歸順馴服。靠我自己，我是永遠，永遠也不會自己站起來的！但是雷聲響了①！我將接受指控和當眾蒙受羞辱的痛苦，我願意受苦，我將用苦難來洗淨自己！要知道，諸位，我也許會被洗乾淨的，對不？但是，請諸位最後一次聽清楚了：我沒有殺死我父親，我沒有罪！我接受懲罰不是因爲我殺了他，而是因爲我想殺他，說不定還會當真殺了他……但是我還是想跟諸位較量一下，我先把醜話說在頭裡。我將同你們鬥到底，到那時候就聽憑上帝裁決了！再見了，諸位，我在受審的時候曾向諸位嚷嚷過，請別生氣，噢，那時候我多蠢啊……再過一分鐘，我就是在押犯了，現在我德米特里·卡拉馬助夫還是自由人，我要最後一次向你們伸出自己的手來。在跟你們告別的同時，也就是跟人們告別！……」

他的聲音發顫，他還果真伸出了手，但是離他最近的尼古拉·帕爾芬諾維奇，不知怎麼突然，幾乎像抽搐似的把自己的雙手藏到了背後。米佳一下子注意到了這個，打了個寒戰。他那伸出的手立刻放了下來。

「偵查還沒結束，」尼古拉·帕爾芬諾維奇有點尷尬地喃喃道，「在城裡還要繼續進行，就我來說，我當然願意祝您萬事如意……能夠證明您無罪……其實對於您本人，德米特里·費奧多羅維奇，我一向都傾向於認爲您是個不幸的人，而不是有罪的人……我們在這裡的所有的人，請恕我冒昧地

① 指俄諺：「響了雷聲，才求雷神。」作者在一八七九年十一月十六日寫給柳比莫夫的信中說明，米佳的性格將在《預審》一卷中徹底顯露，「在不幸和誤判的暴風雨中他的心靈和良心受到洗刷。他內心接受懲罰並非因爲他所做的事情，而是因爲他如此不成體統，以致可能並且企圖犯下法庭將要誤判的那種罪行。他的性格純粹是俄羅斯式的：響了雷聲，才求雷神。」（杜思妥也夫斯基：《書信選》人文一九九三年版，第四一二頁）。

代表大家說話，我們大家都樂意承認您骨子裡是個高尙的年輕人，但是，卻沉溺於某種略嫌過頭的感情衝動之中……」

尼古拉．帕爾芬諾維奇說到最後，他那小小的身影居然流露出一副儼乎其然、身居高位的模樣。米佳腦子裡倏忽閃過，瞧，這「毛孩子」馬上就會挽住他的胳膊，把他領到另一個角落，跟他繼續談論不久前的那個關於「女孩子們」的話題。但是，即使是被帶去槍決的犯人，有時他腦子裡也會閃過不少根本不相干的、與當前情況完全無關的念頭。

「二位，你們是善良的，你們是人道的——我能不能見見**她**，作最後一次告別呢？」米佳問。

「那當然，但是爲了……總之，現在不能沒有人在場……」

「行啊，你們在場好了！」

帶來了格魯申卡，但是告別很短暫，話也不多，這使尼古拉．帕爾芬諾維奇很不滿足。格魯申卡向米佳深深一鞠躬。

「我對你說過了，我是你的，以後也是你的，不管把你發配到哪兒，我將永遠跟著你。再見了，無辜毀了自己的人！」

她的嘴唇哆嗦了一下，眼淚奪眶而出。

「格魯莎，請原諒我的愛，正是因爲我的愛把你也給毀了！」

米佳本來還想說點什麼，但是他猛地自動打住，走了出去。他周圍立刻出現了許多人，目不轉睛地盯著他。在下面的台階旁（他昨天坐著安德烈的三套馬車曾那麼大轟大嗡地駛近的台階旁），已經停靠著兩輛業已套好馬的大車。馬夫里基．馬夫里基耶維奇是個臉上皮肉鬆弛、但身板結實的矮個子，他正在因爲什麼事情發火，大概忽地出現了什麼事沒弄好，他在惱怒地大叫大嚷。他非常嚴厲地請米佳上車。「過去我在飯館裡請他喝酒的時候，這傢伙完全是另一副面孔。」米佳邊上車邊想。特里豐・鮑里索維奇也從台階上走了下來。大門口擠著一大堆人，男女村民和車夫們，大家的眼睛都盯著米佳。

「再見了，篤信上帝的人們！」米佳突然從大車上向他們喊道。

「也請你原諒我們！」傳來兩三個聲音。

「再見了，還有你，特里豐・鮑里索維奇！」

但是特里豐・鮑里索維奇甚至沒有轉過身來，也許因爲他太忙了。他也在又叫又嚷地忙活。原來，準備讓兩名村警護送馬夫里基・馬夫里基耶維奇進城，讓他倆乘坐的第二輛大車，還沒完全料理妥當。被指派上第二輛三套車趕車的村漢，一面往身上套上衣，一面使勁兒爭辯說，應該讓阿基姆去，而不應該讓他去。但是阿基姆不在，已經讓人去找他了，這名村漢一再堅持，求大家稍等片刻。

「咱們這些老百姓呀，馬夫里基・馬夫里基耶維奇，簡直死不要臉！」特里豐・鮑里索維奇感嘆道，「前天阿基姆給了你二十五戈比，你把錢喝光了，現在你還嚷嚷。馬夫里基・馬夫里基耶維奇，您對我們這些死不要臉的老百姓也太善良了嘛，您的善良都使我感到驚奇，我想說的就是這話！」

「咱們要兩輛車幹麼？」米佳插話道，「有一輛就夠了嘛，馬夫里基・馬夫里基耶維奇，甭擔心，我不會搗亂的，決不會甩開你逃走的，要押送的人幹麼？」

「先生，如果您還沒學會怎麼跟我說話的話，那就好好兒學，我不是您的什麼**你**，別你呀你的跟我套交情，您有什麼好主意留到下回再說吧……」馬夫里基・馬夫里基耶維奇突然對米佳咆哮道，彷彿很高興能藉此洩憤似的。

米佳閉上了嘴。他滿臉漲得通紅。片刻後，他突然感到很冷。雨停了，但是灰濛濛的天空上仍舊陰雲密布，朔風勁吹，直接衝臉上吹來。「我怎麼身上感到冷呀？」米佳想，縮了一下脖子。終於，馬夫里基・馬夫里基耶維奇也上了車，他重重地坐了下來，佔了很大一塊地方，好像沒注意似的，使勁擠了一下米佳。誠然，他心裡不痛快，他很不喜歡交給他的這份差使。

「再見，特里豐・鮑里索維奇！」米佳又向他喊道，但是他自己也感覺到他現在喊他並不是出於親善，而是為了洩憤，違心地叫的。但是特里豐・鮑里索維奇卻倒背著雙手，兩眼注視著米佳，神氣活現地站著，神態嚴厲而又惱怒，什麼話也沒搭理米佳。

「再見啦，德米特里・費奧多羅維奇，再見啦！」忽然傳來卡爾加諾夫的聲音，他不知從哪兒忽地鑽了出來。他跑到大車跟前，向米佳伸出了手。他沒有戴帽子。米佳總算抓住了他的手，握了握。

「再見，好人兒，我忘不了你的寬宏大量！」他熱誠地叫道。但是大車起程了，他們的兩隻手只能分開。響起了鈴鐺——米佳被帶走了。

而卡爾加諾夫則跑進過道屋，坐在一個角落裡，低下頭，兩手捂住臉，哭了起來，就這麼坐著，哭了很久——哭得像個還很小的小男孩，而不是像個已經二十歲的小夥子。噢，他幾乎完全相信米佳有罪！「這還算什麼人呢！發生了這種事以後還怎麼做人呢！」他語無倫次地感嘆道，他痛苦，他沮喪，幾乎陷入絕望之中。這一刻，他甚至不想活在這世上了。「值得活嗎，活著還有什麼意思！」這青年痛心地連聲嘆息。

第四部

第十卷 孩子們

一、科利亞·克拉索特金

十一月初。我們這裡已是零下十一度左右的嚴寒，而隨著嚴寒，萬物表面都蒙上了一層薄冰。大地已經封凍，夜裡又落了少許乾雪，「乾燥而尖利」①的風刮起積雪，掃蕩著敝縣縣城寂寞的街道，尤其是集市廣場。早晨陰霾滿天，但是雪停了。離集市廣場不遠，在普洛特尼科夫家鋪子附近，矗立著一座不大的、內外都很整潔的小房子，這是某官吏的遺孀克拉索特金娜的私宅。省府秘書克拉索特金本人早已去世，他死了差不多十四年了，但是他的遺孀，這位年方三十出頭、至今還極有風韻的太太依然活著，一直住在他們家那座整潔的小房子裡，依靠「祖業」為生。她的日子過得規矩清白而又謹小慎微，她性格溫柔，但又相當活潑開朗。丈夫去世時她才十八歲，跟他同居了總共才一年左右，剛給他生了個兒子。自從丈夫死後，她就一心一意地撫養她的心肝寶貝，她的小男孩科利亞。她雖然神魂顛倒地愛著他，愛了整整十四年，但是，不用說，卻為他受夠了罪，她受的痛苦

---

① 引自涅克拉索夫的詩《雨前》（一八四六年）。

之多與她得到的歡樂簡直沒法比。她幾乎每天戰戰兢兢，嚇得死去活來，就怕他生病、感冒、淘氣，爬上椅子，不小心摔下來……等等。後來科利亞開始上學了，接著又進了敝縣的初級中學，她這個做娘的就急忙跟他一起攻讀所有的學業，以便幫他複習和預習功課，她還急急忙忙地去結交老師們和他們的太太，甚至去跟科利亞的同學們套關係，拍他們的馬屁，爲的是叫他們不要碰科利亞，不要捉弄他，不要打他。結果弄巧成拙，孩子們反倒因她而當真捉弄他逗他了，說他嬌生慣養，是他媽媽的寶貝疙瘩。但是這孩子好強，很能自己保衛自己。他是一個勇敢的孩子，他在班裡很快就以「力大無窮」著稱，行動敏捷，性格倔強，堅毅果斷，而且有勇有謀。他學習成績很好，甚至風傳說他在數學和世界史上足以難倒老師達爾達涅洛夫。這孩子雖然鼻子翹得老高，高高在上，睥睨一切，卻是個好同學，並不自負。同學們對他很尊敬，他認爲這是應該的，但是態度卻很友好。主要是他知道把握分寸，善於在必要時適可而止，在對師長的態度上從不越過禁止超越的某種最後界限，超越了這一界限就變成了過失，就不能容忍，就會變成搗亂、調皮搗蛋和無法無天了。話又說回來，他也從不放過任何一個合適的機會淘氣，而且淘氣得跟一個最糟糕的孩子一樣，其實，與其說他淘氣，無寧說他愛耍小聰明，愛惡作劇，愛「狠狠地教訓」人家，露一手。主要是這孩子自尊心很強。連對他媽也是要她幹什麼她就得幹什麼，近乎蠻不講理。她對他是言聽計從，噢，早就言聽計從了，只有一個想法她無論如何受不了，即這孩子「不十分愛她」。她總覺得科利亞對她「沒有感情」，有時候她還淚流滿面，神經質地責備他對她冷冰冰的。這孩子偏不喜歡這樣，人家越要求他敞開心扉，熱情流露，他就彷彿故意似的存心跟你鬧彆扭。其實他這樣做並不是故意的，而是情不自禁——他就是這脾氣。母親誤會了：他很愛自己的母親，只是不喜歡他用自己那學生語言所說的那樣「肉麻當有趣」。父親死後留下了一個書櫃，裡面藏著幾本書；科利亞喜歡讀書，已經悄悄地看了好幾本。

母親倒沒有因此而感到不安，只是有時候覺得奇怪，一個男孩子，不出去玩，卻站在書櫃旁看書，而且一看就是好幾小時。就這樣，科利亞讀了好幾本在他這樣的年齡還不應當讀的書。話又說回來，最近以來，這孩子雖然並不愛跨過淘氣的一定界限，但是卻做出了一些把他母親嚇壞了的淘氣行為。當然，這淘氣並不是什麼不道德的，但卻是膽大包天、不顧死活的行為。恰好在這年夏天，在七月份放暑假的時候，母子二人到七十俄里以外的另一個縣裡作客（待了一星期），去看望一位遠親，這位遠親的丈夫在火車站工作（離敝縣縣城最近的一個火車站，即一個月以後伊萬・費奧多羅維奇・卡拉馬助夫由此到莫斯科去的那個火車站）。在那裡，科利亞先從詳細觀察鐵路入手，學會了一套規章制度，他心裡明白，這些新學來的知識，等他回家以後，又可向初中的同學們誇耀一番了。但是恰好這時那裡還有幾名他新結識的男孩；這些孩子一部分就住在火車站，另一部分則住在附近——這幫年輕人從十二歲到十五歲，湊起來總共六七個人，而其中有兩名就來自敝縣縣城。孩子們在一起玩，一起淘氣，就在他到火車站作客的第四天或者第五天，這幫年輕的愣頭青居然彼此打了一個令人匪夷所思、豈有此理的賭，賭注為兩盧布，打什麼賭呢？原來是這麼回事：因為科利亞在所有的孩子中幾乎年齡最小，所以大孩子們有點看不起他，他由於自尊心作祟或者出於一種不顧死活的膽大妄為，竟提議：今晚十一點的火車進站後，他將趴在兩根鐵軌中間，一動不動，直到開足馬力的火車在他身體上方疾馳而過為止。誠然，他預先作了研究，研究後發現，的確可以在兩條鐵軌中間這樣伸直身體，平貼在地面上，讓火車疾馳而過，而決不會碰到躺著的人，但是說來容易，你倒真去躺著呀！科利亞堅持說他就能躺著讓火車過去。大家先是取笑他，說他說瞎話，吹牛皮，但是越逗他，他越較真。主要是這些十五歲的大孩子在他面前尾巴也翹得太高了，起初都不願意認他做朋友，把他看做「小不點」，簡直太氣人了，是可忍孰不可忍。於是決定一到晚上他們就動身到離火車站一俄里以外的某個地方去，以便讓火車開出車站後得以全速奔馳。孩子們都集合好了。這天夜裡沒月亮，不僅黑的，而且伸手不見五指。科利亞算準了時間，便匍匐在兩根鐵軌中間。參加打賭的其餘五名男孩，起先屏住呼吸，後來則在一片恐怖和後悔莫及中，站在路基下面的灌木叢裡等候。火車終於開離車站，在遠處轟轟隆隆地響了起來。從黑暗中閃出兩盞紅燈，那個越駛越近的怪物開始發出一片價轟隆聲。「快跑，快離開鐵軌」，嚇得半死的孩子們從灌木叢裡向科利亞大叫，但是已經晚了：火車疾馳而來，又飛馳而去。孩子們向科利亞衝去：他一動不動地躺著。他們開始推他搡他，扶他起來。他忽地一骨碌爬了起來，默默地走下了路基。走到下面後，他宣布他剛才是故意的，裝作失去了知覺，想嚇唬嚇唬他們，但是真實情況是他剛才的確失去了知覺，後來，已經過了很長時間，他自己也向他媽承認了這點。這樣一來，他那「敢於玩命」的名聲就不脛而走，永遠享有這一殊榮。他回到車站後臉色蒼白得像塊亞麻布。第二天發了點輕微的神經性寒熱，病倒了，但是精神上卻十分快活，又高興又得意。這件事並沒有立刻張揚出去，而是後來回到敝縣縣城之後，才傳進了學校，傳到了校方的耳朵裡。但這時科利亞他媽就立刻跑去求老師，替他兒子說情，最後還是可敬而又有影響的達爾達涅洛夫老師出面替他說了話，才把他保了下來，大事化小，小事化了，好像壓根兒沒發生過這事似的。這位達爾達涅洛夫老師是個單身漢，人也不老，他熱戀著克拉索特金娜太太，已經愛了她好多年了，有一次，大概一年前吧，他畢恭畢敬、嚇得和神經脆弱得戰戰兢兢地冒了一次險，向她提出求婚，但是她嚴詞拒絕，認爲答應這門婚事就是對自己孩子的背叛，雖然達爾達涅洛夫老師根據某些神秘的跡象發現，也許甚至有某種權利來幻想，這位美麗而又過於貞節的、溫柔的小寡婦並不十分討厭他。科利亞近乎瘋狂的淘氣行爲打破了這塊堅冰，由於達爾達涅洛夫老師出面說情，終於給了他一個有希望的暗示，誠然這是一個模糊的暗示，但是達爾達涅洛夫本人就是純潔和委婉多禮的少有的典範，所以他對此也就暫時感到滿足了，覺得十分幸福。他很喜歡這孩子，雖然他認爲討好這孩子就未免低三下四了些，因此在課堂上對這孩子的態度很嚴格，要求也很高。但是科利亞也跟他保持著適當距離，他的功課很好，在班上名列第二，但是他對達爾達涅洛夫老師卻很冷淡，而且全班同學都堅信，科利亞在世界史上無所不知，足以「難倒」達爾達涅洛夫本人。果然，有一天科利亞向老師提了個問題：「誰建立了特洛伊城？」①——達爾達涅洛夫對此的回答只能是泛泛談到是什麼民族，他們的活動和民族遷徙，談到年代久遠和神話不足爲憑，但究竟是誰建立了特洛伊城，究竟姓甚名誰，卻語焉不詳，不知爲什麼他甚至認爲這問題很無聊，也站不住腳。但是孩子們卻認爲是達爾達涅洛夫不知道究竟是誰建立了特洛伊城。至於科利亞，他是從父親死後留下的書櫃裡收藏的斯馬拉格多夫的書裡讀到特洛伊城建立者的故事的②。到後來連所有的孩子們都興味盎然地想知道到底是誰建立了特洛伊城，但是克拉索特金卻不肯公開自己的秘密，於是知識淵博的名聲也就不可動搖地落到了他頭上。

自從發生了鐵路上的那件事以後，科利亞跟母親的關係發生了某些變化。當安娜・費奧多羅芙娜（即克拉索特金的寡妻）得知他的寶貝兒子的豐功偉績之後差點沒有嚇得發瘋。她發作了可怕的歇斯底里，除短暫的間歇以外，連續發作了好幾天，這下可把科利亞嚇壞了，他向她鄭重保證，以後再不做這類淘氣事了。他跪在聖像前起誓，並且按照克拉索特金娜太太的要求，用悼念他父親的

---

① 荷馬史詩《伊利亞圍城記》、《奧德修返國記》以及維吉爾的史詩《伊尼亞斯逃亡記》中均曾提到過的古代城市，位于小亞細亞，公元前十三世紀毀於大火。

② 指斯馬拉格多夫所著《中學古代史學習指南》（一八四〇年），書中根據傳說稱特洛伊城的建造者是特洛斯和他的兒子伊羅斯。

名義起誓，這時，「性格頗爲剛毅」的科利亞，居然「感動」得像個六歲孩子一樣嚎啕大哭，在整個這一天，母子二人不斷地互相撲倒在對方懷裡，哭得死去活來。第二天，科利亞一覺醒來，重又變得「冷冰冰」的，不過變得沉默了些，謙遜了些，嚴肅了些，也沉靜了些。誠然，過了大約一月又半，他又幹了一件荒唐事，甚至敝縣的調解法官也知道了他的大名，但是這已經是完全另一類淘氣，既可笑又愚蠢，後來查明，這事也不是他幹的，他不過被牽連進去而已。然而，這事以後有機會再談吧。母親又繼續發抖和痛苦不堪，而達爾達涅洛夫則隨著她的驚惶不安對她抱有的希望也就越來越大了。必須看到，科利亞也懂得並且看透了達爾達涅洛夫的非分之想，而且，不用說，他爲他的這種「自作多情」非常看不起他；過去，他向他母親甚至不客氣地表露過他的這種輕蔑，向她旁敲側擊地暗示，對於達爾達涅洛夫的狼子野心，他懂。但是鐵路上的那事發生以後，他對這事也改變了自己的態度：再不含沙射影，旁敲側擊了，甚至連隱隱約約的暗示也絕口不提，在母親面前提到達爾達涅洛夫老師時也恭敬得多了，對此敏感的安娜·費奧多羅芙娜立刻就明白了，芳心無限感激，但是只要有人，甚至是不相干的客人，有隻言片語提到達爾達涅洛夫，甚至是完全無心地提到，只要說這話時有科利亞在場，她就會忽然羞得滿臉通紅，活像一朵玫瑰花。每次遇到這種時候，科利亞就皺起眉頭望著窗外，或者低頭打量著自己的腳尖，看他那雙靴子有沒有什麼地方開了口，要不就大聲叫佩列茲翁。這是一隻長得很難看的長毛大狗，一個月前他不知從哪兒忽然弄了來，拽進家裡，不知爲什麼還要保密，關在屋裡，不讓任何一個同學看到。他使勁折騰牠，教牠學各種把戲和本領，居然這只可憐的狗每逢他不在家去上學的時候，就又嚎又叫，一看到他回來就像瘋了似的歡蹦亂跳，連聲尖叫，牠會兩腿直立，躺到地上裝死，等等，總之，把教給牠的把戲全都表演了一番，而牠這樣做已經不是根據主人要求，而是因爲它熱情洋溢，歡喜雀躍，滿心感激。

順便說說：我都忘提了，這個科利亞・克拉索特金就是讀者已經熟悉的那個小男孩伊柳沙用鉛筆刀扎他大腿的那個男孩。而伊柳沙就是那個退伍上尉斯涅吉廖夫的兒子，因爲那幫學生戲弄他父親，管他父親叫「樹皮團」，他爲了替父親抱不平，所以才用鉛筆刀刺傷了科利亞。

二、兩個小朋友

且說，在這朔風凜冽、雨雪霏霏的十一月的上午，小男孩科利亞・克拉索特金坐在家裡。時逢星期天，學校不上課。但這時已打過十一點了，他必須立即出去「辦一件非常重要的事」，可是整幢房子裡就剩下他一個人，他簡直成了看門的，因爲住在這裡的所有大人都因爲一件十萬火急而又透著古怪的事出去了。在寡婦克拉索特金娜的房子裡，她自己佔用了一套房間，在她的房間對面，隔著過道屋，還有這宅子裡的唯一的一套小房間，共兩間小屋，租給了一名醫生太太和她的兩個年幼的孩子。這位醫生太太與安娜・費奧多羅芙娜同庚，而且是至交，至於醫生本人，已經有一年了，先是到奧倫堡的什麼地方去了，後來又去了塔什干，而且已經半年左右了，杳無音信，因此，要不是因爲有克拉索特金娜太太這個要好朋友，稍許減輕了一點這位被遺棄的醫生太太的痛苦的話，她恐怕就會因這痛苦而整天以淚洗面了。真是禍不單行，就在這天夜裡，由星期六到星期天凌晨，醫生太太的唯一的一名女僕卡捷琳娜，完全出乎她的女主人的意料，竟突然向她宣布，她打算天亮前分娩，生孩子。竟有這樣的事，事先誰也沒發覺，這對於大家簡直成了奇蹟。大吃一驚的醫生太太考慮了一下以後認爲，趁現在還有時間，趕快把卡捷琳娜送到敝縣縣城專爲遇到這類情況而設立的由接生婆們開辦的產房去。因爲她很喜歡這名女僕，所以便把她的這一方案立即付諸實施，把這女傭人送去了，非但如此，她還留下來陪伴她。接著就到了早晨，不知爲什麼又忽然需要起了克拉索特金娜太太的友好參與與幫助，因爲在這種情況下可以託她去求求什麼人，幫幫什麼忙。因此兩位太太都不在家，而克拉索特金娜太太本人的女僕阿加菲婭奶奶又上市場去買東西了，因此科利亞就充當了留下來沒人照看的小男孩和小女孩這兩名「小不點」的臨時看護人和守衛者。讓科利亞看家，他倒不怕，再說還有佩列茲翁陪著他，他命令佩列茲翁在外屋的長凳下趴著「別動」，科利亞則在各個房間裡巡邏走動，每當他走進外屋，佩列茲翁的腦袋就動一下，討好地用尾巴在地板上使勁甩打兩下，但遺憾的是始終沒發出叫牠過去的口哨。科利亞威嚴地瞅了瞅這只不幸的狗，於是牠又屏住呼吸，聽話地一動不動。但是如果有什麼事科利亞放心不下的話，那唯有這兩個「小不點」了。至於卡捷琳娜發生的那件意外事，不用說，他的態度是深深的輕蔑，但是他對這兩個沒爹的胖娃娃卻非常喜歡，已經拿了一本什麼小孩書給他們看。稍大的那個是女孩，叫娜斯佳，已經八歲了，會讀書，年齡較小的那個胖娃娃是男孩，叫科斯佳，七歲，他非常喜歡娜斯佳讀書給他聽。不用說，克拉索特金本來可以跟他們玩得更開心些的，比如，可以讓他倆並排站好，跟他們玩當兵遊戲，或者跟他們玩捉迷藏，讓他們滿屋子東躲西藏。這遊戲過去他已經跟他們玩過不止一次了，而且樂此不疲，所以有一次甚至惹得他們班上都傳開了，克拉索特金在自己家裡跟他們家的小房客玩拉馬車遊戲，他低著頭蹦呀跳的拉邊套，但是克拉索特金高傲地駁斥了這一指責，表示，「在我們這歲數」，與自己的同齡人，與十三歲的孩子玩拉馬車的遊戲的確沒出息，但是他現在這樣做是爲了哄「孩子」，因爲他愛他們，而在他愛誰恨誰的問題上誰也無權狗拿耗子多管閒事。然而那兩個「胖娃娃」卻非常喜歡他。可是這一回他卻無心玩耍。他要去辦一件十分要緊的私事，這事看去甚至顯得有點神秘，但是時間在漸漸過去，本來可以把孩子交給阿加菲婭的，可是阿加菲婭卻始終沒有回來的意思。他已經有好幾次穿過過道屋，推開醫生太太的房門，憂心忡忡地打量那兩個「胖娃娃」，他倆正聽從他的吩咐，在看書，每次，當他開門的時候，他倆都默默地向他咧開嘴微微一笑，等他走進來，做出什麼很開心、很好玩的事。但是科利亞心事重重，並沒進去。終於打了十一點，他才斬釘截鐵地下定決心，再過十分鐘，如果這個「該死」的阿加菲婭還不回來，他就不等了，乾脆一走了之，自然，先要「小不點」們答應，他出去後他倆不要害怕，不要太淘氣，也不要因爲害怕而哭哭啼啼。他一邊在作如是想，一邊穿好了自己那件海狗皮領子的冬季棉大衣，挎上自己的書包，而且無視他母親過去的一再懇求，讓他「這麼大冷天」出門的時候一定要穿套鞋，當他穿過外屋的時候，只是滿不在乎地看了看那雙套鞋，他光穿一雙皮靴就走了出去。佩列茲翁一看到他已經穿好衣服，就拼命在地板上敲打尾巴，神經質地扭動著整個身軀，甚至還發出可憐的嗚嗚的叫聲，但是科利亞看到自己那條狗這麼心急火燎，認爲這有損紀律，哪怕就一分鐘，也要讓牠在長凳下多待一會兒，直到打開進過道屋的門以後，才向牠突然打了聲呼哨，那狗像瘋子似的一躍而起，高興得衝到他前面歡蹦亂跳，穿過過道屋，科利亞打開了「胖娃娃們」的門。他倆仍舊坐在小桌旁，但已經不在看書了，而在熱烈地爭論什麼問題。這倆孩子常常互相爭論各種引起他們興趣的日常生活話題。然而娜斯佳因爲是大孩子總是取勝；而科斯佳，如果他不服她的看法，幾乎總是去找科利亞‧克拉索特金提出上訴，只要他判定的事，對於兩造，這就成了絕對判決。這一回，這倆「胖娃娃」的爭論多少引起了克拉索特金的興趣，所以他就站在門口聽。孩子們看見他在聽，就更加熱烈地繼續他們的爭論。

「我才不相信，我才不相信呢，」娜斯佳熱烈地嘟囔道，「說什麼小孩是接生婆在園子裡的白菜地裡撿到的。現在已經是大冬天了，壓根兒就不種菜，接生婆才不會給卡捷琳娜抱個小女兒來呢。」

「哧！」科利亞暗笑道。

「要不就是這樣：她們隨便從什麼地方抱一個小孩來，但是只送給那些已經出嫁了的女人。」

科斯佳兩眼盯著娜斯佳，一邊仔細聽著，一邊琢磨。

「娜斯佳，你真笨，」他終於堅定而又不急不躁地說道，「卡捷琳娜哪會有什麼小孩呀？她還沒出嫁哩！」

娜斯佳猛地火了。

「你懂個屁，」她憤怒地打斷他的話道，「說不定她有丈夫呢，不過在坐牢，所以她就生了。」

「難道她的丈夫在坐牢？」愛較勁的科斯佳一本正經地問道。

「要不，就是這樣，」娜斯佳又急忙打斷他的話道，完全拋棄和忘掉了她的第一個假設，「你說得對，她沒有丈夫，但是她想嫁人，因此她就想啊想啊，想她怎樣才能嫁個男人，她老是想呀想的，一直想到了她身邊出現了一個男人，不過不是丈夫，而是一個不點大的小孩。」

「除非是這樣，」被徹底戰勝了的科斯佳同意道，「你過去可沒說過這話，我怎麼會知道呢。」

「我說，兩位小朋友，」科利亞向他們跨近一步，走進屋子，「我看呀，你倆是危險人物！」

「佩列茲翁也跟您一塊兒？」科斯佳齜牙咧嘴地說，開始彈著手指，叫佩列茲翁過去。

「胖娃娃們，我很為難，」克拉索特金一本正經地開口道，「你們必須幫我一把：阿加菲婭準是摔斷了腿，因為她到現在還沒回來，這已經是鐵板釘釘的事了，可是我又必須出門，你倆能不能放我走呢？」

這兩孩子擔心地面面相覷，他倆齜牙咧嘴的臉上開始露出不安。不過他倆還沒完全弄明白要他們幹什麼。

「我出去了，你們能不淘氣嗎？不會爬上櫃子摔斷腿嗎？不會因為就你倆在家嚇哭了嗎？」

孩子們變得愁容滿面。

「作爲獎賞，我可以給你們看一樣小東西，一尊小銅砲，裡面可以裝上真的火藥，還可以開砲。」

孩子們的臉霎時間豁然開朗。

「快把小銅砲給我看看。」科斯佳眉開眼笑地說道。

克拉索特金把手伸進書包，從裡面掏出一尊青銅做的小砲，把它放在桌上。

「可不是要『給我看看』嘛！瞧，還裝著輪子哩，」他把玩具砲在桌上滾動了一下，「還可以開砲。裝上霰彈就能射擊。」

「能打死人嗎？」

「只要瞄準了，什麼人都打得死。」於是克拉索特金就開始說明，往哪裝火藥，往哪裝霰彈，還給他們看一個火門似的小洞，並且告訴他們打砲時砲身會後坐。這兩個孩子聽得津津有味。尤其使他們的想像力感到吃驚的是砲身還會後坐。

「那您有火藥嗎？」娜斯佳問。

「有啊。」

「把火藥也給我們看看，行嗎？」她帶著央求的微笑拉長了聲音問。

克拉索特金又把手伸進書包，從裡面掏出一個小瓶子，瓶裡果然裝著一些真火藥，一個包著的紙包裡還有幾粒霰彈。他甚至還擰開瓶塞，往手掌上倒了點火藥。

「不過要注意了，不能碰到明火，要不就會忽地爆炸，把咱們大家全炸死。」克拉索特金爲了加強效果警告道。

孩子們懷著一種敬畏的心情仔細看著這火藥，這就使他倆更加興味盎然了，但是科斯佳更喜歡霰彈。

「霰彈總不會著火吧?」他問。

「霰彈不會著火。」

「給我幾粒霰彈吧!」他用央求的聲音說。

「可以送給你幾粒霰彈,給,拿著,不過我回來以前不許給媽媽看,要不她會以為這是火藥,非嚇死不可,還會用鞭子抽你們。」

「媽媽從來不用鞭子抽我們。」娜斯佳立刻說道。

「我知道,我說這話僅僅為了措詞美。你們永遠也不要騙媽媽,但是這一次要等到我回來。好了,小朋友,現在我能不能走了呢?我不在家的時候,你們不會嚇哭了吧?」

「會——哭——的。」科斯佳拉長了聲音說,已經準備哭了。

「會哭的,一定會哭的!」娜斯佳也用急促的、怕兮兮的聲音接口道。

「唉,孩子們呀孩子們,你們這年齡是多麼危險呀①。沒辦法,小鳥兒,只能陪你們坐一會兒了,真不知道還要坐多久。可是時間呀時間,唉!」

「您叫佩列茲翁裝死行嗎?」科斯佳請求。

「真沒辦法,那就只能讓佩列茲翁幫個忙囉。過來,佩列茲翁!」於是科利亞開始讓狗耍把戲,那狗則表演牠所知道的一切。這是一條長毛狗,跟普通的看家狗差不多大小,毛呈灰色,並略帶雪青。牠的右眼稍斜,左耳不知為什麼有個缺口。牠連聲尖叫和歡蹦亂跳,兩腿直立,用後腿站著走

---

① 引自俄羅斯詩人德米特里耶夫(一七六〇-一八三七年)的寓言《公雞、公貓和小老鼠》(一八〇二年)。

路，後背著地，四腳朝天，還會裝死，一動不動。就在要這最後一個把戲時，門開了，克拉索特金娜太太的胖女傭阿加菲婭，一個四十歲上下的麻臉女人，出現在門口，手裡拿著從市場上買的一紙包食品回來了。她站在門口，左手拎著紙包，看狗表演。科利亞雖然心急地等著阿加菲婭回來，可是並沒有打斷佩列茲翁的表演，而是照舊讓佩列茲翁裝了一會兒死，最後才向牠吹了聲口哨：狗一躍而起，因爲完成了自己應該完成的任務，高興得歡蹦亂跳。

「瞧，這狗！」阿加菲婭用教訓的口氣說道。

「你這女的，爲什麼這麼晚才回來？」科利亞威嚴地問道。

「女的，瞧你這小不點！」

「小不點？」

「就是小不點怎麼著！我晚回來，關你什麼事兒，我晚回來總有晚回來的道理嘛！」阿加菲婭嘮嘮叨叨地說道，一面在爐子旁忙活，但是她說話的聲音沒一點不滿和生氣的味道，相反，聽去還頗得意，似乎能跟性格開朗的小少爺磨磨嘴皮子覺得很開心。

「我說你這老不正經的，」克拉索特金從沙發上站起來說道，「你能不能用人世間一切神聖的東西以及除此以外的任何東西向我起個誓，當我不在家的時候，你一定能看好這兩個娃娃？我要出門。」

「幹麼我要向你起誓？」阿加菲婭笑起來，「我本來就會看好他倆的。」

「不，你非得用你的靈魂永遠得救向我發個重誓。要不我不走。」

「不走就不走唄。這關我什麼事，外頭冷，在家待著吧。」

「小朋友，」科利亞對那兩個孩子說，「這個女的留下來陪你們，一直到我回來或者到你們的媽媽回來，因爲她早該回來了。再說，她還會給你們吃早飯。能給他們一點吃的嗎，阿加菲婭？」

「這倒可以。」

「再見了，小鳥們，現在我可以放心了。我說大娘，」他走過阿加菲婭身邊的時候，低聲而又一本正經地說道，「我希望你不會對他們像你們那幫娘們慣會瞎叨叨的那樣胡說八道，說一些有關卡捷琳娜的蠢話，他們還小，請予垂憐。來，佩列茲翁！」

「去你的。」阿加菲婭反唇相譏，已經生氣了。「可笑！說這種話就該挨揍。」

三、小同學

但是科利亞已經顧不上聽她嘮叨了。他終於可以走了。他走出大門後回頭看了看，聳了聳肩，說了聲「真冷！」就沿著大街逕直走去，接著又向右拐進一條胡同，向集市廣場走去。還沒走到廣場，還差一棟房子的時候，他在一家大門旁停了下來，從口袋裡掏出哨子，使勁吹了一下，似乎在打一個暗號。他在那裡等了不到一分鐘，大門上的小門裡就忽地竄出一個紅臉蛋的小男孩，十一歲左右，也穿著乾乾淨淨、甚至很講究的棉大衣。這男孩叫斯穆羅夫，在預備班上學（當時，科利亞·克拉索特金已經比他高兩班），是一位薪金優渥的官吏的小少爺，他父母大概因為克拉索特金是個出了名的不顧死活的小淘氣，所以不許這孩子跟他玩，因此現在斯穆羅夫分明是偷偷溜出來的，如果讀者沒有忘記的話，這個斯穆羅夫就是兩個月前隔河向伊柳沙扔石頭的那群小男孩中的一個，當時他還把伊柳沙的事告訴了阿廖沙·卡拉馬助夫。

「我已經等了您足足一小時了，克拉索特金。」斯穆羅夫神態堅定地說道，於是這兩孩子便邁步向廣場走去。

「來晚了。」克拉索特金回答。「有點事。你跟我在一起，不會挨揍嗎？」

「您給我得了吧，難道我會挨揍？佩列茲翁也跟來了？」

「佩列茲翁也跟來了。」

「您也帶牠去那兒？」

「也帶牠去那兒。」

「唉，要是茹奇卡就好了！」

「沒法帶茹奇卡去。茹奇卡已經不在了。茹奇卡已經杳無音信，不知去向。」

「啊呀，能不能這樣呢，」斯穆羅夫突然停下來，「伊柳沙不是說過茹奇卡也是條長毛狗，也跟佩列茲翁一樣，灰白的，煙色的──能不能就說，這就是那只茹奇卡呢？說不定他會相信的。」

「小同學，要鄙棄謊言，這是一；甚至爲了做好事也不行，這是二。最要緊的是，我希望，你在那裡沒有把我要去的事說出去。」

「上帝保祐，難道我不明白這道理嗎？但是你用佩列茲翁是安慰不了他的。」斯穆羅夫嘆了口氣。「你知道嗎：他父親，那個大尉，就是那『樹皮團』，跟我們說過，他今天要送給他一隻小狗，一隻真正的米蘭獵狗，黑鼻子；他想，這只小狗一定會使伊柳沙喜歡，其實也不見得，你說呢？」

「他本人怎麼樣，我說伊柳沙？」

「唉，不好，不好！我想，他得的是肺癆。他整個人神智很清楚，就是這呼吸，這呼吸，呼吸很不好。前些日子，他要人家給他穿上靴子，帶他出去走走，可是剛走出去就摔倒了。他說：『唉，爸爸，我跟你說過，我從前那雙靴子破了，過去穿著它走路就挺彆扭。』他滿以爲，他是因爲靴子才摔倒的，其實是因爲身體太虛。他活不了一週了。赫爾岑什圖勃常去給他看病。現在他們又有錢了，有很多錢。」

「騙子。」

「誰是騙子。」

「大夫唄，全是一幫行醫的壞蛋，我是說一般情況，自然，此公尤甚。我反對醫學。誠乃無益有害的愚蠢之舉。不過，我要把這一切研究之後再說。話又說回來，你們在那裡溫情脈脈地搞些什麼名堂？好像你們全班都去了？」

「不是全班，而是每天總有大約十名同學在那兒。這沒什麼。」

「在這一切之中，使我最吃驚的倒是那個阿列克謝．卡拉馬助夫：他大哥犯了這麼大罪，明天或者後天就要開庭了，他倒好，溫情脈脈地抽出這麼多時間來跟孩子們鬼混！」

「這裡根本沒有溫情脈脈。現在你自己不是也去跟伊柳沙講和嗎。」

「講和？這說法太可笑了。話又說回來，我不允許任何人來分析我的行為。」

「伊柳沙看見你會多高興啊！他壓根兒就沒想到你會去看他。為什麼，你為什麼這麼久都不肯去呢？」斯穆羅夫突然熱烈地感嘆道。

「好孩子，這是我的事，跟你沒關係。我是自己要去的，因為我想去，而你們大家是阿列克謝．卡拉馬助夫死乞白賴地拽去的，區別就在這裡。你怎麼知道，也許我根本不是去講和的呢？混賬說法。」

「根本不是卡拉馬助夫，根本不是他。是我們自己要去的，當然，起先是跟卡拉馬助夫一塊兒去的。而且絲毫沒有這樣的事，沒有做任何蠢事。先是一個人去，後來又去了第二個人。他父親看到我們高興極了。你知道嗎，要是伊柳沙死了，他肯定會發瘋的。他看到伊柳沙會死。一看到我們跟伊柳沙和好了，就感到非常高興。伊柳沙常常問起你，其他就沒說什麼了。他問過以後就不再言語了。而他父親準會發瘋或者上吊。要知道，他從前就瘋瘋癲癲。要知道，他是一個高尚的人，那時都弄錯了。都怪那個弒父兇手當時揍了他。」

「我覺得卡拉馬助夫終究是個謎。其實我早就可以跟他認識了，但是在某種情況下我喜歡擺點架子。再說，我已經對他形成了某種看法，不過還需要核實和進一步搞清楚。」

科利亞神氣地閉上了嘴。斯穆羅夫也緘口不語。不用說，斯穆羅夫很崇拜科利亞・克拉索特金，根本不敢跟他平起平坐。現在卻非常感興趣，因爲科利亞說他是「自己要去」的，科利亞現在忽然想到要去，而且非今天去不可，可見，這裡肯定藏著個謎。他倆走在集市廣場上，這一回廣場上停著許多外地來的大車，還有許多趕了來賣的家禽。一些城裡的婦女在自己的房簷下賣麵包圈和針頭線腦什麼的。這種星期天的市集，在敝縣縣城，天真地稱之爲集市，而這樣的集市在一年裡有許多次。佩列茲翁在興高采烈地奔跑，忽左忽右地不斷東嗅嗅西聞聞。當遇到別的狗的時候，它總是非常樂意地按照狗的所有規矩彼此聞來聞去。

「我喜歡觀察現實，斯穆羅夫，」科利亞突然開口道，「你注意了沒有？一條狗遇到另一條狗，總要互相聞來聞去。牠們在這裡有某種表明天性的共同規律。」

「是的，這規律有點可笑。」

「不是可笑，你說這話就不對了。自然界沒有任何可笑之處，不管抱有偏見的人對此怎麼看。如果狗也能議論和批評，它們肯定會認爲人與人，它們的主人與主人間的社會關係中有同樣多的事（如果不是多得多的話）很可笑；我所以要把這話再說一遍，是因爲我堅信，我們幹的蠢事要多得多。這是拉基京的想法，這是一個頗有見地的想法。我是社會主義者，斯穆羅夫。」

「什麼叫社會主義者？」斯穆羅夫問。

「這就是人人平等，人人有份，財產公有，沒有婚姻，至於宗教和一應法律，悉聽尊便①，以及其他等等。你還小，還不懂得這些大道理。話又說回來，天還真冷。」

「可不嗎，零下十二度。我父親剛才看過寒暑表。」

「你注意了沒有，斯穆羅夫，在隆冬時節，即使到零下十五度，或者甚至十八度，好像也沒有現在這麼冷，可是在初冬，就如現在這樣，突然出人意料地來了寒潮，溫度猛地降到零下十二度，雖然很少下雪，但卻感到很冷。這說明人還沒習慣過來。人呀，都是習慣，幹什麼都是習慣，甚至幹國家大事和搞政治也一樣。習慣是人的主要動力。話又說回來，這村漢有多可笑。」

科利亞指了指一個慈眉善目、穿羊皮統子的鄉下大漢，他正站在自己的大車旁，戴著無指手套，冷得不住拍巴掌。他那淡褐色的長鬍子上已經凍得掛滿了白霜。

「這鄉下人的鬍子都結冰了！」科利亞走過他身邊時，故意挑釁似的大聲嚷嚷道。

「好多人的鬍子都結冰了。」那鄉下人平靜而又勸喻似的回答道。

「別惹他。」斯穆羅夫說。

「不要緊，他不會生氣的，他是個好人。再見，馬特維。」

「再見。」

「你難道真叫馬特維？」

「我就叫馬特維。你不知道？」

---

① 據學者研究：這裡暗指俄國作家謝德林發表在《現代人》雜誌一八六三年第八期上的系列作品《悉聽尊便》。

「不知道；我只是隨便一說。」

「這就巧了。你大概在上學吧？」

「上學。」

「你怎麼，常常挨打嗎？」

「那倒也不，隨便揍兩下。」

「疼嗎？」

「哪會不疼呢！」

「唉，這年頭！」那鄉下人感慨萬千地嘆了口氣。

「再見，馬特維。」

「再見，好小夥，你真好。」

這兩個孩子又繼續往前走了。

「這鄉下人是個好人，」科利亞對斯穆羅夫說，「我喜歡同老百姓聊天，我總愛替老百姓說句公道話。」

「你幹麼胡說我們常常挨打？」斯穆羅夫問。

「總得讓他心裡得到點安慰不是？」

「這是什麼意思？」

「我說斯穆羅夫，我喜歡點到為止，不喜歡人家刨根問底地問個沒完。有些道理是說不明白的。鄉下人總以為學生就得挨揍，而且必須挨揍：學生不挨揍，還算什麼學生？我要是對他說，我們學校裡不興打人，他肯定聽不進去。不過，這道理你是不懂的。還得善於跟老百姓說話。」

「不過你別惹他們，勞駕了，要不像上回跟那傢伙一樣，沒事找事。」

「你害怕了？」

「你不要取笑，科利亞，我還真怕。父親會大發雷霆的。他嚴厲禁止我跟你在一塊兒玩。」

「你放心，這一回肯定啥事也沒有。你好，娜塔莎。」他向房簷下的一名女商販叫道。

「怎麼叫我娜塔莎，我叫瑪麗亞呀！」那女商販嘰嘰喳喳地回答道，她還根本不老。

「你叫瑪麗亞嗎，太好啦，再見。」

「你這冒失鬼，人不點大，還想吃老娘的豆腐！」

「我沒工夫，我沒工夫跟你閒聊天，有話下星期天告訴我得了。」科利亞揮了揮手，倒像不是他糾纏人家，而是人家糾纏他似的。

「下星期天我有啥跟你說的？自己過來套近乎，又不是我纏著你，搗蛋鬼，」瑪麗亞吵吵嚷嚷地叫道，「真是的，得狠狠地揍你一頓，你呀，是個出了名的惹是生非的傢伙，沒錯！」

在瑪麗亞旁邊還擺著一些貨攤，在自己的貨攤上做生意的女商販們發出一陣哄笑。這時，忽然從城市店鋪的拱廊下竄出一名無緣無故怒氣沖沖的人，有點像商人家的夥計，不過不像本地的買賣人，而是從外地來的，他穿著一件長襟藍大褂，戴著鴨舌帽，還很年輕，生著一頭深褐色鬈髮，長長的臉，臉色蒼白，滿是麻點。他似乎正在犯渾，他立時伸出拳頭，威脅科利亞。

「我認識你，」他怒氣沖沖地叫道，「我認識你！」

科利亞定睛看了看他。他怎麼也想不起來他什麼時候跟這人較量過。但是他在街上跟人打架的事還少嗎，哪能記得所有的人呢。

「你認識我？」他譏諷地問他。

「我認識你！我認識你！」這夥計像個傻子似的又說起剛才說過的話。

「認識就好。不過我沒閒工夫，再見！」

「你搗什麼亂？」那夥計叫道。「你又來搗亂了不是？我認識你！你又來搗亂了不是？」

「老夥計，我現在是不是搗亂，你管不著。」科利亞說，他停下來繼續打量著他。

「我怎麼管不著？」

「沒什麼，你就是管不著。」

「那麼誰管得著，誰管得著呢？誰管得著呢？」

「老夥計，現在這事歸特里豐・尼基季奇管，你管不著。」

「特里豐・尼基季奇？他是哪路神仙？」這小夥子雖然照舊在發火，可是卻帶著一種傻呵呵的詫異神情，眼睛一眨不眨地盯著科利亞。科利亞神氣地用目光打量了他一番。

「上耶穌升天教堂去過嗎？」科利亞執拗地、嚴厲地問他。

「上哪個升天教堂？上哪兒去幹麼？沒有，沒去過。」這小夥子有點慌神了。

「認識薩巴涅耶夫嗎？」科利亞更執拗、更嚴厲地繼續問道。

「哪個薩巴涅耶夫？不，不認識。」

「不認識拉倒！」科利亞忽然不客氣地說，說罷就猛地向右轉，大踏步揚長而去，似乎不屑與一個連薩巴涅耶夫都不認識的糊塗蟲說話似的。

「你站住，喂！哪個薩巴涅耶夫？」那小夥子回過味來了，又渾身上下激動起來。「他到底說什麼呀？」他突然轉身問女商販們，傻呵呵地看著他們。

女商販們大笑起來。

「這孩子真叫人摸不透。」一個女商販說道。

「他說的是哪個薩巴涅耶夫呀？」那小夥子揮著右手，還在不依不饒地重複著這個問題。

「可能是說在庫茲米喬夫家幹活的那個薩巴涅耶夫吧，對，很可能。」一個女商販忽然明白過來。

那小夥子狐疑地盯著她的臉。

「庫茲——米——喬夫？」另一個女商販重複道，「他哪叫特里豐呀？他叫庫茲馬，不是特里豐，剛才那小夥子不是管他叫特里豐．尼基季奇嗎，可見不是他。」

「我說呀，他不叫特里豐，也不叫薩巴涅耶夫，這人姓奇若夫，」一直緘口不語、在一旁認認真真聽的第三個女商販突然接口道，「他大名叫阿列克謝．伊萬內奇．奇若夫，阿列克謝．伊萬諾維奇。」

「那不就是奇若夫嗎。」第四個女商販堅決地肯定道。

驚愕的小夥子一會兒瞧著這女人，一會兒瞧著那女人。

「鄉親們，那他幹麼問，問這幹麼？」他近乎絕望地叫道，「『你認識薩巴涅耶夫嗎？』鬼才知道薩巴涅耶夫是什麼人！」

「你真是個糊塗蟲，跟你說不是薩巴涅耶夫而是奇若夫，阿列克謝．伊萬諾維奇．奇若夫，說的是他嘛！」一名女商販向他威嚴地喝道。

「哪個奇若夫？嗯，哪個呀？你知道，你就說嘛。」

「就是那個大高個兒，囔鼻兒，夏天老在市場上坐著的。」

「你那奇若夫跟我有什麼關係，鄉親們，啊？」

「我怎麼知道奇若夫跟你有什麼關係。」

「誰知道他跟你有什麼關係，」另一個女人接口道，「你這麼吵吵嚷嚷的，你自己就該知道你打聽這人幹麼嘛。要知道，他這話是跟你說的，而不是跟我們說的，真是個蠢貨。難道你當真不認識他？」

「不認識誰？」

「奇若夫呀。」

「讓鬼把奇若夫和你一塊抓去吧！我非揍他一頓不可！他居然敢笑話我！」

「你要揍奇若夫嗎？他揍你還差不多！你是個混球，真是的！」

「不是揍奇若夫，不是揍奇若夫，你這混賬東西，我要揍的是那渾小子，真是的！把他叫來，把他叫到這兒來，他竟敢笑話我！」

娘們全哈哈大笑。而科利亞卻帶著旗開得勝的表情走遠了。斯穆洛夫在他身旁走著，不住回頭張望在遠處吵吵嚷嚷的那群人。他心裡也感到很開心，雖然他還在擔心，可別跟科利亞鬧出什麼亂子來。

「你問他的是哪個薩巴涅耶夫？」他問科利亞，同時預感到他將得到什麼回答。

「我怎麼知道是哪個？現在，他們準會一直嚷到天黑。我就愛讓社會各階層的傻瓜蛋吵個天翻地覆。瞧，那兒還站著個傻瓜蛋，就是那個鄉巴佬。你注意了，俗話說得好：『再沒有比愚蠢的法國人更愚蠢的了』，可是俄國人的那副尊容也會把自己那副蠢相暴露無遺。這傢伙的臉上，我是說這鄉巴佬的臉上不是也暴露出他是個傻瓜蛋嗎？」

「別惹他了，科利亞，咱們老老實實走過去得了。」

「沒門，而且說幹就幹。喂！你好，老鄉！」

一個彪形大漢慢騰騰地正要走過去，他大概喝了點酒，生著一副淳樸的圓臉，鬍鬚斑白，他抬起頭，看了看這小夥子。

「哦，你好，只要你不是跟我開玩笑就成。」他不慌不忙地回答道。

「我要是開玩笑呢？」科利亞笑了。

「開玩笑就開玩笑，上帝保祐你。也沒什麼，隨你便。開開玩笑總是可以的。」

「對不起，大叔，我是開玩笑。」

「但願上帝寬恕你。」

「那你能寬恕我嗎？」

「能，能，太能了。你走吧。」

「我說你呀，你也許是個聰明的老鄉。」

「比你聰明。」這村漢出乎意料地說道，仍舊一本正經。

「不見得吧。」科利亞有點尬尷地說。

「我說的是實話。」

「你也許說得在理。」

「可不嘛，小兄弟。」

「再見了，老鄉。」

「再見。」

「老鄉也各不相同，」科利亞沉默片刻後對斯穆羅夫說，「我怎麼知道會猛孤丁碰上個聰明人呢。

我是永遠樂於承認在老百姓中也是有聰明人的。」

遠處，教堂大鐘打了十一點半。到斯涅吉廖夫上尉的住處還有相當長的一段路要走，因此，這兩個孩子走得很快，幾乎無心交談。離那座房子還有二十步時，科利亞停了下來，讓斯穆羅夫先進去，給他把卡拉馬助夫叫出來。

「應當先互相嗅嗅味道。」他對斯穆羅夫說。

「幹麼要把他叫出來呢，」斯穆羅夫不以爲然，「就這樣大大方方地走進去，他們高興還來不及呢。大冷天的，何必先在外面認識呢？」

「我幹麼要把他叫出來挨凍，我心裡有數。」科利亞專制地說（他非常喜歡這樣對付那幫「小同學」），斯穆羅夫便急忙去執行命令。

四、茹奇卡

科利亞擺出一副傲慢的神氣，斜靠在圍牆上，開始等候阿廖沙出來。是的，他早就想跟他見見面了。他聽孩子們說過許多關於他的情況，但時至今日，只要有人向他提起阿廖沙，他表面上總是擺出一副不屑一顧的冷淡表情，甚至聽到有人告訴他有關阿廖沙的所作所爲之後，還要「不以爲然地」對他品頭論足。但他骨子裡卻非常想跟他結交：在他聽到的有關阿廖沙的種種故事中似乎有某種令人產生好感和令人神往的東西。因此，眼下這時刻很重要：第一，應當使自己不丟面子，顯示自己獨立不羈：「否則他會以爲，我只有十三歲，把我當成與這幫孩子一樣的毛孩子了。他幹麼要跟這幫孩子們廝混在一起呢？等我跟他混熟了，倒要問問他。糟糕的是我長了這麼個小個兒。圖濟科夫比我還小，可是卻高我半個腦袋。不過我的臉看去還是聰明的；我不漂亮，我知道我的臉醜，但是這臉聰明。也不能太露骨了，要不，一上來就連連擁抱，他會以爲……呸，要是他真這麼以爲，多噁心！……」

科利亞心裡很亂，但極力擺出一副獨立不羈的樣子。最使他受不了的是他的個子太小，與其說這臉「醜」，倒不如說這個子讓人噁心。在他家的一個牆角，還從去年起，他就用鉛筆畫了道線，以示他當時的身高，從那時起，每過兩個月，他就激動地走過去比一比，看到底長高了多少？但是，唉！他長得實在太慢了，有時簡直讓他絕望。至於說他的臉，其實一點也不「醜」，相反，長得還相當英俊，白白淨淨，有稍許幾粒雀斑。灰眼睛雖然不大，但卻顧盼有神，神態勇敢，目光炯炯，富於感情。他的顴骨略寬，嘴小小的，嘴唇不很厚，但卻很紅；鼻子小，明顯地向上翹起。「完全是個翹鼻子，完全是個翹鼻子！」科利亞照鏡子時常常這樣喃喃自語，而且每次都是憤憤然扭頭離開鏡子。「臉也不見得聰明！」他有時想，甚至懷疑起這個來了。不過話又說回來，也不要以爲，考慮臉和考慮個子吞沒了他的整個心。相反，儘管他站在鏡子前又氣又恨，可是他很快就把這忘得一乾二淨，甚至一忘就很長時間，正如他對自己的活動所下的評語那樣：「全身心地投身於主義和現實生活」。

阿廖沙很快就出來了，匆匆走到科利亞跟前；還在幾步以外，科利亞就看清阿廖沙的臉完全是一副興高采烈的樣子。「難道他竟這麼歡迎我？」科利亞得意地想。這裡我們要順便說說，自從我們撇下阿廖沙以後，他發生了很大變化：他脫去了修士服，現在穿著縫製得非常漂亮的上裝，戴了一頂軟軟的圓形禮帽，頭髮剪得短短的。這一切使他顯得十分英俊，看去完全像個美男子。他那好看的臉總是一副喜氣洋洋的樣子，但是他的喜氣洋洋是文靜的、安詳的。使科利亞感到吃驚的是，阿廖沙出來見他就穿著那身室內穿的衣服，沒穿大衣，可見他是匆匆出來的。他二話不說就向科利亞伸出手來。

「您終於來了，我們大家多麼盼望您來啊。」

「因故未能及時前來，您馬上就會知道個中原因。不管怎麼說，我很高興能與足下相識。鄙人久聞大名，早就等候有機會能夠前來親聆教誨。」科利亞嘟囔道，稍許有點接不上氣。

「咱倆本來早該認識認識了，我也久聞大名，但是這兒，您來這兒還是晚了點。」

「請問這裡的情形怎樣？」

「伊柳沙很不好，他肯定會死的。」

「哪能呀！您得承認，醫學乃無恥之尤，卡拉馬助夫。」科利亞熱烈地叫道。

「伊柳沙經常，十分經常地提起您，您知道嗎，甚至於做夢，說胡話的時候也提起您。可見，您過去在他心目中是很，很寶貴的……即在那件事……動小刀的那件事以前。這裡還有個原因……請問，這是您的狗嗎？」

「我的。叫佩列茲翁。」

「不是茹奇卡？」阿廖沙惋惜地望了望科利亞的眼睛。「那只狗就這麼不見了？」

「我知道，你們大家都想要茹奇卡，我全聽說了，您哪。」科利亞神秘地笑了笑。「我說卡拉馬助夫，我來給您解釋一下全部經過，我此來的主要目的也就是爲此，把您叫出來也就是爲了在咱們進去以前，先把這事給您說清楚。」他神采飛揚地開口道。「您知道嗎，卡拉馬助夫，春天，伊柳沙進了預備班。唔，不用說，我們的預備班淨是些小男孩，都是些小朋友。他們立刻惹事生非，欺負起伊柳沙來了。我比他們高兩班，自然只好從一旁遠遠地看著他們。我看到這孩子小，身體弱，但是他不服輸，甚至還跟他們打架，很傲氣，兩只小眼睛在冒火。我就喜歡這樣的人。可是他們卻對他更加沒完沒了地沒碴找碴。主要是他身上穿的那件大衣糟透了，褲子嫌短，向上吊著，而靴子都張開了口。他們就抓住這個欺負他。侮辱他。不行，這我就看不下去了，立刻過去打抱不平，狠狠地教訓了他們一頓。要知道，我揍他們，他們卻崇拜我，您知道個中奧妙嗎，卡拉馬助夫？」科利亞露骨地吹噓說。「再說我也喜歡小朋友。就說現在，在家裡，還有兩只小鳥離不開我，今天也是他倆使我不得分身。這樣，就沒有人再打伊柳沙了，我成了他的保護傘。我看到這小東西很傲氣，這話我只跟您說，說他很傲氣，但是到頭來他卻對我奴隸般地百依百順，我讓他幹什麼他就幹什麼，把我當上帝似的言聽計從，還拼命摹仿我的一舉一動。一到課間休息時就來找我，於是我們倆就一起玩。星期天也一樣。在我們中學裡，高年級學生跟一個小同學這麼要好，人家是要笑話的，不過這是偏見。我樂意這樣，他們愛笑不笑，不是嗎？我教他，培養他——請問，既然我喜歡他，為什麼我不能培養他呢？您不也一樣嗎，卡拉馬助夫，您不是也跟這些小鳥很要好嗎，這說明，您也想影響年輕一代，培養他們，做有益於他們的事，是不是呢？不瞞您說，我耳聞的您性格中的這一特點，使我產生了濃厚的興趣。不過，言歸正傳：我發現這孩子身上逐漸孳生出某種婆婆媽媽、娘娘腔的東西，要知道，我最恨這種婆婆媽媽的肉麻勁兒了，我生來就是這脾氣。再說這也是矛盾：很傲氣，但又對我奴隸般地忠心耿耿——奴隸般地忠心耿耿，可是又會忽然兩眼圓睜，不同意我的觀點，甚至頂撞我，氣得要撞牆。有時候我有各種各樣的想法：他倒不是不同意我的觀點，我一目了然，他是存心跟我搗亂，因為我對他的小鳥依人報以冷淡。於是，為了不使他順著這條路滑下去，他越肉麻，我就越疏遠他，我是存心這麼做的，我就是這態度。我是要培養他的性格，讓他全面發展，成為一個真正的男子漢……以至發展到後來……不用說，您一聽就明白我的意思了。忽然，我發現，他接連三天悶悶不樂，似乎心裡很難過，但是已經不是在想什麼婆婆媽媽的事了，而是在想另一件異常強烈的、高得多的事情。我想，這鬧的是哪一出呢？我硬逼著他，才弄清個中原委：他不知道怎麼搞的，跟已故的令尊（那時他還活著）的僕人斯梅爾佳科夫交上了朋友，那傢伙教會了他這小傻瓜一種惡作劇的辦法，這惡作劇純屬獸性發作，卑鄙透頂——拿一塊麵包瓤，上面插上一根大頭針，再扔給隨便哪個看家狗吃，但這狗必須是餓急了，嚼都不嚼，就把這塊麵包一口吞下去，然後再看會出什麼事。於是他倆就動手做好了這樣一塊麵包，扔給了如今引起軒然大波的那只長毛狗茹奇卡，牠是一條看家狗，可是那家人從不餵它，因此牠只好成天迎風狂吠。（您喜歡聽這種無可奈何的嗥叫嗎，卡拉馬助夫？我一聽到這嗥叫就受不了。）牠猛地撲過來，一口吞了下去，立即發出一聲又一聲尖叫，滿地打轉，接著撒腿就跑，一邊跑一邊尖叫，然後就不知去向——這是伊柳沙親自描述給我聽的。他向我供認時邊說邊哭，哭個不停，摟住我，渾身發抖：『一邊跑，一邊跑一邊尖叫』他反反覆覆地說著這話，這情境把他嚇壞了。嗯，我看到，他受到了良心譴責。我聽罷立刻板起面孔。主要是為了過去種種，我本來就想教訓教訓他，因此，不瞞您說，我立即耍了個花招，假裝勃然大怒（說不定我心裡壓根就沒有發怒），我說：『你幹了一樁卑鄙的事，你是個混蛋，我當然不會張揚出去，但是我要暫時跟你斷絕關係。這事我還要好好想想，然後讓斯穆羅夫（就是那個跟我一起來、永遠忠於我的小男孩）通知你：今後跟你繼續保持關係呢，還是從此跟你這混蛋一刀兩斷。』這使他著實吃了一驚。不瞞您說，我當時就感到，這樣做也許過分嚴厲了點，但是，有什麼法子呢，我當時的想法就是這樣嘛。一天後，我讓斯穆羅夫去找他，對他說，從今以後我再不跟他『說話』了，我們這裡兩朋友斷交的時候都這麼說。秘密在於我只想跟他保持距離，過幾天再說，如果他確有悔改之意，再向他伸出手來不遲。這是我說一不二的計畫。但是，您猜怎麼著：

我聽斯穆羅夫說，他忽然兩眼圓睜，大叫：『你替我告訴克拉索特金，現在我要把插著大頭針的麵包扔給所有的狗吃，所有的狗，所有的狗！』我想，『啊，要起小性子來了，必須將它連根拔除，』於是我就對他嗤之以鼻，每次見到他都掉頭不顧，或者譏諷地微微一笑。就在這時候發生了他父親的事，記得嗎，樹皮團？您要明白，這樣一來，他本來就已經非常惱火，準備大發作了。小男孩們看見我不理他，都氣勢洶洶地刺兒他，逗他：『樹皮團，樹皮團。』因此他們就立刻幹起仗來，我只能對此深表遺憾，因爲那時有一次他大概被揍得很疼。有一回，剛下課，他便向院子裡所有的人衝去，當時我剛好站在十步以外看著他。我敢賭咒，我不記得我當時笑了，相反，我當時非常，非常可憐他，再過片刻，我非衝出去保護他不可，但是他突然遇到了我的目光：他當時發生了什麼錯覺——我不知道，但是他卻抓起一把削筆刀，向我直撲過來，並且一刀捅進了我的大腿，就在這兒，在右腿上。我巋然不動，不瞞您說，我有時很勇敢，卡拉馬助夫，我只是輕蔑地看了看他，我那目光似乎在說：『要不要再來一下，爲了報答我對你的全部友誼，我恭候足下恩賞。』但是他沒有再扎我，他沒有堅持到底，他自己害了怕，扔掉了小刀，哭出了聲音，撒腿跑了。不用說，我沒去告密，也命令大家不要聲張，以免校方知道，連我媽，也是在我的傷痊癒後才告訴她的，再說這傷也沒什麼大不了，蹭破了點皮。後來我聽說，就在那天，他跟大家撇石頭了，還咬了您的手指——但是您應該明白他當時的處境。有什麼法子呢，我做得太渾了：他病了，我也沒去對他表示原諒，就是說言歸於好，現在我很後悔。但是我這樣做另有目的。這便是事情的全過程……不過，看來，我做得太渾了……」

「啊，真遺憾，」阿廖沙激動地說道，「過去我不知道您跟他的這種關係，要不我早就親自去找您了，請您跟我一起去看他。您信不信，他在發燒，在病中，連說胡話都一個勁地念叨您。我不知道您在他心目中竟這麼寶貴。難道，難道您竟沒有找到這個茹奇卡嗎？他父親和所有的孩子找遍了全城。您信不信，他重病在身，還三次當著我的面對父親說：『爸爸，我是因爲害死了茹奇卡才生病的，這是上帝對我的懲罰。』——怎麼勸他也打消不了他這念頭！只要現在能找到這個茹奇卡，牽來給他看一看，牠沒死，還活著，說不定他會高興得復活過來的。我們都指望您了。」

「請問，你們憑什麼指望我準能找到茹奇卡，就是說偏偏是我能夠找到牠呢？」科利亞異常好奇地問，「爲什麼你們偏偏指望我，而不是指望別人呢？」

「有一種傳聞，說您正在找牠，找到牠以後就會把牠送來，斯穆羅夫好像說過諸如此類的話。主要是我們一直在竭力讓他相信，茹奇卡還活著，有人在什麼地方見過牠。孩子們從什麼地方給他弄來了一隻活兔子，他只是看了看，微微一笑，讓我們把牠給放了。我們只好照辦，剛才他父親回來了，給他抱來了一隻米蘭小狗，也是想辦法從什麼地方弄來的，他滿心想用這只狗來安慰他，結果倒像弄巧成拙了……」

「還要請問您，卡拉馬助夫：他父親是何許人？我知道這人，依您看，他到底是何許人，小丑？存心出洋相？」

「啊不，有一種人感情很深，但因受到壓仰，藏而不露。他們表面上裝瘋賣傻，實際上是對人們的憤恨的諷刺，因爲他們長期在這些人面前戰戰兢兢，低三下四，不敢對他們說實話。請您相信，克拉索特金，這一類裝瘋賣傻有時候是非常可悲的。現在他的一切，他在世上的一切都寄託在伊柳沙身上了，要是伊柳沙死了，他若不是傷心得發瘋，就會自尋短見。現在瞧著他那模樣，我幾乎對此深信不疑！」

「我明白您的意思了，卡拉馬助夫，看得出來，您知人頗深。」科利亞又誠懇地加了一句。

「而我一看見您領了只狗來，還以爲您把原來那只茹奇卡帶來了呢。」

「等等，卡拉馬助夫，我們能把牠找到也說不定，而這只狗叫佩列茲翁。現在我放牠進屋，也許伊柳沙看見牠會比看見那只米蘭小狗更高興的。等等，卡拉馬助夫，您馬上就會看到究竟的。啊呀，我的上帝，我怎麼淨拽著您嘮叨個沒完呢！」科利亞突然著急地叫道。「大冷天的，您就穿一件上衣，可我卻一個勁地拽住您；您瞧，您瞧，我這人多自私！噢，我們都是利己主義者，卡拉馬助夫！」①

「請放心，冷倒是有點冷，但是我這人不愛感冒。不過咱倆還是進去吧。順便問一下您的大名，我知道您叫科利亞，父稱呢？」

「尼古拉，尼古拉・伊萬諾夫・克拉索特金②，或者如官方所稱：小克拉索特金，」科利亞不知爲什麼笑了起來，但又突然補充道，「不用說，我恨我的名字叫尼古拉。」

「爲什麼？」

「陳腐，官氣③……」

「您快十三歲了？」阿廖沙問。

「虛歲十四，再過兩星期就十四週歲了，日子過得真快。我要預先向您承認，我有一個弱點，卡拉馬助夫，因爲咱們初次見面，所以我才坦誠相告，讓您立刻明白我的整個性格：我最恨人家問

---

① 暗指車爾尼雪夫斯基在他的小說《怎麼辦？》中提出的「合理的利己主義」，這理論在當時的革命青年中頗流行。

② 尼古拉是科利亞的大名；伊萬諾夫是他的父稱的俗稱，正式的說法應是伊萬諾維奇。

③ 據推測，因與沙皇尼古拉一世（一八二五－一八五五年在位）同名，故有此語。

我的年齡了，比恨還要恨……最後……有人說我壞話，比如說什麼上星期我跟預備班的孩子們玩捉強盜了。我的確玩過這遊戲，但是說我玩這遊戲是爲了我自己，是爲了給我自己開心，那，這簡直是誹謗。我有理由認爲，這話您肯定聽到了，但是我不是爲我自己才做這遊戲的，而是爲了小朋友，因爲沒有我出主意他們什麼遊戲也想不出來。我們這裡就愛無事生非。告訴您吧，這是一個專愛造謠生事的城市。」

「即使讓自己開心，有什麼要緊呢？」

「爲了自己，得了吧……您總不至於玩馬拉車吧？」

「您應當這樣來考慮問題，」阿廖沙微微一笑，「比如說，大人也去看戲，劇院裡也在表演各種人物的奇異經歷，有時候也會碰到強盜，碰到戰爭——這難道不是一樣嗎？當然，僅就某一方面來說。年輕人在課間休息時玩打仗，或者玩捉強盜——這不也是一種藝術萌芽嗎，這是在年輕的心靈中萌生的藝術需要，這些遊戲有時編導得比劇院裡的演出還精彩，區別僅在於到劇院去是看演員的表演，而這裡年輕人自己就是演員。但是，這倒顯得更自然。」

「您這麼認爲嗎？這就是您的看法？」科利亞仔細地看著他。「要知道，您說了一個很有意思的觀點；現在我倒要回家好好動動腦筋，想想這問題了。不瞞您說，我早料到我可以向您學到點什麼。我是來向您學習的，卡拉馬助夫。」科利亞最後用真誠而又熱情洋溢的聲音說道。

「我也要向您學習。」阿廖沙笑道，握了握他的手。

科利亞對阿廖沙感到非常滿意。使他吃驚的是他居然能跟阿廖沙完全平起平坐，阿廖沙跟他說話時好像完全把他當成了「大人」。

「現在我要給您露一手絕活，卡拉馬助夫，也可以算是一場戲劇表演吧，」他神經質地笑道，「這也是我到這兒來的目的。」

「咱們先到左邊房東的屋子去，咱們的人全把大衣脫在那兒了，因爲屋裡擠，熱。」

「噢，我就待一小會兒，我穿著大衣進去稍坐片刻就走。佩列茲翁先留在這兒的過道屋裡裝死：『來，佩列茲翁，躺下，裝死！』——瞧，他死了。我先進去看看情況，然後，到需要時，就一聲呼哨：『來，佩列茲翁！』——您就會看到，他會像瘋子似的立刻衝進來。不過要做到讓斯穆羅夫到時候別忘了開門。我先佈置一下，您會看到我要的這個絕活的……」

五、伊柳沙的病榻旁

在我們已經知道的退伍上尉斯涅吉廖夫居住的那間我們熟悉的屋子裡，這時候因爲擠滿了人顯得既悶熱又擁擠。這回，有幾個小男孩坐在伊柳沙的身旁，雖然他們也跟斯穆羅夫一樣準備矢口否認是阿廖沙讓他們與伊柳沙言歸於好和交朋友的，但事實就是如此。他這樣做的全部藝術就在於他把他們逐個領來跟伊柳沙交朋友，決不肉裡肉麻，婆婆媽媽，似乎完全不是故意的，而是事出偶然。這大大減輕了伊柳沙的痛苦。他看到所有這些孩子全是他過去的對頭，現在卻對他幾乎體貼入微，十分友好和同情，因而深受感動。只有克拉索特金一人沒有來，這事壓在他心頭，使他感到很難過。如果說在伊柳沙的痛苦的回憶中有什麼東西令他最痛苦的話，那就是與他過去的唯一好友與保護人克拉索特金鬧翻，並用小刀刺他這件事。聰明的小男孩斯穆羅夫（他是頭一個來同伊柳沙和好的）也這麼想。當斯穆羅夫委婉地告訴克拉索特金，阿廖沙「有件事」想找他談談的時候，克拉索特金立刻拒人於千里之外，讓斯穆羅夫立刻告訴「卡拉馬助夫」，他自己知道應該怎麼辦，用不著任何人給他出主意，如果他要去看病人，他自己也知道應該什麼時候去，因爲他「有自己的打算」。這還是這個星期天之前約莫兩周的事。這就是阿廖沙沒有像原來打算的那樣主動去找他的原因。話又說回來，他雖然等了幾天，可是還是讓斯穆羅夫一次又一次地去找克拉索特金。但是這兩次克拉索特金均報以極不耐煩的嚴詞拒絕，並讓斯穆羅夫轉告阿廖沙，如果他親自來找他，那他就永遠不去看伊柳沙了，請他不要死乞白賴地讓人討嫌。甚至於在這最後一天之前，斯穆羅夫也不知道科利亞已經決定今天上午去看伊柳沙，直到頭天傍晚科利亞與斯穆羅夫分手時，他才忽地向他斷然宣布，明天上午讓他在家等他，因爲他要跟他一起去斯涅吉廖夫家，但是不許他把他要去的事告訴任何人，因爲他想出奇不意地去。斯穆羅夫聽從了他的吩咐。至於斯穆羅夫之所以會產生他會把丟失的茹奇卡找回來的幻想，乃是因爲克拉索特金有一回不經意地甩出一句話：「這些人真是蠢驢，既然這狗還活著，怎麼會找不到呢？」當斯穆羅夫看準了機會，向克拉索特金怯怯地暗示了一下自己有關狗的猜測之後，克拉索特金勃然大怒，說道：「我有自己的佩列茲翁，幹麼要跑遍全城去找人家的狗，我是什麼蠢驢嗎？再說，想得倒美，一隻狗吞下了大頭針，能活嗎？婆婆媽媽，噁心！」

與此同時，伊柳沙已經大約有兩星期幾乎不能下床了，這床就放在牆角，挨著聖像。自從那天遇見阿廖沙，咬了他手指以後，他就沒去上學。不過，從當天起他就病倒了，雖然幾乎有一個月光景，他還能間或下床，在房間裡和過道屋裡勉強走走。最後他就完全虛脫了，沒有爸爸的幫助簡直動彈不了。他父親被他弄得六神無主，甚至戒了酒，滴酒不沾，嚇得差點發了瘋，就怕他死了，而且常常，尤其在挽著他的胳膊，扶他在屋裡走走，然後又幫他在床上躺下之後——他會突然跑到過道屋裡的一個陰暗的角落，用頭頂著牆，嗚嗚咽咽、渾身戰慄地哭個不止，還盡量壓低聲音，不使他的慟哭聲讓伊柳舍奇卡聽見。

回到房間後，他通常總要想點什麼樂子來，給他的愛子消遣取樂，給他講故事，給他說笑話，或者扮演他平生遇到過的各種各樣的可笑人物，甚至摹仿動物，學它們怎樣可笑地嚎或叫。但是伊柳沙很不喜歡父親耍活寶和扮演小丑。這孩子雖然極力不動聲色，不讓父親看見他看到這個心裡不好受，但是卻痛心地意識到了父親在社會上地位低下，總不由得想起「樹皮團」和那「可怕的一天」。癱瘓的尼諾奇卡，伊柳舍奇卡那文靜、溫柔的姐姐，也不喜歡父親耍活寶（至於瓦爾瓦拉・尼古拉耶芙娜，她早就動身到彼得堡上學去了），但是瘋瘋癲癲的母親卻感到很快活，每當她看到丈夫開始表演什麼或者做出隨便什麼可笑的動作的時候，就會開心地大笑。只有這樣才能使她感到開心，而在其餘的時間裡她總是不斷地怨天尤人和啼哭，埋怨現在大家把她忘了，誰也不尊敬她，誰都欺負她，等等，等等。但是，在最近這些日子，她也似乎突然整個兒變了。她常常抬起頭來看著角落裡的伊柳沙，若有所思。她變得沉默多了，也不鬧了，即使哭，也是輕輕地，不讓大家聽見。上尉帶著一種痛苦的困惑注意到她身上的這一變化。孩子們的來訪，她先是不喜歡，甚至生氣，但是後來孩子們快活的叫聲和說話聲，也開始使她感到開心，到後來她就非常喜歡了，孩子們真要不來，她會非常非常想念他們的，孩子們在說什麼事情或者做什麼遊戲的時候，她就在一旁拍手笑。她還把有些孩子叫到身邊來，親吻他們。她尤其喜歡那個小男孩斯穆羅夫。至於上尉，孩子們到他家裡來陪伊柳沙玩，從一開始就使他歡喜雀躍，興高采烈，甚至滿心希望伊柳沙將從此不再煩悶，也許還會因此而很快痊癒。他雖然為伊柳沙擔驚受怕，但是他沒有一分鐘，甚至到最後，都不曾懷疑過他的孩子會霍然痊癒。他虔誠地迎接他的小客人來，在他們身旁不停地跑來跑去，伺候他們，樂意給他們當馬騎，甚至還真這麼做了，但是伊柳沙不喜歡這些遊戲，所以才沒這麼玩。他給他們買了好些糖果、點心和核桃，準備了茶水，還給三明治抹上黃油。必須說明的是，在這段時間內，他的錢一直花不完。恰如阿廖沙預言的那樣，卡捷琳娜•伊萬諾芙娜送給他的二百盧布，他收下了。後來，卡捷琳娜•伊萬諾芙娜知道了他們的家境和伊柳沙的病情之後，曾親自到他們家來拜訪過，跟他們全家都見了面，甚至還有本事迷住了那個瘋瘋癲癲的上尉太太。從那時候起，她出手大方，從不吝嗇，而上尉也被一想到他的孩子會死這一念頭所震懾，也就忘了過去的傲氣，乖乖地接受了他人的施捨。在所有這段時間裡，赫爾岑什圖勃大夫應卡捷琳娜•伊萬諾芙娜之請，每隔一天，風雨無阻地來看病人，但是收效甚微，而他卻給病人拼命亂開藥。這天，也就是星期天上午，上尉家正在恭候一位從莫斯科來的名醫。這位名醫是卡捷琳娜•伊萬諾芙娜特意寫信到莫斯科去用重金請來的——倒不是爲了伊柳舍奇卡，而是爲了另一目的，這事將在下文該提到它的時候再說，但是他既然來了，她也就請他順便去看看伊柳舍奇卡，大夫要來的事已經預先通知了上尉。至於科利亞•克拉索特金要來的事，他事前毫無預感，雖然他早就盼望這孩子能來，因爲他的伊柳舍奇卡非常想念他。當克拉索特金推開門，出現在房間裡的時候，大家（上尉和孩子們）都圍在病人的病榻旁觀看剛抱來的一隻米蘭小狗，這只小狗昨天剛出生，但是一星期前上尉就跟人家說定了，想使伊柳舍奇卡得到一點快樂和寬慰，因爲他非常想念那個業已失蹤、不用說早已死了的茹奇卡。但是伊柳沙還在三天前就已經聽說和知道了大家要送給他一隻小狗，這不是普通的小狗，而是一隻真正的米蘭狗（不用說，這是非常非常重要的），他雖然出於一種細膩和推己及人的感情表示很高興能看到這樣的禮物，但是大家（父親和孩子們）都清楚地看到，這只新抱來的小狗也許只會使他更加觸景生情，想起那只被他折磨至死的可憐的茹奇卡。小狗躺在他身旁，在微微動彈，他病懨懨地微笑著，用他那纖細、蒼白、乾瘦的手指撫摩著它；甚至看得出來，他很喜歡這只小狗，但是……茹奇卡畢竟死了，這畢竟不是茹奇卡，要是又有茹奇卡，又有這只小狗，兩隻狗在一起，那就太幸福啦！

「克拉索特金！」首先看見科利亞進來的一個小男孩突然叫道。頓時群情譁然，孩子們紛紛閃開，站到病榻兩邊，因而把整個伊柳舍奇卡赫然呈現了出來。上尉急匆匆地上前迎接科利亞。

「請進，請進……貴客！」他向他喃喃道。「伊柳舍奇卡，克拉索特金先生枉駕來看你了……」

但是，克拉索特金急忙向他伸出了手，一下子就顯示出他是熟知上流社會的禮儀的。他立刻而且首先向坐在自己扶手椅裡的上尉太太（正好在這時候她非常不滿意，埋怨孩子們用身子擋住了伊柳沙的床，這樣她就看不見新抱來的小狗了），非常有禮貌地在她面前碰了一下腳後跟，然後又轉身面向尼諾奇卡①，向她行了個向女士們行的禮。這個有禮貌的舉動給這位有病的太太產生了非常好的印象。

「立刻就看得出來，這是一個很有教養的年輕人，」她攤開兩手大聲說，「再看看咱們家的其他客人：是一個人騎著另一個人進來的。」

「哪能呢，媽媽，一個人騎著另一個人，這怎麼可能呢？」上尉喃喃道，雖然聲音和藹，但總有點替「孩子他媽」擔心。

「就是騎著進來的嘛。在過道屋裡，一個人騎在另一個人的肩膀上，而且是騎進一個上等人家。這種客人算什麼呀？」

「你說誰，媽媽，誰是這麼進來的？誰呀？」

「就是這個孩子，今天騎在這個孩子的肩膀上進來的，還有那個，騎在那一個的肩膀上……」

但是科利亞已經站在伊柳沙的病榻旁了。伊柳沙的臉色分明一陣蒼白。他在小床上微微坐起了

① 伊柳沙的姐姐尼娜的小名。

點，注意地看了看科利亞。科利亞已經約莫兩個月沒看見自己過去的小朋友了，他大驚失色地站在他面前：他簡直沒想到他會看到這麼一張又瘦又黃的臉，這麼一雙燒得通紅而又似乎大得可怕的眼睛，以及這麼一雙枯瘦的手。他痛苦而又驚訝地注意到伊柳沙的呼吸粗重而又急促，嘴唇一片焦乾。他向他跨前一步，伸出了手，幾乎不知所措地說道：

「怎麼樣，老朋友……你好嗎？」

但是他的聲音哽住了，他想裝出隨隨便便的樣子，但又力不從心，他的臉不知怎麼忽地抽搐了一下，他嘴唇旁有塊肌肉抖動了一下。伊柳沙病容滿面地向他微笑著，但還是沒有力氣說話。科利亞忽然舉起手，不知爲什麼撫摩了一下伊柳沙的頭髮。

「沒——什——麼！」他向他低聲地喃喃道，不知是鼓勵他呢，還是他自己都不知道他爲什麼要說這話。又有一分鐘兩人相對默然。

「你怎麼，又有了一隻小狗？」科利亞忽然用一種漫不經心的聲音問道。

「是——的！」伊柳沙喘著粗氣，用一種長長的低語回答道。

「黑鼻子，一定很凶，是一隻得用鐵鏈拴起來的狗。」科利亞儼然而又堅定地說道，好像現在的全部問題就在這只小狗和牠的黑鼻子上了。但是主要的問題卻是他在拚命壓下自己心中沸騰的感情，以免像個「小孩」似的哭出來，可是壓了半天還是壓不下去。「長大點就得用鐵鏈拴起來，我知道。」

「它會長成一條大狗的！」人群中有個小孩叫道。

「沒錯，米蘭獵犬是一種大狗，這麼大，跟牛犢似的。」突然有幾個尖嗓子同時響起來。

「跟牛犢似的，跟真正的牛犢一樣，您哪，」上尉跳過來，「我是特意找這種狗的，凶極了，凶極了，牠的父母也是大狗，凶極了，離地有這麼高……請坐，您哪，就坐伊柳沙的小床上，要不就坐這裡的長凳上。請上坐，盼望已久的貴客……您是跟阿列克謝・費奧多羅維奇一起來的嗎？」

克拉索特金在小床上坐了下來，坐在伊柳沙的腳頭。說不定他在路上就準備好了，準備怎麼隨隨便便地開始同他交談，但是現在簡直連說話的線索都丟了。

「不……我是同佩列茲翁……現在我有一條狗，叫佩列茲翁。是個斯拉夫名字①。牠在外面等著，我一吹口哨，牠就會飛奔進來。我也有條狗，」他突然向伊柳沙說道，「老朋友，還記得茹奇卡嗎？」他猛地提出這個問題，把伊柳沙都打蒙了。

伊柳舍奇卡臉色陡變。他痛苦地望了望科利亞。當時，阿廖沙站在門口，緊鎖雙眉，他悄悄地向科利亞搖搖頭，讓他不要提茹奇卡，但是科利亞視而不見或者裝作沒看見。

「茹奇卡……在哪兒呢？」伊柳沙用極其痛苦的聲音問道。

「看，小兄弟，你的茹奇卡——已經完了！你的茹奇卡死啦！」

伊柳沙不做聲，但是再一次注意地看了看科利亞。阿廖沙好不容易逮住科利亞的目光，向他使勁搖了搖頭，但是科利亞又移開眼睛，假裝他現在也沒看見。

「不知道跑哪兒去了，後來死了，吞下這樣的東西能不死嗎，」科利亞狠心地刺兒他道，與此同時，他也似乎激動得喘不過氣來。「然而我有佩列茲翁……一個斯拉夫名字……我把牠給你帶來了……」

「不——要！」伊柳舍奇卡忽然說。

「不，不，就要，你一定得看看……你會感到開心的。我特意給你帶來了……也是一身長毛，

① 佩列茲翁〈Перезвон〉，意爲「鐘聲齊鳴」。

跟那狗一樣……太太，您能允許我把我的狗叫進來嗎？」他處在一種匪夷所思的激動中，忽然轉身問斯涅吉廖娃太太。

「不要，不要！」伊柳沙用一種痛苦而又反常的聲音叫道。他的眼睛燃起了責備之光。

「您最好……」上尉突然從靠牆的大木箱（他原先坐在上面）上衝下來，「您最好……在另外的時間，您哪……」他喃喃道，但是科利亞依然我行我素，突然性急地向斯穆羅夫喊道：「斯穆羅夫，開門！」——斯穆羅夫剛一推開門，他就吹了一聲口哨。佩列茲翁便飛也似的衝進了房間。

「站起來，佩列茲翁，兩腿直立！兩腿直立！」科利亞從坐位上一躍而起，大聲叫道，於是那狗就猛地用後腿站起，全身直立，筆直地站在伊柳沙的病榻前。出現了誰也沒料到的情況：伊柳沙打了個哆嗦，突然用力全身前傾，向佩列茲翁趴下身子，彷彿喪魂失魄似的望著牠。

「這是……茹奇卡！」他忽然用悲喜交集的發抖的聲音叫道。

「你以為牠是誰？」克拉索特金用響亮而幸福的聲音大叫，接著他就向狗彎下身去，抱著牠，把牠舉起來給伊柳沙看。

「瞧，老朋友，瞧見了吧，一隻眼是斜的，左耳朵被鉸開了，跟你向我說的特徵一模一樣。我就是根據這些特徵找到牠的！當時就找到了，很快就找到了。牠是一隻無主的狗，沒有主人！」他說明道，先是迅速轉向上尉，轉向他的妻子和阿廖沙，最後又回過頭來向伊柳沙說道，「牠先是待在費奧多托夫家的後院，本來可以在那裡住下去，但是他們不給牠吃的，而牠是只野狗，從農村跑來的……於是我就把它找到啦……你瞧，老朋友，這說明當時牠並沒把你那塊麵包吞下去。要是吞下去了，就沒命了，那是肯定的！也就是說，牠吐出來了，既然牠現在還活著。當時你壓根兒就沒注意牠吐了出來。雖然吐出來了，卻把自己的舌頭給扎了，因此當時它才不住尖叫。一邊跑，一邊尖叫，你還以爲牠完全吞下去了呢。牠肯定會連聲尖叫，叫得很凶，因爲狗嘴裡的皮十分嬌嫩……比人還嬌嫩，嬌嫩極了！」科利亞狂熱地連聲驚嘆，高興得神采飛揚，滿面紅光。

伊柳沙連話也說不出來了。他望著科利亞，兩眼圓睜，瞪得大大的，令人感到有點可怕，他張大了嘴，臉色蒼白得像塊白布。毫無察覺的克拉索特金如果當時知道，這樣的時刻會怎樣痛苦而又致命地影響這病孩子的健康，那他是無論如何也不敢耍出這樣的把戲來的。但當時在屋裡懂得這道理的也許只有一個阿廖沙。至於上尉，他已經整個兒變成了不點大的小孩了。

「茹奇卡！那麼說，這是茹奇卡！」他用無比幸福的聲音叫道。「伊柳舍奇卡，這就是茹奇卡，你的茹奇卡呀！媽媽，這是茹奇卡呀！」他差點沒哭出來。

「可我竟蒙在鼓裡！」斯穆羅夫傷心地說。「克拉索特金真行，我早說過他準能找到茹奇卡的，這不找到了！」

「可不是找到啦！」又有一個人快樂地應和道。

「克拉索特金真行！」第三個孩子的聲音歡呼道。

「真行，真行！」所有的孩子全叫起來，開始拍手。

「你們等等，等等嘛，」克拉索特金扯起嗓門把所有人的聲音都壓了下去，「我要告訴你們這究竟是怎麼回事，關鍵在於這究竟是怎麼搞的，其他都無關緊要！我不是把牠找到了嗎，我就把牠拽回家，立刻藏了起來，鎖上門，不讓任何人看見，直到最後這一天。只有斯穆羅夫一個人知道這事，他也是在兩星期前才知道的，但是我硬說，它叫佩列茲翁，他竟蒙在鼓裡，而我就在這間歇教茹奇卡學會了許多本事。你們瞧瞧，你們只要瞧瞧他會多少玩意兒呀！我教牠的目的，就是爲了把牠調教好了，聽話了，才給你送來，對你說：瞧，老朋友，現在你的茹奇卡多能幹呀！你們家有沒有一小塊牛肉，隨便什麼牛肉都行，牠會立刻給你們表演一個玩意兒，非讓你們笑死不可——牛肉，就要一小塊，難道你們家沒有？」

上尉急忙跑出去，穿過過道屋，進了房東家那邊的木屋，上尉家的飯菜也是在那邊做的。爲了不浪費寶貴時間，科利亞急忙向佩列茲翁喊道：「裝死！」於是佩列茲翁就突然轉了個圈，背朝下地翻身躺下，四腳朝天，一動不動地裝死。孩子們笑了，伊柳沙則帶著與剛才一樣的痛苦的微笑望著，但是對佩列茲翁裝死感到最開心的還是「孩子他媽」。她衝那狗哈哈大笑，還彈著手指叫牠：

「佩列茲翁，佩列茲翁！」

「牠無論如何是不會起來的，無論如何都不會，」科利亞得意地叫道，理所當然地顯得很自豪，「哪怕全世界的人都來叫牠也沒用，看我叫牠，牠霎時就會跳起來！起來，佩列茲翁！」

狗一躍而起，開始歡蹦亂跳，高興得連聲尖叫。上尉拿了一塊燉牛肉跑了進來。

「不燙嗎？」科利亞接過肉，懂行地急忙問道，「不，不燙，要不狗不喜歡吃燙的。你們大家都看著，伊柳舍奇卡，你看呀，看呀，你看嘛，老朋友，你怎麼不看呀？我帶了來，他又不看！」

新把戲是讓狗一動不動地站著，伸長了鼻子，把那塊美味的牛肉放在它的鼻子尖上。這只可憐的狗必須讓那塊肉放在鼻子上，一動不動地站著，主人讓牠站多久牠就得站多久，一動不許動，哪怕站半小時也不許動彈。但是這一回讓佩列茲翁只站了很小一會兒。

「接住！」科利亞一聲吆喝，那塊肉一刹那就從鼻子上落進了佩列茲翁的嘴裡。在場的觀眾不用說發出一片興高采烈的驚嘆聲。

「難道，難道您就爲了訓練好這狗，才一直不肯來的嗎！」阿廖沙不由得責備道。

「可不嗎。」科利亞非常老實地承認道。「我想領牠來大顯身手！」

「佩列茲翁，佩列茲翁！」伊柳沙忽然彈起了他那枯瘦的指頭，讓狗過去。

「你要牠幹麼！讓牠自己跳到你床上來得了。跳，佩列茲翁！」科利亞用手拍拍床，於是佩列茲翁便像箭一樣蹦到伊柳沙身旁。伊柳沙急忙伸出兩手摟住它的腦袋，佩列茲翁也高興得立刻舔起了他的腮幫子。伊柳舍奇卡緊緊偎依著它，在床上伸直了身子，把自己的臉藏進它的長毛裡，不讓大家看見。

「主啊，主啊！」上尉感嘆道。

科利亞又挨著伊柳沙坐到床上。

「伊柳沙，我還可以給你看一樣玩意兒。我給你帶來了一門小砲。記得嗎，還在當時我就給你提到過這尊小砲，你說：『啊，我要能看看它就好了！』瞧，我現在把它帶來了。」

於是科利亞手忙腳亂地從自己的書包裡掏出那尊青銅小砲。他之所以手忙腳亂是因爲他自己也快活極了：換個時候，他非得等佩列茲翁引起的轟動過去以後再說，但是現在他沉不住氣了，對任何拿糖的做法都不屑一顧：「實在太快活了，那就讓你們再快活點吧！」他自己則完全陶醉了。

「我早就在官吏莫羅佐夫那裡看中了這玩意兒——爲了你，老朋友，就爲你。在他那裡也白擱著，他是從他哥哥那裡弄來的，我是用一本書跟他交換的，爸爸書櫥裡的一本書：《穆罕默德的親戚，又名令人噴飯的蠢事》①。這書有一百年了，什麼醜事都敢說，是在莫斯科出版的，那時候還沒書報檢查，莫羅佐夫最喜歡這類玩意兒了。他還千恩萬謝哩……」

科利亞把小砲托在手裡，這樣大家就都看得見和欣賞得到了。伊柳沙把身子坐直了點，右手繼

---

① 這書共分兩卷，譯自法文，一七八五年於莫斯科出版。內容是講一個法國人偶然來到君士坦丁堡後發生的種種豔遇。科利亞對這本書的評語是符合該書內容的。

續摟著佩列茲翁，快活地打量著這門玩具砲。當科利亞宣布，他連火藥也有，可以馬上開砲，「假如這不會嚇著女士們的話」——這時產生的轟動效應達到了最高潮。伊柳沙「他媽」當即要求把這尊玩具砲拿近點給她看看，這一要求立即照辦了。她對這尊裝著兩個輪子的青銅小砲喜歡極了，她把它放在自己的大腿上滾來滾去。她對請她允許開砲的答覆是完全同意，實際上她根本就沒聽明白人家要她幹什麼。科利亞拿出火藥和霰彈給大家看。上尉因爲從前當過兵，他親自安排裝火藥，倒進去了很少一點火藥，至於霰彈，他請求還是下次再裝得了。把砲放到了地板上，砲口對準沒人的地方，把三粒火藥塞進起爆管，用火柴點著了，發出了一聲非常漂亮的砲聲。伊柳沙「他媽」打了個哆嗦，但是立刻又開心得笑起來。孩子們看著，鴉雀無聲而又興高采烈，但是兩眼瞅著伊柳沙感到最幸福的是上尉。科利亞拿起小砲，立刻把它連同霰彈和火藥送給了伊柳沙。

「我這是爲了你，爲了你！早就準備下了。」他滿心快活地再一次重複道。

「啊呀，送給我吧！不，您最好把小砲送給我！」伊柳沙「他媽」突然跟小孩一樣央求道。她臉上露出一種痛苦的不安，生怕人家不送給她。科利亞很尷尬。上尉不知所措。

「媽媽，媽媽！」他急忙跑到她身邊，「這小砲是你的，是你的，但是先把它放在伊柳沙那兒吧，因爲人家是送給他的，不過它等於是你的。伊柳舍奇卡隨時都可以讓你玩，就讓它算是你們倆共同的吧，共同的吧……」

「不，我不要共同的，不，我要完全是我的，不是伊柳沙的。」伊柳沙「他媽」繼續道，已經準備完全哭出來了。

「媽媽，你把它拿去吧，給你，你拿去吧！」伊柳沙突然叫道。「克拉索特金，我可以把它送給媽媽嗎？」好像怕科利亞不高興他把他的禮物送給別人似的。

「完全可以！」克拉索特金立刻表示同意，說罷便從伊柳沙手中接過小砲，向伊柳沙「他媽」極有禮貌地一鞠躬，親手交給了她。伊柳沙「他媽」甚至感動得哭了。

「伊柳舍奇卡，親愛的，你才是真愛你媽的好孩子！」她感動地說，並且立刻把砲放在腿上滾來滾去。

「媽媽，讓我吻吻你的手。」她丈夫跑到她跟前，立刻親吻了一下她的手。

「還有誰是最可愛的年輕人呢，那就是這個好孩子！」感恩圖報的太太指著克拉索特金說道。

「伊柳沙，我現在可以供給你火藥，要多少都行。因為我們現在自己會做火藥了。博羅維科夫知道配方：二十四份硝，十份硫磺，六份樺木炭，一起搗碎了，加上水，攪成團，再用鼓皮研磨成顆粒，——火藥就做成了。」

「斯穆羅夫跟我說過你那火藥，不過爸爸說，這不是真火藥。」伊柳沙說。

「怎麼不是真火藥？」科利亞臉紅了，「能著就行。不過我也不懂……」

「不，您哪，我不過隨便一說。」上尉突然露出非常對不起的樣子急忙走了過來。「不錯，我說過，真火藥不是這麼配製的，不過這沒關係，這樣也可以，您哪。」

「我是門外漢，您是行家。我們在裝髮蠟的石頭罐裡點上火，著得好極了，全燒盡了，只剩下很少一點煙炱。但是，要知道，這不過是塊藥團，如果用皮子研碎了……不過，你……您是行家，我是門外漢……因為我們造火藥，布爾金還挨了他爸一頓揍呢，你聽說了嗎？」他突然轉身問伊柳沙。

「聽說了。」伊柳沙回答。他興味盎然和無邊愉快地聽著科利亞說話。

「我們做了滿滿一瓶火藥，他就把它放到床底下。他父親看見了。他說會爆炸的。而且把他立刻揍了一頓。還準備上學校告我的狀。現在已經不讓他跟我玩了，現在他們不讓任何人跟我玩。也不讓斯穆羅夫跟我玩，我現在已經出了名，無人不曉；說我是個『亡命徒』。」科利亞輕蔑地發出一聲冷笑。「這都是從鐵路那事開始的。」

「啊，我們也聽說過您的那段冒險記！」上尉不勝敬佩地說，「您怎麼敢在那躺著呢？難道您躺在火車下面一點不害怕？您一定感到很可怕吧，您哪？」

上尉拼命拍科利亞的馬屁。

「倒也不太可怕！」科利亞隨隨便便地答道。「我的名譽主要是被這裡的一隻該死的鵝陰錯陽差地敗壞的。」他又轉過身去對伊柳沙說，他講的時候，雖然裝出一副隨隨便便的樣子，總還有點把握不住自己，似乎越講越離譜，越講越走調了。

「啊，那只鵝的事我也聽說了！」伊柳沙容光煥發地笑了出來，「是人家告訴我的，但是我不明白，難道你當真吃官司了？」

「是一件其蠢無比的、小得不能再小的小事，可是在咱們這裡經人一吹，蒼蠅就吹成大象了。」科利亞大大咧咧地開始說道。「有一回，我走過集市廣場，恰好趕來一群鵝。我就站住看鵝。突然本地有個小夥子維什尼亞科夫（他現在在普洛特尼科夫家的鋪子裡管送貨）看著我，他問我：『你看著鵝幹麼？』我就轉過頭去看他：圓臉，一副蠢相，這小夥二十來歲，要知道，我從來不嫌棄老百姓。我愛跟老百姓在一起……我們脫離了老百姓——這是明擺著的道理①——您好像在笑我，卡拉馬助夫？」）

---

① 這是作者模擬十九世紀六〇至七〇年代俄國民主主義與自由主義報刊的老生常談，宣傳民粹主義，號召知識分子到民間去，與人民打成一片。科利亞雖小，但深受這種思潮影響。

子來了精神。

「不，上帝保祐，我在洗耳恭聽。」阿廖沙以一種非常老實的態度回答道，多疑的科利亞一下子來了精神。

「卡拉馬助夫，我的理論簡單明瞭，」他又立刻快樂地急忙說道，「我相信人民，並且永遠愛替他們主持公道，但是也決不能嬌慣他們，這是必定條件①，對了，我說的是鵝。於是我就回答那個傻瓜說：『我在琢磨這鵝現在在想什麼。』他瞧著我，一副傻樣：『那鵝到底在想什麼呢？』他問。我說：『你瞧，這裡停著一輛裝燕麥的大車。燕麥正從口袋裡撒下來，於是這鵝就伸長了脖子鑽到輪子底下去啄食燕麥粒——看見了嗎？』『我也看見了。』他說。我說：『你看見就好，現在只要將這輛大車往前稍許移動一點兒——輪子就會軋斷這鵝的脖子，是不是？』他說：『非軋斷不可。』他說著就咧開大嘴嘿嘿笑，開心極了。我說：『小夥子，那咱們說幹就幹。』『幹。』他說。我們無須多費事：他神不知鬼不覺地已經站到了籠頭旁邊，我則站在一旁，把鵝往裡轟。這時那個鄉下人疏忽了，淨顧著跟旁人說話了，因此我根本就不用轟：那只鵝自動伸長了脖子去吃那燕麥，脖子伸進了大車的輪子下面。我向那小夥子使了個眼色，他一拽籠頭。——喀嚓一聲，鵝脖子就斷成了兩截！真是無巧不成書，就在這當口，所有的鄉下人全看到了我倆，於是一下子吵開了：『你這是故意的！』『不，不是故意的。』『不，就是故意的！』於是吵開了：『送他們去見調解法官！』把我也抓了去。他們說：『你也在這兒，是你出的鬼點子。全集市的人都認識你！』不知道爲什麼全集市的人還當真認識我。」科利亞得意地加了一句。「於是我們大家就去見調解法官，拎著那只鵝。我一看，我那小夥子害怕了，又哭又叫，真的，哭得像個老娘們。那販鵝的喊道：『這樣搞下去，非得把它們全軋死

①　此處用拉丁文Sine qua...：指必定條件。

不可，有多少鵝都得軋死！』不用說，傳訊了證人。調解法官三下五除二就給結了案：賠那個販鵝的一盧布鵝錢，至於鵝，那小夥子可以拿走。不過下不爲例，不許再開這種玩笑。可是那小夥子還是像個老娘們似的又哭又叫：『不是我幹的，這是他給我出的壞點子。』他指著我說。我十分沉著地回答道，我壓根兒沒有教他，我只是說了我的基本想法，我只是說這主意倒不賴。調解法官涅菲奧多夫聽後微微一笑，但是立刻又生起自己的氣來，覺得他不應該笑。他對我說：『我要立刻向你們校方反映，讓您從今以後別再出這種餿主意，應該好好讀書，好好做功課。』他倒並沒有向校方反映我的情況，不過開開玩笑而已，但是這事還當真傳開了，傳到了校方耳朵裡：我們這裡的人耳朵都很長！那個教古文的老師科爾巴斯尼科夫嚷嚷得最厲害，又虧了達爾達涅洛夫替我說情。現在科爾巴斯尼科夫像頭年輕的驢似的對我們大家全都有氣。伊柳沙，你大概聽說了：他不是結婚了嗎，得到米哈伊洛夫家一千盧布陪嫁，可是他那新娘其醜無比，醜得不能再醜了。初三生立刻給他編了首打油詩：

初三生大驚失色，聽到這個消息：
邋遢鬼科爾巴斯尼科夫娶了房妻室。

往下更可笑，我以後再拿給你看。關於達爾達涅洛夫，我無話可說：這人真有學問，博古通今。我尊敬這樣的老師，完全不是因爲他替我說了情……。」

「不過，誰建立了特洛伊城這個問題你不是把他難倒了嗎！」斯穆羅夫插嘴道，這時候他很爲克拉索特金感到驕傲。這個關於鵝的故事他也很喜歡。

「難道當真把他難倒了嗎，您哪？」上尉阿諛地接口道。「我說的是到底是誰建立特洛伊城的問題，您哪？您把他難倒一事，我們已經聽說了，您哪。伊柳舍奇卡當時就告訴我了，您哪……」

「爸爸，他什麼都懂，他懂得比我們大家都多！」伊柳舍奇卡也接口道，「要知道，他不過裝作普普通通的樣子，其實他在我們學校門門功課第一，是學習尖子……」

伊柳沙無限幸福地望著科利亞。

「關於特洛伊的問題全是扯淡，不值一提。我自己也認爲這問題很無聊。」科利亞帶著一種傲慢的謙遜回答道。他已經完全鎭定自若了，雖然還有點放心不下：他覺得自己太興奮了，比如，關於鵝的事也講得太熱心了，與此同時，在他說的過程中，阿廖沙一直緘口不語，態度嚴肅，於是這個自尊心很強的少年開始有點心煩意亂了：「他之所以不言語，該不會是小看我吧，以爲我在等著他誇我？如果他竟敢這樣想，那我……」

「我認爲這個問題無聊透了。」他再一次矜持地斷然道。

「我倒知道是誰建立特洛伊城的。」一個至今幾乎沒有說過一句話的小男孩完全出乎大家意料地突然說道。這是一個沉默寡言，看來很靦腆的少年，長得很好看，十一歲上下，姓卡爾塔紹夫。他坐在緊挨房門的地方。科利亞驚訝而又傲慢地看了看他。問題在於「到底是誰建立了特洛伊城」這一問題在所有的年級已成爲一個秘密，要了解這一秘密就必須通讀斯馬拉格多夫的書。但是斯馬拉格多夫的書，除了科利亞外，誰也沒有。原來，有一回，趁科利亞轉過身去的時候，卡爾塔紹夫這小男孩悄悄地匆匆翻開放在科利亞許多書中間的斯馬拉格多夫的書，恰好碰到講特洛伊城建立者的那部分。這已經是很早以前的事了，但他總有點不好意思，不敢貿然公諸於眾，說他也知道究竟是誰建立了特洛伊城的，生怕鬧出什麼事來，惹得科利亞不高興，給他難堪。可現在不知爲什麼卻突然忍不住說了出來。其實他早想說了。

「你說，到底是誰建立的？」科利亞高傲地向他轉過身來，從他的面部表情就能猜出他的確知道，不用說，科利亞立刻作好了應付一切後果的思想準備。於是在大家的情緒中便出現了所謂不協調音。

「建立特洛伊城的是透克洛斯、達耳達諾斯、伊羅斯和特洛斯①，」這小男孩吐字清晰地一口氣說道，霎時滿臉漲得通紅，紅得讓人看著都可憐。但是孩子們都目不轉睛地看著他，足足看了一分鐘，接著所有這些盯著他看的眼睛又忽地轉向科利亞。科利亞帶著一種輕蔑的冷淡繼續用目光打量著這個不知天高地厚的孩子。

「那麼他們是怎麼建立起來的呢？」他終於賞臉說道，「再說，建立一個城或者國家，一般說，這又意味著什麼呢？他們又是怎麼建立起來的呢：走過去，每人砌上一塊磚，是不是？」

發出了笑聲。自知有罪的小男孩的臉色從玫瑰紅變成了鮮紅。他不吭聲，已經準備要哭了。科利亞這麼對待他又持續了一分鐘。

「要談論譬如一個民族的建立這樣的歷史事件，必須先弄通這事的含義。」他正言厲色地訓誡道。「話又說回來，我並不認爲這些無稽之談有什麼價值，推而廣之，我認爲世界史也沒什麼意義。」他又突然隨隨便便地加了一句，不過這話已經是對大家說的了。

「您說世界史？」上尉突然帶著某種驚懼問道。

---

① 據希臘神話稱：透克洛斯是特洛伊城的第一代國王；達耳達諾斯是達耳達尼亞人的始祖；特洛斯是達耳達諾斯的孫子，特洛伊城的名祖；伊羅斯是達耳達尼亞人的國王，特洛伊的兒子，達耳達諾斯的曾孫。據稱，特洛伊城是伊羅斯在宙斯的指引下建立的。

「是的，我說世界史。無非是研究人類幹過的一系列蠢事而已①。我只重視數學和自然科學②。」科利亞誇耀道，悄悄瞅了一眼阿廖沙：在這裡他只怕他一個人的意見。但是阿廖沙仍舊一言不發，態度仍很嚴肅。如果阿廖沙立刻隨便說點什麼，這事也就了了，但是阿廖沙緘口不語，而「沉默也可能表示蔑視」，於是科利亞的氣便不打一處來。

「現在我們又學起了古希臘語和拉丁語：簡直是發瘋，如此而已……看來，您又不同意我的看法，卡拉馬助夫？」

「不同意。」阿廖沙含蓄地微微一笑。

「如果您想聽聽我的全部意見的話，學古希臘語和拉丁語——乃是一種警察措施③，在中學設這些課程的目的就在於此，」慢慢、慢慢地，科利亞又突然開始喘不過氣來了，「開設這些課程的目的就因為它們枯燥無味，可以磨滅人的才能。本來已經夠枯燥乏味的了，這樣做以後，豈不是更加枯燥乏味嗎？本來腦子已經夠亂的了，這樣做豈不是更亂嗎？於是他們就想出了學古希臘語和拉丁語。這就是我對學這些課的全部意見，我希望我永遠不會改變這個看法。」科利亞斷然道。在他的面頰上分別現出了兩朵紅暈。

① 影射赫爾岑的《北極星》雜誌於一八五九年第五期上發表的格拉諾夫斯基於一八四九年致赫爾岑的一封信，其中提到學歷史是愚蠢的，毫無意義。

② 重視自然科學與精密科學是十九世紀六、七〇年代俄國青年的一種時尚。這種傾向特別強烈地反映在皮沙烈夫和赫爾岑的著作中。

③ 設古希臘語和拉丁語課，是十九世紀六〇年代末和七〇年代俄國沙皇政府強制在中學推行的一種旨在使革命青年脫離實際的措施。至於杜思妥也夫斯基本人，他是贊成對青年實行古典文化教育的。他認為，只有技術，沒有傳統文化教育，就培養不出眞正有教養的人。

「這沒錯。」斯穆羅夫一直在洗耳恭聽，這時突然用他那清脆而又深信不疑的聲音表示贊同道。

「可他偏偏拉丁語考第一！」突然人群中有個孩子叫道。

「是的，爸爸，他雖然這麼說，可他在班上拉丁語總是考第一。」伊柳沙也插嘴道。

「這又算得了什麼呢？」科利亞認爲有必要自衛了，雖然他聽到誇獎他的話心裡還是美滋滋的。「拉丁語我是死記硬背的，因爲我答應母親要學好這門課，所以就這麼做了，我的做法是要做就做好，但是我心裡卻十分鄙視古文課以及這種卑鄙的做法……您不以爲然嗎，卡拉馬助夫？」

「幹麼說這『卑鄙』呢？」阿廖沙又微微一笑。

「得啦吧，要知道，所有的古典作品都已經譯成了世界各國文字，可見，他們讓我們學習拉丁語根本不是爲了研究古典作品，這僅僅是一種警察措施，目的是爲了磨滅我們的才能。由此可見，這怎麼不是一種卑鄙的做法呢？」

「是誰教會您這一套的？」終於感到不勝驚訝的阿廖沙驚呼道。

「第一，不用別人教，我自己就一目了然，第二，要知道，我剛才跟您說的古典作品都翻譯過來了，這也是科爾巴斯尼科夫老師親自對全體初三同學說過的話①……」

「大夫來了！」一直沉默不語的尼諾奇卡突然叫道。

果然，一輛屬於霍赫拉科娃太太的轎式馬車馳近了大門口。一上午都在等候大夫的上尉急忙跑到門口去迎接他。伊柳沙「他媽」急忙整了整衣服，擺出一副儼然的神態。阿廖沙走到伊柳沙身邊，替他整理了一下枕頭。尼諾奇卡則坐在自己的圈椅裡，不安地注視著他怎樣整理床鋪。孩子們開始

---

① 這也是當時報刊上常見的反對學習古希臘語和拉丁語的論據。

匆匆告辭，有些孩子答應晚上再來。科利亞叫了一聲佩列茲翁，佩列茲翁就從床上跳了下來。

「我不走，不走！」科利亞急忙對伊柳沙說，「我在過道屋裡等著，大夫走了，我再進來，再帶佩列茲翁進來。」

但是大夫已經進來了——這是一位很神氣的人，身穿熊皮大衣、蓄著深色的長長的絡腮鬍子，下巴頦刮得鋥亮。他跨過門檻後忽然驚訝地停了下來，彷彿出乎他的意料似的：他大概覺得走錯了門：「這是怎麼回事？我跑哪兒啦？」他嘟囔道，既沒脫皮大衣，也沒從頭上摘下他那飾有海狗皮帽簷的海狗皮帽。一大群人，寒磣的房間，掛在房間一角繩子上的衣服，都把他弄糊塗了，上尉在他面前巴結地深深一鞠躬。

「沒錯，就這裡，就這裡，」他低三下四地咕噥道，「沒錯，就這裡，就是舍下，您就是到舍下來的，您哪……」

「斯——涅——吉——廖夫？」大夫威嚴而又大聲地說道。「您就是斯涅吉廖夫先生？」

「就是在下，您哪！」

「啊！」

大夫再一次彷彿嫌髒似的環顧了一下房間，然後從身上脫下大衣。他脖子上掛了一枚很神氣的勳章，倏忽一閃，映入了大家的眼簾。上尉忙不迭地接過他的大衣，大夫又摘下皮帽。

「病人呢？」他大聲而又執拗地問。

六、早熟

「您認爲大夫會對他們說什麼呢？」科利亞像放連珠砲似的說道，「話又說回來，他那副尊容真讓人噁心，不是嗎？我最討厭吃藥看病了！」

「伊柳沙會死的。我覺得，這已經是肯定無疑的了。」阿廖沙淒然回答道。

「騙子！吃藥看病全是騙人！不過我很高興能認識您，卡拉馬助夫。我早就想認識您了。不過遺憾的是，我們這樣淒淒慘慘切切地見了面……」

科利亞本來想說得再熱情些，再情真意切些，但又好像有什麼東西使他難以啓齒。阿廖沙注意到了這點，微微一笑，握了握他的手。

「我早就學會了尊重您，因爲您是一個少有的好人。」科利亞又咕噥道，說得語無倫次，前言不對後語。「我聽說您是神秘主義者，而且在修道院裡待過。我知道您是神秘主義者，但是……這並沒有使我望而卻步。接觸實際以後您的病就會霍然痊癒的①……像您這種天性的人肯定是這樣。」

「您說的神秘主義者指什麼？我有什麼病需要醫治呢？」阿廖沙有點詫異地問。

「比如說上帝呀等等。」

「怎麼，難道您不信上帝？」

「相反，我一點也不反對上帝。當然，上帝只是一種假設……但是……我承認他是有用的，爲了太平……爲了天下太平，以及其他等等……如果沒有上帝，那就必須造出一個上帝來②。」科利亞又加了一句，說著說著臉就紅了。他忽地覺得阿廖沙馬上會以爲他是想賣弄自己無所不知，表示

---

① 據學者研究，這是作者模擬別林斯基《致果戈理的信》中說過的話。

② 這是重複伏爾泰說過的話。

他已經是「大人」了。「其實我根本無意在他面前賣弄我懂得很多。」科利亞氣憤地想。於是他突然覺得非常惱火。

「不瞞您說，我最討厭介入這一類無休止的爭論，」他斷然道，「要知道，不信仰上帝也可以愛人類，足下對此有何高見？伏爾泰就不信上帝，他不是也愛人類嗎①？」（「又來了，又來了！」他心中思忖。）

「伏爾泰是信仰上帝的，但似乎信仰得不夠，因此，愛人類也似乎愛得不夠。」阿廖沙既含蓄而又十分自然地低聲道，彷彿在跟一個與自己年齡相同的，或者甚至是與比自己年長的人談話似的。使科利亞感到吃驚的正是阿廖沙講到伏爾泰時的那種似乎信心不足，倒像他提出這一問題請他這個小小年紀的科利亞來解決似的。

「您難道讀過伏爾泰？」阿廖沙最後問。

「沒有，不能算讀過……不過，我讀過《老實人》的俄譯本……一個蹩腳透頂的老譯本，譯得可笑極了②……（又來了，又來了！）」

「而且看懂了？」

「那當然，全看懂了……就是說……為什麼您以為我看不懂呢？當然，裡面有許多淫穢的描寫……我當然看得懂這是一部哲理小說，寫它是為了傳播一種思想……」科利亞越說越亂了。「我是

---

① 這是作者通過科利亞之口模擬別林斯基《致果戈理的信》中說過的話。

② 《老實人或樂觀主義》是法國哲學家和作家伏爾泰的哲理小說。書中嘲笑了德國數學家和哲學家萊布尼茨（一六四六－一七一六年）的樂觀主義哲學。

社會主義者，卡拉馬助夫，我是一個死不改悔的社會主義者①。」他說到這裡突然無緣無故地停住了。

「您是社會主義者？」阿廖沙笑道，「您什麼時候當上社會主義者的？要知道，您才十三歲啊，不是嗎？」

科利亞像抽搐似的打了個哆嗦。

「第一，不是十三歲，而是十四歲了，再過兩星期就是十四歲，」他的臉刷地紅了，「第二，簡直莫名其妙，這跟我的年齡有什麼關係？問題在於我信仰什麼，而不是我年齡有多大，難道不是嗎？」

「等您的年齡再大一些，您就會看到，年齡會對信仰起多大作用。我還覺得，您說的不是您自己的話。」阿廖沙謙遜而又平靜地答道，但是科利亞激烈地打斷了他的話。

「得了吧，您要的是持戒修行和神秘主義。您得承認，比如說，基督教信仰只是爲財主和達官貴人們服務的，目的是奴役下層階級，難道不是這樣嗎②？」

「啊，我知道您這話是從哪兒看來的了，一定是有人教您的！」阿廖沙感慨地說。

「得了吧，幹麼非得是從什麼地方看來呢？絕對沒人教過我。我自己就能……如果您願意知道的話，我並不反對基督。這是一個非常人道的人，如果他生活在我們這個時代，他一定會加入革命

① 據學者研究，科利亞的這句話係引用赫爾岑《致亞歷山大二世皇帝的信》中說過的話（載《北極星》一八五五年第一卷）。

② 這是科利亞複述別林斯基在《致果戈理的信》中說過的話。

黨，也許還能起重要作用①……這甚至可以肯定。」

「您是從哪兒，從哪兒學來這一套呀！您倒是跟哪個傻瓜在一起鬼混啦？」阿廖沙不勝驚訝地問。

「得了吧，真理是掩蓋不了的。當然，我因故常與拉基京先生交談，但是……據說，有個老頭別林斯基也說過這話。」

「別林斯基？不記得了。他哪兒也沒寫過這話呀。」

「即使沒有寫過，反正有人講他說過這話。這話我是聽一個……不過，見鬼……」

「那你讀過別林斯基的書嗎？」

「您知道嗎……沒有……我沒有正正經經地讀過，但是……關於達吉雅娜，她為什麼不跟奧涅金走那一部分，我讀過②。」

---

①杜思妥也夫斯基在他的《作家日記》（一八七三）中曾談到他與別林斯基談論基督時說過的話。別林斯基認為基督的學說不過是逆來順受，「把臉伸過去讓人家打」。他說：「請相信，您的基督如果生活在我們這個時代，肯定是個最平庸最普通的人……」

②「嗯，不——！」別林斯基的一位朋友接口道……「如果基督出現在現在，他肯定會加入運動，並領導這個運動……」

「嗯，對，嗯，對，」別林斯基……突然同意道，「他一定會加入社會黨，跟社會主義者走。」

別林斯基在《亞歷山大．普希金作品集》中的第九篇這樣寫道：「這是婦女美德的真正的驕傲。可是我**嫁給了**別人——正是**嫁給了人**，而不是**委身於人**！永久的忠誠——忠誠於**誰**，忠誠於**什麼**？忠誠的是這樣的一種關係，這種關係形成對女性感情和純潔的褻瀆，因為沒有得到愛情照耀的某種關繫是非常不道德的……」（《別林斯基選集》第四卷第六二六頁，上海譯文一九九一年版，譯文略有改動）。杜思妥也夫斯基不同意別林斯基的這一觀點。他在一八八○年關於普希金的著名演講中分析了達吉雅娜的性格和她拒絕奧涅金的原因。他認為達吉雅娜這樣做是非常道德的，是深思熟慮的結果，即她不能把自己的幸福建築在他人（她丈夫）的痛苦上。」。」

「怎麼不跟奧涅金走？難道您連這也……看懂了？」

「得了吧，您大概把我當那個小孩斯穆羅夫了。」科利亞氣憤地咧開嘴笑道。「不過也請您不要以爲我已經是地地道道的革命者了。我經常不同意拉基京先生的看法。即使我談到達吉雅娜，我也根本不贊成什麼婦女解放。我認爲婦女應該百依百順，應該聽話。應當像拿破崙說的那樣，Les femmes tricottent①。」不知爲什麼科利亞冷笑了一下，「起碼這方面我完全同意這個假偉人的觀點。我也認爲，比如說，離開祖國逃到美國去是卑劣的，比卑劣猶甚——是愚蠢。即使在我們國內也可以做許多有益於人類的事，幹麼到美國去呢②？正是目前可以做一大堆有益的工作。我就是這樣回答他的。」

「怎麼回答？回答誰？難道有人邀請您到美國去了？」

「不瞞您說，曾有人慫恿我去美國，但是我拒絕了。不用說，這話僅限於你我之間，卡拉馬助夫，請注意，不要向任何人洩露一個字。這事我只告訴您一個人。我完全不想落到第三廳的魔爪中去，在鐵索橋旁聽訓③。

你總該記得

① 法語：女人的事就是織毛衣。

② 這裡暗指車爾尼雪夫斯基的小說《怎麼辦？》。小說中的一位主人翁洛普霍夫後來僑居美國。十九世紀六〇至七〇年的俄國報刊曾大量報導美國和美國移民的生活情況。

③ 第三廳是沙皇政府的特務機構，全名爲陛下御前辦公廳第三廳，從一八三八年起坐落在彼得堡鐵索橋旁（現名佩斯捷利橋）。

鐵索橋旁的這座大廈！①

您記得嗎？寫得太好了！您笑什麼？您是不是認爲我信口開河？」（「他倘若知道了，在我父親的書櫥裡總共才有這一期《鐘聲》②，除了這期以外，我什麼也沒有讀過，那咋辦？」科利亞匆匆想道，但是不寒而慄。）

「噢，不，我沒有笑，我根本就沒有認爲您在對我信口開河。我真沒這麼想過，因爲這一切，唉，都是千真萬確的！請問，您讀過普希金的書嗎，比如說《奧涅金》……您剛才不是談到達吉雅娜了？」

「沒有，還沒讀過，但是想讀。我不抱成見，卡拉馬助夫。我想聽聽雙方的意見。您問這幹麼？」

「隨便問問。」

「請問，卡拉馬助夫，您是不是非常瞧不起我？」科利亞驀地冒出這句話，在阿廖沙面前昂首而立，彷彿擺出一副嚴陣以待的架勢。「勞您大駕，別繞彎子。」

「瞧不起您？」阿廖沙驚訝地看了看他。「憑什麼我要瞧不起您呢？我只是感到傷心，像您這樣一個天資聰慧的人，還沒開始生活，就已受到了所有這類粗淺的謬論的毒害。」

「關於我的天資，請您不必操心，」科利亞不無自得地打斷他的話道，「至於說我生性多疑，這沒錯。我多疑得愚蠢，也多疑得粗暴。您剛才微微一笑，我就覺得您好像……」「啊呀，我剛才笑的

---

① 科利亞背誦的這首詩，源出《北極星》雜誌一八六一年第六卷，詩名《書簡》（《由彼得堡寄莫斯科》）。

② 《鐘聲》是赫爾岑和奧加廖夫在一八五七－一八六七年期間在國外出版的革命報紙，在國內秘密發行，對教育當時的俄國知識分子起過重要作用。

完全是另一件事。您知道我剛才笑什麼嗎：不久前，我讀到一篇文章，是一個曾經僑居俄國的德國僑民寫的，他談到我國青年學生的現狀，他寫道：『您試拿一張星空圖給俄國學生看，他在此以前甚至對什麼是星空圖都毫無概念，可是到第二天他把這張圖還給您的時候，已經改得面目全非。』毫無知識而又狂妄自大——這就是那個德國人關於俄國學生想要說的話。」

「啊，誠哉斯言！」科利亞忽然哈哈大笑起來，「太對了，對極了！這德國人還真行！不過這德國佬沒看到好的一面，啊，您以爲呢？就算狂妄自大吧，這是因爲年輕，只要需要，是可以改正的，但這是一種幾乎從小就養成的獨立精神，敢想敢幹，而不是他們那種科爾巴斯尼科夫式的迷信權威的奴才相……但是這德國人畢竟說得好！這德國人還真行！——雖然，話又說回來，應該把德國人絞死。儘管他們在科學上很強，還是應該把他們絞死……」

「幹麼要絞死呢？」阿廖沙笑道。

「我是信口開河也說不定，我承認。我有時候就像一個非常淘氣的孩子，心裡一高興就忍不住要信口開河，胡說八道一氣。話又說回來，咱倆在這兒山南海北地盡顧聊天了，那位大夫在那裡怎麼待這麼長時間。不過也許他在那裡還順便檢查了『孩子他媽』和那個癱瘓的尼諾奇卡也說不定。要知道，我很喜歡這個尼諾奇卡。我進去的時候，她忽地對我悄聲道：『您爲什麼不早來呢？』而且用這樣的聲音，帶著責備！我覺得她的心腸非常好，也十分可憐。」

「是的，是的！以後您常常來就會看到她是怎樣的人了。認識這樣一些人對您很有好處，這樣您就會珍惜許多別的東西，只有認識了這些人，您才會認識這些東西的可貴。」阿廖沙熱烈地說道。

「這是改造您的最好辦法。」

「噢，我沒能早點來，真覺得遺憾，真想把自己臭罵一頓！」科利亞痛苦地自責道。

「是的，非常遺憾。您親眼看到了，您給這可憐的娃娃留下多麼歡快的印象！而他等候您的時候心裡又多麼難過！」

「您別說啦！您這樣說只會使我更加難過。不過，我活該：我不來是因爲自尊心作怪，一種自私自利的自尊心和一種可恥的剛愎自用，我一輩子都改不了這脾氣，雖然我一輩子都在努力改過自新。我現在看到我在許多方面都混賬透了，卡拉馬助夫！」

「不，您是一個非常好的孩子，雖然受到一些不良影響，因此我太明白了，您爲什麼會對這個高尚而又病態的敏感的孩子有這麼大的影響！」阿廖沙熱烈地回答道。

「您既然這麼誇我！」科利亞叫起來，「可我，您想想，我還以爲——譬如說現在，在這裡，我已經好幾次以爲您瞧不起我哩！您不知道我多麼看重您對我的意見啊！」

「話又說回來，難道您真的這麼多疑嗎？在這樣的年齡！您想想，您說話的時候，我站在屋裡一直看著您，我當時想，您肯定很多疑。」

「您真這麼想了？不過，您的眼睛還真尖，可不是嗎！我敢打賭，這事發生在當我講到鵝的時候。也正是這時候我以爲您非常瞧不起我，因爲我急於想表現自己是條好漢，也正是因爲如此，我突然恨起您來了，因此才開始胡說一氣。後來，當我講到『如果沒有上帝，那就必須造出一個上帝來』的時候，我感到我太性急了，幹麼這麼賣弄自己的學問呢，何況這話我也是在書本裡看來的。但是我向您起誓，我急於賣弄自己並不是因爲虛榮，而是莫名其妙，我也不知道因爲什麼，因爲高興，真的，似乎因爲高興……雖然，一個人因爲高興就死乞白賴地想去摟住人家的脖子，這是一種非常可恥的特點。這，我知道。但是我現在深信您並沒有瞧不起我，這一切都是我疑神疑鬼想出來的。噢，卡拉馬助夫，我十分不幸。我有時候愛胡思亂想，天知道想什麼，老以爲別人在笑我，全世界都在笑我，那時候我，那時候我恨不得把這世道整個兒掃地以盡。」

「於是您就折磨您周圍的人。」阿廖沙笑道。

「於是我就折磨我周圍的人，特別是我母親，卡拉馬助夫，請問，我現在很可笑嗎？」

「別去想這個，根本不要去想這事！」阿廖沙勸阻道。「再說，什麼叫可笑呢？一個人常常很可笑，或者顯得很可笑，這司空見慣，平常得很！再說，現在幾乎所有有才能的人都非常擔心自己成爲可笑的人，因此感到很不幸。我只是感到驚奇，您居然這麼早就開始感覺到了這點，雖然話又說回來，我早已經注意到這個了，而且也不是你一個人如此。如今，甚至幾乎連孩子也開始犯這個毛病。這近乎一種瘋狂。魔鬼化身成這種自尊心，鑽進整個這一代人身上，正是魔鬼在作祟。」阿廖沙又加了一句，但毫無取笑之意，正如目不轉睛地盯著他的科利亞所想的那樣。「您跟大家一樣，」阿廖沙最後說道，「就是說跟許多人一樣，不過不要成爲跟大家一樣的人，這就是我要對您說的話。」

「甚至不管所有的人都這樣，是嗎？」

「是的，所有的人都這樣也不要去管它。只要您一個人不這樣就行了。其實您也的確跟所有的人不一樣：譬如說，您現在並不羞於承認不好的甚至可笑的行爲。現在有誰肯承認這點呢？沒一個人，他們甚至不認爲有自責的必要。要做一個跟所有的人不一樣的人；哪怕就您一個人跟大家不一樣，也要堅持下去，不一樣就不一樣。」

「太妙了！我沒把您看錯。您善於安慰別人。噢，我多麼想見到您啊，卡拉馬助夫，我早就想尋找機會見到您了！難道您也想念過我嗎？您方才說您也想念過我，不是嗎？」

「是的，我聽說過您，也想念過您……即使您現在問這話多少是自尊心使然，也沒什麼。」

「您知道嗎，卡拉馬助夫，咱倆現在的彼此表白倒像在談情說愛似的。」科利亞用一種軟綿綿、羞答答的聲音說道。「這不是很可笑，不是很可笑嗎？」

「一點也不可笑，即使可笑，那也沒什麼，因爲這很好。」阿廖沙喜笑顏開地說道。

「您知道嗎，卡拉馬助夫，您得承認，現在，您跟我在一起自己也感到有點不好意思……我從您的眼睛裡看得出來。」科利亞似乎有點狡猾地，同時又似乎很幸福地笑道。

「這有什麼不好意思呢？」

「那您爲什麼臉紅呢？」

「這是您讓我臉紅的！」阿廖沙笑道，他果真滿臉緋紅。「是的，是有點不好意思，天知道因爲什麼，不知道因爲什麼緣故……」他甚至有點尷尬地囁嚅道。

「噢，在這時刻我多麼愛您和看重您啊，正因爲跟我在一起。您也會感到有點不好意思！因爲您也跟我一樣！」科利亞興高采烈地歡呼道。他兩腮緋紅，兩眼閃閃發光。

「我說科利亞，順便說說，您在生活中會成爲很不幸的人的。」阿廖沙不知爲什麼突然說道。

「知道，知道。您怎麼會對這一切未卜先知的呢！」科利亞立刻首肯道。

「但總的說，您畢竟會感謝生活的。」

「可不是嗎！烏拉！您是先知！噢，我們會成爲至交的，卡拉馬助夫。您知道嗎，我感到最高興的是您對我完全平等相待。可是我們並不平等，不，我們是不平等的，您比我高！但是我們會成爲至交的。您知道嗎，最近一個月，我一直在對自己說：『我要不是一下子跟他成爲莫逆之交，要不就是初次見面就跟他分道揚鑣，反目成仇，直到進棺材！』」

「您這麼說，可見您是愛我的！」阿廖沙快活地笑道。

「愛，非常愛，非但愛，而且對您寄予許多幻想！您怎麼會對一切未卜先知的呢？啊呀，大夫出來了。主啊，他會說什麼呢，您瞧他那臉！」

七、伊柳沙

大夫走出木屋時又裹上了皮大衣，戴上了皮帽子。他那臉幾乎是氣呼呼的，一臉厭惡的神態，似乎怕蹭在什麼東西上弄髒了自己的衣服似的。他用眼睛匆匆瞥了一下過道屋，同時嚴厲地看了阿廖沙和科利亞一眼。阿廖沙從門裡向馬車夫揮了揮手，於是那輛送醫生來的轎式馬車便被趕到通戶外的大門旁。上尉跟在大夫後面急匆匆地趕了出來，他彎腰曲背，近乎巴結逢迎地求大夫留步，他尚有一事請教。這老可憐滿臉愁容，目光驚惶：

「大人，大人……難道就沒救了？……」他開口道，但是他沒把話說完，只是舉起兩手絕望地一拍，雖然仍舊帶著最後一點希望哀求地望著大夫，倒像只要大夫現在說句話，就能當真改變對於那個可憐的孩子的判決似的。

「有什麼辦法！我又不是上帝。」大夫隨隨便便地，雖然用他慣有的威嚴的語氣回答道。

「大夫，大人……這會很快，很快嗎？」

「請預——備——後事吧！」大夫清清楚楚地、有板有眼地說道，他垂下眼睛①，已經準備跨過門檻上車了。

「大人，請看在基督分上！」上尉再一次請他留步，「大人！……難道現在已經無法挽回了嗎？

---

① 俄羅斯的木屋，爲防止地面潮濕，離地較高，所以看外面的時候必須垂下眼睛。

難道現在已經毫無挽救的辦法了嗎？……」

「現在不是我——說了——算，」大夫不耐煩地答道，「不過，嗯，」他忽地停下片刻，「比如說，如果您能夠……把您的病人……送——到……立刻而且毫不拖延地（大夫說『立刻而且毫不拖延』的時候，不僅板著臉，而且近乎憤憤然，甚至使上尉打了個哆嗦）送到錫——臘——庫——扎去，那……由於新的良——好的氣候……也許會出現……」

「到錫臘庫扎去！」上尉叫道，好像他什麼也沒聽明白似的。

「錫臘庫扎在西西里島①。」科利亞突然大聲而又不客氣地說明道。大夫看了看他。

「到錫拉庫扎去！大人，老爺，」上尉不知怎麼辦才好，「您豈不看見！」他伸出兩手指了指周圍家徒四壁的環境，「還有他媽，還有這一大家子人，咋辦？」

「不——不。家屬不必到西西里島去，您的家屬可以在早春時分到高加索去……令嬡可以到高加索去……至於尊夫人，因爲她有風濕病，也應當到高——加——索去做一個療程的礦泉療法……然後再立刻送——到巴黎去，送到精——神——病——大——夫雷——佩——爾——雷——特的醫院去，我可以給他寫封介紹信，那時候……也許可能出現……」

「大夫，大夫！您不是看見了嗎！」上尉又突然揮動兩手，絕望地指著過道屋裡那四壁空空的木頭牆壁。

「啊，這就不關我的事了，」大夫發出一聲冷笑，「您剛才問還有沒有什麼別的挽救辦法，我只

---

① 錫臘庫扎位於意大利西西里島的東南海濱。當時，醫生給有錢人開的處方經常是到意大利、法國和瑞士療養，但是到這些地方去療養是要很多錢的，而斯涅吉廖夫家缺少的正是錢。

能告訴您科——學所能作出的回答，至於其他……就愛莫能助了……」

「放心吧，郎中，我的狗不會咬您的。」科利亞注意到大夫不安地瞧著站在門口的佩列茲翁，便不客氣地高聲說道。在科利亞的聲音裡透出一絲慍怒。他**故意**不說大夫，而叫「郎中」，正如他後來所說，「他說這話意在侮辱」。

「怎麼——回——事？」大夫抬起頭來，詫異地盯著科利亞。「他是什——麼——人？」他突然問阿廖沙，好像要跟他討個說法似的。

「我是佩列茲翁的主人，郎中，您不必擔心我的身分。」科利亞有板有眼地說道。

「茲翁？」大夫反問道，不明白什麼是佩列茲翁。

「都把他弄胡塗了。再見，郎中，錫臘庫扎再見。」

「他是——誰？誰，誰？」大夫忽地大怒。

「他是敝城的一名學生，大夫。是個淘氣包，請勿在意。」阿廖沙皺起眉頭，急促地說道。「科利亞，別說了！」他向克拉索特金叫道。「請勿介意，大夫，」他重複道，已經有點不耐煩了。

「揍，欠——揍，欠——揍！」大夫不知爲什麼大動肝火，跺起了腳。

「您知道嗎，郎中，我的佩列茲翁說不定會咬人的！」科利亞用發抖的聲音說道，他臉色蒼白，兩眼冒出怒火。「來，佩列茲翁！」

「科利亞，您要是再說一句，我就跟您永遠絕交！」阿廖沙威嚴地喝道。

「郎中，全世界只有一個人可以向尼古拉・克拉索特金發號施令，這就是他，」科利亞指了指阿廖沙，「我服從他的命令，再見！」

他忽地離開原地，打開門，迅速走進裡屋。佩列茲翁緊隨其後。大夫望著阿廖沙，彷彿目瞪口呆地又站了約莫五秒鐘，然後突然啐了口唾沫，快步走向馬車，邊走邊高聲重複道：「這，這，這，我不知道這算什麼！」上尉急忙上前扶他上車。阿廖沙也跟著科利亞走進了房間。科利亞已經站在伊柳沙的病榻前。伊柳沙正拉著他的手在喊爸爸。過了不多一會兒，上尉回來了。

「爸爸，爸爸，你過來一下……咱們……」伊柳沙異常興奮地喃喃道，但是又分明力不從心，說不下去，他突然使勁伸出他那兩只瘦骨嶙峋的小手，盡力把他倆（科利亞和爸爸）一下子緊緊抱住，把他倆合在一起，緊緊偎依著他們。上尉立刻全身發抖，泣不成聲，科利亞的嘴唇和下巴也開始抖動。

「爸爸，爸爸！我多麼可憐你啊，爸爸！」伊柳沙苦澀地呻吟道。

「伊柳舍奇卡……寶貝兒……大夫說……你的病會好的……咱們會幸福的……大夫……」上尉開口道。

「啊呀，爸爸！我心裡明白這位新來的大夫對你說我什麼了……我都看見啦！」伊柳沙感嘆道，又緊緊地，用足力氣把他倆摟到自己身邊，把自己的臉藏在爸爸肩頭。

「爸爸，你別哭……等我死了，你再去另找一個好孩子……在所有的孩子中再親自挑一個好的，也叫他伊柳沙，愛他，讓他代替我……」

「別說了，老朋友，你會好起來的！」克拉索特金好像生氣了似的突然喝道。

「可我，爸爸，你永遠不要忘了我呀，」伊柳沙繼續道，「經常給我上上墳……爸爸，你就把我埋在那塊大石頭旁邊，咱倆不是常常到那裡去散步嗎，你可以跟克拉索特金一起去，傍晚時分……還有佩列茲翁……我一定等你們……爸爸，爸爸！」

他的聲音哽住了，三人擁抱在一起，相對默然。尼諾奇卡坐在自己圈椅上，也在嚶嚶啜泣；媽媽看見大家哭，突然也淚流滿面。

「伊柳舍奇卡！伊柳舍奇卡！」她傷心地喊道。

克拉索特金突然從伊柳沙的擁抱中掙脫出來。

「再見，老朋友，我媽等我回去吃飯哩。」他急匆匆地說道。「很遺憾，我沒有預先告訴她一聲！她會很不放心的……但吃完飯我立刻就來看你，待一整天，待整整一晚上，我還有許多話要告訴你！我也會把佩列茲翁帶來的，現在我先帶牠走，因爲我不在牠會叫的，會妨礙你休息；再見！」

他說罷便跑進過道屋。他不肯放聲大哭，但是他在過道屋裡還是忍不住哭了出來。阿廖沙找到他的時候，他正處在這樣的情況下。

「科利亞，您一定要信守諾言，您一定要來，要不他會非常難過的。」阿廖沙堅持道。

「一定！噢，我沒有早來，真恨不得把自己臭罵一頓。」科利亞帶著哭聲說道，他已經不因爲他哭而感到難爲情了。就在這時，上尉彷彿急匆匆地從屋裡跑了出來，並且立刻隨手關上了門。他的臉色呆滯，嘴唇發抖。他站在這兩個年輕人面前，舉起雙手。

「我不要好孩子！我不要別的孩子！」他咬牙切齒，用發狂般的低語悄聲道。「耶路撒冷啊，我若忘記你，情願我的舌頭貼於……①」

他沒有把話說完，好像閉過氣去似的，他無力地跪倒在木頭長凳前面。他用兩手抱緊自己的腦

---

① 源出《舊約．詩篇》第一百三十七篇第五－六節，原文是「耶路撒冷啊，我若忘記你，情願我的右手忘記技巧。我若不紀念你，若不看耶路撒冷過於我所最喜樂的，情願我的舌頭貼於上膛。」

袋，怪聲尖叫著，嚎啕大哭，然而又拼命忍著，不讓屋裡聽到他的尖聲哭叫。科利亞衝出來，走到大街上。

「再見，卡拉馬助夫！您也來嗎？」他向阿廖沙生硬地、怒氣沖沖地喊了一聲。

「晚上一定來。」

「他剛才說耶路撒冷是什麼意思……這到底是怎麼回事？」

「這話是聖經上的：『耶路撒冷啊，我若忘記你』，意思是說我若忘記我最寶貴的一切，我若以此來換取其他東西，就讓我五雷殛頂……」

「行啦，我懂了！您也要來呀！來，佩列茲翁！」他向狗凶巴巴地厲聲喝道，接著便邁開大步，快步回家去了。

第十一卷 二哥伊萬・費奧多羅維奇

一、在格魯申卡家

阿廖沙向大堂廣場走去，到商人之妻莫羅佐娃家找格魯申卡。格魯申卡一大早就讓費尼婭去找他，請他務必到她家去一趟。問過費尼婭後，阿廖沙才知道她的女主人從昨天起就心情煩躁，顯得特別不安。自從米佳被捕後這兩個月來，阿廖沙常常主動或者受米佳之託到莫羅佐娃家去。米佳被捕後三天，格魯申卡就身患重病，病了差不多五星期，五星期中有一星期她人事不省。現在，她雖然病癒差不多兩周，能夠出門走走了，但是面孔卻變得很厲害，瘦了，面色也黃了。但是在阿廖沙眼中，她的臉卻似乎更加楚楚動人了，而且他每次去看她，都喜歡遇到她的目光。她的目光中似乎積澱著某種堅定而又豁然開悟的神態。呈現出某種精神上的轉變，出現了某種堅定不渝、溫和恬淡，但又是善良的、義無反顧的決心。在她前額的眉宇間出現了一條垂直的不大的細小的皺紋，給她那可愛的臉龐平添了幾分凝神沉思的神態，乍一看，甚至顯得有點嚴厲。以前的比如輕佻已經了無蹤影。阿廖沙覺得奇怪，儘管這可憐的女人遭到了很大的不幸，她的未婚夫由於涉嫌一件可怕的罪行被捕了，而且還是在她剛成爲他的未婚妻的幾乎同時被捕的，儘管以後她病了，而且還面臨著幾乎不可避免的法庭判決在時時威脅著她，但她還是沒有失去她昔日的青春活潑。她過去高傲的眼神如今閃爍著一種沉靜，雖然……雖然，話又說回來，她那不僅沒有因此而平息，反而在她心中變本加厲的憂慮還在時刻光顧她，——每念及此，她那眼神就會噴射出某種凶光。這一憂慮的對象萬變不離其宗：仍舊是那個卡捷琳娜·伊萬諾芙娜，甚至當格魯申卡臥病在床說胡話的時候，也對她念念不忘。阿廖沙明白，她醋勁很大，她在吃她的醋，爲了米佳，爲了那個囚徒米佳，儘管卡捷琳娜·伊萬諾芙娜一次也沒去探過監，雖說若要去探監，她隨時可以辦到。這就給阿廖沙出了一道難題，因爲格魯申卡心中有事只對他一個人講，而且不斷請教他應當怎麼辦；可他有時候一籌莫展，實在對她說不出什麼來。

他心事重重地跨進她的寓所。她已經回家了；她探望米佳回來差不多半小時了，從她由桌旁的圈椅上迅速跳起來，向他迎上前去的動作，他不難看出她在急切地等候他來，已經等得非常不耐煩了。桌上放著撲克牌，似乎剛發牌要玩「捉傻瓜」。另一邊的皮沙發上臨時鋪了張床，馬克西莫夫穿著睡衣，戴著一頂棉布睡帽，斜臥在沙發上，他顯然有病，身體很虛，雖然強打精神，裝出一副甜兮兮的笑模樣。這個無家可歸的小老頭，自從約莫兩個月前同格魯申卡從莫克羅耶回來後，就待在她家，而且從此住了下來，跟她寸步不離。他當時跟她一起在滿是泥濘的道路上冒雨回城，渾身都淋濕了，又受此驚嚇，當時他坐在沙發上，帶著怯怯的巴結的微笑，兩眼默默地盯著她。格魯申卡因爲非常傷心，而且已經開始發寒熱，回來後又忙忙叨叨，因此在最初半小時幾乎把他給忘了——直到後來，才猛地抬頭，定定地看著他：他衝她可憐兮兮而又不知所措地嘿嘿一笑。她叫了聲費尼婭，讓她給他拿點吃的來。那天一整天，他一直坐在他那位置上，幾乎一動不動；天黑了，關上百葉窗之後，費尼婭問主人。

「怎麼辦，東家，難道他要留下來過夜？」

「對，就給他在沙發上鋪張床吧！」格魯申卡回答。

詳細詢問了他的情況後，格魯申卡才知道他現在果真已經無處棲身了，「我的恩人卡爾加諾夫先生已經直截了當地向我宣布，他再也不能收留我了，他賞了我五個盧布。」「嗯，上帝保祐你，那你就留這兒吧！」格魯申卡同情地向他微微一笑，心煩意亂地決定道。這老頭看到她的微笑後渾身抖嗦了一下，嘴唇開始發抖，他感激涕零地哭了。於是從那時起這個四處漂泊的食客就留在了她家。甚至在她生病的時候，他也沒離開。費尼婭和她的母親（格魯申卡的廚娘）①並沒攆他走，而是一直供給他吃喝，讓他在長沙發上睡覺。到後來，格魯申卡竟跟他混得很熟了，每逢看望米佳後回來（她的病稍有好轉，甚至還沒好透，就立刻去看米佳了），爲了排遣愁緒，她便常常坐下來跟「馬克西穆什卡」②天南地北地閒聊，爲了不去想自己的不幸。不料這老頭有時還挺能講故事，到後來她竟離不開他了。除了阿廖沙外，格魯申卡幾乎任何人也不見，可是阿廖沙也不是每天都來，而且總是稍坐片刻就走。她那老頭，就是那商人，這時已經重病不起，正如敝城一些人所說，「就要走了」，而且後來在米佳開庭後一星期還果真死了。在他臨死前三星期，他感到死期已近，終於把自己的兒子兒媳和孫子孫女都叫上樓來，讓他們待在身邊，不要離開他。至於格魯申卡，從那時起，他就嚴厲叮囑下人絕對不許接待她，她要是來就對她說：「老爺有話：祝她開開心心，長命百歲，把他完全給忘了。」然而格魯申卡還是幾乎每天都派人去問候他的病情。

---

① 原文如此。以前曾說，格魯申卡的廚娘是費尼婭的祖母。

② 馬克西姆的小名。

「總算把你盼來了！」她叫道，扔下手裡的牌，快樂地跟阿廖沙問好，「可是馬克西穆什卡卻嚇唬我，說你不會來了。啊，我多麼盼望你來呀！快坐到桌子前面來；你喝什麼，咖啡？」

「行啊，」阿廖沙說，邊說邊坐到桌旁，「餓壞了。」

「這就對啦；費尼婭，費尼婭，來咖啡！」格魯申卡叫道。「我家的咖啡早就煮好了，在等著你，再拿點餡兒餅來，要熱的。不，等等，阿廖沙，他今天爲了這些餡兒餅竟大發脾氣。我今天去探監，帶了點餡兒餅給他，可他倒好，把餡兒餅扔還給我，死也不肯吃。他還把一個餡兒餅乾脆扔到地上，用腳踩得稀巴爛。我就說：『我把餡兒餅留在看守那兒，要是到晚上還不吃，這說明你恨透了我！』我說完這話就走了。你愛信不信，我們又吵嘴了。每次去，都吵嘴。」

格魯申卡激動地一口氣把這一切都說了出來。馬克西莫夫立刻膽怯起來，垂下眼睛，連連賠笑。

「這回到底因爲什麼事吵起來的呢？」阿廖沙問。

「我完全沒料到！你想嘛，他竟對我『過去那位』大發醋勁。他說：『你爲什麼給他錢花。你是不是又給他錢花了？』他老愛吃醋，老因爲我而吃醋！連吃飯睡覺也吃醋。上周甚至有一回還對庫茲馬大發醋勁。」

「關於『過去那位』他不是早知道了嗎？」

「可不嗎，你說怪不怪。從一開始一直到今天，他都是知道的，可他今天一起床就罵開了。說得可難聽啦，說出來都讓人害臊。渾透了！我一出來，拉基特卡①就進去了。恐怕是拉基特卡教唆他的也說不定，是不是？你說呢？」她好像心不在焉地加了一句。

① 拉基京的小名。

「他愛你，就這麼回事，他太愛你了。可現在他心裡煩。」

「明天要開庭，還能不煩。我這次去就是爲了跟他說說明天的事，因爲，阿廖沙，甚至一想到明天，我就害怕！你說他心裡煩，可是我心裡更煩。而他淨講那個波蘭人！真渾！他不嫉妒的恐怕就只有馬克西穆什卡了。」

「我太太也淨因爲我吃醋哩，您哪。」馬克西莫夫接著道。

「因爲你，」格魯申卡不由得哈哈大笑起來，「因爲你吃誰的醋呀？」

「吃女傭人的醋唄，您哪。」

「唉呀，別說啦，馬克西穆什卡，現在我沒心思打哈哈，我心裡真恨。你別睜大兩眼盯著餡兒餅，我不給，對你有害處，用香草泡的藥酒也不給。瞧，還得伺候他；倒像我家開了養老院似的，真是的。」她笑了起來。

「我不配接受您的恩典，我是個微不足道的人，您哪。」馬克西莫夫帶著哭腔說道。「您還不如把您的恩典施捨給那些比我有用的人哩，您哪。」

「唉，任何人都是有用的，馬克西穆什卡，我們怎麼知道誰比誰有用呢。即使壓根兒沒有這個波蘭人，阿廖沙，他今天也會心血來潮，犯起病來的。我的確去看過他。這回我偏要存心給他送幾塊餡兒餅去，我本來沒送過，可是米佳偏說我送過，那現在我就偏送給他，存心氣他！啊，費尼婭拿著一封信！哼，沒錯，肯定又是那兩個波蘭人寫來的，又來借錢了！」

穆夏洛維奇先生果然捎來了一封非常長，照例寫得十分花哨的信，請求借給他三盧布。信中還附了一張收據，保證三個月內如數還清；在收據下面簽名的還有弗魯布列夫斯基先生。這樣的信，而且總附有這樣的收據，格魯申卡已經從她的「老相好」那裡收到過很多次了。這事開始於大約兩星期前格魯申卡病癒之初，然而她也知道這兩名波蘭人在她患病期間曾經來看過她，探問過她的病情。格魯申卡收到的第一封信寫得很長，寫在一張很大的信紙上，信上還蓋了一枚很大的家族印章，但是信寫得非常晦澀，而且寫得花裡胡哨，矯揉造作，因此格魯申卡才讀了一半就把它擱一邊了，簡直什麼也沒看懂。再說那時候她也沒心思看信。緊接著在收到這第一封信之後的第二天，他又捎來了第二封信，穆夏洛維奇先生在信中請求借給他二千盧布，並答應在最短期間內立即歸還。格魯申卡對這封信也未予理睬。隨後又來了許多信，每天一封，還是那麼一本正經和花裡胡哨，不過借款的數目卻逐漸下降，一直降到一百盧布，二十五盧布，十盧布，直到最後，格魯申卡突然收到一封信，信中這兩位波蘭人只向她借區區一盧布，並且還附上了收據，收據上兩人都簽了名。當時格魯申卡突然動了惻隱之心，於是在天快擦黑的時候，她親自跑了一趟，去看了看那個波蘭人。她發現這兩個波蘭人一貧如洗，幾乎什麼也沒有，沒有飯吃，沒有柴燒，沒有煙抽，欠了女房東一屁股債。在莫克羅耶從米佳那裡贏來的二百盧布不知道花哪去了。然而使格魯申卡感到十分驚訝的是，這兩名波蘭人見到她時還擺出一副神氣活現、自以為了不起的架勢，彬彬有禮而又誇誇其談。格魯申卡不禁啞然失笑，接著便給了她的「老相好」十個盧布。當時，她就笑著把這事告訴了米佳，而當時他一點也沒吃醋。但是從那時起這兩名波蘭人便抓住格魯申卡不放，每天來信，每天來借錢，每天對她進行轟炸，而她每次也多少給他們寄一點去。可誰料到今天米佳突然醋勁大發，吃起醋來了。

「我這傻瓜在去看望米佳的時候，也去看了他，就待了一小會兒，因為他也病倒了，我是說我過去的那個波蘭人，」格魯申卡又忙忙叨叨、急匆匆地開口道，「我一邊笑一邊把這事告訴了米佳：你想想嘛，我說，我的那個波蘭人竟然異想天開，用吉他給我彈起了他過去彈過的曲子，他以為他這一彈我就感動了，就會嫁給他了。誰料想米佳居然跳起來破口大罵……因此我偏不，偏要給波蘭人送餡餅！費尼婭，他們是不是打發那個小姑娘來的？這樣吧，你給她三個盧布，再拿十來個餡兒餅用紙包起來，讓她拿回去，至於你，阿廖沙，一定要告訴米佳，我給他們捎餡兒餅了。」

「這事我決不會告訴他的。」阿廖沙說，微微一笑。

「哎呀，你以爲他會痛苦嗎，他沒來由地吃這個醋是故意的，其實他根本無所謂。」格魯申卡傷心地說。

「怎麼是故意的？」阿廖沙問。

「你真傻，阿廖申卡，真是的，你這麼聰明竟對這事一竅不通。他爲我這樣的女人吃醋，我並不怪他，要是他毫無醋意，我才有氣哩。我就是這種人。對於吃醋我並不怪他，我也是鐵石心腸，我也愛吃醋。我生氣的只是他根本不愛我，他現在吃醋是故意的，就這麼回事。我眼睛瞎了嗎，我看不出來嗎？現在他突然跟我講起那個女的，講起卡季卡①：說她這麼這麼好，說她爲了我從莫斯科請了位大夫到法庭來，她請他是爲了救我，還請了一位首屈一指的律師，最有學問的律師。他既然當著我的面誇她，可見他愛她，他那副眼神可無恥啦，自己對我心中有愧，卻反過來跟我糾纏不清，倒像我對不住他似的，全推到我一個人頭上來了，說什麼『你先跟波蘭人鬼混，因此我也就可以跟卡季卡。』他就是這麼想的！想把一切責任全推到我一個人身上。跟你說了吧，他是故意跟我糾纏不清的，他是故意的，可我……」

格魯申卡沒說完她將做什麼，就用手帕捂住眼睛，嚎啕大哭起來。

---

① 卡佳的暱稱。

「他並不愛卡捷琳娜・伊萬諾芙娜。」阿廖沙肯定道。

「哼，到底愛不愛我很快就會知道的。」格魯申卡從眼睛上取下手帕，用嚴厲的口吻說道。她的臉都扭歪了。阿廖沙傷心地看到，她的臉原來是溫柔、恬靜而又活潑的，突然堆滿了烏雲，變得很凶。

「不談這些蠢事了！」她忽地斷然道，「我叫你來也根本不是為了這個。阿廖沙，寶貝兒，明天，明天會怎樣呢？這才是我最放心不下的！也只有我一個人在提心吊膽！我瞧著大傢伙兒，誰也不在想這事，大家都像沒事人似的。哪怕是你，你在想這事嗎？明天可要開庭了呀！你倒給我說說，他們明天會怎麼審判他？要知道，這是僕人，是那個僕人殺的呀，是那個僕人呀！主啊！難道他要代人受過，替那個僕人頂罪嗎？而且竟沒一個人站出來替他說話？要知道，他們壓根兒就沒去打擾過那個僕人呀，啊？」

「他也被嚴厲地審問過，」阿廖沙若有所思地說，「但是大家都認為不是他幹的。現在他病得很重。從那時起，從發羊癲瘋起就病倒了。他的確有病。」阿廖沙加了一句。

「主啊，你最好親自去找一趟那個律師，跟他當面談談這件案子。聽說，他可是花了三千盧布從彼得堡請來的呀。」

「這三千盧布是我們三個人給的，我，二哥伊萬和卡捷琳娜・伊萬諾芙娜，至於那大夫倒是她花了兩千盧布親自寫信到莫斯科去請來的。費秋科維奇律師本來要價還要高，但是這案子已經轟動全國，所有的報章雜誌都在談論本案，因此費秋科維奇才同意前來，多半為了名氣，因為本案已經成了名聞全國的大案。我昨天就見過他。」

「怎麼樣？你跟他說了？」格魯申卡急煎煎地追問道。

「他聽完我的話後什麼也沒說。他說他已經形成了一定的看法，但是他答應把我的話一並考慮進去。」

「怎麼考慮進去！啊呀，這些人都是騙子！他們會毀了他的！哼，還有那大夫，她幹麼請大夫來呀？」

「他是來做醫學鑑定的。他們想作出結論：大哥是瘋子，他是因爲發了瘋才殺人的，自己都不知道幹了什麼。」阿廖沙低聲地微微一笑。「不過大哥不同意這樣做。」

「啊，倘若真是他殺的話，這倒沒錯！」格魯申卡感嘆道。「他當時當真瘋了，完全瘋了，這都怪我這個賤貨！不過，要知道，他沒殺人，沒殺呀！可是大家都指著他，說他殺了人，全城人都這麼嚷嚷。連那個費尼婭，連她也這麼供認，結果就成了好像當真是他殺的了。還有那家鋪子，還有那個官吏，還有過去，在那家飯館，大家也都聽說過！大家都說是他，全這麼嚷嚷。」

「是的，這樣的證詞層出不窮。」阿廖沙陰鬱地說。

「至於那個格里戈里，格里戈里・瓦西里耶維奇，他硬說房門開著，一口咬定他看見了，怎麼跟他說也不開竅，我跑去找他，親口跟他說。他還罵人。」

「是的，說不定這是對大哥最不利的證詞。」阿廖沙說。

「至於說米佳是瘋子，那他現在倒的確像瘋子一樣。」格魯申卡突然以一種憂心忡忡和神秘兮兮的態度開口道。「你知道嗎，阿廖申卡，這事我早就想對你說了：我每天去看他，簡直感到奇怪。你倒說說你是什麼看法：他現在說來說去到底要說什麼呢？他說呀，說呀——我一句也聽不懂，我想，他大概在講什麼大道理，我想，大概是我這人笨，聽不懂；他會突然跟我講到什麼娃娃，就是說講一個什麼孩子，說什麼『娃娃爲什麼窮？』『爲了這娃娃我現在要去西伯利亞，我沒殺人，但是我必須去西伯利亞！』這是什麼意思呢？娃娃又是怎麼回事呢？——我一句也聽不懂。他說這話的時候，我只會哭，因爲他說得非常好，他邊說邊哭，我也哭了，忽地，他吻了吻我，伸出手來給我畫了個十字。這究竟是什麼意思呢？阿廖沙，你倒給我說說，這『娃娃』到底是什麼呀？」

「這大概是因爲拉基京不知爲什麼常常去看他的緣故，」阿廖沙微微一笑，「不過……這也不是從拉基京那兒學來的。我昨天沒去看他，今天去。」

「不，這不是拉基特卡，這是你二哥伊萬・費奧多羅維奇把他弄得神不守舍的，他常去看他，就這麼回事……」格魯申卡說道，她說著說著忽然打住了。阿廖沙十分驚訝地盯著她看。

「怎麼常去？難道他常去看他嗎？米佳親口告訴過我伊萬一次也沒去過呀。」

「哎呀……哎呀，瞧我這人！說漏嘴了！」格魯申卡尷尬地說道，忽然滿臉堆上了紅暈。「等等，阿廖沙，你先別說話，隨它去吧，既然說漏了嘴，乾脆全告訴你得了：他去看過他兩次，頭一次是那時他剛剛回來之後——要知道，當時他立刻就從莫斯科趕回來了，當時我還沒病倒，第二次是在一星期前。他不讓米佳把這事告訴你，絕對不讓，也不許他對任何人說，他是秘密去的。」

阿廖沙坐在那裡，陷入深深的沉思，似乎在考慮什麼。這消息分明使他很吃驚。

「二哥伊萬從來不跟我談米佳的案子，」他慢悠悠地說道，「這兩個月，他壓根兒很少跟我說話，我每次去看他，他總是不高興我去，所以我已經有三星期不去看他了。嗯……既然他一星期前還去過，那……這星期，米佳還當真發生了某些變化……」

「變了，可不是變了嘛！」格魯申卡迅速接口道。「他倆有秘密，他倆有秘密要談！米佳親口告訴我，這是秘密，可見這是個重大秘密，因此米佳才坐立不安。要知道，他以前一直很快活，當然，他現在也很快活，不過你知道嗎，我只要看見他連連搖頭，在屋裡走來走去，右手的手指揪鬢角的頭髮，我就知道他神不守舍，心裡有事……這，我太知道啦！……要不他挺快活；今天他就挺快活！」

「你不是說他心裡煩嗎？」

「他是心煩，不過挺快活。他老是心煩意亂，不過也就一小忽兒，接著又十分快活，然後又忽然心煩意亂。你知道嗎，阿廖沙，我看著他總覺得奇怪：將來是如此可怕，可是有時候他竟會因一些小事哈哈大笑，像個孩子。」

「他真不讓你告訴我關於伊萬的事嗎？他當真說別說了嗎？」

「他當真說別說了。他主要是怕你，我是說米佳。因爲這是秘密，他親口說這是秘密……阿廖沙，寶貝兒，你去一趟吧，探探他的口風：他倆到底有什麼秘密，然後再來告訴我，」格魯申卡忽然迫不及待地央求道，「我命苦，你哪怕殺了我，也讓我知道我這可詛咒的命運。我叫你來就是爲了這事。」

「你以爲這是關於你的什麼事嗎？那他就不會當著你的面說這是秘密了。」

「我不知道。他也許想告訴我也說不定，但是又不敢。先打個招呼。說有個秘密，至於什麼秘密——又不肯說。」

「你自己又是怎麼想的呢？」

「我是怎麼想的嗎？我的末日到了，這就是我的想法。我的末日是他們三個預謀的，因爲有個卡季卡摻和在裡面。這一切都是卡季卡搗的鬼，都是因她而起。『她這麼這麼好』，意思是我不如她。他先說在頭裡，先給我個警告。他想要拋棄我，這就是全部秘密！他們三個合謀算計我——米季卡、卡季卡和伊萬・費奧多羅維奇。阿廖沙，我早就想問你了：一星期前他忽然向我公開，說伊萬愛上了卡季卡，因此常常去看她。他對我說的是實話嗎？你憑良心說，甭管我聽了心裡是不是受用。」

「我不會對你說謊。我以爲，伊萬並沒有愛上卡捷琳娜・伊萬諾芙娜。」

「嗯，我當時也這麼想！他對我撒謊，真不要臉，真是的！他現在因爲我而吃醋，然後把責任推到我身上。他真渾，做了壞事都不會不動聲色，要知道他呀，真是一根腸子通到底……不過我得給他點，給他點顏色瞧瞧！他說：『你相信是我殺的』，他這話是對我說的，對我，他用這話來責備我！願上帝跟他同在！嗯，等一等，我要在法庭上讓卡季卡受不了！我要在法庭上說這麼一句話……我要在法庭上把要說的話全說出來！」

說到這裡，她又哀哀地痛哭起來。

「格魯申卡，我能毫不含糊地對你宣布，」阿廖沙從坐位上站起來說道，「第一，他愛你，愛你勝過愛世界上所有的人，而且只愛你一個人，請你相信我說的這一點。我知道。我知道得一清二楚。第二，我要告訴你，我不想向他去探聽這個秘密，如果今天他把這秘密告訴我，那我就直截了當地告訴他，我答應過一定要告訴你。而且我今天就來找你，把這秘密告訴你。不過……我覺得……這跟卡捷琳娜•伊萬諾芙娜毫無關係，這秘密肯定是關於別的什麼事。而且肯定是這樣。我覺得，這根本不像是關於卡捷琳娜•伊萬諾芙娜的事。好，咱們再見！」

阿廖沙握了握她的手。格魯申卡還在哭。他看到，她並不十分相信他安慰她的話，但是能發洩一下痛苦，把心裡的話說出來，她心裡還是好受了些。他不忍心把她獨自留在這樣的狀態中，但是他有要緊事。他還有許多事要做。

二、足疾

頭一件事是到霍赫拉科娃太太家去，他急匆匆地向那裡走去，想趕緊把事辦完後去看米佳，不要遲到。霍赫拉科娃太太身染微恙，已經病了三星期了：她的一隻腳不知怎麼腫了，她雖然沒躺在床上，但是大白天卻穿著漂漂亮亮的，但又頗爲得體的家常便服①，斜躺在自己起居室的沙發榻上。有一回，阿廖沙注意到霍赫拉科娃太太儘管有病在身，卻幾乎講究起穿戴來了，出現了一些花邊頭飾呀，蝴蝶結呀，對襟女上衣呀，等等，他琢磨了一下她爲什麼會這樣，雖然他覺得這些想法很無聊，驅散了這些想法，但也不禁啞然失笑。近兩個月來，來看望霍赫拉科娃太太的，除了其他一些客人外，還有那個年輕人佩爾霍京。阿廖沙已經三四天沒來了，因此他一進屋就急著直接去找麗莎，他正是找她有事，因爲還在昨天麗莎就打發女僕來找他，說「有要事相商」，請他務必立即前去看她，這事由於某種原因使阿廖沙頗感興趣。但是當女僕正要進去向麗莎稟報的時候，霍赫拉科娃太太不知聽誰說他來了，立即派人來請他到她那裡去，「就一小會兒」。阿廖沙想了想，覺得還是先滿足媽媽的要求爲好，因爲他如果先去找麗莎，她就會不停地打發人到麗莎房間裡來請他。霍赫拉科娃太太躺在沙發榻上，盛裝豔服，穿得特別講究，顯然處於一種神經質的異常激動的狀態中。她一見到阿廖沙就一迭連聲地發出歡呼。

「多時，多時，許許多多時候沒看見您啦！對不起，有整整一星期了吧，啊，不過您四天前還來過，星期三。您是來看麗莎的，我十拿九穩，您是想躡手躡腳，不讓我聽見，直接到她那裡去。親愛的，親愛的阿列克謝・費奧多羅維奇，您不知道，我爲她心都操碎了！但是這話以後再說吧。雖然這是最要緊的事，但是這話以後再說吧。親愛的阿列克謝・費奧多羅維奇，我把我的麗莎全託付給您啦。自從佐西馬長老死後——願主保祐他的靈魂安息！（她畫了個十字）——他死後我一直

① 俄俗：穿家常便服，通常不宜會客。

把您看作一名苦行修士，雖然您換了衣服也十分可愛。您在此地從哪兒找到這麼好的裁縫呀？但是，不，不，這不是最要緊的，留到以後再說吧。對不起，我有時候叫您阿廖沙，我是老太婆了，可以爲所欲爲，」她嗲兮兮地莞爾一笑，「但是這話也留到以後再說吧。最要緊的是我不要把要緊的事忘了。如果我有點東拉西扯了，那就勞您大駕，給我提個醒，您就說：『那，最要緊的呢？』啊，我怎麼知道現在什麼是最要緊的呢！自從上回麗莎收回她答應過您的那件事以後——這都是孩子氣，鬧著玩的，阿列克謝・費奧多羅維奇——說什麼她要嫁給您，您當然明白，這一切都是一個長時間坐在輪椅上的有病的女孩子的幻想，一種孩子氣的好玩的幻想——謝謝上帝，她現在已經能夠走路了。這位新來的大夫，也就是卡佳爲了您那不幸的大哥從莫斯科請來的這位大夫，令兄明天……唉，談明天做什麼！我一想到明天就嚇得要死！主要是出於好奇……總之，這位大夫已經來過舍下，見了麗莎……我付給了他五十盧布的出診費。但是我又扯遠了，又扯遠了……您瞧，我現在老糊塗啦。我總是心急火燎的。我爲什麼心急火燎呢？我也鬧不清。我現在已經什麼也鬧不清啦。對於我什麼都亂成了一團啦。我怕您聽得心煩，拔腿就離開我，一下子就不見了。啊呀，我的上帝！我們爲什麼乾坐著，第一，先喝點咖啡，尤利婭，格拉菲拉，上咖啡！」

阿廖沙急忙道謝，申明他剛喝過咖啡。

「在誰家喝的？」

「在阿格拉費娜・亞歷山德羅芙娜家。」

「這……這在那個女人家呀！啊呀，正是她把大家給毀了的，不過話又說回來，我也不知道，據說她成了聖徒了，雖說爲時已晚。還不如從前有這個必要的時候，可現在，又有什麼用呢？您先別開口，先別開口，阿列克謝・費奧多羅維奇，因爲我還有許多話要說，不過又好像不知從何說起似的。這個可怕的官司……我一定要去，我正在準備，把我用輪椅推了去，再說我能坐，會有人照顧我的，再說，您也知道，他們要我當證人。我有許多話要說，我有許許多多話要說！我也不知道我要說什麼。聽說要宣誓，是這樣嗎？是不是這樣？」

「是的，但是我不認爲您去得了。」

「我能坐；啊呀，您老打斷我的思路。這場官司，這種古怪的行爲，然後大家都去西伯利亞，有人要結婚，這一切都很快，一切都在變，鬧到最後，一無所有，大家都成了老頭老太，風燭殘年，行將就木。唉，讓它去吧，我累啦。這個卡佳——Cette Charmante personne①，她打破了我的一切希望：現在她要跟您大哥到西伯利亞去，您二哥則跟著她去，住在鄰近的城市裡，然後大家互相折磨。一想起這事，我就要發瘋。而主要是大肆宣揚：彼得堡和莫斯科的所有報紙都在沸沸揚揚地講這件事。哎呀，您想想，連我也上了報啦，他們說我是令兄的『心上人』，我真不想說這種髒話，您想想，您想想嘛！」

「這是不可能的！登在哪家報紙上了，怎麼寫的？」

「馬上給您看。昨天收到了——昨天就看了。就登在彼得堡的一家《流言報》②上。這家《流言報》是今年開始出版的，我最愛聽流言蜚語了，所以就訂了一份，這倒好，給了我當頭一棒：原來流言蜚語就這麼回事呀。就在這兒，就登在這兒，您看。」

她從枕頭底下抽出一張報紙，遞給阿廖沙。

---

① 法語：這個迷人的姑娘。

② 暗指一八七九－一八八一年在彼得堡出版的《傳聞報》。

她不僅很傷心，而且整個人好像被霜打了似的，說不定她腦子裡真的亂成一團了。報上的這段新聞寫得頗具特色，當然，肯定很微妙地刺傷了她，但是幸虧這時候她心亂如麻，也許根本沒法在某一點上集中思想，也許一分鐘後她連報紙的事也會全忘了，轉而去想另一件毫不相干的事。至於這場可怕的官司已經轟動全國，阿廖沙早知道了，而且，上帝啊，這兩個月來，除了一些忠實的報導以外，關於他大哥，關於卡拉馬助夫家族，甚至於關於他自己，他看到過多少聳人聽聞的報導和通訊啊。有一家報紙甚至說，當他大哥罪行敗露後，他出於恐懼才接受苦修戒律，閉關隱修的；另一家報紙又推翻了這一說法，說什麼情況恰好相反，他跟佐西馬長老一起撬開了修道院的錢箱，「離開修道院，逃之夭夭了」。如今在《流言報》上的這段報導，標題是《斯科托普里戈尼耶夫斯克（唉，這就是敝縣縣城的名字，我一直隱瞞，未予點明①）訊：關於卡拉馬助夫一案》。這篇報道很短，也沒有指名道姓地提到霍赫拉科娃太太，而且所有人名都祕而不宣。只是報導說，現在正在沸沸揚揚地準備審訊的這名案犯，乃是一名退伍的陸軍大尉，厚顏無恥，好吃懶做，是個主張農奴制的死硬派，常常尋花問柳，尤其對某些「獨守空房的女士們」頗具影響。有這麼一位「難耐孤寂的寡居的太太」，雖然已經有了一位待字閨中的女兒，還老來俏，對他著迷到這種程度，居然在案發前僅僅兩小時還要給他三千盧布，讓他跟她立即私奔，逃到金礦去。但是這惡棍情願殺死他父親，圖財害命，而他搶到手的也正好是三千，他滿以為他這樣做可以不受懲罰，而不願攜同這位孤寂難捱的四十歲的半老徐娘遠走高飛，到西伯利亞去。這篇措詞輕薄的文章照例以對弒父的有背人倫以及對於以往的農奴制表示高尚的義憤而結束全文。阿廖沙懷著好奇讀完了這篇報導，把報紙折好，還給了霍赫

① 斯科托普里戈尼耶夫斯克（Скотопригоньевск）含意為牲畜欄。

拉科娃太太。

「哼，怎麼不是說我？」她又嘟囔道，「要知道，正是我幾乎在一小時前向他提議到金礦去，又突然來了這麼一句『四十歲的半老徐娘』！難道我是為了這個嗎？他這麼說是故意的！但願永恆的法官①能饒恕他說的四十歲的半老徐娘這句缺德話，就像我饒恕他一樣，但是要知道這……您知道這是誰幹的缺德事嗎？他就是貴友拉基京。」

「很可能，」阿廖沙說，「雖然我什麼也沒聽說。」

「就是他，他，而不是很可能！要知道，我把他轟出去了……這事的前後經過，您不是都知道嗎？」

「我知道您請他以後不要再來看您，但究竟為什麼——這……我起碼沒聽您說過。」

「可見，您聽他說過！他怎麼，罵我了，把我臭罵了一頓？」

「對，他罵了，不過，他什麼人都罵。但是您幹麼不讓他登門——我並沒聽他說起過。再說我平常也很少跟他見面。我們不是朋友。」

「好，那我就把這一切原原本本地告訴您，沒辦法，我真後悔，因為這裡有一點也許應該怪我。僅僅是小小的，小小的一點，小極了小極了，因此也許根本不能算數。您知道嗎，我的寶貝，」霍赫拉科娃太太突然換了一副扭捏作態的面孔，嘴上閃出一絲可愛的，雖然是謎一般的微笑，「您知道嗎，我懷疑……請您饒恕我，阿廖沙，我對您就像您媽……哦，不不，相反，我現在對您就像對我爸……因為這裡說像媽是完全不合適的……好吧，就等於向佐西馬長老懺悔一樣，這是最恰當、最

---

① 指上帝。

合適的比喻：我方才還叫您苦行修士來著——現在就來講講這可憐的年輕人，您那朋友拉基京（噢，上帝，我簡直沒法生他的氣！我雖然有氣，但是並不生氣），一句話，這個舉止輕浮的年輕人，您想想，突然異想天開，似乎愛上了我。我這是後來，直到後來才突然發現的，但是起先，也就是說，大約一個月前，他開始經常，幾乎每天都來看我，雖然我們過去就認識。我什麼也不知道……但是突然我彷彿恍然大悟似的，我開始驚訝地逐漸發現了。您知道嗎，兩個月前，我開始接待這位既謙虛又可愛又好的年輕人彼得·伊里奇·佩爾霍京，他就在本地任職。您也見過他好多次。不是嗎，他是個既好而又嚴肅的人。他每三天來一次，並不是每天來（即使每天來也沒什麼嘛），他每次來都衣冠楚楚，阿廖沙，我就喜歡像您一樣的既才華橫溢又謙虛謹慎的年輕人，而他幾乎是治國的棟梁之材，談吐是那麼可愛，我一定，一定要替他向上峰引薦。他是未來的外交家。他在那可怕的一天，大半夜裡來找我，簡直救了我的命，免遭慘死。嗯，而您那朋友拉基京每次來都穿著這樣的靴子，大大咧咧地伸在地毯上……一句話，他甚至向我開始作某種暗示，而忽然有一次，他臨走的時候非常使勁地握了握我的手。他一握我的手，我的一隻腳就突然劇痛起來。他以前也在我這兒遇見過彼得·伊里奇，一見面，您信不信，他就對他冷嘲熱諷，老是刺兒他，老是因爲什麼事對他嘀嘀咕咕。他倆一見面，我就瞅著他們倆，心裡覺得好笑。突然有一次，我獨自閒坐，哦，不對，當時我躺著，我忽然一個人躺著，這時米哈伊爾·伊萬諾維奇來了，您想想，他居然給我帶來了一首詩，一首很短的詩，是寫我的足疾的，就是說用詩來描寫我的足疾。請稍候，這詩是這樣寫的：

這只秀足呀秀足，
疼得我茶飯不思，

心猿意馬……

下面還有話，這詩我總也記不住，就在我屋裡放著，我以後拿給您看，不過寫得太美了，簡直美極了，而且，您知道嗎，這不僅寫腳，而且勸人爲善，立意極美，不過我忘了，一句話，簡直可以收進詩集。嗯，我自然說了聲謝謝，他大概很得意。我表示感謝的話還沒說完，彼得·伊里奇忽然走了進來，於是米哈伊爾·伊萬諾維奇突然像黑夜似的沉下臉來。我看得出，大概彼得·伊里奇礙了他的什麼事，因爲我預感到，在贈詩之後，米哈伊爾·伊萬諾維奇肯定有什麼話非立即說出來不可，可是彼得·伊里奇卻走了進來。我突然把這首詩拿出來給彼得·伊里奇看，而且不說這是誰寫的。但是我相信，我相信他一定立刻猜到了，雖然他至今不承認，硬說他猜不出來；但他這樣說是故意的。彼得·伊里奇立刻哈哈大笑，開始品頭論足：他說，這是一首十分蹩腳的歪詩，大概是什麼神學校的學生寫的——您知道嗎，而且說得那麼來勁，那麼眉飛色舞！這時候您那朋友本可以付諸一笑，他卻勃然大怒……主啊，我還以爲他倆要打架了呢。他說：『這是我寫的。是我寫著玩的，因爲我認爲寫詩是等而下之的事……不過我寫的這首詩卻是好詩。您的那位普希金寫了女人的秀足，有人卻想給他樹碑立傳，建立銅像①。我的詩是有傾向的，而您自己是個頑固堅持農奴制的人；您一點沒有人道精神，您一點沒有現在的文明感，進步的潮流沒有觸及您，您是官吏，您接受賄賂！』我立刻喊了起來，央求他們不要爭吵。您知道，彼得·伊里奇也不是一個膽小怕事的人，可是他卻

① 從一八六二年起，俄國報紙上就提出爲普希金建立銅像的問題。一八七一年開始向社會各界捐款，籌集資金。一八八〇年六月六日莫斯科的普希金銅像揭幕，六月八日杜思妥也夫斯基在莫斯科發表了紀念普希金的著名演說。

忽然換了一種口氣，十分慷慨大方：嘲笑地看著他，邊聽邊連聲道歉，他說：『我不知道。我要是知道的話，我就不會這麼說了，我誇獎它還來不及哩……所有的詩人都愛發脾氣……』總而言之，行若慷慨大方，骨子裡卻在冷嘲熱諷。這事他後來也給我解釋過，說這全是諷刺，我還以為他說這話是真的哩。後來我躺著，就像我現在躺在您面前一樣，突然想到，因為米哈伊爾・伊萬諾維奇在我家沒有禮貌地對我的客人嚷嚷，要是我突然對他下逐客令，這樣做是否妥當？您信不信，我就這麼躺著，閉上了眼睛，冥思苦想：這樣做是否妥當，我拿不定主意，我苦苦思索，心裡怦怦跳，我在想：要不要大叫一聲，讓他閉嘴呢？一個聲音在對我說：你叫吧，可另一個聲音又說：不，別叫！可是這另一個聲音剛說完，我就霍地大叫一聲，暈倒了。嗯，不用說，立刻手忙腳亂起來。我霍地站起來，對米哈伊爾・伊萬諾維奇說：我要不得已地向您宣布，我不願再在舍下接待您了。就這樣把他攆走了。啊，阿列克謝・費奧多羅維奇！我自己也知道，我這樣做很糟糕，我一直在自欺欺人，其實我根本沒生他的氣，但是我心血來潮，主要是心血來潮，我覺得這樣做很好，這齣戲……不過您信不信，這齣戲畢竟顯得很自然，因為我當時甚至大哭起來，後來又連哭了幾天，再後來，剛吃完午飯，又突然把一切都忘了。瞧，他已經有兩星期不來了，於是我想：難道他從此壓根兒不來了嗎？這還是在昨天，可傍晚突然就來了這份《流言》。我一看之下，大驚失色，這是誰寫的呢？這是他寫的，那天回到家，坐下來——寫好後便寄了出去——然後就登了出來。要知道，這大概有兩星期了。不過，阿廖沙，我是不是淨胡說八道了，壓根兒沒講到點子上？啊呀，這話是它自己冒出來的呀！」

「今天我有要緊事必須及時趕到大哥那裡去。」阿廖沙支支吾吾地說。

「可不嗎，可不嗎！您倒提醒了我！請問，什麼叫感情倒錯？」

「什麼感情倒錯？」阿廖沙感到詫異。

「審判中應予考慮的感情倒錯。患有感情倒錯的人，一切都可以原諒①。不管您幹了什麼——立刻就可宣告無罪。」

「您這話指什麼？」

「是這麼回事：這個卡佳……啊，這個可愛的，可愛的姑娘，不過我怎麼也鬧不清她到底愛上誰了。不久前她來看我，我從她嘴裡什麼也探聽不出來。再說她現在跟我只是泛泛之交，噓寒問暖而已，甚至說話的口氣也變了，於是我就對自己說：算啦，願上帝保祐您……啊呀，對了，我們剛才講的是感情倒錯：那位大夫因此就來了。您知道來了一位大夫嗎？唉呀，您怎麼能不知道呢，就是認定是不是瘋子的那大夫呀，您不是寫信去請他來的嗎，哦，不是您，是卡佳。都是卡佳一手操辦的。所以您看：一個人，根本不是瘋子，可是他忽然出現了感情倒錯。他神志清醒，也知道他幹了些什麼，然而他又處在一種感情倒錯的狀態中。由此可見，德米特里・費奧多羅維奇也一定出現了感情倒錯。自從成立了新法院②，就立刻弄明白了感情倒錯問題。這是新法院的一項義舉。這位大夫曾來拜訪過我，詳細詢問了那天晚上的事，也就是關於金礦的事，他問我：他那天怎麼樣？他來了就喊：錢，錢，三千，給我三千，然後就突然去殺了人，他說，我不想，我不想殺人，卻忽然殺了人。——這怎麼不是感情倒錯呢。正是根據這個就可以赦他無罪，因爲他根本無意殺人，卻殺了人。」

---

① 感情倒錯是精神錯亂的一種，患有這種疾病的人無行爲意識和自我控制能力。據俄國司法改革後的刑法通則規定，罪犯如屬感情倒錯，可減刑，如完全沒有行爲能力，則可免予起訴。

② 俄國於一八六四年實行司法改革，故有此說。

「他不是根本就沒殺人嗎。」阿廖沙有點不客氣地打斷她的話道。一種不安和不耐煩的情緒越來越攫住他的心。

「我知道，這是那個老人格里戈里殺的……」

「怎麼會是格里戈里殺的呢？」阿廖沙叫起來。

「就是他，就是他，就是格里戈里殺的。德米特里·費奧多羅維奇敲了他一下，他就趴下了，後來站起來，看見房門開著，就去把費奧多爾·帕夫洛維奇殺了。」

「可是他幹麼，幹麼要殺人呢？」

「犯了感情倒錯唄。德米特里·費奧多羅維奇敲了一下他的腦殼，他清醒過來後得了感情倒錯，就去殺了人。至於他自己說他沒殺，那也許是他不記得了。不過您知道嗎，最好還是讓德米特里·費奧多羅維奇殺了，那樣要好得多。事實上也是這樣，雖然我說是格里戈里殺的，但這肯定是德米特里·費奧多羅維奇無疑，而且這樣要好得多！啊，我之所以說好，倒不是說兒子殺父親好，我並不贊成弒父，相反，兒女應該孝順父母，不過最好還是讓他殺了好，因為這樣您也就無須悲傷了，因為他殺人是無意識的，或者不如說他什麼都記得，但是不知道他怎麼會做出這種事來。不，還是讓他們赦免他無罪吧；這就十分人道了，而且可以讓大家看到新法院的義舉，我還一直不知道，可是據說這辦法已經實行很久了，直到昨天我才聽說，我一聽說就大吃一驚，立刻就想打發人去找您；要是以後他被赦免了，您務必立刻把他從法庭領到我家來吃飯，我再請幾位客人，於是我們就可以為新法院乾杯。我不認為他是個危險人物，再說我請來很多客人，如果他要鬧事，隨時都可以把他弄走，而以後他可以隨便到哪個縣城去當一名調解法官，或者做點別的什麼，因為只有自己遭受過不幸的人，才會秉公斷案，執法如山。主要是現在有誰不是感情倒錯呢，您、我、所有人全都處在感情倒錯之中，例子有的是：有個人在好好地唱浪漫曲，突然有件什麼事讓他不高興了，他就拔出手槍，隨便打死了一個人，後來大家也都饒恕他了。這情況我是不久前讀到的，而且所有的大夫也都確認了這點。現在大夫們會確認，會確認一切的。對不起，我那個麗莎也是感情倒錯，昨天我還因爲她哭了一場，前天也哭了，今天我才明白她這是感情倒錯。唉，這麗莎呀，真有讓我操不完的心！我還以爲她完全瘋了呢。她叫您來幹麼？是她叫您來的，還是您主動來找她的？」

「是的，是她叫我來的，我馬上就去找她。」阿廖沙堅決地站起身來。

「啊呀，親愛的，親愛的阿列克謝・費奧多羅維奇，恐怕這就是關鍵啦。」霍赫拉科娃太太大叫道，突然哭了起來。「上帝可以作證，我是真心誠意地把麗莎託付給您的，她居然背著母親偷偷地叫您來，不過這也沒什麼。但是對於您二哥伊萬・費奧多羅維奇，請恕我直言，我卻不能這麼輕輕易易地把我的女兒託付給他，雖然我至今仍認爲他是一個非常有騎士風度的年輕人。您想想，他竟忽然跑來找麗莎，而這事我竟一無所知。」

「怎麼？怎麼回事？什麼時候？」阿廖沙驚訝極了。他已經坐不下去了，站著聽。

「您聽我說嘛，也許我就是爲告訴您這事才叫您來的，因爲我已經不知道叫您來究竟幹什麼了。是這麼回事：伊萬・費奧多羅維奇從莫斯科回來後一共到過我家兩次，頭一次來是禮節性拜訪，至於第二次來，那是不久以前的事，卡佳正坐在我這裡，他聽說她在我家也就來了。我自然並不指望他經常來訪，因爲我知道他現在操心的事本來就很多，您明白嗎，這件案子以及令尊的慘死①，不過我又忽然打聽到，以後他又來過，不過不是來看我，而是去看麗莎，這已經是六天以前的事了，

① 此處用法語：Vous Comprenez, cette affaire et la mort terrible de votre papa.

他來了，坐了五分鐘，後來就走了。而我從格拉菲拉那兒聽說這事已經是過了整整三天以後的事了，這簡直使我大吃一驚。我立刻叫麗莎過來，她還笑，說什麼他以爲您睡了，所以順便過來看看我，問候一下您的健康。當然，事情也確屬如此。不過麗莎，麗莎，噢上帝，她使我多麼傷心啊！您想想，忽然有天夜裡（這是四天以前的事了，也就是您最近一次到我家來後，剛走不久）那天夜裡她忽然發起病來，大呼小叫，發作了歇斯底里！爲什麼我就從來不發歇斯底里呢。接著第二天又發作，後來第三天也一樣，直到昨天，昨天就出現了那個感情倒錯。她突然向我嚷嚷：『我恨透了伊萬・費奧多羅維奇，我要您以後再也不讓他來，不讓他登咱們家的門！』這種突如其來的發作都把我驚呆了，我不同意道：我憑什麼要把這麼一位品行優良的年輕人拒之門外呢？再說他學識淵博，又發生了這麼不幸的事，因爲所有這些事畢竟都是不幸的呀，總不能說是幸運吧，您說呢？她突然衝我說的這話哈哈大笑起來，而且笑得，您知道嗎，笑得讓人可氣。不過我還是很高興，因爲倒底把她逗笑了，這病也就會霍然痊癒，再說我自己也想拒絕伊萬・費奧多羅維奇登門，因爲他沒有得到我的同意就來做這種離奇的拜訪，我還要向他興師問罪哩。今天早晨麗莎醒來，忽然對尤利婭大動肝火，您想想，居然伸手打了她一記耳光。這豈非咄咄怪事，我跟我們家的侍女一向客客氣氣，以您相稱。可是突然，過了一小時，她對尤利婭又是擁抱，又是親吻她的腳。她還派傭人來告訴我，說她根本不想來看我，而且從今以後永遠不來了，可是當我顛顛顛地跑去看她時，她又撲過來親吻我，哭，一邊哭一邊又使勁把我推出門外，一句話也不說，所以我仍舊一無所知。現在，親愛的阿列克謝・費奧多羅維奇，我的希望全寄託在您身上了，自然，我一生的命運也完全捏在您心手裡了。我只請您去找她一趟，向她打聽出一切，這事只有您一個人能夠辦到，然後再來告訴我這做母親的，因爲，不說您也明白，因爲照這樣下去，我非急死不可，簡直非急死不可，要不就離家出走，一走了之。

我再也受不了啦，我是有耐心的，但是我也可能失去耐心，到那時候就大禍臨頭了。啊呀，我的上帝，彼得・伊里奇終於來了！」霍赫拉科娃太太一看見彼得・伊里奇進來，就突然容光煥發地喊了起來。「您來晚啦，來晚啦！好，請坐，您說吧，解開我心裡的疙瘩吧，那律師說什麼了？您上哪，阿列克謝・費奧多羅維奇？」

「我去找麗莎。」

「啊呀，對了！您不會忘了，不會忘了我拜託您的事吧？這是命，命！」

「當然不會忘，只要有可能……不過我還真是去晚了。」阿廖沙嘀咕道，急忙溜走。

「不，您一定，一定要來，而不是什麼『只要可能』，要不我會死的！」霍赫拉科娃太太在他身後喊道，但阿廖沙已經走出了房間。

三、小魔鬼

他進去看麗莎的時候，碰見她正斜靠在她以前還不能走路時用來推她的那輛輪椅上。看見他進來，她並沒有起身迎接，但是她那銳利的目光卻死死盯住他不放。她的目光熾熱，有點兒紅，臉皮枯黃。阿廖沙感到很驚訝，三天來她怎麼變得這麼厲害，甚至人也瘦了。她沒有向他伸出手來。他主動伸手輕輕地碰了碰她那一動不動放在衣服上的纖細修長的手指，然後在她對面默默地坐了下來。

「我知道您急著去探監，」麗莎不客氣地說道，「可媽媽耽擱了您兩小時，剛才還跟您講了我尤利婭的事。」

「您怎麼知道的？」阿廖沙問。

「我偷聽了。您死盯著我幹麼？我想偷聽就偷聽，這沒有什麼不好的。我不會向你們道歉。」

「您好像心裡不痛快？」

「相反，我很開心。我方才又考慮了一遍，已經是第三十遍了：我回絕了您，不做您的妻子——這太好了。您這人不適合做丈夫：我嫁給您以後，又愛上了別人，忽然交給您一封信，讓您去送給他，您肯定會收下，並且一定會送去，而且還會把回信帶回來。哪怕您活到四十歲，您照樣會替我送這樣的情書的。」

她忽地笑了。

「您心裡既有狠毒的一面，又有樸實的一面。」阿廖沙微微一笑。

「樸實的一面是我在您面前不害羞。不僅不害羞，而且我，正是對於您，在您面前，我不願意害羞，阿廖沙，爲什麼我不尊敬您呢？我很愛您，但是我不尊敬您。如果我尊敬您，就不會不知羞恥地說這種話了，難道不是這樣嗎？」

「是這樣的。」

「您信不信，在您面前我不害羞？」

「不，我不信。」

麗莎又神經質地笑起來；她說話很快，快極了。

「我給您大哥德米特里・費奧多羅維奇往囚堡裡送了點糖果。阿廖沙，您知道您長得非常好看嗎？您這麼快就允許我不愛您，我反倒要拼命愛您了。」

「麗莎，您今天叫我來有什麼事嗎？」

「我想告訴您我的一個心願。我希望有個什麼人來折磨我，先娶我，然後折磨我，欺騙我，離家出走，遠走高飛。我不願意做個幸福的人！」

「您喜歡什麼都亂了套嗎？」

「我就喜歡什麼都亂了套。我老想放把火把房子給點著了。我想像我怎麼走過去，悄悄把房子給點著了，一定要悄悄地。人們在救火，房子在著火。我明知道，卻一言不發。啊，淨說蠢話！多無聊啊！」

她厭惡地揮了揮手。

「您過得太富足了。」阿廖沙低聲道。

「難道做窮人就好嗎？」

「就好。」

「這都是您那已故修士給您念的迷魂咒。這不對。即使我有了錢，大家都窮，我照樣吃糖果，喝凝乳，而且不給一個窮人吃。啊呀，您別說話嘛，什麼也別說嘛，」她使勁擺手，雖然阿廖沙連口也沒開，「這些話您以前都跟我說過，我都會背了。太無聊啦。如果我成了窮人，我就會殺人——即使我成了富人，說不定我也會殺人的——總不能淨坐著什麼事也不幹吧！您知道嗎，我想去割麥，割黑麥。我一定嫁給您，您就去做莊稼漢，做個真正的莊稼漢，我們要養一匹馬駒子，您願意嗎？您認識卡爾加諾夫嗎？」

「認識。」

「他愛幻想。他說幹麼活得那麼認真，還是幻想好，幻想來幻想去，可以幻想出最快活的事情來，可是活得太無聊了，您知道嗎，他快要結婚了，他還向我求過愛哩。您會抽陀螺嗎？」

「會。」

「他就像陀螺：先讓它轉，再放下，抽，抽，用鞭子抽：我要是嫁給他，一輩子都得像抽陀螺似的抽他。您跟我坐在一起不覺得害臊嗎？」

「不。」

「我不講聖事聖訓，您一定很生氣吧。我不想做聖徒。罪大惡極的人在陰曹地府會受到什麼懲罰呢？您對這個想必知道得一清二楚吧。」

「上帝會給他們定罪的。」阿廖沙定睛注視著她。

「我就希望這樣。我一去人家就給我定了罪，我要突然衝他們大家哈哈大笑。阿廖沙，我非常想把房子點著了，您始終不相信我說這話是當真的嗎？」

「為什麼不相信呢？甚至於有些孩子，約莫十二歲了，他們就很想放把火，把什麼東西給點著了，而且他們還真這麼做了。這是一種病態。」

「不對，不對，就算有這樣的孩子吧，但是我講的不是這事。」

「您把壞事當成了好事：這是一種剎那間的精神危機，這也許是您過去生病留下的後遺症。」

「您一定看不起我！我就是不喜歡做好事，我就愛做壞事，這談不到是什麼病態。」

「幹麼要做壞事呢？」

「我要讓一切蕩然無存。啊，要是能做到一切都蕩然無存，那該多好呀！您知道嗎，阿廖沙，我有時候真想做許許多多壞事，把壞事做絕，而且要悄悄地做，一直做下去，然後突然讓大家發現。於是大家圍住我，十目所視，十手所指，我則坦然望著大家。這太讓人開心了。為什麼這麼開心呢，阿廖沙？」

「沒什麼。這是一種需要，就想破壞什麼美好的東西，或者這樣，像您所說，放把火。這也是常有的。」

「我不僅說說而已，我會當真這麼做的。」

「我信。」

「啊，我多麼愛您呀，因爲您說您信。要知道您根本，根本不會撒謊。也許您以爲我是故意說這話，存心氣您吧？」

「不，我不這麼以爲……雖然，也許，您多少有點想這麼做的成分。」

「是有一點。我將永遠不對您說謊。」她說道，眼睛在閃閃發光。

使阿廖沙最感吃驚的是她那一本正經的樣子：她臉上毫無逗樂和玩笑之意，雖然過去，即使在她最「嚴肅」的時候，她的神態也是快樂活潑、玩笑戲謔的。

「有時候人們就愛犯罪。」阿廖沙若有所思地說。

「對對！您說了我想說的話，愛，大家都愛，而且任何時候都愛，而不是『有時候』。您知道嗎，在這一點上，曾幾何時，大家好像約好了似的不愛說真話，而且從那時起所有的人都在說謊。所有的人都說他們憎恨壞事，可是骨子裡卻都喜歡它。」

「您還跟從前一樣淨看壞書嗎？」

「看呀。先是媽媽看，藏到枕頭底下，我就去偷。」

「您這麼自暴自棄不覺得於心有愧嗎？」

「我就願意自暴自棄。這裡有個小男孩，躺在兩根鐵軌中間，讓火車從他上面開過去。他真幸福！聽我說呀，您大哥因爲殺了父親在吃官司，可是大家都喜歡他把父親給殺了。」

「喜歡他把父親給殺了？」

「喜歡，大家都喜歡，大家都說這太可怕了，可是骨子裡卻喜歡極了。我頭一個喜歡。」

「您剛才講到大家，倒有幾分是真的。」阿廖沙低聲道。

「啊呀，您也有這樣的想法！」麗莎興高采烈地尖叫道，「一個修士居然也會這麼想！您肯定不相信我有多麼尊敬您，阿廖沙，因爲您從來不說謊。啊，我要告訴您一個可笑的夢：有時候我常常夢見鬼，彷彿是半夜，我在自己房間裡秉燭而坐，忽然到處是鬼，在所有的角落和桌子底下，房門也被打開了，門外也有一大群，它們想進來抓我。它們已經走進來了，就要抓住我了。可我突然畫了個十字，它們就紛紛後退，感到害怕，不過並沒有完全走開，而是站在門口和牆角裡，在等著。這時我忽然非常想大聲地罵上帝，而且已經罵出了口，於是它們又忽地成群結隊地向我撲來，簡直高興極了，眼看又已經要抓住我了，我又忽地畫了個十字——它們又紛紛後退。太開心了，開心得都喘不過氣來了。」

「我也常常做這樣的夢。」阿廖沙忽然道。

「真的？」麗莎驚訝地叫道，「我說阿廖沙，請別笑，這非常重要，兩個人難道能做同樣的夢嗎？」

「大概會的。」

「阿廖沙，我跟您說，這非常重要。」麗莎依然十分驚訝地繼續道。「倒不是這夢重要，重要的是您居然會跟我做一樣的夢。您從來不對我說謊，那現在也別說謊：這是真的？您不是在笑話我吧？」

「是真的。」

麗莎不知因爲什麼感到非常驚奇，她默然無語，達半分鐘之久。

「阿廖沙，請您常來看我，要經常來。」她突然用央求的口氣說道。

「我要永遠，我要一輩子常常來看您。」阿廖沙堅決地回答道。

「要知道，我只對您一個人說。」麗莎又開口道。「我只對我自己說，還對您說。全世界只對您一個人說。而且我更樂意對您說，比對我自己說還樂意。在您面前我一點也不害羞，阿廖沙，我為什麼對您一點也不害羞，一點也不呢？阿廖沙，有人說猶太佬在復活節偷小孩，然後殺了，是真的嗎？」

「不知道。」

「瞧，我有一本書，我讀到，在某地，有一回開庭，有個猶太佬，把一個小男孩兩只手上的十個指頭全剁了下來，後來又把他釘在牆上，用釘子釘，釘在牆上，後來他在開庭時說，這小男孩很快，過了四小時就死了。多快呀！他說：這小孩在呻吟，一直在呻吟，可那個猶太佬卻站在一旁欣賞他的痛苦。這太好啦！」

「好？」

「太好啦。我有時候想，這是我把他釘上去的。他掛在牆上，在不斷呻吟，而我則坐在他對面，吃蜜餞菠蘿，我最喜歡吃蜜餞菠蘿了。您喜歡嗎？」

阿廖沙不做聲，默默地看著她。她那枯黃的面孔突然變了樣子，兩眼在燃燒。

「您知道嗎，當我讀完猶太佬的這段故事後，我一整夜啼哭不止，渾身哆嗦。我在想這個小孩怎樣不住地發出慘叫和呻吟（要知道，四歲的小孩畢竟懂事了啊），可我腦子裡還念念不忘蜜餞的事。早晨我給一個人寫了一封信，請他**務必**到我這裡來一趟。他來了，我就突然給他講了那個小孩和蜜餞的故事，**全**講了，**統統**講了，我還說：『這太好啦』。他忽然笑了，說這的確很好。接著他就站起身來走了。總共只坐了五分鐘。他鄙棄我，是不是鄙棄我呢？您說呀，阿廖沙，他是不是鄙棄我呢？」她在輪椅上挺直了身子，兩眼放光。

「請問，」阿廖沙激動地問，「是您自己叫他，叫這個人來的嗎？」

「是我叫他來的。」

「給他捎了一封信？」

「捎了一封信。」

「就爲了問這事，問關於孩子的事？」

「不，根本不是爲這個，根本不是的。他一進來，我就問了他這事。他回答了，笑了，站起來就走了。」

「這人對您的態度是誠實的。」阿廖沙低聲道。

「那鄙棄我？恥笑我呢？」

「不，因爲他自己說不定也相信蜜餞菠蘿。現在他也病得很重，麗莎。」

「是的，他也相信。」麗莎開始兩眼放光。

「他並不鄙棄任何人，」阿廖沙繼續道，「他只是不相信任何人罷了。既然不相信，自然也就鄙棄了。」

「可見也包括我？我？」

「也包括您。」

「這太好了。」麗莎有點咬牙切齒地說。「當他笑了笑，走出去以後，我感到受人鄙棄也蠻好嘛。那個孩子十指被剁也蠻好，受人鄙棄也蠻好嘛……」

於是她惱恨而又情緒激昂地直視著阿廖沙的眼睛，笑了。

「您知道嗎，阿廖沙，您知道嗎，我真想……阿廖沙，您救救我吧！」她突然從輪椅上跳下來，撲到他的懷裡，兩手緊緊地摟著他。「您救救我吧！」她幾乎痛苦地叫道。「我對您說的話，難道我會對世界上任何人講嗎？要知道，我說的可是實話，實話，實話呀！我要自殺，因爲我厭惡一切！我不想活了，因爲我覺得一切都討厭！我厭惡一切，厭惡一切！阿廖沙您爲什麼根本，根本不愛我呢！」她發狂似的叫道。

「不，我愛您！」阿廖沙熱情地答道。

「您會因我而哭泣嗎，會嗎？」

「會。」

「不是因爲我不願意做您的妻子，而是簡簡單單地因我而哭泣，簡簡單單地？」

「會的。」

「謝謝您！我需要的只是您流淚。至於所有其他人，就讓他們殘酷地懲罰我，把我用腳踩成齏粉吧，所有的人，所有的人，無一例外！因爲我任何人也不愛。聽見了嗎，任——何——人！相反，我恨他們！您去吧，阿廖沙，您該去看您大哥了！」她突然從他的懷裡掙脫出來。

「您怎麼能一個人留下來呢？」阿廖沙近乎恐懼地說道。

「去看您大哥吧，囚堡會關門的，快去吧，這是您的禮帽！替我親吻一下米佳，走吧，快走吧！」她說罷便使勁把阿廖沙推出了門外。他傷心而又莫名其妙地看著她，他忽然感到在自己的右手有一封信，一封小小的疊得結結實實的信，還打上了封印。他瞥了一眼，立時看清了收信人：伊萬・費奧多羅維奇・卡拉馬助夫收。他迅速抬頭看了看麗莎。她的臉色變得近乎可怕。

「請轉交，請務必轉交！」她渾身發抖，發狂般命令道，「今天，立刻就交給他！要不我就立刻服毒自殺！我就是爲這事叫您來的！」

說完她就砰的一聲迅速關上了門，插上了門閂。阿廖沙把信放進口袋，便逕直向樓梯口走去，沒有回去看霍赫拉娃太太，甚至把她給忘了。阿廖沙一走，麗莎就立刻拉開門閂，微微打開點房門，把自己的手指塞進門縫，砰的一聲關上門，使勁夾了它一下。過了大約十秒鐘，才把手抽回來，她悄悄地、慢慢地走過去，回到自己的輪椅上，坐下來，全身挺得筆直，開始注視著自己被夾得發黑的手指和指甲下被壓出來的血。她的嘴唇在發抖，接著她便急促地、自言自語地悄聲道：

「真是賤貨，賤貨，賤貨，賤貨！」

四、讚美詩與秘密

阿廖沙去拉囚堡大門旁的門鈴的時候，天色已經很晚了（十一月的白天本來就不長）。甚至開始暮色四合。但是阿廖沙知道，這裡會毫無阻攔地放他進去見米佳的。這一切在敝縣縣城也跟別處一樣。起初，當然，在整個預審結束後，對於親戚和某些其他人士來探視米佳，還是規定了某些必要的手續的，但是後來，這些手續倒也不是放鬆了，但是至少對於某些前來探望米佳的人，也就似乎自然而然地規定了某些例外。有時甚至發展到在指定的房間裡可以跟囚犯幾乎單獨會面的地步。不過，這樣的人爲數甚微：總共才有格魯申卡、阿廖沙和拉基京三人。但是縣警察局長米哈伊爾・馬卡羅維奇對格魯申卡似乎特別垂青。這位老局長曾在莫克羅耶呵斥過她，爲此他一直覺得於心不安。後來，當弄清全部真相後，他就完全改變了對她的看法。說來也怪：雖然他堅信米佳有罪，但是自從把他關押起來以後，他對他的看法不知怎的變得越來越寬容了：「也許這人心腸好，因爲酗酒和愛胡鬧，結果就像瑞典人一樣完蛋了！」①在他心裡過去的可怕變成了某種程度的可憐。至於阿廖沙，警察局長過去就挺喜歡他，而且早就跟他認識了，至於後來常來探監的拉基京，則是「局長家的小姐們」（像他稱呼她們那樣）最要好的朋友之一，而且每天都在她們家賴著不走。至於典獄長，他雖然克盡厥職，但他是個忠厚善良的老人，而且拉基京曾在他家做過家教。至於阿廖沙，也是典獄長的一個特別要好的老朋友，他就愛跟阿廖沙談論聖經中的「微言大義」。至於對其他人，比如對伊萬・費奧多羅維奇，典獄長就不僅是尊敬了，甚至有點敬畏，主要是對他的宏論望而生畏，雖然他自己也是個大哲學家，不用說，「他是憑自己的智慧做到這點的」。但是對於阿廖沙他卻有一種欲罷不能的好感。最近一年來他正好在研究僞福音書②，時不時把自己的讀後感告訴他的這位年輕朋友。過去他甚至還常常到修道院去找他，常常一連好幾小時同他和修士司祭們促膝長談。總之，即使阿廖沙探監去晚了，也只要去找一下典獄長，事情就可以順順利利地得到解決。再說囚堡裡的所有看守都跟阿廖沙混熟了。至於門衛，只要上級允許，自然，他們決不會刁難。每次叫米佳出來，他就從自己的囚室下樓，來到指定的會客地點。阿廖沙走進屋子，正巧碰到拉基京從米佳那裡出來。他倆正在大聲說話。米佳一面送他，一面哈哈大笑，也不知道他笑什麼，拉基京則似乎在嘟嘟囔囔地埋怨。尤其在最近，拉基京似乎很不樂意碰到阿廖沙，幾乎不跟他說話，連跟他打招呼也十分勉強。現在他看見阿廖沙進來，便雙眉深鎖，眼睛望著別處，似乎在專心致志地扣他那件又肥又大的皮領大衣的紐扣。接著又立刻找起了自己的雨傘。

① 源出俄羅斯成語：「就像瑞典人在波爾塔瓦全軍覆沒一樣完蛋了」。一七〇九年瑞典曾入侵烏克蘭，後被彼得一世擊敗，全軍覆沒。

② 指一些記述基督生平的書，但這些書不爲教會所承認。

「別把自己的什麼東西給忘了。」他嘟嘟囔囔地說道，沒話找話。

「你可別忘拿別人的東西呀！」米佳說了句俏皮話，說罷又立刻對自己的俏皮話哈哈大笑。拉基京一下子火了。

「這事你應當關照你們卡拉馬助夫家那幫農奴主的狗崽子們，而不是對我拉基京！」

他猛地喝道，氣得渾身發抖。

「你怎麼啦？我開了句玩笑！」米佳叫了起來，「呸，見鬼！他們這號人全這樣，」他對阿廖沙說，擺頭指著迅速離開的拉基京，「一會兒坐著，又說又笑，快快活活，一會兒又猛地大發脾氣！對你甚至連頭也沒點一下，你倆吵翻了？你怎麼這麼晚才來？我不僅等你來，我是心急火燎地等你來，足足等了你一上午。不過也沒什麼！咱們可以找補回來的。」

「他為什麼常常來看你？難道你跟他交上朋友了？」阿廖沙問，也用頭指著剛才拉基京離去的那扇門。

「跟米哈伊爾交朋友？不，還不至於無聊到這地步。再說憑什麼呢，他是只豬！他認為我是……卑鄙小人。連開玩笑都不懂——這號人最要命的地方就在這裡。從來不懂得什麼叫玩笑。他們心裡全是乾巴巴的，平淡無味而又乾乾巴巴，就像我當時被押到囚堡來，望著這囚堡的四堵大牆一樣。但這人聰明，很聰明。唉，阿列克謝，我現在完蛋啦！」

他在長凳上坐下，又讓阿廖沙坐在自己身邊。

「是的，明天就要開庭了。怎麼，難道你壓根兒就不抱希望嗎，大哥？」阿廖沙怯怯地問道。

「你這話是什麼意思？」米佳有點心不在焉地看了他一眼，「啊，你是說開庭！哼，見鬼！迄今為止，咱倆淨談些雞毛蒜皮的小事，講來講去都是開庭長開庭短的，可是對於最主要的問題咱倆現在卻隻字不提。是的，明天開庭，不過我剛才說我完蛋了並不是說開庭。我不是說我這人完蛋了，我是說我頭腦裡想的東西完蛋了。你幹麼滿臉不以為然地望著我？」

「你這話是什麼意思，米佳？」

「思想，思想，就是這意思！倫理學。倫理學究竟是什麼呢？」

「倫理學？」阿廖沙詫異地問。

「是的，是一種學問嗎？」

「是的，有這樣的學問……不過……不瞞你說，我也說不清這是什麼學問。」

「拉基京知道。拉基京什麼都知道，真他媽的見鬼。他不當修士了。他要到彼得堡去。他說，他要在那裡加盟『批評』欄，不過這欄目應當有高尚的傾向。也好，可以名利雙收。唉呀，這些人全是追求名利的老手！讓倫理學見鬼去吧！我反正完蛋了，阿列克謝，我是說我，你是上帝的人！我最愛你。瞧著你，我的心就會哆嗦，就這樣。卡爾・貝爾納是什麼人？」

「卡爾・貝爾納？」阿廖沙又詫異地問。

「不，不是卡爾，且慢，我說錯了：克勞德・貝爾納①。他是什麼人？搞化學的，是嗎？」

「想必是一位科學家吧，」阿廖沙回答，「不過，不瞞你說，關於他的情況我也不甚了了。只聽說他是個科學家，至於什麼科學家，就說不清了。」

「就讓鬼把他抓了去吧，我也不知道。」米佳罵道。「很可能是個卑鄙小人，而且所有人都是卑

---

① 克勞德・貝納爾（一八一三－一八七八年），法國自然科學家、生理學家和病理學家，研究人的中樞神經系統。

鄙小人。可是拉基京會爬上去的，拉基京會鑽空子，他也會成爲貝爾納的。嘿，這幫貝爾納呀！這種人遍地皆是。」

「你到底怎麼啦？」阿廖沙盯著他問。

「他想寫一篇關於我和我的案子的文章，從而嶄露頭角，躋身文壇，他一再來找我，用意就在這裡，這是他自己向我說明的。他想寫一篇有傾向性的文章，說什麼『他不可能不殺人，因爲他受到環境的毒害①』，等等，他向我這樣解釋。他說，得有點社會主義色彩。見他媽的鬼去吧，帶什麼色彩都可以，我無所謂。他不喜歡二弟伊萬，他恨伊萬，對你也沒有好感。嗯，可是我沒有攆他走，因爲這人很聰明，就是太傲氣了。剛才我就對他說：『卡拉馬助夫家的人不是卑鄙小人，而是哲學家，因爲所有真正的俄羅斯人都是哲學家，你雖然上過學，但你不是哲學家，你是個大老粗。』他微笑不語，氣壞了。我對他說：де Mbicjinõycnon est disputandum②，這俏皮話說得好嗎？起碼我也做了一回古典派③，」米佳忽然哈哈大笑。

「你爲什麼完蛋了呢？你剛才不是說過這話嗎？」阿廖沙打斷他的話道。

「爲什麼完蛋？嗯！說實在的……如果從總體上說是因爲捨不得上帝，就因爲這個！」

「怎麼捨不得上帝？」

---

① 一個人犯罪，是環境使然，還是主要是他的內因起作用？這是作者與車爾尼雪夫斯基等革命民主主義者辯論的一個主要問題。

② 拉丁語：人的想法是沒法辯論的。源出拉丁成語「人的口味是沒法辯論的」(de qustibus non est disputandum)。

③ 歐洲文藝復興時期的一種文藝思潮和流派，主要特點是崇尚和模仿古希臘羅馬的藝術形式，尊重傳統，崇尚理性和「自然」。這裡指他說了句拉丁語。

「你想想在我的神經裡，頭腦裡，就是說在我的大腦裡的這些神經（讓鬼把它們抓去吧！）……有這麼一些小尾巴①，這些神經都有一條小尾巴，嗯，只要它們在腦子裡一動……你知道嗎，我只要用眼睛望一眼什麼東西，就這麼一望，它們就會動起來，我是說那些小尾巴……它們只要一動，就會出現一個形象，不是立刻出現的，而是過了那麼一剎那，過了那麼一秒鐘，就會出現彷彿這樣一種因素，哦，不是因素——讓因素見鬼去吧，——而是一個形象，就是說一個物體或者一件事，真他媽的活見鬼——這就是我為什麼能看，然後還能想的原因……就因為有小尾巴，根本不是因為我有靈魂，也不是因為我具有某種形象和樣式②，這一切都是糊塗人說的糊塗話。三弟，這就是昨天米哈伊爾向我解釋的，我一聽這話就跟全身著了火一樣。阿廖沙，這科學還真神！將會出現一種新人③，這道理我懂……然而終究捨不得上帝！」

「這很好嘛。」阿廖沙說。

「你說捨不得上帝好？化學，三弟，化學！真沒辦法，神父大人，請你靠邊點，化學來啦！可是拉基京不喜歡上帝，可不喜歡啦！這是他們這幫人最大的心病！但是又半遮半掩。不說實話。裝出一副信仰上帝的樣子。『怎麼，你要把這也帶到批評欄裡去嗎？』我問他。『唔，肯定不讓。』他笑著說。我問他：『按照你的說法，人怎麼辦呢？沒有上帝，也就沒有未來的生命④？這麼說，現在可以為所欲為，想幹什麼都可以？』『你還不知道？』他說。他笑了，說道：『聰明人可以為所欲為，

①指神經細胞。
②源出《舊約·創世記》第一章第二十六節：「神說：我們要照著我們的形象，按著我們的樣式造人。」
③暗指車爾尼雪夫斯基的小說《怎麼辦？（新人的故事）》中所描寫的「新人」。
④指基督教所謂的靈魂不死。

聰明人老謀深算，能夠化險爲夷，只有你殺了人才會落入法網，備受鐵窗之苦！』他居然對我說這話。真是隻地地道道的豬！像這樣的混賬東西我從前早把他轟出去了，可現在卻在聽他滿嘴胡說。不過他也說了許多很有道理的話。寫的文章也很漂亮。一星期前，他開始給我讀一篇文章，我特意抄了三行，你等等，就在這兒。」

米佳急忙從坎肩口袋裡掏出一張紙，念道：

「『爲解決這個問題，必須首先把自己這個人與自己所處的現實分開。』你聽明白了沒有呢？」

「沒有，沒聽明白。」阿廖沙說。

他好奇地打量著米佳，聽著他說話。

「我也不明白。晦澀而又含混，但是很聰明。他說：『現在所有的人都這麼寫，因爲環境如此』……他們怕環境①。這個混賬東西還會寫詩，讚美霍赫拉科娃的秀足，哈哈哈！」

「我聽說了。」阿廖沙道。

「聽說了？那這詩你聽見過嗎？」

「沒有。」

「我倒有這首詩，瞧，我一會兒念給你聽。你不知道，我沒告訴過你，這事說來話長。真是個騙子！三星期前，他想奚落我，說什麼『你爲了三千盧布竟像個傻瓜似的落入了法網，而我卻要撈它十五萬，我要娶一位寡婦，再在彼得堡買一棟大樓。』於是他就告訴我他向霍赫拉科娃求愛的情

① 杜思妥也夫斯基不同意人是社會環境的產物這一提法。他認爲環境不能說明一切，人做壞事不能完全歸咎於環境。人應當與環境鬥爭，明確環境影響和人的道德義務的界限，人不應當推脫自己應負的責任。他主張每個人都應對所有人負有罪責。

況，他說這女的打年輕時候起就不聰明，到了四十歲就變得瘋瘋癲癲的了。『可是她卻很多情，於是我就抓住她的這個弱點把她弄到手。結婚後就把她帶到彼得堡去，我要在那裡辦報。』他說時還下流而又色迷迷地垂涎欲滴——倒不是對霍赫拉科娃垂涎欲滴，而是對那十五萬盧布。他向我保證他準行；他老來看我，每天都來：上鉤了，他說。樂呵呵的。不料他忽地給轟了出來：倒讓佩爾霍京・彼得・伊里奇佔了上風，真是好樣的！這位傻太太居然把他轟了出來，真要好好兒親親她！也就在他常來看我的那幾天，他寫了這首歪詩。他說：『我是頭一回弄髒我的手來寫詩，爲了引她上鉤，也爲了公益事業①。從這個傻女人手裡先把財產弄到手，以後我就可以爲大眾謀福利。』要知道，他們做任何壞事都以造福大眾來爲自己辯護！他說：『我畢竟比你那位普希金寫得好，因爲我在這類詼諧詩裡還能塞進去一些憂國憂民的思想。』關於普希金的這些議論——我懂。怎麼說呢，如果這人的確有才，即使描寫了女人的秀足，那也沒什麼！可是他寫了這首歪詩卻驕傲得什麼似的！他們這幫人呀，自尊心很強，自以爲了不起！《祝我的心上人足疾早愈》——這就是他想出來的這首歪詩的題目——真是活寶！

這只秀足眞好看，
略染微恙有點腫！
大夫前來治足疾，
包包紮紮走不動。

① 暗指十九世紀六〇年代俄國美學中的功利主義。

秀足非我所思，也非我所好，
即使普希金把它謳歌，把它誇耀：
我思念的是她那頭腦，
糊裡糊塗，始終不開竅。

剛剛有點開了竅，
足疾又來湊熱鬧！
但願尊足快快好，
還你個清醒頭腦①。

走的時候，他該多生氣啊。恨得咬牙切齒！」

豬，純粹是隻豬，可是這混賬東西還寫得挺風趣！還塞進了一些『憂國憂民』的憂患意識。把他轟

「他已經報了仇。」阿廖沙說。「他寫了一篇關於霍赫拉科娃的通訊。」

於是阿廖沙便向他匆匆講了《流言報》上的那篇通訊。

「肯定是他寫的！」米佳皺緊眉頭肯定道，「肯定是他！這些通訊……我算把它們看透了……寫

① 普希金在《豪華的京城，可憐的京城》一詩中寫道：「但我依舊對你要表點同情，/因爲有時候，就在這座城中/有一雙小腳兒在款步行走……/」。這首詩引起一位俄國「揭露派詩人」米納耶夫的諷刺，他寫道：「對這雙秀足我也愛得發狂，/爲了它，日思又夜想，/但是，很容易崴了腳呀，/在彼得堡的人行道上……/」。陀思陀耶夫斯基通過拉基京之口嘲笑了這位「揭露派詩人」。

得卑鄙透頂，比如說，關於格魯莎！……也寫到她了，關於卡佳……哼！」

他心事重重地在屋裡踱了一會步。

「大哥我不能在這裡久留。」阿廖沙沉默少頃後說道。「對於你，明天是個可怕而又重大的日子：將要對你進行上帝的審判……可我覺得奇怪，你竟走來走去，顧左右而言他，天知道你在講什麼……」

「不，你不必奇怪，」米佳熱烈地打斷他的話道，「難道你要我談這堆臭狗屎嗎？談這個殺人兇手？這事我們已經談得夠多的了。我不願意再談這堆臭狗屎，臭丫頭的狗崽子！上帝會要他的命的，你會瞅見的，別說了！」

他激動地走到阿廖沙身邊，突然親吻了他一下。他的兩眼放出了光。

「拉基京是不會懂得這個的，」他開始道，整個人彷彿處在一種狂喜狀態中，「可你，你都懂。因此我才盼著你來。你知道嗎，我早就想在這裡，在這牆皮剝落的四堵牆裡向你傾吐一切，我有許多話要說，但是卻閉口不談最主要的問題：因爲說這話的時候似乎還沒有到。現在我終於等到了這最後的時刻，我要向你一吐心曲。三弟，在最後這兩個月裡，我感到自己成了一個新人，一個新人在我身上復活了！這新人蘊藏在我心中，如果不是這晴天霹靂，他是永遠不會出現的。真可怕！至於說我將在礦井用鎚子砸二十年礦石，那倒沒什麼——這，我根本不怕，我現在怕的是另一件事：我就怕這個已經復活的人離開我！也可以在那裡，在地下的礦井裡，在你身邊，在同樣的苦役犯和殺人犯身上找到一顆人的心，可以跟他交朋友，因爲在那裡也可以生活，也可以愛和受苦受難！可以使這個苦役犯的麻木不仁的心再生和復活，可以成年累月地照顧他，並最終把他那高尚的靈魂和飽嘗苦難的意識從黑暗的山洞中營救出來，重見光明，讓天使再生，讓英雄復活！要知道，這樣的人有很多，有好幾百，他們所以落到這地步，我們都有責任！爲什麼當時，在那關鍵的時刻，我夢見了『娃娃』呢？『娃娃爲什麼窮？』這是上天在那關鍵時刻對我的預言！爲了『娃娃，』我應當去①。因爲一切人對一切人都負有罪責。爲所有的『娃娃』，因爲有小孩子，也有大孩子。大家都是『娃娃』。爲了大家我要去，因爲總得有人爲了大家去。我沒有殺父親，但是我必須去。我要接受苦難！我是在這裡……在這四堵牆皮剝落的大牆裡才想到這一切的。要知道，這樣的人有很多，那裡這樣的人有好幾百，在地下，手拿鐵鎚。哦，對了，我們還要戴上鐵鏈，沒有自由，但是那時候，在巨大的不幸中，我們將獲得新生，充滿歡樂，因爲沒有歡樂，人是活不下去的，而上帝也不能存在，因爲只有上帝才能給予歡樂，這是他的特權，偉大的特權……主啊，但願人溶化在祈禱中！沒有上帝，我在地下怎麼活下去？拉基京在胡說。如果果真有人把上帝從地上趕走的話，那我們就在地下歡迎他！沒有上帝，苦役犯是活不下去的，甚至比不是苦役犯還活不下去！那時候，我們這些在地下採礦的人就將從地心深處向擁有歡樂的上帝唱起那悲愴的讚美詩！上帝和他的歡樂萬歲！我愛上帝！」

米佳在發表這段奇怪的演說的時候，激動得幾乎上氣不接下氣。他臉色蒼白，嘴唇發抖，熱淚滾滾而下。

「不，生活是無所不在的，甚至在地下也有生活！」他又開始道。「阿列克謝，也許你不信，我現在是多麼想活下去啊，正是在這牆皮剝落的四堵大牆裡，我產生了一種強烈的願望，渴望能活下去和意識到這世界！拉基京不懂這道理，他只想蓋一棟公寓，招攬一些房客，但是我卻在等你來。再說受苦受難又算得了什麼？即使是無邊的苦難，我也不怕。我過去怕過，現在不怕。要知道，在

① 指流放到西伯利亞去。

開庭的時候，我也許連問題都不想回答……而且，我身上似乎充滿了活力，我能克服一切，克服一切苦難僅僅爲的是能夠說出並且能夠時時刻刻對自己說：我活著！縱有千萬種苦難，但我活著，儘管在刑訊中備受煎熬——但我活著。縱然禁閉在囚塔裡，但我還是活著，看得見太陽，即使看不見太陽，我也知道太陽存在。而知道太陽存在——這已經是全部生活了。阿廖沙，我的天使，各種哲學弄得我無所適從，讓這些哲學見鬼去吧！伊萬二弟……」

「伊萬二哥怎麼啦？」阿廖沙打斷道，但是米佳沒有聽見。

「你知道嗎，過去我並沒有這一類懷疑，絲毫也沒有，但是這一切都潛伏在我的心裡。也許正因爲這些莫名其妙的想法在我心裡洶湧起伏，所以我才酗酒、打架、胡鬧。我打架爲的是消除這些懷疑，克服這些懷疑，把它們硬壓下去。伊萬二弟不是拉基京，他城府很深，伊萬二弟是斯芬克斯①，老是藏而不露，一言不發。是否存在上帝這一問題一直折磨著我。只有這問題在折磨我。要是沒有上帝，怎麼辦？拉基京說上帝是人杜撰出來的，是人爲的，如果他的話是對的，怎麼辦？如果沒有上帝，人就成了大地和宇宙的主宰。太妙了！不過，沒有上帝，人還能一心向善嗎？這是個大問題！我一直在想這個問題。因爲，如果是這樣，人還能愛誰？他將感激誰，對誰唱讚美詩呢？拉基京笑而不語。拉基京說，沒有上帝也可以愛人類嘛。哼，只有流鼻涕的低能兒才會這樣說話，可我無法理解。拉基京倒活得很自在。他今天對我說：『你還是爲擴大人權多操點心吧，或者想點辦法讓牛肉不要漲價；這才是給人類以愛，這比空談哲學簡單，也更直接。』對此，我回敬道：『沒有上帝，一

---

① 此處寓意爲謎一樣的人。

有機會，你就會哄抬肉價，用一戈比去賺一盧布①。』他大生其氣。因爲，什麼叫道德呢？阿列克謝，你倒給我說說看，我有我的道德標準，中國人有中國人的道德標準——說明這是相對的。要不，我說得不對？或者不是相對的？這是一個令人費解的問題！如果我告訴你，我因爲想這問題兩夜沒睡著覺，你不會發笑吧。現在我奇怪的只是人們渾渾噩噩，對此居然一無所思。成天價忙忙叨叨！伊萬腦子裡沒有上帝。他腦子裡只有思想。跟我對不上號。但是他默不作聲。我想他是個共濟會②。我問過他——他不言語。我想在他的泉眼裡喝口水——他也不吭聲。只有一回，他說過一句話。」

「他說什麼了？」阿廖沙急忙接過話。

「我對他說：既然這樣，那就可以爲所欲爲，？他皺起眉頭，說道：『我們的父親費奧多爾·帕夫洛維奇是隻豬玀，但是他的想法倒頗有道理。』要知道，他就冒出這句話。總共才說了這一句。這就已經比拉基京略勝一籌了。」

「是的。」阿廖沙痛苦地肯定道。「他什麼時候到你這兒來過？」

「以後再談這事吧，現在先談別的。我直到現在幾乎一直沒跟你談過伊萬的事。我要留到最後說。直到我在這裡的事了結了，作出了判決，我再把一些事告訴你，全告訴你。這裡有件十分可怕的事……你在這件事上將是我的裁判官。而現在你先別提這個，現在略過不提。你剛才說到明天開庭的事，你信不信，我一無所知。」

「你跟那位律師談過了嗎？」

---

① 一盧布等於一百戈比。

② 一種秘密宗教組織，主張獨善其身，「道德的自我完善」。

「律師又怎麼啦！我把什麼事都告訴他了。他是一個黏乎乎的騙子，京城來的騙子。是個貝爾納！我說什麼他都不信。他只相信人是我殺的，你想想——我一眼就看出來了。我問他：『既然這樣，您幹麼來替我辯護？』我最瞧不起這號人了。還去請了位大夫，他們想說明我是瘋子。我不允許。卡捷琳娜・伊萬諾芙娜想把『自己的責任』盡到底。費了老大勁兒！」米佳苦笑了一下。「跟貓一樣！心可狠了！她明知道我當時在莫克羅耶說她什麼了，我說她是一個『敢怒敢罵，敢作敢爲』的女人！有人告訴她了。是的，證詞越來越多，就像海邊的沙子！格里戈里堅持自己的看法。格里戈里是個老實本分的人，但他是個傻瓜。有些人之所以老實本分就因爲他們傻得可以。這是拉基京的看法。格里戈里是我的死對頭。有的人還不如做你的敵人好，而不要他做你的朋友。我說的是卡捷琳娜・伊萬諾芙娜。我怕，我真怕她在法庭上講到因爲借了四千五百盧布跪下磕頭的事。她要徹底還清，還清最後一文錢。①我不要她的犧牲。這錢會讓我在法庭上羞得無地自容的！還得咬牙挺過去。阿廖沙，你去找她一趟吧，請她在法庭上不要把這事說出去。難道不行嗎？不過見鬼，也無所謂，我能挺過去的！我並不可憐她。她自己願意。自討苦吃。阿列克謝，我也要發表演說。」他又苦笑了一下。「就是……只是格魯莎，格魯莎，主啊！她憑什麼現在要主動接受這樣的苦難呢！」他突然淚水漣漣地感慨道。「使我最難受的是格魯莎，一想到她，我就受不了，真受不了哇！她方才還來看過我……」

「她告訴我了。今天她爲了你感到很傷心。」

「我知道。全怪我這臭脾氣。吃起了無名醋！她臨走的時候，我又後悔了，吻了她。但是沒有

---

① 源出《馬太福音》第五章第二十六節：「我實在告訴你，若有一文錢沒有還清，你斷不能從那裡出來。」

請她原諒。」

「爲什麼不請她原諒呢？」阿廖沙遺憾地說。

米佳忽然近乎快樂地大笑起來。

「但願上帝保祐你，好孩子，任何時候都不要向心愛的女人認錯，求她原諒！尤其，尤其是向心愛的女人，不管你多麼對不起她！因爲女人——三弟，鬼才知道是怎麼回事，起碼女人的脾氣我還是清楚的！你一向她認錯，『我錯了，對不起，請原諒』：責備的話立刻就會像下雹子似的劈頭蓋臉地打過來！她無論如何不會直截了當、簡簡單單地原諒你的，他會把你貶得一錢不值，把你說得像塊臭抹布，甚至連壓根兒沒影的事她也會拿來數落你，連陳芝麻爛穀子也想了出來，什麼都忘不了，還要添油加醋，只有到那時候她才會原諒你。這還是最好的，她們中間最好的女人！她會把所有的陳芝麻爛穀子統統倒出來。一股腦兒地往你頭上扣——對你實說了吧，女人呀就這麼狠心，而且一無例外，即使天使一般的女人也一樣，可是離開了女人我們又活不下去！要知道，親愛的，我坦白而又直截了當地告訴你吧：任何一個規規矩矩的男人都必須有個女人管著。這就是我的看法；不是看法，而是感覺。男子漢應當大度一點，這不會使男人丟臉的。甚至是英雄，也不會因此而丟臉。哪怕是凱撒①，也不會因此丟臉。嗯，不過還是不要去求她們原諒好，永遠不要，無論如何也不要。記住這個道理：這是毀在女人手裡的你的大哥米佳教給你的。不，我還是不請求原諒做點什麼來報答格魯莎爲好。我崇拜她，阿列克謝，我崇拜她！不過她看不到這點，不，她覺得我愛她愛得還不夠。因此她老折磨我，用愛來折磨我。過去又怎樣呢！過去折磨我的只是她那令人銷魂的曲

① 凱撒（西元前一〇〇－四四年），古羅馬統帥，政治家、作家。此處意爲偉人。

線美，而現在我已把她的整個靈魂納入了我的靈魂，同時也正因爲有了她，我才成了一個真正的人！會不會讓我們結婚呢？如果不讓我們結婚，我會嫉妒死的。就這樣，我每天做夢都在疑神疑鬼……她對你說我什麼啦？」

阿廖沙把方才格魯申卡說的話重複了一遍。米佳仔仔細細地聽完了，有些話又反反覆覆地問了好幾遍，他感到很滿意。

「那我吃醋，她也沒生氣，」他感嘆道，「真是個女人！『我的心也挺狠的』。嘿，我就喜歡這樣心狠的女人，雖然我受不了她因我而吃醋，受不了！我們會打架。但是愛——我會無限地愛她。他們會讓我們結婚嗎？難道能讓苦役犯結婚嗎？這倒是個問題。而沒有她我就活不下去……」

米佳皺緊眉頭在屋裡踱了一會步。屋子裡漸漸變得幾乎黑了。他突然變得心事重重。

「那麼秘密，她說有秘密？她說我們仨在算計她，而且說什麼『卡季卡』也摻和在一起了，是嗎？不，我的好人兒格魯申卡，這是誤會。你想錯啦，真是個傻女人，淨胡思亂想！阿廖沙，親愛的，反正豁出去了！我就把我們的秘密向你公開了吧！」

他東張西望了一下，迅速走到站在他面前的阿廖沙，十分神秘地向他悄聲說了起來，雖然，說真的，誰也聽不見他倆說話：那個老看守正在牆角裡打盹，至於衛兵，更是一句話也傳不到他們的耳朵裡。

「我就把我們的全部秘密統統向你公開了吧！」米佳急匆匆地悄聲道。「我本來想以後再告訴你的，因爲沒有你我難道能作出什麼決定嗎？你是我的一切。我雖然說伊萬比咱們倆都高，但是你是我的智慧天使。只有你的決定才能使我當機立斷。也許真正的高人是你，而不是伊萬。要知道，這是一個良心問題，最高的良心問題——這秘密十分重要，我獨自拿不定主意，所以一拖再拖，想等你來了再拿主意。不過現在商量爲時尚早，因爲必須等待作出判決：一作出判決，就由你來決定何去何從。現在先別決定；我馬上告訴你，你先聽在耳朵裡，但不要忙於作出決定。站著聽就是了，不必說話。我對你並不完全公開。我只告訴你我們的想法，不談細節，你不必開口。別提問，也別作出反應，同意嗎？不過，主啊，我把你的眼睛往哪擱呢？我怕，哪怕你默不作聲，你的眼睛也會說出你的看法的。唉，我怕！我說阿廖沙：伊萬二弟建議我越獄。細節我就不說了：該想的事都想到了，一切都會安排好的。你先別說話，也別作出決定。跟格魯莎一起逃往美國。要知道，離開了格魯莎我沒法活！要是那裡不讓她跟我在一起怎麼辦？難道能讓苦役犯結婚嗎？伊萬二弟說，肯定不讓。而沒有格魯莎，我一個人在那裡的地底下手持鐵鎚幹活，還有什麼意思呢？我只會用這鐵鎚砸爛自己的腦殼！可是另一方面，良心呢？要知道，我逃避了苦難！上帝昭示於我——我卻拒絕上帝的昭示，他指出了一條淨化靈魂的路——我卻向後轉，與它背道而馳，伊萬說，在美國只要養成『好的習慣』，比在地下幹活可以做更多有益的事。嗯，但是我們在地下的讚美詩又到哪兒去唱呢？美國是什麼？美國也是榮華富貴，一場虛空！我想，自欺欺人的事在美國也一定不少。我是逃避上十字架！我之所以跟你說這話，阿列克謝，是因爲這事只有你一個人聽得懂，除你以外，誰也不懂，我對你講的關於讚美詩的話，在別人看來全是蠢話，是胡說八道。他們會說我瘋了，要麼是傻瓜。可是我既沒有瘋，也不是傻瓜。關於讚美詩的話，伊萬也懂，唉，他懂，只是對此避而不答，默不作聲。他並不相信讚美詩。別說話：要知道，我看出你的神態了：你已經決定！別匆忙作出決定，可憐可憐我吧，沒有格魯莎我活不下去，等開庭後再說吧！」

米佳像發瘋般說完了。他用兩手抓住阿廖沙的肩膀，用他那滿懷渴望和布滿血絲的眼睛盯著他的臉。

「難道能讓苦役犯結婚嗎？」他用央求的聲音第三次問道。

阿廖沙異常驚訝地聽著，他受到深深的震動。

「請你告訴我一點，」他說，「伊萬是不是堅決主張這樣做，這主張是誰頭一個想出來的？」

「他，是他想出來的，他堅決主張這樣！他一直沒來看我，一星期前忽然來了，開門見山就提出了這辦法。他堅決主張非這樣做不可。不是同我商量，而是命令。他毫不懷疑我一定會聽從他的安排，雖然我像對你一樣把我的整個的心都掏出來給他看了，關於讚美詩的話也跟他說了。他告訴我他準備怎麼安排，所有的信息也都收集好了，不過這事以後再說。簡直要把我弄到歇斯底里的程度。主要是錢：他說一萬用於越獄，兩萬用於到美國去，而有一萬盧布，他說，我們就能組織一次非常漂亮的越獄。」

「他堅決不讓你把這事告訴我嗎？」阿廖沙又問。

「他堅決不讓我告訴任何人，尤其不讓我告訴你：無論如何不能告訴你！大概害怕你會使我直面自己的良心。千萬別跟他說我告訴了你。唉，千萬別說呀！」

「你說得對，」阿廖沙說，「在法庭作出判決前不可能作出決定。等開庭後你再自己拿主意吧；那時候你就會在自己身上找到一個新人，這新人會幫你拿主意的。」

「找到一個新人或者找到一個貝爾納，反正這人一定會像貝爾納一樣作出決定！因爲我覺得我就是一個爲人所不齒的貝爾納①！」米佳咧嘴苦笑了。

---

① 貝爾納是實驗生理學和病理學的創始人，當時被公認爲自然科學的首屈一指的代表，而米佳信奉的是上帝，是靈魂不死，與唯物主義的生死觀尖銳對立。

「但是，大哥，難道，難道你壓根兒就不希望替自己辯護嗎？」

米佳抽搐似的向上聳了聳肩，否定地搖了搖頭。

「阿廖沙，親愛的，你該走啦！」他突然忙亂起來。「典獄長在院子裡嚷嚷了，他馬上就要來了。咱們談晚啦，不合規矩。你快點擁抱我，親吻我，給我畫個十字，親愛的，爲我明天的十字架給我畫個十字吧……」

他們互相擁抱和親吻。

「伊萬建議我越獄，」米佳突然說道，「因爲他相信我殺了人。」

他嘴上擠出一絲苦笑。

「你問過他：他是否相信？」阿廖沙問。

「沒有，我沒問過。我想問，但是開不了口，沒這勇氣。問不問反正一樣，我從他的眼神就看得出來。好，再見！」

他倆又匆匆地再次親吻，阿廖沙已經快要走出去了，米佳又忽然叫他。

「你站在我面前，就這樣。」

於是他又伸出兩手緊緊抓住阿廖沙的肩膀。他的臉忽然變得異常蒼白，在黑暗中幾乎看得清清楚楚。嘴角歪斜，目光死死地盯著阿廖沙。

「阿廖沙，你就像站在主上帝前面一樣，對我說實話，有一說一：你相信不相信是我殺的？你自己相信不相信？有一說一，別說假話！」他發狂似的向他叫道。

阿廖沙彷彿整個人晃動了一下，他感到猶如萬箭攢心。

「得啦，你怎麼啦……」他彷彿不知所措地嘟囔道。

「說實話，有一說一，別說假話！」米佳重複道。

「我一分鐘也沒有相信過你是兇手。」阿廖沙驀地從胸腔中迸出了這句話，聲音在發抖。他高舉起右手，彷彿請上帝為他的話作證似的。無上的幸福頃刻照亮了米佳整個的臉。

「謝謝你！」他拖長了聲音說，彷彿在昏厥之後甦醒過來發出的一聲長嘆。「現在你使我復活了……你信不信：直到現在，我一直害怕問你，因為這是你，是你啊！好了，你走吧，走吧！你使我對明天增添了勇氣，願上帝祝福你！好了，走吧，要愛伊萬！」米佳驀地冒出了最後這句話。

阿廖沙出去時淚流滿面。米佳居然會多疑到這種程度——這一切突然使阿廖沙看清了他那不幸的大哥的心中有多麼傷心和絕望，這可是一種走投無路的傷心和絕望啊。以前他萬萬沒有想到這點。一種深深的、無限的同情霎時攫住了他，使他內心感到萬分淒苦。他的心碎了，他萬分痛苦。「要愛伊萬！」他驀地想起米佳剛才說的話。而他現在正要去找伊萬。今天早晨，他就非常想見到伊萬。伊萬使他感到的痛苦並不亞於米佳，而現在，在見到大哥之後，這痛苦有增無已，甚至超過了以往任何時候。

五、不是你，不是你！

他去找伊萬的途中，必須經過卡捷琳娜・伊萬諾芙娜寄居的那幢小樓。窗戶裡有燈光。他忽然站住了，決定進去看看。他沒有看見卡捷琳娜・伊萬諾芙娜已經一個多星期了。但是他現在靈機一動，伊萬這會兒，尤其是在這樣重大的日子的前夜，也許在她那兒。他先拉了拉門鈴，然後走進去，上了樓梯（樓梯上掛著一盞中國燈籠，光線暗淡），他看見一個人從樓上下來，走到跟前，才認出是二哥。可見，他已經去看過卡捷琳娜・伊萬諾芙娜了，現在正從她那裡出來。

「啊，原來是您。」伊萬・費奧多羅維奇乾巴巴地說道。「嗯，再見。你找她？」

「是的。」

「還是不去好，她『很激動』，你只會使她更加心煩意亂。」

「不，不！」樓上的門霎時打開了，有個聲音忽然從上面叫道。「阿列克謝・費奧多羅維奇，您從他那裡來嗎？」

「是的，我去看過他。」

「他讓你捎什麼話給我了嗎？進來吧，阿廖沙，還有您，伊萬・費奧多羅維奇，您一定，一定得回來。聽——見——啦！」

卡佳的聲音裡透出命令的口吻，伊萬・費奧多羅維奇躊躇片刻，終於拿定主意陪阿廖沙重新上樓。

「偷聽了！」他惱怒地小聲自語，但是阿廖沙聽清了他的話。

「請恕不恭，我就不脫大衣了①。」伊萬・費奧多羅維奇走進起坐間時說道。「我就不坐了。我留下來決不超過一分鐘。」

「請坐，阿列克謝・費奧多羅維奇。」卡捷琳娜・伊萬諾芙娜說，自己仍舊站著。這段時間以來她很少變化，但是她那深色的眼睛卻流露一種凶光。阿廖沙後來記得，他感到這時她顯得異乎尋常地美。

「他讓你告訴我什麼啦？」

---

① 俄俗：進屋或去他人家做客，不脫大衣是不禮貌的。

「只有一樣，」阿廖沙說，兩眼直視著她的臉，「他請你自重，不要在法庭上供認任何有關……」他有點囁嚅地說，「你倆的事……也就是……在那個城市裡……你們最初見面的情況……」

「啊，這是指爲了那筆錢下跪的事！」她接口道，苦澀地大笑。「怎麼，他是替自己擔心，還是替我擔心？──啊？他讓我自重──爲誰自重？爲他，還是爲我？您說呀，阿列克謝・費奧多羅維奇。」

阿廖沙定睛注視著她，極力想弄清她說這話到底是什麼意思。

「爲你自己也爲他。」他低聲說道。

「這就說對了。」她有點惡狠狠地、一清二楚地說道，驀地臉紅了。「您不了解我，阿列克謝・費奧多羅維奇，」她威嚴地說，「而且我也不了解我自己。明天傳訊後，也許，您恨不得用腳把我踩個稀巴爛。」

「您會實事求是地作證的，」阿廖沙說，「能這樣就行。」

「女人常常是不實事求是的。」她咬牙切齒地說。「一小時前我還以爲我簡直怕去碰這個惡棍……他是條毒蛇……可是實際上不然，他在我心目中仍舊是個人！再說人是他殺的嗎？是他殺死的嗎？」她忽然歇斯底里地衝伊萬・費奧多羅維奇嚷道。阿廖沙立刻明白這問題她已經向伊萬・費奧多羅維奇提過了，也許就在他來之前一分鐘提的，而且還不是第一次提，已經提了一百次了，結果他倆發生了爭吵。

「我去看過斯梅爾佳科夫了……正是你，你說服了我，說他是弒父兇手。我不過是相信了你的話罷了！」她繼續道，她一直在對伊萬・費奧多羅維奇說話。伊萬・費奧多羅維奇勉強擠出一絲苦笑。阿廖沙一聽到這個你字，便打了個哆嗦。他想也沒想到他倆會這樣親密無間。

「嗯，不過，夠啦，」伊萬斷然道，「我走了。明天再來。」他說罷便立刻轉身走出了房間，直接上了樓梯。卡捷琳娜·伊萬諾芙娜驀地以一種命令的姿勢抓住阿廖沙的兩隻手。

「去，跟著他！追上他！一分鐘也別離開他，」她急促地悄聲道。「他是瘋子。您不知道他瘋了嗎？他得了熱病，神經性熱病！這是大夫告訴我的，去，快去追他……」

阿廖沙跳起來，急忙去追伊萬·費奧多羅維奇。他還沒來得及走出五十步。

「你來幹麼？」他突然向阿廖沙轉過身來，看到阿廖沙在追他，「她讓你跑來跟著我，因爲我是瘋子。你不說我也知道。」他惱怒地加了一句。

「她自然錯了，但是她說得對，你有病。」阿廖沙說。「我剛才在她那兒看著你的臉：你的臉看上去有病，而且病得不輕，伊萬！」

伊萬繼續往前走，並沒停下來。阿廖沙尾隨其後。

「那麼，阿列克謝·費奧多羅維奇，你知道發瘋是什麼樣子嗎？」伊萬忽然用非常低的、已經完全不再惱怒的聲音問道，這聲音突然透出一種非常純樸的好奇。

「不，不知道；我認爲瘋狂的類型很多，形式各異。」

「你要是發瘋，自己看得出來嗎？」

「我想，真要這樣，自己是不容易看清的。」阿廖沙驚訝地回答道。伊萬沉默了半分鐘。

「如果你想跟我說什麼，那麼你盡可以改變話題。」他忽然說。

「好，爲了免得忘記，先給你一封信。」阿廖沙怯怯地說，從兜裡掏出麗莎的信遞給他。這時他倆剛好走近路燈。伊萬一下子認出了筆跡。

「啊，這是那個小魔鬼寫的！」他惡狠狠地大笑起來，連信封也沒拆開，就突然把信撕成碎片，迎風拋去。紙片隨風飛散。

「十六歲還沒到，看來，就想委身求歡了！」他鄙夷不屑地說，又在街上大踏步地走起來。

「什麼委身求歡？」阿廖沙驚訝地問。

「這還不明白，就跟蕩婦似的委身求歡唄。」

「你說什麼呀，伊萬，你說什麼呀！」阿廖沙傷心而又熱烈地爲麗莎辯護。「人家還是個孩子！你在侮辱一個孩子！她有病，她自己病得很重，說不定她也會發瘋的……我不能不把她的信交給你……相反，我想聽聽你的意見……爲了救她。」

「我沒什麼可以告訴你的。既然她是個孩子，我又不是她的保姆。別說了，阿列克謝，別說下去了。我甚至都不願去想它。」

兩人又沉默了大約一分鐘。

「她現在一定要整夜祈禱聖母了，讓聖母告訴她明天在法庭上應該怎麼辦。」他突然刻薄而又惡狠狠地說道。

「你……你是說卡捷琳娜·伊萬諾芙娜？」

「對。她將以什麼姿態出現，做米佳的救星呢，還是要毀了他？她將禱告上蒼，讓上蒼給她啓示，照亮她的心。你知道嗎，她自己也不曉得該怎麼辦才好，她還沒做好準備。她也把我當保姆了，想讓我去哄她，讓她心安！」

「卡捷琳娜·伊萬諾芙娜是愛你的，二哥。」阿廖沙淒惻地說道。

「也許吧。可是我對她沒胃口。」

「她在痛苦。你幹麼……有時候……對她說這樣一些話……讓她抱有希望呢？」阿廖沙用一種怯怯的責備的口氣繼續道，「你常常給她以希望，這，我是知道的，請你原諒我這麼說。」他加了一句。

「我不能夠該怎麼做就怎麼做，我不能直截了當對她說從此一刀兩斷！」伊萬惱火地說道。「應當等到對那個殺人兇手作出判決後再說。要是現在我就同她一刀兩斷，出於對我的報復，她明天開庭的時候就會毀了這壞蛋，因爲她恨他，而且她也知道她恨他。這裡的一切全是虛僞，虛僞上面還是虛僞！現在，因爲我還沒跟她決裂，她終究還抱有一線希望，不會貿貿然毀了這惡棍，因爲她知道我想救他，想把他從不幸中救出來。直到作出這個該詛咒的判決！」

「殺人兇手」和「惡棍」這些話，刺痛了阿廖沙的心。

「她究竟能用什麼辦法來毀了大哥呢？」他問道，尋思著伊萬的話。「她能提出什麼重要的證據來直接毀掉米佳呢？」

「這事你還不知道。她手裡有張憑證，米佳親筆寫的憑證，這憑證可以像數學般精確地證明他殺了費奧多爾・帕夫洛維奇。」

「這不可能！」阿廖沙驚呼。

「怎麼不可能？我親眼看見了。」

「不可能有這樣的憑證！」阿廖沙熱烈地重複道，「不可能，因爲殺人兇手不是他。不是他殺死父親的，不是他！」

伊萬・費奧多羅維奇忽地站住。

「那您說誰是殺人兇手。」他顯然有點冷淡地問道，在他問這話的口氣裡甚至可以聽出一種不屑一顧的神氣。

「究竟是誰，你心裡明白。」阿廖沙低聲而又一目了然地說道。

「誰？有關那個發了瘋的白癡，那個癲癇病患者的神話嗎？關於斯梅爾佳科夫？」

阿廖沙突然感到全身發抖。

「究竟是誰，你心裡明白。」他無力地冒出了這句話。氣喘吁吁。

「那麼是誰，是誰呢？」伊萬已經近乎凶神惡煞般地叫道。突然完全失去了自制。

「我只知道一點，」阿廖沙仍舊用近乎耳語似的聲音說道。「殺死父親的**不是你**。」

「『不是你』！不是你是什麼意思？」伊萬驚呆了。

「不是你殺死父親的，不是你！」阿廖沙堅定地重複道。

沉默持續了大約半分鐘。

「我也知道不是我，你胡說什麼？」伊萬臉色蒼白、嘴角歪斜地微微一笑，說道。他的兩只眼睛似乎刺進了阿廖沙的臉。兩人又站到路燈下。

「不，伊萬，你自己說過好多次了，兇手是你。」

「我什麼時候說的？……我當時在莫斯科……我什麼時候說的？」伊萬完全不知所措地喃喃道。

「在這可怕的兩個月中，當你隻身獨處的時候，這話你對自己說過很多次。」阿廖沙仍舊同剛才一樣低聲而又一字一頓地說道。但是他說時彷彿身不由己，彷彿不受自己的意志支配，而是聽從於某種無法抗拒的命令。「你指控你自己，你向自己承認這兇手不是別人正是你自己。但是殺人的不是你，你錯了，兇手不是你，你聽見我的話了嗎，不是你！我是受上帝指派對你說這話的。」

兩人都沉默不語。這沉默持續了足足有長長的一分鐘。兩人都站著，互相望著對方的眼睛。兩人的面色都很蒼白。驀地，伊萬全身發起抖來，緊緊抓住阿廖沙的肩膀。

「你一定去過我那兒！」他用咬牙切齒的低語悄聲道。「他半夜去找我的時候，你一定在我那兒……你坦白……你看見，看見他了？」

「你說誰……說米佳嗎？」阿廖沙莫名其妙地問道。

「不是他，讓這惡棍見鬼去吧！」伊萬狂叫道。「難道你知道他常來找我嗎？你是怎麼知道的，說！」

「他指誰呀？我不知道你說的是誰。」阿廖沙害怕地嘟囔道。

「不，你知道……要不然你怎麼會……你不可能不知道……」

但是他驀地又似乎克制住了自己。他站在那裡，似乎在琢磨什麼。嘴上露出一絲異樣的苦笑。

「二哥，」阿廖沙又用發抖的聲音開始道，「我對你說這話是因為你會相信我的話，我知道這個。**不是你**！我說這話至死不渝。這是上帝指示我的心對你說這話的，即使你從現在起恨我一輩子……」

但是，這時伊萬·費奧多羅維奇分明已經完全控制住了自己。

「阿列克謝·費奧多羅維奇，」他嘴上掛著冷笑說道，「我最不喜歡那些先知和癲癇病患者了，對上帝的使者則尤甚，您對於這點是一清二楚的。從現在起我要跟你一刀兩斷，而且，看來，很可能直到永遠。我請你立刻就在這個十字路口離開我。況且您回自己的住處也應該走這條小巷。尤其是您要小心了，今天別去找我！聽見了嗎？」

他轉過身子，頭也不回地邁著堅定的步伐一直向前走去。

「二哥，」阿廖沙在他後面叫道，「如果你今天出了什麼事，請你首先想到我！……」

但是伊萬不予理睬。阿廖沙站在十字路口的路燈下，一直等到伊萬完全消失在黑暗中。直到這時他才轉身，慢慢地走進巷子，向回家的方向走去。他和伊萬·費奧多羅維奇都在外面單獨租房，住在不同的公寓裡：他倆誰也不願意住在費奧多爾·帕夫洛維奇空出來的宅子裡。阿廖沙在一位小市民家租了一套帶家具的套房；而伊萬·費奧多羅維奇則住得相當遠，在一戶人家的廂房裡租了一套十分寬敞而又相當舒適的住宅，而這房子是屬於一位寡居而又並不貧窮的官吏之妻的。但是在整幢廂房裡伺候他的總共才有一個非常老的老太太，而且耳朵全聾了，渾身患有風濕病，她每天晚六時上床，早六時起床。伊萬・費奧多羅維奇在這兩個月裡變得出奇地隨遇而安，就喜歡一個人孤孤單單地待在屋裡。甚至他住的那個房間也由他親自打掃，至於他那住宅的其他房間，他甚至很少進去。他已經走到自家的大門口，手也已經抓住了門鈴的拉手，忽然又停住了。他感到渾身還在劇烈地哆嗦。他忽然撂下門鈴，啐了口唾沫，反身又朝方向完全相反的該城的另一頭快步走去，離他的寓所大約有二俄里，向一座小木屋走去，這木屋小極了，東倒西歪，裡面住著瑪麗亞・孔德拉季耶芙娜，她是費奧多爾・帕夫洛維奇過去的鄰居，也就是常常到費奧多爾・帕夫洛維奇的廚房裡要菜湯喝，斯梅爾佳科夫給她唱過歌、彈過吉他的那女的。她把她過去住的那座小木屋賣了，現在跟她母親住在一座幾乎跟農舍似的小屋裡，而那個病得快死的斯梅爾佳科夫則在費奧多爾・帕夫洛維奇死後立刻搬到了她們家。而現在伊萬・費奧多羅維奇突然心血來潮，欲罷不能地前去尋找的正是這個斯梅爾佳科夫。

六、與斯梅爾佳科夫首次晤談

從莫斯科回來以後，伊萬・費奧多羅維奇前去找斯梅爾佳科夫談話，這已經是第三次了。第一次是在慘案發生後，他回來後的當天就見到了他並且同他談了話，後來過了兩星期他又再次去看他。但是在這第二次之後，他就停止了同斯梅爾佳科夫見面，因此現在他沒有見到他，並且對他幾乎毫無所聞已經有一個月了。伊萬・費奧多羅維奇是在父親死後的第五天才從莫斯科匆匆趕回來的，因此沒能見到父親的靈柩，因爲恰好在他回來的前一天舉行了葬禮。伊萬・費奧多羅維奇之所以遲遲不歸，是因爲阿廖沙不知道他在莫斯科的確切地址，因此爲了給他打電報只好跑去找卡捷琳娜・伊萬諾芙娜，可是卡捷琳娜・伊萬諾芙娜也不知道他的真正地址，所以只好把電報打給她的姐姐和姨媽，滿以爲伊萬・費奧多羅維奇到莫斯科後總會立刻去看她們的。但是他一直到他到莫斯科後的第四天才去看她們，他看到電報後，當然立即馬不停蹄地趕了回來。他回來後遇到的第一個人是阿廖沙，但是他跟他談過話後感到非常驚訝，因爲阿廖沙甚至不願意懷疑米佳，而是直截了當地指出斯梅爾佳科夫是殺人兇手，這一看法與敝城所有其他人的意見完全相左。後來他見到了敝縣的警察局長和檢察長，了解了米佳被指控和被逮捕的細節之後，對阿廖沙更是驚詫不已，認爲他的這種態度是出於他對米佳的異常強烈的手足之情和同情心，因爲伊萬知道他非常愛米佳。我們想順便三言兩語地說明一下（以後就不再提它了）伊萬對大哥德米特里・費奧多羅維奇的感情：他根本不喜歡他，充其量有時候對他感到一點同情而已，但連這點同情也攙雜著一種近乎憎惡的極大蔑視。他對米佳整個人，甚至他的長相，都感到極其厭惡。對卡捷琳娜・伊萬諾芙娜居然會愛上他，伊萬更是憤憤不平。不過，現在米佳成了被告，他在回來後的當天倒也立刻去見了他，然而這次會面不僅沒有削弱他對米佳是罪犯的堅定看法，反而加強了這一看法。他看到大哥時，發現大哥正處在不安和病態的激動狀態中。米佳滔滔不絕地說了許多話，但是心不在焉，東一榔頭西一棒槌，說話很刺耳，一再指控這是斯梅爾佳科夫幹的，說得語無倫次，顛三倒四。他顛三倒四地說得最多的是那三千盧布，他說這是死者從他手裡「偷走」的。「這錢是我的，我的，」米佳一再說，「就算我偷了這錢，也做得對。」他對所有不利於他的罪證幾乎不予爭辯，即使談到有利於自己的事實，也說得顛三倒四，聽去十分荒唐——總的說，他似乎不想在伊萬和任何人面前替自己辯護，相反總是氣呼呼的，高傲地對別人的指控不屑一顧，動不動就罵人，就發火。對於格里戈里所說房門是開著的證詞，他只是輕蔑地付諸一笑，並且一再說，這是「鬼開的」。但是他對這一事實又提不出任何首尾相應的解釋。在他們頭一次晤面的時候，他甚至出言不遜，侮辱了伊萬·費奧多羅維奇，不客氣地對他說，那些口口聲聲說什麼「可以為所欲為」的人是沒有資格懷疑他和審問他的。總之，這次他跟伊萬·費奧多羅維奇不歡而散。伊萬·費奧多羅維奇這次跟米佳會面後，當天就去找斯梅爾佳科夫了。

當他從莫斯科飛速趕回，還坐在火車上的時候，他就一直在想斯梅爾佳科夫以及自己臨行前的那天晚上跟斯梅爾佳科夫的最後的談話。許多事都使他感到困惑，許多事都使他感到可疑。但是他在向法庭預審官作證時決定暫時不提那次談話。他決定把一切都留到見過斯梅爾佳科夫後再說。斯梅爾佳科夫當時住在縣醫院。赫爾岑什圖勃大夫和伊萬·費奧多羅維奇在這所醫院裡遇到的另一名醫生瓦爾文斯基，經過伊萬·費奧多羅維奇一再追問，都斬釘截鐵地回答說，斯梅爾佳科夫的羊癲瘋是無可置疑的，對於他提出的「他會不會在發生慘案的那天故意裝病？」這一問題，甚至感到驚訝。他倆讓他明白，這次發病甚至非同小可，持續和反覆發作了好幾天，因此這位病人的生命曾處在十分危急的狀態中，直到現在，在採取了許多急救措施之後，總算才能肯定地說，病人已無性命之憂，雖然很可能（赫爾岑什圖勃大夫補充道），他的智力將會部分受到損傷（即使不是一輩子，那也會有一段相當長的時間）。於是伊萬·費奧多羅維奇便迫不及待地問道：「那麼說，他現在是瘋子囉？」他們對此的回答是：「還不能說完全是瘋子，但是看得出某些反常。」於是伊萬·費奧多羅維奇決定親自去了解一下到底有哪些反常的地方。醫院裡立刻讓他進去探望病人。斯梅爾佳科夫住在一間單獨的病房裡，當時正躺在病床上。緊挨著他還有一張病床，床上躺著一個十分虛弱的本城的小市民，他因為得了水腫病渾身浮腫，看樣子活不過明天或者後天；他是不會妨礙他們談話的。斯梅爾佳科夫看見伊萬·費奧多羅維奇後不信任地撇嘴笑了笑，在最初的一剎那甚至好像有點膽怯。

起碼，伊萬・費奧多羅維奇倏忽間閃過這一想法。但這不過一剎那工夫，相反，在所有其他時間裡，斯梅爾佳科夫的鎮靜幾乎使他吃驚。伊萬・費奧多羅維奇對他匆匆一瞥之後，最初的印象是此人無疑是完全病了，而且病得非常重：他顯得十分虛弱，說話很慢，好像連轉動舌頭都很吃力似的；人瘦多了，臉也黃了。在大約二十分鐘的會面時間裡，他一直嚷嚷頭疼和四肢痠痛。他那閹割派①似的乾瘦的臉變得似乎小極了，兩鬢的頭髮也亂七八糟，頭上本來有一撮毛，現在只剩下向上翹起的細細的一綹頭髮。只有那只微微瞇著、似乎在暗示著什麼的左眼，才洩露天機，顯示他還是從前那個斯梅爾佳科夫。「跟聰明人說說話兒也蠻有意思的嘛，」伊萬・費奧多羅維奇立刻想起他說過的那句話。他坐在他腳頭的一張凳子上。斯梅爾佳科夫在床上痛苦地全身微微動了一下，但是默然以對，沒有頭一個開口，他那樣子好像顯得不很有興趣似的。

「能跟我談談嗎？」伊萬・費奧多羅維奇問。「我不會讓你太累的。」

「我洗耳恭聽，您哪。」斯梅爾佳科夫用虛弱的聲音慢悠悠地說道。「你早就回來了嗎？」他似乎不恥下問地加了一句，彷彿在鼓勵感到尷尬的來訪者似的。

「今天才到……回來喝你們這裡的一鍋糊塗粥。」

斯梅爾佳科夫嘆了口氣。

「你嘆什麼氣，不是不出你之所料嗎？」伊萬・費奧多羅維奇開門見山地貿然問道。

斯梅爾佳科夫儼乎其然地沉默了片刻。

「這是意料之中的事，您哪？早就看得一清二楚。但是又怎能料到會落得這樣的下場呢，您哪？」

---

① 俄羅斯東正教的一個教派，主張擺脫「世俗生活」，反對肉慾，宣傳用閹割的辦法來「拯救靈魂」。

「落得什麼下場？你別吞吞吐吐！要知道，你不是早就說過你一鑽進地窖就會發羊癲瘋的嗎？你直截了當地提到了地窖。」

「您已經在審訊中供出了這個？」斯梅爾佳科夫鎮定自若地而又好奇地問。

「不，還沒有供出這個，但是我遲早會供出來的。老夥計，有許多事你必須給我立刻交代清楚，你要放明白點，親愛的，我是不允許別人跟我捉迷藏的！」

「我幹麼要跟您捉迷藏呢，要知道，我把希望全寄託在您身上了，就像寄託在主上帝身上一樣，您哪！」斯梅爾佳科夫說，依舊十分鎮定，只是稍許閉了會兒他那小眼睛。

「第一，」伊萬．費奧多羅維奇追問道，「我知道發羊癲瘋是沒法預先知道的。我請教過專家，你別打馬虎眼。是沒法預先知道發病的日期和鐘點的。你當時又怎麼可能把發病的日期和鐘點預先告訴我，而且還提到了地窖呢？你怎麼會預先知道一發病肯定會一個倒栽蔥摔進地窖呢？除非你存心要假裝發羊癲瘋不是嗎？」

「我本來就常去地窖，您哪，甚至一天都去好幾次，您哪。」斯梅爾佳科夫不慌不忙地拉長了聲音說道。「就跟一年前我從閣樓上摔下來一樣，您哪。這話不假，羊癲瘋是沒法預先知道發病的日期和鐘點的，但是預感總還會有的吧。」

「而你卻預先說了發病的日期和鐘點！」

「關於我的癲癇病，先生，您最好去問這裡的大夫：我是真病呢，還是假病，除此以外，無可奉告。」

「那麼地窖呢？你怎麼會預先知道要掉進地窖的呢？」

「您怎麼老抓住這個地窖不放呀？當我鑽進地窖的時候，我又害怕又懷疑；因爲我最怕的是您不在，那全世界就沒人會出面保護我了。當時，我鑽進這地窖，心想：『說話就會發病，會不會一發病我就一個跟斗栽下去呢？』正因爲心裡這一嘀咕，頃刻間，這一躲也躲不掉、逃也逃不開的抽搐，就猛地攫住我的喉嚨，您哪……於是就一個倒栽蔥栽了下去。這一切情況，以及在出事的頭天晚上，我坐在大門旁，告訴你我擔心的事，還有地窖什麼的，總之，以前咱倆的談話——這一切我全都詳詳細細地向大夫赫爾岑什圖勃先生和預審官尼古拉・帕爾芬諾維奇講了，他倆也把這一切作了記錄，您哪。至於這裡的大夫瓦爾文斯基先生，他當著他們大夥的面堅持認爲，這病是因爲思慮太多引起的，主要是因爲老懷疑『到底怎樣，我會不會摔下去？』於是就一下子發病了。他們也是這麼記錄的，說我純粹是因爲害怕，因此就勢必發生這樣的事，您哪。」

說完這話，斯梅爾佳科夫似乎累壞了，深深地換了口氣。

「那麼說，你在證詞中已經申明過這一情況了？」伊萬・費奧多羅維奇有點慌亂地問道。他本來想嚇唬他，說他要把他們那天晚上的談話張揚出去，不料他已主動交代了一切。

「我有什麼可怕的。讓他們把事實真相都記錄下來好了。」斯梅爾佳科夫堅定地說。

「咱倆在大門口的談話也一字不落地都說了？」

「不，並沒有一字不落地都說出來，您哪。」

「當時你向我吹噓說你會假裝發羊癲瘋，也說了？」

「不，這話我也沒說，您哪。」

「你現在告訴我，你當時爲什麼要勸我到契爾馬什尼亞去？」

「我怕你到莫斯科去，契爾馬什尼亞終究近些，您哪。」

「胡說，是你自己勸我走的。你說：走吧，離開這個是非之地！」

「我當時說這話，完全是因爲咱倆的交情，也因爲我預感到家裡要出事，我對您一片忠心，怕你受牽累。不過我更怕自己受牽累，您哪。因此我才說：您走吧，離開這個是非之地吧，我說這話是讓您明白家裡要出事，讓您留下來保護父親。」

「這話你不好直說嗎，傻瓜！」伊萬・費奧多羅維奇忽然冒火道。

「當時我怎麼能直說呢，您哪？我不過是害怕罷了，再說也怕您生氣呀。當然，我也可能是怕德米特里・費奧多羅維奇鬧事，他可別把這筆錢拿走了，因爲他一直認爲這錢等於是他自己的，可是誰會料到竟會出現這樣的凶殺呢？我當時想，大少爺頂多把放在老爺床墊底下那大信封裡的三千盧布偷走罷了，誰料到大少爺會動手殺人呢。就是您，先生，又怎會猜到呢？」

「既然您也說猜不到，我又怎能想到這點並且留下來呢？你顛三倒四地說什麼呀？」伊萬・費奧多羅維奇若有所思地說。

「我勸您不要到莫斯科去，要您到契爾馬什尼亞去，憑這個您就應當想到嘛。」

「當時怎麼會想到呢！」

斯梅爾佳科夫看上去已經筋疲力盡，他又沉默片刻。

「我不讓您去莫斯科，讓您到契爾馬什尼亞去，單憑這一點，您就能想到嘛，因爲我希望您離這裡盡可能近些，因爲莫斯科遠，而德米特里・費奧多羅維奇知道您就在不遠的地方，就不會那麼膽大妄爲了。如果發生什麼情況，您也可以很快趕回來保護我，因爲我當時也曾向您指出格里戈里有病，再說我也怕發羊癲瘋。而且我也給您說過那些敲窗的暗號，憑這些暗號就可以到死者屋裡去，而這些暗號德米特里・費奧多羅維奇通過我已經知道了，我以爲您當時已經能夠猜到大少爺一定會幹出什麼事來，您不僅不會到契爾馬什尼亞去，而且還會留下來，壓根兒不走。」

「他說得倒也有條有理，」伊萬・費奧多羅維奇想，「雖然慢條斯理；赫爾岑什圖勃說他智力紊亂，表現在哪裡呢？」

「見你的鬼！你在跟我耍心眼！」他生氣地叫道。

「說實話，當時我還以為您完全猜到了呢。」斯梅爾佳科夫露出一副老實巴交的樣子，反駁道。

「要是猜到了，我就留下來不走了！」伊萬・費奧多羅維奇又面紅耳赤地嚷了起來。

「嗯，我還以為您心裡跟明鏡似的，所以才盡快動身，但求躲開這個是非之地，隨便到什麼地方去，就怕在這裡惹出是非來，牽累自己，您哪。」

「你以為所有的人都像您一樣是膽小鬼嗎？」

「對不起，您哪，我還以為您跟我一樣哩。」

「當然本來是應該猜到的，」伊萬心裡很亂，「我也的確想過您也許會做出什麼混賬事來……不過你在胡說，又在瞎掰了。」他驀地想起了一件事，嚷道：「記得嗎，你當時曾走到馬車旁，對我說：『跟聰明人說說話兒也蠻有意思的嘛。』既然你誇我走得好，可見，你是高興的，不是嗎？」

斯梅爾佳科夫連聲嘆息，他臉上似乎出現了一層紅暈。

「就算我高興吧，」他有點上氣不接下氣地說，「也無非是因為您同意不去莫斯科，而去契爾馬什尼亞了。因為那裡畢竟近些；不過我跟您說的那話不是誇您，而是責備您。您沒明白這意思，您哪。」

「責備什麼？」

「就是您預感到要出事，卻撇下你的親生父親不管，也不願意留下來保護我們，因為為了這三千盧布人家是肯定會把我牽連進去的，硬說我偷了這錢，您哪。」

「見您的鬼去吧！」伊萬又罵開了。「等等：關於暗號，關於怎麼敲門，你也都告訴那個預審官和檢察官了？」

「我一五一十都向他們交代了。」

伊萬・費奧多羅維奇又暗自詫異起來。

「如果我當時真想到了什麼的話，」他又開口道，「那也只是想到你很可能做出什麼混賬事來。德米特里會殺人，但說他會偷——我當時是不相信的……而你則什麼混賬事情都做得出來。你自己也對我說過你會假裝發羊癲瘋，你說這話究竟是什麼意思呢？」

「因爲我老老實實，有一說一。再說我這輩子從來沒有存心假裝過發羊癲瘋，我這麼說無非是爲了向您誇耀。無非是冒傻氣，您哪。當時我很喜歡您，所以才跟您想到什麼說什麼。」

「我大哥直截了當地說是你：人是你殺的，錢是你偷的。」

「除此以外，大少爺還能有什麼別的辦法呢？」斯梅爾佳科夫咧開嘴苦笑道，「鐵證如山，誰會相信他的話呢？格里戈里・瓦西里耶維奇親眼看見房門是開著的，您哪，還能有什麼轍呢，您哪。隨他說去吧，上帝保祐他！爲了開脫自己說了違心的話……」

他靜靜地沉默了片刻，突然，彷彿想明白了似的補充道：

「可不是嗎，您哪，再說這事吧：大少爺想推到我身上，說是我幹的——這，我已經聽說了，您哪——就拿這件事來說吧，說我是行家裡手，會假裝發羊癲瘋：如果我真對令尊有什麼圖謀，我會預先對您說我會假裝嗎？如果我當真陰謀殺害令尊，能有這樣的傻子嗎，居然預先說出了對自己不利的罪證，而且這話還是對他的親生兒子說的，哪會有這樣的事呢，您哪？！這像嗎？這可能嗎？相反，永遠不可能有這樣的事，根本不可能嘛，您哪。再比如咱倆現在在這裡說話，除了上帝本人以外，誰也聽不見，要是您把我們現在說的話如實稟告檢察官和尼古拉・帕爾芬諾維奇，這正好爲我徹底開脫了罪名：因爲一個作惡多端的殺人犯竟會預先這麼忠厚老實，這又算是哪門子殺人犯呢？對於這一切，他們很可能會這樣想的。」

「我說，」伊萬・費奧多羅維奇從座位上站起來，他對斯梅爾佳科夫最後一個論據感到震驚，他不想再談下去了，「我根本沒有懷疑你，甚至認爲提出這樣的指控也是可笑的……相反，你使我放心了，不勝感激之至。現在我走了，但是我會再來的。再見，祝你早日痊癒。你不需要什麼東西嗎？」

「承蒙關心，不勝感激之至，您哪，馬爾法・伊格納季耶芙娜沒忘記我，她心好，一如既往，我要什麼東西，她都盡力幫忙。每天也都有一些好心腸的人來看我。」

「再見。話又說回來，關於你會裝假這事我不會說的……同時我也勸你不必招供。」伊萬不知爲什麼突然說道。

「我心裡有數，您哪。既然你不把這事說出來，那咱倆那天在大門旁說的話我也不全說出來……」

當時出現了這樣的情形：伊萬・費奧多羅維奇突然走了出去，可是剛在走廊上走了十來步，突然感到斯梅爾佳科夫最後一句話裡有話，有點氣人。他本想再回去，但這僅僅一閃而過，他說了聲：「混賬話」，就匆匆走出了醫院。主要是他感到他真的放心了，他之所以放心恰恰因爲有罪的不是斯梅爾佳科夫，而是他大哥米佳這一情形，雖然看來應該掉個過兒才對。爲什麼會這樣呢——他當時無心分析，也不想去深挖自己的感覺，他甚至對此感到厭惡。他真想把什麼事都快點忘掉。在以後的幾天裡，當他仔細而又認真地研究了使米佳苦惱的全部罪證後，他對米佳有罪已經完全確信無疑了。有些證詞是一些最微不足道的人提供的，卻使人怵目驚心，比如費尼婭和她母親的證詞。至於佩爾霍京的證詞，小飯館提供的證詞，普洛特尼科夫家鋪子提供的證詞，以及莫克羅耶目擊者的證詞，那就更不用說了。最要命的是細節。秘密「敲窗」這一情況，使預審官和檢察官大驚失色，他倆吃驚的程度幾乎與聽到格里戈里提供的有關房門開著的證詞一樣。伊萬・費奧多羅維奇曾當面問過格里戈里的妻子馬爾法・伊格納季耶芙娜，她直截了當地對他說，斯梅爾佳科夫整夜都躺在他們隔壁的屋裡，「離我們倆的床連三步都不到」，雖然她自己睡得很死，但是多次驚醒，聽見他在哼哼：「他一直在哼哼，不斷地哼哼。」後來他又跟赫爾岑什圖勃談了談，告訴他，他覺得斯梅爾佳科夫根本不像是瘋子，只是身體顯得虛弱罷了，他這話只引起老醫生的啞然失笑。「您知道他現在專心致志地在忙什麼嗎？」他問伊萬・費奧多羅維奇，「他在背法文單詞；他枕頭底下藏著一個小本，這些法文單詞不知道什麼人全是用俄文字母替他書寫的，嘿嘿嘿！」伊萬・費奧多羅維奇終於拋棄了一切懷疑。他一想到大哥德米特里就不能不感到厭惡。但有一件事畢竟使他納悶：阿廖沙繼續固執己見，認爲殺人的不是德米特里，「十有八九」是斯梅爾佳科夫。伊萬一向覺得阿廖沙的意見在他心目中佔有很高的地位，因此他現在對他感到困惑不解。使他奇怪的還有一點，阿廖沙並不找機會同他談論米佳，自己也從不主動開口，只有伊萬問他的時候才回答。這情況也被伊萬・費奧多羅維奇印象深刻地注意到了。然而，當時，他還被一件完全不相干的事嚴重分散了注意力：從莫斯科回來後，頭幾天，他就一往情深、死心蹋地、熱情如火、瘋狂地熱戀上了卡捷琳娜・伊萬諾芙娜。伊萬・費奧多羅維奇這段新的熱戀，以後將影響他的整個一生，在這裡不便細說，因爲這可以作爲另一個故事，另一部長篇小說的主要情節線索，我不知道我將來有沒有時間來提筆寫它。但是我現在畢竟不能不提一下，我在前面已經描寫過，那天半夜，當伊萬・費奧多羅維奇同阿廖沙一道離開卡捷琳娜・伊萬諾芙娜，邊走邊聊的時候，他曾對阿廖沙說：「我對她沒胃口」，當時他撒了個彌天大謊：他瘋狂地愛著她，雖然這也不假，他有時候恨她，甚至恨不得殺死她。這裡摻雜著多種原因：因爲米佳出了事，她受到極大震動，當時伊萬・費奧多羅維奇又恰好回到她的身邊，於是她就抓住他，彷彿把他看成自己的什麼救星似的。她在自己的感情上受到了委屈，受到了侮辱，受到了損害。過去愛過她，而且愛得很深的那個人（噢，她太知道這個啦）如今又出現了，她一向認為此人的智慧和心胸高踞於自己之上。但是這位冷若冰霜的姑娘並沒有把自己整個兒獻身於他，儘管她的這個戀人具有卡拉馬助夫家族不達目的決不罷休的特點，而且他對她也頗有吸引力。與此同時，因為她對米佳變了心，心裡不免內疚，感到痛苦，因此每當她與伊萬發生可怕爭吵時（而這樣的時候是很多的），她就向他直截了當地說出了這點。他在跟阿廖沙談話的時候正是把這稱之為「虛偽之上還是虛偽」。當然，這裡的確有許多虛偽，而最使伊萬・費奧多羅維奇惱火的也正是這點……但是這一切都是後話。總之，他暫時幾乎忘掉了斯梅爾佳科夫。但是，自從第一次去看斯梅爾佳科夫之後，又過去了兩星期，令他納悶的同樣的想法又開始同過去一樣折磨著他。只消說明，他不斷捫心自問：那天，他臨行前的最後一天夜裡，在費奧多爾・帕夫洛維奇的私宅裡，他幹麼要像賊似的悄悄地走到樓梯上，偷聽樓下父親在做什麼呢？為什麼後來每當他想起這件事，就感到憎惡呢？為什麼第二天早晨，在旅途中，他會突然煩惱起來，而當他驅車進入莫斯科的時候又會對自己說：「我真卑鄙！」呢？可如今，有一回，他不由得想到，由於所有這些猛地襲來、揮之不去、令他痛苦的想法，他恨不得把卡捷琳娜・伊萬諾芙娜也忘了！恰好有一次，想到這事的時候，他在街上遇到了阿廖沙。他立刻叫住了他，冷不防向他提出了一個問題：

「你可記得，那天飯後，德米特里闖了進來，把父親揍了一頓，後來在院子裡我對你說：我保留『希望的權利』——你倒說說，你當時有沒有想到我希望父親死？」

「想到的。」阿廖沙低聲回答。

「不過當時的情況也的確是這樣，無需猜測。但是你當時有沒有想到，我希望的正是『一條毒蛇吃掉另一條毒蛇』，就是說我希望的正是德米特里把父親殺了，而且越快越好……甚至由我來親自促成此事，我也不反對？」

阿廖沙的臉略現蒼白，他默默地望著二哥的眼睛。

「你說呀！」伊萬催促道。「我非常想知道你當時是怎麼想的。我必須知道，說實話，要說實話！」他重重地喘了口氣，已經預先帶著某種敵意在望著阿廖沙。

「對不起，當時我也想到了這個。」阿廖沙悄聲道，說罷就閉上了嘴，沒有加一句「令他寬心的話」。

「謝謝！」伊萬斷然道，說罷便撇下阿廖沙，匆匆離去，逕自走自己的路。從那時起，阿廖沙就發現二哥伊萬好像來了個一百八十度的大轉彎，存心不理他，甚至似乎很不喜歡他，因此到後來他也不再去看他了。但是當時，在跟他那次相遇之後，伊萬・費奧多羅維奇並沒有回家，而是忽然又去找斯梅爾佳科夫了。

七、再訪斯梅爾佳科夫

當時斯梅爾佳科夫已經出院。伊萬・費奧多羅維奇知道他的新住處：就在那座東歪西倒、用過道屋隔開分成兩半的小木屋裡。一半住著瑪麗亞・孔德拉季耶芙娜和她的母親，另一半則由斯梅爾佳科夫獨住。只有上帝知道他憑什麼住在她們家：白住呢，還是付了房錢？後來有人認爲，他是以瑪麗亞・孔德拉季耶芙娜的未婚夫的身分住在她們家的，因此現在當然是白住。母女倆對他十分尊敬，把他看作是高出於她們之上的人。伊萬・費奧多羅維奇敲開門以後進了過道屋，經瑪麗亞・孔德拉季耶芙娜指點，一直向左，走進了斯梅爾佳科夫佔用的那間「上房」①。在這間屋裡有一座用瓷磚砌的火爐，爐火燒得正旺。四周牆上糊著天藍色的壁紙，誠然，已經破碎剝落，在壁紙底下的縫隙裡有蟑螂和蠊蟲在爬動，數量多得可怕，因而不住發出沙沙聲。家具簡陋得可憐：兩邊靠牆放著兩張長凳，桌旁放著兩把椅子。桌子雖然是普普通通的木頭桌，但桌上卻鋪著一塊印有玫瑰色圖案的桌布。在兩扇小窗戶的窗台上各放著一盆洋繡球。牆角裡是供著聖像的神龕。桌上放著一隻不大的、已破損得面目全非的銅茶炊，還有一隻托盤，托盤裡放著兩只茶杯。但是斯梅爾佳科夫已經喝過茶了，茶炊也滅了……他正坐在桌旁的長凳上，眼睛看著練習本，正在用鋼筆寫著什麼。他身旁放著一隻墨水瓶和一隻低矮的生鐵鑄的蠟台，但是蠟台上插的卻是洋蠟。伊萬・費奧多羅維奇從斯梅爾佳科夫的臉色立刻看出，他的病已經痊癒，徹底康復了。他的臉很精神，也胖了點，頭上的那撮毛梳得高高的，鬢角也抹了髮蠟。他穿著一件花布睡衣，不過已經陳舊，而且已經穿得很破了。他的鼻子上架著一副眼鏡，這是伊萬・費奧多羅維奇從前沒有見過的。這一不足掛齒的情節卻使伊萬・費奧多羅維奇陡地升起一股無名火：「這畜生居然還戴眼鏡！」斯梅爾佳科夫慢騰騰地抬起頭，從眼鏡後面仔細地打量了一下來客；然後慢騰騰地摘下眼鏡，在長凳上微微站起身來，但是似乎並不十分恭敬，甚至有點懶洋洋地，僅僅爲了遵守最起碼的禮貌，因爲沒有這點禮貌也太說不過去了。這一切霎時間都映進了伊萬的眼簾，這一切立刻被他抓住和注意到了，而主要是斯梅爾佳科夫的眼神，一副惡狠狠、冷冰冰，甚至傲慢不遜的樣子，似乎在說：「你又到這裡來幹什麼？當時咱倆不是

---

① 原意爲「白房」，指裝有煙囪、沒有被煤煙熏黑的潔淨的屋子。

說通了嗎，你又來幹什麼？」伊萬・費奧多羅維奇好不容易克制住了自己的感情：「這兒真熱。」他說，仍舊站著，接著解開了大衣。

「脫了吧，您哪。」斯梅爾佳科夫說。

伊萬・費奧多羅維奇脫去了大衣，把大衣扔在長凳上，兩手哆嗦著端過一把椅子，迅速端到桌旁，坐了下來。斯梅爾佳科夫已經先於他在自己的長凳上坐下了。

「第一，是不是就咱倆？」伊萬・費奧多羅維奇嚴厲而又急促地問道，「那邊聽得見咱倆說話嗎？」

「誰也聽不見，什麼也聽不見，您哪。您自己也看到：隔著過道屋。」

「我說寶貝兒：上回你胡說些什麼呀？我離開你走出醫院的時候，你說要是我不提你是假裝發羊癲瘋的行家裡手，你也就不把咱倆在大門旁的談話全告訴預審官。這『全』字是什麼意思？你當時究竟指什麼？你在威脅我是不是？你以為我會跟你沆瀣一氣，怕你是不是？」

伊萬・費奧多羅維奇怒不可遏地說道，分明故意讓對方明白他最討厭轉彎抹角和耍手腕了，要玩就亮開牌玩。斯梅爾佳科夫的眼睛惡狠狠地閃了一下，左眼開始眨個不停，雖然他照例很克制而且不慌不忙，但卻立刻以此表明：「你要打開天窗說亮話嗎，那就給你明說了吧。」

「我當時說的那番話是話中有話的，意思是，既然您預先知道令尊將會遇害，可是您卻撇下他，讓他成了犧牲品，於是為了讓別人不至於因此而斷定您心懷叵測，也許還有其他什麼想法等等，所以當時我才許諾不張揚出去，不向我們的父母官交代。」

斯梅爾佳科夫說這話時雖然不慌不忙，看來頗具自制力，但是從他的聲音裡卻可以聽出某種堅定果斷、無恥歹毒、放肆挑釁的味道。他放肆地用兩眼緊盯著伊萬・費奧多羅維奇，在最初一分鐘簡直把伊萬・費奧多羅維奇氣得兩眼發黑。

「什麼？你說什麼？你是不是瘋了？」

「我的腦子完全正常。」

「難道我當時**知道**會發生凶殺案嗎？」伊萬・費奧多羅維奇終於喊了起來，用拳頭狠狠地捶了一下桌子。「什麼叫『還有其他什麼想法』？你說呀，混賬東西！」

斯梅爾佳科夫不言聲，依舊用他那放肆的目光上上下下地打量著伊萬・費奧多羅維奇。

「你說，你這發臭的混蛋，『還有其他』指什麼？」他吼道。

「我剛才說『還有其他』，意思是您自己說不定當時也很希望令尊死。」

伊萬・費奧多羅維奇跳將起來，揮拳狠狠地揍了一下他的肩膀，使他忽地歪倒在牆上。一剎那間，他立刻淚流滿面，說道：「先生，打一個弱不禁風的人是可恥的！」他突然掏出一塊擤滿鼻涕的藍格棉紗手帕捂住了眼睛，接著便淚水漣漣地低聲哭了起來。過了大約一分鐘。

「夠啦！別哭啦！」伊萬・費奧多羅維奇終於命令地說道，又坐到椅子上。「你別讓我忍無可忍，失去最後一點耐心啦！」

斯梅爾佳科夫把他那塊髒手帕從眼睛上拿了下來。他那哭兮兮的臉上的每道皺紋都表現出他剛才受到的委屈。

「那麼說，你這混蛋當時以爲我想跟德米特里合謀殺害父親囉？」

「您當時到底是怎麼想的，我不知道，您哪，」斯梅爾佳科夫委屈地說道，「所以在您走進大門的時候，我叫住了您，目的是想在這一點上試探您，您哪。」

「試探我什麼？什麼？」

「不就是這事嘛：您想不想讓令尊快點被人殺死！」

使伊萬·費奧多羅維奇最氣憤的是斯梅爾佳科夫頑固地不肯放棄他那執拗而又放肆的語氣。

「是你殺死他的！」他突然叫了起來。

斯梅爾佳科夫鄙夷不屑地冷笑了一聲。

「不是我殺的，這，你自己心裡有數。我當時想，跟一個聰明人，這事是無需多說的。」

「但是你爲什麼，爲什麼當時對我產生這樣的懷疑呢？」

「不說您也明白，無非因爲害怕，您哪。因爲我當時處在這樣的情況下，一害怕就發抖，就懷疑所有的人。所以我也想試探您一下，因爲我想，要是您也像令兄一樣希望他死的話，那麼這事就完蛋了，我也會像只蒼蠅似的一齊完蛋。」

「聽著，兩星期前，你可不是這麼說的。」

「上回在醫院，我跟您說的也是這意思，不過我認爲用不著多說您就會明白的，您是一個非常聰明的人，您不願意人家說得太露骨，您哪。」

「瞧你說的！但是你回答我，我堅持要你回答：究竟憑什麼，我究竟有什麼把柄落在你手裡，使你那卑鄙的靈魂對我產生如此卑劣的懷疑？」

「至於動手殺死他——您是無論如何不會的，再說您也不願意，至於讓別的什麼人去殺，您是願意的。」

「他還說得這麼鎮定，說得這麼泰然！再說我憑什麼願意？我幹麼要願意？」

「什麼叫幹麼？那遺產呢，您哪？」斯梅爾佳科夫惡毒地，甚至好像報復似的接口道。「要知道，令尊一死，你們兄弟三人每人就可以攤到將近四萬盧布，說不定還會多些，您哪，不過，要是費奧多爾·帕夫洛維奇娶了那位太太阿格拉費娜·亞歷山德羅芙娜，那她一結婚就會把全部財產立刻轉到自己名下，因爲這位太太很不笨，您哪，這樣一來，你們兄弟仨在令尊死後恐怕連兩盧布也得不到。而當時離他倆結婚還有多長時間呢？就差一根頭髮絲兒了：這位太太只要在老爺面前用小指頭打個手勢，老爺肯定會立刻屁顛屁顛地跟她上教堂去①。」

伊萬・費奧多羅維奇痛苦地克制住了自己。

「好，」他終於說道，「你看見了，我沒有跳起來，沒有揍你，也沒有殺你。你接著說：這麼說，照你看來，我是想讓大哥德米特里去幹這種事囉，我是指望他去幹囉？」

「您怎麼能不指望大少爺去幹這種事呢，您哪；要知道，假如他殺了人，就會被剝奪貴族的一切權利，包括地位和財產，發配得遠遠的，您哪。因此令尊死後大少爺的那份財產就會留給您和您三弟阿列克謝・費奧多羅維奇，兩人平分，那你倆每人就不是四萬，而是六萬了，您哪。這，您當時肯定是指望德米特里・費奧多羅維奇的！」

「我只是強忍著才聽你信口雌黃！聽著，混賬東西，如果我當真指望什麼人的話，當然是指望你囉，決不會指望德米特里，我可以發誓，我甚至預感到你會幹出什麼混賬事來……當時……我記得，我有這印象！」

「當時，我也想過，不過就一小會兒，以爲您也在指望我，」斯梅爾佳科夫嘲弄地、齜牙咧嘴地說道，「這樣一來，您的真面目就在我面前暴露無遺了，因爲您已經對我有了預感，可同時又走開了，豈不是等於告訴我：你可以殺死父親，我不管嗎。」

「無恥之尤！你竟會這樣理解！」

① 指到教堂舉行婚禮。

「這全是因爲那個契爾馬什尼亞，您哪。對不起！您當時正準備上莫斯科去，令尊一再勸您到契爾馬什尼亞去跑一趟，您就是不肯。可後來只憑我一句蠢話，您就突然同意了！您當時爲什麼會同意去契爾馬什尼亞呢？既然不去莫斯科了，卻無緣無故跑到契爾馬什尼亞去，就憑我一句話，可見您對我是抱有希望的。」

「不，我敢起誓，不是這樣的！」伊萬咬牙切齒地大吼道。

「怎麼會不是這樣呢，您哪？如果不是這樣的話，您是令尊的兒子，您聽到我當時那樣說，就該首先把我送到警察局去，狠狠地揍一頓，您哪……起碼當場給我幾記耳光，可您呢，對不起，正好相反，您一點也不生氣，反而立刻按照我說的那句其蠢無比的話友好地照辦不誤，接著您就走了，簡直太荒唐了，您哪，因爲您本應該留下來保護令尊的性命的……根據以上種種，叫我怎能不作出這樣的結論呢？」

伊萬愁眉不展地坐在那裡，兩手握拳，像抽搐似的頂著自己的膝蓋。

「是的，很遺憾，我沒有抽你幾下耳光。」他苦笑道。「當時也沒法把你送警察局：誰會相信我的話，我又能說你什麼呢，至於打耳光……唉，可惜沒想到；雖說打耳光是被禁止的，我也非把你這張醜臉打個稀巴爛不可。」

斯梅爾佳科夫幾乎十分受用地看著他。

「在生活中的一般情況下，」他以一種自鳴得意的學究式口氣說道，有一次，他站在費奧多爾・帕夫洛維奇的飯桌旁，跟格里戈里・瓦西里耶維奇爭論宗教信仰問題故意逗他時也用的這種口氣，「在一般情況下，如今打耳光的確被依法禁止了，大家也不再打耳光了，您哪，嗯，可是遇到特殊情況，別說在我國，就是在全世界，即使在實行法治最徹底的法蘭西共和國，大家還是照樣打耳光，一如亞當和夏娃的時代，您哪，而且這永遠也不會中止，而您在特殊情況下竟也沒敢動手，您哪。」

「你學這些法文單詞幹什麼？」伊萬擺頭指了指放在桌上的小本。

「憑什麼我不能學呢，您哪，可以增加點知識嘛，說不定有一天我也可以到歐洲那些幸福的樂土去觀光觀光嘛。」

「聽著，你這惡棍，」伊萬兩眼冒火，全身發抖，「我並不怕你亂咬，你愛怎麼說隨你便，我現在之所以沒有把你往死裡揍，唯一的原因就因爲我懷疑這件凶殺案的案犯是你，我非把你送上法庭不可。我遲早要把你揭發出來示眾！」

「我看呀，您還是不說好，您哪。我是完全清白的，您又能說我什麼呢？誰會相信您的一派胡言呢？只要您一開口，我就一五一十地全說出來，您哪，因爲我總不能不爲自己辯護吧？」

「你以爲我現在怕你嗎？」

「我現在對您說的這些話，即使法庭上不信，但是聽眾當中肯定會有人信的，這下你就丟人現眼啦，您哪。」

「這是不是又來這一套：『跟聰明人說說話兒也蠻有意思的嘛』——啊？」伊萬咬牙切齒地說。

「您這下說到點子上了，您哪。還是放聰明點吧，您哪。」

伊萬・費奧多羅維奇站起身來，氣得渾身發抖，他穿上大衣，再也不理睬斯梅爾佳科夫了，甚至都不看他，匆匆走出了房間。晚風習習，使他精神爲之一爽。天上明月高照。各種思想和感覺在他心中翻騰著，簡直像可怕的噩夢。「要不要馬上去告發斯梅爾佳科夫呢？但是，又告他什麼呢：他畢竟是無辜的。他倒可能反咬我一口。真是的，當時我幹麼要去契爾馬什尼亞呢？幹麼，幹麼呢？」伊萬・費奧多羅維奇翻來覆去地問自己。「是的，當然，我的確在期望著什麼，他說得對……」於是他又第一百次地想起，在最後那天夜裡，他住在父親那兒，怎樣跑到樓梯上，偷聽他在做什麼，但是現在想到這些，心情卻特別痛苦，他甚至在原地忽然站住，像被人捅了一刀似的：「是的，當時我等待的正是這個，這不假！我希望，我正是希望出現凶殺！我是不是希望出現凶殺呢？是不是呢？……必須殺死斯梅爾佳科夫！……如果我現在不敢殺死斯梅爾佳科夫，那就枉活在這世上了！……」伊萬・費奧多羅維奇當時沒有回家，而是直接去找卡捷琳娜・伊萬諾芙娜，他的出現使她嚇了一跳：他的樣子活像個瘋子。他把他跟斯梅爾佳科夫的談話統統告訴了她，一點不落。儘管她一再勸他，他還是平靜不下來，一直在屋裡走來走去，說話也斷斷續續，怪怪的。他終於坐下來，將胳膊肘支在桌子上，兩手抱著頭，說了一句言簡意賅的富有深意的話：

「如果殺人犯不是德米特里，而是斯梅爾佳科夫，當然我就是他的同謀犯，因為這是我慫恿他去幹的。我有沒有慫恿他呢──我也不知道。但是，只要真是他殺的，而不是德米特里，那，當然，我也是兇手。」

聽到這話以後，卡捷琳娜・伊萬諾芙娜從座位上默默地站起來，向自己的寫字檯走去，打開放在桌上的一隻匣子，從裡面掏出一張紙，把它放在伊萬面前。這張紙就是伊萬・費奧多羅維奇後來向阿廖沙說到的那張憑證，那張憑證就像數學般準確無誤地「證明」父親是大哥德米特里殺的。這是米佳喝醉後寫給卡捷琳娜・伊萬諾芙娜的一封信，也就是阿廖沙在卡捷琳娜・伊萬諾芙娜家看到格魯申卡侮辱了她以後，回到修道院去，在路上碰到米佳那天晚上寫的。當時，跟阿廖沙分手後，米佳便急忙去找格魯申卡；也不知道他見到她沒有，但是快到半夜時他卻出現在他常去的京都飯店，而且在那裡喝多了。喝醉後，他就要來了筆和紙，寫了一份對於他很重要的憑證。這是一份在狂熱狀態下寫的冗長而又前言不對後語的信，一派「醉後胡言」。就像一名醉漢，回得家來，開始異常熱烈地向自己的老婆或者家裡什麼人講剛才人家怎樣侮辱了他，而侮辱他的人又是怎樣一個卑鄙小人，相反，他又是怎樣一個大好人，他一定要給這個卑鄙小人一點顏色瞧瞧——這些話總是拉得長長的，既語無倫次又說得無比激動，一邊說一邊捶桌子，而且還醉醺醺地痛哭流涕。飯館裡給他的那張用來寫信的紙，是一張髒兮兮的普通信紙，紙質很差，而且反面還記了賬。顯然，一個人喝醉了，話就多了，紙不夠寫，米佳不僅把頁邊全寫滿了，而且把最後幾行交叉地寫到已經寫好的字句上。信的內容如下：

要命的卡佳！明天我就能弄到錢把你那三千盧布還你了，別了——敢怒而又敢幹的女人，但是也別了，我曾經愛過的姑娘！從此咱倆各奔東西！明天我將向所有的人借錢，如果向別人借不到，我向你保證，只要伊萬一走，我就去找父親，哪怕砸爛他的腦殼，我也要把他枕頭底下的錢拿到。即使去服苦役，我也要把三千盧布還你。請你務必原諒。我要向你鞠躬到地，深深致歉，因爲我對不起你，我是卑鄙小人。請你原諒我。不，還是不原諒我爲好：這樣，你我兩人心裡都會好過些！我寧可去服苦役，也不能接受你的愛，因爲我愛的是另一個女士，而她，今天你算認識了，領教過了，你怎麼會原諒我呢？我要殺死偷我錢的那個賊！我要離開你們大家到東部①去，爲的是不認識任何人。我也要把**她**給忘了，因爲不僅你一個人是我的魔星，她也一樣。再見！

又及：我雖然寫了一些詛咒你的話，但我還是非常愛你的！我在胸中聽得見自己的心聲。

① 指俄羅斯東部的西伯利亞。

裡面有一根弦，在震動，在響。最好把心劈成兩半！我將自殺，但先得殺了那條老狗。把他的那三千盧布搶過來，扔還給你。雖然我是個卑鄙小人，做了對不起你的事，但我不是賊！你等著我還你那三千盧布吧。在那老狗的床墊下，有一根玫瑰色的緞帶。我不是賊，但是我要殺死偷我錢的賊。卡佳，請你不要看不起我：德米特里不是賊，而是殺人兇手！他殺了父親，也毀了自己，爲的是做個頂天立地的男子漢，不受你那高傲的氣。也爲了不再愛你。

三及：我親吻你的雙腳，別了！

四及：卡佳，請你祈禱上帝，讓人家借給我錢。那我就不至於血染雙手了，要是不借——只能以血相見！你殺死我吧！

你的奴隸和仇敵

德·卡拉馬助夫

伊萬看完這張「憑據」，站起身來時已經深信不疑。原來，父親是大哥殺的，不是斯梅爾佳科夫。既然不是斯梅爾佳科夫，那就與他伊萬無關。這信突然在他眼裡具有了說一不二的準確意義。對於米佳有罪，在他看來，已經再沒有任何懷疑了。順便說說，伊萬從來不曾懷疑過米佳也可能同斯梅爾佳科夫一起殺害了父親，不過這又與事實不符。伊萬完全心安了。第二天早晨，他只是輕蔑地想起斯梅爾佳科夫和他的嘲弄。過了幾天，他甚至覺得奇怪，他怎麼會對斯梅爾佳科夫的懷疑感到如此氣惱，如此痛苦。他決定對他嗤之以鼻，忘了他。這樣過了一個月。他再沒有向任何人打聽過關於斯梅爾佳科夫的情況，只有兩三次，他略有耳聞，聽說斯梅爾佳科夫病得很重，而且精神不正常。

「到頭來非發瘋不可，」有一回那個年輕醫生瓦爾文斯基談到他時說，於是伊萬便記住了這句話。這個月的最後一星期，伊萬也開始感到自己身體很不好。卡捷琳娜・伊萬諾芙娜從莫斯科請來的那位大夫，在即將開庭前也來了，伊萬已經去請他看過病。也正是在這時候，他跟卡捷琳娜・伊萬諾芙娜的關係極度尖銳化了。這是兩個彼此相愛的仇敵。卡捷琳娜・伊萬諾芙娜對米佳舊情復燃（雖然轉瞬即逝，但卻是強烈的），已使伊萬陷入氣憤若狂的境地。我們曾經描寫過阿廖沙離開米佳後到卡捷琳娜・伊萬諾芙娜家去發生的那場戲，奇怪的是，直到發生這最後一幕之前，在整整一個月中，他（伊萬）一次也沒有聽她說過她懷疑米佳是否有罪的問題，儘管她一再產生使他深惡痛絕的對米佳的「舊情復燃」。值得注意的還有一點，他雖然感到他對米佳的仇恨與日俱增，但是他同時也明白，他之恨他並不是因爲卡佳一再對他「舊情復燃」，而正是**因為他殺了父親**！他自己也完全感覺到和意識到這點。雖然如此，在開庭前大約十天，他仍舊不斷去找米佳，向他提出越獄的計畫——這計畫他顯然早想好了。這裡，除了促使他採取這一步驟的主要原因外，還因爲斯梅爾佳科夫說了一句話，這話刺痛了他的心，尙未平復，說什麼似乎指控大哥有罪對他伊萬有利，因爲那樣一來他和阿廖沙從父親那裡得到的遺產就會從四萬上升到六萬。他決定自己單方面拿出三萬來幫助米佳越獄。當他從米佳處回來時，他感到心裡非常憂鬱而且惶恐不安：他驀地感到他之所以希望米佳越獄，倒並不僅僅因爲他可以拿出三萬盧布來藉此平復心頭的傷痕，而是另有他故。他捫心自問：「是不是因爲我在內心深處同他一樣是個殺人犯呢？」一種隱隱約約的，但卻是灼痛的感覺在刺痛著他的心。主要在這整整一個月裡，他的自尊心受到了極大傷害，但這話留待以後再說……伊萬・費奧多羅維奇在跟阿廖沙談話後已經準備要拉自己住宅的門鈴了，突然又決定再去找一趟斯梅爾佳科夫——他之所以突然作出這一決定，是因爲他心裡突然義憤塡膺，不能自已。他突然想起，剛才，卡捷琳娜・伊萬諾芙娜居然當著阿廖沙的面向他嚷嚷：「就是你，就是你一個人硬要我相信他（即米佳）是兇手的！」一想到這個，伊萬都傻了：他這輩子壓根兒就沒對她說過米佳是兇手，相反，他從斯梅爾佳科夫那裡回來後，在她面前，還一再懷疑自己是不是兇手哩。相反，倒是她，她當時向他拿出了那張「憑證」，以此來證明大哥有罪！可現在倒好，她忽然激動地叫道：「我也去找過斯梅爾佳科夫！」她什麼時候去的？伊萬居然對此毫無所知。這說明，她對米佳是否有罪並無十分把握！斯梅爾佳科夫可能對她說什麼了呢？他究竟，究竟對她說什麼了呢？他心中陡地燃起了可怕的怒火。他不明白他半小時前怎麼會忽略了她說的這句話，而沒有立刻叫起來。他撇下門鈴便動身去找斯梅爾佳科夫。「這回我殺死他也說不定。」他邊走邊想。

八、與斯梅爾佳科夫第三次也是最後一次晤談

還在半道上，就像那天清晨一樣，刮起了尖利而又乾燥的風，紛紛揚揚地下起了密密匝匝的細碎的乾雪。雪落下來後，並不黏在地上，風一捲，很快就掀起了十足的暴風雪。在斯梅爾佳科夫居住的敝城那一帶幾乎沒有路燈。伊萬・費奧多羅維奇摸黑走著，對於暴風雪視而不見，本能地辨認著路。他頭疼，太陽穴在猛跳，十分難受。他感到手腕處在一陣陣抽筋。在差一點沒走到瑪麗亞・孔德拉季耶芙娜的小屋時，伊萬・費奧多羅維奇突然遇到一名醉鬼，孤身一人，小個兒，一副幹粗活的下人打扮，穿著打了補釘的粗呢上衣，走起路來跌跌撞撞，一邊走一邊在嘮嘮叨叨地罵人，忽然他不罵了，用喝醉酒的嗄啞聲唱起了一支小曲：

啊，萬卡上彼得堡去了，
我也就不等他了！

但是他老是唱到第二句就唱不下去了，又開始罵人，忽然又唱起了同一支小曲。伊萬・費奧多羅維奇在壓根兒沒想到這人以前就已經恨透了他，這時驀地明白了過來。他立刻恨不得一拳把這下三濫打死。正巧這時候他倆又肩並肩地走到了一起，這個臭傭人一個不留心，突然重重地撞到伊萬身上。伊萬狂怒地把他使勁推開。這個臭傭人立刻像個木頭墩子似的飛出去老遠，撲通一聲摔倒在凍土上，他只疼痛地微微叫了一聲：噢——噢！就沒聲音了。伊萬向他邁前一步。那傢伙仰面躺著，一動不動，失去了知覺。「會凍死的！」伊萬想罷又邁步向斯梅爾佳科夫的住處走去。

瑪麗亞・孔德拉季耶芙娜兩手端著蠟燭跑出來開門，還在過道屋裡，她就悄聲對他說，帕維爾・費奧多羅維奇（即斯梅爾佳科夫）病得很重，不僅臥床不起，而且神經也幾乎不大正常，甚至連茶也不想喝了，硬讓人把茶拿走。

「他怎麼，又吵又鬧了？」伊萬・費奧多羅維奇粗魯地問。

「哪兒呀，相反，文文靜靜，不過您跟他說話時間別太長了……」瑪麗亞・孔德拉季耶芙娜請求道。

伊萬・費奧多羅維奇推開門，走進了另一邊的房間。

像上回一樣，爐火燒得很旺，但是屋子裡看得出發生了某些變化：兩側的長凳有一張拿走了，在原來的地方出現了一張又大又舊的仿紅木皮沙發。沙發上鋪上了被褥，雪白的枕頭相當乾淨。床上坐著斯梅爾佳科夫，仍舊穿著那件睡衣。桌子搬了過來，緊挨著沙發，因此屋裡顯得很擁擠。桌上放著一本厚厚的黃皮書，但是斯梅爾佳科夫並不在讀這本書，似乎乾坐著，什麼事也不做。他向伊萬・費奧多羅維奇投過去一瞥長長的、默然的目光，分明對他的到來絲毫也不感到驚奇。他臉上的變化很大，變得又黃又瘦。眼睛凹下去了，下眼皮發青。

「你還當真病了？」伊萬・費奧多羅維奇站住了。「我不會耽擱你很長時間的，連大衣也不脫。讓我坐哪兒？」

他從桌子的另一頭走過來，端過一把椅子，放到桌子跟前，坐了下來。

「你幹麼睜大兩眼，一聲不吭？我只有一個問題，我起誓，得不到回答我就不走：卡捷琳娜・伊萬諾芙娜小姐到你這兒來過嗎？」

斯梅爾佳科夫長久不語，依然默默地看著伊萬，但是他驀地揮了一下手，扭過了頭。

「你怎麼啦？」伊萬喝問。

「沒什麼。」

「什麼叫沒什麼？」

「嗯，來過，這對您還不都一樣。別纏著我行不行，您哪。」

「不，我跟你沒完！說：什麼時候來的？」

「她來那事兒我壓根兒記不起來了。」斯梅爾佳科夫輕蔑地發出一聲冷笑，又向伊萬忽地轉過臉，以一種瘋狂仇恨的目光緊盯著他，就像一個月前他們上次會面一樣。

「你好像也有病，瞧，人都瘦了，臉上沒一點血色。」他向伊萬說。

「我的健康你就甭管了，說：她問你什麼了？」

「怎麼您的眼睛也發黃了，眼白全成黃的了，很痛苦，是吧？」

他輕蔑地一聲冷笑，又忽然縱聲大笑起來。

「聽著，我說過，得不到回答我就不走！」伊萬怒不可遏地喝道。

「您怎麼老纏著我不放呢，您哪？幹麼淨折磨我呢？」斯梅爾佳科夫痛苦地說。

「唉，見鬼！我才不高興管你哩。回答我的問題，我立刻就走。」

「我沒什麼可以回答的！」斯梅爾佳科夫又垂下了眼睛。

「老實告訴您，我要強迫你回答！」

「您幹麼總是提心吊膽呢？」斯梅爾佳科夫忽地兩眼緊盯著他，他那神態倒不是輕蔑，而是幾乎帶有一種厭惡，「是不是因爲明天要開庭了？要知道，不會把您怎麼樣的，您放心好了！儘管回去，美美地睡上一覺，什麼也甭擔心。」

「我真不明白你在說什麼……明天我有什麼可怕的？」伊萬驚奇地說道，可是忽地果真有一種恐懼感像一股冷風吹進了他的心窩。斯梅爾佳科夫抬起頭來打量了他一眼。

「您不——明——白？」他責備地拉長了聲音。「一個聰明人居然有興致來演這樣的滑稽戲！」

伊萬默默地望著他。僅就這個出乎意料的聲音，他過去的聽差現在居然用這種前所未有的十分傲慢的聲調來跟他說話，這就非同一般。這種聲調甚至在上一次也不曾有過。

「跟您說吧，您甭害怕。我決不會告發您，沒有罪證。瞧，手都發抖了。您的手指幹麼老發抖呢？放心回去吧，**不是您殺的**。」

伊萬打了個哆嗦，他想起了阿廖沙。

「我知道不是我……」他咕噥道。

「您——知——道？」斯梅爾佳科夫又接話道。

伊萬跳起來，抓住他的一隻肩膀。

「統統說出來，你這毒蛇！統統說出來！」

斯梅爾佳科夫一點也不害怕。他只是以一種瘋狂的仇恨兩眼緊盯著他。

「既然如此，說到底，還是您殺的。」他憤憤然向他低語。

伊萬若有所悟地跌坐在椅子上。他惡狠狠地冷笑了一聲。

「你還是講當時那事嗎？講上回那事？」

「上回您站在我面前就全明白了，現在您也很明白嘛。」

「我只明白你是瘋子。」

「一個人怎麼不嫌噁心！咱倆面對面地坐著，幹麼還要你蒙我我蒙你，演什麼滑稽戲呢？難道您想把一切推到我一個人身上，而且當著我的面這麼幹麼？人是您殺的，您是元兇，我不過是您的一條走狗，您的忠僕利恰爾達①，正是遵照您的吩咐我才幹這事的。」

「幹？難道是你殺的？」伊萬渾身發冷。

他腦子裡似乎有什麼東西受到了極大震動，他渾身發起抖來，全身都起了雞皮疙瘩。這時斯梅爾佳科夫才感到驚奇，抬起頭來望了望他：看來，伊萬的恐懼是真的，這倒使他頗爲吃驚。

「難道您當真什麼也不知道？」他不信任地喃喃道，對伊萬露出一臉假笑。

---

① 利恰爾達是格維東國王的忠僕（見於俄國十六－二十世紀初的通俗小說——關於博瓦王子的故事），他既忠於國王，又忠於想謀殺國王的王后。以前，斯梅爾佳科夫說他是米佳的忠僕，現在他又自稱是伊萬的忠僕。

伊萬一直目瞪口呆地望著他。

啊，萬卡上彼得堡去了，
我也就不等他了，——

他耳邊忽然響起了這聲音。

「你知道嗎：我怕，你是個夢，你是坐在我面前的幽靈？」他喃喃道。

「這裡沒有任何幽靈，您哪，除了咱們倆，還有某個第三者。毫無疑問他現在就在這裡，這第三者就在咱倆中間。」

「他是誰？誰在這兒？誰是第三者？」伊萬・費奧多羅維奇恐懼地問，倉皇四顧，用眼睛急速地掃視著所有的角落，在找什麼人。

「這第三者就是上帝，您哪，就是神，您哪，他現在就在咱倆身旁，不過您不用找他了，找不到的。」

「你說是你殺的，你胡說！」伊萬瘋狂地吼道。「你要麼是瘋子，要麼就跟上回一樣存心氣我！」

斯梅爾佳科夫仍舊像方才一樣毫無畏懼之感，仍舊目不轉睛地注視著他。他始終無法戰勝他心頭的不信任，他始終覺得伊萬「全知道」，只是裝出一副不知道的樣子罷了，目的爲了「當著他的面推到他一個人身上」。

「等等，您哪。」他終於用虛弱的聲音說道，他先把自己的左腿從桌子底下抽出來，突然向上挽起了褲腿。原來他那只腳上穿著白色的長統襪和便鞋。斯梅爾佳科夫不慌不忙地摘下吊襪帶，把自己的手指深深地伸進襪筒。伊萬·費奧多羅維奇望著他，突然恐懼得全身像抽搐似的發起抖來。

「瘋子！」他吼道，迅速跳起來，向後倒退。因而背部咚的一聲撞到了牆上，彷彿緊貼在牆上似的，全身挺得筆直。他恐怖得像瘋了似的望著斯梅爾佳科夫。可是斯梅爾佳科夫卻毫不理會他的驚懼，仍然在襪筒裡掏呀掏的，彷彿極力想用手指在襪筒裡抓住什麼東西，把它拽出來似的。最後他終於抓住了，開始拽。伊萬·費奧多羅維奇看到，那是些紙或者是一沓什麼紙。斯梅爾佳科夫把它拽出來後，放到桌上。

「瞧，您哪！」他低聲道。

「什麼？」伊萬問，渾身發抖。

「請看，您哪。」斯梅爾佳科夫仍舊低聲說道。

伊萬走到桌旁，抓住紙包，開始打開，但是他突然把手抽回，好像摸到了一條什麼既噁心又可怕的毒蛇似的。

「您的手淨哆嗦，您哪，在抽搐。」斯梅爾佳科夫說，於是他就親自不慌不忙地打開了紙包。原來包著的是三沓面額為一百盧布的花票子。

「都在這裡了，您哪，三千盧布，不用數了。收下吧，您哪。」他用頭指指錢，請伊萬收下。

伊萬跌坐在椅子上。他的臉煞白，白得像手帕一樣。

「你掏襪筒的時候……把我嚇壞了……」他有點異樣地笑著，說道。

「難道，難道您直到現在一直不知道？」斯梅爾佳科夫再一次問道。

「不，不知道。我一直以為是德米特里。是大哥！大哥！唉呀！」他突然用兩手抱住自己的腦袋。「我說：你一個人殺的？大哥沒參加，還是跟大哥一塊兒幹的？」

「充其量只跟您在一塊兒；我是跟您一塊兒殺的，您哪，至於德米特里·費奧多羅維奇，是完全清白無辜的，您哪。」

「好，好……我的事以後再說。我怎麼老哆嗦呢……連話都說不出來了。」

「您那時的膽兒多大呀，說什麼『可以爲所欲爲』，現在卻嚇成這樣！」斯梅爾佳科夫驚奇地咕噥道。「要不要喝點汽水，我立刻讓她們拿來。喝點汽水人就精神了。不過這玩意兒最好先蓋起來，您哪。」

他又擺頭指了指那幾沓錢。他本想站起來向門外喊瑪麗亞·孔德拉季耶芙娜，讓她兌點汽水，拿進來，但是他先想找件什麼東西把錢蓋上，不讓她看見，他先掏出手絹，但是因爲手帕擤滿了鼻涕，實在太髒了，所以只好拿起桌上那本唯一的黃皮本厚書（也就是伊萬一進來就看見的那本書），用它壓住了錢。這本書的書名是《教父以撒·西林開示錄》。伊萬·費奧多羅維奇只是無意識地瞥了一眼書名。

「我不要汽水，」他說，「我的事以後再說。你坐下，先說說：這，你是怎麼幹的？一五一十全說出來……」

「您還是把大衣脫了吧，您哪，要不會渾身出汗的。」

伊萬·費奧多羅維奇好像現在才明白過來似的，他沒離開坐椅便脫下了大衣，扔在長凳上。

「你說吧，請說吧！」

他彷彿安靜了下來。他很有把握地等著，相信斯梅爾佳科夫現在一定會把一切全說出來。

「說說這是怎麼幹的，您哪？」斯梅爾佳科夫嘆了口氣。「憑您那句話，順理成章地就幹了嘛，您哪。」

「關於我的話以後再說。」伊萬又打斷道，但已經不像剛才那樣大叫大嚷了，他說話有板有眼，似乎已經完全掌握住了自己。「不過你要把你幹這事的經過詳詳細細地講出來。一五一十，從頭講起，什麼也別落下。細節，主要是細節①。勞駕了。」

「您走了之後，我就摔進了地窖，您哪……」

「因爲發羊癲瘋還是裝假？」

「自然是裝假，您哪。一切都是假裝的。穩穩噹噹地下了台階，一直走到最底下，再穩穩噹噹地躺了下來，可是剛躺下，我就吼了起來。把我抬出去的時候，還拼命掙扎。」

「慢！以後，在醫院裡，一直都裝假？」

「那倒不是，您哪。第二天，一大早，當時還沒進醫院，病就真的發作了，而且來勢凶猛，多年都沒有發作過這麼厲害的病了。兩天內完全昏迷不醒。」

「好，好。說下去。」

「當時就把我抬到了那張床上，您哪，不說我也知道肯定在隔壁屋裡，因爲我每次發病，馬爾法・伊格納季耶芙娜都讓我躺在他們住房的那間隔壁屋裡。打我出生起，他們一向對我十分體貼。半夜我哼哼，不過聲音很低。我一直在等德米特里・費奧多羅維奇。」

「怎麼在等，等他來找你？」

「幹麼找我。等大少爺回家，因爲我毫不懷疑大少爺這天夜裡肯定會來，因爲大少爺沒有我幫忙，肯定得不到任何情報，他肯定會親自翻牆進來，您哪，大少爺一定會這麼幹，而且一定會捅出

---

① 據作者夫人說，這也是作者最愛講的一句話。

事來。」

「要是不來呢？」

「那就什麼事也不會發生啦。大少爺不來我是不敢造次的。」

「好，好……說得明白點，別急，主要是什麼也別落下！」

「我等大少爺把費奧多爾・帕夫洛維奇給殺了……這是有把握的，您哪。因爲我已經讓大少爺在各方面作了準備……尤其是最近幾天，您哪……主要是那些暗號大少爺都知道了。憑大少爺多疑的性格，以及這幾天積聚起來的那股拼命勁兒，肯定會利用暗號闖進屋去。這是肯定的。我就在等大少爺這麼做，您哪。」

「慢，」伊萬打斷道，「他殺了人不就把錢拿走啦：要知道，你肯定會想到這點的，不是嗎？他走後，你還能得到什麼呢？我看不出來。」

「要知道，大少爺永遠也找不到這錢的，您哪。要知道，是我教給大少爺的，是我告訴他錢放在床墊底下的。不過這不是真的，您哪。以前，錢放在一隻小匣裡，這是以前的情況，您哪。可後來我就教給費奧多爾・帕夫洛維奇（因爲老爺在所有人裡面就信得過我一個人），讓他把錢裝進一個大信封裡，藏到牆角的聖像後面去，因爲放在那裡根本就不會有人猜到，特別是匆匆忙忙走進來。因此這大信封是藏在老爺牆角的聖像後面的，您哪。把錢放在床墊下面，那是十分可笑的，放在匣子裡起碼還能鎖上。可咱們這裡，大家都相信錢就放在床墊下面。這想法也真蠢，您哪。要是這件凶殺案真是德米特里・費奧多羅維奇幹的，他肯定什麼也找不著，之後，要不是倉皇逃竄，聽見任何響動都害怕（殺人兇手一向這樣），要不然的話，就是被人抓住，您哪。因此我任何時候都可以，第二天或者甚至於就在當晚，您哪，把手伸到聖像後面，把這錢拿走，於是一切就都推到了德米特里・費奧多羅維奇的頭上。這是十拿九穩的。」

「嗯，要是他沒殺人，只是揍了他一頓呢？」

「要是他沒殺人，我當然不敢去拿這錢，我就算白操這份心了。但是我也打過這樣的小算計，如果大少爺把他揍得失去了知覺，那我就能趕上拿這錢了，以後我就可以向費奧多爾・帕夫洛維奇稟報，不是別人，正是德米特里・費奧多羅維奇把他老人家打暈過去後趁機偷走的。」

「慢……你倒把我搞糊塗了。那麼說，還是德米特里殺死的，你只是拿了錢？」

「不，不是大少爺殺死的，您哪。怎麼說呢，現在我本來是可以對您說大少爺是兇手的……但是我現在不願意對您撒謊，因爲……因爲，即使您果真（我看得出來）到現在爲止還什麼都不明白，並不是對我裝假，以便把自己明顯的罪責當面推給我，您也仍舊是這一切的罪魁禍首，因爲您知道會出現凶殺，讓我放手去幹，您自己對一切都了如指掌，卻故意走開了。所以我才想於今晚向您當面證明，您才是這一切的唯一元兇，您哪，我不過是條小爬蟲，不是主犯，雖然人是我殺的。您才是貨真價實的殺人兇手！」

「爲什麼，爲什麼我是殺人兇手呢？噢上帝！」伊萬終於沉不住氣了，忘了他剛才說的關於他自己可以留待談話結束時再說。「還是指那個勞什子契爾馬什尼亞嗎？慢，你倒說說，既然你認爲我答應到契爾馬什尼亞去就是表示同意，那你幹麼非徵得我的同意不可呢？對這事您現在又作何解釋呢？」

「如果我有把握已經取得您的同意，那我就知道您回來後，即使我們的父母官由於某種原因並不懷疑德米特里・費奧多羅維奇，而懷疑我，或者懷疑我與德米特里・費奧多羅維奇合謀，您也決不會因爲丟了這三千盧布而哭哭啼啼，大吵大嚷的；相反，您還會力排眾議，替我辯護……而您得到遺產後，將來就會獎賞我，我下半輩子就有指望了，因爲您畢竟是通過我才得到這筆遺產的，要不，老爺娶了阿格拉費娜・亞歷山德羅芙娜，您就會竹籃子打水一場空了。」

「啊！這樣你以後就可以折磨我，一輩子折磨我了！」伊萬咬牙切齒地說。「要是我當時不走，而是去告發你，怎麼辦？」

「當時您又能告發我什麼呢？告發我勸您到契爾馬什尼亞去嗎？這不是犯傻嗎，您哪。再說咱倆談過話之後，您不是走開，就是留下。如果您留下來了，那就什麼事也不會發生了，因爲我知道您不願意出此下策，因此我也就不會採取任何措施了。要是您走了，那等於告訴我您決不會冒昧地向法院告發我，對這三千盧布您也就睜一眼閉一眼地算了。再說您以後也壓根兒奈何我不得，因爲那時候我會在法庭上把一切全說出來，您哪，倒不是我偷了錢或者殺了人——這話我是決不會說的——而是說您自己曾唆使我去偷錢和殺人，不過我沒同意。當時我之所以需要取得您的同意，就爲了使您奈何我不得，因爲您手裡沒有憑據，可是您的把柄卻永遠捏在我手心裡，因爲我發現您巴不得令尊早死，我對您把話說白了吧——大家肯定會相信我的話，那您一輩子就沒法做人了。」

「我巴不得，我巴不得這樣嗎？」伊萬又咬牙切齒地說。

「無疑是這樣的，您哪，因此您當時才默許我這樣做，您哪。」斯梅爾佳科夫堅定地望了望伊萬。他的身體很虛弱，因此說話聲音很低，也顯得很累，但是有某種內在的、隱蔽的目的在激勵著他，他分明另有他圖。伊萬預感到了這點。

「說下去，」他對他說，「接著說那天夜裡的事。」

「還有什麼可說的，您哪！當時我躺在床上，忽然聽見好像老爺喊了一聲。在此以前，格里戈里・瓦西里耶維奇忽然下了床，走了出去，陡地吼叫起來，接著一切又變得靜悄悄的了，一片黑暗。

我躺著，在等候，心在怦怦跳，我再也忍不住了。終於下了床，走了出去——我看見左邊老爺屋裡朝花園的窗子開著，我又往左跨前幾步，想聽聽老爺在屋裡是不是還活著，我聽到老爺在跑前跑後地連聲嘆氣，可見還活著。我想，唉！我走近窗前，向老爺叫了一聲：『是我。』他對我說：『來過了，來過了，跑啦！』他的意思是德米特里・費奧多羅維奇來過了，您哪。『把格里戈里打死了！』『在哪兒？』我低聲問他。『在那邊，角落裡。』他也低聲說，指著花園那邊。『等等。』我說。我就跑到那邊角落去尋找，我在牆邊碰到了躺著的格里戈里・瓦西里耶維奇，渾身是血，失去了知覺。可見，德米特里・費奧多羅維奇來過，我突然靈機一動，立刻決定以迅雷不及掩耳之勢一了百了，您哪，因爲格里戈里・瓦西里耶維奇即使還活著，他也失去了知覺，反正暫時什麼也看不見。只有一點是冒險，萬一馬爾法・伊格納季耶芙娜醒了過來呢？當時我感覺到了這點，可是一種一不做二不休的渴望控制了我全身，使我氣都喘不過來了。我又跑到老爺窗前，說道：『她在這裡，她來了，阿格拉費娜・亞歷山德羅芙娜來了，她要見您。』他像個小孩似的猛地全身打了個哆嗦：『在這裡哪兒？在哪兒？』他連聲嘆氣，自己還不肯相信。我說：『她在那邊站著，您快開門！』他在窗戶裡望著我，又信又不信，不敢開門，我想，他是怕我。真是說來可笑：當時我突然想起了那些暗號，於是我就當著老爺的面，在窗框上敲了起來，表示格魯申卡來了：我說話，他似乎不信，可是我一敲暗號，他就立刻跑過來開門了。門開開了。我想進去，可是他當門站著，用身子擋住不讓我進去。『她在哪兒，她在哪兒？』他望著我，在發抖。嗯，我想：他這麼怕我，那就糟了！這時我嚇得兩腿都軟了，我怕他不放我進屋或者叫出聲來，要不就是馬爾法・伊格納季耶芙娜跑了來，要不就是鬧出隨便什麼亂子來，我當時都記不清了，想必我站在他面前，臉色煞白。我對他悄聲道：『那邊，她站在那邊窗下，您怎麼看不見呢？』『那你帶她進來，那你帶她進來呀！』『她怕，』我說，『您剛才一喊，她害怕了，躲進了樹叢，您去喊她，親自從書房裡喊。』他拔腿就跑，跑到窗口，把蠟燭放在窗台上。『格魯申卡，』他叫道，『格魯申卡，你在這兒嗎？』儘管這麼喊，可是他卻不肯彎下身去看窗外，眼睛不肯離開我，因爲剛才把他嚇得夠嗆，所以看到我也非常害怕，因此眼睛不敢離開我。我說：『她不就在那兒嗎（我走到窗口，全身探出窗外），她不就站在樹叢裡嗎，衝您笑哩，看見啦？』他忽地信了，渾身哆嗦，老爺真是太愛她啦，您哪，於是他也全身探出窗外。我順手抄起了那個生鐵鑄的鎮紙，就是放在桌上的那個，記得嗎，您哪，足有三四俄磅重①，我順手一揮，用稜角對準他的頭頂，從背後給了他一下。他甚至都沒叫出聲來。只是突然癱軟下去，我又再次、三次地猛擊他的腦殼。直到第三次我才感到他的腦殼被我砸破了。老爺突然仰面倒下，臉衝上，滿臉是血。我檢查了一遍：我身上沒血，沒濺上，我把鎮紙擦乾淨後放回了原處，接著把手伸到聖像後面，從那只大信封裡掏出了錢，把信封扔到了地上，把那根玫瑰色緞帶甩到一邊。我走下台階，進了花園，渾身發抖。一直走到那株蘋果樹下，就是那株有樹洞的蘋果樹，這樹洞您是知道的，我早看中它了，裡面放著破布頭和紙，我早準備好了；先用紙把那錢包好，然後又包上破布，塞得深深的。於是那錢就在那裡放了兩個多星期，後來我出院了才把它拿出來。我回到自己床上後，躺了下來，我擔心地想：『萬一格里戈里・瓦西里耶維奇被徹底打死了，那就糟透了，他要是沒被打死，醒了過來，那就太妙了，因爲那樣一來他就可以出面作證，證明德米特里・費奧多羅維奇來過，可見，人是他打死的，錢也是他拿走的，您哪，當時，我因爲心存疑慮和迫不及待，便開始哼哼，想快點把馬爾法・伊格納季耶芙娜吵醒。她終於起來了，本來想跑過來看我，可是突然發現不見了格里戈里・瓦西里

① 一俄磅等於四〇九・五一克。

耶維奇，她就跑了出去，我聽見她在園子裡大驚小怪地喊了起來。嗯，就這麼折騰了一夜，我才把一顆心完全放進了肚子裡。」

斯梅爾佳科夫講到這裡打住了。伊萬一直保持著死一般的沉默，聽著他說話，一動不動，目不轉睛地望著他。斯梅爾佳科夫講的時候只間或轉過頭去看他一眼，他多半乜斜著眼，看著一旁。說完後，分明他自己也很激動，喘了口粗氣。臉上大汗淋漓。但是看不出來他到底感到後悔呢，還是別的什麼。

「慢。」伊萬想了想，接口道：「那房門呢？既然他只給你一個人開過門，那格里戈里怎麼會在你出來之前就看見這門開著呢？因爲格里戈里是在你出來之前看見的呀？」

有意思的是，伊萬問這話時異常心平氣和，彷彿聲音也全變了，毫無義憤填膺之意，因而，如果現在有人推開房門，站在門口看他倆一眼，肯定會認爲他倆在促膝談心，正在談一件雖然有趣，但卻是十分普通的事。

「至於這門和格里戈里・瓦西里耶維奇似乎看見它是開著的，不過是他的錯覺罷了。」斯梅爾佳科夫咧開嘴發出一聲冷笑。「跟您說句不中聽的話，要知道，他不是人，您哪，簡直像匹老騸馬，倔透了：他根本沒看見，卻硬覺著他看見了，您休想讓他改口。他想出這個來也是咱倆的運氣，因爲這樣一來，德米特里・費奧多羅維奇的官司就算吃定了。」

「我說，」伊萬・費奧多羅維奇說，似乎又開始慌張起來，極力想弄清什麼事，「我說……我還有許多話想問你，但又忘了……我老忘，老搞混……對了！你先告訴我這麼一個問題：你幹麼要把那信封拆開，而且就撂在旁邊的地板上呢？爲什麼不乾脆裝在信封裡拿走……我覺得，你剛才講的時候，說到這信封好像就是這麼說的，彷彿就該這麼做似的……爲什麼必須這樣呢——我不明白……」

「我這樣做是有一定道理的，您哪。因爲要是有一個人像我這樣深知底細，而且常來常往，比如說，他早就見過這錢，也許還是他親自把錢裝進信封的，親眼見到怎麼把信封粘上和寫上字的，那這樣的人，比方說，他殺了人，在殺人之後本來就手忙腳亂，而且不看也明明知道，這錢肯定裝在這信封裡，他又何必還要把這信封拆開呢？相反，比如說吧，要是那個偷錢的人和我一樣，他就會簡簡單單地把這信封塞進口袋，絲毫無需拆開，拿著它趕緊溜之大吉不就得了。可是德米特里・費奧多羅維奇就完全是另一回事了：關於這信封他只是耳聞，並沒親見，比如說，似乎從床墊下面把它弄到手了，他一定會趕緊把它拆開，看看裡面是否真有這錢？於是信封便隨手一撂，根本無暇考慮他走後這信封會留下來成爲他的罪證，因爲他並不是一名慣偷，過去也顯然從來沒有偷過東西，因爲他是一位世襲貴族，即使現在不得已而偷盜，那也似乎根本算不上偷，而是去拿回原來屬於他自己的東西，因爲他已經預先把這事通報全城，甚至還事先向大家大吹大擂，他要去向費奧多爾・帕夫洛維奇奪回屬於他自己的財產。在審訊的時候，我曾把這意思向檢察官透露過，不過沒明說，而是相反，彷彿用暗示把他引到這上面去似的，您哪，彷彿我自己也鬧不明白，似乎這是他自己想出來的，而不是我提醒他似的，您哪，因而檢察官先生聽到我這暗示後甚至口水都流出來了，您哪……」

「那麼說，難道，難道這一切你當時就在現場想好的嗎？」伊萬・費奧多羅維奇驚訝得情不自禁地問。他又恐懼地看著斯梅爾佳科夫。

「哪能呢，那麼手忙腳亂，哪能把這一切想得這麼週全呢？這一切是早想好的……」

「嗯……嗯，我看這一切是魔鬼幫了你的忙！」伊萬・費奧多羅維奇又感慨道。「不，你不笨，你比我想像的要聰明得多……」

他站起來，分明想在屋裡走動一下。他心中十分煩惱。但是因爲桌子擋住了路，若要走過去，就必須在桌子與牆之間幾乎鑽過去，因此他只好在原地轉了個身，又坐了下來。

也許，正因爲他走不過去，使他忽地冒起火來，於是他又跟剛才一樣陡地怒吼道：

「我說，你是一個不幸的、爲人所不齒的人！難道你就不明白，我之所以至今還沒殺死你，僅僅因爲我想把你留到明天親自上法庭招供嗎。上帝在上，」伊萬舉起一隻手，「也許，我也有罪，也許，我的確有一種不可告人的願望，希望……父親死，但是我敢向你發誓，我並不像你想的那樣罪大惡極，也許我根本就沒有慫恿你。不，不，我沒有慫恿你！但是，不管怎麼說，我要去自首，明天就去，在法庭上，我決定了！我要把一切全說出來，一切。但是，我必須同你一起出庭！不管你在法庭上說我什麼，也不管你怎麼作證——我一概接受，我不怕你；我將對一切供認不諱！但是你也必須向法庭招供！必須，必須，咱倆一起去！就這麼定了！」

伊萬說這話時神態莊嚴，態度堅決，只要看他那熠熠發光的眼神，就看得出他一定會這麼辦。

「您有病，我看得出來，您完全病了，您哪。您的眼睛完全發黃了。」斯梅爾佳科夫說，但是毫無取笑之意，甚至還有點可憐他似的。

「咱倆一起去！」伊萬重複道，「你不去——反正我一個人也要去自首。」

斯梅爾佳科夫沉默片刻，似乎在反覆估量著什麼。

「這樣的事決不會發生，您哪，而且您也不會去。」他終於不容反駁地斷然道。

「你沒有聽懂我的話！」伊萬責備地嘆了口氣。

「您要是去自首，那就太丟人現眼了。此外，也沒什麼好處，一點好處也沒有，您哪，因爲我會直截了當地說，我從來沒有對您說過這樣的話，您要不是有病（也真像有病，您哪），就是可憐您大哥，寧可犧牲自己，而且還胡編亂供，硬栽在我頭上，因爲您一輩子反正不把我當人，只把我看成一條小爬蟲。這樣一來，誰會相信您呢，您又有什麼真憑實據，哪怕就一件呢？」

「我說，你現在把這錢拿出來給我看，自然是想讓我相信囉。」

斯梅爾佳科夫從那幾沓鈔票上拿開了以撒・西林的書，把它放到一邊。

「這些錢您可以收起來，拿走。」斯梅爾佳科夫喟然長嘆。

「當然拿走！但是，你既然為這錢行兇殺人，幹麼要交給我呢？」伊萬十分詫異地望了望他。

「我根本用不著這錢，您哪。」斯梅爾佳科夫揮揮手，聲音發抖地說道。「過去我倒想用這樣一筆錢去莫斯科或者進而出國謀生，我曾有過這樣的幻想，您哪，更因為『可以為所欲為』。這倒真是您教我的，您哪，因為您當時對我說過許多這一類的話：因為既然永恆的上帝不存在，也就沒有任何道德了，而且也根本不需要道德。您這話說得在理。我也這樣想。」

「你自己想通的？」伊萬苦笑道。

「在您的指點下，您哪。」

「那麼現在，既然你把錢交出來了，可見你信仰上帝囉？」

「不，我不信，您哪。」斯梅爾佳科夫悄聲道。

「那幹麼要交出來呢？」

「得啦……甭說啦！」斯梅爾佳科夫又揮揮手。「瞧，您從前不是老說可以為所欲為嗎，為什麼現在又這麼提心吊膽，惶惶乎不可終日呢？甚至還想去自首……不過那種事是決不會發生的！您也決不會去自首！」斯梅爾佳科夫又斬釘截鐵地說。

「你就等著瞧吧！」伊萬說。

「那是不可能的。您很聰明。您愛錢，這，我知道，也愛名，因為您這人自尊心很強，也非常喜歡女色，更愛過太平安樂的日子，不必去求爺爺告奶奶——這點最重要，您哪。您也決不肯在法庭上丟人現眼，毀了自己的一生。您跟費奧多爾·帕夫洛維奇一樣，在所有的孩子中您最像他，跟他一條心，您哪。」

「你不笨，」伊萬說，似乎很吃驚；血一下子湧到了他臉上，「我過去以爲你笨。你現在很厲害！」他說，似乎突然對斯梅爾佳科夫另眼相看。

「因爲您太傲慢了，所以以爲我笨。請把錢收下。」

伊萬拿起那三沓鈔票，塞進了口袋，也沒用東西包一包。

「我明天把它交給法庭。」他說。

「那裡誰也不會相信您的，何況您自己的錢多的是，從錢盒子裡取點出來，拿來充數，您哪。」

伊萬從坐位上站起來。

「向您再重複一遍，我之所以沒有殺死你，僅僅因爲我明天需要你，記住這點，別忘了！」

「也好，殺死我吧，您哪。現在就殺。」斯梅爾佳科夫突然異樣地說道，異樣地望著伊萬。「我料您不敢，您哪，」他加了一句，苦澀地微微一笑，「我料想您什麼也不敢，您這過去的勇士，您哪！」

「明天見！」伊萬叫道，已經邁步準備走了。

「等等……再把錢給我看看。」

伊萬掏出鈔票，給他看了看。斯梅爾佳科夫望了約莫十秒鐘。

「好了，您走吧。」他揮了揮手，說道。「伊萬·費奧多羅維奇！」他忽然又朝他的背影叫了一聲。

「你要幹麼？」伊萬邊走邊回過頭來。

「別了，您哪！」

「明天見！」伊萬又叫了一聲，走出了房間。

暴風雪還在刮個不停。開頭幾步他走得雄赳赳氣昂昂，但是忽地步履蹣跚，跌跌撞撞起來。「這是體力不支。」他想道，微微一笑。現在他心頭似乎驀地感到一種歡快。他感到心中似乎無比堅強：最近以來一直十分痛苦地折磨著他的動搖終於結束了！決心已經下定，「已經不會再變了。」他幸福地想。就在這時候他突然被什麼東西絆了一下，差點沒摔倒。他站定後認出在他腳旁躺著的正是那個被他推倒的醉漢，他仍在原地躺著，人事不省，一動不動。暴風雪幾乎把他的整個臉都蓋住了。伊萬突然抓住他，把他背了起來，往前走去。他看見右面有座小木屋裡亮著燈，便走過去，敲了敲百葉窗，房主人是個小市民，聽到敲門聲便應聲出來開了門，他請他搭把手把這名漢子抬到警察分局去，並答應立刻給他三盧布。那小市民穿好衣服後就出來了。我就不來詳細描寫伊萬・費奧多羅維奇當時怎樣達到目的，把那名醉漢送到了分局，並且請他們立刻找位大夫來給他檢查一下，他又再次慷慨解囊給了點錢，算作「一應花銷」之用。我要說的只是，這事花了他整整一小時。但是伊萬・費奧多羅維奇心裡很滿意。他在尋思，他在琢磨。「要不是我對明天已經打定了主意，」他突然歡快地想道，「我決不會停下來花整整一小時來安置這名醉漢的，我一定會掉頭不顧，揚長而去，才不會去管這傢伙會不會凍死哩……不過話又說回來，我還真行，能從容不迫地觀察自己的行動！」與此同時他又更加快樂地想道，「可他們還認為我快要發瘋了呢！」走到自家門口時，他忽然停了下來，產生了一個突如其來的問題：「要不要立刻，現在就去找檢察官，向他坦白一切？」他又轉身回到自家門口，這問題他是這麼解決的：「明天畢其功於一役！」他自言自語地悄聲道，說來也怪，幾乎滿腔的快樂，他整個兒的自鳴得意，霎時間都煙消雲散了。當他走進自己房間後，突然有一種冰冷的感覺鑽進了他的心窩，似乎是一種回憶，說得正確些，這時他不由得想起一件令他痛苦和厭惡的東西，這東西，現在，此時此刻，就在這房間裡，而且它過去也來過。他疲憊地跌坐在自己的長沙發上。老太太給他送來了茶炊，他開始沏茶，但是並沒有喝；他把老太太打發走了，讓她明天來。他坐在沙發上，感到頭暈。他覺得自己病了，渾身乏力。他本來想睡一覺，但是他又不安地站起來，在屋裡踱步，想把睡意趕走。有時候，他感到神思恍惚，似乎正陷入譫妄狀態。但最使他不安的倒不是病；他又坐下來，偶爾東張西望，似乎在找什麼東西。這樣有好幾次。他的目光終於注意地投向一點。伊萬發出一聲冷笑，但是他卻憤怒得陡地漲紅了臉。他在原地坐了很久，用兩手緊緊抱著頭，但是卻斜過眼去仍舊注視著從前那個小點，注視著放在對面靠牆處的那張長沙發。那裡分明有什麼東西使他惱火，使他不安，使他痛苦。

九、魔鬼／伊萬・費奧多羅維奇的噩夢

我不是大夫，但是我覺得現在已經到了必須向讀者多少說明一下伊萬・費奧多羅維奇到底生了什麼病的時候了。我要提前交代的只有一點：現在，這天晚上，他恰巧處在發作酒狂症①的前夜，其實他的身體早就感到不適，但是他頑強地抵抗著，現在這病終於把他的身體徹底壓垮了。我雖然對醫學是門外漢，但是我還是想冒險地說一說我的揣測，也許，他憑著自己的頑強意志，的確把疾病發作暫時推遲了，並幻想，不用說，能夠完全戰勝它。他知道自己身體欠佳，但是他非常不願意

① 一種由酒精中毒引起的伴隨有譫妄和幻覺的疾病。

趕在這時候生病，因爲即將到來的這一時刻是他一生中決定命運的時刻，在這關鍵時刻，他必須在場，勇敢而且果斷地說出自己應該說的話，自己「在自己面前爲自己辯白」。然而有一次他去看新從莫斯科來的那位大夫（也就是卡捷琳娜・伊萬諾芙娜由於我在上面已經提到過的她的一個幻想，寫信去請來的那位大夫）。大夫聽了他的主訴和檢查了他的身體之後，認定他的腦子似乎略有損傷，因此對他以一種厭惡之情向他所作的坦白絲毫也不感到奇怪。「從您的病情看，很可能產生幻覺，」大夫認定，「雖然必須經過檢查後才能最後確定……總之，必須立即開始認真治療，一分鐘也不能耽誤，否則就不好啦。」但是，伊萬・費奧多羅維奇從他那兒出來後，並沒有執行這個明智的醫囑，對臥床就醫不屑一顧：「我不是還能走路嗎，暫時還有力氣嘛，一旦倒下——另作別論，那時候誰來治療都可以。」他揮了揮手暗自認定。他現在坐著，幾乎自己也意識到他正處在譫妄狀態，正如我已經說過的那樣，眼睛死盯著對面靠牆沙發上的一件什麼東西上。驀地發現，那兒坐著一個人，上帝知道他是怎麼進來的，因爲伊萬・費奧多羅維奇從斯梅爾佳科夫那兒回來走進屋子的時候，屋裡並沒有這個人。這是一位先生，或者不如說是某一類俄國紳士，年紀已經不輕，正如法國人所說，「Qui frisait la cinquantaine」①，深色的頭髮長得相當長和濃密，蓄著一部修剪過的山羊鬍子，鬚髮略現斑白。他身穿棕色西服上衣，顯然出於上等裁縫之手，但是已經穿舊了，做了大概有兩三年了吧，這種式樣已經完全不時興了，富裕的上等人中已經有兩年沒人穿了。內衣以及圍巾狀的長長的領帶，一切都跟衣冠楚楚的紳士一樣，但是細細一看，就會發現內衣是髒的，而且寬圍巾已經圍得很舊了。這客人的帶格的褲子畢挺而且非常合身，但是顏色又顯得太淺了點，褲腿也似乎太窄了點，這種式樣

① 法語：年近半百。

現在已經沒人穿了，一如那頂柔軟的白絨帽，這客人現在還戴著，也顯得太不合時令了。一句話，雖然囊中羞澀，但是外表看去仍舊衣冠楚楚。這位紳士看去頗像是農奴制時代曾經一度春風得意的那類四體不勤的地主；此人顯然見過世面，也曾出入過上流社會，從前出頭露面，曾有過很好的上層關係，說不定至今還保持著這種關係，但是因爲在青年時代尋歡作樂和不久前的廢除農奴制，因而家道中落，竟變成了一名彷彿高等食客，四處漂泊，往來於一些好心的老朋友家，而這些老朋友之所以接待他，無非因爲他性格隨和，易於相處，還由於他總算是個上等人，不管誰來做客，讓他在一旁作陪，總還拿得出去，當然，也只能忝陪末座。這類食客，這類性格隨和的紳士，善於談天說地，打牌時湊個牌局，但是卻很不喜歡人家硬託他們去辦任何事——這類人通常形單影隻，或者是光棍，或者是鰥夫，或許還有子女，但是他們的子女總是寄養在很遠的什麼地方，在什麼姑媽家或者姨媽家，而這位紳士幾乎從來在上流社會不提起她們，好像因有這樣的親戚不無羞恥似的。至於孩子們，他們就慢慢地完全疏遠了，只在自己過命名日和過聖誕節的時候才偶爾收到他們的一兩封賀信，有時候他甚至也回信。這位不速之客的容貌不僅和藹可親，而且十分隨和，隨時準備（視情況而定）做出任何親切有禮的表示。他身上沒有懷錶，但卻用黑緞帶掛著一隻帶柄的單眼鏡。右手中指上赫然戴著一枚很大的金戒指，上面鑲著一枚並不貴重的蛋白石。伊萬·費奧多羅維奇賭氣不做聲，不想開口說話。客人坐在那裡等著，完全像名食客剛從樓上指定給他住的房間裡下來陪主人喝茶，但是因爲主人心裡有事，正在皺著眉頭想心事，所以他只好規規矩矩地不做聲；然而只要主人一開口，他就準備隨時開始做任何親切有禮的對答。驀地，他臉上表現出某種似乎不勝憂慮的樣子。

「我說，」他向伊萬·費奧多羅維奇開口道，「對不起，我只是想提醒你：你不是剛去找過斯梅爾佳科夫，想打聽一下卡捷琳娜·伊萬諾芙娜的情況嗎，可是你卻什麼也沒打聽出來就走了，大概忘了吧……」

「啊，對了！」伊萬驀地脫口道，臉上布滿烏雲，十分焦慮，「是的，我忘了……不過，現在反正也無所謂了，一切到明天再說吧。」他自言自語地咕噥道。「而你，」他怒氣衝衝地對客人道，「這是我自己立刻就會想起來的，因爲我正是爲這件事感到煩惱！你跳出來指手畫腳，難道我就會相信這是你提醒我的，而不是我自己想起來的嗎？」

「你盡可以不信，」那位紳士親切地微微一笑。「強迫信仰，這又算什麼信仰呢？何況在信仰上是任何證據也幫不了忙的，尤其是物證。多馬之所以信仰上帝，並不是因爲他看見了基督的復活，而是因爲他本來就願意信①。再比如相信招魂術的人……我很喜歡他們……你想想，他們自以爲他們有益於信仰，因爲他們親見魔鬼從陰曹地府向他們露出雙角②。他們說：『這就是所謂物證，證明陰曹地府是存在的。』又是陰曹地府，又是物證，啊呀，這些人呀！說到底，即使證明有魔鬼，也不見得就證明有上帝呀？我真想報名參加唯心主義協會，做他們的反對派，我要說：『我是現實主義者，而不是唯物主義者，嘿嘿！』」

「我說，」伊萬．費奧多羅維奇突然從桌旁站起來。「我現在就好像處在譫妄狀態中……沒錯，正是處在譫妄狀態中……你儘管胡說八道好了，我無所謂！你不會像上回那樣使我勃然大怒的。我只是對什麼事感到羞愧……我想在屋裡走走……有時候我看不見你，甚至也聽不見你說話的聲音，就跟上回那樣，不過我永遠猜得出你在廢話連篇，因爲**你就是我，我自己在說話，而不是你在說話**！

---

① 多馬是耶穌的十二門徒之一。耶穌死而復活，他不信，非要親見才信。該聖經故事見《約翰福音》第二十章第十九－二十九節。

② 俄國人迷信中的魔鬼的形象與人的形象大致相同，但長有雙角、四蹄和尾巴。

不過我不知道上回我是睡著了還是醒著的時候看見你的？要是我馬上用冷水浸濕毛巾，敷在頭上，說不定你就會化成一道煙，煙消雲散了。」

伊萬・費奧多羅維奇走到牆角，拿起毛巾，像剛才說的那樣做了，然後頭上敷著濕毛巾在屋裡踱來踱去。

「我很高興，咱倆一開始就直接**你我**相稱。」客人開口道。

「傻瓜，」伊萬笑道，「難道要我對你稱**您**嗎。我現在很開心，就是太陽穴有點疼……還有頭頂……不過請你別跟上回那樣大談哲理。如果你不肯滾蛋，那你就隨便說點什麼開心事。胡侃也行，你不是食客嗎，那就隨便侃吧。硬是做起了這樣的噩夢。但是我不怕你。我會制服你的。人家決不會把我送進瘋人院！」

「叫我食客，**c'est charmant**①，我正是這樣的人。我在人世間不是食客又能是什麼人呢？順便說說，我一邊聽你說話，一邊覺得納悶：真的，你似乎已經開始慢慢地把我看作某種真實的存在，而不是像上回堅持的那樣，把我只看作你的幻想了……」

「我一分鐘也沒有把你看作是實實在在的東西。」伊萬甚至有點憤怒地嚷道。「你是虛幻，你是我的病，你是幽靈。我只是不知道用什麼來消滅你，看得出來，我必須受一段時間洋罪。你是我的幻覺。你是我本人的化身，不過，你只能代表我的某一方面……代表我的思想和感情，而且是最惡劣、最混賬的思想和感情。就這方面來說，我甚至對你很感興趣，只要我有時間跟你周旋……」

「慢，慢，我要戳穿你：方才在路燈下，你衝阿廖沙嚷嚷：『你是從他那裡知道的！你怎麼知道

① 法語：太妙了。

他常來看我呢？』這是因爲你想起了我。可見，有這麼小小的一刹那你不是相信了嗎，相信我是真實存在的。」那位紳士寬厚地笑道。

「是的，這是我天性中的弱點，但是我沒法相信你的話。我不知道上回我是睡著了呢還是醒著。當時，我也許只是在夢中見到了你，根本不是在清醒的時候……」

「方才，你幹麼對他，對阿廖沙那麼厲害呢？他很可愛；因爲佐西馬長老的事，我很對不起他。」

「不許你提阿廖沙！你這奴才，你怎麼敢！」伊萬又笑了起來。

「一邊罵人，一邊又笑——這是好兆頭。話又說回來，你今天跟上回比對我客氣多了，我明白這是什麼道理：因爲你已經痛下決心，……」

「不許你提決心不決心的！」伊萬狂叫。

「我懂，我懂，c'est noble，c'est charmant①，你明天要去給大哥辯護，犧牲自己……c'estchevaleresque②。」

「閉嘴，看我不踢死你！」

「聽到這話，我多少還是高興的，因爲這樣一來我的目的就達到了：既然你想踢我，可見你相信我是真實存在的，因爲人是不會用腳踢幽靈的。不開玩笑啦：你愛罵就罵吧，我無所謂，不過你最好稍微客氣點，哪怕對我也是客氣點好。要不又是傻瓜，又是奴才，多難聽！」

「罵你就是罵我！」伊萬又笑了起來，「你就是我，就是我自己，不過換了一副面孔。你說的也

---

① 法語：這很高尚，這太好了。

② 法語：這頗有騎士風度。

正是我想的……你對我也說不出任何新鮮東西來！」

「如果我跟你想的相同，不勝榮幸之至。」那位紳士莊嚴而又彬彬有禮地說道。

「不過你揀的淨是我的壞思想，主要是我的一些混賬思想。你這人又混又庸俗。你混賬透了。不，我受不了你的混賬和庸俗！我怎麼辦，怎麼辦呢！」伊萬咬牙切齒地說。

「我的朋友，不管怎麼說，我還是願意做個紳士，也希望人家這麼看我。」客人以某種純粹食客式的，和善而又預先留有退路的自負，激動地開始道。「我窮，但是……我也不敢說我十分正派，但是……大家還是普遍認爲我是個墮落的天使①，這已經成了人人皆知的公理。真的，我想像不出來，從前我怎麼會是一個天使。就算我從前是個天使吧，那也是很久以前的事了，即使忘了也無大礙。現在我珍惜的只是規規矩矩地做人，湊合著過日子，極力做個討人喜歡的人。我真誠地愛人——噢，我在許多方面受到人們的誹謗！我有時候到你這裡來暫住，我的生活倒還過得似乎人模人樣的，這也是我最滿意的地方。要知道，我也跟你一樣，苦於不切實際地幻想，因此我才愛你們人間的實事求是。在你們這裡全都劃定了框框，清清楚楚，這裡是公式，那裡是幾何，可是我們那裡全都是不定方程式！我在這裡走來走去，耽於幻想。我愛幻想。再說，自從我到人間來以後變得迷信了——請別見笑：正因爲我變得迷信了，我才感到高興。我在人間接受了你們的一切習慣：我愛進街上的澡堂，你能想像得到嗎，我愛跟商人和神父一起洗蒸氣浴。我的幻想就是化身爲人，但要徹底地化，化過去就不再化回來了，搖身一變，變成一個七普特②重的肥胖的商人太太，而且要相信她所相信的一切。

---

① 魔鬼原是上帝所造的天使之一，因妄圖與上帝比高下而墮落，乃成魔鬼。繼續具有超人的本領，專事阻擋上帝，誘惑人們犯罪，最終將於末日投入火湖受永刑。

② 一普特等於一六・三八公斤。七普特應爲一一四・六六公斤。

我的理想是進教堂，誠心誠意地插上一支蠟燭①，真的是這樣。這樣我就苦到頭了。我也愛在你們人世間治病：春天流行天花，我就到育嬰堂去給自己種牛痘——你不知道那天我是多麼心滿意足：我給斯拉夫兄弟捐了十盧布！……唉，你沒有聽我說話。要知道，你今天好像有點很不對勁似的。」那位紳士沉默少頃。「我知道你昨天去看過那大夫……嗯，你的身體怎麼樣？大夫對你說什麼了？」

「混賬！」伊萬罵道。

「你也不見得多聰明。你又罵人了？我倒不是出於同情，隨便問問罷了。行啊，你不回答也行。現在又流行風濕病了……」

「混賬。」伊萬又罵道。

「你淨罵人，可我去年得了風濕病，到現在還記得。」

「魔鬼也得風濕病？」

「既然我有時候化身成人，怎麼會不得風濕病呢。既然化身成人，就要承受化身的後果。撒旦sum et nihil humanum a me alienum puto。」②

「什麼，什麼，撒旦sum et nihil humanum……就魔鬼而言，這話說得不笨呀！」

「很高興終於說了句你愛聽的話。」

「不過這話你不是從我這裡學去的，」伊萬突然停下腳步，似乎很吃驚，「這話從來沒有進過我的腦子，這倒怪了……」

---

① 基督徒進教堂不是燒高香，而是點上一支小蠟燭，拿在手裡或插在聖像前。

② 拉丁文：我是撒旦，凡屬於人的東西我無不具有。套用羅馬喜劇家泰倫提烏斯（公元前一九〇－一五九年）的劇本《自責者》中的一句台詞。原文是「我是人，凡屬於人的東西我無不具有。」

「C'est du nouveau n'est ce pas?①這一回我要做得光明磊落，你聽我解釋。我說：在睡夢中，尤其在做噩夢的時候，嗯，比如說由於消化不良或者由於別的什麼，有時候一個人會做一種富有藝術性的夢，夢見十分複雜的真實的現實生活，夢見許多事，甚至色彩紛呈，令人眼花繚亂，而且情節錯綜複雜，細節又是那麼出人意外，從您最高尚的表現直到胸衣上的最後一個紐扣，這樣的故事，我敢向你發誓，連列夫・托爾斯泰也編不出來②，而且做這種夢的人有時候根本就不是什麼作家，而是一些最平常的人，官吏們，雜文家們，神父們……對於這事甚至令人百思不得其解：有一位大臣甚至親自向我承認，他的一切好主意都是他睡著的時候想到的。這情形也與現在類似。我雖然是你的幻覺，但是就像做噩夢時一樣，我說的都是你從沒有想到過的新奇的想法，因此我根本不是重複你想過的東西，不過話又說回來，我無非是你做的一個噩夢罷了。」

「你胡說。你的目的無非想讓我相信你就是你，而不是我做的噩夢，可你現在又自己承認你是夢。」

「我的朋友，今天我採取了一種特殊的方法，以後再給你說明這是怎麼回事。等等，我說到哪兒啦？對了，我說到我著了涼，不過不是在你們這兒，還在那邊……」

「那邊是哪兒？請問，你還要在我這兒待多長時間，你不能快點走嗎？」伊萬幾乎絕望地說。他不再走來走去，他坐到沙發上，又用胳膊肘支在桌上，兩手抱緊腦袋。他把濕毛巾從頭上拉下來，

---

① 法語：這倒新鮮，不是嗎？

② 夢境的描寫，是作者揭示人物心理的一個重要手法，有時候夢與現實會驚人地相似，它無意識地左右著書中人物的行動，推動著情節的發展。作者在他的代表作《罪與罰》中曾直接談到過這個問題：「在生病狀態下做夢，夢境往往非常生動、鮮明，與現實非常相似……這是一個做夢的人在不做夢的狀態下無論如何想不出來的，哪怕他是像普希金或者屠格涅夫那樣的藝術家，也不一定想得出來。」

懊惱地甩到一邊：顯然沒起作用。

「你的神經有毛病，」那位紳士用漫不經心、隨隨便便，但又是完全友好的態度說道，「甚至因爲我也會感冒你居然大發脾氣，其實發生這樣的事是極其自然的。我當時正忙著去參加一位彼得堡貴婦人的外交晚會，而這位貴婦人正在謀求大臣的職位。總之，要穿燕尾服，要繫白領帶，要戴白手套，可是，當時我天知道在哪兒，要到你們人間來，還必須飛越遼闊的太空……當然，這不過一刹那，要知道太陽上的光還要走整整八分鐘才能到達地球，而當時，你想想，我還穿著燕尾服和敞開的背心。鬼魂是不會感到冷的，但是一旦化身成人，那就……總之，我一時掉以輕心，就動身了，可是要知道，在遼闊的太空，在以太，在空氣以上的水中①，真是冰冷徹骨……就是說冷得呀——簡直不能叫冷了，你想想：零下一百五十度！鄉下姑娘常愛玩一種盡人皆知的惡作劇：在零下三十度的嚴寒中讓一個愣頭青舔斧子；舌頭立刻就凍住了，於是這愣頭青硬是血淋淋地從舌頭上撕下了一層皮；要知道，這還僅僅是零下三十度，要是零下一百五十度，我想，只要把手指貼到斧子上，這手指也就玩兒完了，只要……只要那邊可能會有斧子的話……」

「那裡可能會有斧子嗎？」伊萬·費奧多羅維奇心不在焉而又十分厭惡地打斷他的話道。他拼命抵抗，不肯相信自己的夢魘，以免徹底陷入瘋狂。

「斧子？」客人詫異地反問。

「可不是嗎，那邊有了斧子將會怎樣呢？」伊萬·費奧多羅維奇忽然用一種狂暴而又執拗的固

① 典出聖經：「神就造出空氣，將空氣以下的水，空氣以上的水分開了。事就這樣成了。神稱空氣爲天。」（《舊約·創世記》第一章第七－八節。）

執叫起來。

「遼闊的太空有了斧子將會怎樣？Quel le idée!①如果掉下來，落得遠些，我想，它一定會繞地球飛行，它自己也不知道要幹麼，於是就變成一顆衛星。天文學家們將會算出斧子出沒的時間。加楚克也一定會把這收進他編的掛曆②，就這些。」

「你笨，你非常笨！」伊萬固執而又任性地說道，「即使胡說八道也要說得聰明些嘛，要不我就不聽下去了。你想用實事求是來駁倒我，讓我相信你是真實存在的，但是我不願意相信你是存在的！就是不信！」

「我並沒有胡說八道呀，全是有一說一；遺憾的是真話幾乎永遠不風趣。看得出來，你滿心希望我身上能出現什麼偉大的、也許美好的東西③。但是非常遺憾，我只能做我做得到的事……」

「不要講大道理了，蠢驢！」

「我的身體的整個右半邊全癱瘓了，疼得我直哼哼，我哪有心思談大道理呀。我求醫問藥，找遍了所有的醫生：他們很會看病，能把您的病如數家珍似的講出來，但是光會看病卻不會治病。這時正好來了一個熱心腸的大學生，他說：您哪怕死了，也要死個明白，知道是生什麼病死的！此外，他們還有個習慣，就是讓你去看專家門診，說什麼我們只是看病，現在您不妨去找某某專家，他肯定會把您的病治好的。對你說吧，過去那種什麼病都看的大夫已經完全，完全沒有啦，現在只有專

---

① 法語：什麼想法呀（眞是怪念頭）！

② 加楚克（一八三二－一八九一年）曾於一八七〇－一八八〇年在莫斯科出版《加楚克報》，並編輯發行次年的《宗教掛曆》，每周一張，附彩圖。

③ 語出席勒的《強盜》（第一幕第一場）。

家，而且總是在報紙上大登廣告。你的鼻子有了病，就讓你到巴黎去，說那裡有專治鼻子的歐洲專家。你到巴黎後，他檢查了你的鼻子，說：只能治好你的右鼻孔，因爲我不治左鼻孔，這不是我的專業①，在我這裡看過病後，您可以到維也納去，在那裡再找一個特別的專家繼續給你治左鼻孔。有什麼辦法呢？只好去求民間偏方，有一位德國大夫勸我到澡堂去趴在浴床上，用蜂蜜加鹽擦身子。我不過多去一次澡堂罷了，就去啦：渾身都擦髒了，可是毫無用處。絕望之餘，我寫了一封信到米蘭去請教馬德伯爵：他寄來了一本書和一瓶藥水，上帝保祐他。不料霍夫的麥芽液②竟藥到病治！我是無意中買的，才喝了一瓶半，居然霍然痊癒，哪怕跳舞都行。我心中的感激之情油然而生，決定非登報向他『鳴謝』不可，誰料到一波未平，一波又起：沒一家報館肯登！他們說：『這太落後啦，沒人會相信的，le diable n'existe point③』。接著他們又勸我：『您就登則匿名啓事吧。』要是匿名，還算什麼『鳴謝』。我笑著跟報館的辦事員說：『在我們這個時代信仰上帝倒成了落後，要知道，我是魔鬼，相信我總可以了吧。』他們說：『我們懂，誰不相信魔鬼呢，不過還是不行，這會影響我們的辦報方針。要不寫則笑話怎麼樣？』我想了想，寫成笑話就沒意思了。就這樣，到底還是沒登出來。你信不信，爲這事我一直耿耿於懷。我的最美好的感情，竟因爲我的社會地位而橫遭禁絕。」

「又高談闊論了！」伊萬憎惡地咬牙切齒地說。

「上帝保祐我，但是有時候也不能不發發牢騷嘛。我是一個受盡誹謗的人。瞧，你就總說我笨。一眼就看得出你是個年輕人，我的朋友，凡事不能光憑聰明！我的心生來就是善良和活潑的，『要知

① 類似的情節，可參見伏爾泰的哲理小說《查第格或命運》（一七四八年）。
② 一種食療口服液。
③ 法語：再也沒有魔鬼了。

道，我也曾寫過各種輕鬆愉快的小喜劇』①看來，你簡直把我當成白了頭的赫列斯塔科夫了，然而我的使命要重要得多。我自古以來就肩負著我永遠無法理解的使命，讓我負責『否定』，其實我生性善良，完全不擅長否定。不，你去否定，他們說，沒有否定就沒有批評，沒有『批評欄』的雜誌還算什麼雜誌呢？沒有批評就只能一味『和撒那②』。但是對於生活，一味『和撒那』是不夠的，必須使『和撒那』經歷懷疑的洪爐以及諸如此類的考驗。然而，這一切我並沒有介入，不是我幹的，就不能由我負責。於是他們就讓我做替罪羊，硬要我給批評欄寫文章，我就這樣過日子。這齣滑稽戲我懂：比如說，我直截了當地要求消滅我自己。可是他們說，不，你得活下去，因為沒有你就沒有了一切。如果人世間一切都很美滿，那就什麼事也不會發生了。沒有你就不會發生任何事端，而人世間必須有事端。因此我只好違心地聽從他們的差遣，製造事端，奉命搗亂。人儘管具有無可爭議的智慧，可是卻把這齣滑稽戲當成了某種十分嚴肅的事。他們的悲劇也就在這裡。於是大家自然就痛苦，但是……但是大家，畢竟都活著，實實在在地，而不是虛幻地活著；因為痛苦也是生活。生活中沒有痛苦又何來歡樂——一切就會變成單一的無盡無休的祈禱：這固然神聖，但似嫌單調。那我呢？我也痛苦，可是我畢竟沒有活著。我是不定方程式中的X。我是生命的一個幽靈，無頭無尾，無始無終，甚至到最後自己都忘了自己姓甚名誰。你在笑……不，你沒有笑，你又在生氣了。你永遠在生氣，你需要的只是智慧，然而我還是要對你再說一遍，我願意獻出我整個超凡的生命，獻出我的一切頭銜和榮譽，只要能變成七普特重的商人太太的靈魂，並能給上帝插上蠟燭，頂禮膜拜就成。」

---

① 這話原是果戈理的喜劇《欽差大臣》（一八三六年）的主人翁赫列斯塔科夫的一句台詞。

② 「和撒那」源出聖經，原為「求救」的意思，後變成稱頌上帝的話。此處意為「歌功頌德」。

「難道你也不信上帝？」伊萬憎惡地發出一聲冷笑。

「這話對你怎麼說呢，如果你問這話當真是嚴肅的話……」

「有沒有上帝？」伊萬狂暴而又執拗地喝問。

「啊，那麼說你是很嚴肅的囉？親愛的，我真的不知道，我竟說了一句驚天動地的話。」

「你不知道，你不是見過上帝嗎？不，你不是你自己，你是**我**，你就是**我**，此外什麼也不是！你是壞蛋，你是我的幻想！」

「如果你愛聽，也可以這樣說吧，我跟你信奉的是一樣的哲學，這話在理。Je pense donc je suis①，這是我有把握的，至於我周圍的其他一切，這三千大千世界，上帝，甚至撒旦本身——這一切對於我都是未經證實的，它是否獨立存在，或者僅僅是我的自我放射，是我這個自古以來就存在，而且是單獨存在的『**自我**』的順理成章的發展呢……總之，我得趕快打住，因爲看來你立刻就要跳起來跟我打架了。」

「你還是講點什麼有趣的故事吧！」伊萬痛苦地說。

「有趣的故事倒有，而且正好是我們談論的這個題目，換句話說，這不是故事，而是，怎麼說呢，是傳說。你剛才責備我不信仰上帝，說什麼『你見過上帝卻不信』。但是，我的朋友，並非我一個人如此呀，在我們那邊現在大家都給搞糊塗了，這全是因爲你們的什麼科學。從前只知道有原子，五種感覺和四大元素，當時一切還湊湊合合能夠自圓其說。在古代，人們就知道有原子。可現在又

---

① 法語：我思故我在。這是法國哲學家笛卡爾（一五九六－一六五〇年）在《方法談》一書中所說的足以代表他的唯理論哲學的名言。

聽你們說，你們又在人世間發現了什麼『化學分子』，以及什麼『原生質』，還有鬼知道什麼名堂。我們聽後只能乖乖地夾緊尾巴①。簡直出現了一片混亂：主要是迷信和造謠；我們那裡的謠言跟你們這裡一樣多，甚至還稍多一些，最後還有告密，要知道我們那裡也有這麼一個專門收集某種『情報』的廳②。於是還是我們中世紀（我們的中世紀，不是你們的中世紀）的這個奇怪的傳說，連我們那裡也沒人相信它了，除了那個七普特重的商人太太以外，這也不是指你們的商人太太，而是指我們的商人太太。你們這裡有的一切，我們那裡也應有盡有，這是由於咱倆交情好我才向你透露我們的這一秘密，雖然這是被禁止的。這是一個關於天堂的傳說。據說，在你們人世間有過這麼一位思想家和哲學家，『否定一切：法律、良心和信仰』③，尤其是未來的生命④。他以爲他死後就直接進入一片黑暗和死亡，不料在這以前還有未來的生命。他十分驚訝而又憤懣，他說：『這違背我的信念。』因此他被判了刑……就是說，要知道，請原諒，我不過是轉述我聽到的這一傳說而已，不過是傳說罷了……你知道嗎，他竟被判決在黑暗中行走一千兆公里（現在我們那裡也使用公里了）他只有走完這一千兆，才給他敞開天堂的門，饒恕他的一切……」

「你們那邊的陰曹地府，除了走一千兆公里外，還有什麼磨難嗎？」伊萬以一種奇怪的興奮打斷他的話道。

「還有什麼磨難？啊，你就甭問啦：過去是應有盡有，現如今卻越來越流行精神磨難了，『良心

---

① 西方的鬼是長尾巴的，已如上述。
② 暗指沙皇陛下御前辦公廳第三廳。這是由沙皇尼古拉一世於一八二六年建立的特務機構（一八八〇年廢除）。
③ 這話源於格里鮑耶陀夫的喜劇《智慧的痛苦》（一八二四年）中的列佩季洛夫的話。
④ 指人死後的未來生命，或上天堂，或下地獄，而非指來世。基督教並無生死輪迴之說。

譴責』以及這一類胡說八道。這也是向你們學來的，由於『你們的民心歸化』①。但是誰佔便宜了呢？佔便宜的是那些沒有良心的人，因爲他們根本沒有良心，又何來良心的譴責呢？遭殃的是那些規矩人，因爲他們還有良心感和名譽感……硬要在一個基礎不成熟的地方進行改革，而且還是因襲別人的制度——這樣做有百害而無一利！還不如古代的火刑好。嗯，於是罰走一千兆公里的那人站了一會兒，看了看，就攔路躺下，大叫：『我不走了，出於原則我不能走！』你試拿一個知識淵博的俄國無神論者的靈魂，與在鯨魚肚裡生了三天三夜悶氣的先知約拿的靈魂摻和在一起②。——這就是你那躺在路上的思想家的性格。」

「他在那裡究竟躺在什麼東西上面呢？」

「嗯，那裡總有東西可躺吧。你不是在取笑我吧？」

「真是好樣的！」伊萬叫道，仍舊處在一種異樣的興奮狀態中。現在他以一種意想不到的好奇在傾聽。「怎麼，他現在還躺著？」

「可不就是不躺了嘛。他幾乎躺了一千年，後來就站起來走了。」

「真是頭蠢驢！」伊萬感嘆道，開始神經質地哈哈大笑，似乎在極力思考著什麼。「永遠躺下去還是走一千兆俄里，還不都一樣嗎？這得走十億年啊，是不是？」

---

① 這是十八世紀法國啓蒙主義思想家，尤其是伏爾泰極力主張的一種說法。

② 關於約拿的故事，請參看《舊約．約拿書》。約拿係希伯來先知。神命他去尼尼微，勸告那裡的人不要作惡。約拿不從，乘船逃跑。神便使海上風浪大作，只有把他投入海中，風浪方能平息，於是水手們便將約拿抬起，拋入海中。神安排了一條鯨魚，把他吞入肚中，他在鯨魚肚裡待了三天三夜，向神求救，神才命鯨魚把他從腹中吐出。

「甚至還要多得多，可惜我沒有紙和筆，否則倒可以算得出來。要知道，他早就走到了，故事也從這裡開始。」

「怎麼走到了！他哪來的這十億年呢？」

「要知道，你總想著我們現在的地球！要知道，現在的地球也許週而復始地重複過千億次了；嗯，衰老，結冰，破裂，粉碎，分解成各個組成因素，然後又是在空氣之上被隔開的水，又是彗星，又是太陽，又從太陽裡分化出地球——要知道，這樣的發展也許已經週而復始地發生過無數次了，變來變去仍舊是老樣子，毫厘不爽。無聊極了……」

「你說呀，說呀，他走到之後又怎樣了呢？」

「給他剛一打開天堂的門，他剛跨了進去，還沒待滿兩秒鐘——這是照鐘錶的算法，照鐘錶的算法（雖然依我看，他那塊錶早就應該在路上分解成它的各種元素了）——還沒待滿兩秒鐘，他就不勝感慨地叫道，爲了這兩秒鐘，不但值得走一千兆公里，甚至走一千兆的一千兆公里，再乘以一千兆次方，也完全値得！一句話，他唱起了『和撒那』，而且還矯枉過正，做過了頭，以致那裡某些思想方法較爲正派的人，起初甚至都不願意跟他握手：此公也變得太快了嘛，搖身一變就成了保守派。這就是俄羅斯性格。我再說一遍：這是傳說。我怎麼買的就怎麼賣。瞧，在我們那裡對所有這類問題流行著怎樣的看法啊。」

「我可把你逮住啦！」伊萬以一種近乎孩子氣的歡樂叫道，似乎他終於完全想起來了，「這個關於一千兆年的故事是我自己編的！我當時十七歲，在念中學……我當時編了這個故事，還講給一個同學聽，他叫科羅夫金，這事發生在莫斯科……這故事很能說明問題，我不可能是從什麼地方聽來的。我差點把它給忘了……但是我現在無意中又想起來了——是我自己想起來的，不是你告訴我的！正如千千萬萬件事有時候會無意中想起來，甚至在押赴刑場的時候①……做夢的時候想起來。而你就是這樣的夢！你是夢，你並不存在！」

「從你否定我時那副激動的神氣我逐漸堅信，」那位紳士笑道，「你畢竟還是相信我是存在的。」

「毫無此意！連百分之一都不信！」

「但是總還有千分之一是相信的吧。要知道，順勢療法用的劑量也許就是最強烈的劑量。你就老老實實承認你是相信的吧，即使萬分之一也罷……」

「一分鐘也不相信！」伊萬狂怒地吼道。「不過，我倒很願意相信你是存在的！」他突然奇怪地加了一句。

「嘿！瞧，到底還是承認了吧！但是我心好，在這件事上我會幫助你的。聽我說：這是我抓住了你的把柄，而不是你抓住了我！我是故意把你已經忘記的故事講給你聽的，讓你不相信，對我的存在徹底失望。」

「胡說！你所以出現就是要讓我相信你是存在的。」

「沒錯。但是動搖，但是不安，但是信與不信的鬥爭——對於一個像你這樣有良心的人，有時簡直是一種磨難，還不如上吊好。正因爲我知道你有一丁點是相信我存在的，所以我才故意給你講這個故事，讓你徹底不相信我的存在。我故意讓你在信仰與不信仰之間徘徊，我這樣做自有自己的目的。這是一種新方法：要是你對我的存在徹底失望了，你就會立刻向我當面保證說我不是夢，我

---

① 這是作者的切身感受。一八四九年作者曾因彼得拉舍夫斯基一案被判死刑，並綁赴謝苗諾夫校場執行槍決。後獲沙皇特赦，改判四年苦役。

是真實存在的，我是了解你的；這樣我就達到了目的。而我的目的是光明正大的。我只要把一粒非常小的信仰的種子投入你的心田，這粒種子就會長成一棵橡樹——而且是一棵枝葉婆娑的大橡樹，你將在這棵橡樹下，渴望成爲『隱居的神父和貞潔的修女』①；因爲你私心深處是非常，非常想這樣做的，你將會以蝗蟲果腹②，歷盡艱險地到荒漠中去隱居苦修！」

「那麼說，你這壞蛋，你是在盡心竭力地拯救我的靈魂囉？」

「有時候總得做點好事吧。你又生氣啦，我看得出來，你又生氣了！」

「小丑！你從前是不是誘惑過以蝗蟲果腹，在不毛之地苦苦祈禱十七年，遍體長滿苔蘚這樣的人？」

「親愛的，我從前就專幹這個。你可以忘掉全世界和三千大千世界，而死乞白賴地纏住這樣一個人，因爲這是一顆十分寶貴的鑽石；這樣的靈魂有時候抵得上整個星座——我們自有自己的如意算盤。這樣的勝利是寶貴的！要知道，他們中的有些人在學識素養上並不比你差，儘管你不肯相信這點：能在同一瞬間洞察難以數計的信與不信，真的，有時候覺得只差一根頭髮絲兒——就會像演員戈爾布諾夫③所說，弄得一個人『兩腳朝上，人仰馬翻』。」

「嗯，怎麼樣，碰了一鼻子灰吧？」

「我的朋友，」那客人寓意深長地說，「碰一鼻子灰總比有時候完全沒有鼻子強，正如不久前有位患病的侯爵（想必就診於一位專家）在懺悔時對他的懺悔神父（耶穌會士）所說。當時我也在場——

---

① 典出普希金的詩《隱居的神父和貞潔的修女》（一八三六年）。該詩的第二部分是普希金用詩體轉述葉夫列姆·西林（四世紀）在大齋節的禱詞。

② 指食不果腹，衣不蔽體地進行苦修。

③ 戈爾布諾夫·（一八三一－一八九六年），俄羅斯演員、作家，與陀思妥耶夫私交甚厚。

簡直妙不可言。他捶胸頓足地說：『請把我的鼻子還給我！』這位天主教神父搪塞道：『我的孩子，禍福相倚，天命難測，看得見的災禍有時卻會帶來看不見的但卻是非常大的好處。如果說命運無情，使您喪失了鼻子，那您的好處卻是在您一生中再不會有人斗膽地向您說您碰了一鼻子灰了。』『神聖的父啊，這不足以給我寬慰！』那個絕望的人無限感慨地說，『相反，我倒十分高興畢生之中每天都上當受騙，碰一鼻子灰，只要我這鼻子依舊待在它應該待的地方！』『我的孩子，』這位天主教神父嘆息道，『福無雙至，您這樣做已經是對天意的抱怨了，但是上蒼甚至現在也沒有忘記你；因爲您像剛才那樣大呼小叫，說您情願一輩子受騙上當，碰一鼻子灰，即使這樣，您的願望也已經間接地實現了：因爲您丟了鼻子，這樣一來，倒的確像上了大當，碰了一鼻子灰①……』」

「呸，說得多蠢！」伊萬叫道。

「我的朋友，我不過想逗你笑笑罷了，但是我敢發誓，這是地地道道的耶穌會狡辯，我還敢起誓，毫無虛言，這事一字不差就是這樣發生的，就像我對你說的那樣。這事就發生在不久前，曾給我帶來許多麻煩。這個不幸的年輕人回到家後當夜就開槍自殺了；我一直寸步不離地守在他床邊直到他嚥氣——至於那些耶穌會士的懺悔室，倒真成了我在生活中悶悶不樂時最可心的消愁解悶的地方②。再

① 這個一語雙關的文字遊戲（有鼻子和沒鼻子——有鼻子在俄語中意爲「上當受騙、落空」，這裡姑妄譯成「碰一鼻子灰」），據學者考證，源出普希金的諷刺詩（一八二一年）：「快去治吧——不然你就變成邦葛羅斯了（伏爾泰《老實人》中的人物，他因染上髒病，割掉了鼻子——譯者）/你是『愛美』這一害人精的犧牲品——/可不是嗎，夥計，等你沒了鼻子，/你就上了大當，碰了一鼻子灰。」

② 因爲天主教神父在接受女信徒懺悔時常出現傷風敗俗的事，天主教會遂於一八七三年發布通令，規定女信徒在向神父懺悔時必須待在一間單獨的懺悔室，與接受懺悔的神父隔離，神父與女信徒交談必須通過格柵，使雙方的手和手指也無法接觸，更不許碰到大腿。

告訴你一件事，就發生在最近幾天。一位金髮女郎，諾爾曼姑娘，約莫二十上下，前來尋找一位年老的天主教神父，她的美貌、肉體和氣質——都讓人垂涎欲滴。她彎下身子，通過小洞，向神父悄聲說了自己的罪孽。『您怎麼啦，我的孩子，難道您又墮落了……』神父感慨道。『O, Sancta Maria①，我聽到什麼啦：又換了個男人啦。但是這要繼續到何年何月，您怎麼不感到羞恥呢！』『Ahmonpère②，』那個女罪人淚流滿面，痛悔前非。**Ca lui fait tant de plaisir età moi si peu de peine！**③唉，你想，她竟會這樣回答！我只得退避三舍：因爲這是天性的呼喚，請恕我直言，這甚至勝過童貞。我立刻寬恕了她的罪孽，轉身準備走開，但是又不得不立刻走回來：我聽見那位天主教神父正通過那個小洞跟她相約晚上幽會④，而這老頭，要知道他是個意志堅強的人，竟於一剎那之間墮落了！食色性也，人的天性終究起了作用！你怎麼又扭過頭去，又生氣了呢？我真不知道怎麼才能使你滿意了……」

「離開我，你在我腦子裡就像趕不走的噩夢似的不停地敲打，」伊萬痛苦地叫道，他對自己的幻影實在無可奈何，「跟你在一起我感到無聊，感到痛苦，感到受不了！我將不惜代價，只要能夠把你趕走！」

「我再說一遍，請你不要苛求，別要求我身上出現『一切偉大而又美好』的東西，這樣你就會看到咱倆還是可以友好相處的。」那位紳士莊重地說。「你對我發脾氣，說到底是因爲我沒設法在一片紅色的霞光中出現在你面前，我出現時沒有『雷鳴和電閃』，也沒有燒焦了的翅膀⑤，而是一副寒

---

① 拉丁文：噢，聖母馬利亞。
② 法語：啊，我的神父。
③ 法語：這使他很快活，我又不費多大力氣。典出對法國著名女演員戈申（一七一一－一七六七年）的諷刺詩。
④ 源出法國詩人帕爾尼（一七五三－一八一四年）的無神論長詩《諸神之戰》（一七九九年）。
⑤ 指聖經中所描寫的摩西形象。

酸相。第一，你覺得我這副模樣有汙你的美感，第二，我這樣猥瑣有損你的尊嚴：你在想，這麼一個俗不可耐的魔鬼怎麼能來謁見這麼一位大偉人？不，你身上畢竟還有一些曾遭別林斯基譏笑過的浪漫主義味道。有什麼辦法呢，年輕人。我方才動身來看你的時候倒是想來著，要不要裝扮成一個曾在高加索做過官的四等文官的模樣，燕尾服上佩戴著『雄獅與太陽』星形勳章①，來開開玩笑，但是我又非常忐忑不安，生怕你因爲我膽敢在燕尾服上佩戴『雄獅與太陽』，而不是至少戴上一枚『北極星』或者『天狼星』②。而且你老說我笨。但是我的上帝，我根本無意在智慧上同你較量。梅菲斯特去見浮士德，向他作了自我介紹，說他想要作惡，結果卻偏偏行善③。嗯，這就只好隨他說去了，反正我的情形完全相反。我也許是普天下唯一愛真理而又真誠希望行善的人。當死在十字架上的神之子升天的時候，懷裡揣著那個被釘死在右邊的強盜的靈魂④，當時我也在那裡，我聽見智慧

① 「雄獅與太陽」勳章是一種波斯勳章，有時也授予在高加索工作的俄國官員。

② 「北極星」是一種瑞士勳章，暗指十二月黨人雷列耶夫和別斯士蔥夫主編的《北極星》雜誌（一八二四－一八二五年），以及赫爾岑和奧加廖夫在國外出版的《北極星》雜誌（一八五五－一八六二，一八六九年）。「天狼星」則暗指伏爾泰，因爲他的一部哲理小說《米克羅梅加斯》（一七五二年）的主人翁是天狼星人。此話意在嘲笑伊萬，他原以爲對方是個革命派和造反派，其實這魔鬼的觀點極其保守。

③ 梅菲斯特是歌德的悲劇《浮士德》中的魔鬼，上面的話就是他說的。杜思妥也夫斯基在他的一八七六－一八七七年的筆記中寫道：「魔鬼與人之間有多大的差別啊？在歌德筆下，浮士德問梅菲斯特：『他是何許人』他的回答是：『我是那個整體的一部分，我想作惡，結果卻是行善。』嗚呼！人如果談到自己將會適得其反：『我是那整體的一部分，我永遠願意和渴望行善，可是我卻一味作惡。』」

④ 據聖經傳說：耶穌被釘在十字架上時，兩邊還釘著兩個強盜，其中一名行刑前譏誚耶穌，另一名則請求耶穌說：耶穌啊，你的國降臨的時候，求你紀念我。「耶穌對他說，我實在告訴你，今日你要同我在樂園裡了。」（《路加福音》第二十三章第四十二－四三節）

天使在歡呼，在唱歌和歡呼：『和散拿』，六翼天使則發出雷鳴般的歡呼，使天國和整個宇宙都為之震動。①真的，我敢用一切神聖的東西起誓，我真想介入這個合唱隊，跟大家一起歡呼：『和撒那！』我的歡呼已經衝口而出，已經從我的胸膛裡迸發出來……要知道，我非常容易動感情，也很有藝術感受力。但是健全的理智（噢，這是我的天性的一個不幸屬性）卻在這時候攔住了我，不許我有過頭的舉動，於是我就錯過了機會！就在這時候我想：『要是我喊出了「和撒那」，將會出現什麼，出現什麼結果呢？世界上就會風平浪靜，就不會出現任何事端了。』所以僅僅為了克盡厥職，僅僅為了我的社會地位，我也不得不壓下我心頭的好的方面，仍舊為非作歹。有人把行善的榮譽全部攫為己有，而把為非作歹的事全交給我去幹。然而我並不羨慕寄人籬下當幫閒的榮譽，我一向淡泊名利。為什麼在普天之下所有的生靈就我注定要受到所有正派人的詛咒，甚至受到他們的拳打腳踢呢？因為化身為人就應該有時候承受這樣的後果嗎？這裡有著不可告人的秘密，這，我是知道的，但是他們硬不肯向我公開這一秘密，因為一旦我明白了這是怎麼回事，也許就會高呼『和撒那』，於是那個必不可少的缺憾就會煙消雲散，合乎理智的事就會在普天下出現，這樣一來，不用說，一切就會完蛋，甚至報章雜誌也將關門歇業，因為那時候誰還會訂閱報章雜誌呢？我知道，最後我也只能忍下這口氣，走完我那該走的一千兆公里，從而得知這一秘密。但是要等到這一天，我只能乾生悶氣，違心地執行派給我的任務：為一人得救而毀滅千千萬萬生靈，玷汙多少好人的名譽，才能成就一個正直的約伯啊②（當

① 參見《馬太福音》第二十七章第五十－五十二節：「耶穌又大聲喊叫，氣就斷了。忽然殿裡的幔子，從上到下裂為兩半；地下震動，盤石也崩裂；墳墓也開了。」

② 據《舊約・約伯記》載：「烏斯地，有一個人名叫約伯，那人完全正直，敬畏神，遠離惡事。」但是上帝為了考驗他，通過撒旦，剝奪了他的全部財產和兒女，並讓他全身長滿毒瘡，但是他毫無怨言，他說：「我赤

時人們曾用他來挖苦我）！不，在這秘密還沒有暴露之前，我看存在著兩種真理：一種是那邊的、他們的、我暫時莫名其妙的真理，另一種是我自己的真理。我還不知道哪種真理更好……你睡著了？」

「還用說，」伊萬憤憤然叫道，「我天性中的一切混賬東西，我早就在腦子裡體驗過、反覆咀嚼過，棄之如敝屣的東西，你卻把它當成什麼新鮮玩意兒又給我端了出來！」

「這又不合你的口味！我還想拿這種富有文學性的描述巴結你哩：這個天上『和撒那』的故事，說真格的，說得不壞吧？你緊接著又來了這套海涅式的冷嘲熱諷，這又何苦呢，對不對？」

「不對，我從來沒有做過像你這樣的奴才。我的靈魂怎麼會生出像你這樣的奴才呢？」

「我的朋友，我認識一位非常有魅力、非常可愛的俄國少爺：一位年輕的思想家和非常喜愛文學和美術的人，他是一篇大有希望的長詩的作者，這篇長詩名曰：《宗教大法官》……我說的就是他！」

「我不許你提《宗教大法官》！」伊萬叱道，羞得滿臉通紅。

「嗯，那麼《地質劇變》①呢？記得嗎？這總算是一篇小小的長詩吧！」

「住嘴，要不我殺死你！」

「你要殺死我？不，對不起，我偏要說。我到這裡來的目的，就是要使自己享受這份快樂。噢，我就愛那些血氣方剛、渴望生活的我的年輕朋友的幻想！還在去年春天，你動身到這裡來的時候，你就認定：『那裡有新人，他們打算破壞一切，從人吃人開始。真是一幫糊塗蟲，也不先向我請教一

身出於母胎，也必赤身歸回。賞賜的是耶和華，收取的也是耶和華。耶和華的名是應當稱頌的。」

① 暗示像「地質劇變」一樣，人的思想也會發生劇變。

下！我看，什麼也無須破壞，只要在人類中破壞關於上帝的觀念就成，當務之急是幹這個！應當從這點，從這點做起——噢，這幫什麼也不懂的睜眼瞎呀！只要人類人人摒棄上帝（我相信這個時期就像出現各個地質時期一樣必將出現），無須人吃人，過去的整個世界觀，尤其是過去的整個道德觀必將自動崩塌，那時必將萬象更新。人們定將聯合起來，向生活索取生活可能給予的一切，但目的一定僅僅是爲了求得現世的幸福和快樂①。人必將因同時具有上帝和提坦神②的自豪精神而揚名天下，出現人神③。人憑藉自己的意志和科學每時每刻都在戰勝自然，而且永無止境，因而他也將每時每刻感到一種高度的愉悅，從而代替他那過去對天國幸福的嚮往。任何人都知道他終有一死，而且死後不可能復活，但是他一定會像上帝一樣驕傲而又平靜地接受死亡。他出於自豪定將懂得，他絲毫不必抱怨生命猶如白駒過隙，轉瞬即逝，他定將愛自己的兄弟，而不期望得到任何報酬。愛只適合於短暫的生命，但是正因爲意識到愛的短暫，他將使愛的火燄燒得更旺，其程度一如這愛從前徒然消耗在對人死後的永恆的愛的嚮往中……』如此等等，不一而足。實在太妙了！」

伊萬坐在那裡，用兩手捂住耳朵，兩眼望著地面，但卻渾身發抖。那聲音仍在繼續。

「我那位年輕的思想家認爲，現在的問題在於這樣的時期會不會到來？如果一定會到來，那就好辦了，人類就會徹底走上軌道。但是因爲人類根深蒂固的愚蠢，也許在未來的一千年中也走不上軌道，那任何一個現在就已認識真理的人就不妨自便，用新的原則來安排自己的未來。就這個意義

---

① 人可以完全不要上帝而得到人世的幸福，一直是杜思妥也夫斯基筆下的斯塔夫羅金（《魔鬼》）和韋爾希洛夫（《少年》）的理想。

② 提坦神是希臘神話中的老一代，是天和地的子孫。

③ 「人神」指雖然是人，但卻具有神的特性。

說，他可以『爲所欲爲』。不僅如此：如果這一時期永遠不會來，但是因爲上帝和靈魂不死畢竟是沒有的，那這新人就不妨成爲人神，甚至於，哪怕整個世界只有他一人如此，也無傷大雅，自然，這時他的身分可能會變，他可以毫不猶豫地跨過從前的奴隸人不敢逾越的任何道德障礙，如果有此必要的話。對於神，法律是不存在的，神無論出現在哪兒，哪兒就是神統治的地方！我無論出現在哪兒，哪兒就是首善之區……可以『爲所欲爲』，這就足矣！這一切簡直妙不可言；不過你既然要招搖撞騙，又何必要真理批准呢？但是，我們的當代俄國人就是這樣：不經批准連招搖撞騙都不敢，我們俄國人愛真理竟愛到了這般地步……」

客人說話時分明對自己的口才感到十分得意，嗓門越提越大，而且嘲笑地望著主人；但是他沒有能把話說完：伊萬突然從桌上抓起一隻玻璃杯使勁向這個口若懸河的混賬東西扔去。

「Ah, mais c'est bête enfin!①」這人叫道，從沙發上跳起來，用手指趕緊拂去身上的茶水，「居然想起了路德的墨水瓶②！他自己既然認爲我是夢，又用玻璃杯向夢扔去！簡直是娘們的做法！我本來就疑心，你不過裝出一副塞住耳朵的樣子，其實在聽……」

這時突然從院子裡傳來急促的敲窗聲。伊萬．費奧多羅維奇從沙發上一躍而起。

「聽見啦，快去開門，」客人叫道，「我來回答你吧，這是令弟阿廖沙，他帶來了一個完全出人意料的、饒有興趣的消息！」

① 法語：啊呀，但是這就太蠢啦！

② 路德（一四八三－一五四六年）德國宗教改革家。他相信存在魔鬼。據傳，他在翻譯聖經時，魔鬼去誘惑他，他便拿起墨水瓶向魔鬼扔去。路德修道室的白粉牆上有一塊很大的深色斑點，一直被信徒們認爲是那只墨水瓶摔碎後留下的墨跡。

「住嘴，騙子，我比你先知道來的是阿廖沙，我早就預感到他會來，當然，他來不是無緣無故的，當然帶來了『消息』！……」伊萬狂怒地喝道。

「快去開門吧，快去給他開門吧。外面在刮暴風雪，他可是你弟弟呀。Monsieur, sait-il le temps qu'il fait? C'estàne pasmettreun chien dehors①……」

敲窗聲仍在繼續。伊萬本來想立刻跑到窗口去；但是有什麼東西似乎突然捆住了他的手腳。他使勁掙扎，似乎想要掙脫捆住他的繩索，但是勞而無功。敲窗聲越來越響，越來越急促。繩索突然斷了，伊萬．費奧多羅維奇在沙發上猛地坐了起來。他倉皇四顧。兩支小蠟燭幾乎已經燃盡，他剛才扔向自己客人的那只玻璃杯，仍舊放在他面前的桌上，而對面長沙發上什麼人也沒有。敲窗聲雖然仍在繼續，而且仍很急促，但根本不像他剛才在夢中隱約聽到的那樣響，相反，很有節制。

「這不是夢！不，我敢起誓，剛才不是夢，這一切確曾發生過！」伊萬．費奧多羅維奇叫道，他奔向窗口，打開氣窗。

「阿廖沙，我不是叫你不要來找我的嗎！」他向弟弟狂叫。「就說兩句話：你有什麼事？就說兩句，聽見了嗎？」

「一小時前，斯梅爾佳科夫上吊了。」阿廖沙從院子裡回答道。

「快上來，我立刻給你開門。」伊萬說道，說罷便去給阿廖沙開門。

十、「這是他說的！」

① 法語：先生，你知道嗎，外面是什麼天氣？這樣的天氣連狗也不能趕到院子裡去。

阿廖沙進來後告訴伊萬・費奧多羅維奇，一個多小時前，瑪麗亞・孔德拉季耶芙娜跑到他的住處來找他，宣布斯梅爾佳科夫自殺了。「我跑到他屋裡去端茶炊，他就吊死在牆上的一根釘子上。」阿廖沙問她：「她有沒有去報案？」她回答說她還沒有去向任何人報過案，而是「直接跑來找您，您是頭一個，我一路上沒命地跑。」據阿廖沙說，她像瘋了似的，像片樹葉似的渾身哆嗦。於是阿廖沙便同她一起跑到她們的木屋，看見斯梅爾佳科夫仍在那裡掛著。桌上放著一張字條：「我消滅自己的生命完全出於自願，請勿禍及他人。」阿廖沙讓這張字條仍舊放在桌上，便直接跑去找縣警察局長，向他報告了一切，「然後便從那裡直接來找你了。」阿廖沙最後道，他說話時一直定睛注視著伊萬的臉。在他說話的整個過程中，他一直目不轉睛地看著他，好像對他面部的某種表情感到十分吃驚似的。

「二哥，」他突然叫道，「你大概病得很重吧！你的樣子好像不明白我在說什麼似的。」

「你來了就好，」伊萬若有所思地說道，好像根本沒聽見阿廖沙的感嘆似的。「不過我早知道他上吊自殺了。」

「誰告訴你的？」

「我也不知道是誰。但是我早知道了。早知道了嗎？是的，是他告訴我的。他還是剛才說的……」

伊萬站在房間中央，說話時一直若有所思，眼睛望著地面。

「他是誰？」阿廖沙問，不由得向四周望了一眼。

「他溜了。」

伊萬抬起頭，微微一笑。

「他怕你，你是鴿子。你是『純真的司智天使』①。德米特里管你叫司智天使。司智天使……六翼天使雷鳴般的歡呼！六翼天使是什麼？也許是一個星座。也許整個星座充其量不過是某種化學分子……有一種雄獅與太陽星座，你知道嗎？」

「二哥，你坐下！」阿廖沙害怕地說，「看在上帝分上，你坐到沙發上。你在說胡話，你躺下，靠在枕頭上？也許會好些？」

「拿毛巾來，就在這兒的一把椅子上，我方才扔過去的。」

「這兒沒有呀。你放心，我知道在哪兒；瞧，這不是嗎。」阿廖沙說，在房間的另一頭，在梳妝檯旁找到了一塊疊得整整齊齊、還沒用過的乾毛巾。伊萬奇怪地看了看毛巾；剎那間，他的記憶力恢復了。

「等等，」他從沙發上欠起身來，「方才，一小時前，我從那裡拿過這塊毛巾，用水浸濕了。我把它敷在頭上，扔在這兒……它怎麼會是乾的呢？我又沒別的毛巾。」

「你曾經把這塊毛巾敷在頭上了？」阿廖沙問。

「是啊，而且在屋裡走來走去，一小時前……爲什麼蠟燭都點完了呢？幾點啦？」

「快十二點了。」

「不不不！」伊萬突然叫道，「這不是夢！②他來過，就坐在這兒，就坐在那張沙發上。你敲窗的時候，我向他扔了玻璃杯……就是這只……等等，我從前也是睡著的，不過這夢不是夢。過去也

---

① 在基督教的象徵中，鴿子象徵聖靈。阿廖沙一出現，魔鬼就消失了，這緣於基督教的傳統信仰，代表神聖的人和物一出現，一切妖魔鬼怪就會銷聲匿跡。「純眞的司智天使」緣自萊蒙托夫的長詩《惡魔》：「想當年，他這純眞的司智天使，／在光明的居所裡大顯身手……」第一章（一）

② 俄國民間迷信：一到半夜，鬼魂就銷聲匿跡，妖術也隨之終止。

有過這情況。阿廖沙，現在我總是做夢……但又不像是夢，我是清醒的：走來走去，說話，也看得見……可是卻睡著了。但是他坐在這裡，他來過，就坐在那張沙發上……他渾極了，阿廖沙，渾透了。」伊萬突然笑了起來，開始在屋裡走來走去。

「誰渾？你說誰吶，二哥？」阿廖沙又煩惱地問。

「魔鬼！他常來找我。來過兩次，甚至幾乎是三次。他揶揄我，說我似乎在生氣，因爲他只是一名魔鬼，而不是一個燒焦了翅膀、在雷鳴電閃中出現的撒旦。①但是他不是撒旦。他是一個自稱撒旦的冒牌貨。他只是一名魔鬼，小魔鬼。他常去澡堂。把他的衣服脫了，你肯定能發現他長著尾巴，長長的、沒毛，跟一隻丹麥狗一樣，有一俄尺長，黃褐色②……阿廖沙，你凍壞了，你踏雪前來，想喝茶嗎？茶冷了？要不要讓她們生茶炊？C'estâne pas mettre un chien dehors③……」

阿廖沙急忙跑到洗手盆前，浸濕了毛巾，勸伊萬重新坐下，用濕毛巾敷在他頭上。自己則坐在他身旁。

「不久前你幹麼向我說起麗莎？」伊萬又開口道（他變得非常健談。）「我喜歡麗莎。我對你說了她幾句渾話。這不是真的，我喜歡她……明天我替卡佳擔心，我最擔心的就是她了。爲未來擔心。她明天一定會拋棄我，用腳踐踏我。她認爲我是出於對她的嫉妒才陷害米佳的！對，她肯定這樣想！其實，非也！明天將是十字架，而不是絞架。不，我不會上吊的。你知道嗎，我永遠不會自殺，阿

① 據《聖經．約伯記》載，撒旦是上帝的一名侍者，在上帝的授意下，對人進行考驗，無端加害於人，視其是否會因無辜受罪而抱怨上帝，因而不再信仰上帝。
② 據俄國民間迷信：魔鬼長有尾巴，並能變成任何形狀，但多半是貓或狗。
③ 法語：這樣的天氣，連狗也不能趕到院子裡去。

廖沙！難道因爲我下賤無恥嗎？我不是一個貪生怕死的人。因爲渴望生。我怎麼知道斯梅爾佳科夫上吊了呢？是的，是他告訴我的……」

「你堅信有人在這裡坐過嗎？」阿廖沙問。

「就在牆角那張長沙發上。你肯定會把他趕走的。你也果真把他趕走了：你一來，他就銷聲匿跡了。我喜歡你的臉，阿廖沙。你知道我喜歡你的臉嗎？而**他**就是我，阿廖沙，他就是我自己。他就是我身上全部下流、全部卑鄙、全部爲人所不齒的東西！是的，我是『浪漫派』，他看出了這點……雖然這是誹謗。他渾透了，但這也是他的取勝之道。他狡猾，像動物般狡猾，他知道用什麼來激怒我。他總是奚落我，說我相信他的存在，並且用這辦法迫使我聽他信口雌黃。他像騙孩子似的騙我。不過他還是對我說了許多關於我的頗有見地的話。我是決不會對自己說這種話的。你知道嗎，阿廖沙，你知道嗎，」伊萬非常嚴肅而且推心置腹般地補充道，「我非常希望他真的就是**他**，而不是我！」

「他把你折磨得夠嗆。」阿廖沙說，同情地望著二哥。

「他奚落我！要知道，手段十分巧妙：『良心！什麼叫良心？良心是我自己製造出來的。我幹麼要痛苦呢？因爲習慣！由於七千年來形成的普天下人的習慣，丟掉這習慣，我們就能成爲神。』這是他說的，這是他說的！」

「不會是你，不會是你說的嗎？」阿廖沙坦然地看著二哥，情不自禁地叫道。「就算是他說的吧，拋棄他，忘掉他！讓他把你現在所詛咒的一切統統帶走，從此再不許他來找你！」

「對，但是這傢伙心狠手毒。他取笑我。他放肆，阿廖沙。」伊萬氣得聲音發抖地說。「但是他誹謗我，在許多事情上惡意中傷我。他還當面把莫須有的罪名加到我頭上。『噢，你要去積德行善，你要去自首說是你殺死了父親，那用人是在你的唆使下把父親殺死的……』

「二哥，」阿廖沙打斷道，「不要冒失：不是你殺的，這不是真的！」

「這是他說的，是他，他知道底細。『你要去積德行善，但是你又不相信積德行善──因此你才覺得惱火和痛苦，因此你的報復心才這麼重。』他說這話是衝我來的，而他知道他在說什麼……」

「這是你說的，而不是他說的！」阿廖沙悲哀地感嘆道，「而且你是在病中說的，在譫妄狀態中說的，是你存心折磨你自己！」

「不，他知道他在說什麼。他說，你這是出於驕傲才去自首的。你一定會挺身而出，一定會說：『這是我殺的，你們幹麼嚇得抽搐呀，你們在胡說！你們的意見我不在乎，你們的恐懼我也不在乎。』他這是在說我，可是他又突然說道：『要知道，你希望他們誇你，說：一個殺人犯，可是他卻有著捨己爲人的感情，他要救大哥，所以來自首了！』這全是胡說，阿廖沙！」伊萬兩眼冒火，突然叫道。「我不要這幫混賬東西誇我！他是胡說，阿廖沙，是胡說，我敢向你起誓！就因爲這個我才用玻璃杯砸他，用玻璃杯砸到他的狗臉上，砸得粉碎。」

「二哥，你消消氣，別！」阿廖沙勸他。

「不，他善於折磨人，他是鐵石心腸。」伊萬不聽他的，繼續道。「我早就預感到他來找我要幹什麼。他說：『即使你去自首是出於驕傲，但畢竟還有希望，即斯梅爾佳科夫終將被揭發並發配去服苦役，米佳終將被證明無罪，而你受到的譴責僅僅是道義上的（你聽見沒有，他說到這裡竟笑啦！），別人就會對你讚不絕口。但是現在斯梅爾佳科夫死了，上吊了──在法庭上，現在誰還會相信你一個人的話呢？然而你會去的，你會去自首的，你仍舊會去的，你已經決定要去了。在這種情況下，你還去幹什麼呢？』這是可怕的，阿廖沙，我真受不了這一連串問題。誰又膽敢向我提出這樣的問題呢！」

「二哥，」阿廖沙打斷他的話道，他嚇得氣都喘不過來了，但還是希望能夠開導伊萬，使伊萬清醒過來，「我來之前還沒一個人知道斯梅爾佳科夫死了，而且當時也沒時間知道，他怎麼能夠告訴你斯梅爾佳科夫死了呢？」

「他的確說了。」伊萬毫不懷疑而又堅定地說道。「不瞞你說，他說來說去淨說這事。他說：『你相信積德行善，那倒好了：即使大家不相信我，爲了原則我也要去自首。但是話又說回來，你跟費奧多爾・帕夫洛維奇一樣，是個豬崽子，你才不管什麼積德行善呢！既然你的犧牲起不了任何作用，幹麼還要顛顛顛地上那去自首呢？就因爲你自己也不知道你究竟要去幹什麼！噢，你情願付出很大的代價，但求能夠知道你去自首到底爲了什麼！你似乎下定了決心？你還沒下定決心。你將整夜坐在這裡，拿不定主意：去還是不去？但是你還是會去的，而且你也知道你會去的，你自己也知道，不管你怎麼猶疑不定，這個決定已經由不得你了。你會去的，因爲你不敢不去。你爲什麼不敢呢——你自己猜去吧，這是給你出的一道啞謎！』他說罷站起身來就走了。你來了，他就走了。他罵我是膽小鬼，阿廖沙！**le mot de l'enigme**,①就是說我乃膽小鬼也！『展翅高飛，翺翔天際的不是這樣的鷹！』這是他補加的一句話，這是他補加的！斯梅爾佳科夫也說過同樣的話。必須殺死他！卡佳看不起我，我看出這點已經一個月了，再說麗莎也要開始看不起我了！『你去自首是爲了讓人家誇你』——這是地地道道的謊言。你也看不起我，阿廖沙。現在我又要恨你了。我也恨這惡棍，恨透了這惡棍。真不想救這惡棍，讓他困死在苦役中！他倒好，唱起了讚美詩！噢，我明天一定去，站到他們面前，當面啐他們！」

他狂亂地跳將起來，抓下頭上的毛巾，甩到一邊，又開始在屋裡走來走去。阿廖沙想起他不久前說過的一句話：「我好像在清醒的狀態下睡著了……能走路，能說話，也看得見，但是卻在睡覺。」

① 法語：謎底。

現在的情況亦然。阿廖沙寸步不離地守著他。他腦海裡條忽閃過一個想法：跑去請醫生，趕快把他帶來，但是他又害怕撇下二哥一個人：想請別人幫忙照顧一下，又完全沒人可託。最後伊萬慢慢、慢慢地完全喪失了知覺。他還在繼續說話，說個不停，但是已經完全語無倫次了。甚至說出話來也口齒不清了，他突然在原地劇烈地搖晃了一下。但是阿廖沙及時扶住了他。伊萬聽任阿廖沙把他扶到床上。阿廖沙馬馬虎虎地給他脫了衣服，讓他躺下了。他守在他身旁又坐了約莫兩小時。病人睡得很香，一動不動，呼吸很輕，也很均勻。阿廖沙拿過一隻枕頭就和衣躺在沙發上。他臨睡的時候爲米佳和伊萬作了禱告。他逐漸明白了伊萬生病的原因：「驕傲地作出這一決定而引起的內心痛苦，深刻地自責！」他所不相信的上帝和上帝的真理，逐漸征服了他的心，雖然這顆心依然不肯屈從。「是的，」阿廖沙的頭已經倒在枕頭上了，他腦中閃過，「是的，既然斯梅爾佳科夫死了，也就沒人會相信伊萬的供詞了；但是他肯定會去自首的！」阿廖沙輕輕地微微一笑：「上帝必勝！」他想。「要不在真理的光輝下站起來，要不……就在仇恨中滅亡，因爲他做了他所不信的事，因而對自己，對大家進行報復。」阿廖沙苦澀地加了一句，又爲伊萬作了一會兒禱告。

第十二卷 法庭錯判

一、決定命運的一天

在我描寫的那些事件發生後的第二天上午十點，敝縣的區法院開庭，開始審理德米特里·卡拉馬助夫一案。

我要先交代一下：我不認爲自己有能力把法庭上發生的事一五一十地全部傳達清楚，既做不到事無巨細，無一遺留，也做不到頭頭是道，有條有理。我總覺得要把一切全記載下來，同時對一切作必要的說明，那就需要寫一大部書，甚至是一部很大的書。因此請諸位務必不要責怪我僅僅記述了使我本人感到吃驚和我特別記住的那部分。我可能主次不分，甚至完全忽略了最引人注目和最必要的細節……不過話又說回來，還是以不道歉爲好。我一定竭盡綿力，讀者以後自會明白，我做到的僅僅是我力所能及的。

第一，在我們走進法庭之前，我想先提一下那天使我特別感到吃驚的一件事。不過話又說回來，感到吃驚的不止我一個人，而是（據後來發現）所有的人。具體說：大家都知道，本案激起了許許多多人的興趣，大家都迫不及待地等待開庭，敝縣上下已經有整整兩個月了，到處街談巷議，議論紛紛，長吁短嘆，浮想聯翩。大家也知道，本案轟動了整個俄國，但是誰也沒有想到本案會這麼激動人心，會使所有的人無一例外地感到這麼強烈的震動，這麼強烈的刺激，而且不僅在敝縣一地，甚至到處如此，就像那天在法院開庭現場所表現出來的情形那樣。趕在這天到我們這兒來的不僅有省城來的客人，而且還有從俄國某些其他城市趕來的客人，最後還有從莫斯科和彼得堡趕來的嘉賓。來了不少律師，甚至還來了若干名流，還有女士們。所有的入場券都被爭搶一空。甚至把法官們坐的審判桌後面的位置也非同尋常地騰了出來，專供男士中的顯貴們坐：那裡出現了一長排軟椅，上面坐著各式各樣的大人物——這在敝縣過去是從來不允許的。最多的是女士——本地的和外來的，我想，她們的人數大概不少於全部聽眾的一半。單就從各地來的律師而言，人數就多得無法安排，因為所有的入場券早就發完了，被人軟磨硬泡地要去了。我親眼看見，大廳一頭有個台子，在台子後面臨時匆匆地隔出了一小塊地方，讓從各地來的律師們全都站在裡面，他們卻認為能在那裡即使站著聽也已經是萬幸了，因為為了節約地方把這裡的椅子全都搬了出去，於是聚在這裡的一大堆人便緊緊地擠成一團，肩挨肩地站著聽完了「審理」的全過程。有些女士，尤其是外地來的女士，盛裝豔服地出現在大廳兩廂的樓座上，但是大多數女士甚至都忘了打扮。她們臉上表現出一副歇斯底里的、貪婪的、近乎病態的好奇。聚集在大廳裡的所有公眾有一個十分典型的特點（這一特點是必須指出的），這特點（後來經多方觀察證明確鑿無誤）就是幾乎所有的女士，起碼她們中的絕大多數，都站在米佳一邊，希望能宣判他無罪。也許主要是因為他名聲在外，說他是個多情種子，善於征服女人的心。她們知道將有兩位女情敵出庭作證。其中一位，就是卡捷琳娜・伊萬諾芙娜，使大家特別感興趣；關於她，傳說紛紜，流傳著許多離奇的傳說，說她對米佳一往情深，儘管他犯了罪，還說了不少令人驚奇的故事。尤其提到她很高傲（她在敝縣縣城幾乎沒有登門拜訪過任何人），又說她

「親友如雲」，而且都是「名門望族」。她們還說，她打算呈請政府允許她陪同犯人去服苦役，允許她同他在某處的地下礦井裡結婚。她們等候卡捷琳娜・伊萬諾芙娜的情敵格魯申卡出庭，其激動程度也毫不遜色，她們帶著焦急的好奇心等待著這兩個情敵（一個是驕傲的貴族姑娘，一個是「蕩婦」）在庭前相會；話又說回來，對於敝縣這些女士們來說，格魯申卡的知名度比卡捷琳娜・伊萬諾芙娜還大。敝縣的這些女士過去也曾見過這個「使費奧多爾・帕夫洛維奇和他的不幸的兒子神魂顛倒的女人」，所有的女士（幾乎無一例外）都感到奇怪，這麼一個「普通得不能再普通，甚至完全說不上漂亮的俄國女人」，居然能使他們父子倆同時愛上她，而且一愛就愛到如癡如狂的程度。一句話，各種閒言碎語，不一而足。我千真萬確地知道，而且就發生在敝縣縣城，為了米佳甚至還發生了幾起嚴重的家庭爭吵。許多女士因為對這件可怕的案子的觀點不同，因而與自己的丈夫激烈爭吵，這樣一來，這些女人的所有丈夫來到法庭後，不僅對被告毫無好感，甚至還對他義憤填膺。總之，可以明白無誤地說，與女士們相反，所有的男士在情緒上都反對被告。可以看到不少神態嚴峻、雙眉深鎖的臉，還有些人的臉甚至完全像凶神惡煞似的，而且這佔多數。誠然，他們中間的許多人，米佳自來本城後曾親自得罪過他們。當然，旁聽席上有些人甚至幾乎很開心，對米佳本人的命運絲毫不感興趣，但是並非對這樁正在審理中的案件沒有興趣；大家都十分關心這將作何結案，大多數男人堅決主張對案犯嚴懲不貸，除了那些律師是例外，因為他們感興趣的並非本案牽涉到有悖人倫的問題，而只是所謂當代法律問題。使大家分外激動的是有名的費秋科維奇的光臨。他的才能已經名聞遐邇，他到外省來辯護轟動一時的刑事案件，這已經不是第一回了。而且這類大案一經他辯護就名噪全國，使人久久難忘。還有幾件有趣的傳聞不脛而走，那是有關敝縣的檢察官和首席法官的。據說，敝縣的檢察官一聽說他將與費秋科維奇對簿公堂就渾身發抖，原來他倆在彼得堡踏上仕途之初就成了怨家對頭，我們那位十分愛面子的伊波利特·基里洛維奇，從彼得堡時候起，就一直認爲自己受人排擠，懷才不遇，現在他正抖擻精神，審理卡拉馬助夫一案，並幻想借重此案使自己一蹶不振的檢察官生涯重振雄風，但是現在使他望而生畏的只有這個費秋科維奇了。但是關於他聽說費秋科維奇要來就渾身發抖的說法未免有欠公允。敝縣的檢察官決不是在危險面前垂頭喪氣的那種人，而是相反，隨著危險的增長，自尊心也好像長上了翅膀。總之，必須指出，敝縣的檢察官是個火爆脾氣，而且病態般敏感。他常常將全身心投入某一案子，好像他的整個身價性命就決定於此案如何裁決似的。司法界人士對此微笑頷首，略有取笑之意，因爲敝縣檢察官正是靠了自己的這一素質甚至略微有了點小名氣，固然，遠不是遐邇聞名，但較之他在敝法院所處的微不足道的地位，有這樣的名聲也就不容易了。人家特別笑話他的是他對心理分析的癖好。依我看，諸公謬矣：我覺得敝縣的這位檢察官無論在爲人和性格方面，要比許多人想像的嚴肅得多。但是這位略現病態的人從躋身仕途之初就不善於使人家對他刮目相看，而且終其身都未能改掉這壞脾氣。

至於講到敝法院的首席法官，關於他，我只能說他是個知識淵博、極富人情、辦事幹練而又具有最現代化思想的人。他自尊心很強，但是對於自己的仕途進退倒並不十分關心。他畢生的主要目標就是做一個進步人士。再說他有有錢有勢的親友，也有財產。後來發現，他對卡拉馬助夫一案相當熱心，但也只是一般的熱心而已。他感興趣的是現象，本案屬於何種類別，他視本案爲我國社會制度的產物，是俄羅斯性格的寫照，以及其他等等。至於本案中的具體人物，對他的悲劇，誠如對本案被告以及對與本案有關的其他人士的命運一樣，他都抱著一種無所謂和相當抽象的態度，不過話又說回來，也許正應該如此也說不定。

在法官們尚未出庭前很久，法院大廳就已經被擠得水洩不通。敝縣的法院大廳是敝城最好的大廳，既寬敞又高大，音響效果也好。法官席設在一個離地面稍高的地方，法官席右首放了一張長桌和兩排軟椅，這是給陪審員們坐的。左首則是被告席和他的辯護人席。大廳中央，靠近法官席放著一張桌子，上面放著「物證」，其中有費奧多爾·帕夫洛維奇染滿鮮血的白色綢睡衣，被假想用來謀殺的那根倒楣的銅杵，袖子上沾有血跡的米佳的襯衫，口袋反面滿是血跡的他的那件上衣（當時他曾把浸透了血的手帕塞進這口袋），那塊因染滿鮮血而整個變硬、現在已經完全發黃了的手帕，米佳在佩爾霍京家裝上彈藥後準備自殺、直到在莫克羅耶才被特里豐·鮑里索維奇悄悄拿走的手槍，最後則是那只裡面曾經裝有三千盧布準備送給格魯申卡，上面有題詞的信封，用來扎信封的那根玫瑰色緞帶，以及其他許許多多我記不清的東西。稍遠，相隔若干距離，在大廳深處，則是旁聽席，但在柱形欄杆前還放著幾把軟椅，那是給作過證言仍須留在大廳裡的證人們坐的。十時整，法官們出庭了，由三人組成：首席法官、普通法官和一位名譽治安法官。不用說，檢察官也隨即出庭。首席法官，此人結實、粗壯，比中等個略矮，一副生有痔瘡般的灰黃色臉皮，五十上下，深色的頭髮略現斑白，剪得很短，掛著紅色綬帶——不記得掛的是什麼勳章了。至於檢察官，我覺得，不僅是我一個人，而且大家也都覺得，他的臉色煞白，近乎發青，不知道爲什麼一夜之間突然瘦了，因爲前天我還見過他，他的面色還完全正常。首席法官在開庭前先問法警：是否所有的陪審員都已到庭？……然而我看到我不能再這樣講下去了，因爲有許多話我沒聽清，而另一些話我又沒注意聽，還有一些話我忘了應該記住，而主要是因爲我在上面已經說過，如果把所說的話和所發生的事統統記下來，我既沒有足夠的時間，也沒有足夠的篇幅。我只知道，雙方，即辯護人爲一方，檢察官爲另一方，對陪審員資格提出異議應予撤換的並不很多。我記得陪審員由十二人組成：四名是本地的官吏，兩名是本城的商人，還有六名是農民和本城的小市民。我記得，在上流社會，尤其是女士們，還在開庭前很久，就帶著某種驚訝詢問：「難道這麼精細、這麼複雜和涉及心理學的案件將交給一些小官吏，甚至大老粗去作出性命交關的裁決嗎？再說隨便找來一個小官吏，尤其是大字不識的鄉巴佬，他們又懂得什麼呢？」的確，這四個擔任陪審員的官吏都是一些職位很低的小人物，而且都是一些兩鬢斑白的老傢伙——其中只有一人稍微年輕些——他們在我們上流社會鮮爲人知，靠微薄的薪水艱難度日，想必，他們還有沒法見人的老妻，每家還有一大幫甚至是光腳的孩子也說不定，他們充其量在公餘之暇到什麼地方去打個小牌聊以自娛，不用說，他們從來就沒看完過一本書。至於那兩名商人，雖然外表還差強人意，但卻令人納悶地沉默寡言和表情呆板；其中一人鬍鬚剃得光光的，穿著德國式的服裝；另一人則鬍鬚斑白，脖子上掛著一枚拴在紅緞帶上的獎章。至於小市民和農民，更沒什麼可說的了。我們「牲畜欄」的小市民幾乎同農民無異，甚至還種地。其中二名也穿著德國式的服裝，因此看去就顯得比其他四人更髒、更難看了。因此不由得使人油然產生一種想法，比方說，就像我把他們打量了一番以後油然產生的那種想法一樣：「這樣的人對這樣的案件又能懂得什麼呢？」然而他們的臉卻給人留下一種異樣威嚴、幾乎令人望而生畏的印象，一個個板著臉，雙眉深鎖。

最後，首席法官終於宣布現在開始審理退職九等文官費奧多爾・帕夫洛維奇・卡拉馬助夫被殺一案——他當時這話是怎麼說的，我記不很清了。接著便讓法警把被告帶上來，於是米佳便被帶上庭來。法庭上頓時鴉雀無聲，一隻蒼蠅飛過去都聽得見。我不知道別人怎樣，反正米佳的外表給我留下了極不愉快的印象。主要是他穿戴得異常講究，穿著一件剛做好的新上衣。後來我才知道，他是爲了這一天特意在莫斯科向還保存著他的尺寸的過去的裁縫定做的。他戴著嶄新的黑色皮手套，穿著一件十分講究的內衣。他大踏步地走了過去，兩眼一動不動地直視前方，帶著一種無所畏懼的模樣坐到自己的位置上。緊接著，案犯的辯護人著名的費秋科維奇也立刻走上庭來，似乎有一種壓低了的七嘴八吞的嗡嗡聲傳遍法庭上下。此人瘦長，生著兩條細細的長腿，手指蒼白而又纖細，異乎尋常地長，臉刮得光光的，頭髮留得相當短，梳理得很樸素，嘴唇薄薄的，間或露出一絲不知是嘲弄還是微笑的表情。他看去約莫四十上下。他的臉本來還算漂亮，要不是他那雙眼睛看去既不大，又毫無表情，兩眼之間的距離又是少有的近，中間只隔著他那橢圓形小鼻子的一根細細的鼻梁的話。總之，他的相貌頗像一隻鳥，令人看了吃驚。他穿著燕尾服，繫著白領帶。記得首席法官問米佳的頭一個問題是關於他的姓名、身分等等。米佳回答得很生硬，聲音也出乎意料地大，以致首席法官甚至都晃動了一下他那腦袋，近乎詫異地抬頭望了望他。接著又宣讀傳喚來進行法庭調查的證人和醫學鑑定人的名單。名單很長；證人中有四人沒有到庭：米烏索夫（他現在巴黎，但還在預審時就提供了證言），霍赫拉科娃太太，地主馬克西莫夫則因有病，斯梅爾佳科夫則因猝然死亡未能到庭，然而均有警方對此出具的證明。斯梅爾佳科夫暴亡的消息，引起了法庭上下的強烈騷動和竊竊私語。當然，旁聽席上還有許多人根本不知道自殺這個突如其來的插曲。但是大家特別感到駭然的是米佳突如其來的反常行動：他一聽到斯梅爾佳科夫死了，就突然從自己的座位上向整個法庭喊道：

「狗就應該像狗那樣死法！」

我記得他的辯護人立刻向他跑了過去，首席法官也威脅他，如果他再次重複類似的行為，便將對他採取嚴厲措施。米佳似乎毫無悔改之意，不過他頻頻點頭，斷斷續續地對辯護人接連幾次低聲重複道：

「不了，不了！脫口而出！再不了！」

不用說，這個簡短的插曲在陪審員和旁聽席上形成了不利於他的看法。這是自我暴露，說明了他的性格。正是在這一印象下由法庭書記官宣讀了公訴書。

公訴書相當簡短，但頗詳盡。只是記敘了爲什麼必須將某人逮捕歸案，爲什麼必須將他交付法庭審判等最主要的情由。儘管如此，它還是對我產生了強烈的印象。書記官口齒清楚，咬字清晰，聲音宏亮。這整個悲劇彷彿再一次在大家面前突出而又集中地重演了一遍，而且被一種決定命運的、鐵面無私的光照亮了。我記得，公訴書一念完，首席法官就立刻大聲而又威嚴地問米佳：

「被告，您承認自己有罪嗎？」

米佳突然從被告席上站起來：

「我承認自己在酗酒和生活放蕩上有罪，」他又用某種出人意料的、近乎狂亂的聲音說道，「在好吃懶做和打架鬥毆上有罪。正當我想要從此老老實實做人的時候，命運卻給了我一個下馬威，但是在老人的死，在我的死對頭和父親的死上——我是無罪的！在搶劫他的錢財上——不，不，我是無罪的，而且我也不可能有罪：德米特里・卡拉馬助夫是個卑鄙小人，但不是賊！」

他喊完了這幾句話後便坐到位置上，顯然全身都在發抖。首席法官又對他進行了簡短的訓誡，他僅須回答向他提出的問題，而不要節外生枝，發狂般地大呼小叫。緊接著他便下令進行法庭調查。所有的證人全被帶進來進行宣誓。於是我一下子看見了他們所有的人。不過被告的兩位兄弟卻被允許到庭作證而無須宣誓。在神父與首席法官的訓誡之後，證人們便被帶到一邊，讓他們一一坐好，彼此盡可能分開。接著便開始對他們逐一傳喚。

二、危險的證人

我不知道，檢察官一方的證人和辯護人一方的證人，是不是由首席法官將他們分成兩組，然後按照何種順序對他們分別進行傳喚。想必這一切都是有的。我只知道首先傳喚的是檢察官一方的證人。我再說一遍，我無意按部就班地逐一描寫所有的訊問。再說，我的描寫可能或多或少是多餘的，因為在進行法庭辯論時，檢察官和辯護人都發表了演說，他們的演說對所有提供並聽取的證言都作了鮮明而又突出的說明，使這些證言說來說去都似乎在說明一個問題，而這兩人的出色的演說，至少是許多重要的段落，我都作了完整的記錄，我到時候自會向讀者一一交代，此外，到時候我要向讀者交代的還有一件在審判過程中發生的非同尋常而又完全出乎意料的插曲——這事是在法庭辯論前突然發生的，而且無疑影響到本案的可怕而又不幸的結局。我現在要指出的只有一點，從開庭之初，本「案」的某種特色就鮮明地表現了出來，而且這一特色大家也都看到了，這就是公訴方比辯護方所擁有的手段具有很大的優勢。這一點，在這個森嚴的審判大廳裡，當各種事實在集中過程中開始分門別類，當這全部慘狀和這全部血淋淋的凶殺案開始逐漸顯露端倪的時候，大家霎時間就都明白了。也許，還在本案審理之初，大家就開始明白了，本案甚至完全無須爭論，這裡不存在疑問，

案犯有罪，明顯有罪，徹頭徹尾有罪，其實根本無須進行任何法庭辯論，所謂辯論無非是走走形式而已。我甚至認為所有的女士（無一例外）雖然都迫不及待地渴望能夠宣布這個招人喜歡的被告無罪，但是她們又深信他完全有罪。此外，我還覺得，如果他的罪行不是千真萬確、確鑿無疑的話，她們甚至會感到傷心，因為到最後宣判案犯無罪時就不會收到那種大快人心的效果了。至於肯定會宣告他無罪——說也奇怪，所有女士直到最後一分鐘都抱著深信不疑的態度：「他固然有罪，但出於人道，出於如今流行的新觀念、新感情肯定會宣告他無罪的」，等等，等等。正因為如此，她們才那麼迫不及待地從四面八方跑到這裡來。男士們最感興趣的還是檢察官將同名聞遐邇的費秋科維奇較量。大家都不勝驚訝地自問：對這麼一個輸定了的案子，對這麼一個掏空了的空蛋殼，即使像

費秋科維奇這樣才華橫溢的人，又能有何作爲呢？因此他們才一步一步地注視著他的豐功偉績。但是費秋科維奇直到最後發表他的演說爲止對於大家一直是個謎。有經驗的人預料他自有他的辦法，說不定早已成竹在胸，對於將來如何行事，自有他的打算，但這打算到底是什麼——幾乎無法猜透。但是他的自信和自負都十分明顯，使人不禁刮目相看。此外，大家立刻高興地看到，他來敝城的時間雖短，也許才有這麼三兩天吧，可是他卻令人驚詫地熟悉了全部案情，而且「對它進行了十分細緻的研究」。比如，大家後來高興地說，他善於把握時機，使檢察官一方的證人統統上了他的「當」，他盡可能地把這些證人難倒，主要是在道德上敗壞他們的名聲，這樣一來，自然也就給他們和證言抹了黑。不過大家認爲，他這樣做充其量不過逢場作戲罷了，是爲了炫耀他的某種法律才華，表示他對律師們慣用的手法並無絲毫遺忘：因爲大家深信，他用的這一套「吹毛求疵」的辦法並不能帶來什麼重大的、足以扭轉乾坤的好處，對於這點他大概比任何人都清楚，說不定他心裡自有自己的主意，他還有什麼暫時藏而不露的辯護武器，但等時機一到，就會突然拔劍出鞘。但是，因爲他意識到自己有恃無恐，所以暫時在說笑逗哏似的，逢場作戲。比如拿費奧多爾・帕夫洛維奇過去的聽差格里戈里・瓦西里耶維奇來說吧，他曾提出過「通花園的門是開著的」這一舉足輕重的證言，當輪到辯護人向他提問時，費秋科維奇就抓住他不放。應當指出，當格里戈里・瓦西里耶維奇出庭的時候，他絲毫也沒有因爲法庭的莊嚴和有這麼多聽眾來聽他作證而感到手足無措，而是十分泰然和近乎莊嚴地昂然走進大廳。他在提供證言的時候，態度是那麼自信，除了略顯恭敬以外，彷彿他在跟他的老伴馬爾法・伊格納季耶芙娜私下說話似的。要難倒他是不可能的。檢察官先是問了他不少有關卡拉馬助夫家的詳情細節。一幅家族圖便鮮明地呈現出來。聽得出，也看得出，這位證人是實事求是、不偏不倚的。比如說，他雖然對他過去的老爺懷有深深的敬意，但他仍舊聲稱，老爺對米佳是不公平的，「也不肯規規矩矩地撫養孩子。要不是我，這個不點大的孩子早給虱子咬死了，」他在講到米佳童年的時候，加了這麼一句。「在母親的產業，祖傳的田莊上，做父親的也不該這麼欺侮兒子。」檢察官又問他憑什麼說費奧多爾・帕夫洛維奇在結算欠賬上欺侮兒子，使大家感到奇怪的是，格里戈里・瓦西里耶維奇根本提不出任何站得住腳的根據，但是仍舊堅持他跟兒子在結算欠賬上是「不公平」的，他的確「還應該找補他幾千盧布」。我要順便說說，費奧多爾・帕夫洛維奇是否當真沒有付清米佳的錢，檢察官後來一而再，再而三地向他可以對之提出這一問題來的所有證人訊問過，甚至連阿廖沙和伊萬・費奧多羅維奇也不例外，但是沒有一個證人能夠提供任何確切的情況；大家都肯定有這麼回事，但是任何人都提不出明顯的差強人意的證據來。接著格里戈里便描述了吃飯時的那個場面：當時德米特里・費奧多羅維奇衝了進來，揍了父親一頓，還威脅說要回來殺死他——他講完後，一種令人不快的陰暗印象便傳遍了法庭上下，加之這老僕講得很平靜，並沒有多餘的話，用的語言也與眾不同，但給人的印象卻極富說服力。至於米佳欺人太甚，當時打了他的臉，把他打翻在地，他說他對此並不生氣，而且早就饒恕他了。談到業已去世的斯梅爾佳科夫時，他先畫了個十字，然後說這是一個能幹的小夥子，只是有點糊塗，苦於有病，更嚴重的是他不信神，而他的不信神乃是費奧多爾・帕夫洛維奇和他的長子教的。但是他對斯梅爾佳科夫的誠實則幾乎熱烈地予以肯定，而且立刻講到，有一回，斯梅爾佳科夫撿到老爺丟的錢後，並沒有把它藏起來，而是如數交給了老爺，爲此老爺「賞了他一枚金幣」，從此老爺便開始什麼都信任他了。至於通花園的門是開著的，他斷然予以肯定。不過話又說回來，問了他很多話，我也記不得許多了。最後，由辯護人發問，辯護人提的頭一個問題就是關於信封的事，「似乎」這信封裡由費奧多爾・帕夫洛維奇藏了三千盧布，準備送給「某女士」。「您這麼多年伺候在老爺身邊，是老爺的親信，您有沒有親眼見過這信封呢？」

格里戈里回答說他沒有見過，關於這筆錢的事他也沒聽任何人說過，「直到現在大家都這麼說爲止」。關於信封這一問題，費秋科維奇也曾向他可以對之訊問的所有證人提出過這一問題，其態度之固執，一如檢察官在訊問分割財產問題時一樣，但是大家的回答也都眾口一詞，即誰也沒有見過這信封，雖然許多人都聽說過這件事。辯護人再三堅持這一問題，許多人從一開始就注意到了這一情況。

「如果您允許的話，現在，能不能向您提一個問題呢，」費秋科維奇突然出乎意料地問道，「從預審中得知，您在那天晚上臨睡前曾使用過一種芳香劑，也可以說是藥酒吧，擦您的腰痛，希望擦後能霍然痊癒，這芳香劑的成分是什麼？」

格里戈里呆呆地看了看這個發問者，沉默少頃，咕噥道：

「放了點洋蘇葉。」

「就洋蘇葉嗎？不記得還放有什麼了？」

「還有車前草。」

「也許還有辣椒吧？」費秋科維奇好奇地問道。

「也有辣椒。」

「以及其他等等。這些東西統統泡在伏特加酒裡了？」

「都泡酒裡了。」

大廳裡微微傳過一陣竊竊的笑聲。

「要知道，甚至還泡在酒裡。您擦完後背以後，便在只有您太太知道的某種虔誠的禱告詞聲中把瓶裡剩下的酒全喝完了，是這樣嗎？」

「是這樣的。」

「大概喝了多少呢?大概?一小盅,兩小盅?」

「約莫一玻璃杯。」

「甚至約莫有一玻璃杯。也許有一杯半吧?」

格里戈里閉口不答。他好像多少明白了點什麼。

「一杯半純酒——這可不壞呀,您以爲怎麼樣?甚至連『天堂的門開著』①都看得見,何況是通花園的門呢,對不對!」

格里戈里一直沉默不語。大廳裡又傳過一陣竊笑。首席法官扭動了一下身子。

「您是不是真有把握,」費秋科維奇步步進逼,「當您看見通花園的門開著的時候,您是睡著了呢,還是醒著?」

「我兩腳站著。」

「這並不足以證明您沒睡著(大廳裡又傳來一陣竊笑)。比如說,如果當時有人問您什麼,您回答得出來嗎?比如說問您今年是哪一年?」

「那我就不知道了。」

「今年是公元哪一年,從基督降生算起,您不知道嗎?」

格里戈里神態茫然地站著,兩眼緊盯著這個折磨他的人。說來奇怪,看來,他還真不知道今年是哪一年。

「話又說回來,也許,您總知道您手上有幾根手指吧?」

---

① 典出《新約・啓示錄》第四章第一節:「此後,我觀看,見天上有門開了。」

「我是個供人使喚的奴才，」格里戈里忽然大聲而又一個字一個字地說道，「既然長官有意拿我打哈哈，我也只能忍著。」

這話彷彿把費秋科維奇噎回去了，但是首席法官插了進來，他告誡似的提醒辯護人，提問題應當注意分寸。費秋科維奇聽罷，不失身分地一鞠躬，宣稱他提問完畢。當然，聽眾和陪審員們都會留下一個小小的疑團：這人有病，而且正在治療，當時甚至有可能「看到天堂的門」，此外，他連今年是基督降生後的第幾年都不知道，這人的證言是否可靠，也就大可懷疑了；因此辯護人還是達到了自己的目的。但是在格里戈里離席前又發生了一個插曲。首席法官問被告：他對這些證言有沒有什麼話要說？

「除了房門的事以外，他說的全是實話，」米佳大聲道，「他給我篦虱子——我感謝他，他饒恕我毆打他——我感謝他，老人一輩子老老實實，對父親忠心耿耿，就像七百隻哈巴狗一樣。」

「被告用詞要注意。」首席法官嚴厲地說。

「我不是哈巴狗。」格里戈里狺狺然說道。

「那就算我是哈巴狗，我！」米佳大聲道。「既然他不愛聽，就由我承當，並向他請求原諒：我是野獸，對他心狠手毒！對伊索也心狠手毒。」

「對哪個伊索？」首席法官又嚴厲地問。

「好吧，對皮埃羅①……對父親，對費奧多爾·帕夫洛維奇。」

首席法官又一而再，再而三地威嚴而又十分嚴厲地對米佳重申，讓他在說話的措詞上檢點。

①原爲法國民間喜劇中的一個忠厚而又乖巧的僕人形象，後引申爲舞台上和馬戲團裡的小丑。

「您這樣做只會損害您在法官心目中的形象。」

辯護人在訊問拉基京的時候也同樣幹得非常巧妙。我要指出的是，拉基京是最重要的證人之一，檢察官對他無疑十分重視。原來，他什麼都知道，他知道的事情多得出奇，所有人的家他都去過，什麼都被他看在眼裡，他跟所有的人都談過話，詳盡無遺地知道費奧多爾・帕夫洛維奇和整個卡拉馬助夫家族的歷史。誠然，關於裝有三千盧布的那個大信封的事，他也只是聽米佳這麼說。然而他卻詳細描寫了米佳在京都飯店的豐功偉績，一切使他名譽掃地的言談和行動，他還講了「樹皮團」斯涅吉廖夫上尉的故事。關於那個尤為重要的一點，即費奧多爾・帕夫洛維奇在付清田產的賬目上是否拖欠米佳的錢的問題——甚至連拉基京也說不清，只能用不屑一顧的泛泛之談來支吾搪塞：「卡拉馬助夫家的事是誰也說不清道不明的一筆糊塗賬，誰弄得清他們家的人誰對誰不對，誰欠誰的賬？」他把審理中的這件罪案的整個悲劇都描寫成根深蒂固的農奴制習俗和俄國因苦於缺乏相應的制度而陷於雜亂無章的產物。一句話，他們讓他慷慨陳詞，說了他的看法。從這場官司開始，拉基京先生就嶄露頭角，開始為人所注目；檢察官知道這位證人正在給一家雜誌社寫一篇論當代犯罪問題的文章，後來他又在自己的演說詞中（我們在下面就可看到）引用了這篇文章中的某些論點，可見他已閱讀過這篇文章。證人所描繪的這幅圖畫顯得十分陰暗而又兇險，因而更加充實了「公訴書」的分量。一般說，拉基京的陳述以思想的獨立和奔放，以及這種思想的非凡高尚，從而使在座諸公紛紛為之傾倒。甚至可以聽到三兩聲突然迸發出來的掌聲，而鼓掌處正是在他講到農奴制和俄國陷入一片混亂之時。但是拉基京畢竟還年輕，因為疏忽犯了一個小小的錯誤，因而立刻被辯護人巧妙地抓住了。他在回答有關格魯申卡的某些問題時，由於被他自己也已經意識到的勝利以及他展翅飛翔所達到的高尚意識的巔峰，一時衝昏了頭腦，竟放肆和不無輕蔑地談到阿格拉費娜・亞歷山德羅芙娜，管她叫「商人薩姆索諾夫的外室」。後來他真不惜花費高昂的代價把自己這句失於檢點的話收回來，因爲被費秋科維奇立刻抓住了話柄的正是這句話。這全因爲拉基京根本沒料到他會在這麼短的時間內就這麼熟悉本案，甚至連這麼隱秘的細節都了如指掌。

「請問，」輪到辯護人提問時，他臉上掛著非常客氣甚至恭恭敬敬的微笑開口道，「您當然就是那位拉基京先生囉？教區的主管部門曾出過您的一本小冊子，名叫《已故長老佐西馬神父傳》，充滿深刻的宗教思想，書中還有非常出色的對主教大人的虔誠獻詞，不久前我曾欣然拜讀過大作。」

「拙作並不是供發表的……到後來才印了出來。」拉基京囁嚅道，彷彿突然因爲什麼事慌張起來，幾乎滿面羞慚。

「噢，這書寫得太好了！像您這樣一位思想家，勢必，甚至應該對各種社會現象抱有極其開放的態度。由於主教大人的親自過問，您的那本極爲有益的小冊子才得以廣泛流傳，並帶來了相當有益的影響。但是現在我主要有一事請教：您剛才聲稱您跟斯韋特洛娃女士過從甚密，是嗎？〔Nota[①] bene。格魯申卡姓『斯韋特洛娃』[②]。這，還是我頭一回，而且直到今天，在審理本案中，才頭一回聽說。〕」

「我不能對我認識的所有人負責……我是個年輕人……誰又能對自己遇到的所有人負責呢。」拉基京忽然滿臉漲得通紅。

「我明白，太明白了！」費秋科維奇感嘆道，彷彿自己也感到慚愧，因而急忙表示道歉，「您也

---

① 拉丁文：注意。

② 原文有「光明」之意。

跟其他任何人一樣，很可能也非常有興趣跟一位既年輕而又漂亮的女人交往，而她也樂於接待本地的青年之花，但是……我只想了解一下：我們知道，大約兩個月前，斯韋特洛娃女士非常希望能夠結識一下小卡拉馬助夫，即阿列克謝・費奧多羅維奇，並且對您說，只要您能帶他來見她，而且必須是穿著他當時穿的那身修士服，她便答應，您一帶他來見她，她就立刻付給您二十五盧布作爲酬勞。大家知道，這事正好發生在構成本案基礎的那件慘案的當天晚上。您把阿列克謝・費奧多羅維奇帶去見了斯韋特洛娃女士，於是您就得到斯韋特洛娃女士給您的二十五盧布獎賞，但是這事我想聽您親口說出來！」

「這不過是開玩笑罷了……我看不出您爲什麼對這事感興趣的理由。我是爲了開玩笑才收下這錢的……以後再還她……」

「那麼說您還是收下了。但是，要知道，您不是至今還沒還她嗎……或者，您已經還她了？」

「這真無聊……」拉基京囁嚅道，「我不能回答這樣的問題……我當然要還。」

首席法官出面干涉，但是辯護人卻宣告他對拉基京先生的提問業已結束。拉基京先生退場的時候有點灰溜溜。由他無比高尚的演說產生的印象到底被破壞了，費秋科維奇目送著他，似乎在對聽眾說：「瞧，你們這些光明磊落的控方原來是這麼一路貨！」我記得，當時也少不了米佳來了一段小小的插曲：拉基京在談到格魯申卡時用的那種口氣把米佳氣瘋了，他忽地從自己的座位上大喝一聲：「貝納爾！」當對拉基京的訊問全部結束後，首席法官又轉過頭來問被告：他是不是希望說點什麼，這時米佳聲音洪亮地叫道：

「我當了被告以後，他還死乞白賴地向我借錢！他是一個爲人所不齒的貝納爾和唯利是圖的傢伙，不信上帝，還欺騙主教大人！」

米佳因爲出言不遜當然又被訓斥了一頓，但是拉基京先生也完蛋了。斯涅吉廖夫上尉的出庭作證也沒交上好運，但已經是完全由於另一類原因。他出庭時穿得破破爛爛，穿著骯髒的衣服，骯髒的靴子，儘管採取了一切預防措施，而且還事先進行了「鑑定」，到最後，他還是突然變得爛醉如泥。關於米佳給予他的侮辱問題，他忽然拒絕回答。

「算啦。伊柳舍奇卡不讓說。將來上帝會給我好報的，您哪。」

「誰不讓您說了？您說誰？」

「伊柳舍奇卡，我的好兒子：『爸爸，爸爸，他欺人太甚啦！』他站在那塊石頭旁說的。現在他要死啦，您哪……」

上尉突然嚎啕大哭起來，接著便撲通一聲翻身跪倒在首席法官腳下。於是他便在一片譁笑聲中很快被帶了出去。檢察官原指望他能產生轟動效應，結果全部落空。

辯護人則繼續使用一切手段，他對案情事無巨細了然於胸，使大家越來越驚嘆莫名。比如，特裡豐·鮑里索維奇的證詞原可以產生非常強烈的印象，自然也對米佳十分不利。

他也果然不負眾望，幾乎扳著手指頭逐一算出了在發生這件慘案前一個月，米佳在他的第一次莫克羅耶之旅中，所花掉的錢決不可能少於三千，或者「稍差一丁點也說不定。單是隨便扔給那些茨岡小妞的錢有多少！賞給我們那些身上長虱子的鄉巴佬的，不是『當街隨手扔給半個盧布』，而是一賞起碼二十五盧布一張的鈔票，少了還不給。再說乾脆從他身邊偷走的又有多少！要知道，偷的人是不會留下字據的，上哪去抓這些賊呀，再說這也是他自己東撂西扔的，心裡根本沒數！要知道，我們那裡的人都是沒心沒肺的強盜。而那些小妞們，賞給我們那些鄉下小妞們的錢有多少啊！打那時起我們村就發了大財，可不是嗎，您哪，過去可窮啦。」總之，他把一切花銷都想了出來，而且一五一十地算得十分精細。這樣一來，當時只花了一千五，其餘的錢都藏進香囊了，這種說法就逐漸變得不可思議了。「我親眼看見的，親眼看見他手裡拿著三千盧布，就跟攥著一戈比似的看得清清楚楚，我們能不識數嗎，您哪！」特里豐・鮑里索維奇叫道，極力想迎合「長官」的口味。但是論到辯護人訊問時，他幾乎無意反駁剛才的證詞，而是突然談到馬車夫季莫費和另一個村民阿基姆，還在被告被捕前一個月他初次飲酒作樂的時候，在莫克羅耶，在過道屋的地板上，撿到米佳喝醉酒時失落的一百盧布，交給了特里豐・鮑里索維奇，他還給他們倆每人一盧布獎賞。「那麼您當時有沒有把這一百盧布還給卡拉馬助夫先生呢？」不管特里豐・鮑里索維奇怎麼支吾搪塞，在審問了其他幾個村民之後，他還是承認了確曾撿到過一百盧布，不過他又加了一句，他當時就毫不欺瞞地全部交給了德米特里・費奧多羅維奇，「老老實實地都交了，不過他當時已經爛醉如泥，不見得會記得這事。」但是因為他在法庭傳喚其他村民上庭作證前矢口否認他撿到那一百盧布，所以對他供稱他已把錢如數歸還喝醉了的米佳一事，自然也就大可懷疑了。這樣一來，檢察官推出來的最危險的證人之一退出法庭的時候就不免受到了懷疑，他的名譽也被嚴重地玷汙了。那兩名波蘭人的情況亦然：他們出庭的時候態度高傲，旁若無人。他們大聲證實，第一，他倆「曾為皇家服務過」，「米佳先生」曾提議給他們三千盧布來收買他們的人格，而且他們還親眼看見他手裡有一大沓錢。穆夏洛維奇先生在說話時摻進了非常多的波蘭話，他以為他這樣做只能提高他在首席法官和檢察官心目中的地位，最後終於趾高氣揚，開始完全說波蘭話了。但是費秋科維奇也把他倆逮進了自己的網：不管特里豐・鮑里索維奇（他又被重新傳喚到庭）怎樣支吾搪塞，最後他還是不得不承認，他那副撲克牌被弗魯布列夫斯基先生用自己的牌偷換了，而穆夏洛維奇先生在分牌的時候曾偷牌搗鬼。這點在卡爾加諾夫出庭作證時就已經得到了證實，於是這兩名波蘭人就只好灰溜溜地（甚至在聽眾的哄笑下）退場了。

接著，所有最危險的證人遇到的情況也都是如此。費秋科維奇善於使他們中的每個人都在道德上遭到非議，把他們逐一作弄一番以後才讓他們退場。那些律師和業餘律師們唯有撫掌嗟嘆，但他們畢竟感到困惑，這一切究竟能產生怎樣舉足輕重的、影響全局的結果呢？因爲，我再說一遍，大家感到，這個越來越可悲地加強的指控是駁不倒的。但是大家根據這個「偉大的魔法師」的滿臉自信，看到他鎮定自若，於是便等著看下文：「這樣的巨擘」，從彼得堡遠道前來，肯定來者不善，他決不會一事無成地空手而歸的。

三、醫學鑑定和一磅核桃

醫學鑑定也沒能幫被告多大的忙。而且後來發現，費秋科維奇本人似乎也並未對此抱很大希望。之所以要進行醫學鑑定，無非因爲卡捷琳娜・伊萬諾芙娜非要這樣做不可，她還爲此特地從莫斯科請來了一位名醫。辯護方自然決不會因進行醫學鑑定而損失什麼，弄得好能撈到點好處也說不定。然而由於大夫們的意見不一，卻多少出現了某種頗爲滑稽的結果。參加鑑定的人有外地來的那位名醫、本地的赫爾岑什圖勃大夫，最後是年輕的瓦爾文斯基大夫。後兩人還忝列由檢察官傳喚的普通證人之列。第一個以鑑定人身分接受訊問的是赫爾岑什圖勃大夫。他是一位七旬老人，鬚髮斑白，業已歇頂，中等個兒，體格健壯。在敝縣縣城，人人都很看重他，尊敬他。他是一位醫德十分高尚的醫生，是個大好人，篤信上帝，是個「赫恩胡特」派或者是「莫拉維亞弟兄會」的信徒①——到

① 「赫恩胡特」派是基督教新教的一個派別，因產生在德國薩克森的赫恩胡特而得名。他們的宗教主張淵源於捷克的「莫拉維亞弟兄會」：反對國家、等級制和財產不平等，但又宣揚「勿抗惡」。

底是什麼，我就說不清了。他住在敝縣已經很久了，平時儀態十分莊重。他為人善良而又仁慈，常常免費為窮人和農民看病，親自到他們的陋室和木屋去，留下買藥的錢，然而他又跟騾子一樣固執。他一旦想定了什麼主意，要他改變這個主意是絕對辦不到的。順便說說，敝城幾乎已經盡人皆知，這位外來的名醫到我們這裡來總共才有這麼三兩天，可是卻放肆地對赫爾岑什圖勃的醫術發表了若干非常氣人的評論。問題在於這位莫斯科名醫雖然出診一次收費不能少於二十五盧布，可是敝城的某些人仍十分歡迎他的光臨，不惜重金，趨之若鶩地求他看病。在他之前，所有這些病人當然都是由赫爾岑什圖勃大夫診治的，於是這位名醫便非常不客氣地到處挑剔他看過的病。到後來，甚至一到病人家就開門見山地問道：「啊呀，誰在這裡把您的病弄成這樣的呀，該不是赫爾岑什圖勃吧？嘿嘿！」當然，赫爾岑什圖勃大夫也聽到了這一切。於是現在，這三位醫生便逐一出庭接受訊問。赫爾岑什圖勃大夫直截了當地說：「被告智能失常是一目了然，不言自明的。」接著，他又提出了自己的一些看法（我在這裡就略而不提了），之後他又補充道，這種失常，主要不僅從他過去的許多行為上看得出來，而且就是現在，甚至眼下，也不難看出。當法官們請他說明一下，現在，就眼下，從他的什麼表現可以看得出來呢？這位老大夫就老老實實、直言不諱地說，被告在走進大廳後，「行為乖張，有悖常理，像個大兵似的大步向前，兩眼直視前方，其實按常理他應往左看，那裡旁聽席上坐著女士們，因為他是一個十分喜愛女色的人，理應關心女士們對他的觀感，」這位小老頭最後用自己那頗具特色的語言總結道。應當補充的是，他平時很愛說俄語，也說得很多，可是不知怎麼搞的，他說的每句話都帶有一副德國腔，但是這從來也沒有使他感到過不安，因為他一輩子都有一個弱點，認為自己的俄國話講得很標準，「甚至比俄國人講得還好」，甚至他還特別愛用俄國的諺語，而且每次都說俄國諺語是世界上所有諺語中最好和最有表現力的。我還要指出的是，他在說話的時候，大概因爲心不在焉，常常會把一些最普通的詞忘了，這些詞他本來是很熟悉的，可是不知爲什麼這些詞突然從腦子裡飛走了，怎麼也想不起來。不過話又說回來，他講德語的時候也常常發生類似的情形，每遇這種情況，他就伸出一隻手在眼前抓來抓去，彷彿在尋找那個丟失了的詞，想要把它抓回來似的，在他沒把那個不翼而飛的詞找回來以前，誰也休想讓他把他業已開頭的話繼續講下去。他說被告走進來後應當觀看女士，這個說法引起旁聽席上一陣活躍的竊竊私語。本城的所有女士都非常喜歡這個小老頭，她們也都知道他終身不娶，是個篤信上帝而又非常潔身自好的人，一直把女人看作崇高而又理想的人物。因此大家對他的這一出人意料的說法感到非常驚奇。

莫斯科大夫在輪到訊問他時竟堅決而又斷然地肯定，他認爲被告的智力狀況是不正常的，「甚至高度」反常。他學識淵博地講了許多有關「感情倒錯」和「躁狂症」之類的話，並由此得出結論，根據收集到的全部材料看，被告還在被捕前好幾天就無疑處在一種病態的感情倒錯之中，因此他即使犯了罪，哪怕意識到自己在犯罪，那也幾乎是身不由己，完全無力克制當時控制著他的病態的精神衝動。但是，除了感情倒錯以外，大夫還看出他有一種躁狂症，據說，這預示他今後將直接發展到完全的瘋狂。〔NB.[①]我不過是轉述大意，大夫在說明這些情況時用的是非常深奧的專門術語。〕「他的一切行動都有悖常理和邏輯。」他繼續道。「我就不來說我沒有看見的東西，即犯罪本身和這一慘案的整個過程了，就拿前天他跟我的談話說吧，他當時的目光莫名其妙而又靜止不動。在根本無需發笑的時候，他會出人不意地放聲大笑。常常莫名其妙地大動肝火，說些奇奇怪怪的話：諸如『貝爾納，倫理學』和其他一些不必要說的話。」但是使莫斯科大夫特別看出這種躁狂症的症狀是，

① 拉丁文：注意。

被告簡直不能提到他自認爲被人騙去的那三千盧布，一提到這事，他就怒不可遏，但是在說到和想到所有其他失意和委屈的時候他卻輕描淡寫，一帶而過。最後，據查，他過去也是這樣，一提到那三千盧布就氣憤若狂，然而人家又說他爲人大度，並不貪財。「至於我那醫學同行所說的高見，」莫斯科大夫在結束自己的講演時嘲諷地補充道，「說什麼被告走進大廳時應當兩眼看著女士，而不應當直視前方，我只能說這樣的結論除了戲謔以外，還是極端錯誤的；因爲我雖然完全同意被告在走進決定他命運的法院大廳時，不應當目光呆滯地直視前方，這的確可以被認爲是他在當前情況下心態失常的一種徵兆，但是我要同時強調，他不應當向左看，看著女士們，而應當相反，向右看，用眼睛尋找自己的辯護人，因爲他的全部希望都在辯護人的幫助上，現在他的全部命運都取決於辯護人對他的辯護上。」莫斯科大夫在發表上述意見時神態果斷而又堅決。但是最後才被問到的瓦爾文斯基大夫的出人意料的結論，卻使這兩位有學問的鑑定人的分歧平添了幾分特別滑稽的色彩。據他看，被告無論現在還是過去都處在完全正常的狀態下，雖然他在被捕前的確處在一種神經質的、異常緊張、激動的狀態中，但是這是由許多十分明顯的原因造成的：由於嫉妒、憤怒和不斷喝醉酒等狀態。但是這種神經質的狀態不可能包含任何特別的剛才說到的「感情倒錯」的成分。至於被告走進大廳時究竟應該朝左看還是朝右看，那，「根據在下的愚見看來」被告走進大廳時正應直視前方，而且他也正是這樣做的，因爲他的前方坐著首席法官和其他法官，他現在的命運全操在他們手裡，「所以，正因爲他直視前方，證明他當時的智力狀況是完全正常的。」這位年輕醫生略帶熱烈地結束了他那自稱爲「愚見」的證詞。

「棒極了，大夫！」米佳從自己的座位上叫道，「正是這樣的！」

米佳當然又被喝住了，但是這位年輕醫生的意見，無論對法官，也無論對聽眾都產生了決定性影響，因爲後來發現大家都同意他的觀點。然而赫爾岑什圖勃大夫在被作爲證人傳訊時，卻完全出乎人們意料之外地說了一些有利於米佳的話。他是本城的老住戶，早就認識卡拉馬助夫一家，他作了若干對於「公訴」很有意義的證詞之後，突然好像想起了什麼似的，補充道：

「不過話又說回來，這個可憐的年輕人本來是可以得到較好的命運的，這就沒法比啦，因爲無論在小時候，也無論在長大以後，這孩子的心腸一直很好，因爲我知道這個。但是有句俄國諺語說得好：『如果誰家有個有頭腦的人，這固然很好，如果又來了個聰明人上他家做客，那就更好了，因爲這樣就有了兩個有頭腦的人，而不是只有一個……」

「一個頭腦固好，兩個頭腦更妙。」檢察官不耐煩地提醒他道，他早知道這小老頭有個怪脾氣，說話慢條斯理，拉得很長，毫不在乎給別人的印象，人家都等急了，可是他卻相反，非常珍惜他那冥頑不靈、土豆般平淡無奇而又自鳴得意的德國式的俏皮話。這小老頭可愛說俏皮話啦。

「哦，對——對了，我要說的就是這個，」他頑固地接著說道，「一個頭腦固然好，可是兩個頭腦要好得多。但是另一個有頭腦的人沒來找他，可是他卻把自己那點頭腦放跑了……這話咋說來著，他把它放跑了，放到哪兒去了呢？下面有個詞我忘了，」他繼續道，伸出一隻手在自己的眼睛前抓來抓去，「啊，對了，Spagiren①。」

「遛彎兒？」

「哦，對了，遛彎兒，我要說的就是這詞兒。於是他那點頭腦就出去遛彎兒了，一走就走到一個很深的地方，遭到滅頂之災。不過話又說回來，這是一個感恩圖報、很重感情的小夥子，噢，我

① 德語：遛彎兒。

記得太清楚啦，記得他還是這麼小不點的時候，就被撇在他父親的後院裡，沒有鞋穿，光腳在地上跑來跑去，穿著一條小褲子，褲子上只有一個小紐扣……」

在這個規矩本分的老人的聲音裡突然可以聽到一種動了感情的真摯的音符。費秋科維奇不由得打了個哆嗦，彷彿預感到什麼，立刻豎起了耳朵。

「噢，是的，當時我還是個年輕人……我……哦，對了，我當時四十五歲，我還剛剛到這兒來。於是我就可憐起這孩子來了，我就問自己：爲什麼我不能買一磅……噢，對了，一磅什麼呢？我忘了這叫什麼啦……一磅孩子們非常愛吃的，叫什麼來著──唉，這叫什麼來著……」大夫又伸出兩只手抓來抓去，「長在樹上的，採下來後，大家買來送人的……」

「蘋果？」

「噢，不不不！一磅，一磅，蘋果是論個的，而不是論磅的……不，這東西很多，一個個很小，放進嘴裡，喀──吧一聲！……」

「核桃？」

「哦，對了，核桃，我要說的就是這詞兒，」他鎮定自若地肯定道，彷彿他根本就沒有忘詞兒似的，「於是我就給他拿去了一俄磅核桃，因爲從來沒人送過這孩子一磅核桃，於是我就舉起我的手指，對他說：『孩子！Gott der Vater①，』他笑了，學著說：『Gott der Varer-Gott der Sohn②。』他又笑了，咿呀學語般地說道：『Gott der Sohn-Gott der heilige Geist（德語：聖子──聖靈）。』於是他又

① 德語：聖父。
② 德語：聖父──聖子。

笑了，盡可能地學著說道：『Gott der herlige Geist（聖靈）。』於是我就走了。第三天我又從一旁走過，他主動向我喊道：『叔叔，Gott der Vater, Gott der Sohn，『只忘了說『Gott der heilige Geist』，但是我提醒了他，於是我又十分可憐起他來了。但是後來人家把他帶走了，我從此再沒見到他。光陰荏苒，一晃就是二十三年，有天早晨我坐在自己的書房裡，已經兩鬢斑白，忽然進來一位英姿颯爽的年輕人，我怎麼也認不出他來，可是他伸出一個手指，笑著說：『Gott der Vater, Gott der Sohn und Gott der heilige Geist！我剛到這裡就趕來向您表示感謝，謝謝您的那磅核桃：因爲當時從來沒人給我買過一磅核桃，只有您一個人給我買了一磅核桃。』於是我又想起我那幸福的青年時代和那個在院子裡沒鞋穿的可憐的孩子，我心裡像打翻了五味瓶似的，我說：『您是個知恩圖報的年輕人，因爲你一輩子都記得我在你小時候送過你一磅核桃。』於是我就擁抱他，祝福他。我哭了。他笑著，但是他也哭了……因爲俄國人常常在應當哭的時候笑。但是他也哭了，這是我親眼看到的。可是現在，唉！……」

「我現在也在哭，德國人，我現在也在哭，你真是個大好人！」米佳突然從自己的座位上叫道。

不管當時的情形怎樣，這個小小的故事還是在聽眾中產生了某種良好的印象。但是有利於米佳的主要效果卻是我立刻就要講的卡捷琳娜・伊萬諾芙娜作的證言產生的。而且總的說來，當adécharge①的證人，即由辯護人請來的證人開始出庭的時候，命運就似乎突然，甚至認真地向米佳微笑了一下——這是最引人注目的——甚至都出乎辯護人的意料。但是在訊問卡捷琳娜・伊萬諾芙娜之前先傳訊了阿廖沙，阿廖沙突然想起了一件事，這事對公訴方的一個十分重要的論點似乎提出了質疑，而且看去言之鑿鑿。

① 法語：辯護方。

四、幸運向米佳微笑

甚至對於阿廖沙本人，這也純出意外。他被傳喚，免於宣誓，而且我記得，從訊問一開始，雙方對他的態度都異常和善與抱有好感。看得出來，在此以前他的名聲就極好。阿廖沙作證時表現得很謙虛，也很克制，但是在他的證言中明顯透露出他對他的不幸的大哥抱有熱烈的好感。他在回答某個問題時簡要地描述了一下他大哥的性格，也許他的性格是狂暴和耽於聲色犬馬的，但同時他又爲人高尚，自尊心很強，如果需要，他甚至樂意爲他人犧牲自己。不過他也承認，最近這些日子，他大哥由於對格魯申卡的熱戀，由於同父親爭風吃醋所處的狀況是不能令人容忍的。但是他憤怒地駁斥了這樣的推斷：他大哥很可能因圖財而害命，雖然他也承認這三千盧布在米佳的腦海裡已經變成一種躁狂症，他認爲這三千盧布乃是他受了父親的騙，因拖欠而沒有找補給他的遺產，雖然他並不貪圖錢財，但是只要一提到這三千盧布，他就氣得發狂，甚至發瘋。關於兩位「女士」（誠如檢察官說的那樣），即格魯申卡和卡佳互相爭風吃醋的事，阿廖沙卻回答得躲躲閃閃，甚至有一兩個問題他根本不願回答。

「令兄至少對您總說過他打算殺死自己的父親吧？」檢察官問。「如果您認爲有此必要，也可以不回答。」他又加了一句。

「沒直接說過。」阿廖沙答道。

「怎麼？間接說過？」

「有一回，他對我談到，他對父親這人深惡痛絕，他怕……萬一……在極端厭惡的時候……說不定，會殺了他。」

「那麼您聽到這話後，相信了沒有呢？」

「我害怕說我當時相信了。但是我永遠堅信，某種高尚的情感永遠會在決定命運的時刻挽救他，而且也真的挽救了，因爲殺死家父的不是他。」阿廖沙用響亮的聲音堅定地說道，使全法庭都聽見了。檢察官打了個哆嗦，就像聽到軍號的戰馬。

「請相信，我完全相信您的看法是十分真誠的，絲毫沒有攙雜您對您不幸的大哥的愛，也沒把二者混同起來。您對尊府演出的整個可悲的插曲所持的與眾不同的觀點，我們早在預審時就已經領教過了。不瞞您說，這個觀點非常特別，而且與我們檢察院得到的所有其他證言大相逕庭。因此我認爲有必要問您一個問題，請您務必給予回答：您到底有什麼事實根據使您深信令兄是無辜的，相反，有罪的是另一人，至於此人是誰，您在預審時已經直截了當地點明了。」

「預審時我只是回答問題，」阿廖沙低聲而又從容地說，「我並未指控斯梅爾佳科夫。」

「但是您畢竟提到了他，是嗎？」

「我是根據家兄德米特里的話才提到他的。還在傳訊以前就有人告訴過我在逮捕他時發生的情形，他當時自己就曾指認是斯梅爾佳科夫幹的。我堅信家兄是無辜的。如果殺人的不是他，那……」

「那就是斯梅爾佳科夫，是嗎？爲什麼偏偏是您那麼徹底相信令兄是無辜的呢？」

「我不能不相信大哥的話。我知道，他決不會對我說謊。我從他的臉上看得出他沒有對我說謊。」

「僅僅從臉上？這就是您的全部證據？」

「我再沒有其他證據了。」

「說明斯梅爾佳科夫有罪，除了令兄的話和他臉上的表情以外，您就沒有一丁點其他證據嗎？」

「是的，我沒有其他證據。」

檢察官的提問到此爲止。阿廖沙的回答對聽眾的印象是令人大失所望。關於斯梅爾佳科夫，早在開庭之前，敝城就有了不少議論，有人聽到了什麼，有人則指指點點地說什麼，還有人說阿廖沙已經搜集到若干非同一般的對他大哥有利的證據，足以證明那傭人有罪，結果卻一無所獲，任何證據也提不出來，除了某些道德觀念以外，他是被告的同胞手足，有這樣的看法也是十分自然的。

但是費秋科維奇也開始了提問。他問，被告究竟在什麼時候跟阿廖沙說他恨父親，說他也可能殺死父親，他聽他說這話的時候，是不是在慘案發生前他們最後一次見面的時候，阿廖沙在回答這問題時似乎突然打了個哆嗦，彷彿直到現在他才猛地想起和想明白了一件什麼事似的。

「我現在想起了一件事，這事連我自己也完全忘了，但是當時我對這事莫名其妙，可現在……」

阿廖沙分明直到現在才忽地大徹大悟，於是他便熱烈地講起，他跟米佳最後一次見面時，那是在某一天的傍晚，在一棵大樹旁，在去修道院的路上，米佳捶著自己的胸部，「捶著胸膛的上半部」，向他重複了幾次，說他有辦法恢復自己的人格，這辦法就在這裡，就在這地方，就在他的胸部……「我當時以爲他捶打自己的胸部是在說自己的心，」阿廖沙繼續道，「說他可以在自己的心中找到力量，以擺脫他面臨的可怕的恥辱，至於這恥辱究竟是什麼，他甚至對我都不敢承認。不瞞你們說，我當時還以爲他講的是父親，他一想到他要到父親那裡去行凶就發抖，就覺得可恥，其實他當時正是指藏在自己胸口的什麼東西，因此我記得，當時我閃過一個念頭，心根本不在胸膛的那個部位呀，要低一些，可是他捶打自己胸部的地方卻高得多，就在這兒，緊靠著脖子的下方，而且他老指著這地方。我覺得我當時的想法太愚蠢了，而他說不定正是指縫有這一千五百盧布的護身香囊！……」

「就是就是！」米佳從座位上突然喊道。「就是這樣的，阿廖沙，就是這樣的啊，我當時用拳頭敲打的正是它呀！」

費秋科維奇急忙向他跑過去，求他稍安毋躁，接著便立刻抓住阿廖沙不放。阿廖沙自己也被自己的回憶所激動，熱烈地說出了自己的揣測：這恥辱很可能就是指他揣在身邊的這一千五百盧布，他本來是可以把它作爲欠債的一半還給卡捷琳娜·伊萬諾芙娜的，可是他還是決定不還她這一半，另作它用，即用在帶走格魯申卡的花銷上，如果她同意的話……

「就是這樣的，肯定是這樣的，」阿廖沙突然十分激動地叫道，「當時，我大哥正是這樣感慨系之地對我說，他本來是可以立刻洗清自己身上的這一半，這一半恥辱的（他說了好幾次：一半，一半！）但是他因爲性格軟弱竟這樣不幸，連這點也做不到……他預先就知道他做不到，也無力做到這點！」

「那麼您記得很牢，而且記得很清楚，他捶打自己胸部的時候，正是捶在這地方嗎？」費秋科維奇急切地問。

「記得很清楚，也記得很牢，因爲當時我不由得想到：既然心的位置在下面，他幹麼捶得那麼高呢，我當時感到我的這一想法是愚蠢的……我記得，我感到這想法是愚蠢的……這倏忽一閃。因此我現在才立刻想起來。我怎麼會在這以前把這事忘得一乾二淨呢！他說他有辦法，但又不肯把這一千五百盧布還給她，指的就是這護身香囊！他在莫克羅耶被捕時曾高呼（這事我知道，是別人告訴我的），他認爲他畢生最大的恥辱就是他本來有能力把一半（正是一半！）欠債還給卡捷琳娜·伊萬諾芙娜的，這樣，他在她面前就不是賊了，可是他到底還是下不了決心歸還，寧可在她心目中做個賊也不肯跟這錢分手！他因爲這筆債心裡是多麼痛苦，多麼痛苦啊！」阿廖沙無限感慨地結束道。

不用說，檢察官又出面干預了。他請阿廖沙再一次描述一下這一切的經過，並且好幾次堅持問道：被告捶打自己胸部，是否真的似乎確有所指？說不定只是普普通通地用拳頭捶打自己的胸部呢？

「再說也不是用拳頭！」阿廖沙感嘆道，「確切地說，是用手指指著，而且指著這裡很高的地方……不過，在這以前，我怎麼會把這事忘得一乾二淨呢！」

首席法官回過頭來問米佳，他對剛才的證詞有何看法。米佳證實了此說不謬，他指的正是掛在他胸前，緊靠著脖子下方的那一千五百盧布，這當然是恥辱，「是我無法否認的恥辱，是我這輩子幹下的奇恥大辱！」米佳叫道。「我能歸還而不歸還，寧可在她心目中成為一個賊也不肯歸還，而最主要的恥辱就在於我預先知道我不會歸還！阿廖沙說得對！謝謝你，阿廖沙！」

對阿廖沙的訊問就這樣結束了。重要而又突出的一點正在於這個情況，總算找到了一件事實，總算找到了一個證據，哪怕這是一個微不足道的證據，幾乎只能算是對證據的一種暗示，但是它畢竟證明了，哪怕只是不起眼地證明了的確存在過這個護身香囊，裡面藏有一千五百盧布。被告在莫克羅耶預審時宣稱這一千五百盧布「是我的」，他並沒有撒謊。阿廖沙很高興；他滿臉通紅地走到指定給他的座位上。他還長時間地自言自語，咕噥道：「我怎麼會忘了呢！我怎麼能把這事給忘了呢！我怎麼直到現在才猛地想起這件事來呢！」

開始了對卡捷琳娜·伊萬諾芙娜的訊問。她一出現，法庭上下就引起一陣騷動。女士們急忙拿起帶柄眼鏡和望遠鏡，男士們也動彈起來，有些人為了看得清楚些，還從座位上站起來。後來大家硬說，她一進來，米佳的臉就變得煞白，白得「像手帕一樣」。她穿一身黑，謙虛地，幾乎怯怯地走近指定給她的位置。從她臉上看不出她心裡很亂，但是她那陰沉的目光卻流露出一種果斷。應當指出的是，後來許多人硬說，那時候她美麗得出奇。她開始說話時聲音很低，但是吐字清晰，全大廳都聽得一清二楚。她說話時異常鎮定，至少極力顯得很鎮定。首席法官開始提問時很謹慎，而且異常有禮貌，彷彿生怕觸動她的「某些心弦」，非常體諒她的重大不幸。但是卡捷琳娜·伊萬諾芙娜剛一開口回答向她提出的某一問題時，就堅定地宣布她是與被告正式訂過婚的未婚妻，「直到他自己把我休了爲止……」她低聲加了一句。當問到她曾託米佳把三千盧布經郵局匯給她的親戚一事，她堅定地說：「我給他錢，並不是爲了讓他直接付郵；當時我早料到，……那時……他肯定需要錢用。我給他這三千盧布是讓他，如果他願意，在一個月內把錢匯出去就成。其實後來他大可不必爲了欠這點錢而難過……」

我並不想把所有的問題以及她對這些問題的回答準確無誤地全部傳達出來，我只想講一講她的證言的最中心的思想。

「我堅信，只要他從父親那裡一拿到錢，他就會立刻把這三千盧布匯出去的。」她繼續回答向她提出的問題。「我永遠相信他在金錢問題上的大公無私和誠實無欺……高度的誠實無欺。他堅信他一定能從他父親那裡拿到這三千盧布，這事他跟我講過好多次。我知道他跟父親不和，我一直相信，而且至今仍然相信他父親對不起他。我不記得他曾向他父親作過任何威脅。起碼在我面前他沒有說過任何話，作過任何威脅。如果當時他跑來找我，我會立刻勸他儘管放心，絲毫不必爲他欠我的那不幸的三千盧布擔心，但是他再也沒有來找過我……而我自己……我又被置於這樣一種境況下……沒法叫他來……再說我也沒有任何權利爲了他欠這點錢而對他有任何苛求，」她突然加了一句，她說話的聲音流露出一種毅然決然的神情，「有一回，我自己也曾從他那裡借過一筆錢，比三千還多，而且還收下了，儘管當時我還沒法預見究竟何年何月我才有能力償還我欠他的債……」

在她說話的聲調裡似乎可以感覺到某種挑戰。正是在這時候輪到了費秋科維奇發問。

「這事並非發生在本地，而是在你們認識之初，是嗎？」費秋科維奇小心翼翼地接過話頭，他頃刻便預感到某種有利的情況（我要附帶說明一下，儘管他多多少少也是卡捷琳娜·伊萬諾芙娜本人從彼得堡請來的，但是他對米佳還在另一個城市曾經借給她五千盧布和「跪下磕頭」的事毫無所知。她沒有把這事告訴他，她隱瞞了！這就令人驚奇了。我們可以有把握地揣測，直到最後一分鐘，連她自己也不知道：她會不會在法庭上把這段故事講出來，她在等候某種靈感。）

不，我永遠也忘不了這幾分鐘！她開始講了，她把一切全講了出來，把米佳告訴阿廖沙的整個故事全講了出來，包括「跪下磕頭」，包括前因後果，她講到了她父親，講到了她去找米佳，但卻隻字不提，連一個暗示也沒有提到米佳通過她姐姐親自提出來「讓卡捷琳娜·伊萬諾芙娜來找他取錢」。對於這點，她慷慨大度地隱瞞了，竟不顧羞恥地把事情說成好像是她，好像是她自己當時一時衝動，抱著某種希望，主動去找這位年輕軍官……向他借錢的，這簡直匪夷所思。我一邊聽，一邊渾身發冷，直打哆嗦，全法庭的人也屏息靜聽，捕捉著她說的每一句話。這簡直是沒有先例的，因此即使一個像她這樣剛愎自用、目空一切的姑娘，人們也幾乎難以想像她會作出這樣高度坦誠的供述，這樣的犧牲，這樣的自我獻身。而這又是爲了什麼，爲了誰呢？爲了拯救一個負心漢和吃裡爬外的人，目的是多少幫幫他的忙，哪怕是幫一點小忙，產生一點有利於他的好的印象，以利於救他！的確，一個年輕軍官，把自己的最後五千盧布（也是他在生活中僅剩的一切）都拿了出來，而且恭恭敬敬地對一位純潔的姑娘一鞠躬，這一形象實在太可愛，也太動人了，但是……我的心痛苦地緊縮起來！我感到以後肯定會出現（以後還果真出現了，真的出現了！）造謠中傷！後來，全城上下都帶著惡毒的獰笑議論紛紛，說什麼這故事也許並沒有說完，特別是說到那軍官「似乎只是恭恭敬敬地一鞠躬」就放那妞走了。有人還含沙射影地說，這裡肯定有「遺漏」。「即使毫無遺漏，即使說的都是實情，」連敝城的一些德高望重的女士們也說，「一個姑娘家即使爲了救自己的父親，這樣做也不見得就高尙得無可非議！」難道像卡捷琳娜·伊萬諾芙娜這樣聰明的人，這樣病態地明察秋毫的人，竟會預先沒有感覺到別人會這麼說嗎？她肯定早有預感，但還是打定主意把一切全說出來！不用說，對於這故事是否真實的所有這些骯髒的懷疑只是以後才出現的，而開始的時候人人都受到了震動。至於在座的三位法官，他們以一種極其欽佩，甚至感到羞恥的沉默聽完了卡捷琳娜．伊萬諾芙娜的證言。檢察官也沒有冒冒失失地就這一題目進一步追問，他一個問題也沒提。費秋科維奇則向她深深一鞠躬。噢，他幾乎勝劵在握！收獲實在不小：一個人在高尙的情感衝動中把自己最後的五千盧布拱手送人，然後又是這人竟會在深更半夜爲了搶三千盧布而殺死自己的父親，這總有點連不上吧！起碼現在費秋科維奇可以把搶劫這一疑點排除在外。「本案」忽然被某個新視點所照亮。法庭上瀰漫著一種對於米佳的好感。至於他……有人說，在卡捷琳娜．伊萬諾芙娜作證的時候，他有一兩次想從座位上跳起來，然後又頹然跌坐到長凳上，兩手捂住了臉。但是當她說完以後，他突然向她伸出雙手，帶著哭聲萬分感動地喊道：

「卡佳，你幹麼要毀了我呢！」

接著便嚎啕大哭，哭得整個法庭都聽見了。然而，他又忽地控制住自己，叫道：

「現在我死無葬身之地了！」

接著他便呆坐在自己的座位上，木然不動，咬緊牙齒，將兩臂作十字狀環抱在胸前。卡捷琳娜．伊萬諾芙娜留在法庭上，坐到指定給她坐的那把椅子上。她臉色煞白，低垂著頭。坐在她身邊的人說，她像發瘧子似的全身發抖，抖了很長時間。接著便是格魯申卡出庭接受訊問。

現在我快要講到那個突如其來暴發的風雲突變了，也許真的因此毀了米佳也說不定。因爲我深信，而且事後所有的律師也都這麼說，要不是出現這段插曲，案犯本來是可以得到寬大處理的。現在我們就來講這段故事。不過先要說兩句有關格魯申卡的情況。

她走上法庭的時候也穿著一身黑，肩上披著她那塊非常漂亮的黑色披巾。她從容不迫地用她那輕盈無聲的步態，身體微微擺動著，就像有時體態豐滿的女人走路時常見的情形那樣，走到法庭的柱形欄杆旁，兩眼注視著首席法官，一次也沒有左顧右盼，東張西望。照我看來，那時她顯得美極了，根本不像後來女士們硬說的那樣臉色煞白。還有人硬說，她若有所思，滿面怒容。我認為她當時僅僅很生氣，難過地感到我們那些唯恐天下不亂的聽眾向她投來的那種既輕蔑又好奇的目光。她是一個性格高傲的人，受不了別人的輕蔑，她是那種對別人看不起她稍有懷疑，就會立刻怒不可遏地渴望反擊的人。與此同時，當然也有點膽怯，以及因膽怯而心中感到可恥，因此不難理解她說話時情緒起伏——一會兒惱怒，一會兒輕蔑和十分粗魯，一會兒又流露出自我譴責和自我責備等發自肺腑的由衷的音符。有時候她說話的神氣彷彿橫下一條心，豁出去了：「反正這樣了，管它呢，我就要說……」在談到她跟費奧多爾·帕夫洛維奇有來往的時候，她生硬地說：「全是廢話，他死乞白賴地纏住我，能賴我嗎？」過了一分鐘又接著補充道：「全賴我，我拿他倆尋開心——拿老頭子尋開心，也拿他——以至把他倆弄到這般地步。發生這一切都是因為我。」不知怎麼一來，又談到了薩姆索諾夫：「你們管得著嗎，」她立刻以一種放肆的挑戰反唇相譏，「他是我的恩人，當親人把我從家裡趕出去，不要我，我光著腳，是他收留我的。」然而，首席法官還是非常客氣地提醒她，應當直接回答問題，不要節外生枝，顧左右而言他。格魯申卡臉紅了，兩眼閃出了淚花。

裝錢的那只大信封她沒有看到，只是聽一個「壞蛋」說費奧多爾·帕夫洛維奇有一隻裝著三千盧布的大信封。「不過全是胡來，我笑死了，我是決不會到那裡去的……」

「您剛才提到的『壞蛋』指誰？」檢察官問。

「我指的是殺死了主人，昨天上吊自殺的那個傭人斯梅爾佳科夫。」

當然，他們便立刻問她：她提出這麼斷然的指控有何根據，但是她也沒有任何根據。

「德米特里・費奧多羅維奇親口這麼告訴我的，你們應該相信他的話。那個硬拆散我們的人把他給毀了，就這麼回事，她一個人是罪魁禍首，就這麼回事。」格魯申卡恨得彷彿渾身哆嗦，又加了一句，在她說話的聲音裡流露出憎恨的音符。

他們又問她，她說這話指誰。

「指這位小姐呀，我指的就是這個卡捷琳娜・伊萬諾芙娜。當時她叫我去，請我吃巧克力，想巴結我。真是寡廉鮮恥，就這麼回事……」

這時，首席法官立即嚴厲地制止了她，請她說話要檢點。但是一個醋勁大發的女人的心已經猛烈燃燒起來，她已經不顧一切了。

「在莫克羅耶村逮捕他的時候，」檢察官忽地想起來，問道，「大家都看見了，而且也聽見了，您從另一間屋子裡跑出來，叫道：『一切都賴我，咱倆一塊兒去服苦役！』那麼說，您當時就深信他是弒父兇手囉？」

「我不記得我當時的感覺了，」格魯申卡答道，「當時大家都在嚷嚷，說他殺死了父親，因此我感到這都賴我，他是因爲我才殺人的。可是他一說他是無辜的，我就立刻相信了他，而且我現在也相信，將來也永遠相信：他不是那種說謊的人。」

輪到費秋科維奇提問了。順便說說，我記得他問到了拉基京的事，問到「如果他把阿列克謝・費奧多羅維奇・卡拉馬助夫帶到您家裡來，您就獎賞他二十五盧布。」

「他收下了錢，這有什麼大不了的，」格魯申卡以一種既輕蔑又憤怒的神態微微一笑，「他老找我死皮賴臉地要錢，經常，每月都要拿走三十盧布，多半拿去胡亂花：因爲沒有我幫忙，他也吃喝不用愁。」

「您憑什麼對拉基京先生這麼慷慨大方呢？」費秋科維奇接口道，無視首席法官不以為然地扭動了一下身體。

「要知道他是我表弟呀。我母親跟他母親是親姐妹。不過他總是求我不要在這裡對任何人說，因為他嫌我丟人。」

這個新情況完全出乎所有人的意料之外，迄今為止，全城上下，甚至修道院，都沒一個人知道他的底細，甚至米佳也不知道。據說，拉基京坐在自己的椅子上羞得面紅耳赤。還在進大廳以前，格魯申卡就聽人說，他曾作證反對米佳，因此她心裡很惱火。拉基京先生剛才發表的皇皇宏論，他那論調表現出的義憤填膺，以及他那獨樹一幟對農奴制，對俄國民生凋蔽、社會混亂的指責——這一切在聽眾心目中這次算打上了個大叉，徹底完蛋了。費秋科維奇心中竊喜：這回上帝又開恩了。一般說來，訊問格魯申卡的時間並不長，當然她也不可能說出什麼特別新鮮的事情來。她給聽眾留下了極不愉快的印象。她作證完畢後便在大廳中離卡捷琳娜·伊萬諾芙娜很遠的地方坐了下來，這時幾百雙鄙夷不屑的目光便一齊集中到她身上。在法庭訊問她的整個過程中，米佳一直呆坐不動，沉默不語，垂下眼睛，望著地面。

接著由伊萬·費奧多羅維奇出庭作證。

五、風雲突變

我要說明一下還在傳訊阿廖沙之前就傳喚了他。但是法警向首席法官報告，由於突如其來的健康原因或者疾病發作，證人不能立刻到庭，但是只消稍有好轉就隨時前來作證。不過，不知怎麼搞的，這話誰也沒聽見，大家知道這話已經是後來的事了。他的到庭起先幾乎沒有被人發覺：一些主要證人，特別是兩位情敵，已經被傳訊；大家的好奇心暫時得到了滿足。旁聽席上甚至感到了疲乏。還必須聽取幾名證人的證詞，因爲要說的話大概都已經說過了，估計他們也說不出什麼新東西來。時間已經不早了。伊萬・費奧多羅維奇走上前來，不知何故走得出奇地慢，他目不斜視，甚至低下了頭，彷彿在皺著眉頭思考什麼事情似的。他穿得無可挑剔，但是他的臉起碼對我產生了一種他有病的印象：他面如土色，看去像死人的臉。兩眼渾濁，他抬起眼睛，慢慢地掃視了一下大廳。阿廖沙突然從自己坐的椅子上差點跳起來，哀嘆道：啊！這，我記得很清楚。但也很少有人注意到這點。

首席法官一開口就指出，他是一位無須宣誓的證人，他可以提供證言，也可以保持沉默，但是，當然，所作的證詞必須於心無愧，等等，等等。伊萬・費奧多羅維奇聽著，目光渾濁地望著他；但是他的臉突然開始慢慢地舒展開來，變得笑容可掬了，首席法官驚訝地望著他，他的話音剛落，伊萬・費奧多羅維奇就驀地大笑不止。

「還有什麼事要關照的嗎？」他大聲問。

法庭上頓時鴉雀無聲，似乎感覺到了什麼。首席法官不安起來。

「您……大概病還沒全好吧？」他用眼睛尋找著法警，說道。

「請放心，閣下，我的身體很好，而且我還可以告訴您一些饒有興趣的事。」伊萬・費奧多羅維奇突然非常鎮靜和有禮貌地回答道。

「您有什麼特別的事要說嗎？」首席法官仍舊帶有幾分不信任地問道。

伊萬・費奧多羅維奇低下了頭，遲疑片刻，然後又抬起頭來，似乎有點結結巴巴地回答道：

「不，……沒有。我沒有什麼特別的事要說。」

開始向他提問。他回答的時候好像老大不樂意似的，說的話盡可能簡短，甚至還帶有某種越來越增長的厭惡，然而還是回答得很有條理。對許多事他都推說不知道。關於父親和德米特里・費奧多羅維奇的那筆糊塗賬，他也推說他一無所知。「我對此毫無興趣，」他說。關於威脅要殺死父親的事，他倒是聽被告說過。關於信封裡的錢，他也聽斯梅爾佳科夫說過……

「問來問去都是老一套，」他忽然帶著不勝疲倦的神情打斷道，「我沒有任何特別的事要告訴法庭。」

「我看您身體不大舒服，我明白您此刻的心情……」首席法官開口道。

他環顧左右，想問檢察官和辯護人，如果他們有什麼話要問，就請提問，這時伊萬・費奧多羅維奇忽然用疲憊不堪的聲音請求道：

「讓我走吧，閣下，我覺得身體很不舒服。」

他說罷也不等候允許，就突然自動轉過身子，向法庭外面走去。但是他剛走了三四步就停了下來，彷彿對什麼事突然想好了，他微微一笑，又回到了原來的位置。

「閣下，我就像那個鄉下小妞……您知道嗎，這話怎麼說來著：『我願意就跳，我願意就不跳。』①人家拿著薩拉方②或者彩裙③什麼的來請她，讓她跳，然後給她繫上，帶她去教堂舉行婚禮，而她則說：『我願意就跳，我願意就不跳』……這也是咱們國家的一種民俗吧……」

---

① 俄羅斯民間婚俗：古時，未婚姑娘若說：「我願意就跳，」這表示她同意嫁給某人，這時她便跳過一個圍成圓圈的腰帶或者跳上一條鋪開的裙子。原話應爲：「我願意就跳，不願意就不跳。」

② 薩拉方，俄羅斯民族服裝，一種無袖或帶袖的連衣長裙。

③ 一種俄羅斯農村姑娘穿的由三幅顏色鮮豔的毛料縫製的條紋（或方格）長裙。

「您說這話是什麼意思?」首席法官板著臉問道。

「就是這意思,」伊萬・費奧多羅維奇忽然掏出一沓錢,「這是錢……也就是裝在那個大信封裡的錢,」他用頭指了指那張放物證的桌子,「就是爲了這錢才殺死父親的。放哪兒?法警先生,請您轉交法庭。」

法警接過那沓錢,交給了首席法官。

「這錢怎麼會落到您手裡的呢……要是這錢就是那筆錢的話?」首席法官驚奇地問。

「昨天從那個殺人兇手斯梅爾佳科夫那裡拿到的。在他上吊自殺前,我到他那裡去過。父親是他殺死的,不是我大哥。殺人的是他,而教唆他殺人的是我……誰不願意家父死呢?……」

「您的神經沒毛病吧?」首席法官不由得脫口說道。

「正因爲我神經正常……但是我生性卑劣,就跟……在座的袞袞諸公一樣!」他突然向旁聽席轉過身來。「家父被殺,可他們卻裝出一副大驚小怪的樣子,」他帶著一種充滿敵意的輕蔑咬牙切齒地說道。「彼此裝腔作勢。假惺惺地騙人!大家都願意父親死。一條毒蛇想咬死另一條毒蛇……要是不曾演出這件弒父慘案——他們大家肯定會非常生氣,憤然走開……他們要看戲!『要麵包,要看戲①!』然而,我也夠嗆!你們有水嗎,給我點水喝,看在基督分上!②」他說罷忽然抱住了自己的腦袋。

---

① 這原是羅馬平民向羅馬帝國提出的要求,現用於表示某種強烈的要求。原是拉丁文panem et circenes(要麵包和馬戲)。

② 這話是象徵性的:麵包是物質,水則與麵包相對,象徵精神,這裡指基督的眞理和愛這一「活水」。請參看《新約・約翰福音》第四章第十節,第七章第三十七-三十八節。

法警立刻走到他身邊。阿廖沙突然跳起來，大叫：「他有病，你們別相信他的話，他得了酒狂病！」①卡捷琳娜・伊萬諾芙娜猛地從自己的椅子上站起來，望著伊萬・費奧多羅維奇，都嚇呆了。米佳也站起來，帶著古怪的苦笑貪婪地望著二弟和聽著他說話。

「請放心，我不是瘋子，我只是殺人犯！」伊萬又開口道。「對於一個殺人犯是不能要求他能說會道的……」他不知道爲什麼驀地加了一句，撇了撇嘴，笑了。

檢察官分明有點心慌意亂，他向首席法官俯過身去。其他法官也在忙亂地竊竊私語。費秋科維奇則豎起耳朵，在傾聽。大廳裡鴉雀無聲，在等待下文。首席法官彷彿驀地清醒過來似的。

「證人，您的話很難理解，而且在這裡也不能成立。如果可能的話，請您先安靜一下，如果您果真有什麼事要說，……那就請您說下去。您用什麼來證明您的招供是真實的呢……如果您不是說胡話的話？」

「問題就在於我沒有證人。斯梅爾佳科夫這條狗是不會從陰曹地府把他的供詞……裝在信封裡……給你們捎來的。你們只要信封，而且一個就夠了。我沒有證人……除非有一個人。」他若有所思地冷笑道。

「誰是您的證人？」

「那個帶尾巴的②，閣下，這可能不合規矩！Le diable n'existepoint！③請勿介意，這是一個壞透了的、小小的魔鬼，」他又加了一句，突然停止了笑，而且彷彿十分機密似的，「他可能就躲在這裡

① 酒狂病系酒精中毒所致，伴有譫妄、震顫和幻覺。
② 指魔鬼。西方的魔鬼爲人形，長有兩角、四蹄和尾巴。
③ 法語：不存在魔鬼！

的什麼地方，就躲在這張物證桌下面，除了那裡以外，他還能躲哪兒呢？要知道，你們聽我說嘛：我跟他說過：我不願意緘默不語，可是他卻說什麼地質劇變……真渾！好了，你們就把這惡棍放了吧……他唱起了讚美詩，這是因爲他心情舒暢！這好比一個喝醉酒的流氓扯開嗓子唱《萬卡上了彼得堡》，我卻寧願花費億萬兆年來換取這兩秒鐘的歡樂。你們不了解我的脾氣！噢，你們這一切是多麼蠢啊！好啦，你們把他放了，把我抓起來吧！我是有所爲而來的……爲什麼，爲什麼這一切（不管是什麼）都這麼蠢呢……」

接著他又開始慢條斯理而又若有所思地掃視著法庭。但已是群情譁然。阿廖沙想從自己的座位上跳起來向他衝去，但是法警已經抓住了伊萬．費奧多羅維奇的胳膊。

「又來搞什麼名堂？」他緊盯著法警的臉叫起來，然後他突然抓住他的兩只肩膀，把他猛地打倒在地。但是一名警衛及時趕了來，抓住了他，他立刻發出瘋狂的尖叫。①在把他帶走的整個過程中，他不斷尖叫，語無倫次地狂呼著什麼。

掀起了一片混亂。我也沒法有條有理地記住所有的事了，我心裡也亂糟糟的，聽不清也看不清。我只知道後來，當大家安靜下來明白是怎麼回事以後，法警遭到了訓斥，雖然他振振有詞地向上峰解釋，證人一直很健康，一小時前他感到有點頭暈和噁心的時候，大夫還見過他，認爲他並無大病，在走進法庭前，他說話還很有條理，因此要未卜先知，是不可能的；相反，他本人還一再堅持，硬要來作證。但是在大家多少安靜下來和清醒過來以前，緊接著這齣戲之後又驀地演出了另一齣戲：

① 這是指惡鬼附體的人發出的尖叫。參見《新約．使徒行傳》第八章第七節：「有許多人被汙鬼附著，那些鬼大聲呼叫。」

卡捷琳娜・伊萬諾芙娜發作了歇斯底里。她又哭又鬧，但就是不肯走開，她拼命掙扎，一再央求不要把她帶走，接著她突然向首席法官叫道：

「我還要提供一個證詞，馬上……立刻！……這是一張紙，一封信……你們拿去，快看，快！這是這惡棍寫的信，就是這個，就是這惡棍！」她用手指著米佳。「殺死父親的是他，你們馬上就會看見的，他寫信告訴我，他非殺死他父親不可！至於那一位，他有病，他有病，他得了酒狂病！我看見他發酒狂病已經三天了！」

她忘乎所以地大喊大叫。法警接過了她遞給首席法官的那張紙，而她則跌坐在自己的椅子上，捂住臉，開始抽搐般地、無聲地、抽抽搭搭地哭起來，她全身發抖，拼命克制著她發出的最微小的嗚咽聲，生怕人家會把她送出法庭。她遞上去的那張紙就是米佳在京都飯店寫給她的那封信，也就是伊萬・費奧多羅維奇把它稱之爲具有「數學」般重要性的憑證。可惜大家也果然承認它具有數學般的重要性，要是沒有這封信，米佳也許還不至於完蛋，起碼也不至於完蛋得這麼慘！我再說一遍，很難留意所有的細節。直到現在我還覺得這一切漫無頭緒，亂糟糟的。想必，首席法官當時就把這一新憑證讓其他法官、辯護人和陪審員們彼此傳閱了。我只記得接著便開始對這位女證人進行訊問。首席法官先和顏悅色地問她：她平靜下來沒有？卡捷琳娜・伊萬諾芙娜急忙叫道：

「我準備好了，準備好了！我完全可以回答您提出的問題。」她又加了一句，分明還在擔心，生怕人家因爲什麼不肯聽她說話似的。首席法官請她再詳細說明一下：這是什麼信？她是在什麼情況下收到這封信的？

「我是在謀殺案發生的前一天收到這封信的，而他寫這封信還要早一天，是在飯館裡寫的，也就是說在這件凶殺案的前兩天——你們看，這信寫在一張賬單上！」她氣喘吁吁地叫道。「當時他十分恨我，因為他自己做了卑鄙下流的事，去追這個賤貨，還因為他欠我三千盧布……噢，他因為自己的下流無恥，為了欠我三千盧布而感到可氣！這三千盧布的來頭是這樣的——我請求你們，我懇求你們把我的話聽完：還在他殺死父親前三個星期，有天上午他跑來找我。我知道他需要錢用，也知道他要這錢去幹麼——就為了拿這錢去引誘這賤貨，帶著她遠走高飛。我當時就知道他對我變了心，想要拋棄我，因此我，我當時親自把這錢交給了他，假裝我讓他把這錢替我寄給我在莫斯科的姐姐——我交給他的時候看了看他的臉，我說，他隨便什麼時候寄都行，『哪怕再過一個月也成』。他怎麼會不明白我直截了當地當著他的面說的這話呢：『為了對我變心，跟你那個賤貨鬼混，你需要錢用，那你就把這錢拿走吧，我親自把這錢給你，假如你臉皮厚到肯收下這筆錢的話，你就儘管收下！……』我想揭穿他，結果怎樣呢？他收下了，他把這錢收下了，而且拿走了，而且跟這賤貨在那裡一夜之間全花完了……但是他明白，他明白，我心裡跟明鏡似的，跟你們說了吧，他當時就明白我給他這錢只是為了試探他：他會不會臉皮厚到收下我的錢？我瞧著他的眼睛，他也瞧著我的眼睛，他心裡全明白，完全明白，可是他還是收下了，收下了我的錢，而且拿走了！」

「沒錯，卡佳！」米佳突然吼道，「我瞧著你的眼睛，我心裡明白，你是想使我丟人現眼，但是我還是收下了你的錢！我是卑鄙小人，你們應當蔑視我，大家都應當蔑視我，我罪有應得！」

「被告，」首席法官叫道，「您再說一句——我就讓法警把您帶出去。」

「這錢使他很痛苦，」卡佳抽搐似的急急忙忙地繼續道，「他想把這錢還我，他是真心想，這沒錯，但是為了這賤貨他又需要錢。因此他才殺死了父親，可是仍舊沒有把錢還我，卻帶著她到那個村子去了，也就在那裡，他給抓住了。他在那兒又花天酒地地花掉了他從被他殺害的父親那裡偷來的錢。而在殺死父親的前一天，他給我寫了這封信，他是喝醉了酒寫的，我當時就立刻看出來了，他寫信是出於洩憤，而且他知道，肯定知道，即使他殺了人我也決不會把這封信拿給任何人看的。要不他就不寫了。因爲他知道我無意報復他，也不想毀了他！但是你們看看，你們仔細看看，請你們仔細看看，你們就會看到他在這封信裡描寫了一切，一切都預先寫明了：怎麼殺死父親以及他的錢放哪兒。你們看看，請不要看漏了，信上有一句話：『只要伊萬一走，我就殺死他。』可見，他早就想好了怎麼殺人。」卡捷琳娜・伊萬諾芙娜幸災樂禍而又陰險狠毒地向法庭暗示。噢，看得出來，她十分精細地研讀了這封要命的信，研究了其中的每個細節。「要不是他喝醉了，他是不會給我寫這封信的，但是你們瞧，信裡一切都預先描寫清楚了，一切正如他以後行凶殺人時一樣，這是一份完整的綱領！」

她忘乎所以地長吁短嘆，根本無視對自己可能產生的一切後果，雖然這些後果，不用說，她早在一個月前就預見到了，因爲早在當時說不定她就恨得牙癢癢的，在想：「要不要向法庭念這封信呢？」現在就好像一個倒栽蔥從山上滾落下來似的，已經欲罷不能了。我記得，好像這封信立刻就由書記官當眾宣讀，並且產生了驚人的印象。法官問米佳：「他是否承認這封信是他寫的？」

「我寫的，我寫的！」米佳叫道。「若不是喝醉了，我是不會寫的！……卡佳，我們倆爲了許多事互相憎恨，但是我敢發誓，我敢發誓，我在恨你的同時還是愛你的，你卻不愛我！」

他跌坐到自己的座位上，絕望地絞著雙手。檢察官和辯護人開始交叉提問，主要的意思是：「什麼動機促使您方才隱瞞這樣的憑證，而您以前的證言無論在精神上還是語調上都是完全兩樣的？」

「是的，是的，我方才說了謊，全是說謊，是不誠實的違心之言，但是我方才想救他，因爲他這麼恨我，這麼小看我，」卡佳像發瘋般地叫道，「噢，他非常看不起我，從來就不把我放在眼裡，你們知道，你們知道嗎——自從我爲了那錢向他下跪的那一刻起，他就看不起我。我看到了這點……

當時我就立刻感覺出來了，但是我很長時間都不相信自己的這種感覺。有多少次我在他的眼神中看到：『畢竟是你親自送上門來的呀。』噢，他不明白，他什麼也不明白，爲什麼當時我要跑去找他，他只會想到下流的事！他以小人之心度君子之腹，他以爲所有的人都跟他一樣。」卡佳憤憤然咬牙切齒地說道，已經完全像發狂似的。「他之所以想娶我，僅僅是因爲我得到了一筆遺產，就因爲這個，就因爲這個啊！我一直疑心就因爲這個！噢，這是個畜生！他一輩子都深信不疑，我當時去找他就會一輩子在他面前羞愧得無地自容，因此他就可以永遠爲這事而小看我，因此他就可以爬到我頭上——這就是他要娶我的原因！就是這樣，完全是這樣的！我曾經嘗試過用我的愛，用我的無限的愛來戰勝他，甚至他的變心我也想逆來順受，但是他什麼，什麼也不懂。難道他真能懂得什麼嗎！這是個惡棍！這封信我直到第二天晚上才收到，有人從飯館裡給我捎來的，可是還在早上，還在那天早上，我還想原諒他的一切，一切，甚至他的變心！」

首席法官和檢察官自然勸她不要激動。我深信，他們利用她的狂怒聽取她的這樣的坦白，甚至他們大家也許都覺得有點難以爲情。我記得，我聽見他們對她說：「我們明白您心裡是多麼難受，請您相信，我們感同身受，」等等，等等。儘管如此，他們還是從這個因發歇斯底里而陷入瘋狂的女人的口中套出了證詞。她終於異常鮮明生動地（在她的神經繃得那麼緊的情況下，這雖然轉瞬即逝，但卻經常出現）描寫了這兩個月來伊萬·費奧多羅維奇幾乎像要發瘋似的竭力設法營救自己的大哥——營救這個「惡棍和兇手」。

「他一直在折磨自己，」她不勝感慨道，「他一直想要減輕大哥的罪名，甚至向我承認他自己也不愛父親，說不定他自己也願意他死。噢，這是一個非常，非常有良心的人！他用良心來拼命折磨自己！他把一切都向我公開了，把一切，他每天都來看我，把我當作他唯一的朋友跟我交談。我有幸能夠做他的唯一的朋友！」她忽地感慨系之地喊道，兩眼放光，彷彿向誰挑戰似的。「他去找過斯梅爾佳科夫兩次。有一回他來看我，並且對我說：如果殺人的不是大哥，而是斯梅爾佳科夫的話（因爲這裡所有的人都在散布這一神話，似乎殺人的是斯梅爾佳科夫），那說不定我也有罪，因爲斯梅爾佳科夫知道我不愛父親，也許他以爲我也願意父親死。於是我就拿出這封信給他看，他這才完全相信了：殺人的是大哥，這就把他徹底壓垮了。他受不了他的親哥哥是弒父兇手這一事實。還在一星期前我就看出他因爲這個病了。最近這幾天，他坐在我那裡淨說胡話。我看得出來他腦子亂了。還有人在街上看見他一邊走路，一邊說胡話。我請來的一位大夫，應我的請求前天給他檢查了一下身體，他告訴我說，他已經離酒狂病不遠，這都是因爲他，因爲這個惡棍！昨天他又聽說斯梅爾佳科夫死了——這使他大吃一驚，吃驚得發了瘋……這都是因爲這個惡棍，都是因爲他想救這個惡棍！」

噢，不用說，這樣說話和這樣坦誠相見，一生中只會有這麼一次——比如說，上斷頭台時臨刑前的那一刻。但是卡佳正是這樣的性格和處在這樣的時刻。這就是那個一往無前的卡佳，她當時爲了救父親居然會急匆匆地跑去找一個年輕的色狼；這就是那個高傲而又純潔的卡佳，方才僅僅爲了能夠減輕等待著米佳的噩運，竟不惜棄自己的處女羞怯於不顧，當眾講述了「米佳的高尚行爲」。可是現在她又同樣把自己當成了犧牲品，但已經是爲了另一個男人，也許直到現在，直到當前這一刻，她才第一次感覺到和第一次完全明白過來，這另一個男人對她有多麼寶貴！她之所以犧牲自己，是因爲她替他擔心，她驀地想到他供稱殺人的是他，而不是大哥，這樣的供詞會毀了他，她之所以犧牲自己，目的是爲了救他，挽救他的清白與名譽！然而有一件可怕的東西也一閃而過：她說到她過去與米佳的關係時，對米佳的種種說法是否有假——這是一個問題。不，不，當她大叫米佳因她向他下跪而看不起她時，她並不是故意誹謗他！她也相信這是真的，也許從她下跪那時起她就深信，那個為人忠厚當時還很愛她的米佳在笑她和看不起她。當時只因自尊心作怪她才死乞白賴地愛上了他，但是這愛是一種歇斯底里的、反常的愛，是因為受了傷害的自尊心在作祟，因此這愛並不像真愛，倒像是報復。噢，說不定這種反常的愛有朝一日也會變成真正的愛，也許卡佳滿心希望的也正是這樣，但是米佳的變心把她的心傷透了，她的心不肯饒恕他。報復的時刻不期而至，一個受到傷害的女人長期而又痛苦地鬱積在胸的一切，一下子，再一次突然爆發了。她出賣了米佳，但是她也出賣了自己！因此，不言而喻，等她把要說的話說出來以後，她那緊張的神經也就陡地鬆弛下來了，一種恥辱感緊壓著她的心。歇斯底里又發作了，她失聲痛哭，大喊大叫，跌倒在地。把她帶出了法庭。就在把她帶出法庭的那一刻，格魯申卡哭喊著從自己的座位上向米佳撲去，因此都沒來得及把她攔住。

「米佳！」她哭叫道，「你的這條毒蛇毀了你啦！她向你們現出了原形！」她氣得渾身發抖地向法庭嚷嚷道。在首席法官的示意下，法警抓住了她，把她帶出了大廳。她不幹，她掙扎，她拼命掙扎著想回到米佳身邊去。米佳大喊大叫，也拼命向她衝去。法警上前抓住了他。

是的，我看，我們那幫愛看熱鬧的女士們一定心滿意足了：這齣戲十分精彩。接著我記得，那位專程來此的莫斯科大夫出庭了。似乎還在這事以前，首席法官就派法警出去安排了一下，讓人給伊萬・費奧多羅維奇看了一下病，病人發作了極其危險的酒狂病，必須立即把他帶離法庭。檢察官和辯護人問了他一些問題，他證實病人前天曾親自找過他，他當時就曾警告過他快要發作酒狂病了，但是他不願接受治療。「他的腦子當時就處在完全不健康的狀態中，他自己也向我承認，他醒著的時候就看到各種幻影，常常在街上遇到各種各樣早就死了的人，而且每天晚上撒旦都來他這兒做客。」大夫最後說。這位名醫作證後就退出了法庭。卡捷琳娜・伊萬諾芙娜遞交的那封信被列入物證收了起來。法官們經協商後決定：繼續進行法庭調查，那兩項意外的證言（卡捷琳娜・伊萬諾芙娜的證言和伊萬・費奧多羅維奇的證言）則記錄在案。

但是，我就不來描述下一步法庭調查的情況了。再說其他證人的證言也無非是重複和證實他人的證言罷了，雖然各有特色。但是我再重複一遍，一切都將歸結到一點，體現在我立刻就要講到的檢察官的演說中。大家都很興奮，大家都被最後的風雲突變所激動，都在急切和迫不及待地但求快點收場，等待控辯雙方的演說和判決。費秋科維奇分明被卡捷琳娜・伊萬諾芙娜的證言所震撼，然而檢察官卻感到勝劵在握，得意非凡。法庭調查結束後，宣布休庭，休息時間似乎長達一小時。最後首席法官宣布進行法庭辯論。當我們的檢察官伊波利特・基里洛維奇開始發表自己的公訴演說時，大概是晚上八時正。

六、檢察官的演說／人物述評

伊波利特・基里洛維奇開始發表公訴演說時，全身神經質地不住發抖，前額和兩鬢不時冒出冷汗和虛汗，感到全身忽冷忽熱。後來他自己也這麼說。他認爲這篇演說是他的chef d'œuve①，是他畢生的chef d'œuve，是他的天鵝之歌②。果然，過了九個月，他就因惡性肺癆死於非命，因此，如果他預感到他末日將至，他倒的確有資格把自己比作天鵝，唱完自己的最後一支歌也就死了。他在這

① 法語：傑作，典範之作。
② 意爲傑作，才華橫溢的最後之作（據信：天鵝畢生只引吭高歌一次，歌罷即死去）。

篇演說中傾注了他的全部心血和他的所有智慧，並出乎意料地證明他身上既蘊藏著公民應有的責任感，也蘊藏著我們這位可憐的伊波利特・基里洛維奇的心中能夠容納得下的那些「該死」的問題。他的演說主要以真誠取勝：他真誠地相信被告有罪；他對被告提出公訴不僅僅是職務攸關，奉命行事，他之呼籲「復仇」確是滿懷著「救國救民」之心。甚至我們那些女聽眾，說到底本來是與伊波利特・基里洛維奇敵對的，也承認他的演說產生了非同一般的影響。他開始發表演說時聲音本來有些發顫和變調，但是到後來聲音很快就堅定了，語音鏗鏘，響徹整個大廳，就這樣一直到演說終了。可是演說剛一結束，他差點沒有暈倒。

「諸位陪審員先生，」公訴人開始道，「本案轟動了整個俄羅斯。但是，看來，這又有什麼可大驚小怪的呢？又有什麼了不得的東西值得我們心驚膽戰呢？尤其是我們？我們都是過來人，已經見怪不怪了！可怕的倒是我們對於這類陰森可怖的凶殺案已經不覺得可怕了！正是我們這種見怪不怪才是最可怕的，而不是這個人或者那個人的個別的暴行。我們對這類案件，對於這類向我們預示著難以令人歆羨的未來的時代特徵採取無動於衷，甚至溫情脈脈的態度，其原因究竟在哪裡呢？在於我們的犬儒主義①嗎？在於我們雖然年輕但已是未老先衰的社會智能和想像力的過早衰竭嗎？在於我們搖搖欲墜的道德準則嗎？或者說穿了，還在於我們甚至根本就沒有這類道德準則。我無意來解決這些問題，何況這些問題是令人百思不得其解的，每個公民不僅應該，而且有責任來為這些問題感到痛苦。但是，我們剛剛起步的、還有點膽怯的報刊，已經給了社會以某種幫助，因為沒有這些報刊我們就永遠不可能知道（比較全面地知道）那些肆無忌憚、為所欲為、道德敗壞所造成的慘案，

① 意指獨善其身、玩世不恭。

我國報刊不斷在自己的版面上報道這些慘案，這樣一來大家就都知道了，而且不僅是那些前來旁聽當今皇上恩准成立的新的公開法庭①的人才知道。那麼，我們幾乎每天都能讀到些什麼消息呢？噢，我們無時無刻不在讀到連本案都會相形失色的這樣一類案件，相形之下，本案就顯得似乎很平常了。但是最要緊的是許多我們俄羅斯的、具有我國民族特色的刑事案件，恰恰表示著某種普遍的東西，某種普遍的災難，可是我們對此已經習以爲常了，真是積重難返啊，已經很難克服這種普遍的惡了，譬如，有這麼一位出身名門的、大有作爲的年輕軍官，剛踏上社會和剛開始工作，竟卑鄙地、絲毫不受到良心譴責地在一處僻靜的地方殺死了一位過去多少有恩於他的小官吏，以及他的一名女傭人，目的是爲了偷走他所立的一張借據，同時也偷走這位官吏的其餘的錢：『供我在上流社會尋歡作樂，也供我將來尋求功名富貴之用。』他把這兩人殺死後，臨走時還給這兩個死人的頭底下塞了兩個枕頭②。還有個因英勇作戰身上掛滿了十字勳章的青年英雄，居然在大道上像個殺人不眨眼強盜似的殺害了他的長官兼恩人的母親，他在勸說他的同謀儘管放心下手的時候竟說：『她愛他如同己出，因此對他言聽計從，決不會採取防範措施的。』就算這是個惡棍吧，但是現在，在當代，我決不敢說這僅僅是一個個別的惡棍。換了別人，也許不會殺人，但是他的思想感情卻跟這人一模一樣，跟這人一樣男盜女娼，心術不正。他在僻靜處，單獨面對自己的良心，也許會捫心自問：『什麼叫人

---

① 俄國於一八六四年實行司法改革，設立陪審法庭，對外公開，准予旁聽。因此當時的俄國報刊大量報導了各種案件的庭審情況及法庭演說。

② 此案發生在一八七九年，指退伍准尉蘭茨貝格殺死其債主——退職七等文官弗拉索夫及其女傭一案。作者在一八七九年六月十五日給施塔肯施奈德的信中曾提及此案〔見杜思妥也夫斯基《書信選》（人文版）第三八八－三八九頁〕。

格？不應該殺人流血，豈非偏見？』說不定有人會大聲斥責我，說我這人有病，歇斯底里，在肆意誹謗，胡說八道，誇大其詞。隨他們說去吧，隨他們說去吧——上帝啊，要真是這樣的話，我高興還來不及哩！噢，你們盡可以不相信我的話，盡可以認爲我有病，但是我還是要請你們記住我的話：即使在我說的話裡只有十分之一或二十分之一是真實的，那也夠可怕的了！你們瞧，我國的年輕人常常開槍自殺：噢，絲毫也沒有像哈姆雷特那樣提出問題：『**那裡**①會怎樣？』連提出這類問題的跡象都沒有，好像關於我們的靈魂，關於我們死後的一切這一條，早就在他們的天性中被一筆勾銷，被掩埋入土，被堆上黃沙了。最後，請諸位瞧瞧我國的道德淪喪，瞧瞧我國那些好色之徒。本案的不幸的犧牲者費奧多爾·帕夫洛維奇在他們的有些人面前幾乎成了白璧無瑕的黃口赤子。要知道我們大家都認識他，『他曾經生活在我們中間，』②……是的，我國和歐洲的首屈一指的博學多才的人說不定有朝一日將會來研究俄國的犯罪心理學，因爲這個課題是值得這些巨擘們研究的。但是這類研究必須留待將來能夠騰出手來時再做，到那時候，我國當前悲劇性的無秩序狀態已經成了明日黃花，因此來研究這一問題就能比像我這樣的人所能做到的更獨具慧眼，更不偏不倚些。至於現在，我們不是大驚失色，就是假裝大驚失色，而實際上正好相反，我們正在津津有味地看熱鬧，就像那些愛好強烈而又離奇的刺激的人們那樣，因爲這可以使我們那種玩世不恭的懶散勁多少振作一點，或者乾脆像小孩一樣伸出手來把可怕的怪影從身邊攆走，把頭藏進枕頭裡，立刻在歡樂和嬉戲聲中

① 指他世界（天堂或地獄）。典出莎士比亞的同名悲劇哈姆雷特的獨白（第三幕第一場），開頭說的是：「生存還是毀滅？這就是問題之所在！」生死問題是一個十分重要的問題，也是杜思妥也夫斯基最關心的問題。對生死問題採取冷漠態度，也就是心中沒有上帝，就會走向犯罪。

② 源出普希金致波蘭詩人密茨凱維奇的詩《他曾經生活在我們中間……》（一八三四）

把它忘得一乾二淨。但是總有一天我們也該清醒而又深思熟慮開始我們的生活，我們也該回過頭來審視我們自己如同審視我們的社會一樣，我們也該對我們的社會現狀有所了解，或者哪怕開始有所了解也行。上一時代有位大作家，在他的一部最偉大的作品的結尾，把整個俄羅斯比作一輛奔向神秘莫測的目的地的勇往直前的俄羅斯三套馬車①，他感慨萬千地歡呼道：『啊，三套馬車呀，鳥兒般的三套馬車呀，是誰把你想出來的？』——接著他又在驕傲的狂喜中補充道，在這輛拼命狂奔的三套車前，所有的民族都在畢恭畢敬地給它讓道。是這樣的，諸位，就讓他們去讓道吧，畢恭畢敬也好，不畢恭畢敬也好，都無所謂，但是，鄙人以爲，這位天才藝術家這樣來結束他的書，若不是因爲他有一顆白璧無瑕的赤子之心，淨往好處想，那就是害怕當時的書報檢查。因爲，如果給他的三套馬車果真套上僅僅是他筆下的那幾位主人翁，索巴凱維奇呀，諾茲德廖夫呀，乞乞科夫呀這類人，那無論由誰來駕車，靠這樣的馬是拉不到任何像樣的地方去的！而且這還僅僅指從前的馬，跟咱們現在的馬簡直沒法比，咱們的更夠嗆……」

講到這裡，伊波利特・基里洛維奇的演說被一陣掌聲所打斷。對俄羅斯三套馬車的自由主義描寫受到了歡迎。誠然，僅僅爆發了三兩下掌聲，因此連首席法官也認爲無須向聽眾提出「退出法庭」的威脅，而僅限於向鼓掌人怒目而視。但是伊波利特・基里洛維奇卻受到了鼓舞：迄今爲止還從來沒人向他鼓過掌！一個人如許年來無人理會，如今卻突然有可能向全俄羅斯慷慨陳詞！

「說真的，」他繼續道，「這個突然之間聲名狼藉，甚至名噪全國的卡拉馬助夫家族又是怎麼回事呢？也許我過甚其詞了，但是我覺得在這個支離破碎的家庭圖畫裡似乎閃現出我國當代知識界的

① 指俄國作家果戈理的《死魂靈》第一卷結尾關於三套馬車的描寫。

若干共同的基本特點①——噢，倒也不是所有的特點，而只是以一種縮微形式出現的，『就像一小滴水中能照見太陽』一樣，畢竟映射出了一點什麼，畢竟顯現出了一點什麼。你們瞧瞧這個不幸的、放蕩的、道德敗壞的老人，瞧瞧這個如此悲慘地結束了自己一生的『一家之父』。一個世襲貴族，他以一名窮食客起家，經由一件偶然的意外的婚事抓到了不大的一筆錢作爲陪嫁，起先是個小騙子和善於拍馬逢迎的小丑，能耍點小聰明，不過這點小聰明還相當了得，最主要的是他是一名高利貸者。年復一年，隨著那點小本錢的不斷增值，他也就財大氣粗起來。低三下四和拍馬逢迎不見了，留下來的只是一個玩世不恭的犬儒主義者和好色之徒。精神方面的東西整個兒蕩然無存，而對聲色犬馬的渴望卻異常強烈。到後來，除了耽於色情享樂之外，他在生活中什麼也看不見，而且他也這麼來教育自己的孩子。他沒有一點做父親的道義上的責任心。他取笑他們，他是把自己的年幼的孩子撇在後院裡養大的，巴不得有人把孩子領走。甚至把他們完全丟諸腦後。老人的全部道德準則就是après moi le déluge②。他的一切都與公民的概念背道而馳，完完全全地脫離社會，甚至與社會相敵對：『哪怕全世界成爲一片火海，只要我一人舒服就行。』他感到這樣很舒服，他十分心滿意足，他渴望再這樣活上二三十年。他剋扣親生兒子的錢，而且就用他兒子的錢，用這兒子母親的遺產（他始終不肯把這筆遺產還給他）來爭奪自己兒子的情人。不，我不願把對被告的辯護權拱手讓給從彼得堡來

① 杜思妥也夫斯基在給《俄國導報》編輯的一封信的底稿上曾經這樣寫道：「把這四個人合在一起，您就會看到一幅（哪怕縮小成了千分之一）描寫我國當代現實，描寫我們俄羅斯當代知識分子的縮影。這就是我的任務對我所以如此重要的原因。」

② 法語：我死後，哪怕洪水滔天。據說這話是法王路易十五（一七一五－一七七四年在位）說的，一說這是德·龐帕杜爾侯爵（一七二〇－一七六四年）說的。

的這位才華橫溢的辯護人。我要實事求是，有一說一，而且我也明白他在他兒子的心目中已經積聚了大量的憤懣。但是夠了，我們就不來談這位不幸的老人了，他已經受到了應有的報應。然而，我們不要忘記他是父親，是當代父親中的一個。如果我說他甚至是許多當代父親中的一個，我們的社會會不會因此見怪呢？可嘆的是當代父親中有許多人只是不像他說得那麼無恥，那麼露骨罷了，因爲他們受過較好的教育，比較文明，可是實際上幾乎同他一模一樣，抱著一樣的人生哲學。但是，就算我是悲觀主義者吧，就算是吧。咱們已經有言在先，你們會原諒我的。咱們再預先說好：你們盡可以不相信我的話，盡可以不相信，我還是要說下去，你們盡可以不相信。但是還是請你們讓我把話說完，我說的話中終究有某些內容你們是不會忘記的。但是話又說回來，你們瞧，這個老人的孩子：其中有一位現在就坐在你們面前的被告席上，關於他，說來話長，我們後面還要提到；關於其他二位，我只想捎帶說兩句。這其他孩子中的年長的一位，是一個受過良好教育的當代青年，有頭腦，相當聰明，然而他什麼也不信，生活中有許許多多東西，太多太多的東西遭到他的否定和被他一筆抹殺，這跟他父親一模一樣。我們大家都曾聽說過他，他在我們上流社會中受到了和善的接待。他並不隱瞞自己的觀點，甚至相反，完全相反，因此才給予我勇氣現在多少坦誠地談談他的情況，當然不是作爲私人來談，而是把他當作卡拉馬助夫家的一員來談。昨天在城關某地，有一個嚴重涉嫌本案的有病的白癡死了，是自殺的，他曾是費奧多爾•帕夫洛維奇的傭人，也許還是私生子，他叫斯梅爾佳科夫。預審時，他曾歇斯底里地、哭哭啼啼地告訴我，這個年輕的卡拉馬助夫，即伊萬•費奧多羅維奇曾用他那精神上的毫無顧忌使他感到十分害怕。他說：『按照少爺的說法，世上不管做什麼，都可以爲所欲爲，從今以後，做任何事情也不應予以禁止——少爺淨教我這些。』看來，這白癡受到人家教他的這個論點的影響，徹底發了瘋，當然，影響他，使他精神錯亂的還有他的羊癲瘋，以及在他們家中爆發的這整個慘案。但是這白癡也說過一句非常，非常有意思的話，即使一個比他聰明的旁觀者能夠說出這樣的話來，也頗難得，因此我才想談談他所說的這句話。他對我說：『如果說幾個兒子中有人在性格上更像費奧多爾．帕夫洛維奇的話，那這人就是伊萬．費奧多羅維奇！』我對這人的評述就到這裡爲止，再說下去我認爲就失禮了。噢，我不想作進一步的結論，像隻烏鴉似的對年輕人的命運淨說些不祥的話。今天我們在這裡，在這座大廳裡還看到真理的直接力量還活在他那顆年輕的心中，他心中的同胞手足之情還沒有被他那不信神和道德上的玩世不恭所壓倒，後者主要因爲遺傳，而不是苦苦思索所得。我們接著談另一個兒子——噢，他還是個年方弱冠的青年，虔誠，謙讓，與他二哥那陰暗而有害的世界觀恰好相反，他正在上下求索，迷戀上了所謂『民間原則』，或者迷戀上了我們的思想界人士從另外的理論角度用這一奧妙的字眼所稱呼的那種東西。你們知道嗎，他竟一度迷上了修道院；差點自己也落髮當了修士①。我覺得，他心裡彷彿無意識地、過早地表現出一種膽怯的絕望，在我們可憐的上流社會現在有許多人害怕玩世不恭的犬儒主義和它的道德敗壞作用，把這一切災難錯誤地歸咎於歐洲文明，並帶著這樣的絕望，誠如他們所說，投身到『祖國的根基』，投身到所謂故土慈母般的懷抱中去②，就像一群被怪影嚇怕了的孩子似的，偎依在衰弱無力的母親的乾癟的胸前，但求能夠安安穩穩地睡上一覺，甚至一輩子就這麼渾渾噩噩地昏睡過去，只要看不見那些把他們嚇破了膽的慘狀就好。就我而言，我祝願這位善良而又有才幹的青年萬事如意，祝願他那年輕人的心地單純和善良，以及對『民間原則』的追求，以後千萬不要

① 基督教的落髮只是剪去一圈頭髮，而非像我國佛教徒那樣剃度。
② 以上是俄國斯拉夫派的觀點，也是作者所極力主張的所謂「根基論」。

在精神上變成陰暗的神秘主義，而在民族問題上變成頑固不化的沙文主義，就像司空見慣的情形那樣。神秘主義和沙文主義這兩種毛病對我們民族的危害，也許更甚於被錯誤理解和盲目引進的歐洲文明過早地產生的道德敗壞，而他二哥則深受歐洲文明之害。」

當他說到沙文主義和神秘主義的時候，又響起了三兩下掌聲。當然，伊波利特・基里洛維奇說得離題了，這一切與本案似乎並無多大關係，且不說他講得相當晦澀，這個身染肺癆、憤世嫉俗的人太想發表自己的見解了，哪怕他這輩子就有這麼一次呢。後來敝縣有人說，他在評述伊萬・費奧多羅維奇時所持的動機似乎難以恭維，因爲伊萬・費奧多羅維奇在辯論中曾有一兩次當眾使他難堪，伊波利特・基里洛維奇對此耿耿於懷，因而現在圖謀報復。但是我不知道能不能夠遽下這樣的判斷。不管怎麼說吧，這些話不過是開場白，接著演說就逐漸切入正題了。

「但是，我們現在來講這個當代家庭的一家之父的另一個兒子——老大吧，」伊波利特・基里洛維奇繼續道，「他坐在被告席上，就坐在我們面前，他所幹的勾當，他的一生，以及他的所作所爲，也都擺在我們面前。時間一到一切就會昭然若揭，一切就會暴露無遺。他和他的兩兄弟（一個是『全盤西化』，一個是信奉『民間原則』）恰好相反，似乎體現了地道的俄羅斯——噢，不是整個俄羅斯，不是整個俄羅斯，上帝保祐，幸虧不是整個俄羅斯。不過話又說回來，這裡有她——我們親愛的俄羅斯，這裡散發著她的氣息，可以聽到她，我們祖國母親的聲音。噢，我們天真率直，我們把善與惡驚人地混淆在一起，我們既喜歡文明與席勒①，與此同時，我們又愛在小飯館裡胡鬧，揪醉鬼，揪我們酒友的鬍子。噢，我們有時候也很好，也很方正賢良，但只有當我們自己也感到好，也感到

① 據學者研究，在杜思妥也夫斯基筆下，席勒是一種象徵，象徵一切崇高和美好的東西。

必須方正賢良的時候。相反，我們有時候甚至心潮起伏——正是心潮起伏——充滿非常高尚的理想，不過有一個條件，這些理想必須不費吹灰之力就能得到，從天上自動掉下來，掉到我們的飯桌上，主要是要白給，而不必付出任何代價。我們最不喜歡付出代價了，但是我們卻非常喜歡得到，而且這表現在一切方面。噢，請把形形色色的人生幸福都給我們（一定要形形色色的，差一點也不行），都給我們拿來，尤其是在任何事情上都不要跟我們的脾氣頂著幹，那我們就一定用實際行動來向你們證明，我們是能夠做得很好和很方正賢良的。我們並不貪財，不，不過話又說回來，給我們錢，多多的，多多的，錢越多越好，那，你們就會看到我們是多麼慷慨大方，視金錢如糞土，花天酒地，縱酒無度，一夜之間就可以把錢揮霍淨盡。要是不給我們錢，那我們在非常需要花錢的時候就自然有辦法弄到錢，而且就弄給你們看。但這是後話，讓我們且按照先後順序慢慢道來。最先出現在我們面前的是一個可憐的被人拋棄的孩子，『待在後院，沒有鞋穿』，正如方才我們的一位可敬可佩的同胞（唉，可惜是外裔同胞①）所說的那樣！我還要再說一遍——我是決不會把對被告的辯護權拱手讓給任何人的！我既是公訴人，又是辯護人。是的，您哪，我們也是人，我們的心也是肉長的，我們也估量得出童年和老家的最初印象對一個人會產生怎樣的影響。光陰荏苒，這孩子逐漸長大了，先是少年，後是青年，最後當了軍官；由於行爲蠻橫，由於尋釁鬧事，找人決鬥，他被發配到我們富饒的俄羅斯的一個遙遠的邊境小城，他在那裡服役，他在那裡花天酒地，當然——船大能遠航，但是耗費也多。我們需要錢財，您哪，首先需要錢財，於是經過長久的爭論之後，他跟他父親商定，用六千盧布來彼此兩清，而且這錢也寄給了他。請注意，他立了一張筆據，現在他寫的這信還在，

① 指前面提到的德國醫生赫爾岑什圖勃。

他在信中幾乎放棄了下餘的款項，願以這六千盧布從此了結他與父親關於遺產的爭執。就在這時候他遇到了一位性格高尚、文化程度很高的年輕姑娘。噢，我不敢冒昧重複這事的細節，諸位剛才都聽到了：這裡有名譽，這裡有自我犧牲，恕不贅述。一個行爲輕浮，生活放蕩，但面對真正高尚的行爲和崇高的思想還是甘拜下風的年輕人的形象，便赫然呈現在我們面前，使我們覺得這青年異常可愛。但是忽然在這以後，而且就在這個法庭上，完全出乎意料地又緊接著出現了這事的反面。對此我不敢妄加猜測，也無意來分析所以如此的原因。但是話又說回來，所以如此的原因總還是有的。就是這位小姐對他積怨甚深，她滿臉淚痕地對我們宣布，正是他，因爲她一時莽撞，一時失於檢點，也許是一時衝動吧，但這衝動畢竟是高尚的、捨己爲人的，竟頭一個因此而看不起她。他就是這位姑娘的未婚夫，正是他率先流露出嘲諷的微笑，而她最受不了也正是他的這種嘲笑。她知道他已經對她變了心（他非但變心，而且還深信，他不管做出什麼來，她都得忍著，甚至他變了心，她也得忍著），她明知道他變了心，還故意給了他三千盧布，與此同時還清楚地，非常清楚地讓他明白，她給他這錢是供他背叛她用的：『我倒要看看你會不會收下，會不會這麼厚顏無恥。』她用她那譴責的、試探的目光默默地對他說道。他瞧著她，完全明白她的意思（要知道，在這裡，當著你們的面，他曾親自承認，他全明白），可是他卻無條件地把這三千盧布收了下來，攫爲己有，而且在兩天之內就跟自己的新歡花天酒地地把這錢花光了！我們究竟應該相信什麼呢？相信頭一種傳說——相信他是出於十分高尚的衝動，由於欽佩她的美德，竟把自己賴以生活的最後一點錢拿出來拱手送人，還是相信這事的反面，令人憎惡的一面呢？通常生活中常有這樣的情形，唯有採取中庸之道才能在兩個截然相反的事物間逐漸找出真理；可是在當前的情況下，這卻是絕對行不通的。最大的可能是，在第一種情況下，他的高尚是真的，而且第二種情況下，他的下流無恥也是真的。爲什麼呢？其原因正在於我們的本性兼容並蓄，無所不包，是卡拉馬助夫式的——我說這話的目的也就在此——我們能兼容並蓄地把各種對立物集中於一身，一下子同時省悟到兩個無極！一個是我們頭上的無極，至高無上的理想，一個是我們腳下的無極，最低級下流和臭氣熏天的墮落。請想想那個年輕的旁觀者，曾深入細致地研究過卡拉馬助夫全家的拉基京先生，他方才說的一段精彩的想法：『對這類恣意放縱、為所欲為的人來說，墮落的卑劣感和十分高尚的情操感同樣是必不可少的。』——誠哉斯言：正是他們經常需要和不斷需要這種不自然的混合。兩個無極，諸位，同一瞬間兼有正反兩個無極——沒有這樣的兼容並蓄，我們就會是不幸的，就得不到滿足，我們的存在就會是不完全的。我們兼容並蓄，無所不包，就像我們整個俄羅斯母親一樣，我們能包容一切，與一切都相安無事！順便說說，諸位陪審員先生，我們剛才提到了那三千盧布的事，那我就冒昧地稍許提前一點來說吧。諸位只要想想，像他這麼一個人，當時拿到了三千盧布，而且這三千盧布還是這樣弄到手的，蒙受了這樣的羞恥，蒙受了這樣的恥辱，蒙受了無以復加的屈辱——諸位只要想想，他居然能在同一天把這錢似乎分出一半，縫進了護身香囊，而且後來整整一個月居然能鐵下心來把它佩帶在自己的脖子上，置所有的誘惑和異乎尋常的需要於不顧！無論是在飯館裡花天酒地的時候，也無論在他不得不飛也似的趕出城去，天知道向什麼人去弄他那十萬火急地需要的錢，以便把自己的意中人帶走，以免她受到他的情敵，也就是他的父親的誘惑的時候，他都沒有敢去碰一下這個護身香囊。即使僅僅為了不讓自己的心上人受到他十分嫉妒的老人的誘惑，他也應該拆開自己的護身香囊，留在家裡，寸步不離地守著自己的心上人，一直等到她終於向他說出：『我是你的』之後，帶著她遠走高飛，離開現在這個是非之地才是。但是不，他沒有去碰他的護身符，他的藉口是什麼呢？我們已經說過，他起初的藉口是，等到人家向他說：『我是你的人了，你愛帶我上哪就上哪吧』，那時候他必須有錢把她帶走。但是，這第一個藉口，用被告自己的話來說，在第二個借口前就顯得黯然失色了。他說，當我身上帶著這筆錢的時候，『我是卑鄙小人，但不是賊』，因爲我永遠可以去找受到我侮辱和拋棄的未婚妻，把我從她那裡騙來的錢的一半還給她，我永遠可以對她說：『瞧，我把你的錢花掉了一半，由此可以看出我是個意志薄弱的、沒有道德的人，如果你愛聽，我還是個卑鄙小人（這話我是用被告自己的語言說的），但是儘管我卑鄙，我不是賊，因爲如果我是賊，我就不會把剩下的一半給你拿回來了，我就會把這一半據爲己有，就像另一半一樣。』對事實的這種解釋真是曠古奇談！這是一個最最瘋狂的人，又是一個意志薄弱的人，他無法拒絕在這種恥辱條件下接受三千盧布的誘惑——就是這樣一個人，居然會在自己身上突然感到這樣一種堅忍不拔的精神，把幾千盧布拴在自己的脖子上，居然不敢碰它一碰！這是否哪怕多少符合我們所分析的這個人物的性格呢？不，因此我想對你們冒昧地講一講真正的德米特里•卡拉馬助夫在這樣的情況下將會怎樣做，即使他當真曾經下定決心把自己的錢縫進護身香囊裡也罷。他在跟他的新歡已經花光了這錢的一半以後，只要一遇到新的誘惑，哪怕僅僅是爲了再次討得這個新寵的歡心，他就會拆開他的護身香囊，從其中拿出——就算起初僅拿出一百盧布吧，因爲幹麼非要還回去一半即一千五百盧布不可呢，有一千四百也就可以了嘛——反正結果都一樣，也就是說：『我是卑鄙小人，而不是賊，因爲我終究還回去了一千四，而賊是會全部拿走，什麼也不會還回去的。』然後又過了若干時候，又拆開護身香囊，又拿出第二個一百，接著是第三個一百，接著是第四個一百，而且頂多到月底，他終於把倒數第二個一百都拿了出來：說什麼即使還回去一百，結果還不全一樣：『我是卑鄙小人，但不是賊。我花掉了二千九百，但畢竟還回去了一百，如果是賊，那是連這一百也不會還的。』最後終於把這倒數第二個一百也花光了，看了看這最後的一百，心想：『要知道，把這一百還回去也真沒多大意思——讓我乾脆花了吧！』

我們所知道的真正的德米特里・卡拉馬助夫說不定就會這麼做！關於護身香囊的傳奇故事與現實的矛盾是如此之大，大到簡直令人無法想象。其他一切還可以姑妄聽之，而這是絕對不可能的。但是我們還要回過頭來再談這個問題。」

在逐一說明經法庭調查查明的有關父子間的財產糾紛和家庭關係等所有情況後，伊波利特・基里洛維奇又一而再，再而三地作出結論，根據已經掌握的材料，在遺產分割這一問題上根本無法確定到底誰欺騙了誰，到底誰佔了誰的便宜，至於固執地牢牢鑽進米佳腦海裡的那三千盧布，伊波利特・基里洛維奇援引了醫學鑑定。

七、歷史概述

「醫生的鑑定竭力向我們證明被告精神失常，得了躁狂症。我的意見倒與之相反，他的神經完全正常，但是最糟糕的地方也就在這裡：假如他精神失常，說不定倒會聰明得多。至於說他得了躁狂症，我倒是同意的，但是僅止於一點——即鑑定所指出的，被告一口咬定那三千盧布似乎是他父親欠他的。雖然如此，也許，我們仍可找到一種比說他跡近瘋狂更切近事實的觀點，以說明被告為什麼一提到這筆錢便氣憤若狂。就我而言，我倒完全贊同那位年輕醫生的意見，他認為被告擁有，而且過去也擁有正常的智力，只不過被激怒和充滿憤恨而已。問題正在於此：被告經常處於狂怒狀態，其對象並不在於這三千盧布，並不在於這款子本身，而是個中另有他故，使他氣憤難平。這緣故就是嫉妒！」

說到這裡，伊波利特・基里洛維奇詳盡而又全面地展示了一幅被告對格魯申卡那種要死要活的熱戀圖。他先從被告去找一位「年輕女子」以便「揍她」一頓時說起，據伊波利特・基里洛維奇說，他在這裡用的是被告本人的說法，「但是他不但沒有揍她，卻反過來俯首帖耳地跪倒在她的石榴裙下——這便是那段愛情的肇始。就在這時，那位老人——被告的父親也看上了那女的——這是一個令人吃驚的，也是不幸的巧合，因為兩顆心忽然同時燃燒起來，雖然以前這兩人也都認識這女人，而且常常遇見她——這兩顆心一經燃燒，便一發而不可收拾，燃燒起了卡拉馬助夫式的最熾烈的情欲。對此，我們有她的親口供詞，她說：『我是拿他倆打哈哈。』是的，她忽然想同時取笑他倆；她過去並無意拿他倆打哈哈，可是現在卻忽然靈機一動有了如此這般的打算——到頭來，兩人都拜倒在她的石榴裙下，被她征服了。那個一向崇拜金錢如同崇拜上帝一樣的老人，立刻備下了三千盧布，但求她能枉駕到他的住處來一下，但是很快他就發展到只要她同意明媒正娶地做他的合法妻子，他就甘願把自己的名譽地位和自己的全部財產奉獻在她的腳下，並把這看成是幸福。對此，我們擁有確鑿的證據。至於被告，他的悲劇是一目了然的，這悲劇就赫然呈現在我們面前。但是這年輕女子的『逢場作戲』要的就是這股勁兒。這個迷人的妖精甚至不給這個不幸的年輕人以希望，因為這希望，真正的希望，僅僅在最後一刻，即他跪在折磨他的這個冤家面前，向她伸出他那染滿自己父親兼情敵的鮮血的雙手的時候，才給予了他：他也正是在這一情況下被捕的。『請你們把我，把我跟他一起送去服苦役吧，是我害了他，罪魁禍首是我！』這女人在他被捕的那一刻已經是真心誠意地感到悔恨了，她感慨萬千地喊道。一位很有才華的年輕人（也就是我已經提到過的那位拉基京先生），曾自告奮勇地描寫過本案，言簡意賅地說明過這位女主人翁的性格：『早年的失望，早年的受騙和墮落，曾經勾引過她的那個男人的變心和把她拋棄，緊接著是貧窮，一個清白家庭對她的詛咒，最後則是她至今仍對他感恩戴德的一位年老富翁的呵護。在這顆年輕的心裡（也許過去確曾有過許多好的東西），從少女時代起就過早地積蓄了憤恨。養成一種斂財聚財的儉省性格。也養成了對社會的冷嘲熱諷和憤世嫉俗。』諸位聽過這樣的評述之後不難理解，她之取笑他倆，僅僅是爲了逢場作戲，僅僅是爲了惡作劇。就在這一個月中，被告除了無望的愛情，道德上的墮落，對未婚妻的變心，鯨吞以爲他誠實可靠因而託付給他的錢財以外，還由於不斷的嫉妒（對誰嫉妒呢，居然是嫉妒自己的父親），以至於幾乎達到一種狂暴乃至瘋狂的地步！而主要是那個發狂的老人正在誘惑和勾引他熱戀的對象——而且用的就是他兒子認爲是母親留給他的祖上的遺產，一再譴責父親抵賴不肯給他的那三千盧布。是的，我同意，這事叫人很難忍受！誰遇到這樣的事都會暴跳如雷。事情並不在一個錢字，而在於有人用這錢那麼惡劣又那麼無恥地破壞了他的幸福！」

接著，伊波利特·基里洛維奇便轉而分析弒父的念頭是怎樣在被告的心裡逐漸醞釀成熟的，並進而根據這些事實予以層層剖析。

「起先我們僅限於在飯館裡嚷嚷——這整整一個月一直在嚷嚷。噢，我們喜歡生活在人們中間，總愛把一切立刻告訴這些人，甚至把我們那些最陰暗、最危險的想法也和盤托出，我們總愛對別人吐露心曲，而且也不知道爲什麼，總是馬上，立刻便要求人家對我們迅速報以完全的同情，分擔我們的心事，急我們之所急，對我們唯唯諾諾，由著我們的性子讓我們爲所欲爲。不然的話，我們就會大發雷霆，把整個飯館打得落花流水。（接著他便講了被告揍斯涅吉廖夫上尉的故事。）在這一個月裡，凡是見過被告和聽過被告說話的人，終於感到現在的事情很可能不僅僅是嚷嚷和對父親的威脅了，看到他那暴跳如雷的樣子，這威脅也許會轉而變成行動也說不定。（說到這裡，檢察官便描寫了在修道院裡的那次家庭聚會，被告跟阿廖沙的談話，以及被告飯後闖進父親家大打出手的那場不像話的醜劇。）伊波利特·基里洛維奇繼續道：「我無意固執地斷言，在這場醜劇之前，被告就深思熟慮和蓄謀已久地決定用殺死父親的辦法來與父親一了百了。儘管如此，這想法仍好幾次出現在他的心頭，而且他曾經思前想後地考慮過這個問題——對此，我們有事實爲證，有證人，也有他本人的供詞。不瞞你們說，諸位陪審員先生，」伊波利特・基里洛維奇補充道，「甚至直到今天，我還動搖不定，被告是否完全有意識、有預謀地犯了加給他的這個罪名？我曾經堅信，他心裡已經多次考慮過他面前可能出現的這個決定他命運的時刻，但是也僅止於考慮而已，總是想像會有這種可能性，但是還沒有確定何時下手，遑論其他。但是我的動搖不定僅限於在今天之前，在韋爾霍夫采娃女士今天向法院提交的那份要命的筆據以前。諸位，你們曾親耳聽見她感嘆：『這是一份計畫，一份殺人的行動綱領！』——她就是這樣論定不幸的被告的這封不幸的『在醉後』寫的信的。誠哉斯言，這封信也確有行動綱領和預謀殺害的全部含義。這封信是在犯罪的前兩天寫的，因此我們現在十拿九穩地知道，被告在他那可怕的陰謀付諸實施的兩晝夜前就曾信誓旦旦地宣布，如果他明天弄不到錢，『只要伊萬一走』，就要殺死他父親，以便把父親放在枕頭底下，『放在繫有紅緞帶的大信封』裡的錢拿來。請聽：『只要伊萬一走』，由此可見，這時他已經把一切都考慮好了，一切情況他都已權衡輕重，仔細估量過了——結果怎樣呢：以後一切就都按寫下的計畫毫厘不爽地付諸實施了！早有預謀和深思熟慮是無疑的，犯罪的目的就是圖財害命，這是直言不諱地宣布了的，這是他親筆所寫，而且還簽了字，署了名的。被告並沒有否認他的親筆簽名。有人會說：這是他醉後寫的。但是這絲毫於事無補，反而更顯得重要：酒後吐真言。如果清醒的時候沒有想過，喝醉後就寫不出來。也許還有人說：他幹麼要在飯館裡大吹大擂，把自己的計畫先說出來呢？凡是**預謀**出此下策的人，一定會守口如瓶，秘而不宣的。不錯，但是，他大吹大擂的時候，還沒有計畫好，也沒有預謀好，當時只存在一種願望，正在醞釀成熟的也只是一種企盼。後來他對於此事就已經不怎麼嚷嚷了。他在寫這封信的那天晚上，在京都飯館裡喝多了，一反常規，寡言少語，也沒打檯球，而是坐在一旁，不跟任何人說話，只把本地的一名商店夥什從座位上攆走了，但他這樣做幾乎是無意識的，僅是愛吵架的習慣使然，只要走進飯館他就免不了要吵架。誠然，隨著被告最後拿定了主意孤注一擲的時候，他腦子裡也勢必會產生一種顧慮：他預先嚷嚷得太厲害了，已經鬧得滿城風雨，他的預謀付諸實施之後，這很可能成爲告發他和指控他的一大罪證。但是這有什麼辦法呢，既然吹出去了，這已成爲事實，說出去的話是收不回來的，再說，既然過去福星高照，混了過去，現在也肯定會混過去的。諸位，我們總指望自己福大命大，福星高照！再說，我必須承認，他爲了逃避在劫難逃這一時刻，也曾做過許多事，他曾經殫精竭慮地避免造成流血的結局。『明天我要去向所有的人借錢，向他們借三千盧布，』他用他那獨特的語言這樣寫道，『如果人家不借，那就要流血。』這話同樣是在他喝醉的時候寫的，同樣，這也是他在清醒的時候按照所寫的計畫付諸實施的！」

說到這裡，伊波利特・基里洛維奇進而詳細描述了米佳爲了避免犯罪，到處借錢所作的種種努力。他描寫了米佳在薩姆索諾夫家的經歷，以及尋找「密探」的那次長途跋涉——每次都以他願出字據爲條件。「他筋疲力盡，受盡了人家的冷嘲熱諷，餓著肚子，爲籌措路費還賣掉了自己的懷錶（然而他身邊卻揣著一千五百盧布——是嗎？噢，不見得吧！），把自己的心上人撇在城裡，又不由得疑心她會不會趁他不在的時候去找費奧多爾・帕夫洛維奇，因而妒火中燒，最後，他終於回到了城裡。真得謝天謝地！她竟沒有到費奧多爾・帕夫洛維奇家去。他曾親自陪她到她的保護人薩姆索諾夫家去。（說來也怪，他居然對薩姆索諾夫並不嫉妒，這是本案中一個非常典型的心理特點！）接著他就匆匆跑到『後院』的觀察哨，而且在那裡——在那裡打聽到了斯梅爾佳科夫發了羊癇瘋，而且另一名僕人也病了——戰場已經打掃乾淨，而『暗號』又掌握在他手裡——多大的誘惑！儘管如此，他還是對這樣的誘惑進行了反抗；他先跑去找我們大家十分尊敬的本城的臨時居民霍赫拉科娃太太。這位太太早就對他的命運深表同情，她向他提出了一個十分明智的忠告：徹底戒掉這種花天酒地的惡習，拋棄這種不成體統的愛情，再不要遊手好閒地出入飯館，再不要徒然地浪費自己的青春活力了，勸他不如乾脆到西伯利亞去開採金礦：『那裡才是您那洶湧澎湃的精力，您那渴望冒險的浪漫主義性格的出路。』接著他便描寫了這次談話的結局，以及被告忽然獲悉格魯申卡根本就不在薩姆索諾夫家時的情景，又描述了這個不幸的、被他的神經折磨得筋疲力盡的人，一想到她是在存心騙他，現在她就在費奧多爾・帕夫洛維奇那兒時，就頓時妒火中燒，不能自已，最後伊波利特・基裡洛維奇提請大家注意下述情況的不幸作用：「如果那個女傭人來得及告訴他，他的心上人現在在莫克羅耶，跟『從前』的、『無可爭議』的那主兒在一起——那就什麼事也不會發生了。但是她被嚇得六神無主，又是賭咒，又是發誓，如果說被告沒有立刻打死她的話，那也是因爲他要拚命去追那個負心的女人的緣故。但是請大家注意：不管他怎樣氣急敗壞，不能自已，他還是順手抄走了一根銅杵，爲什麼不是其他什麼凶器呢？但是，如果我們已經整整一個月翻來覆去地考慮過這情景，並在心理上對此有所準備的話，那只要有什麼凶器之類的東西在我們眼前閃過，我們就會把它作爲凶器順手抄走的。至於諸如此類的東西可以當凶器用，我們已經想像了整整一個月了。正因爲如此，我們才會在剎那間和無可爭議地承認它就是我們要找的凶器！因此，他也就隨手抄走了這根倒楣的銅杵，但這畢竟不是無意識的，畢竟不是無心的。就這樣，他出現在父親的花園裡——戰場已經打掃乾淨，沒有證人，夜已深，只有一片黑暗和嫉妒。疑心她就在這裡，跟他的情敵在一起，在他的懷裡，也許現在正在笑話他——這使他的氣不打一處來。再說，這也不僅是疑心——現在根本不是疑心的問題，騙局已昭然若揭，有目共睹：她就在這裡，就在這間射出燈光的屋子裡，她就躲在他屋裡的屏風背後——於是這個不幸的人就躡手躡腳地走到窗前，恭恭敬敬地向裡面張望，規規矩矩地嚥下了這口氣，明智地走開了，急急忙忙地離開了這個是非之地，生怕惹出什麼是非來，惹出什麼危險的、不道德的事來——有人想讓我們相信的正是這樣，但是我們是知道被告的性格的，也了解他當時處在怎樣的心情下，根據種種事實，他當時的心情我們是了解的，可是最要緊的是他掌握有立刻叫開門和走進去的暗號！」因為講到了這暗號，伊波利特・基里洛維奇便暫時停止了他對被告的指控，認為有必要對於斯梅爾佳科夫多說兩句，以便把斯梅爾佳科夫涉嫌殺人這整個插曲講深講透，以後就不必再回過頭來再談這個想法了。他作這一說明的時候說得極其詳盡，於是大家都明白了，儘管他對這種假設嗤之以鼻，但還是認為這一假設極重要。

八、斯梅爾佳科夫專論

「第一，產生這類懷疑的可能性從何而來？」伊波利特・基里洛維奇首先從提出這一問題入手。「頭一個叫嚷斯梅爾佳科夫是殺人兇手的，是被告自己，就在他被捕的那一刻，然而，從他第一次叫嚷時算起，直到現在開庭，始終沒有提出過一件事實來證明他的指控——非但提不出事實，甚至多少符合人類理性，庶幾乎類似事實的蛛絲馬跡也提不出來。接著，重申這一指控的只有三個人：被告的兩個弟弟和斯韋特洛娃女士。但是被告的二弟，直到今天，在病中，在發作了無可置疑的神經錯亂和酒狂病之後，才宣布自己的這一懷疑，而在這之前，在整整兩個月中，我們知道得一清二楚，他完全支持大哥有罪的觀點，甚至絲毫無意反駁。但是對這點我們還會在以後專門予以討論。接著，被告的三弟剛才又親自向我們宣布，他沒有任何事實根據（哪怕一絲一毫）足以證明斯梅爾佳科夫有罪，他作出這一判斷乃是根據被告本人說的話，『根據他的面部表情』——是的，這個了不得的證據方才他三弟重複了兩次。至於斯韋特洛娃女士的說法說不定就更了不得了……『不管被告對你們說什麼，你們儘管相信就是，他不是一個愛撒謊騙人的人。』這三位跟被告命運休戚相關的人，指控斯梅爾佳科夫的全部事實根據，就是這些。與此同時，對斯梅爾佳科夫的指控卻不脛而走，過去有人如是說，現在仍有人如是說——我們能夠相信，能夠想象這一指控嗎？」

說到這裡，伊波利特・基里洛維奇認爲有必要對那已故的、「因神精錯亂和瘋病發作因而結束了自己生命的」斯梅爾佳科夫的性格作一番簡明扼要的描述。他介紹斯梅爾佳科夫時把他形容成一個智力低下的人，受過一丁點萌芽狀態的模模糊糊的教育，被一些他的智力無法理解的哲學觀念弄昏了頭，被當代的某些有關天職和義務的學說嚇住了，這類學說在實際生活中是由他的已故主人，也許還是他的生父費奧多爾・帕夫洛維奇的無節制的生活隨時隨地教給他的，而在理論上則由主人的長子①伊萬・費奧多羅維奇各種各樣奇怪的哲學談話傳授給他的，伊萬・費奧多羅維奇很樂意降貴紆尊地做這樣的消遣——大概是出於無聊，或者是出於嘲弄他人的需要而又找不到更合適的嘲弄對象。斯梅爾佳科夫親自跟我講過他在主人家最後幾天的心態，」伊波利特・基里洛維奇說明道，「但是能證明這點的還有其他人：被告本人，被告的弟弟，甚至還有僕人格里戈里，也就是說所有跟他照例非常熟悉的人。此外，斯梅爾佳科夫因被羊癇瘋這一疾病所困，『膽小得像只母雞』。『他向我下跪，親吻我的腳，』被告曾親口告訴過我們，當時他還沒意識到他這樣說對自己會有某種不利，『這是一隻愛發羊癇瘋的母雞，』他曾用他那富有特色的語言這樣形容他。於是被告（他親口證實了這

① 原文如此。應爲次子。

點）就挑選了這樣一個人來做自己的親信，連唬帶嚇，嚇得他只好同意做他的密探和報信者。他在充當內奸這一角色中，背叛了自己的主人，把主人有一隻大信封，信封裡裝著鈔票，以及可以潛入主人屋子的暗號統統告訴了被告，再說他又怎敢不告訴他呢！『少爺會殺死我的，我一眼就看出來，他會殺死我的，您哪，』他在預審時說，甚至站在我們面前，當時嚇唬他、折磨他的那人也已被捕，根本不可能懲罰他的時候，他還是嚇得戰戰兢兢。『少爺每時每刻都在疑心我，您哪，我嚇得直打哆嗦，僅僅為了使他息怒，我才急急忙忙地把無論什麼秘密統統告訴了他，我這樣做是為了讓他看到我在他面前是無辜的，讓他放我一條生路，不要抓住我不放，您哪。』下面是他親口說的話，我把這話記錄在案，並且記住了：『他一衝我嚷嚷，我就在他面前雙膝下跪。』這個倒楣蛋斯梅爾佳科夫是個天性十分忠厚的年輕人，因此取得了主人的信任（有一回主人丟了錢，他撿到了，交還了主人，因此主人很器重他，認為他老實本分），可以想像得出，斯梅爾佳科夫因背叛了他所敬愛並視同恩人的主人，後悔不迭，心裡十分痛苦。據富有臨床經驗的精神病醫生分析，患羊癇瘋的重病人常常傾向於不斷的、自然是病態的自責。他們常因做『錯』了什麼事和對不起什麼人而感到十分苦惱，苦於良心的譴責，他們甚至常常會毫無根據地誇大自己的錯誤和罪名，甚至無中生有地憑空捏造出各種各樣的錯誤和罪名，硬按在自己頭上。現在我們遇到的就是一個與此類似的人，他由於害怕，由於別人恫嚇，還果真做了錯事，犯了罪。此外，他還有一種強烈的預感，他眼前正在形成一種態勢，可能會鬧出什麼亂子來。當費奧多爾・帕夫洛維奇的長子①伊萬・費奧多羅維奇在即將發生這場慘案之前動身到莫斯科去的時候，斯梅爾佳科夫曾懇求他留下來，但是由於他生性怯懦，又不敢明明

① 原文如此。應為次子。

白白、斬釘截鐵地把自己擔心的事向他一五一十地全說出來。他僅滿足於作一些暗示，但是這暗示人家並沒有聽懂。應當指出，他把伊萬・費奧多羅維奇視同他的保護人，只要他在家，似乎就有了保障，就不會出事。請諸位回想一下德米特里・費奧多羅維奇『醉後』寫的那封信中所說的話：『只要伊萬一走，我就殺死這老東西』；由此可見，伊萬・費奧多羅維奇在不在家，對所有人似乎都成了家中平安無事的保障。可是他偏偏走了，而斯梅爾佳科夫在少爺走後差不多過了一小時，就立刻發了羊癇瘋，摔倒了。但這是完全可以理解的。這裡應當指出，斯梅爾佳科夫因受到恐懼和某種絕望的精神壓抑，最近以來就特別感到有可能很快會發作羊癇瘋，過去，每逢精神緊張和受到震撼的時候，他這病也常犯。這病到底在哪天發作和什麼時候發作，當然無法預測，但是有發作的可能，則是每個癲癇病患者都會預先感覺到的。而且醫書上也是這麼說的。就這樣，伊萬・費奧多羅維奇一出遠門，斯梅爾佳科夫就立刻感到自己孤苦無援，沒了靠山，就在這樣的心情下，他因家務需要下地窖去，當他順著梯子往下走的時候，心想：『會不會犯病呢？要是立刻發作怎麼辦呢？』正是由於這種心情，由於這種疑慮，由於這一連串問題，他喉頭突然感到一陣痙攣，這常常是癲癇病發作的前兆，接著便失去了知覺，一個倒栽蔥，跌到了地窖的底下。這樣一來，就有人挖空心思地想在這件雖屬偶然，但卻十分自然的事情上看出某種疑點，某種蛛絲馬跡，某種暗示，似乎他這樣做是**故意裝病**！但是，如果說這是故意的，那立刻就會出現一個問題：他這樣做要幹什麼呢？他出於什麼打算，有什麼目的呢？我就不來講醫學上的道理了；有人說，科學是胡說八道，科學也會出錯，大夫們不善於辨別真僞——就算這樣吧，我們姑妄聽之，但是請回答我一個問題：他裝假爲了什麼呢？該不是因爲他蓄意殺人，因此才用這次發病來預先和趕快引起家裡人的注意吧？要知道，諸位陪審員先生，在費奧多爾・帕夫洛維奇家，在發生罪案的當夜，前後一共出現過五個人：首先是費奧多爾・帕夫洛維奇本人，但是，要知道，他總不會自己殺死自己吧，這是明明白白的；其次是他的僕人格里戈里，但是，要知道，他自己都差點被人打死，第三是格里戈里的妻子——女僕馬爾法・伊格納季耶芙娜，但是說她是殺死主人的兇手，簡直可恥。這樣一來，看得見摸得著的就只剩下兩個人了：被告和斯梅爾佳科夫。但是因爲被告硬說不是他殺的，那麼，可見，殺人的就應當是斯梅爾佳科夫囉，捨此別無他途，因爲再找不到別的人了，再也找不出任何別的兇手了。可不嗎，可不嗎，可見，對於昨天自殺的這個倒楣的白癡所作的這種『工於心計』的、重若千鈞的指控，原來就是這麼發生的！其理由無非是因爲再也找不到別的人了！只要有一點影子，只要有其他人，有某個第六人可供懷疑，那我相信，連被告本人也會羞於指控斯梅爾佳科夫的，那時候他就會指控這個第六人了，因爲在這件凶殺案中，指控斯梅爾佳科夫實在太荒唐了。

「諸位，咱們先不作心理分析，先不作醫學探討，甚至也不談邏輯本身，我們只談事實，僅僅談事實，那就讓我們來看看事實究竟會告訴我們什麼吧。殺人的是斯梅爾佳科夫，但是，他是怎麼殺的呢？他一個人殺的還是跟被告合謀的？讓我們先來分析第一種情況，也就是說是斯梅爾佳科夫一個人殺的。當然，如果是他殺的，他總該有什麼目的，撈到什麼好處吧。但是，斯梅爾佳科夫連一點被告擁有的殺人動機（即仇恨呀，嫉妒呀，等等，等等）的影子都沒有，無疑，他也可能僅僅爲了錢而殺人，即把他親眼看到的他主人裝進信封裡的那三千盧布據爲己有。可是他在起意殺人之後，卻把有關錢和暗號的所有情況預先告訴了另一個人——而且這人還是對這事最感興趣的人。告訴他這信封放在哪裡，信封上寫了些什麼，它是用什麼包好的，而主要是，主要是還告訴了他怎麼進主人屋子的暗號。怎麼，他直截了當地這樣做是爲了出賣自己嗎？或者爲了給自己找個競爭對手嗎？要知道，這人也許自己就想進屋去把這信封弄到手的啊。是的，有人會對我說，要知道，他之所以告訴被告是因爲害怕。但是，這又是怎麼回事呢？一個人會毫不猶豫地起意去幹這種天不怕地不怕、禽獸不如的事，而且以後又照辦不誤——卻會把普天下只有他一個人知道的消息去告訴另一個人，而且只要他對這消息守口如瓶，那普天下就決不會有一個人知道，而且永遠也不會有人知道。不，不管這人怎樣膽小如鼠，如果他果真起意要幹這種事，他是無論如何不會告訴任何人的，起碼不會告訴別人關於信封和暗號的事，因爲這樣做就等於把自己的整個陰謀預先和盤托出了。即使人家硬要他提供情況，他也會胡編一氣，信口開河地說點別的什麼，而對這方面的情況隻字不提！相反，我再把這話重複一遍，只要他不提錢的事，即使後來他殺了人，並把這錢據爲己有，那普天下也永遠不會有人指控他，起碼不會指控他圖財害命，因爲，要知道，這錢除了他誰也沒有見過，而且誰也不知道他們家有這筆錢存在，即使有人指控他殺人，那也一定認爲他殺人是出於其他什麼動機。但是因爲誰也沒有預先發覺他有這個動機，相反，大家都看到，他受到主人恩寵，得到主人信任，很有面子，因此，自然，他也只是最後才會受到別人的懷疑，而首先懷疑的必定是有作案動機，自己也在到處嚷嚷他有這樣的動機，毫不隱瞞，而且逢人便說的人，一句話，大家肯定首先懷疑到被害人的兒子德米特里·費奧多羅維奇。本應是斯梅爾佳科夫殺人搶劫，可是他的兒子卻受到了指控——要知道，這當然對殺人犯斯梅爾佳科夫有利，不是嗎？可是現在斯梅爾佳科夫卻在起意殺人之後，把關於錢，關於信封，關於暗號的事預先統統告訴了主人的這個兒子德米特里，這有多麼合乎邏輯，這有多麼一清二楚啊！

「斯梅爾佳科夫蓄意殺人的那一天快要到了，可是他卻**假裝**發了羊癇瘋，栽倒在地，他這樣做究竟爲了什麼呢？當然是爲了，第一，僕人格里戈里本來是打算給自己治病的，可是他看到沒一個人來看守這個家，很可能，只好把自己的治療延期，親自坐下來看守這個家了。第二，當然是爲了讓主人自己看到他現在已經無人保護，本來他就十分擔心他的兒子會來（他從不隱瞞這點），因此只會加深他的不信任和加強防範。最後，也是最主要的，當然是爲了好讓人家把他——舊病復發、臥病在床的斯梅爾佳科夫——立刻從他遠離所有人、他一向在那兒過夜、而且那裡另有出入口的廚房，搬到耳房的另一頭，搬進格里戈里的小房間，搬到靠近他倆的隔牆後面，距離他們的大床只有三步遠的地方，因爲只要他發了羊癇瘋，按照主人和富於同情心的馬爾法・伊格納季耶芙娜的安排，從很早時候起就一向這樣。他在那裡，躺在隔壁的屋裡，爲了裝得更像病人，當然肯定要不斷呻吟，就是說一定會吵得他們整夜睡不著（據格里戈里和他的妻子供稱，他也的確是這樣）——這一切，這一切無非是爲了他能夠更方便地突然下床，然後去殺死主人！

「但是有人會對我說，他之所以裝病，是讓人家看到他有病，就不會懷疑是他了，至於他把關於錢和暗號的事告訴被告，也正是爲了使被告受到誘惑，讓他自己跑去把父親殺了，然後，你們瞧，當被告殺了人，拿走了錢，逃之夭夭，這時候他說不定會弄出什麼響聲來，搞得沸沸揚揚，因而把證人吵醒了，到那時候，要知道，斯梅爾佳科夫也就可以下床，並且走出去了——嗯，他出去幹什麼呢？無它，他出去正是爲了把主人再殺死一次，把已經拿走的錢再拿走一次。諸位在啞然失笑？說什麼我作這樣的假設自己都覺得害臊，然而，請諸位想想，被告不就是這麼一口咬定是這樣的嗎：說什麼在我之後，當時我已經出去了，打倒了格里戈里，鬧得沸沸揚揚，於是他就下了床，走了出去，殺了人，搶了錢。且不說斯梅爾佳科夫對這一切怎會有先見之明，一切都了如指掌般預先知道了，即那個火冒三丈、發瘋似的兒子到那裡去的目的僅僅是爲了恭恭敬敬地向窗裡張望一下，雖然掌握了暗號，卻退避三舍，把整個戰利品統統留給了斯梅爾佳科夫！諸位，我要嚴肅地提出一個問題：斯梅爾佳科夫行凶作案究竟在什麼時候？請你們指出這時間，因爲指不出來就不能指控他作了案，犯了罪。

「『也許，羊癲瘋是真的。病人突然甦醒過來，聽見了喊聲，就走了出去』——嗯，那又怎麼樣呢？他看了看，於是便對自己說：讓我去殺死主人吧，是不是這樣呢？他又從何得知這裡到底出了什麼事呢？要知道在此之前他可是人事不省地躺著的啊？話又說回來，向壁虛構也得有個限度嘛。

「『沒錯，您哪，』愛動腦筋的人會說，『要是兩人合謀，要是他倆一起殺了人，分了贓，您又該怎麼說呢？』

「是的，這的確是一個重要疑點，於是首先——立刻有了肯定這一疑點的重大的罪證：其中一人負責殺人，什麼活都由他來幹，而另一個同謀犯則假裝發了羊癲瘋，高臥在床，其目的就是爲了預先引起大家的疑心，引起主人的驚惶和格里戈里的不安。饒有興趣的是這兩個同謀犯究竟出於什麼動機會想出這麼瘋狂的計畫的呢？但是，也許，就斯梅爾佳科夫來說，他根本不是積極的同謀，而是，可以說吧，消極的、被動的：也許，嚇破了膽的斯梅爾佳科夫只是同意對這件凶殺案不加阻撓而已，但是他又預感到人家可能會指控他聽任別人殺掉主人，既不叫喊，也不反抗，所以才預先取得德米特里•費奧多羅維奇的允許，這時他似乎得了羊癲瘋，臥床不起，『到時候你愛怎麼殺就怎麼殺吧，跟我沒有關係。』但是，就算是這樣吧，那，因爲這個羊癲瘋勢必會在家裡引起一片驚慌，德米特里•費奧多羅維奇預見到這個以後，肯定不會同意這個主張的。但是，退一萬步說，就算他同意這樣做了；到頭來結果仍舊是，德米特里•卡拉馬助夫是殺人兇手，直接的殺人兇手和主謀，而斯梅爾佳科夫只是消極的參加者，甚至都算不上是參加者，不過是一個因害怕而違心地縱容犯罪者，要知道，法庭肯定會對此區別對待的。但是，我們看到了什麼呢？被告剛一被捕，就立刻把一切都推到斯梅爾佳科夫身上，諉罪於他**一個人**。不是說他跟自己同謀，而是指控他一個人：說什麼這事是他一個人幹的，他殺了人，搶了錢，這是他幹的！既然是同謀，可是又立刻你咬我，我咬你，這又算什麼同謀呢，這是絕對可能有的事。請注意，這個卡拉馬助夫要冒多大的險，他是主謀，那個只是脅從，僅僅是一個縱容他犯罪的人，當時那人躺在隔壁屋裡，可是他卻諉罪於一個臥床不起的人，要知道，那個臥床不起的人，很可能會感到氣不憤，即使為了自我保護，他也會急忙道出真情：他會說是兩個人幹的，不過我沒殺人，我只是因為害怕才聽任和縱容他去殺人的。要知道，他，也就是斯梅爾佳科夫，一定會懂得，法庭會立刻弄清他的犯罪程度，因此他可能預料到，即使判刑，也比那個把一切都推到他身上的殺人元兇要微不足道得多。由此可見，到那時候，他就會身不由己地供認不諱。然而，我們並沒有能夠看到這一點。斯梅爾佳科夫隻字不提同謀的事，儘管那個殺人犯硬說是他幹的，一直指控他是唯一的殺人兇手。不僅如此：斯梅爾佳科夫還向查辦本案的人坦白，關於那個裝錢的大信封和暗號的事是他親自告訴被告的，如果他不告訴他，被告肯定什麼也不知道。要是他當真是同謀，並且當真有罪的話，他會這麼輕輕易易地把這事告訴辦案的官員，說什麼這一切統統是他告訴被告的嗎？相反，他會一味抵賴，一定會歪曲事實和大事化小。但是他既沒有歪曲，也沒有縮小。只有無辜的人才會這麼做，因為他不怕別人指控他同謀。可是現在他由於害了這場羊癇瘋和終於爆發的這整個慘案，竟得了一種憂鬱症，昨天上吊自殺了。他上吊自殺後留下一張用他那獨特的文體寫下的字條：『我是自覺自願消滅自己的，請勿禍及他人。』嗯，如果他在這張條子上添上一句：殺人兇手是我，不是卡拉馬助夫，那就好啦。可是他並沒有添上這話：該不是他的良心敢做一件事，而不敢做另一件事吧？

「這又是怎麼回事呢：方才有人把錢，把那三千盧布交到這裡，交給了法庭——『這就是那只信封裡的錢，現在這錢就放在物證桌上，這是我昨天從斯梅爾佳科夫那裡拿來的。』但是諸位陪審員先生，你們總還記得方才的淒慘景象吧。我就不再重提這些細節了，但是我要冒昧地挑選幾個最微不足道的情況談一點我的看法，正因爲這些情況微不足道，所以並不是每個人都會往腦子裡去，說過也就忘記了。首先，還是我剛才說的：斯梅爾佳科夫由於受到良心譴責昨天交出了錢，自己卻懸梁自盡了。（因爲不受到良心譴責他是不會把錢交出來的。）不過，當然，直到昨天晚上，他才第一次向伊萬·卡拉馬助夫承認了自己的罪行，誠如伊萬·卡拉馬助夫本人宣告的那樣，要不然，他幹麼至今守口如瓶呢？總之，他坦白了，不過我又要重複一遍我的老問題，既然他明知道明天將對無辜的被告進行可怕的審判，他爲什麼不在他臨死前寫的那張字條上向我們把事實真相全部說出來呢？要知道，僅僅是錢還不能算罪證。比如說，我，還有本法庭上的另外兩位，還在一星期前就純屬偶然地得知一件事，即伊萬·費奧多羅維奇·卡拉馬助夫曾把兩張票面各爲五千的五厘公債券，共一萬盧布，寄到省城去兌現。我說這話只是要說明，在開庭前的這段時間裡，錢是任何人都可能有的，拿來三千盧布，並不一定能夠證明就是那筆錢，並不一定就是從那個抽屜裡或者信封裡拿出來的錢。最後，昨天伊萬·卡拉馬助夫還從這個真正的殺人兇手那裡得到了這麼重要的消息，居然安之若素。話又說回來，他爲什麼不立即前來報案呢？爲什麼他要把這一切拖到今天上午才說呢？我認爲我有權揣測這是爲什麼：已經有一星期了，他身體違和，他自己曾向大夫和自己的親友承認過他看到幽靈，遇到已經死去的人；他已處在發作酒狂病的前夜，而且這病今天還果然發作了，就在這時，他突然聽說斯梅爾佳科夫已經去世，於是他驀地計上心頭，作出了如下考慮：『此人已死，可以諉罪於他，救出大哥。錢，我有的是：可以拿出一沓來，就說這是斯梅爾佳科夫臨死前交給我的。』你們會說，這樣做是不誠實的；即使誣陷死人，但誣陷總是不對的，即使爲了救出兄長也不應該這樣做，是不是呢？是的，假如他的誣陷是無意識的，假如他自己以爲當時的情形就是這樣，又該怎麼辦呢？因爲他一聽到這個僕人猝然死亡，他的理智便受到了徹底損害。你們不是看到方才的情形了嗎，不是已經看到此人處在怎樣的狀態中了嗎。他兩腿直立，娓娓而談，可是他的理智在哪裡呢？在這個酒狂病患者的證詞之後又有人提供了一個筆據，即被告寫給韋爾霍夫采娃女士的信，這封信是在他犯罪前兩天寫的，預先寫下了他犯罪的詳細綱領。那我們爲什麼還要去尋找另一個綱領和它的擬定者呢？一切都是不折不扣地按照這個綱領實施的，而實施這個綱領的不是別人，正是它的擬定者。是的，諸位陪審員先生，『他怎麼寫就怎麼做了！』我們根本就沒有畢恭畢敬和戰戰兢兢地從父親的窗口走開，再說我們深信不疑我們的心上人現在就藏在他屋裡。不，這是荒唐的，也是與事實不符的。他進去了，而且三下五除二，把這事給了了。大概，他剛剛抬頭望了一眼他那恨之入骨的情敵，就怒火中燒，並在氣頭上殺了他，他手持銅杵也許只是一下子，僅一揮手之勞就辦妥了，可是殺人後，經過仔細搜查才深信她不在這裡，但是他並沒有忘記把手伸到枕頭下面，取出那個裝錢的信封，被他扯碎的信封現在就放在這裡的物證桌上。我說這話的用意是想請諸位注意一個在我看來十分典型的情況。如果他是一個老於此道的殺人兇手，即純粹爲了搶劫而行凶的殺人兇手，——他會把信封隨便撂在地板上，就像有人在屍首旁找到它時那樣嗎？比如說，就算這是斯梅爾佳科夫幹的，他爲了搶劫而殺人，他肯定會把整個信封乾脆拿走，根本無需站在他的犧牲品的屍首旁費神費力地拆開信封；因爲他清楚地知道信封裡裝著錢——要知道，這錢是當著他的面放進去和封好的——要是他把信封完全拿走，壓根兒就無人知曉是不是發生過搶劫，難道不是這樣嗎？諸位陪審員先生，我要請問諸位，斯梅爾佳科夫會不會這樣做呢？他會不會把信封隨便撂在地上呢？不，會這樣做的只能是一個狂怒的兇手，他已經失去了考慮問題的能力，這個殺人犯不是慣偷，在這以前他還從來沒有偷過東西，即使現在他從被褥下拽出了那包錢，也不是作爲一個偷錢的賊，而只是從一個偷了他東西的賊那裡取走屬於他自己的東西，因爲德米特里·卡拉馬助夫對於這三千盧布的想法一直就是這樣的，這想法已使他發展到幾近瘋狂。就這樣，他拿起這只他過去從來沒有見過的信封，扯開信封，看看裡面是不是當真裝著錢，然後就把錢裝進口袋跑了，甚至根本沒想到他在地上留下了被他撕開的信封——他的重大罪證。究其因，無非因爲這是卡拉馬助夫，而不是斯梅爾佳科夫，因此他才沒有想到，沒有考慮到，再說他哪顧得上呀！他撒腿就跑，只聽到快要追上他的僕人的呼叫聲，僕人抓住了他，不讓他走，結果挨了一銅杵，摔倒了。被告出於憐憫從牆上跳下來看他。請諸位想想，他居然硬要我們相信，他當時從牆上跳下來看他是出於憐憫，是出於同情，是想能不能做點什麼來搶救他。哼，當時是表現這類同情的時候嗎？不，他之所以跳下來，是爲了看看他的暴行的唯一見證人是不是還活著？任何其他感情，任何其他動機都是有悖常理，因而也是講不通的！請注意，他在格里戈里身邊忙活了半天，拿出手帕來給他擦頭上的血，當他堅信他死了之後，就急急乎如喪家之犬，滿身血跡，又跑到那裡，跑到自己的情人家裡——他怎麼會沒有想到，他渾身是血，他就不怕別人立刻去告發嗎？但是被告硬要我們相信，他甚至沒注意到他渾身是血；這情形倒也是有的，倒也是十分可能的，在這樣的時刻，罪犯常常會出現這類反常的表現。一方面老謀深算，另一方面又不動腦筋。但當時他時刻放在他心上的只是她在哪兒。他必須盡快弄清她在哪兒，於是他就跑到她的住處，結果卻出乎意料地聽說了一件對他來說十分驚人的大而又大的消息：她跟她『過去的』、『無可爭議的』老相好到莫克羅耶去了！」

九 心理的急遽變化／奔馳的三套馬車／檢察官演說的結尾

伊波利特・基里洛維奇在自己的演說中直到此刻爲止顯然選用了一種嚴格的歷史敘述方法，一切神經質的演說家都喜歡採用這種方法，他們故意尋找一種嚴格設定的框架，以便克制自己一吐為快的衝動。伊波利特・基里洛維奇對於這個「過去的」，「無可爭議」的老相好特別多說了幾句，並針對這一話題講了幾個就某方面看令人十分逗樂的想法。「卡拉馬助夫本來逢人便吃醋，像瘋了似的，可是一碰到這個『過去的』，『無可爭議』的老相好，就一下子突然蔫了，規規矩矩地退避三舍。尤其奇怪的是，過去他幾乎完全沒有注意到這個他意想不到的情敵會突然光臨，會給他帶來新的危險，而且這危險日益迫近。在他的想像中，這還離得很遠，而卡拉馬助夫永遠只顧眼前。大概，他認為這人只是一種假象，是虛構出來的。但是，他那痛苦的心一下子全明白了，也許這女人之所以一再隱瞞這個新情敵，她之所以近來一再欺騙他，乃是因為這個再次飛來的情敵對於她絕不是幻想，絕不是假象，而是她的一切，她畢生的全部企盼——他一下子明白了這道理後，便逆來順受，變得心平氣和了。怎麼說呢，諸位陪審員先生，我不能對被告心靈中的這一突如其來的特點略而不談。看來，被告是無論如何不會表現出這個特點的，可是他卻忽然表現出了堅定不移的實事求是精神，願意尊重婦女，承認她的心有愛她所愛的人的權利，而這發生在什麼時候呢——正當他為了她用自己父親的鮮血染紅了自己雙手的時候！同理，他因弒父而流的鮮血，這時已經在高呼復仇了，因為他已經毀了自己的靈魂和自己在人世間的整個前途，這時候他一定會感覺到和捫心自問：『**現在**對於她，對於那個他愛她甚於愛自己靈魂的人，同那個「過去的」、「無可爭議的」老相好比，他還有什麼意義，還能起什麼作用呢？要知道，這個「無可爭議的」老相好，已經悔不當初，回到這個從前被他毀了的女人身邊，他帶來了新的愛，坦誠的求婚和決心重新再建幸福生活的諾言。而他這個倒楣蛋現在還能給她什麼呢？還怎能向她求婚呢？』這一切卡拉馬助夫全明白，他明白他的罪行已經把他所有的路全堵死了，他不過是一個被判極刑的死囚，而不是一個還能活下去的人。這個想法把他壓垮了和摧毀了。於是他頃刻間選定了一個一不做二不休的計畫，就卡拉馬助夫的性格而言，這計畫在他看來不能不是擺脫他現在可怕處境的唯一的、不可避免的出路。這出路就是自殺。他急忙跑去贖回他抵押給官吏佩爾霍京的手槍，同時在半路上，邊跑邊從兜裡掏出自己所有的錢，正是為了這筆錢他用父親的鮮血濺滿了自己的雙手。噢，現在他最需要的是錢：卡拉馬助夫即將死去，卡拉馬助夫就要開槍自殺，而這點人們將會記住！我們不愧是詩人，我們沒有虛度此生，就像一支兩頭點著的蠟燭燒了個一乾二淨。『去找她，快去找她──我要在那裡，噢，在那裡大張筵席，請全村人喝酒，這樣的筵席還從來不曾有過，我要讓大家記住，有口皆碑，永垂青史。在狂呼亂叫中，在茨岡女人的瘋狂歌舞中，我們要舉起祝福的酒杯，祝賀我們愛慕的女人從此獲得新的幸福，然後，我們就在那裡，匍匐在她腳下，當著她的面，讓我們的腦袋開花，懲罰我們的一生！有朝一日，她總會想起米佳‧卡拉馬助夫的，她總將看到米佳是多麼愛她，因而可憐起我米佳來的！』這裡有許多美妙動人的情調，有許多浪漫的瘋狂，有許多野蠻的卡拉馬助夫式的放縱和多愁善感──唉，諸位陪審員先生，還有許多別的東西在他的靈魂深處吶喊，在他的腦子裡不停地敲打，使他心碎，使他痛不欲生；這東西就是良心，諸位陪審員先生，這就是良心的法庭，這就是可怕的良心譴責！但是手槍將會一了百了，手槍是唯一的出路，別的出路是沒有的，至於那裡①──我不知道這時候卡拉馬助夫有沒有想過『**那裡將會怎樣**』？卡拉馬助夫會不會像哈姆雷特那樣想到那裡的情形？不，諸位陪審員先生，他們有哈姆雷特，而我們暫時還只有卡拉馬助夫！」

說到這裡，伊波利特‧基里洛維奇展開了一幅米佳收拾行裝，準備出行的詳圖，詳盡無遺地描

---

① 指地獄。

述了他在佩爾霍京家，在食品鋪以及與車夫交談時的情景。他還引用了大量經證人確認無誤的他們說過的話，言簡意賅的論斷以及說話的神態和姿勢，這幅圖畫對聽眾的看法產生了極其強烈的影響，影響最大的是這些事實加在一起，鐵證如山。這個狂暴、慌亂地跑來跑去，已經自暴自棄的人有罪，其罪行已昭然若揭，無可抵賴。「他已經自暴自棄，」伊波利特・基里洛維奇說，「有兩三次他差點沒有供認不諱，幾乎作了暗示，只是沒把話說完罷了（接著他就引用了幾名證人的證言）。他甚至半路上對車夫吆喝：『要知道，你拉的可是殺人犯呀！』但是他畢竟沒法把話說完，必須先到莫克羅耶村後，才能在那裡寫完這部長詩。但是話又說回來，等待著這個倒楣蛋的是什麼呢？問題在於，他幾乎一到莫克羅耶就看出，而且最後就明白了，這個『無可爭議』的情敵也許根本不是什麼無可爭議的，而且他倆根本無意接受他的道喜和舉杯祝賀。但是諸位陪審員先生，你們根據法庭調查已經知道了許多事，卡拉馬助夫對於自己的情敵已經穩操勝券，於是——噢，於是他的心便開始了一個全新的階段，而且這是他的心過去經歷過和將來還要經歷的諸多階段中的一個最可怕的階段！諸位陪審員先生，我們可以認定，」伊波利特・基里洛維奇感嘆道，「一個被糟踐的天性和一顆犯罪的心，自己對自己進行報復，常常比任何人間的審判更徹底！此外：法庭的審判和人間的刑罰，甚至會減輕天性所施予的刑罰，此時此刻，這對於一顆罪犯的心甚至是必須的，以便把它從絕望中拯救出來，因爲我想像不出，當卡拉馬助夫知道她愛他，她爲他而拒絕了自己『過去的』、『無可爭議』的老相好，召喚他米佳跟她一塊兒去過新生活，答應給他幸福的時候，他心中有多恐懼，精神上有多痛苦，而這又在什麼時候呢？正當他的一切都已幻滅，一切都不可能實現的時候！恰好，我還想順便說說對於我們非常重要的一點，並藉此說明被告當時處境的真正本質：這女人，這個他所鍾情的女人，直到在這以前的最後一分鐘，直到他被捕前的最後一剎那，對於他還是朝思暮想，可望而不可即的人。但是他爲什麼，爲什麼不當時就開槍自殺呢？爲什麼放棄了已經作出的打算，甚至忘記了他的手槍放在哪裡了呢？正是這種對愛的強烈的飢渴，以及當時立刻就可以得到滿足的希望阻攔了他。在頭暈目眩的飲宴中，他一直全神貫注地看著他心愛的人兒，她也跟他一起參加了飲宴，在他看來，這時候的她比以往任何時候都美，都具有魅力，他守著她，寸步不離她左右，丟了魂似的欣賞著她。這種近乎迷狂的飢渴，甚至可以暫時壓下不僅是可能遭到逮捕的恐懼，而且連良心的譴責也可以暫時置之不顧了！噢，不過是暫時罷了，轉瞬即逝！我設想案犯當時的心態，他當時完全被以下三種因素壓倒了，他奴隸般完全聽從這三種因素的左右：第一，醉醺醺，烏煙瘴氣，人聲鼎沸，跳舞的踩腳聲，唱歌的尖叫聲，而她，因爲喝了點酒臉蛋紅紅的，又是唱，又是跳，醉態可掬地衝他傻笑！第二，一種模模糊糊的幻想鼓舞著他，滿以爲那決定他命運的結局還很遙遠，起碼不會很近——除非到明天，除非到明天早晨，才會有人來抓他。可見，還有好幾個小時，這就不少了，這就非常多了！在這幾小時中可以想出許許多多辦法來。我想像他當時的情況好似一名罪犯被綁赴法場，上絞架：還要走過一條長長的街，而且一步一步，要走過成千上萬的人，然後還要轉彎，到另一條街，一直要走到這另一條街的盡頭，才是那可怕的法場！我正是覺得，一個被判處死刑的人坐在囚車裡，在押往法場之初，想必會感到他前面還有無窮無盡的生命。但是話又說回來，眼看著一座座房屋在往後倒退，囚車在不停地向前滾動……噢，這沒關係，到第一條街的拐角處還遠著哩，瞧，他仍舊在精神抖擻地東張西望，望著成千上萬無動於衷的看客在盯著他看，可是他始終覺得他跟他們一樣都是人。但是，現在已經到了拐向另一條街的轉角處了，噢！這沒什麼，沒有關係，還有整整一條街哩。不管有多少房屋在向後退，他一直在想：『還剩下很多房屋哩。』就這麼一直走到盡頭，一直走到法場。我想像當時卡拉馬助夫的情形也是這樣。『那裡還沒來得及弄清情況哩，』他想，『還可以想辦法，噢，還有的是時間來制定防衛計畫，考慮反擊，至於現在，現在——現在她太美啦！』他心裡感到一種模模糊糊的恐懼，但是話又說回來，他還是不慌不忙地從自己的錢裡匀出一半，偷偷地藏了起來——要不然的話，我就無法向自己說清楚，他剛從父親的枕頭下面拿走三千盧布，那三千盧布的另一半會到哪裡去呢？他到莫克羅耶已經去過不止一次，他在那裡已經花天酒地呆過兩天兩夜。這座又舊又大的木屋，連同它的所有板棚和迴廊，他都瞭如指掌。我認定，一部分錢立刻就藏了起來，就藏在這座木屋裡，而且就在他被捕前不久，藏在某個縫隙裡，藏在裂縫裡，藏在某塊地板下，藏在某個角落裡，藏在房頂下——幹麼要藏起來呢？怎麼叫幹麼呢？馬上就會出現飛來橫禍呀，當然，我們還沒想好對付它的辦法，再說我們也沒工夫，我們的腦子在發漲，再說老想著**她**，可是這錢怎麼辦呢？——錢在任何情況下都是必需的！一個人有了錢，才能到處像個人樣。在這種時候還能這樣算計，也許你們會覺著有悖常理？但是，要知道，他自己硬說，還在一個月前，在一個對於他也是惶惶乎不可終日的要命的時刻，他曾從三千盧布裡匀出一半，縫進自己的護身香囊，這話自然是假的，我們立刻就可以證明這點，但是這一想法對卡拉馬助夫畢竟是熟悉的，他曾經默默地考慮過這一問題。除此以外，他後來對預審官硬說，他曾拿出一千五百盧布來縫進護身香囊（其實從來就不曾有過護身香囊），這個所謂護身香囊云云，說不定是他臨時突然胡編出來的，正因爲就在兩小時前他忽然靈機一動，拿出一半錢來，藏在那兒，藏在莫克羅耶的什麼地方，以防萬一，到早上再說，反正不能藏在身邊。兩個無極，諸位陪審員先生，請想一想，卡拉馬助夫可能想到了兩個無極，深也無極，高也無極，一下子想到了兩個無極！我們曾經在那座木屋裡找過，但是沒有找到。很可能，這錢現在還在那裡，也可能，到第二天就不見了，現在揣在被告身上了。反正，被捕時他正待在她身旁，跪在她面前，她躺在床上，他向她伸出雙手，這時他已經把一切都忘記了，甚至連來抓他的人已經進屋，他都沒有聽見。他還什麼都沒做準備，也沒想好對策。他被出其不意地抓住了，連腦子都沒反應過來。

「瞧，他現在就站在審判他的法官們面前，站在決定他命運的人面前。諸位陪審員先生，常有這樣的時候，我們雖然是履行公務，可是面對這樣的人我們卻覺得害怕，替他害怕！這名罪犯已經看到一切都玩兒完了，但依舊在負隅頑抗，還打算跟你們較量一番，就在這時候，我們看到了他那本能的動物的恐怖。就在這時候，他身上的全部自我保護本能一下子警覺了，他爲了救自己用他那犀利的目光在注視著你們（這目光充滿了疑問和痛苦），捕捉和研究著你們，捕捉和研究著你們的面部表情和你們的想法，他在觀望，看你們從哪一側進行打擊，在他那驚駭萬狀的腦子裡霎時間就制訂出了成千上萬種對策，儘管如此，他還是怕說話，怕說漏了嘴！人心的這些卑躬屈膝的時刻，它經歷了如許磨難，渴望自救的這種動物本能——這些都是可怕的，有時甚至在預審官身上都不免引起顫慄和同情！瞧，我們都是當時這一切的見證人。起初，他大驚失色，在恐怖中脫口說出了幾句不打自招的話：『殺了人！活該！』但是他很快就克制住了自己。說什麼，怎麼回答——這一切他暫時還沒準備好，但是卻準備好了空口無憑地矢口否認：『對於父親的死，我沒有罪！』這是我們暫時修築的一道圍牆，至於將來，越過這道圍牆，也許我們還可以修築一道什麼，比如什麼街壘等等。爲了防備我們追問，他對他那不打自招的感嘆急忙解釋道，他只認爲他對僕人格里戈里的死有罪。『對於這個人的死我有罪，但是，諸位，到底是誰殺死了我父親的呢？誰殺死的呢？既然不是我，那麼會是誰殺死他的呢？』你們聽聽這話：他居然問起我們來了，我們就是帶著這個問題來問他的！你們聽到這句先發制人的話『既然不是我』沒有？你們留意到這種動物般的狡滑，這種故作天真，這種卡拉馬助夫式的迫不及待沒有？不是我殺的，不許你們想到我：『我曾經想殺過，諸位，曾經想過，』

他又急忙承認（急急忙忙，噢，也太心急了嘛！）『但是我畢竟無罪，不是我殺的！』他向我們讓步了，說他曾經想殺過：他說這話的用意是，你們自己看嘛，我有多麼坦率，因此你們應該趕快相信不是我殺的。噢，在這種情況下，案犯有時會變得非常輕率和容易上當受騙。就在這時，彷彿完全出於無意似的，預審官們向他提了一個最最老實的問題：『該不會是斯梅爾佳科夫殺的吧？』結果果然不出我們所料：他居然大光其火，因爲我們比他搶先了一步，把他打了個措手不及，因爲他還沒來得及準備好，還沒來得及挑好和抓住推出斯梅爾佳科夫的最有把握的時機。由於他的本性，他又立刻走上了另一極端，開始極力讓我們相信斯梅爾佳科夫決不可能殺人，他沒有殺人的本事。但是請不要相信他，這僅僅是他的一個詭計：他還根本，根本沒有放棄利用斯梅爾佳科夫，相反，他還會再次把他推出來，因爲捨他之外別無他人可以做他的替罪羊了，但是他要這樣做必須另擇時機，因爲現在這事暫時算吹了。也許要到明天，或者另覓時機，再過幾天之後，他才會把他拋出來，那時候他就會向我們嚷嚷：『瞧，我自己就比你們更堅決地否認過斯梅爾佳科夫，你們自己應該記得這個，但是現在連我也確信：這是他殺的，怎麼會不是他呢！』正當他對我們陰陽怪氣和怒氣沖沖地矢口否認的時候，一種不耐煩和惱怒卻讓他作出了一種十分蠢笨和離奇的解釋，說他只向父親的窗戶裡張望了一下，然後就恭恭敬敬地離開了窗口。主要是他還不曉得格里戈里已經清醒了過來，他還不知道格里戈里作證的情況和內容。我們著手檢查和搜查，檢查使他感到惱怒，也使他感到鼓舞：三千這個整數沒有找到，只找到了其中的一千五。當然，僅僅在他惱怒地保持沉默和矢口否認的時候，他腦子裡才生平第一次油然產生了關於護身香囊的念頭。無疑，他自己也感覺到這種信口雌黃實在令人難以置信，因此他在苦苦思索怎樣才能把這種奇談怪論說得更可信些，把它編造得真像有這麼回事似的。遇到這種情況，預審官們要做的頭一件事和要完成的首要任務，就是不讓案犯有所準備，出其不意地打他個措手不及，讓案犯把他隱藏在心中的想法老老實實（儘管不足憑信而又矛盾百出）地吐露出來。迫使案犯開口只有一個辦法，那就是突如其來和似乎出於無心地告訴他一件新的事實，告訴他一件雖然意義重大，但卻是他始料所不及和無論如何想不到的情況。這個事實我們已經準備好了，噢，早就準備好啦：這就是業已清醒的那個僕人格里戈里的證詞，即被告跑出來的那扇開著的房門。關於這扇門的事他早就忘了，他根本就沒想到格里戈里會看到這扇門開著。效果是驚人的。他霍地跳起來，向我們嚷嚷：『這是斯梅爾佳科夫殺的，肯定是斯梅爾佳科夫！』——這就暴露了他朝思暮想的主要念頭，而且說得令人難以置信，因爲斯梅爾佳科夫若要殺人只能在他把格里戈里打倒並逃跑之後。當我們告訴他格里戈里看見房門開著是在他被打倒之前，而他從臥室裡出來時還聽到斯梅爾佳科夫在隔壁屋裡呻吟——卡拉馬助夫聽後簡直如五雷轟頂。我的同事，我們尊敬的頭腦敏銳的尼古拉•帕爾芬諾維奇後來告訴我，當時他真有點可憐他，可憐得快要掉眼淚了。就在這時候，爲了挽救敗局，他才急急忙忙地告訴我們關於那個令人啞然失笑的護身香囊的事：也好，你們就來聽聽我編的這個故事吧！諸位陪審員先生，我已經跟諸位談過我的想法了，爲什麼我會認爲一個月前把錢縫進護身香囊這整個向壁虛構不僅是荒唐的，而且是完全是不足憑信的捏造，而且是只有在當前情況下才會出此下策的捏造。即使有人想打賭看誰能說出和提出比這更離奇的主意來，恐怕也很難有人想得出比這更糟糕的了。主要是細節，只要一提到細節就可以把這個自以爲得計的向壁虛構者難倒和把他擊得粉碎。現實生活中這類細節多得不可勝數，看起來似乎很不起眼，都是些毫無用處的小事，常常爲這些倒楣蛋和身不由己的向壁虛構者所忽視，甚至壓根兒就沒進入他們的腦海。噢，這節骨眼上他們哪顧得上這些呀，他們考慮的僅僅是龐然大物——誰還敢提請他們注意這類小事呀！但是他們偏偏在這點上被人抓住了把柄！有人向被告提出了一個問題：

『請問，縫護身香囊用的材料您是在哪拿的呢？又是誰給您縫的呢？』『我自己縫的。』『那麼，那塊布您又是在哪拿的呢？』被告已經有點不高興了，他認爲問這種小事簡直是沒碴找碴，你們信不信，而且他還真這麼認爲！不過話又說回來，這幫人還全這樣。『我從自己的襯衫上扯下來的。』『好極了，您哪，那麼，我們明天就可以在您的內衣中找到這件撕掉一小塊的襯衫傢。』你們想想，諸位陪審員先生，我們只要當真找到這件襯衫（如果這樣的襯衫確實存在的話，在他的皮箱裡或者五斗櫃裡怎麼會找不到呢）——要知道，這畢竟算一件事實，一件看得見摸得著的事實，說明他的供詞是有道理的！但是他就是想不通這個道理。『我記不清了，也許不是從襯衫上，我把錢縫到女房東的包髮帽裡了。』『什麼包髮帽？』『我在她那兒拿的，在那兒亂扔著，一頂舊的沒用的破布頭。』『您記得很清楚嗎？』『不，我記不清了……』他還生氣哩，但是請諸位想想：這事怎麼會記不得呢？即使在一個人最最可怕的時刻，比如被押赴刑場，偏偏這些雞毛蒜皮的事記得一清二楚。他可能什麼都記不得了，可是半路上他眼前閃過的綠色屋頂，或者停在十字架上的一隻寒鴉——他卻偏偏記住了。要知道，他在縫護身香囊的時候，肯定躲開家裡人，他應該記得他手拿針線，因害怕而感到痛苦，感到屈辱，生怕有人走進來撞見他在幹這事；一聽見有敲門聲就會跳起來，跑到隔壁屋去（他的住處是用板壁隔開的）……但是，諸位陪審員先生，我幹麼要把這一切，這一切細節和瑣事告訴諸位呢！」伊波利特·基里洛維奇感嘆道。「正因爲被告至今還頑固地堅持他那套荒唐的說法！這整整兩個月來，從最要他命的那天夜裡起，他什麼事也沒說清楚，對他過去所作的向壁虛構的供詞增添一點足以說明問題的、實實在在的情況。說什麼這一切都是雞毛蒜皮的小事，你們儘管相信我的人格好了！噢，我們倒是很樂意相信，我們甚至渴望相信，哪怕相信他的人格也成。難道我們是渴望喝人血的豺狼嗎？只要您能夠給我們指出哪怕一件有利於被告的事實，我們連高興還來不及呢——但是，我們要的是看得見摸得著的、實實在在的事，而不是他的親兄弟根據他的面部表情所作的推斷，或者說他拍打了他自己的胸部，這肯定是指（而且是在黑暗裡）那個護身香囊，等等。我們歡迎新的事實，我們頭一個就會放棄我們的指控，一定會趕快放棄。現在是鐵證如山，必須伸張正義，因此我們堅持我們的指控，我們什麼也不能放棄。」說到這裡，伊波利特·基里洛維奇轉入他的結束語。他像發瘧疾似的，他爲殺人流血，爲被兒子「抱著卑鄙的搶劫目的」殺害的父親的鮮血而大聲疾呼。他堅決指證那全部悲慘的、令人髮指的事實。「無論你們將從被告的以自己的才華聞名遐邇的辯護人那裡聽到什麼，」伊波利特·基里洛維奇忍不住說道，「不管這裡將會發出什麼足以打動你們心靈的華麗動聽的詞藻，你們必須牢記，此刻你們正坐在我國伸張正義的聖殿中。你們要牢記，你們是我們真理的捍衛者，我們神聖的俄羅斯的捍衛者，它的根基、它的家庭、它的一切神聖事物的捍衛者！是的，眼下你們在這裡代表著俄羅斯，你們的判決將不僅在這座法庭上迴響，而且將傳遍整個俄羅斯，整個俄羅斯將會聽到你們的聲音，把你們看作是自己的捍衛者和自己的法官，它將因爲你們的判決而受到鼓舞或者感到難過。請你們不要辜負俄羅斯的期望，我們的決定民族命運的三套馬車正在向前飛奔，說不定正在奔向滅亡①。在整個俄羅斯，大家都向它伸出雙手，懇求它停止這種瘋狂的、肆無忌憚的狂奔。如果說其他民族看到這拼命狂奔的三套馬車暫時還在給它讓道的話，很可能完全不是因爲對它肅然起敬（正如詩人②所希望的那樣），不過是因爲恐怖罷了——這點大家要注意。是因爲恐怖，也許，還由於對它感到厭惡，話又說回來，讓道倒還好說，說不定有朝一日會突然不再給它讓道，而是像堵銅牆鐵壁似的忽地挺身

① 指俄國作家果戈理在《死魂靈》第一卷末尾對象徵俄羅斯的飛奔的三套馬車的描寫。
② 指果戈理。

而出，擋住這個飛奔的幽靈，自己來制止我們這種肆無忌憚的狂奔，爲了自救，也爲了拯救開化和文明！這些來自歐洲的惶恐不安的聲音我們已經聽到了，他們已經開始說話了。不要授人以柄，不要做出爲親子弒父開脫罪名的判決來積聚他們越來越增強的仇恨！……」

一句話，伊波利特・基里洛維奇雖然滔滔不絕，越說越來勁，但結尾部分還是說得十分慷慨激昂——的確，他留給人的印象是異常強烈的。他作完講演後立刻急匆匆地走了出去，而且，我再說一遍，他在另一個房間裡差點沒有暈倒。法庭上下並沒有人鼓掌，但是嚴肅的人聽了都很滿意。對他的演說不甚滿意的只有女士們，但是她們還是很喜歡他的口才，再說她們對後果也毫不擔憂，她們把希望完全寄託在費秋科維奇身上了：「只要他一開口，不用說，就能力排眾議，穩操勝券！」大家都在看米佳的神態。在檢察長發表演說時，他一直默默地坐著，抱著胳膊，咬緊牙關，低著頭。只間或抬起頭來，注意傾聽。尤其是檢察官談到格魯申卡的時候。當檢察官說到拉基京對她的看法時，他臉上露出了一絲輕蔑的、惡狠狠的微笑，相當清晰地說道：「貝爾納！」當伊波利特・基里洛維奇講到他在莫克羅耶怎樣審問他和折磨他的時候，米佳抬起了頭，非常有興趣地注意傾聽。在演說講到某個地方時，他甚至似乎想跳起來，叫嚷什麼，但是他克制住了自己，只是輕蔑地聳聳肩。關於演說的結尾，即檢察官講到他在莫克羅耶審問案犯時的功績，後來在敝縣的上流社會裡常常有人說起，並對伊波利特・基里洛維奇不無嘲笑之意：「這人到底還是忍不住對自己的才能誇耀了一番。」庭審中斷了片刻，時間很短，約莫一刻鐘，最多二十分鐘。旁聽席上傳出了說話聲和長吁短嘆聲。其中有些話我還記得：

「一篇莊重的演說！」在一堆人裡有位先生皺著眉頭說道。

「添油加醋地加了許多心理分析。」另一人說道。

「講的都是實情，鐵證如山，是駁不倒的！」

「是的，他是個中老手。」

「結論都下啦。」

「也給我們，給我們下了結論，」第三個聲音加入進去，「在演說開頭的時候，記得嗎，他說我們跟費奧多爾．帕夫洛維奇是一路貨？」

「在末尾也說到了。不過他說這話是信口開河。」

「再說有些地方也沒說清楚。」

「有點自鳴得意。」

「不公平，很不公平，您哪。」

「我看不見得，畢竟講得頭頭是道。這人盼了很久，總算有了說話的機會，嘿嘿！」

「辯護人會說什麼呢？」

在另一堆人裡：

「他剛才不該冒犯那個從彼得堡來的人：記得他說什麼『打動人心』了嗎？」

「是的，他這就離譜了。」

「性子急。」

「這人有點神經質，您哪。」

「瞧，咱們又說又笑的，可被告是什麼滋味呢？」

「是啊，您哪，米堅卡是什麼滋味呢？」

「就看辯護人怎麼說了！」

在第三堆人裡：

「那位手拿長柄眼鏡，胖胖的，坐在邊上的太太，是什麼人呀？」

「那是一位將軍夫人，離婚了，我認識她。」

「臭美，還拿著長柄眼鏡。」

「爛貨。」

「我看不見得，挺吸引人的嘛。」

「她旁邊，隔兩個座位，坐著一位金髮女郎，可比她漂亮。」

「他們當時在莫克羅耶捉住他的時候，幹得倒挺利索，不是嗎？」

「利索倒挺利索。只是又講了一遍。要知道，關於這事，他在咱們這裡走家串戶地說過多少遍啊。」

「可現在又忍不住了。虛榮心。」

「他是個懷才不遇的人，嘿嘿！」

「牢騷滿腹。再說，華麗的詞藻太多，句子也太長。」

「還愛嚇唬人，注意到沒有，淨嚇唬人。記得關於三套馬車的話嗎？『那裡有哈姆雷特，而我們暫時還只有卡拉馬助夫！』這話說得多棒。」

「他是在給自由主義敲邊鼓。他怕！」

「也怕那律師。」

「是啊，就看費秋科維奇先生說什麼了？」

「哼，不管說什麼，反正打動不了咱們那些鄉巴佬。」

「您這麼認爲？」

在第四堆人裡：

「要知道，他關於三套馬車的話說得很好嘛，就是說到其他民族的時候。」

「這倒是大實話，你記得嗎，就是他講到其他民族決不會坐等之類的話。」

「上星期英國議會有位議員曾站起來就虛無派問題質問政府：現在是不是到了應該對野蠻民族實行干涉，對我們實行教化的時候了？①伊波利特說的就是他，我知道肯定說他。上星期他提到過這事。」

「這幫笨鳥想得倒美。」

「什麼笨鳥？爲什麼想得倒美？」

「我們可以關閉喀琅施塔得②，不給他們糧食。他們上哪買糧食去。」

「那麼美國呢？現在他們在美國買。」

「胡說。」

但是鈴聲響了，大家紛紛就座，費秋科維奇步上了講台。

十、辯護人的演說／棍有兩頭，事有兩說

這位著名演說家講演伊始，全場頓時鴉雀無聲。全法庭的人都目不轉睛地盯著他。他一開口就開門見山，十分隨便，既自信，又毫無倨傲之態。他既無巧言如簧之嫌，也毫無慷慨悲歌之態，更無激昂感人之語。他就像在深表同情的三五親朋之間娓娓而談似的。聲音很好聽，響亮而又悅耳，

① 詳見作者的《作家日記》（一八七六年九月）第一章第一節。
② 俄羅斯位於芬蘭灣科特林島上的一個軍港，距彼得堡二十九公里，是保衛彼得堡的屏障。

甚至彷彿這聲音本身就流露出某種真誠和質樸。但是大家也立刻明白，這位演說家也會突然引吭悲歌，並且「以非凡的力量捶打著人的心靈」①他說的話也許不如伊波利特・基里洛維奇那樣規範，但是不用長句，甚至表達得更準確。只有一點女士們看了不喜歡：他不知怎麼老愛佝僂著腰，尤其在演說之初，倒不是在鞠躬，而是好似正待展翅飛翔，飛向自己的聽眾。再說，他用他那長長的後背的一半彎下腰去，就彷彿在他那細長的後背的半中間安了一個合頁，因此它幾乎能做直角形彎曲似的。演說伊始，他彷彿東一榔頭西一棒槌，說得毫無系統，把一件件事信手拈來，毫無關連，可是到頭來卻井然有序，形成一個整體。他的演說可分爲前後兩部分：前半部是批評，是對公訴書的批駁，這批駁有時很刻薄，冷嘲熱諷。在演說的後半部，似乎突然改變了腔調，甚至改變了說話的方式，一下子提高了嗓門，變得慷慨激昂起來，全法庭的人也似乎早等待著他來這一手，猛地群情鼎沸，興高采烈起來。他一下子切入正題，先說他的活動領域雖然是在彼得堡，但是爲了替被告辯護，他已不是頭一次造訪俄羅斯的其他城市了。但是他爲之辯護的被告應是他深信無罪的，或是他預感到無罪。「當前我遇到的情況亦然，」他解釋道，「甚至在本案公諸報端之初，我就隱約感覺得被告是無罪的，對此我感到異常驚異。一句話，使我首先感興趣的是某件法律事實，雖然這在審判案例中屢見不鮮，但是我覺得還從來沒有像在本案中表現得那樣完整和那樣富有特色。這件事我本想等待我快要結束我的講演時留到結尾再說，但是現在我卻想在開講伊始就把我的想法一語點明，因爲我有一個弱點，喜歡開門見山，不喜歡遮遮掩掩，故弄玄虛，以期最後引起轟動。從我這方面說，這也許缺少心眼，但卻表明我是個直心快腸的人。我的這一想法，我的這一看法可以簡單表述

① 典出普希金的詩《答無名氏》（一八三〇）。

如下：把許許多多事實加到一起，總起來看的確對被告不利，但是把每件事單獨加以分析，就事論事，卻沒有一件站得住腳！我又陸續聽到一些傳言和看到一些報導，我就越來越相信我的看法是對的了，就在這時候，我突然接到被告親屬請我為被告辯護的邀請，於是我就立刻首途來此，而到這裡以後我已經深信不疑了。正是為了打破事實的這一可怕的總和，證明每個藉以指控的事實，單獨看來，又是多麼站不住腳和多麼荒謬，因此我才當仁不讓地慨允為本案辯護。」

辯護人就這麼開始了他的演說，然後突然宣稱：

「諸位陪審員先生，我新來乍到。我的一切印象都非先入之見。被告性格暴躁，任性放縱，他過去並未得罪過我，可是他在本城也許得罪過數以百計的人也說不定，因此許多人反對他，對他抱有成見。當然，我也承認，貴縣各界對他義憤填膺，這也在情理之中：被告性格暴躁，放蕩不羈。然而，貴縣的上流社會卻對他以禮相待，甚至在才華超群的公訴人家裡，他也被奉若上賓。（Nota bene[①]。他說這話的時候，旁聽席上發出了三兩聲竊笑，雖然很快被壓了下去，但是大家都注意到了。敝縣無人不知，檢察官允許米佳登門是違心的，唯一的原因是因為檢察官夫人不知為什麼對他頗感興趣。不過話又說回來，這位夫人德高望重，但是愛幻想，性情古怪，在某些情況下，主要是在一些瑣事上，愛跟丈夫抬槓。不過米佳很少去他們家拜訪。）儘管如此，我仍舊敢於肯定，」辯護人繼續道，「即使像我的論敵這樣一位善於獨立思考和剛正不阿的人，也可能對我這位不幸的當事人抱有某種錯誤的成見。噢，這是十分自然的：這個不幸的人，即使人家對他抱有成見，也完全是他咎由自取。被玷汙的道德感，尤其是被玷汙的審美感，往往是鐵面無私的。當然，在那篇才華橫溢的

① 拉丁文：注意。

公訴人的演說裡，我們大家都聽到了對於被告的性格和行爲所做的嚴正分析，對本案抱有的嚴正的批判態度，而主要是爲了向我們說明本案的實質，又展示了這樣的心理分析深度，如果對被告本人多少抱有成見，試圖惡意中傷，那是根本不可能達到這樣的深度的。但是要知道，在這類情況下，還有些東西比對案件抱有惡意中傷、先入爲主的態度更壞，甚至更要命的。說具體點，比如說，我們心癢難抓，想要做某種（姑且這樣說吧）藝術遊戲，想要進行藝術創作，想要（可以這樣說吧）想入非非地編寫小說，特別是在上帝賦予我們的才能以雄厚的心理分析天賦的情況下。還在彼得堡的時候，當時我還剛開始束裝就道，準備首途來此，就有人關照我——其實不關照我也知道，我將在這裡遇到一位造詣很深而又精於分析的心理學家做我的論敵，他的這一素質早已名聞遐邇，飲譽我國尙屬年輕的司法界。但是，要知道，諸位，心理學這東西，雖然是一門很深的學問，但畢竟好像棍有兩頭，事有兩說一樣（聽眾席上發出了竊笑聲）。噢，當然，我要請諸位原諒我的這一陳腐的比喻；我本人不善辭令，不太會說話。但是話又說回來，舉個例子——我不過從公訴人的演說中隨便摭拾個例子罷了。被告在花園中夤夜潛逃，在翻越圍牆時用銅杵打倒了抓住他的一條腿的僕人。接著他又翻身下牆回到花園，在被打倒的人身旁忙活了整整五分鐘，極力想弄清他是不是把他打死了？可是我們的公訴人死也不相信被告的供詞是實事求是的，不相信被告所供他之所以跳下牆來看這位老人是出於憐憫。說什麼『不，在這樣的時刻，出現這樣的多愁善感，可能嗎；這有悖常理，他之所以跳下牆來正是爲了確認：他的暴行的唯一見證人是活著呢還是被打死了，由此可見，這恰好證明這件暴行是他幹的，因爲他之跳回園中不可能出於別的什麼緣由、衝動或者感情。』這就是心理學；但是，我們也可以運用同樣的心理學來說明本案，不過棍有兩頭，我們也可以從另一頭來研究本案，其可信度絲毫不亞於前者。說什麼這名兇手之所以跳下牆來是出於防患於未然，是爲了確認見證人是不是還活著，然而，據公訴人本人剛才所說，兇手剛才已把一個足以暴露他殺人的重大罪證留在了被他殺死的父親的書房裡，這罪證就是一隻被扯開了的大信封，上面赫然寫著：內有三千盧布。『要知道，他若把這信封隨身帶走，全世界就不會有一個人知道曾經有過和存在過這只信封，而且裡面還裝著錢，由此可見，這錢肯定是被告搶走的。』這是公訴人本人剛才說的一句至理名言。可是，你們瞧，一個人對於一件事如此疏忽大意，手足無措，怕得要死，急忙逃走，把罪證隨手撂在地板上，可是才過了約莫兩分鐘，他又擊倒和打死了另一個人，卻立刻出現了最沒心沒肺，最沒算計的戒備感，這豈不是存心成全我們嗎！但是就算，就算當時是這樣吧：心理學的奧妙就在於此，即在一種情況下，像高加索的鷹一樣嗜血成性，目光銳利，可是剛過了一分鐘，又像一隻最沒出息的鼴鼠一樣兩眼漆黑，膽小得要命。既然我這樣嗜血成性，又殘忍又精於算計，殺人後還跳下牆來，只是為了看看，那個目擊我殺人的見證人是否還活著，那幹麼又要花足足五分鐘的時間在我的新犧牲品身旁瞎忙活呢？難道我就不怕招來也許新的目擊者嗎？幹麼我要把被打倒的人頭上的血擦掉，弄髒了手帕，難道就為了使這手帕以後成為指控我的罪證嗎？不，如果我們這麼精於算計，生性又這麼殘忍，倒不如跳下牆去，乾脆用原來的銅杵把那個被打倒在地的僕人擊昏過去，一次又一次地砸他的腦袋，直到把他徹底打死為止，只有消滅了這個目擊者，才能徹底去掉一切心病，這樣做豈不更好嗎？再說我之所以跳下牆來，乃是為了查看一下，那個目擊我殺人的見證人是否還活著，可是我卻在花園的小徑上立刻又留下了另一個罪證，即我從那兩個女人那裡拿走的那根銅杵，而且這銅杵她倆永遠認得出就是她們家的，並且可以證明我是從她們那裡搶走的。而且我還不是把它忘在花園裡的那條小徑上了，由於我心不在焉和心慌意亂把它丟了：不，我們是存心把我們的凶器扔了的，因為我們就是在離格里戈里被打倒的地方十四五步遠的地方找到它的。請問，我們幹麼要這樣做呢？我們這樣做正是因為我們殺了人，殺了我們的老僕人，心裡痛苦，因此我們才懊惱地，一邊詛咒，一邊把作為殺人凶器的銅杵扔掉，不可能有別的解釋，否則為什麼要那麼使勁地把它扔出去呢？既然這回殺了人，我們能夠感到痛心和憐憫，當然是因為我們並沒有殺死父親：殺了父親，我們就不會出於憐憫從牆上跳下來去看另一個被我們打倒的人了，那時候我們的感情就會不一樣了，那時候哪還顧得上憐憫呢，逃命要緊，肯定是這樣。恰恰相反，我再說一遍，我們一定會把他的腦袋砸爛，而不是忙這忙那地跟他忙活了五分鐘，他之所以會出現這種惻隱之心和善良的感情，正因為在此以前他的良心是乾淨的，他問心無愧。這樣一來，就出現了不同的心理分析。要知道，諸位陪審員先生，我現在是存心也來用一用心理分析的方法，為的是向你們明白無誤地說明，用心理分析的方法怎麼分析都有理。全部問題就在於這方法掌握在誰手裡。心理學甚至可以吸引辦事最認真的人想入非非，寫起了小說，而且這樣做完全是情不自禁，身不由己。我現在說的是過了頭的心理分析，諸位陪審員先生，說的是對於心理分析的某種濫用。」

這時旁聽席上又傳來了幾聲表示讚許的竊笑聲，而且這笑聲全衝著檢察官。我就不詳細敘述辯護人的全部演說詞了，只轉引其中的某些地方，某些最主要之點。

十一、沒有錢，也沒有搶劫

辯護人的演說中有一個論點，甚至使所有的人都大吃一驚，即完全否認這要命的三千盧布的存在，因此也就不可能有所謂搶劫錢財云云。

「諸位陪審員先生，」辯護人開講道，「本案中有一個非常典型的特點，使每一個新來乍到和不抱成見的人都感到愕然，即指控被告搶劫，同時卻完全無法在實際上指出：他到底搶了什麼？據說，他搶了錢，即三千盧布——可是當真存在過這三千盧布嗎？——這事誰也說不清。試想：第一，我們從何得知有過這三千盧布？到底誰見過這錢了？只有一名僕人斯梅爾佳科夫見過這錢，而且指出它被裝在一隻大信封裡，上面還寫著字。可他還在發生慘案前就把這事告訴了被告和他的二弟伊萬・費奧多羅維奇。而且他把這事也告訴了斯韋特洛娃女士。但是，這三人都沒有親見這筆錢，親見的又只有這個斯梅爾佳科夫，但是這裡又不言而喻產生了一個問題：如果這事當真，即當真有這筆錢，而且斯梅爾佳科夫也見到過，那他最後一次看見這錢是在什麼時候呢？假如主人把這錢從被褥底下拿了出來，又把它放進了錢箱，但是沒有告訴他，這事又該怎麼說呢？請注意，按照斯梅爾佳科夫的說法，這錢放在被褥下面的床墊底下；被告必須把手伸到床墊下面才能把這錢取出來，但是床鋪絲毫沒有被弄皺，對此已記錄在案。被告怎麼會完全沒弄皺床鋪上的任何東西呢？再說，他兩手沾滿鮮血，怎麼會沒弄髒這次特地鋪上的那床十分乾淨而又雅致的被褥呢？但是有人會對我們說：可是有信封撂在地上呀？關於這信封倒值得講一講。方才我甚至感到不無驚訝：咱們這位才華橫溢的公訴人在說到這只信封後，便在他自己的演說詞中指出，假定是斯梅爾佳科夫殺的這一說法十分荒謬，在說到這裡的時候，他突然自己（聽著，諸位，是他自己）申明：『要是沒有這只信封，要是這只信封沒有作爲罪證留在地板上，要是這個搶劫犯把它隨身帶走了，那全世界就不會有一個人知道曾經有過一隻信封，裡面裝著錢，從而知道這錢是被被告搶走的』因此，甚至公訴人自己也承認，只有這張唯一的上面寫著字的被扯碎了的小紙片，才足以指證被告犯了搶劫罪，他說：『要不然的話，誰也不知道發生過搶劫，甚至不知道有過這錢也說不定。』但是，難道就憑地上撂了這一小片紙，就能算證據，證明裡面曾經裝過錢，而這錢已被搶走了嗎？有人會回答：『但是，要知道，信封裡裝著錢可是斯梅爾佳科夫見過的呀』，我倒要請問，他最後一次見到這錢是在什麼時候，什麼時候？我跟斯梅爾佳科夫談過，他告訴我，他見到這錢是在發生慘案的兩天前！但是為什麼我就不能假定哪怕是這樣的情況呢，比方說，費奧多爾・帕夫洛維奇老頭獨自關在屋裡，在歇斯底里和迫不及待地等待自己的心上人到來，由於無事可做，忽然靈機一動，掏出了信封，把它拆了開來，心想：『要這信封幹麼，說不定她還不信哩，倒不如把三十張花票子摞成一沓給她看看，說不定印象還更深，讓她直流口水』——於是他就撕開了信封，取出了錢，然後把信封隨手一扔，扔在地板上，他是這錢的主人，當然不用擔心什麼罪證不罪證。諸位陪審員先生，我說還有什麼比這樣的假設，比這樣的情況具有更大的可能性呢？為什麼這就不可能呢？但是，要知道，如果諸如此類的事也可能發生的話，那麼指控被告犯了搶劫罪也就不攻自破了：不曾有過這筆錢，因此也不曾有過搶劫。如果說信封撂在地板上就是罪證，說裡面曾經裝過錢，那我為什麼就不能持有相反的看法，說這信封所以隨隨便便地扔在地上，正因為裡面已經沒有了錢，已經被主人自己事先拿走了呢？『這話也對，但是，既然這錢已被費奧多爾・帕夫洛維奇本人拿走了，可是在他家搜查時卻遍尋無著，這錢到底跑哪去了呢？』第一，在他的錢箱裡找到了一部分錢，第二，可能還在早晨，甚至頭天，他就把這錢拿出來了，另外作了安排，給了別人，寄了出去，也可能改了主意，從根本上改變了自己的行動計畫，他這樣做的時候，他甚至根本不認為有將此事告知斯梅爾佳科夫的必要。要知道，如果存在著這種假設的哪怕一丁點可能性的話，那怎麼可以這樣武斷，這樣堅定地指控被告，說他為了搶劫而殺人，並且堅持認為發生過搶劫呢？要知道，如果是這樣的話，我們就是在想入非非，就是在編小說。要知道，如果硬說某某東西被人搶了，那就應該把這東西拿出來，指給大家看，至少也應該確鑿無疑地證明這東西存在過。可是這東西竟沒一個人見過。不久前，在彼得堡，有一個年輕人，幾乎是孩子，才十八歲，本是沿街叫賣的小販，竟在光天化日之下手持利斧走進一家銀錢兌換鋪，以一種典型的肆無忌憚殺死了店老闆，並隨手拿走了一千五百盧布。五小時後他被捕了①，在他身上搜出了除了已被花去的十五盧布外的全部一千五百盧布。此外，還有一名夥計在凶殺案發生後回到店鋪，他不僅向警察局報了案，報告了失竊的金額，而且還一一說明了這錢是怎樣的，其中有多少張花票子，多少張藍票子，多少張紅票子②，多少枚金幣，以及怎樣的金幣，後來果然在這名被捕的凶犯身上找到了同樣的錢和金幣。除此以外，這名凶犯還供認不諱，說他殺了人，並拿走了正是這樣的一些錢。諸位陪審員先生，我看這才叫罪證呢！因爲非但知道這錢，而且看得見，摸得著，我決不能說沒有這錢或者不曾有過這錢。當前的情況是否也是這樣呢？而且要知道，本案有關一個人的生死，涉及一個人的命運。有人會說：『這話不假，但是，要知道，他在那天夜裡花天酒地，揮金如土，在他身上發現了一千五百盧布——他這錢是從哪弄來的呢？』但是，要知道，正因爲只發現一千五百盧布，這錢的另一半竟怎麼也找不到，怎麼也查不出來，這不正好證明這錢根本就不是那錢，而且從來就不曾裝在什麼信封裡嗎？按時間推算（而且是極嚴格的時間推算），預審時業已查明和證實，被告由女僕那裡跑出來，去找官吏佩爾霍京時，並沒有回家，而且他哪兒也不曾去，後來又一直在眾目睽睽之下，可見他根本不可能從這三千盧布裡分出一半來，藏在城裡的什麼地方。正是出於這樣的考慮，才引起公訴人懷疑，以爲這錢很可能就藏在莫克羅耶村某處的地板縫裡或者牆壁縫

① 這件搶劫殺人案發生在一八七八年十一月二十四日（下午三時）彼得堡的涅瓦大街上，案犯是一名十八歲的農民，叫扎伊采夫，後被寬大處理，判處流放，服八年苦役。

② 花票子指一百盧布的鈔票，藍票子指五盧布的，紅票子指十盧布的。

裡。諸位，該不會藏在烏道爾夫城堡①的地下室裡吧？這樣的假設豈不是太離譜，也太羅曼蒂克了嗎。請注意，只要這一假設，即藏在莫克羅耶這一假設被打破，那關於搶劫的整個指控也就隨之成了一句空話，因爲，這樣一來，這一千五百盧布究竟在哪兒？到底跑哪兒去了呢？既然有人證明被告哪也沒去，那這錢怎麼會不翼而飛呢？這豈非咄咄怪事嗎！而我們竟準備用這種想入非非的故事來斷送一個人的性命！有人會說：『他畢竟說不清在他身上發現的這一千五百盧布是從哪弄來的，此外，大家都知道在這天夜裡之前他身邊沒錢。』可是誰知道呢？但是被告卻明確而又堅定地作過交代，他這錢是從哪弄來的，而且如果諸位愛聽的話，諸位陪審員先生，如果諸位愛聽的話，過去從來不曾有過，將來也永遠不會有任何情況比這供詞更可信的了，此外也不會有任何情況比這更符合被告的性格和心態的了。公訴人就喜歡他自己想入非非地編的這部小說：他是一個意志薄弱的人，他橫下一條心，決心蒙受恥辱，挪用他的未婚妻交給他的三千盧布，這樣的人是決不會把錢分出一半，把他縫進護身香囊的，相反，即使縫進去了，他也會每隔兩天就把這香囊拆開，今天摳出一百，明天摳出一百，直到一個月裡把這錢全部摳出來爲止。請諸位想想，這一切都是用不容任何人反駁的口氣說出來的。如果事情經過根本不是這樣，那又怎麼辦呢？如果您在編小說，書中寫的完全是另一個人，那又該怎麼辦呢？問題就在於您塑造的是另一個人！也許有人會提出異議：『有證人可以證明他在慘案發生前一個月，在莫克羅耶村，花天酒地地一下子花光了從韋爾霍夫采娃女士那裡拿到的全部三千盧布，而且揮金如土，就跟花一個戈比一樣，因此他不可能從這錢裡分出一半來。』但是，這些證人到底是誰呢？這些證人的可信度已經在法庭上暴露無遺了，此外，別人手裡的那塊麵

① 英國女作家拉德克利夫的長篇小說《烏道爾夫城堡的秘密》，十九世紀上半葉曾風靡俄國。

包看起來總好像大些。最後，這些證人中誰也沒有親自數過這錢，只是用自己的眼睛估摸了一下。要知道，證人馬克西莫夫就曾供稱，被告手裡足有兩萬盧布。你們瞧，諸位陪審員先生，因爲心理學就好比棍有兩頭，事有兩說一樣，那就請諸位容許我用一下另一頭，然後咱們再看看結果是否相同。

「慘案發生前一個月，韋爾霍夫采娃女士曾交給被告三千盧布，請他幫忙郵寄出去，但問題是，是否像方才有人宣稱的那樣，這錢託付給他，竟使他那麼丟人現眼，那麼低三下四呢，這樣說是否公道呢？在韋爾霍夫采娃女士就此問題第一次作證時，她並沒有這樣說過，也完全沒有這樣說過；在第二次作證時，我們聽到的也僅僅是怨恨和要求報復的喊叫，因長久鬱積在胸而發出的仇恨的喊叫。但是就憑這一點，如果說這位女證人在第一次作證時所說有誤，那我們也有權作出結論，她第二次作證也不見得正確。公訴人『不願，也不敢』（他的原話）觸及這段風流韻事。這事且由它，因爲我也不想提及此事，但是話又說回來，我想冒昧地指出，受到人們深深尊敬的韋爾霍夫采娃女士無疑是位心地純潔、道德高尚的人，我說，如果這麼一位女士，竟會在法庭上對自己第一次作證忽然一下子翻供，她這樣做的直接目的就是想陷被告於不仁不義之地，由此可見，她所作的這一證詞也不見得是剛正不阿和頭腦冷靜的。難道我們就沒有權利由此作出結論：一個心存報復的女人是會對許多事情誇大其詞的嗎？對，她正是誇大了她交給他錢時他所受到的羞辱。恰好相反，她交錢給他的態度一定是還是可以接受的，尤其是交給我們的被告這麼一個沒心沒肺的男人。主要是因爲他當時指望很快就能從父親那裡拿到經結算尚虧欠他的那三千盧布。這事有欠考慮，但是正因爲他有欠考慮，所以他才堅信他父親一定會把這錢給他，他也一定能拿到這筆錢，由此可見，他隨時都可以把韋爾霍夫采娃女士託付給他的錢郵寄出去，從此償清這筆欠債。但是公訴人卻無論如何不肯相信，他有可能在當天（即受到她指責的那天）從他得到的錢裡分出一半來縫進護身香囊，說什麼『他不是那種人，他不可能有這樣的心眼兒。』但是，您不是大叫大嚷地說過卡拉馬助夫兼容並蓄，胸襟寬廣嗎！您不是自己也大叫大嚷地說過，卡拉馬助夫能同時體驗到兩個正相對立的無極嗎！卡拉馬助夫正是那種二者兼而有之，具有兩個無極的天性，即使在他花天酒地、欲罷不能的時候，如果有什麼事從另一面使他感到震驚，他也會戛然而止。而這另一面，要知道，這就是愛情——正是那個當時像火藥一樣轟然點著了的新的愛情，而獲得這愛是需要花錢的，甚至比與這位心上人花天酒地更需要花錢，噢，需要得多。她只要對他說一聲：『我是你的了，我不要費奧多爾・帕夫洛維奇了，』他就會一把抓住她的手，遠走高飛——但是遠走高飛總得有錢才成呀。要知道，這可比花天酒地更重要。卡拉馬助夫能不懂得這道理嗎？正是這一點成了他的心病，成了他日夜操心的事，因此他把這錢分出一點藏匿起來，以備不時之需——這又有什麼難以置信的呢？但是，話又說回來，時間在一天天過去，而費奧多爾・帕夫洛維奇始終不把那三千盧布還給被告，聽說，他反而把這錢分撥出來，用它來引誘他的心上人。他想：『要是費奧多爾・帕夫洛維奇不給我錢，那我在卡捷琳娜・伊萬諾芙娜面前不就成賊了嗎。』於是他產生了一個想法，他要去找韋爾霍夫采娃女士，把一直掛在他胸前護身香囊裡的這一千五百盧布放在她面前，對她說：『我是個卑鄙小人，但我不是賊。』瞧，這樣一來，這就造成把這一千五百盧布像保護眼珠一樣保護起來，決不把這護身香囊拆開，決不一百一百地摳出來隨便亂花的雙重原因。您憑什麼說被告不可能有名譽感呢？不，他是有名譽感的，就算這名譽感不正確，就算這名譽感經常是錯誤的，但是這名譽感他還是有的，非但有，而且十分強烈，他也證明了這一點。但是話又說回來，問題又變複雜了，嫉妒的痛苦達到了無以復加的程度，還是那些，還是那兩個老問題越來越痛苦地出現在被告苦苦思索的腦海裡：『給了卡捷琳娜・伊萬諾芙娜：叫我用什麼錢來跟格魯申卡遠走高飛呢？』如果說他在這整整一個月裡像發了狂一般，又是拼命喝酒，又是在各家飯館裡尋釁鬧事，究其因，無非是因爲內心痛苦，痛苦得讓他受不了。這兩個問題最後終於尖銳得使他陷入了絕境。他先是請自己的三弟去找父親，最後一次向他要那三千盧布，但是還沒等到回答，他就闖了進去，結果是當著眾多證人的面把老人揍了一頓，發生這事以後，再要拿到這錢，已是不可能了，挨了揍的父親是決不會給的。當天晚上，他拍打著自己的胸脯，正是拍打著藏有護身香囊的他的前胸的上半部，向弟弟發誓，他有辦法不做卑鄙小人，但到頭來還勢必要做卑鄙小人，因爲他預見到他決不會使用這個辦法，他缺少勇氣，缺少堅強的性格。爲什麼，爲什麼公訴人硬不肯相信阿列克謝·卡拉馬助夫的證詞呢？要知道，他提供這證詞時心地是純潔的、真誠的，而不是事先準備好了的，而且是合情合理的。爲什麼恰好相反，硬要我相信錢就藏在什麼牆縫和地板縫裡，藏在烏道爾夫城堡的地下室裡呢？就在那天晚上，在他與三弟談過話以後，被告就寫了這封倒楣的信，於是這封信就成了揭發被告犯有搶劫罪的主要罪證和最重大的罪證！『我要去向所有的人借錢，他們不給，只要伊萬一走，我就殺死父親，把他放在床墊下面繫有玫瑰色緞帶的信封裡的錢拿走。』——這簡直是殺人行凶的完整綱領，怎麼會不是他呢？『一切都照所寫的發生了！』公訴人不勝感慨地說。但是，第一，這信是在醉後，在可怕的憤激狀態下寫的；第二，他寫到信封什麼的只是根據斯梅爾佳科夫的一面之詞，因爲他自己並沒有見過這信封，第三，寫倒是寫了，但是否照所寫的做了呢，有何憑據爲證？被告是否在枕頭下拿到了這信封？找到了這錢？甚至這錢是否真的存在呢？再說，被告是否是跑去搶錢的，請諸位想想！他拼命跑去不是爲了搶錢，而只是想弄清楚使他心碎的那個女人在哪兒，可見，他並不是照他所寫的行動綱領跑去的，也就是說他並不是爲了去進行深思熟慮的搶劫，而是無意中，在醋勁大發的情況下突然跑去的！有人會說：『是的，但是他畢竟跑去了，而且殺了人，把錢也搶走了。』是啊，我倒要請問，他到底殺人了沒有呢？我現在憤怒地駁斥對於搶劫的指控：如果不能明確無誤地指出究竟搶走了什麼，就不能隨便冤枉別人搶劫，這是不言自明的道理！但是他到底殺人了沒有呢，既然不曾搶劫，到底殺人了沒有呢？這事得到證明了嗎？這該不是像寫小說一樣想入非非吧？」

十二、而且也沒有殺人

「且慢，諸位陪審員先生，這是一件人命關天的大事，必須慎之又慎。我們聽到，公訴人自己也證實，直至最後一天，直至今日，直至今日開庭之前，公訴人還動搖不定，是否應該指控被告完全徹底地蓄意謀殺，一直動搖到今天有人向法院出示這封倒楣的『醉後』寫就的信之前。『一切都照所寫的計畫發生了！』但是我還是要重複一遍我的看法：他是跑去找她的，追蹤她的，只是為了弄清她在哪兒。要知道，這件事實是無可爭辯的。如果她當時在家，他哪兒也不會去，他就會留在她身邊，也就不會去做他在信裡寫的要做的那事了。他是在無意中突然跑去的，而關於那封『醉後』寫的信，他當時恐怕早就丟諸腦後了。有人會說：『他順手抄走了銅杵』——諸位想必記得，有人就從這根銅杵出發給我們作了一整套心理分析：為什麼他要把這根銅杵當作凶器，他拿走它是當凶器用的，等等，等等。聽到這話後，我腦子裡便產生了一個極其普通的想法：要是這銅杵不是放在顯眼的地方，不是放在架子上（被告是從架子上拿走它的），而是收了起來，放在櫃子裡——它當時就不會閃進被告的眼簾，他就會兩手空空地、不帶凶器地跑了出去，這樣一來，說不定，他當時就不會殺死任何人了。我怎麼能夠由此得出結論，說這銅杵就是他手持凶器預謀殺人的罪證呢？是的，他曾在飯館裡到處嚷嚷，他要殺死他父親，可是兩天前，也就是他寫那封醉後的信的那天晚上，他卻表現得很平靜，僅跟一個商人的夥計發生了一點口角，有人會說『因爲卡拉馬助夫不可能不跟人吵架。』我對此的回答是，如果他蓄意殺人，而且是按計畫，按所寫的去做，那他肯定不會跟那個夥計吵架，而且也許根本就不會到飯館裡去，因爲一個人蓄意要幹這種事，肯定會竭力保持心情平靜，使自己不顯眼，不惹人注意，不讓人看到他和聽到他：『讓你們盡可能忘掉我』，這倒不僅僅是因爲他工於心計，而是出於本能。諸位陪審員先生，心理學就好比棍有兩頭，事有兩說一樣，我們也懂得一點心理分析的方法。至於這整整一個月來發生在飯館裡的所有這些叫嚷，那孩子們，或者從酒館裡出來、互相爭吵的遊手好閒的醉鬼們，他們嚷嚷得還少嗎：『我打死你』，但是到頭來他們並沒有殺人。那封醉後寫的信也一樣——難道這不是醉後說的氣話嗎？不也是同酒館裡出來的人瞎嚷嚷『我要把你們統統殺死』一樣嗎？爲什麼不是這樣呢？爲什麼不可能是這樣呢？爲什麼肯定這封信就是本案的要害呢，爲什麼不恰好相反，是可笑的呢？正因爲發現了父親被害，發現了屍首，正因爲有目擊者看到被告在花園裡手持凶器，在逃跑，而且這目擊者也被他打倒在地，由此可見，一切都照所寫的計畫發生了，因此這信就不是可笑的了，而成了本案的要害。謝天謝地，我們總算說到點子上了：『既然在花園裡，就說明他殺了人。』這兩個字涵蓋了一切：既然**在**，就足以**說明**，全部指控就在這『既然在，就足以說明』這句話裡。但是，他雖然在，如果不足以**說明**呢？噢，我同意，事實的總和，事情的巧合，的確頗具說服力。但是，請諸位不要被事實的總和所誤導，先把所有這些事實分開來觀察一下：比如說，爲什麼公訴人無論如何不肯相信被告所供他從父親窗口跑開這事是真實的呢？請諸位想想，公訴人說到這裡，在談到兇手竟會突然充滿尊敬感和『虔誠』感時，竟然冷嘲熱諷起來。要是果真發生過類似的情況，就是說哪怕不是尊敬感，但畢竟是一種虔誠感，那又該怎麼說呢？『想必當時母親在爲我祈禱了，』被告在預審時供稱，因此當他弄清斯韋特洛娃女士不在父親屋裡，也就跑開了。『但是隔著窗子他怎麼弄得清呢，』公訴人會這樣反駁我們。為什麼就弄不清呢？要知道，由於被告打了暗號，窗戶是開著的呀。這時候，費奧多爾‧帕夫洛維奇可能冒出了一句什麼話，可能冷不防發出了一聲什麼呼喊──於是被告便立刻確信斯韋特洛娃小姐不在這裡。為什麼非按照我們想當然那樣妄加揣測呢？現實中可能會倏忽出現成千樁事情，就連最細心的小說家也可能疏於觀察，視而不見。『是的，但是格里戈里親眼看見門是開著的，可見，被告肯定去過屋裡，因此必定是他殺的無疑。』至於這扇門，諸位陪審員先生……要知道，能夠證明這扇門開著的只有一個人，而這人在當時，話又說回來，自身尚處於這樣的狀況下，就是說……但是，就算，就算門是開著的吧，就算被告是抵賴，出於一種自我保護感而說了謊吧，在他的處境下，這也是可以理解的嘛，就算，就算他闖進了屋，到那屋裡去過吧──那又怎麼樣呢？為什麼上那屋裡去過就非殺人不可呢？他可以闖進去，跑遍所有的房間，可以把父親猛地推開，甚至可能打父親，但是一旦確信斯韋特洛娃小姐不在他屋裡，他就跑了，因為發現她不在，而且他也為沒有殺死父親就跑了出來而額手稱慶。不多一會兒以後，他之所以能從圍牆上跳下來，去看被他一時情急打倒在地的格里戈里，恐怕也正是因為他當時處在這樣一種心態下，所以他才能感到自己有一種純潔感，一種同情感和惻隱之心，因為他終於逃脫了弒父的誘惑，因為他感到自己是純潔的，因為他為沒有殺死父親而感到欣慰。公訴人用他那如簧之舌給我們描寫了被告在莫克羅耶村的可怕心態，當時愛情對他重又露出了笑靨並且呼喚他去過新生活，可是他已經沒法愛了，因為他身後橫亙著父親血跡模糊的屍體，而在這屍體後面則是判處極刑。不過，倒也是，公訴人到底還承認有愛情，而在他的心理分析中，他是這樣來解釋這愛情的：『彷彿喝醉了酒似的，案犯被綁赴法場，還有很長時間，等等，等等。』但是，公訴人先生，我倒要請問，您塑造的該不是另外一個人吧？被告就那麼，就那麼冥頑不靈和沒有心肝嗎？在那樣的時刻，假如他身上果真染有父親的鮮血，他還能想到愛情，想到向法庭矢口抵賴嗎？不不不！只要他一發現她愛他，呼喚他跟自己一起遠走高飛，答應給他新的幸福——噢，我敢起誓，倘若他身後躺著父親屍體的話，他肯定會感到雙倍、三倍的自殺的需要，他一定會開槍自殺！噢，不，他決不會忘記他的手槍放在哪裡！我深知被告：公訴人強加給他的野蠻的麻木不仁，不符合他的性格。他一定會自殺，這是肯定的；他之所以沒有自殺，正因爲『母親爲他祈禱了』，對於父親的被害他於心無愧，他是無罪的。那天夜裡，在莫克羅耶，使他痛苦，使他傷心的僅僅是被他打倒的老人格里戈里，他在心裡禱告上帝，讓老人站起來，清醒過來，但願他的那一擊不是致命的，但願他不會因他而受到懲罰。爲什麼對這事就不能作這樣的解釋呢？我們究竟有什麼確鑿的證據足以證明被告在向我們說謊呢？瞧，父親的屍體，會有人再次向我們立刻指出：他跑出去了，他沒有殺人，那麼這老人到底是誰殺的呢？

「我再說一遍，這就是公訴人提出的全部邏輯：不是他殺的又能是誰呢？說什麼除他以外再也找不出第二個人了。諸位陪審員先生，事情果真如此嗎？果真，的確再也找不出第二個人了嗎？我們聽到公訴人扳著手指頭數遍了那天夜裡到過這座房子的所有的人。一共是五個人。我同意其中三人無責任能力：這就是被殺者本人，格里戈里老人和他的妻子。因此就只剩下被告和斯梅爾佳科夫了，於是公訴人便慷慨激昂地大聲疾呼，被告之所以指控斯梅爾佳科夫，因爲除他以外他再也無人可以指控了，要是當時出現了第六個人，甚至是第六個人的什麼鬼魂，那被告肯定會感到慚愧，立刻拋棄指控斯梅爾佳科夫，而指出這是那個第六個人幹的。但是，諸位陪審員先生，爲什麼我就不能得出完全相反的結論呢？這裡有兩個人：被告和斯梅爾佳科夫——爲什麼我就不能說您之所以指控我的當事人僅僅因爲您無人可以指控呢？而您之所以無人可以指控，僅僅是因爲您完全抱著先入之見，先就把斯梅爾佳科夫排除在任何嫌疑之外了。是的，沒錯，指控這是斯梅爾佳科夫幹的僅有被告自己，他的兩個弟弟，斯韋特洛娃小姐，僅此而已。但是，要知道，指控這是他幹的還大有人在：這就是社會上隱隱約約風傳著的某種疑問，某種懷疑，可以聽見隱隱約約的某種流言，感覺到大家都在翹首以盼。最後，足以證明這點的還有一些非常典型的事實對比，雖然我承認，這種對比是模稜兩可的：第一，恰好在發生慘案的當天發作了癲癇病，而公訴人不知爲什麼硬要爲這次發病竭力辯護和替他說話。接著在開庭前夜斯梅爾佳科夫突然自殺了。緊接著是被告的二弟今天在法庭上作了同樣的突如其來的證詞，要知道，在此以前，他一直相信他大哥是有罪的，而且突然帶來了錢，還指名道姓地說斯梅爾佳科夫是兇手！噢，我也同本法庭和檢察官一樣深信伊萬•費奧多羅維奇有病和患有酒狂病，他的證詞的確可能是妄圖（而且是在譫妄中想出來的）救他哥哥，因而諉罪於死者的絕望掙扎。但是，話又說回來，他畢竟提到了斯梅爾佳科夫的名字，這就讓人再一次感覺到這裡有某種蹊蹺。諸位陪審員先生，這裡好像有什麼話沒有說完，沒有說到底。也許，這話將來會說完的。但是這事咱們先撇下不談，這是後話。方才法庭決定繼續開庭，但現在，在等待裁決的時候，我想先說兩句，比方說，談談公訴人方才那麼精到，那麼富有才華地對已故的斯梅爾佳科夫其人的描述。但是，儘管我對公訴人的才華十分嘆服，我還是不能完全同意這一描述的實質。我去找過斯梅爾佳科夫，見過他，同他談過話，他留給我的印象與公訴人完全不同。他身體不好，這話不假，但是就這人的性格和心地來說——噢不，這人完全不像公訴人認定的那樣是一個十分懦弱的人。尤其找不到他身上有公訴人那麼突出地向我們描述的那種膽怯。他根本不是個老實巴交的人，相反，我在他身上找到了一種在天真僞裝下的對人的極端不信任，他很聰明，能夠一眼看穿許許多多事。噢！公訴人也太老實了嘛，竟把他看作是一個弱智者。他留給我的印象是明確無誤的：我離開他的時候深信這人簡直是一副蛇蠍心腸，異常愛虛榮，報復心特強，而且嫉妒成性。我收集到若干情況：他憎恨自己的出身，引以為恥，常常咬牙切齒地想起『他是那個臭丫頭莉扎韋塔生的』。他對他小時候的恩人，僕人格里戈里和他的妻子，不敬不孝。他詛咒俄羅斯。他幻想到法國去，以便改頭換面做個法國人。還在過去他就一再說，做這件事他缺少的只是錢。我覺得，除了自己以外，他誰也不愛，而且自視甚高，高得出奇。他認為一個人文明就是穿得好、胸衣乾乾淨淨和皮靴擦得亮。他自以為（有事實為證）他是費奧多爾•帕夫洛維奇的私生子，因此，跟自己主人的嫡子相比，他憎恨自己所處的地位：心想他們什麼都有，而他什麼都沒有，他們享有一切權利，他們享有遺產，他不過是名廚子。他告訴我，這錢是他跟費奧多爾•帕夫洛維奇一起裝進那只信封裡的。他對這筆款項的用途當然憤憤不平，因為他有了這筆錢，就可以遠走高飛，出外闖蕩一番了。何況他看見這三千盧布是嶄新的花票子（我故意問過他這事）。噢，千萬不要把這麼一大筆錢給一個見錢眼開和唯利是圖的人一下子看到，而他看到在一個人手裡竟有這麼一大筆錢，還是頭一次。一大沓花票子所產生的印象很可能使他的想像力產生了不健康的反應，但是這頭一回總算還沒產生任何後果。我們的才華橫溢的公訴人，對指控斯梅爾佳科夫有可能殺人的所有pro和ucontra（贊成和反對）的假設，十分精到地向我們作了一番描述，還特地問道：他憑什麼要假裝發了羊癇瘋呢？是的，但是，要知道，他也可能根本沒有假裝，舊病復發也可能是完全自然的，但是要知道這病也可能霍然痊癒，這也是十分自然的，於是病人就可能甦醒過來。就算不曾痊癒吧，但畢竟隨便什麼時候都有可能恢復知覺，甦醒過來，這也是發羊癇瘋的常事。公訴人質問：斯梅爾佳科夫行凶作案的時間在哪裡？但是，要指出這個時間來還是非常容易的。他可能從熟睡（因為他不過是睡著罷了：羊癇瘋發作後常會出現熟睡）中醒來，並且下了床，當時恰逢格里戈里老人抓住被告的一條腿（被告想逃跑，正爬上牆頭），開始聲嘶力竭、四外都聽得見地大叫：『弒父兇手！』這喊聲非同一般，又發生在寂靜和黑夜中，這就很可能把斯梅爾佳科夫吵醒，當時他可能睡得並不很熟：自然，他也可能在一小時前就已經快要醒了。下床後，他便尋聲前往，幾乎是無意識地，也無任何打算，想看看發生了什麼事。當時他很可能頭暈目眩，神志尚未清醒，但是卻信步走去，走進了花園，走近了那扇亮著燈的窗戶，主人看見他當然喜不自勝，於是便把那個可怕的消息告訴了他。他的神志一下子清醒了過來。他從被嚇壞了的主人那兒知道了一切細節。於是在他那迷迷糊糊的、有病的腦子裡便逐漸產生了一個想法——這想法雖然可怕，但是卻極富誘惑力，而且非常符合邏輯：殺了他，拿走三千盧布，然後把一切都推到大少爺身上：既然罪證俱全，他到這兒來過，現在大家不想到大少爺還會想到誰呢？大家不指控大少爺還會指控誰呢？對於金錢，對於戰利品的可怕渴望，連同考慮到可能不會受到懲罰，很可能使他高興得連氣都喘不過來了。噢，這些突如其來的、不可抗拒的衝動，一遇機會就會不期而至，尤其是那些一分鐘前還不曾想到要殺人的兇手，更會突如其來地發生這樣的衝動，於是斯梅爾佳科夫便可能走進主人屋裡，實行自己的計畫，用什麼東西下手呢？用什麼凶器呢？——他在花園裡隨便撿了一塊石頭，就用它。但是，他爲什麼要這樣做呢？他有什麼目的呢？要知道三千盧布，這可是一筆遠走高飛，出去闖蕩的資本呀。噢，我無意自相矛盾：這錢也是可能存在的。甚至說不定，就斯梅爾佳科夫一個人知道哪兒才能找到這錢，這錢到底放在主人的什麼地方。『嗯，那麼裝錢的封套呢？地板上撕破的信封呢？』剛才公訴人講到這只信封的時候，曾異常精細地陳述了自己的想法，他認爲把這只信封撂在地板上的只能是像卡拉馬助夫這樣的生手，而根本不可能是斯梅爾佳科夫，他是無論如何不會把暴露自己的罪證留下來的。諸位陪審員先生，方才我聽到這話的時候，突然感到這話非常耳熟。請諸位想想，就在我聽到這話的整整兩天前，我從斯梅爾佳科夫那裡也聽到過同樣的想法，關於卡拉馬助夫究竟會怎樣處置這只信封的同樣的猜測，非但如此，而且他的這個想法還使我吃了一驚：我當時正是感覺到他在故作天真，先搶在頭裡，把這想法強加於我，使我自己也產生同樣的想法，他似乎在把這一想法暗示給我。他有沒有把這一想法也向參加過預審的官員們作過暗示呢？他有沒有把這一想法也強加給才華橫溢的公訴人呢？有人會說：那麼，那位老太太，格里戈里的老婆呢？要知道，她可是親耳聽見病人在她身旁呻吟了一夜呀。沒錯，她的確聽見了，但是，要知道，她這樣想是十分靠不住的。我認識一位太太，她向我訴苦，說院子裡有隻狗狂吠了一夜，吵得她沒法睡覺。但是後來查明，這隻可憐的狗一夜總共才汪汪汪地叫了兩三回。這是很自然的；一個人睡著了，突然聽到呻吟，他懊惱地醒了過來，埋怨這聲音把他吵醒了，但是緊接著他又睡著了。過了兩小時又傳出了呻吟聲，他又醒了過來，接著又睡著了，於是過了兩小時，一夜總共才呻吟了三次。第二天早晨，那人起床後就抱怨說，有人呻吟了一夜，他不斷被吵醒。但是，他想必感覺到是這樣：睡眠之間的間隔是每次兩小時，他睡過去了，什麼也不記得了，只記得他醒來的那幾分鐘，於是他就以為有人吵了他一夜。但是公訴人又驚呼道，那為什麼，為什麼斯梅爾佳科夫在絕命書上不坦白承認呢？『一件事上良心發現，在另一件事上又會昧著良心？』但是且聽在下慢慢道來：良心發現就是悔過自新，但是一個人自殺也可能並無悔過自新之意，有的僅僅是絕望。絕望和悔過自新——是兩個截然不同的東西。絕望可以是狠毒的、誓不兩立的，因此這個自殺者在動手自殺時，很可能加倍仇恨他一輩子眼紅的人。諸位陪審員先生，本案可要提防錯判啊！我剛才向諸位提出的論點和描述的情況，有什麼，有什麼地方不符合情理呢？請諸位在我的論述中找出錯誤來，找出子虛烏有和荒謬的地方來！但是，假如在我的假設中哪怕只有一丁點影子是可能的，有一丁點影子是合乎情理的——那就請諸位高抬貴手，且慢判決。再說，難道這裡僅有一丁點影子嗎？我敢憑一切神聖的東西起誓，我完全相信我剛才向諸位提出的對這件凶殺案的解釋。而要點，要點是，使我大惑不解和義憤填膺的仍舊是那個想法：在公訴人一股腦兒加到被告頭上的大量事實中，沒有一件哪怕是多少確鑿無疑和無可爭辯的東西，而這不幸的人卻要僅僅爲這些事實的總和而毀掉自己的一生。是的，這總和是可怕的；這血，這從手指上流下來的血，血跡斑斑的內衣，響徹『弒父兇手！』這聲狂叫的漆黑的夜，一個人在大喊大叫，腦袋被砸破了，猛地倒了下去，而接著又是這一長串發言、證詞、手舞足蹈和大喊大叫——噢，這就大大影響了大家的看法，博得了大家的同情，但是，諸位陪審員先生，你們的看法能夠輕易左右得了嗎？請諸位想想，你們被授予無限的權力，捆綁和釋放的權力①。但是權力越大，這權力的運用也就越可怕！我絲毫不放棄我剛才所說的話，但是就算這樣吧，就算我暫時同意公訴人的意見，說我的不幸的當事人雙手沾滿了父親的鮮血吧。我再說一遍，這不過是假定，我一刻也不懷疑他是無辜的，但是就算我假定我的被告犯了弒父罪吧，但是，即使這樣，我也請諸位聽我把話講完。我心裡還有些事要對你們說，因爲我預感到你們的心裡和腦子裡也百思不得其解……諸位陪審員先生，請恕冒昧，我方才提到了你們的心與腦。但是我想有話直說和真誠到底。讓我們大家都開誠布公吧！……」

說到這裡，辯護人的話被相當熱烈的掌聲所打斷。的確，他最後幾句話說得如此真誠和激昂慷慨，以致大家都感到他的確有話要說，他馬上要說的話才是最最重要的。但是首席法官聽到掌聲後卻大聲威脅道，如果「類似的情況」再次發生，他就要請他們「退出」法庭。大家頓時鴉雀無聲，於是費秋科維奇便用一種新的、誠摯感人的聲音繼續說下去，這聲音與他迄今爲止的說話聲完全不同。

① 參見《馬太福音》第十八章第十八節：「我實在告訴你們，凡你們在地上所捆綁的，在天上也要捆綁，凡你們在地上所釋放的，在天上也要釋放。

十三、信口雌黃、巧言如簧的辯護人

「諸位陪審員先生，不僅僅是眾多事實加在一起毀了我的當事人，」他高聲宣稱，「不，真正毀了我的當事人的僅有一件事」——老父的屍體！如果這是一件普普通通的凶殺案，由於此案的微不足道，查無實據和諸多事實的荒誕不經（如果把一件件分開來看，而不是合在一起的話），你們一定會推翻這一指控，起碼也會躊躇再三，不忍心僅僅根據一種先入之見就白白毀了一個人的一生，不過，唉，人家對他這麼看也是他罪有應得！但是本案並非平常的凶殺案，而是弒父命案！這就會使人正襟肅然，刮目相看，那些據以指控他的事實，即使最微不足道，最查無實據，甚至在最無成見的頭腦裡也會逐漸顯得並不那麼微不足道和並不那麼查無實據了。又怎能爲這樣的被告開脫呢？既然他殺了人，又怎能讓他逍遙法外呢？這是每個人在自己心中都會幾乎不由自主地和本能地感覺到的問題。是的，弒父流血，這事太可怕了——這是生我、愛我的人的血，爲了我不惜自己生命的人的血，從我小時候起，他就爲我的疾病操碎了心，一輩子爲我的幸福含辛茹苦，一輩子關心的只是我的快樂、我的進步，希望我事業有成！噢，殺死這樣的父親簡直叫人無法想像！諸位陪審員先生，什麼是父親，真正的父親？父親這詞有多麼偉大！在父親這一稱呼中又包含著多麼偉大的思想啊！我們現在還只是部分地指出了真正的父親是什麼和應該是什麼。可是在本案中，我們大家現在正在審理、我們的心爲之痛苦的這一案件中的父親，已故的費奧多爾·帕夫洛維奇·卡拉馬助夫，卻同剛才向我們的心顯示出來的有關父親的概念南轅而北轍。這是一場災難。是的，沒錯，有些父親就像一場災難。那就讓我們走近一點，來仔細看看這場災難吧——諸位陪審員先生，鑑於你們即將做出的裁決的重要性，我們應當無所畏懼。尤其是現在，我們更不應該像孩子們和膽小的婦女們那樣感到害怕，正如才華橫溢的公訴人方才的絕妙說法，故意迴避某種想法。但是我的可尊敬的論敵（還在我剛發表演說之前他就是我的論敵了）在他那熱情洋溢的演說中曾幾次感嘆道：『不，我決不讓任何人替被告辯護，我決不把對他的辯護權拱手讓給從彼得堡來的那個辯護人——我既是公訴人，又是辯護人！』這就是他幾次忘情地說過的話，但是他忘了提到，如果說可怕的被告，在整整二十三年中，僅僅為了一磅核桃就對一個人始終感恩戴德（當時他還小，住在老家，這是曾經愛撫過他的唯一的人），反過來說，在這整整二十三年中，像他這樣一個人也決不會不記得，他怎樣在父親的後院裡光著兩腳跑來跑去，正如仁慈的赫爾岑什圖勃大夫所說，『沒有鞋子穿，小褲子上只掛著一個小紐扣』。噢，諸位陪審員先生，我們幹麼要走近前去觀看這場『災難』呢？我們幹麼要重複大家都已經知道的事實呢！我的當事人回到父親身邊來以後又遇到了什麼呢？幹麼，幹麼要把我的當事人描寫成一個無情無義的人，一個自私自利的人，一個怪物呢？他任性放縱，他野蠻和愛尋釁鬥毆，為此，我們現在正在審判他，但是他落到這樣的地步又是誰之過呢？他原來的脾氣是好的，心地也是高尚的、重感情的，可是他卻受到了這樣荒唐的教育，這又是誰之過呢？有沒有人開導過他，規勸過他，他有沒有受過學問的薰陶呢？他小時候，有沒有人或多或少地愛過他呢？我的當事人是在上帝的呵護下長大的，也就是說如同野獸一樣長大的。經過多年的別離之後，他也許渴望能夠見到父親，在此以前他也許已經成千次地如同回憶夢境一樣回憶過自己的童年，驅散過他小時候夢見過的種種可憎的夢魘，他全心全意地渴望能夠諒解和擁抱自己的父親。可是怎麼樣呢？迎接他的只是無恥的嘲笑、猜疑和因金錢爭執而引發的種種刁難；他聽到的僅僅是每天『喝白蘭地時』令人心煩的閒言碎語和處世之道，最後，他又看見父親竟用他這兒子的錢來爭奪他這兒子的情人——噢，諸位陪審員先生，這是醜惡的，也是殘忍的！而且這老人還逢人便抱怨他兒子不孝和殘忍，在上流社會裡給他抹黑，糟蹋他，誹謗他，收買他開的借據，以便讓他吃官司，蹲大獄。諸位陪審員先生，這些人，像我的當事人一樣看去殘酷無情、狂暴放縱的人，常常（而且屢見不鮮）心地卻十分溫柔，只是沒有表露出來罷了。諸位別笑，請別笑話我的這一想法！富有才華的公訴人方才無情地嘲笑了我的當事人，說他居然愛席勒，愛『美和崇高』。我換了是他，如果我是公訴人，我是決不會嘲笑這事的！是的，這些人的心——噢，這些人的心很少被人理解，而且常常遭人誤解，請讓我來替他們辯護——這些人的心彷彿同他們自己，同他們愛尋釁鬧事，同他們的殘忍相反，常常渴望溫柔、美和公道——這種渴望常常是無意識的，只是一種渴望罷了，這些人從外表看似乎縱情聲色犬馬、生性殘忍，但是他們卻能撕心裂肺地愛，比如說，愛一個女人，而且這肯定是一種精神上的、高尚的愛。再一次請諸位不要笑話我：因爲這些人的天性常常正是這樣的！他們只是不會掩飾自己有時顯得粗魯的縱情聲色犬馬罷了——正是這點使人感到吃驚，正是這點讓人看在眼裡，而這個人的內心他們是看不見的。反之，他們的嗜欲很快就能得到饜足，但是，倘若處在高尚的好人身旁，這個看去似乎粗暴、殘忍的人也會尋求新生，尋求改過自新的機會，做一個好人，做一個高尚的、誠實的人——『崇高和美』的人，儘管這話會被某人百般恥笑！方才我曾說，我無意冒昧觸及我的當事人與韋爾霍夫采娃女士的羅曼司。但是，只言片語還是可以說一說的：我們方才聽到的不是證詞，僅僅是一個發狂的、報復心切的女人的呼喊，她無權，噢，她無權譴責別人對她變了心，因爲她自己先就變了心！假如她多少有點時間好好想想的話，她決不會作出這樣的證詞！噢，不要相信她的話，不，我的委託人決不會像她說的那樣是個『惡棍』！那個被釘在十字架上的大慈大悲的人，在走上十字架的時候曾說：『我是好牧人，好牧人爲羊捨命，但願沒有一隻死掉……』[①]我們也不要毀掉一個人的靈魂！我剛才曾問：什麼

① 參見《約翰福音》第十章第十一節，第十四－十五節。引文與原文略有差異。

是父親，接著就感嘆道，這是一個偉大的字眼，寶貴的名稱。但是，諸位陪審員先生，使用這個字眼必須實事求是，因此我要用事物的本來的字眼，本來的名稱來稱呼這事物：「像被殺害的老卡拉馬助夫這樣的父親，不能也不配稱之爲父親。愛一個不配得到這種愛的父親，是荒謬的，不可能的。不能從一無所有中創造愛，能夠從一無所有中創造萬物的只有上帝。『你們作父親的，不要讓你們的兒女傷心，』一位內心充滿了愛的使徒寫道①。我現在引用這句神聖的話，不是爲了我的當事人，而是爲了所有的父親我才提到這話的。居然教訓做父親的來了，這是誰給我的權力？任何人也沒給。但是我作爲人和公民，我要大聲疾呼——vivos voco②！我們活在人世的時間並不長，但是我們卻在做許多壞事，說許多壞話。因此我們應該抓緊我們在一起聚談這一大好時機，互相多說些好話。我現在亦然：只要我站在這地方，我就要利用這個屬於我的時間。賜予我們這個講壇的是上帝的旨意，並不是無謂地給我們的——整個俄羅斯都在傾聽從這個講壇上發出的聲音。我現在並不僅僅是對這裡的父親們說話，而是向所有的父親們呼籲：『你們作父親的，不要讓你們的兒女傷心！』是的，我們應首先履行基督的約言，然後我們才有資格要求我們的兒女。否則我們就不配做父親，而只能做我們兒女的仇敵，他們也不是我們的兒女，而是我們的仇敵，是我們自己把他們變成我們的仇敵的！『你們用什麼量器量給人，也必用什麼量器量給

① 參見《新約．歌羅西書》第三章第二十一節。原文本是：「你們作父親的，不要惹兒女的氣，恐怕他們失了志氣。」辯護人在引用這句話時故意刪去了前面的話：「你們作兒女的，要凡事聽從父母，因爲這是主所喜悅的。」（同上，第二十節）。

② 拉丁文：我召喚生者！這是德國詩人席勒的詩《鐘之歌》（一七九九年）的詩前題詞：「我召喚生者，慟哭死者，摧毀閃電。」「我召喚生者」「這句話也是赫爾岑和奧加廖夫主編的《鐘聲報》（一八五七－一八六七年）提出的口號。

你們。』這話可不是我說的，這是福音書的訓示：應該用人家量給你們的量器去量給人。①要是我們的兒子用我們的量器量給我們，怎能責怪他們呢？不久前，芬蘭有一個年輕的女傭，她被懷疑她偷偷地生了個孩子。於是大家開始監視她，終於在這幢房子的閣樓上，在磚頭後面的角落裡找到了她的一只無人知曉的箱子，打開箱子一看，裡面有一具被她殺死的新生兒的屍體。在同一口箱子裡還找到了兩具她以前生的嬰兒的骨骸（這兩個孩子也是一生下來就被她殺害的），她對此也供認不諱。諸位陪審員先生，她能算自己兒女的母親嗎？不錯，她生了他們，但是她能算他們的母親嗎？我們中間有誰敢把母親這一神聖的名稱加在她頭上呢？諸位陪審員先生，我們要勇敢，甚至要大膽，在當前這一時刻我們甚至更應該這樣，不要害怕某些話和某些思想，就像那些莫斯科的商人太太那樣，一聽到『金屬聲』和『燃燒著的硫磺』就害怕②。不，恰好相反，我們將證明最近幾年的進步也使我們的思想有了長足的發展，我們要直截了當地說：生我者還不是父親，只有生下我來而又盡到做父親的責任的人才是父親。噢，當然，父親這詞還有別的意義和別的解釋，這解釋稱，只要這人是我的父親，哪怕這人是個惡棍，甚至對自己的孩子無惡不作，他到底還是我父親，就因爲他生下了我。但是，這樣說就有點（可以說吧）神秘主義了，這是我的頭腦理解不了的，只有憑信仰才能接受，或者說得更確切些，只能姑妄信之，就像許多其他事情，我不理解，但是宗教命令我相信，我也只好姑妄信之了。但是，這麼說，畢竟是在現實生活之

①見《馬太福音》第七章第二節。辯護人在解釋這段話時，歪曲了原意。
②金屬聲指兵器聲；燃燒著的硫磺源出《創世記》第十九章第二十四節：「耶和華將硫磺與火，從天上耶和華那裡，降與所多瑪和蛾摩拉。」這話出自亞·奧斯特羅夫斯基的喜劇《艱難的日子》（一八六三年）第二幕第二場，作者在這裡是對俄國自由主義作家和評論家馬爾科夫（一八三五－一九〇三年）反對《卡拉馬助夫兄弟》說的話所作的諷刺性摹擬。

外，硬要這樣，也就算了。但是在現實生活中，現實生活不僅擁有自己的權利，而且它本身也使我們覺得重任在肩，責無旁貸——在這個領域內，如果我們想做個人道主義者，並最終做個基督徒，我們就必須而且應當奉行僅僅經過理智和經驗認可的，經過分析的洪爐檢驗過的信念，總之，行動要有理智，而不能像在夢中和譫妄中那樣幹出無理性的事來，以免禍害他人，折磨和毀掉一個人。只有，只有到那時，這才能成爲真正的基督教的事業，不僅是神秘主義的，而且是合乎理性的，真正大慈大悲的事業……」

說到這裡，從法庭的許多角落爆發出一陣陣熱烈的掌聲，但是費秋科維奇卻連連擺手，好像懇求大家不要打斷他的話，先讓他把話說完。大家頓時鴉雀無聲。這位演說家又繼續道：

「諸位陪審員先生，你們以爲我們的兒女（就算他們已經長大成人，就算他們已經學會了思考吧）就不會去考慮這類問題嗎？不，他們肯定會考慮的，我們不能要求他們去做他們做不到的克制！一看到這個不配做父親的人，尤其是同別的孩子，別的同齡人的稱職的父親相比，就會使這個青年不由得產生令他痛苦的種種問題。對於這些問題有人會冠冕堂皇地回答：『他生下了你，你就是他的骨肉，因此你必須愛他。』這青年會不由得沉思起來：『難道他生我的時候愛我嗎，』他問自己，越來越感到驚奇，『難道他是爲了我才生我的嗎：當時，當他慾火如焚的時候（也許喝了點酒，慾火就更旺了），他並不知道我，甚至都不知道我的性別，除非把他酗酒的嗜好傳給了我——這便是他的全部恩賜……我幹麼要愛他呢？難道就因爲他生下了我，後來又一輩子不曾愛過我嗎？』噢，你們也許會覺得這些問題粗魯而且殘忍，但是你們不能硬要一個年輕的頭腦做出他做不到的克制：『即使你把大自然趕出房門，它也會從窗戶裡飛進來①。』——而主要的，主要的是我們不要怕『金屬聲』和『燃燒的硫磺』，而應該像理智和仁

① 源出法國詩人拉封丹（一六二一－一六九五年）的寓言《變成女人的貓》。

愛之心吩咐我們的那樣去解決問題，而不要像神秘的概念規定的那樣辦事。這問題怎麼解決呢？應當這樣來解決：讓兒子站到父親面前，理智地問他本人：『父親，請告訴我：我憑什麼要愛你？父親，請向我證明我必須愛你的理由！』如果這位父親能夠而且可以回答他和向他證明，那就會出現真正的正常的家庭，而不僅是建立在神秘主義的偏見之上，而是建立在理智的、自己對自己負責的、嚴格合乎人道的基礎之上的正常的家庭。反之，如果這父親無法證明這點，這家庭就會頃刻瓦解：他就不再是他的父親，兒子就取得了自由，他就有權在今後把自己的父親視同陌路，甚至視他為敵。諸位陪審員先生，我們的講壇應該成為宣傳實事求是和健全概念的學校！」

講演者講到這裡時被一陣欲罷不能、近乎發狂的掌聲所打斷。當然，並不是整個法庭都在鼓掌，但是畢竟有半數人在鼓掌。鼓掌的是那些做父親的和做母親的。從女士們坐的樓座上傳來一陣陣尖叫和呼喊。有人在揮舞手帕。首席法官開始拼命搖鈴。他顯然對法庭上公眾的行為感到生氣，但像方才威脅的那樣要請他們「退場」，他還不敢造次：因為向演講者鼓掌和揮舞手帕的甚至還有坐在他後面專席上的達官貴人，一些身穿燕尾服、佩帶星形勳章的老人，因此當喧鬧聲終止後，首席法官僅止於重複了一下他從前提出過的要請他們「退場」的十分嚴厲的警告，而得意洋洋、激動萬分的費秋科夫又開始繼續自己的講演。

「諸位陪審員先生，你們總還記得那個可怕的夜晚吧，關於它，我們今天在這裡已經講了很多了：兒子翻過圍牆，闖進父親的房間，終於直面那個把他生下來的敵人和欺人太甚者。我竭盡全力認為他——這時候跑來並不是為了搶錢：指控他蓄意搶劫是荒唐的，對此我在前面已經說過了。他破門而入也不是為了蓄意殺人，噢不，如果他蓄意殺人，起碼要預先操心一下他使用什麼兇器，至於抄走那個銅杵，那完全是出於本能，他自己也不知道有什麼用處。就算他用暗號欺騙了父親吧，就算他排闥而入闖了進去吧——我已經說過，我一分鐘也不相信這個神話，但是就算，就算這樣吧，就暫且假定是這樣吧！諸位陪審員先生，我敢向你們大家發誓，用一切神聖的東西發誓，如果這不是他父親，而是一個欺負過他的不相干的人，等他跑遍了所有的房間，確認這女人不在這座房子裡以後，他一定會撒腿就跑，毫不傷害自己的情敵，說不定會給他一拳，推他一下，但是也僅限於此而已，因爲他顧不上，他沒有時間，他的當務之急是知道她在哪兒。但是父親，父親——噢，一切都是因爲看見了父親的緣故，他從小就對這父親深惡痛絕，是他的敵人，實在欺人太甚，而現在又成了他的可怕的情敵！一種仇恨的感情不由得攫住了他，欲罷不能，毫無思考餘地：一切都是在一刹那間發生的！這是一種瘋狂和失去理智的感情倒錯，而且這也是自然本性的感情倒錯，它不可遏制地、無意識地要爲自己的永恆法則進行報復，自然界的一切也概莫能外。但是這兇手即使在這時候也沒有殺人——這點我敢肯定，這點我要大聲疾呼——不，他只是在怒不可遏中揮了一下銅杵而已，並不想殺死他，也不知道這會致他於死命。要是他手裡沒有這根要命的銅杵，他充其量只會揍父親一頓，但是決不會殺死他。跑出去以後，他也不知道被打倒的老人是不是死了。這樣的殺人並不是殺人。這樣的殺人也不是弒父。不，殺死這樣的父親決不能稱之爲弒父。這樣的殺人只有根據偏見才會列入弒父案！但是事實上這件凶殺案到底有沒有，有沒有發生呢？我要一而再，再而三地從自己的心靈深處向諸位大聲疾呼！諸位陪審員先生，我們就要給他定罪了，於是他就會對自己說：『這些人對我的命運，對我的培養，對我的教育什麼事情也沒有做，他們並沒有努力使我成爲一個好人，成爲一個真正的人。這些人並沒有給我飯吃，並沒有給我水喝，也沒有到大牢來看望過我這個衣不蔽體的人，可是現在他們卻要送我去服苦役。我欠的賬算清了，我現在已經什麼也不欠他們的了，永遠也不欠任何人的賬了。他們狠毒，我也狠毒，他們殘忍，我也殘忍。』他肯定會這樣說，諸位陪審員先生！我敢起誓，你們的指控只會使他如釋重負，只會減輕他的良心譴責，他將詛咒他犯的流血慘案，而不是因此而抱恨終生，非但如此，你們還會毀了他重新做人的機會，因爲他將一輩子怨天尤人和成爲睜眼瞎。但是，你們是不是想用可以想像得出來的最可怕的嚴刑峻法來懲治他呢？但是這樣做的目的僅僅是爲了永遠拯救他的靈魂，使他重新做人，如果是這樣的話，倒不如用你們的仁慈來感化他！你們將會看到，你們將會聽到他的靈魂將會不寒而慄，他將會膽戰心驚：『我怎受得起這種恩典，我怎配受到如此垂愛，我不配。』他定會這樣驚呼！噢，我知道，我知道這種人的心，這是一顆既狂野又高尚的心，諸位陪審員先生。他將會在你們的功德無量面前低頭認罪，他渴望去做偉大的愛的行爲，他將會燃燒，他將會復活，永遠復活。有些人因爲心胸狹隘常常會怨天尤人，詛咒整個世界。但是你們只要用仁慈來感化這個人的心，給他愛，他就會反過來詛咒自己的所作所爲，因爲這顆心裡蘊藏著許許多多善良的萌芽。於是他的心胸開闊了，他將會看到上帝是多麼仁慈，人們是多麼好，多麼公正。懺悔和他從今以後面臨的數不盡的天職，將會使他膽戰心驚，感到重任在肩。那時候他就不會說：『我的賬算清了』，而會說：『我有罪，我對不起所有的人，我是一個爲人所不齒的人。』他將會懺悔，他將會熾烈而又痛心地受到感動，他將會淚流滿面地說：『這些人比我好，因爲他們不想毀了我，他們想救我！』噢，你們輕而易舉就能做到這點，完成這個仁慈的舉動，因爲在缺乏任何庶幾乎類似真實的罪證情況下，你們要說出『是的，他有罪，』實在太於心不忍了。寧可錯放十個有罪的人，也不要錯判一個無辜的人①——諸位聽見了嗎？諸位聽到上一世紀我國光榮歷史中這一莊嚴的聲音

① 這話是俄國沙皇彼得一世說的（略有更改）。原話是：「寧可釋放十個有罪的人，也不判處一個無辜的人死刑。」（一七一六年）。後來這句話又大致相同地載入《俄羅斯帝國法典》（一八七六年）。

了嗎？我是一個微不足道的人，那用我來提醒諸位呢：俄國的法庭不僅是懲罰，而且還是對失足者的挽救！就讓別的民族去死摳條文和一味懲罰吧，我國則講求精神和內涵，講求對失足者的挽救和讓他重新做人。如果是這樣，如果俄羅斯和它的法庭真是這樣，那俄羅斯就將一往無前，你們大可不必用你們那瘋狂的、各國人民都厭惡地向兩旁閃開的三套馬車來嚇唬我們！不是瘋狂的三套馬車，而是金碧輝煌的俄羅斯彩車莊嚴隆重地徐徐駛向目的地。我的當事人的命運掌握在諸位手中，我們俄羅斯真理的命運也掌握在諸位手中。你們將拯救這真理，你們將捍衛這真理，你們將證明，遵循這真理的還大有人在，這真理掌握在好人的手中！」

十四、鄉下人固執己見，我行我素

費秋科維奇就這樣結束了他的講演，這一次爆發出來的聽眾的歡呼聲，簡直像暴風雨般勢不可擋。要制止這種歡呼已經難以想像了：女人在哭，許多男人也在哭，甚至兩位顯貴也潸然淚下。首席法官只好屈服，連搖鈴都遲疑了片刻：「對這樣的熱情橫加干涉等於褻瀆神聖」——正如事後敝縣的女士們這樣嚷嚷道。講演者本人也大受感動。就在這時候，我們的伊波利特・基里洛維奇又再次站起來「互相爭辯」。大家對他怒目而視：「怎麼？這是怎麼回事？他還敢反駁？」女士們嘀咕道。但是，這時候，即使全世界的女士嗡嗡嚶嚶地群起而攻之，而且爲首的就是檢察官夫人，即伊波利特・基里洛維奇的太太，也攔不住他。他臉色蒼白，激動得渾身發抖；他所說的最初幾個字，最初幾個句子，甚至都聽不懂；他氣喘吁吁，口齒不清，語無倫次。然而，他很快就改正了過來，恢復了常態。但是從他的第二次講演中我只想摘引不多幾句話。

「……有人指責我們，說我們向壁虛構，在編小說。那麼，辯護人的情況又怎樣呢，豈不是小說中的小說嗎？所差的就只有有詩為證了。費奧多爾．帕夫洛維奇等候情人時扯開了信封，把信封扔到了地上。甚至還引用了他在這種令人驚訝的情況下所說的話。難道這不是一部長詩嗎？他掏出了錢，有何為證？他說的話，有誰聽見了？那個弱智者兼白癡斯梅爾佳科夫居然搖身一變，成了拜倫式的英雄，因為自己是私生子而向社會報復——難道這不是拜倫式的敘事詩嗎①？至於他那個兒子，破門而入，闖進父親屋裡，殺死了父親，但同時又沒把他殺死，這甚至已經不是小說，不是敘事詩了，簡直成了斯芬克斯②向別人提出連它自己也解不開的謎。既然殺了，那就是殺了，這是怎麼回事？怎麼殺了又等於沒殺呢？——誰能懂得個中奧妙呢？接著他又向我們宣稱，本講台是宣傳實事求是和健全概念的講台，可是從這個『健全概念』的講壇上居然有人賭咒發誓地說，這是一個顛撲不破的公理，即把殺害父親稱作弒父，僅僅是一種偏見！但是，如果說弒父是偏見，如果每個孩子都來質問自己的父親：『父親，我為什麼要愛你？』——那我們豈不亂了套，我們的社會還成什麼體統，家庭還成其為什麼家庭？你們瞧，說什麼弒父不過是莫斯科商人太太眼中的『燃燒著的硫磺』。俄國法庭的使命和前途的最珍貴、最神聖的傳統，居然被肆意歪曲，只要達到目的就成，只要能夠開脫不能開脫的罪名就可以不擇手段。『噢，你們要用仁慈來感化他嘛，』辯護人大聲疾呼，而這正是罪犯求之不得的，明天大家就會看到他是怎麼被感化的！辯護人只要求開脫被告人的罪名，這未免太謙

---

①指拜倫的長詩《巴里西納》（一八一五年）。長詩的主人翁是一名私生子，名叫烏戈。他在法庭上拒不認罪，他認為造成他犯罪的真正罪犯，應是強姦了他母親的他的父親。

②希臘神話中的獅身人面有翼怪物，她坐在忒拜城附近的懸岩上，向過往旅客提出一個謎語，此人若猜不出，即被它殺死。

虛了吧？爲什麼不要求設立以弒父者命名的獎學金呢？這樣不就可以使他的豐功偉績永垂竹帛，流芳千古了嗎？連福音書和宗教教義都可以修改：說什麼這一切都是神秘主義，只有我們信奉的基督教才是真正的基督教，是經由理性和健全概念的分析加以檢驗過的基督教。於是他就在我們面前樹起了一個僞基督！**你們用什麼量器量給人，也必用什麼量器量給你們**，辯護人感慨系之地說，緊接著得出的結論卻是，基督讓你們用別人量給你們的量器去量給別人——而且這話是在宣傳實事求是和健全概念的講壇上講的！我們僅僅在我們講演的前一天，才匆匆瞥了一眼福音書，以便炫耀我們對這部富有獨創性的著作畢竟還是熟悉的，說不定用得上（視需要而定，一切都視需要而定），能製造出某種效果也說不定！而基督正是告誡我們不要這樣做，千萬不要這樣做，因爲只有惡世界才會這樣做，我們應當寬恕，把自己的臉頰伸過去，不要用欺負我們的人量給我們的量器去量給別人①。這就是我們的上帝教給我們的，而不是教我們說，禁止兒女弒父是一種偏見。我們決不應該在宣傳實事求是和健全概念的講台上任意篡改我們的上帝的福音，可是辯護人卻把我們的上帝僅僅稱之爲『那個被釘在十字架上的主張博愛的人』②，這與向基督求告：『你是我們的上帝！③……』的整個信仰東正教的俄羅斯恰好背道而馳。」

這時首席法官出面干預了，請這個說話太衝動的人就此打住，請他不要誇大其詞，萬事都應適可而止，等等，等等，就像其他首席法官在這種情況下通常所說的那樣。再說旁聽席上也在沸沸揚揚。聽眾在騷動，甚至發出了憤怒的呼喊。費秋科維奇甚至沒有反駁。他只是走上講台，將手貼在心口，用受了

---

① 見《馬太福音》第五章第三十八、三十九節：「你們聽見有話說：『以眼還眼，以牙還牙。』只是我告訴你們，不要與惡人作對。有人打你的右臉，連左臉也轉過來由他打。」

② 將基督僅僅稱之爲人，而不承認他的神性，乃是對基督的褻瀆。

③ 這是向基督求告的禱告詞中慣用的呼語。

委屈的語調說了幾句話，充滿自尊。他只是嘲笑地稍許重提了一下『寫小說』和『心理分析』，又捎帶著在一個地方說了句：「尤皮特，你生氣了，可見你不對。」這話引起了公眾表示讚許的不絕笑聲，因爲伊波利特．基里洛維奇已經完全不像尤皮特①了。接著對指責他縱容年輕一代弒父云云，費秋科維奇帶著一種深深的自尊感說道，這話他都不屑反駁。至於「僞基督」以及他沒有尊稱基督爲上帝，而只是稱之爲「被釘在十字架上的主張博愛的人」，乃是「違背正教教義，而且不該從宣傳實事求是和健全概念的講台上講這番話」云云——費秋科維奇暗示這是「譖言中傷」，並指出他到這裡來的時候，起碼滿心指望這裡的講台定將受到保障，不至於做出「危及我本人作爲公民和忠實臣民」的指控……但說到這裡，首席法官也制止了他，於是費秋科維奇便一鞠躬，結束了自己的答辯，旁聽席上隨即嗡嗡然發出一片讚許聲。至於伊波利特．基里洛維奇，據敝縣女士們稱，則「被壓趴下了，永遠抬不起頭來」。

接著便讓被告本人發言。米佳站了起來，但是說話不多。他心力交瘁。他上午出庭時那種泰然自若和精力充沛的樣子，幾乎蕩然無存。這天，他似乎體驗到了某種使他終身難忘的東西，使他學會和懂得了他過去不懂的非常重要的道理。他的聲音變得衰弱無力，他已經不像方才那樣吵吵嚷嚷了。從他的說話中感覺得到某種新的、逆來順受的、被戰敗的、俯首帖耳的東西。

「諸位陪審員先生，我又能說什麼呢！我受審判的日子到了，我已經在自己身上感覺到了上帝懲罰的手。一個放蕩的人的末日到了！但是我要像對上帝懺悔那樣對你們說：『對家父被殺——不，我沒有罪！』我要最後一次重複說：『不是我殺的！』我雖然生性放蕩，但是我熱愛善。我無時無刻不在努力改過自新，但是我的日子卻過得同野獸一樣。謝謝檢察官，他說了許多我所不知道的關於

---

① 尤皮特是羅馬神話中的主神，相當希臘神話中的宙斯。尤皮特在俄語中又有自視甚高、神氣活現的意思。

我的情況，但是說我殺死了家父，這不是真的，檢察官弄錯了！也謝謝我的辯護人，在聽他說話時我都哭了，但是說我殺死了家父，這不是真的，連假設也不應該嘛！至於大夫們說的話，請諸位不要相信，我的精神完全正常，不過我心情沉重。如果你們饒恕我，如果你們釋放我——我一定替你們禱告。我要做個好人，我保證，我面向上帝保證。如果你們判我有罪——我將在自己頭上折斷我的佩劍，並在折斷後親吻斷劍的碎片！但是請諸位饒恕我，不要讓我失去我的上帝，我有自知之明：我會抱怨的！①我心情沉重，諸位……請饒恕我！」

他幾乎頹然倒在自己的坐位上，他聲音哽咽，最後一句話是勉強說出來的。接著法官們便開始提問，開始詢問兩造的最後意見。我就不來詳細描寫了。陪審員們終於站了起來，離座到一旁磋商。首席法官已經十分疲憊，因此只能有氣無力地向他們說了幾句囑咐的話：「要公正，不要輕信口若懸河的辯護詞，但是，又要權衡輕重，要記住，你們肩負著偉大的責任」，等等，等等。陪審員們退席後，就開始暫時休庭。可以站起來走一走，交換一下彼此心裡的看法，也可以到小賣部去吃些東西。已經很晚了，已經快半夜一點了，但是無人告退，也無人回家。大家的心情都十分緊張，顧不上休息。大家都懸著一顆心，焦急地等待著，但也非所有人如此。女士們只是不耐煩，像要發作歇斯底里似的，但心裡很平靜：「肯定宣告無罪」。她們都準備著迎接那歡呼雀躍的感人時刻。老實說，在旁聽席上的那些男士也有非常多的人堅信肯定會宣告無罪。一些人高興，另一些人皺眉，還有些人則乾脆耷拉著腦袋，垂頭喪氣：他們不願意聽到宣判被告無罪！費秋科維奇本人則堅信勝券在握。

① 按基督教教義，人不應當抱怨上帝，若抱怨上帝就有罪了。「因為我赤身出於母胎，也必赤身歸回。賞賜的是耶和華，收取的也是耶和華。」「從神手裡得福」，也應從神手裡受禍，神所行無不出於義。（參看《舊約．約伯記》）。

他被聽眾團團圍住，接受大家的祝賀，大家紛紛巴結他。

後來據傳，他曾在一堆人裡說：「有一些無形的線把辯護人和陪審員們連接在一起。還在我發表演講的時候，這些線就連上了，而且可以預先感覺得出來。我感覺到了它們，它們是存在的。我們穩操勝券，你們放心。」

「現在，咱們那些鄉下人究竟會說什麼呢？」一名緊挨城郊的地主，胖胖的麻臉先生，走到一群正在交談的人跟前，皺著眉說。

「要知道，也不全是鄉下人。其中尚有四名官吏。」

「是啊，還有幾名官吏呢。」一位地方自治會委員走過來說。

「你們認識納扎里耶夫，普羅霍爾・伊萬諾維奇嗎，就是那位掛著獎章的商人，陪審員？」

「怎麼啦？」

「此人足智多謀。」

「他老是一言不發。」

「一言不發歸一言不發，要知道，那倒更好。還輪不到彼得堡來的那人教訓他，他倒可以教訓整個彼得堡。他有十二名子女，您想想！」

「得了吧，難道不會宣告無罪嗎？」在另一堆人裡，有位敝縣的年輕官吏叫道。

「肯定會宣告無罪的。」聽到一個人斬釘截鐵地說。

「不宣告無罪是可恥的，是恥辱！」一名官吏感嘆道。「就算是他殺的，但是，要知道，這父親也夠嗆！再說，他當時氣憤若狂……說不定真的只是揮了一下銅杵，那主兒就摔倒了。糟糕的是又把那僕人拉扯進來。這不過是個可笑的插曲。倘若我是辯護人，我就會直截了當地說：殺了，但是他沒罪，你們又能拿他怎麼樣！」

「他就是這麼幹的，不過他沒有說『你們又能拿他怎麼樣』。」

「不，米哈伊爾・謝苗內奇，他說的意思也差不多。」第三個人小聲兒接話道。

「得了吧，諸位，我們那兒，在大齋期①有個女演員割斷了自己情夫的結髮妻子的喉嚨，要知道，連這女人也宣告無罪啦②。」

「她不是沒割斷嗎？」

「反正一樣，反正一樣，反正動手割了！」

「他關於子女們怎麼說來著？說得多好啊！」

「太好啦。」

「哦，還有關於神秘主義，關於神秘主義，是不是？」

「您就別提什麼神秘主義啦，」另一個人叫起來，「您就設身處地替伊波利特想想，想想他今後的日子怎麼過吧！明天他那檢察官夫人爲了米堅卡非把他的兩只眼珠摳出來不可。」

「她在這兒嗎？」

「什麼在這兒？要是她在這兒，就在這兒把他的眼珠給摳出來了。她在家待著呢，牙疼。嘿嘿嘿！」

「嘿嘿嘿！」

在第三堆人裡。

① 大齋期在復活節前，前後共七七四十九天。

② 指發生在一八七六年的凱洛娃一案。作者曾在一八七六年三月號的《作家日記》上對此案進行了詳細分析。他同意陪審員對被告的無罪判決，同時又譴責律師企圖爲被告完全開脫，「幾乎在誇獎行凶犯罪」。

「要知道，說不定會宣告米堅卡無罪的。」

「怕的是他明天準會把京都飯館鬧個底朝天，痛飲十天。」

「哎呀，真是個魔鬼！」

「魔鬼歸魔鬼，沒有魔鬼還成什麼世道，不上飯館叫他上哪兒！」

「諸位，就算他能說會道吧。但是總不能用桿秤什麼的砸爛父親的腦袋吧。要不然，還有王法沒有？」

「彩車，彩車，記得嗎？」

「是的，把運貨大車扎成了彩車。」

「明兒個再把彩車變成運貨大車，『視需要而定，一切都視需要而定』。」

「這幫人還真機靈。諸位，我們俄羅斯到底還有真理沒有，還是壓根兒就沒有真理？」

但是鈴聲響了。陪審員們不多不少，商量了整整一小時。旁聽的公眾重新坐下後，頓時鴉雀無聲。我記得陪審員們怎樣步入大廳。這一刻終於來臨了！我就不逐條列舉法庭上的提問了，再說我也忘了。我只記得他們對首席法官的頭一個問題，也是最主要的問題的回答，即「被告是不是蓄意搶劫殺人？」（原話記不得了。）全場屏息靜聽。首席陪審員亦即那個最年輕的官吏，在法庭死一般的寂靜中，大聲而又清晰地宣布：

「是的，他有罪！」

接著又逐條做了同樣的回答：有罪，有罪，而且毫無從寬量刑之意！這出乎所有人的意料，起碼，對於從輕發落幾乎所有的人原是堅信不疑的。法庭上始終是死一般的寂靜，大家簡直呆若木雞——渴望給被告判刑的人和渴望宣布被告無罪的人，概莫能外。但這僅僅在最初幾分鐘。接著就掀起了一片可怕的混亂。男聽眾中有許多人感到十分得意。有些人甚至還喜不自勝地搓著雙手。不滿意的人則垂頭喪氣，聳聳肩膀，竊竊私語，似乎還沒有明白過來似的。但是，我的上帝，我們那幫女士們就亂了套啦！我想她們肯定要造反了。起先，她們似乎不相信自己的耳朵。然後，響徹整個大廳，發出一片驚呼：「這是怎麼回事呀？這到底是怎麼回事呀？」她們紛紛從自己的座位上跳起來。她們大概以爲這一切馬上就會改弦易轍，予以改正。就在這時候，米佳忽地站了起來，把兩手伸向前方，用一種撕心裂肺的號哭聲叫道：

「我敢用上帝和他可怕的末日審判起誓，對於家父被殺，我沒有罪！卡佳，我饒恕你！弟兄們，朋友們，請你們可憐可憐另一個女人吧！」

他沒有把話說完就放聲大哭，哭聲響徹了整個法庭，令人毛骨悚然，他的聲音好像變了，變成一種陌生的、出人意料的聲音，天知道這聲音是從哪來的。在樓上廂座最後面的角落裡發出一聲刺耳的女人的號哭：這是格魯申卡。方才，還在法庭辯論開始之前，她就求爺爺告奶奶地百般央求放她再次走進大廳。米佳被帶走了。宣讀判決書延期到明天舉行。整個法庭都在一片混亂中站了起來。但是我已經無心等候，也不再去聽周圍的議論了。只記住了人們的幾聲長嘆，但這已經是在台階上，在出口處。

「要嘗嘗二十年下礦井的滋味了①。」

「少不了。」

「是啊，您哪，咱們那幫鄉下人固執己見，我行我素。」

「這一來，咱們的米堅卡完蛋了！」

---

① 按照俄羅斯帝國法典，犯弒父罪，又無減刑的任何理由，應判無期徒刑和終身苦役。

尾聲

一、營救米佳的方案

米佳受審後的第五天，清晨，還只有八點多鐘，阿廖沙就來找卡捷琳娜・伊萬諾芙娜，想同她徹底談妥某件對他倆都很重要的事情，此外，他還受人之託有事找她。她就坐在從前接待過格魯申卡的那間屋裡和他說話；緊挨著他們，在另一間屋裡，躺著伊萬・費奧多羅維奇，身患酒狂病，人事不省。在那天法庭上演出了那一幕之後，卡捷琳娜・伊萬諾芙娜便立刻讓人把患病和失去知覺的伊萬・費奧多羅維奇送到她家裡，全然無視上流社會可能產生而且必將產生的閒言碎語和挑剔指摘。她本來有兩位女親戚跟她住在一起，自從發生了法庭上的那一幕之後，其中一位就立即去了莫斯科，另一位則留了下來。不過，即使兩人全走了，卡捷琳娜・伊萬諾芙娜也不會改變她的初衷，而會留下來服侍病人，日以繼夜地守護他。給他看病的是瓦爾文斯基和赫爾岑什圖勃；那位莫斯科大夫回莫斯科去了，關於這病可能會出現什麼後果，他拒絕發表意見。留下來的兩位大夫雖然極力安慰卡捷琳娜・伊萬諾芙娜和阿廖沙，但是看得出來，他們也沒有把握一定能治好他的病。阿廖沙一天兩次前來探望病中的二哥。但是這一回，他另有一件非常棘手的事，因此他預感到他對此事實在難以啓齒，與此同時，他的時間又很緊：今天上午在另一個地方他還有件事，耽誤不得，必須趕緊去辦。他倆已經談了差不多一刻鐘了。卡捷琳娜・伊萬諾芙娜臉色蒼白，神態十分疲倦，與此同時，又處在病態的異常激動的狀態中：她預感到阿廖沙現在來找她究竟爲了什麼。

「關於他決定要辦的那事，您儘管放心好了，」她毅然決然地對阿廖沙說，「不管怎麼說吧，他反正非走這條路不可：他必須逃跑！這個不幸的人，這個光明磊落而又襟懷坦蕩的英雄——我不是說他，不是說德米特里・費奧多羅維奇，而是說他，那個躺在這扇房門後面，爲大哥犧牲了自己的人，」卡佳兩眼熠熠放光地補充道，「他早就把越獄的整個計畫告訴我了。要知道，他已經打通了門路……有些事我已經告訴過您了……要知道，這事八成要到從這裡押送流放犯到西伯利亞去的第三站①才能進行。噢，這事爲時尚早。伊萬・費奧多羅維奇已經去找過第三羈押站的站長。只是不知道誰來當押送這批犯人的長官，再說也沒法早知道。明天我也許可以把越獄的詳細計畫讓您看看，這是伊萬・費奧多羅維奇在開庭前一天爲了以防萬一給我留下的……就在那回，您記得嗎，也就是您那天晚上來正巧碰到我們在吵架：他正下樓，我看見您以後就硬要他回來的那一回——您記得嗎？您知道我們那天爲了什麼事吵架嗎？」

「不，不知道。」阿廖沙說。

「當然，他當時還瞞著您：正是爲了這個越獄計畫。還在我們吵嘴的三天前，他就向我透露了這次越獄的全部要點——於是我們就吵起架來，而且從那天起一連吵了三天。我們之所以吵架是因爲他向我宣布，一旦定罪，德米特里・費奧多羅維奇就會跟那個賤貨一起逃到國外去。我一聽這話

① 指押送流放犯到西伯利亞去時沿途的臨時羈押站。

就火了——我對您也說不清因爲什麼，我自己也不知道因爲什麼……噢，當然，我是爲這賤貨，我當時是爲這賤貨發火的，就因爲她也要跟德米特里・費奧多羅維奇一起逃到國外去！」卡捷琳娜・伊萬諾芙娜突然叫道，氣得兩片嘴唇都發抖了。「伊萬・費奧多羅維奇當時一看見我爲這賤人發這麼大的火，就立刻認爲我是爲德米特里吃她的醋，說明我還繼續愛著德米特里。於是當時就出現了第一回吵架。我不願向他解釋，也不肯請他原諒；我心裡覺得很難過，這人居然懷疑我還跟過去一樣愛他……當時，還在發生這事很久以前，我就直截了當地親口告訴過他，我不愛德米特里，只愛他一個人！我只是因爲氣不過這賤人才衝他發火的！三天後，也就是在您進來看我的那天晚上，他給我拿來了一隻封好的信封。如果他出了什麼事，就讓我立刻拆開。噢，他已經預見到他要發病了！他向我透露，信封裡裝的是越獄的詳細計畫，如果他一旦死了，或者病危，就讓我單獨營救米佳。而且還立刻給我留下了一筆錢，差不多有一萬——也就是檢察官在他的演說中提到的、也不知道跟誰打聽來的、伊萬派人去兌現的那筆錢。我當時突然感到非常吃驚：伊萬・費奧多羅維奇一方面堅信我還愛著米佳因而仍在吃我的醋，可是另一方面又不放棄營救大哥的主張，而且還把營救這事託付給我，託付給我本人！噢，這是犧牲！不，阿列克謝・費奧多羅維奇，這樣的自我犧牲您是決不會完全懂得的！我真想懷著滿腔的景仰之情跪倒在他腳下，但是我又忽地想到他肯定會認爲我僅僅因爲米佳有救了而感到高興（他肯定會這樣想的！），我一想到他可能有這種不公正的想法，氣就不打一處來，結果我非但沒跪下去吻他的腳，反而又火了，又跟他大吵大鬧起來！噢，我真不幸啊！我就是這種性格——一種可怕的、不幸的性格！噢，您還會看到：我這樣鬧下去，非弄得他也像德米特里一樣拋棄我而去愛上另一個容易相處的女人不可，不過到那時候……不，那時候我會受不了的，我會自殺！那天您進來，我叫了您一聲，並且讓他回來，於是他就同您一起走了進來，突然看了我一眼，他那目光充滿憎恨和輕蔑，我頓時怒不可遏——您記得嗎？——我突然衝您嚷嚷，說這是**他，他一個人**硬要我相信他大哥德米特里是殺人兇手的！我這是存心氣他，想再一次刺痛他，其實他從來，從來也不曾說過大哥是兇手，相反，是我自己硬要他相信大哥是兇手的！噢，這一切，這一切的罪魁禍首就是我的瘋狂！這是我，法庭上那個可詛咒的一幕全是我一手造成的！他想向我證明他人格高尚，儘管我愛他大哥，他也決不會出於報復和嫉妒而毀了他。因此他才出庭作證……我是這一切的罪魁禍首，全是我一個人的錯！」

卡佳還從來沒有向阿廖沙做過這樣的表白，所以他感到她現在一定非常痛苦，痛苦得難以忍受，這時，即使一顆最驕傲的心也會忍痛壓下心頭的驕傲，被痛苦所戰勝，所壓倒。噢，阿廖沙還知道她現在之所以痛苦的另一個可怕的原因，米佳被判刑後的所有這些日子裡，她雖然極力隱瞞這個原因，他還是知道了；但是，如果她橫下一條心，趴倒在地，就現在，就在此時此刻親自開口向他說出這原因來，不知道爲什麼，他倒覺得這樣太痛苦啦。她是爲自己在法庭上的「背叛」而痛心疾首，因此阿廖沙預感到，良心正在促使她低頭認罪，而且正是要向他阿廖沙認罪，而且要痛哭流涕，呼天搶地，捶胸頓足，磕頭如搗蒜。但是他害怕這一刻真的到來，他十分體卹這個痛心疾首的女人。這樣，他受人之託前來要辦的那事就顯得更加難以啓齒了。他只好回過頭來說米佳的事。

「沒什麼，沒什麼，他的事您就放心好了！」卡佳又開始固執而又生硬地說道，「他這一切都是暫時的，我知道他，我太知道這顆心了。您放心，他肯定會同意越獄的。主要是這事還不到火燒眉毛的時候；他還有時間決定。到那時候，伊萬・費奧多羅維奇的病也好了，一切他自會親自料理，因此無需我做任何事情。您放心，他會同意越獄的。其實他已經同意了：難道他肯撇下這賤貨不管嗎？人家不會讓她到服苦役的地方去的，所以他怎麼能不越獄呢？他主要是怕您，怕您從道義上不贊成他越獄，但是，既然您的批准必不可少，您就應該寬大爲懷，允許他這樣做。」卡佳又挖苦地加了一句。她沉默片刻，微微冷笑了一下。

「他在那裡談論什麼讚美詩，」她又開口道，「談論他應當背負十字架，談論什麼天職，我記得當時伊萬•費奧多羅維奇告訴過我許許多多這一類的話，您不知道他說這話的時候多麼激動！」卡佳突然以一種克制不住的感情叫道，「您不知道，他在談到他的情況時是多麼愛這個不幸的人，同時說不定又多麼恨他！而我，噢，我當時以一種傲慢的嘲笑聽完了他的敘述，看著他的淚痕！噢，畜生！我說我是畜生，我！是我害得他得了酒狂病的！而那個，被判了刑的人——難道他願意去受苦受難嗎？」最後卡佳憤怒地說道，「再說這樣的人肯去受苦受難嗎？像他這樣的人是永遠不會心甘情願去受苦受難的！」

這些話裡流露出多少憎恨和厭惡的輕蔑感啊。然而正是她把他給賣了。阿廖沙心想：「怎麼說呢，也許正因爲她感到自己對不起他，可是有時候又不免恨他。」他希望這僅僅是「有時候」。他從卡佳的最後幾句話裡聽出了挑戰，可是他沒有接受這挑戰。

「我今天所以叫您來是希望您答應我親自去勸勸他。或者，您也以爲，越獄不是光明正大的，越獄缺少英雄氣概，或者，怎麼說呢……不符合基督教精神，是這樣嗎？」卡佳又以更大的挑戰加了一句。

「不，沒有什麼。我會把一切告訴他的……」阿廖沙喃喃道。「他今天叫您到他那兒去一趟。」他忽地貿然說道，堅定地看著她的眼睛。她渾身打了個哆嗦，坐在長沙發上，微微躲開了他一些。

「叫我……難道這可能嗎？」她臉色蒼白地囁嚅道。

「非但可能，而且應該！」阿廖沙堅定地，而且整個人活躍起來了似的開口道。「他非常需要您，尤其是現在。要是沒這個必要，我也不會來向您開口了，也不會來提前使您難受了。他有病，他像發了瘋一樣，他一直請求見您。並不是請您去跟他言歸於好，他只希望您能夠去一下，在門口露露面。從那天起，他發生了許多變化。他明白他做了數不清的錯事，非常對不起您。並不是想請求您原諒。『我是不可原諒的，』他自己也說，他只請您在門口露一露面……」

「您突然讓我……」卡佳囁嚅道，「這些天來我一直預感到您會因這事來找我的……我早知道他會叫我去的！……這不可能嘛！」

「就算不可能吧，也請您勉為其難。您想，他頭一回因為侮辱了您而感到震驚，有生以來頭一回，過去他從來沒有這麼徹底明白這道理！他說：如果她不肯來，那我，從今以後將會終身不幸。您聽：一個被判了二十年苦役的犯人還準備做個幸福的人——難道這不讓人覺得可憐嗎？您想想：您是去看一個無辜遭難的人，」阿廖沙以一種挑戰的口吻脫口道，「他的兩手是乾淨的，手上沒有血！為了他未來將要經受的無數苦難，您現在就去看看他吧！去吧，送送他，他就要去過暗無天日的生活了……只要在門口站一站……要知道，您必須，**必須**這樣做！」阿廖沙最後說道，他無比有力地強調了「必須」二字。

「必須，但是……我辦不到，」卡佳彷彿哀嘆地說道，「他會抬頭看我……我受不了。」

「你倆的眼睛必須相遇。如果您現在下不了這決心，您這輩子將怎麼過啊？」

「寧可痛苦一輩子。」

「您應該去，您必須去。」阿廖沙又心如鐵石地強調道。

「但是為什麼非得今天，非得現在不可呢？……我離不開病人呀……」

「離開一小會兒是可以的，這不過一小會兒的事。如果您不去，他夜裡就會發熱病。我不會說假話，您就可憐可憐他吧！」

「您就可憐可憐我吧！」卡佳痛苦地責備道，她哭了。

「那麼說，您答應去了！」阿廖沙看見她的眼淚後，堅定地說。「我去告訴他您立刻就來。」

「不，無論如何別去告訴他！」卡佳害怕地叫起來。「我一定去，但是您不要預先告訴他，因爲我一定去，但是不一定進去……我還不知道……」

她的聲音哽住了。她呼吸困難。阿廖沙站起身來要走。

「要是我碰到什麼人怎麼辦呢？」她忽然低聲說，又變得滿臉煞白。

「所以必須現在就去，以免在那裡遇到什麼人。老實告訴您吧，一個人也不會有。我們等您。」最後，他堅持道，說完便走出了房間。

二、虛假一時成真

他急匆匆地向米佳現在住的醫院走去。在法院判決後的第二天，他患了神經性寒熱，被送到縣醫院的囚犯科。但是瓦爾文斯基醫生應阿廖沙和許多別的人（霍赫拉科娃太太、麗莎小姐等人）的請求，沒讓米佳和囚犯們住在一起，而是讓他單住，住在過去斯梅爾佳科夫住過的那個小間裡。儘管走廊盡頭站著一名崗哨，窗上也安有鐵欄杆，瓦爾文斯基對他不完全合法的寬容盡可以放心，但是話又說回來，他畢竟是個好心腸的、富於同情心的年輕人。他明白，像米佳這樣的人忽然與一幫殺人犯和騙子手爲伍，該有多麼痛苦，對此總要先習慣一下才成。至於親友們來探監，已得到大夫、典獄長、甚至縣警察局長的默許。但是，這些天裡前來看望米佳的總共才兩個人，阿廖沙和格魯申卡。拉基京已經有兩次竭力想見米佳；但是米佳堅決請求瓦爾文斯基不要讓他進來。

阿廖沙進去的時候，他正坐在病床上，穿著病號服，有點發燒，頭上包著毛巾，毛巾上浸有用水稀釋過的醋。他用茫然的目光看了看走進來的阿廖沙，但是這目光中終究還是流露出一絲彷彿恐懼的表情。

總的說來，自從開庭以來，他變得異常沉悶，若有所思。有時候半小時不說一句話，似乎在旁若無人地苦思冥想著什麼。即使擺脫沉思，開始說話，也總是突如其來地冒出幾句話，而且說的也肯定不是他心裡真正想要說的話。有時候他又痛苦地望著弟弟。他感到同格魯申卡在一起比同阿廖沙在一起似乎要輕鬆些。儘管他跟她幾乎不說話，但只要她一進門，他就滿臉放光，喜氣洋洋。阿廖沙在他身旁的病床上默默地坐了下來。這一回他焦急地等待著阿廖沙，但又什麼也不敢問他。他認為讓卡佳來是不可思議的，與此同時，他又感到如果她真的不來，那就會出現某種匪夷所思的情況。阿廖沙懂得他的這一心態。

「那個特里豐，」米佳心慌意亂地開口道，「那個鮑里索維奇，聽說，把他的車馬店全給毀了：地板給撬了，木板給掀了，據說，整個『迴廊』也給拆成了碎片——一直在尋找寶藏，尋找那筆錢，尋找檢察官說我藏在那裡的一千五百盧布。聽說，他一回家就立刻蠻幹起來。這騙子活該！這裡的一名看守昨天告訴我的，他就是那個村的人。」

「你聽我說，」阿廖沙說道，「她一定來，但不知道什麼時候來，也可能今天，也可能就這幾天，說不準，但是她一定來，這是肯定的。」

米佳打了個哆嗦，想說什麼，但是又沒有說出口。這消息對他產生了可怕的影響。看得出來，他非常想知道這次談話的詳細內容，但是又怕立刻開口問：如果卡佳有什麼殘忍和輕蔑的表示的話，猶如在這時給了他當胸一刀。

「順便說說，她是這麼說的：關於越獄的事，她叫我一定要讓你覺得問心無愧。如果那時候伊萬的病還沒好，她將親自來抓這件事。」

「這話你已經告訴過我了。」米佳若有所思地說。

「而且你也轉告了格魯莎。」阿廖沙說。

「是的。」米佳承認。「今天上午她不來，」他膽怯地望了望弟弟，「要到晚上才來。我昨天一告訴她卡佳正在活動，她就不做聲了；可是撇了撇嘴。只低聲說：『由她！』她明白這事很重要。我不敢繼續試探。她現在似乎明白了，卡佳愛的不是我，而是伊萬，對吧？」

「是嗎？」阿廖沙脫口說道。

「也許不是這樣。反正今天上午她不來，」米佳又急忙地再一次說明，「我托她去辦一件事……我說，二弟伊萬肯定會比咱倆強。他應該活下去，而不是咱倆。他的病肯定會好的。」

「你想，卡佳雖然在爲他的病提心吊膽，但是她幾乎毫不懷疑他的病肯定會好起來。」阿廖沙說。

「那就是說，她堅信他會死的。她因爲害怕才硬說他會好起來。」

「二哥體格強壯。而且我也非常希望他能好起來。」阿廖沙不安地說。

「是的，他的病會好起來的。但是她堅信他會死的。她的傷心事太多了……」

兩人相對無語。有什麼非常重要的事在折磨著米佳。

「阿廖沙，我非常愛格魯莎。」他突然用發抖的、充滿眼淚的聲音說道。

「不會讓她跟你上**那裡**去的。」阿廖沙立刻接口道。

「我還有件事想跟你說說，」米佳突然語音鏗鏘地繼續說道，「如果在路上或者在**那裡**有人打我，我決不屈服，我會殺了他們，然後讓他們把我槍斃。要知道，這是二十年啊！這裡已經有人對我**你**呀**你**的了。連看守也對我**你**呀**你**的。昨晚我躺在床上，整夜捫心自問：我沒有這個準備！還不能接受！我想唱『讚美詩』，可是對於看守們對我稱呼你呀你的實在受不了！為格魯莎我可以忍受一切，一切……不過，除了挨打……但是他們不會讓她到**那裡**去的。」

阿廖沙淡淡地一笑。

「我說大哥，你就聽我一回吧，」他說，「關於這事，我的想法是這樣的。你知道，我決不會對你撒謊。聽我說嘛：你沒有這個準備，這樣的十字架也不應該由你來背。再說，像你這樣一個沒有準備的人也無須去背這種苦難聖徒的十字架。如果你殺了父親，你要是不肯背你應背的十字架，我會感到遺憾的。但是你沒有罪，再要你去背這樣的十字架就顯得過分了。你想用承受苦難的辦法使自己重新做人；我看呀，不管你跑到哪裡，只要你一輩子永遠記住你重新做人的決心——能做到這樣也就夠了。至於你沒有去承受背負十字架的大苦難，那也只會使你感到任重而道遠，因為你今後將一輩子不斷感覺到這一點，這將有助於你新生，也許比你當真到**那裡**去幫助更大。因為你在那裡肯定會受不了的，你會抱怨，說不定到後來你就會當真說：『我欠的賬算清了。』那位律師對於這點說的還是對的。並不是所有的人都願意背重擔，有些人就是受不了①……如果你非常需要知道我的想法的話，那，這就是我的想法。如果你越獄逃跑會因此連累他人：軍官和士兵們的話，那我是不會『允許』你越獄逃跑的。」阿廖沙笑道。「但是他們擔保說（那個站長親口對伊萬說過），只要做得巧妙，是不會十分追究的，很容易就蒙混過去了。當然，即使在這樣的情況下，收買和行賄也是不好的，但這事我不敢妄加評斷，因為，說實話，比方說，伊萬和卡佳託我替你去辦這件事，那我

① 參看耶穌基督談到文人和法利賽人時所說：「……他們把難擔的重擔捆起來，擱在人的肩上。但自己一個指頭也不肯動。」（《馬太福音》第二十三章第四節。）

（我知道這個）也會去收買和行賄的；我應當對你說實話，有一說一。因此，你應該怎麼做，我無權置喙。但是你要知道，我是永遠不會對你說三道四的。再說，說也奇怪，在這件事上我有什麼資格對你妄加評論呢？好了，現在我好像面面俱到地都說了。」

「但是我卻要譴責我自己！」米佳叫道，「我將越獄逃跑，這事你不說也已經定了：難道米堅卡・卡拉馬助夫能不越獄逃跑嗎？但是我卻要譴責我自己，並且將永遠爲我的罪孽祈求上帝饒恕！要知道，耶穌會士①就是這麼說的，不對嗎？現在你我兩人也正在這麼做，是不是？」

「對。」阿廖沙淡淡地一笑。

「我就喜歡你永遠說實話，不打折扣，有一說一，絲毫也不藏頭露尾！」米佳快樂地笑著，感嘆道。「這就是說，我可把我的阿廖沙逮住了，我發現他也是個耶穌會士！爲了這個，我要把你渾身上下吻個遍，就是這話！好了，現在你得聽聽其他的事了，我要把我的心的另一半敞開給你看。我想好了，並且決定要這麼做：如果我越獄逃跑，即使帶著錢和護照，甚至跑到美國，那，總還有一個想法鼓舞著我：我越獄逃跑不是去尋求歡樂，不是去享福，而是貨真價實地去服另一種苦役！決不亞於，阿列克謝，說真格的，決不亞於在這裡服苦役！對這個美國（鬼把它抓了去），我現在就恨透了。就算格魯莎跟我在一起吧，但是你看她那模樣：她像個美國人嗎？她是個俄羅斯人，徹頭徹尾、徹裡徹外的俄羅斯人，她會懷念她的故土，懷念她的母親的，而我將每時每刻看到她是爲了我才思鄉成疾，爲了我才背起了這樣的十字架的，而她到底有什麼罪呢？我，難道看著那裡的老百姓

① 耶穌會是天主教主要修會之一。在俄語中，該詞以及該詞派生的詞，又有口是心非、口蜜腹劍、僞善、狡詐等意。

受得了嗎？雖然也許他們每個人都比我強！我現在恨透了這個美國！即使那裡他們一個個全是神通廣大的機械師，或者別的什麼——讓他們見鬼去吧，他們跟我不是一路人，心裡想的也跟我不一樣！我愛俄羅斯，阿列克謝，我愛俄羅斯的上帝，雖然我是個卑鄙小人！我會在那裡像畜生一樣死掉的！」他突然叫道，兩眼發出了光。他的聲音哽咽得發起抖來。

「因此我拿定了主意，阿列克謝，你聽我說！」他強壓下心頭的激動。又繼續道，「我同格魯莎到那兒去以後——就在那兒找一個偏僻的地方，越遠越好，立刻開始種地，幹活，跟野熊爲伍。要知道，那裡也能找到某個遠離人群的地方的！聽說，那裡還有紅種人，在他們那裡的什麼地方，在天邊，那就到那個天邊去，去找最後的莫希干人①。然後，我和格魯莎就立刻學習語法。幹活和學語法，而且一幹就是三年。在這三年裡，我們肯定能學會英語的，而且說得跟最地道的英國人一樣。等我們一學會說英語——就跟美國一刀兩斷！我們要以美國公民的身分跑回來，跑回俄羅斯。你放心，我們不會跑到這小縣城裡來的。我們會躲得遠遠的，上北方或者去南方。到時候我的相貌也變了，她也一樣，在那裡，在美國，讓大夫在我臉上裝上個什麼假瘊子，他們不全是機械師嗎，準能做到的。要不然，我就把一隻眼睛戳瞎了，蓄上一俄尺長的大鬍子，雪白的（因爲想念俄羅斯想白了）——說不定就認不出來了。要是認出來了，讓他們把我流放好了，反正一樣，說明我活該倒楣！在這裡，我們也要找個窮鄉僻壤，種地度日，而且我要一輩子假裝是美國人。這樣我們就可以死在故土，死在祖國了。這就是我的計畫，而且這是確定不移的。你贊成嗎？」

「贊成。」阿廖沙說，不想掃他的興。

① 源出美國小說家庫珀（一七八九－一八五一年）的長篇小說《最後一個莫希干人》（一八二六年）。

米佳沉默了一會兒，又忽然說道：

「他們在法庭上讓人多難堪啊！讓人難堪極了！」

「即使不讓你難堪，反正也會給你判刑的。」阿廖沙嘆了口氣，說道。

「對，這裡的人都討厭我！讓他們去吧，不過總覺得不是滋味！」米佳痛苦地嘆息道。

兩人又沉默了一會兒。

「阿廖沙，你立刻殺了我吧！」他忽地叫道，「她現在到底會不會來呢，你說呀！她說什麼來著？怎麼說來著？」

「她說她一定來，但是不知道她今天能不能來。要知道，她很為難！」阿廖沙膽怯地看了看大哥。

「還能不，還能不為難嗎！阿廖沙，為了這件事我會發瘋的。格魯莎老看著我。她懂。上帝啊，主啊，讓我的心平靜下來吧：我要求什麼呢？我要卡佳來！我怎麼鬧得清我要求什麼呢？卡拉馬助夫式的有罪的浮躁！不，我不善於受苦受難！我是卑鄙小人，這話就全齊了！」

「她來了！」阿廖沙驚呼。

就在這一刹那，卡佳突然出現在門口。她站定片刻，用一種茫然的目光打量著米佳。米佳一骨碌翻身下床，他臉上出現了恐懼，臉色變得煞白，但是他的嘴角立刻閃過一絲膽怯的、懇求的微笑，接著又情不自禁地忽然向卡佳伸出雙手。卡佳一看到這個就急忙向他飛奔過來。她抓住他的手，幾乎強迫他坐回到床上，她自己也坐在他身旁，而且一直抓住他的手不放，緊緊地，一陣接一陣地握著它。有好幾次兩人都竭力想說什麼，但欲言又止，重新默默地、專注地緊盯著對方，臉上帶著異樣的微笑，你看我，我看你；就這樣過了大約兩分鐘。

「你原諒我了嗎？」米佳終於囁嚅道，緊接著又轉向阿廖沙，面孔快樂得都變了樣，向他叫道：

「你聽見我問她的話了嗎，聽見了嗎！」

「過去就因爲你心地仁厚我才愛你的！」卡佳突然脫口道。「再說你也根本不用我寬恕，我也不用你寬恕；不管你肯不肯寬恕，我反正一樣，你作爲一道傷痕將一輩子留在我的心坎上，我在你心上也一樣——就應該這樣……」她停下來喘了口氣。

「我來究竟要幹什麼呢？」她又發狂般地、急促地繼續道，「我是來擁抱你的雙腳，緊握你的雙手的，就這樣握到疼，你記得我在莫斯科怎樣使勁握你的手了嗎，我要來再次對你說，你是我的上帝，我的快樂，再次對你說，我瘋狂地愛你。」她像在痛苦中呻吟似的說道，接著便突然貪婪地使勁把嘴唇貼到他的手上。淚如泉湧，奪眶而出。

阿廖沙無言而又尷尬地站在一旁；他怎麼也沒料到他會看到這情景。

「愛情是過去了，米佳！」卡佳又開始道，「但是過去的事對我彌足珍貴，令人心酸。這點你要知道，要永遠記住。但是現在，你就讓本來可以出現的事暫時出現一小會兒吧。」她帶著一臉苦笑囁嚅道，快樂地望著他的眼睛。「再說你現在愛著另一個女人，我也愛著另一個男人，儘管如此，我還是要永遠愛你，而你也會永遠愛我，過去，你知道這個嗎？聽見沒有，你要愛我，要一輩子愛我！」她聲音裡帶著某種幾近威脅和戰慄高呼道。

「我會愛你的，而且，你知道嗎，卡佳，」米佳開口道，每說一個字都喘一口氣，「你知道嗎，五天以前，那天晚上，我就愛過你……當時你暈倒了，把你抬了出去……我會愛你一輩子的！一定會這樣，永遠會這樣的……」

就這樣，他倆互相說著喁喁情話，說著近乎無意義的、瘋狂的、也許甚至是不真實的話，但是在眼前這一刻一切都是真實的，而且他倆對自己所說的話也信以爲真。

「卡佳，」米佳突然不勝感慨地說道，「你相信是我殺的嗎？我知道你現在不相信，但是那時候……在你作證的時候……難道，難道你相信過嗎！」

「那時候我也不相信！從來沒相信過！我恨你，就心血來潮硬要自己相信，於是就在那一瞬間……當我作證的時候……我硬要自己相信，並且果然相信了……可是一等我作完證，立刻又不相信了。你應當知道這一切。我忘了我是來懲罰自己的了！」她說道，忽然完全換了一種表情，完全沒有了剛才說喁喁情話時的模樣。

「你真是進退兩難啊，小姐！」米佳忽然再也忍不住了，脫口說道。

「讓我走吧，」她低聲道，「我還會再來的，現在我心裡難受！……」

她剛要從座位上站起來，忽然失聲大叫，往後倒退。格魯申卡雖然走路的聲音非常輕，卻突然闖進來了。誰也沒料到她會來。卡佳急匆匆地向門口走去，但走到格魯申卡身旁，忽然停下腳步，滿臉煞白，輕聲地，幾乎像耳語般呻吟道：

「請饒恕我！」

格魯申卡兩眼緊盯著她，看了一會兒，過了片刻，用滿懷憤恨的聲音惡狠狠地答道：

「你跟我心裡都有氣，小姐！咱倆都有氣！咱倆，你和我，哪談得上饒恕呢？只要你救他，我就一輩子爲你祈禱。」

「你連饒恕都不肯嗎！」米佳向格魯申卡叫道，帶著一種瘋狂的責備。

「你放心，我一定會給你把他救出來的！」卡佳急促地小聲道，說完便跑出了房間。

「她親口對你說了『請饒恕』之後，你竟不肯饒恕她？」米佳又痛心地說道。

「米佳，不許你責備她，你沒有權利！」阿廖沙熱烈地對大哥嚷道。

「剛才是她驕傲的嘴說的，而不是她的心。」格魯申卡以一種極端的厭惡說道。「只要她不讓你坐牢——我就饒恕一切……」

她好像把心裡的話硬壓下去似的閉上了嘴。她驚魂未定，後來才弄清楚，她進來完全是無心的，根本沒有懷疑任何事，也根本不曾料到她會碰見她所碰見的事。

「阿廖沙，快去追她！」米佳急忙對弟弟說，「告訴她……我不知道……別讓她就這麼走了！」

「傍晚前我再來看你！」阿廖沙叫了一聲便跑去追卡佳了。他追上她的時候她已經出了醫院圍牆。她走得很快，急匆匆地，但是當阿廖沙剛追上她，她就匆匆地對他說：

「不行，在這女人面前我不能懲罰自己！我所以對她說『請饒恕我』，是因爲我想徹底懲罰我自己。但是她不肯饒恕……我倒喜歡她這脾氣！」卡佳又加了一句，聲音都變了，她的兩眼發出了瘋狂的憤怒的光。

「我大哥根本沒料到，」阿廖沙囁嚅道，「他原以爲她不會來的……」

「我毫不懷疑。別提這事了。」她斷然道。「您聽我說：我不能同您一起到那裡去參加葬禮了。我已經派人給他們送去了放在棺材裡的鮮花。他們大概還有錢。如果您覺得有這個必要，就告訴他們，將來我永遠不會撇下他們不管的……好，現在失陪了，您走吧。您到那裡去已經晚了，晚禱的鐘聲已經響了……您走吧，勞駕了！」

三、伊柳舍奇卡的葬禮/石頭旁的演說

他果真遲到了。大家等了他老半天，甚至已經決定不再等他了，決定先把那口漂亮的、飾滿鮮

花的小棺材抬到教堂裡去。這是那個可憐的小男孩伊柳舍奇卡的棺材。他是在米佳被判決後又過了兩天去世的。阿廖沙剛走到大門口就受到伊柳沙的同學——一群小男孩的熱烈歡呼。他們一直在焦急地等候他來，看見他終於來了，感到十分高興。他們集合在一起，一共十二個人①，大家來的時候全背著小背袋和挎著小書包。「爸爸會哭的，你們可要來看看他呀！」伊柳沙臨死的時候曾叮囑他們，於是孩子們就記住了這話。他們中間領頭的是科利亞・克拉索特金。

「您來了，我很高興，卡拉馬助夫！」他歡呼道，向阿廖沙伸出手來。「這裡的情形真可怕。真的，看著都讓人難受。斯涅吉廖夫沒喝醉，我們很清楚，他今天滴酒未沾，可是卻跟喝醉了酒一樣……我一向堅強，但這太可怕了，卡拉馬助夫，如果不耽擱您的話，你進去以前，我還有一事求教，問一個問題，行嗎？」

「什麼事，科利亞？」阿廖沙站住片刻。

「令兄有沒有罪？是他殺死了令尊，還是那個僕人殺的？您怎麼說，事實就一定是怎樣。因爲我思前想後，琢磨不透，四夜沒睡好覺了。」

「是那個僕人殺的，大哥沒罪。」阿廖沙回答。

「我也這麼說來著。」小男孩斯穆羅夫忽地叫道。

「那他成了無辜的犧牲品，爲真理而獻身！」科利亞驚呼。「即使他犧牲了，他也是幸福的！我真羨慕他！」

「您這是怎麼啦，怎麼可以這樣說呢？何苦呢？」阿廖沙很驚奇，大聲道。

---

① 此處暗指耶穌的十二門徒——十二使徒。

「噢，如果有朝一日我能爲真理獻身，那就太好啦！」科利亞熱誠地說。

「但是不能因爲這樣的案件，不能蒙受這樣的恥辱，不能這樣悲慘！」阿廖沙說。

「當然……我希望爲全人類而死，至於是否蒙受恥辱，我一概置之度外：就讓我們的名字湮沒無聞吧①。我尊敬令兄！」

「我也一樣！」人群裡有個男孩，也就是曾經聲稱他知道誰建立了特洛伊城的那個小同學，完全出人意料地叫道，他叫罷，也同上回一樣滿臉通紅，一直紅到耳根，像朵牡丹花。

阿廖沙走進房間。在一口淺藍色、四周鑲著白花邊的棺材裡躺著伊柳沙，他雙眼緊閉，兩手交叉，疊放在胸前②。他那消瘦的臉龐幾乎絲毫沒變，說也奇怪，這屍體幾乎沒一點異味。他的面部表情嚴肅，似乎在沉思。特別好看的是他那兩只十字交叉的手，好像用大理石雕成似的。他兩手都握著鮮花，而且整個棺材，裡裡外外都撒滿了鮮花，這些花都是麗莎．霍赫拉科娃清早派人送來的。但是卡捷琳娜．伊萬諾芙娜也送了花來，阿廖沙推開門後看見上尉正用自己不住哆嗦的雙手捧著一束鮮花，再次撒在自己親愛的孩子身上。他勉強抬起頭來瞥了一眼走進來的阿廖沙，他根本不想看任何人，甚至不想看他那淚水漣漣的瘋太太，不想看「孩子他媽」。她一直在使勁，想用她那兩條病腿站起來，想走過去看一眼她那死了的孩子。孩子們把尼諾奇卡連同她的坐椅一起抬起來，使她緊挨著棺材。她坐著，把自己的腦袋緊貼在他身上；想必也在低聲哭泣。斯涅吉廖夫的臉色好像很興奮，但又似乎悃然若失，與此同時，又似乎變成了鐵石心腸。在他的舉手投足間，在他冒出來的隻

① 源出法國大革命時期吉倫特政治家、演說家韋尼奥（一七五三－一七九三年）在法國議會（一七九二年）的演說：「就讓我們的名字湮沒無聞吧，只要我們的共同事業得救！」

② 基督徒去世後，常常兩手交叉作十字狀疊放在胸前。

言片語裡好像有點瘋瘋癲癲的味道。「孩子，好孩子！」他望著伊柳沙時不時感嘆道。他有一個習慣，當時伊柳沙還活著，就親切地叫伊柳沙：「孩子，好孩子！」

「孩子他爸，我也要花，把他手裡的那朵給我，就是那朵白的，給我嘛！」那個瘋瘋癲癲的「孩子他媽」抽抽噎噎地央求道。可能是她非常喜歡伊柳沙手裡的那朵小白玫瑰，也可能是她想從他手裡拿朵花來留作紀念，她一直手忙腳亂地忙活著，伸手要花。

「我誰也不給，一朵也不給！」斯涅吉廖夫殘酷無情地喝道，「這是他的花，不是你的。都是他的，沒一朵是你的。」

「爸爸，給媽媽一朵花吧！」尼諾奇卡突然抬起她那滿是淚痕的臉。

「我一朵也不給，給她更沒門！她不愛他。她當時還搶了他的小砲，他只好送——給了她。」上尉想到伊柳沙當時曾把自己的小砲讓給了媽媽，就突然嚎啕大哭起來。那個可憐的瘋媽媽用兩手捂住臉，也淚流滿面，低聲飲泣。孩子們終於看出父親一直拽住棺材不肯放手，然而當時已是該把棺材抬出去的時候了，於是就忽地一窩蜂緊緊圍住了棺材，開始把棺材抬起來。

「我不讓埋在教堂院子裡！①」斯涅吉廖夫突然吼道，「我要埋在那塊石頭，我們那塊石頭旁邊！伊柳沙這麼叮囑過。我不讓抬！」

過去他也說過，說了整整三天，他要把他埋在那塊石頭旁，但是阿廖沙、克拉索特金、女房東和她妹妹，以及所有的孩子，都出面干涉。

「瞧，想出了個餿主意，埋在禁忌的石頭旁，倒像埋吊死鬼似的。」房東老太太嚴厲地說。「那

---

① 俄俗：死人的棺材和骨灰常常埋在教堂的院子裡或緊挨教堂的公墓裡。

邊院子裡是聖潔的。那裡會有人替他禱告。可以聽見教堂的唱詩聲，而且助祭念經也一字一句地念得清清楚楚，他每次都能聽到，就像在他墳頭念經一樣。」

上尉最後只好連連擺手：「你們抬吧，愛抬哪抬哪！」孩子們抬起了棺材，但是抬過母親身邊的時候，他們在她面前停了一小會兒，把棺材放下來，讓她能夠同伊柳沙告別。但是突然在近處看到了這張寶貴的臉（這三天她一直是在一定距離之外看的），她驀地渾身發起抖來，趴在棺材上，開始歇斯底里地、忽前忽後地晃動著她那白髮蒼蒼的頭。

「媽媽，給他畫個十字，祝福他，親吻他。」尼諾奇卡向她叫道。但是伊柳沙的母親卻像上了發條似的，不斷晃動著自己的腦袋，後來又默然無語，帶著因劇烈悲痛而扭曲了的臉，突然開始用拳頭捶打自己的胸脯。棺材繼續往前抬去。當棺材抬過尼諾奇卡身邊時，她最後一次把嘴唇緊貼在已故弟弟的嘴上。阿廖沙走出房間的時候，請求女房東順便照看一下留在家裡的人，可是女房東卻不讓他把話說完：

「還用說嗎，我會待在她們身邊的，我們也是基督徒。」說這話的時候，老太太哭了。

把棺材抬到教堂，距離並不遠，不超過三百步。那天風和日麗；天氣逐漸變冷了，但冷得不厲害。讓人去教堂祈禱的鐘聲仍在響著。斯涅吉廖夫手忙腳亂和慌慌張張地跟著棺材跑，身上穿著一件又舊又短的，幾乎是夏天穿的大衣，光著腦袋，手裡拿著一頂寬邊的舊軟帽。他好像有操不完的心似的，一會兒突然伸出手去扶住棺材的頭部，但卻只是給抬棺材的人添亂，一會兒他又從一旁跑上前去，看看哪兒可以搭把手。一朵花掉在雪地上，他急忙把它拾起來，倒像丟了這朵花會惹出天大的禍事來似的。

「把那塊麵包皮，把那塊麵包皮給忘了。」他突然非常驚惶地叫道。但是孩子們立刻提醒他，那塊麵包皮他方才就拿過來放在口袋裡了。他立時從口袋裡把它拽了出來，一看沒錯才放了心。

「伊柳舍奇卡叮囑過，伊柳舍奇卡，」他立刻向阿廖沙說明，「半夜裡，他躺著，我守在他身旁，他突然叮囑我：『好爸爸，當大家給我的小墳填上土的時候，你在墳頭上把面包皮掰碎了，讓麻雀飛來，我就會聽見它們飛來了，我會感到高興：不是我一個人躺那兒。』」

「這主意很好，」阿廖沙說，「應該常常拿點去。」

「應當每天，每天！」上尉嘟囔道，彷彿整個人活躍了起來。

終於進了教堂，把棺材安置在教堂中央①。孩子們都圍成一圈，站在棺材四周：就這麼莊嚴肅穆地一直站到祈禱完畢。這座教堂很古老，但相當簡陋，許多聖像完全沒有邊框，但是在這樣的教堂祈禱，不知怎麼倒覺得更好。做禮拜時，斯涅吉廖夫似乎稍稍安靜了一點，雖然有時仍不免流露出過去那種無意識的、莫名其妙的操心：一會兒走到棺材跟前整理整理棺罩和條帶②，一會兒他看見一支蠟燭從燭架上掉了下來，就急忙過去把它重新插上，而且一忙活就是老半天。然後才安靜下來，規規矩矩地站在棺材頭部，帶著一副麻木而又心事重重，又似乎莫名其妙的臉色。在念完《使徒行傳》③之後，他突然對站在一旁的阿廖沙悄聲道，《使徒行傳》念得**不對**，但是他又說不出不對在哪裡。在唱天使頌的時候，他也跟著大家伴唱，但是沒唱完，他就雙膝下跪，把腦門貼在教堂的石頭地上，就這麼匍匐著躺了很長時間。終於開始進行安魂祈禱，分發蠟燭了④。像發了瘋似的父親又開始忙亂起來，但是感人至深、撼人心魂的葬禮曲喚醒和震撼了他的心。他不知怎麼全身縮成一團，先是壓低了嗓子，發出短促的頻頻的嗚咽聲，最後竟大聲抽泣起來。當大家開始與遺體告別和蓋

① 俄俗：正教徒死後必須盛放在棺木裡，抬到教堂，敞開棺蓋，進行安魂祈禱。
② 正教徒舉行葬禮時置於死者前額繪有宗教圖畫和文字的紙帶或緞帶。
③ 《新約聖經》中的一卷，記述初期教會使徒們所行的奇蹟和所講的教理。
④ 正教徒舉行教堂禮拜和祈禱時，每人手持一根小蠟燭，而不是像我國一樣在神前上香。

上棺蓋的時候，他猛地伸出兩手抱住棺材，似乎不讓人家把伊柳舍奇卡蓋起來，接著便開始頻頻地、貪婪地、連續不斷地親吻他那死孩子的嘴。終於把他勸住了，攙下了台階，但是他猛地伸出一隻手，從棺材裡搶走了幾朵花。他望著這幾朵花，似乎一個新的主意忽地出現在他心頭，因而使他暫時忘記了主要的事。漸漸、漸漸地，他似乎陷入了沉思，當人們抬起棺材向墓穴走去的時候，他已經不再反抗了。這墓穴不遠，就在院子裡，緊挨著教堂，價格昂貴；買這塊墳地是卡捷琳娜·伊萬諾芙娜出的錢。經過例行的儀式之後，掘墓人把棺材放進了墓穴。斯涅吉廖夫雙手捧著鮮花，在敞開的墓穴上使勁趴下身去，他趴得很低，把孩子們嚇得使勁抓住他的大衣，把他往後拽。但是他似乎已經不太明白正在發生的事了。當大家開始往墓穴裡填土的時候，他突然開始心事重重地指著落下去的泥土，甚至開始嘀嘀咕咕地說起話來，但是誰也聽不清他在說什麼，再說他自己也忽地停止了嘟囔。這時有人提醒他應該把麵包皮掰碎了，於是他又開始手忙腳亂起來，掏出麵包皮，開始捻碎它，一小塊一小塊地撒在墳頭上：「快快飛來吧，小鳥，快快飛來吧，小麻雀！」他心事重重地喃喃道。孩子中有人對他說，他兩手捧著花，捻碎起來不方便，讓他把花交給什麼人先拿著。但是他硬不肯，甚至突然擔心起自己的花來了，倒像有人要從他手裡把花搶走似的，接著他又看了看墳頭，彷彿驗明了一切均已辦妥，麵包也已掰碎，之後，他忽然出乎意料地，甚至神色泰然、十分從容地轉過身去，慢慢地向家裡走去。然而他的腳步卻越走越快、越走越急，行色匆匆，就差沒奔跑了。孩子們和阿廖沙緊跟在他後面。

「得把花兒給孩子他媽，得把花兒給孩子他媽！剛才委屈她了。」他忽然叫起來。有人喊他，讓他戴上帽子，要不現在冷，但是他聽見這話後反而憤憤地把帽子甩到雪地上，說：「我不要帽子，不要帽子！」小男孩斯穆羅夫拾起帽子，拿著帽子跟在他後面。所有的孩子無不失聲痛哭，哭得最厲害的是科利亞和那個發現特洛伊建城秘密的小男孩。儘管兩手拿著上尉帽子的斯穆羅夫，也哭得十分傷心，但是他還是在近乎奔跑中拾起一小塊路邊雪地上的紅磚，朝一群很快飛過去的麻雀扔去。當然沒有打中，他繼續邊跑邊哭。在半道上，斯涅吉廖夫猛地停下來，站了大約半分鐘，好像被什麼事嚇著了似的，突然回身向教堂跑去，跑向剛才離開的那座小墳。但是孩子們霎時就追上了他，從四面八方死死抓住他不放。這時他好像被打倒了似的，無力地癱坐在雪地上，一邊捶胸頓足，一邊嚎啕大哭，喊道：「孩子，伊柳舍奇卡，好孩子！」阿廖沙和科利亞開始扶他起來，懇求他，說服他。

「上尉，行啦，一個勇敢的人應該挺得住。」科利亞喃喃道。

「您會把花弄壞的，」阿廖沙也說，「孩子他媽在等著花呢，她坐在那裡——哭，說您剛才不肯把伊柳舍奇卡的花給她。那裡還有伊柳沙的小床哩……」

「是的，是的，得到孩子他媽那兒去！」斯吉涅廖夫又驀地想起來。「她們會把小床歸置起來，會歸置起來的！」他彷彿害怕真的會把小床歸置起來似的又加了一句，然後忽地站起，又向家裡跑去。但是已經不遠了，因此大家同時跑到。斯涅吉廖夫急忙推開門，向方才還那麼狠心地與之爭吵的妻子喊道：「好媽媽，親愛的，伊柳舍奇卡讓我給你送花來了，你這病腿呀！」他叫道，把一束他剛才在雪地上折騰因而被凍壞和弄壞了的花遞給她。但是就在這時他一眼看見角落裡伊柳沙的小床前並排放著伊柳沙的一雙小靴子，——這雙靴子是女房東剛才收拾起來的，是一雙破舊、發黃、變硬，打了好多補丁的靴子。他一看見這靴子就舉起雙手，猛地撲過去，雙膝下跪，抓起一隻靴子，把嘴貼到靴子上，貪婪地親吻起來，喊道：「孩子，伊柳舍奇卡，好孩子，你的小腳在哪呀？」

「你把他抬哪啦？你把他抬哪去啦？」那個瘋女人用令人心碎的聲音哭叫道。這時尼諾奇卡也大哭起來。科利亞跑出了房間，其他孩子也開始跟著他走出去，到後來連阿廖沙也跟著他們出去了。

「就讓他們哭個夠吧，」他對科利亞說，「當然，這時候是安慰不了的。咱們稍等片刻，再回去。」

「對，沒法安慰，這太可怕了。」科利亞贊同道。「您知道嗎，卡拉馬助夫，」他忽地壓低聲音不讓任何人聽見，「我很傷心，只要能讓他復活，我甘願獻出世上的一切！」

「唉，我也有同感。」阿廖沙說。

「您認為怎樣，卡拉馬助夫，今天晚上我們到不到這裡來呢？我看，他準會一醉方休的。」

「也許會一醉方休的。倒不如就咱們倆，跟她們，跟母親和尼諾奇卡坐上個把小時，我看，這也就夠了，要是咱們一下子全來，肯定會使他們重又想起過去的一切的。」阿廖沙建議道。

「現在他們那裡女房東正在擺桌子──說不準要辦葬後宴，牧師也來；卡拉馬助夫，咱們要不要馬上回到那兒去呢？」

「那是一定的。」阿廖沙說。

「這一切多怪呀，卡拉馬助夫，遭到這樣的不幸，突然又要吃什麼煎餅，這一切按照咱們的宗教也太牽強了嘛。」

「他們還準備了鮭魚。」發現特洛伊建城秘密的那個小男孩大聲道。

「卡爾塔紹夫，我正兒八經地請求您，以後不要隨便插嘴說您的那些蠢話，尤其當人家並不在跟您說話，甚至都不想知道世上有沒有您這個人的時候。」科利亞衝他火氣挺大地斷然道。那男孩的臉刷地變得通紅，但是他嚇得什麼話也不敢回答。當時，大家靜靜地彳亍在一條小道上，斯穆羅夫突然驚呼：

「這不是想把伊柳沙埋在這裡的那塊石頭嗎！」

大家默默地在那塊大石頭旁停了下來。阿廖沙看了看，從前斯涅吉廖夫談到伊柳舍奇卡時怎麼一面哭，一面擁抱父親，喊道：「好爸爸，好爸爸，他讓你受了多大屈辱啊！」──這整個情景一下子油然呈現在他眼前。他心中彷彿有什麼東西猛地一激靈。他嚴肅而又莊重地瞥了一眼伊柳沙的同學那些可愛而又開朗的臉，忽然對他們說道：

「諸位，我想在這裡，就在這地方，對諸位說幾句話。」

孩子們立刻上前圍住了他，並且立刻急切地向他投來一束束專注而又滿含期待的目光。

「諸位，我們很快就要分手了。現在我暫時還要在這裡待些時候，照顧我的兩個哥哥，其中一個將要去流放，另一個則生命垂危。但是我很快就要離開這個城市了，要離開很久也說不定。因此我們將要分手了，諸位。讓我們在這裡，在伊柳沙的石頭旁彼此相約：第一，永遠不要忘記伊柳舍奇卡，第二，永遠互不相忘。以後在我們的一生中不管發生什麼事，哪怕我們以後二十年不見面——我們仍舊要記住，我們是怎樣埋葬這個可憐的孩子的，我們曾經在那邊的橋頭向他扔過石頭，記得嗎？——可是後來我們大家又都愛上了他。他是一個好孩子，善良的、勇敢的孩子，他有榮譽感，痛感父親受到別人侮辱，因此他才起來反抗。因此，第一，我們要終生記住他，諸位，即使將來我們身居要津，日理萬機，或者我們陷入什麼大不幸之中——你們也永遠不要忘記，從前我們在這裡是多麼好，大家同心協力，擁有一種非常美好、非常善良的感情，因而彼此聯繫在一起，在我們深愛著這個可憐的孩子的時候，正因爲有了這種感情，才使我們變得比我們實際上更好。親愛的小鴿子們——請允許我管你們叫小鴿子，因爲你們非常像這些小鳥，像這些美麗的瓦灰色的小鳥①，現在，此時此刻，當我望著你們善良而又可愛的臉的時候，我的親愛的孩子們，也許你們聽不懂我想要告訴你們的話，因爲我說的話常常不好懂，但是我還是請你們記住我的話，將來你們會同意我的話的。你們要知道，沒有任何東西比某種美好的回憶（特別是童年的回憶，你們生身之地留下的回

---

① 鴿子在基督教中是聖靈的象徵，也是耶穌基督眾使徒的象徵。

憶）更崇高，更強烈，更健康，更有利於你們未來的生活的了。現在對於如何教育你們向你們說了許多話，可是從小保留到現在的某種最美好、最神聖的回憶，也許才是對你們的最好教育。如果能把許許多多這樣的回憶帶進人生，這個人就終身得救了。即使只有一個美好的回憶留在我們心中，那這也可能在將來的某一天有助於我們得救。也可能，我們以後會成爲一個壞人，甚至經不住誘惑而去做壞事，我們會去嘲笑別人的眼淚，嘲笑像科利亞方才深情地所說『我要爲所有的人去受苦』那樣的人——也許我們還會狠狠地嘲弄這些人。總之，不管我們將來變得多壞（但願上帝不要讓我們成爲這樣的人），但是當我們一想起我們是怎麼埋葬伊柳沙的，在他彌留的最後幾天裡我們是多麼愛他，而且我們大家現在一起在這塊石頭旁又是怎樣親密地談心的，那，即使我們中間最殘忍的人，最幸災樂禍的人（如果我們將來成爲這樣的人的話），也不敢在自己心中暗自嘲笑他自己在此時此刻是多麼善良、多麼好！不僅如此，說不定正是這麼一個回憶會使他放下屠刀，回心轉意，他會說：『是的，我那時候善良、勇敢、人格高尚。』就算他暗自竊笑，那也沒什麼，一個人常常會取笑善良和美好的東西；這無非是因爲淺薄；但是，諸位，我敢向你們保證，即使他暗自竊笑，他也會在心中立刻說：『不，我嘲笑是不對的，因爲這是不能取笑的！』」

「這是一定的，卡拉馬助夫，我懂得您的意思，卡拉馬助夫！」科利亞叫道，兩眼熠熠發光。孩子們也激動起來，也想說點什麼，但是忍住了，他們聚精會神而又十分感動地望著這位發表演說的大哥哥。

「我說這話是因爲我怕我們變壞了，」阿廖沙繼續道，「但是我們幹麼要變壞呢，不是嗎，諸位？第一和首先的一條是，我們要善良，其次要清清白白地做人，再其次是永遠不要彼此相忘。這話我要再重複一遍。我敢向你們保證，諸位，我決不會忘記你們中間的任何一個人；哪怕再過三十年，我都會想起現在，此時此刻，望著我的每一張臉。方才，科利亞對卡爾塔索夫說，似乎我們並不想知道『世上有沒有他這個人？』難道我能忘記世上有卡爾塔索夫這個人嗎，他現在已不會像發現特洛伊建城秘密時那樣臉紅了，他睜大了他那可愛、善良、快樂的眼睛望著我。諸位，諸位親愛的朋友，我們大家要像伊柳舍奇卡那樣寬厚和勇敢，要像科利亞那樣聰明、勇敢和寬厚（不過科利亞長大後肯定會比現在聰明得多），我們要像卡爾塔索夫那樣靦腆，但是又聰明又可愛。我幹麼只說他們倆呢！諸位，從今以後，你們所有的人對於我都是可愛的，我要把你們珍藏在我的心中，同時也請你們把我珍藏在你們的心中！啊，到底是誰用這個善良美好的感情把我們連接在一起的呢？對於這個人，我們現在乃至永遠，將銘記終生，永誌不忘，而這人不是伊柳沙又是誰呢！這是個善良的孩子，可愛的孩子，使我們永生永世感到珍愛的孩子！我們永遠也不會忘記他，他將在我們心中永垂不朽，從現在起，乃至永遠！」

「對，對，永垂不朽！」所有的孩子都用他們那清脆的嗓音齊聲喊道，每張臉都顯得感動極了。

「我們要記住他的臉，他的衣服，他的破靴子，他的小棺材和他那不幸的、心中有愧的父親，以及他爲了父親怎樣勇敢地站起來獨自反抗全班同學！」

「我們一定，一定要記住！」孩子們又喊道，「他是勇敢的，他是善良的！」

「啊，我多麼愛他啊！」科利亞動情地說。

「啊，孩子們，啊，親愛的朋友們，不要害怕生活！在你做了什麼好的和正確的事情的時候，生活是多麼美好啊！」

「對，對！」孩子們齊聲歡呼。

「卡拉馬助夫，我們愛您！」有個孩子，好像是卡爾塔索夫，忍不住叫道。

「我們愛您，我們愛您！」大家齊聲應和。許多人的眼裡都閃耀著淚花。

「烏拉，卡拉馬助夫！」科利亞歡呼。

「死去的孩子永垂不朽！」阿廖沙又動情地加了一句。

「永垂不朽！」孩子們又應和道。

「卡拉馬助夫！」科利亞叫道，「難道宗教告訴我們的話是真的嗎？他說：我們死後定會站起來，並且復活，我們定將再見面，我們定將見到所有的人，也能見到伊柳舍奇卡，是嗎？」

「我們一定會站起來，一定會再見面，然後歡歡喜喜地相互告訴發生過的一切。」阿廖沙半喜笑顏開半興高采烈地回答道。

「啊，這多好啊！」科利亞脫口道。

「好了，現在該結束我們的談話了，我們去參加他的葬後宴吧。你們不要因爲吃煎餅而不好意思。要知道，這是一種古老的習俗，也有它好的地方。」阿廖沙笑道。「好，咱們走吧！現在讓我們手拉手地走吧。」

「而且永遠要這樣，一輩子手拉手！烏拉，卡拉馬助夫！」科利亞再一次歡呼，所有的孩子也再一次齊聲應和著他的這一歡呼。

譯後記

《卡拉馬助夫兄弟們》是杜思妥也夫斯基的代表作之一，是他的作品的最高峰，是他一生的思想總結和創作總結。本書集中了作家對許多問題的深刻思考，涉及哲學、政治學、社會學、宗教學、倫理學、人類學、心理學等眾多方面。

要譯好這樣一部世界文學名著是不容易的。不僅外語要好，要有很高的文學修養和漢語寫作技巧，而且要有多學科的綜合知識。譯者自知才疏學淺，不克當此重任，但面對這樣一部璀璨的文學瑰寶，又有一種克制不住的創作衝動，於是知難而上，殫精竭慮，查找資料，反覆推敲，勤以補拙。譯完後已是心力交瘁，再也沒有精力來寫這部作品的序言了。

本書譯序是請我的好友北京大學魏玲教授寫的。她寫的列於本書卷首的精湛序言，爲拙譯增添了光彩。她的譯序對杜思妥也夫斯基的經歷和創作道路，對小說的思想性和藝術性，對本書的主題、情節、人物和藝術特色作了全面而又深刻的介紹和分析，特別是對伊萬這一藝術典型的分析，見解獨到。

俄羅斯有位研究杜思妥也夫斯基的著名學者格羅斯曼，他曾寫過這樣一段話：

「『在莎士比亞筆下所有的主人翁中，只有哈姆雷特能夠寫出他的悲劇，』莎士比亞的一位研究者曾這樣中肯地指出。我們不妨把這一精闢見解加以引申：在杜思妥也夫斯基筆下所有主人翁中，只有伊萬·卡拉馬助夫能夠寫出他的長篇小說。這是一位卓越的作家、哲學家和政論家。我們擁有他的三篇優秀作品，我們給這三篇作品取這樣三個假設的篇名：「俄國的老實人」①，「耶穌記」，「同魔鬼的談話」。在杜思妥也夫斯基這部長篇小說中，與此相適應的是以下三章：「離經叛道」、「宗教大法官」、「魔鬼/伊萬·費奧多羅維奇的噩夢」。」（格羅斯曼：《杜思妥也夫斯基傳》，外國文學出版社，第七三六－七三七頁）

杜思妥也夫斯基本人也非常喜愛和重視「宗教大法官」這一章，他曾親自在多種集會上當眾朗誦過。

此外，書中還有許多關於東正教教義的論述，很精闢，也很有研究價值。這對了解俄國社會，了解東正教，了解作家及其作品，都很重要，請不要認爲作者在說教，因而廢卷不讀。

讓我再一次向魏玲教授表示由衷的謝意，謝謝她爲本書寫了這樣一篇很好的序言。

最後，還要感謝我的妻子胡明霞女士，她是我翻譯本書的主要顧問和不可替代的左右手。

臧仲倫

① 老實人是法國作家伏爾泰的小說《老實人》中的主人翁。

不朽 Classic

卡拉馬助夫兄弟們(上、下)

2021年10月二版 定價：新臺幣(上、下)1100元
2022年1月二版二刷

著者	杜思妥也夫斯基
譯者	臧仲倫
責任編輯	黃榮慶
校對者	潘建宏
	蟻美琴
封面設計	謝佳穎

出版者	聯經出版事業股份有限公司
地址	新北市汐止區大同路一段369號1樓
叢書主編電話	(02)86925588轉5307
台北聯經書房	台北市新生南路三段94號
電話	(02)23620308
台中分公司	台中市北區崇德路一段198號
暨門市電話	(04)22312023
郵政劃撥帳戶第	0100559-3號
郵撥電話	(02)23620308
印刷者	世和印製企業有限公司
總經銷	聯合發行股份有限公司
發行所	新北市新店區寶橋路235巷6弄6號2F
電話	(02)29178022

副總編輯	陳逸華
總編輯	涂豐恩
總經理	陳芝宇
社長	羅國俊
發行人	林載爵

行政院新聞局出版事業登記證局版臺業字第0130號

本書如有缺頁，破損，倒裝請寄回台北聯經書房更換。 ISBN 978-957-08-5698-9 (全套：精裝)
聯經網址 http://www.linkingbooks.com.tw
電子信箱 e-mail:linking@udngroup.com

國家圖書館出版品預行編目資料

卡拉馬助夫兄弟們 / 杜思妥也夫斯基著．
臧仲倫譯．二版．新北市．聯經．2021.10
2冊．1160面．14.8×21公分．（不朽 Classic）
譯自：Братья Карамазовы
ISBN 978-957-08-5698-9（全套：精裝）
[2022年1月二版二刷]

880.57 110000444